Damascuspoort

Remko
9-2002

8
2,95

W0320552

ROBERT STONE

Damascuspoort

Vertaling Hugo en Nienke Kuipers

2002
Cargo
Amsterdam

Ten behoeve van de lezer is achter in het boek een verklarende woordenlijst opgenomen, en plattegronden van Jeruzalem, de Oude Stad en Noord- en Midden-Israël.

Cargo is een imprint van uitgeverij De Bezige Bij, Amsterdam
Oorspronkelijke titel *Damascus Gate*
Oorspronkelijke uitgever Houghton Mifflin, New York
Omslagontwerp Studio Jan de Boer
Omslagillustratie Steven Brooke
Foto auteur Jerry Bauer
Vormgeving binnenwerk CeevanWee, Amsterdam
Druk Hooiberg, Epe
ISBN 90 234 0174 3
NUR 305

Voor Candida

Enigma and evasion grow;
And shall we never find Thee out?

– HERMAN MELVILLE, *Clarel*

Deel I

I

JERUZALEM, 1992

Die ochtend werd Lucas gewekt door klokken. Ze drongen van de Hemelvaartskerk over het dal van Hinnom tot hem door. Bij het eerste licht had de *muezzin* in Silwan zijn oproep gedaan en verkondigd dat bidden beter was dan slapen. Aan godsdienstige rituelen geen gebrek in deze stad.

Hij kwam uit bed en ging naar de keuken om Turkse koffie te zetten. Toen hij die voor het raam stond op te drinken, ratelde de eerste trein van de dag voorbij, over de heuvels op weg naar Tel Aviv. Het was een langzame, stijlvolle koloniale trein, vijf wagens met bijna lege coupés en stoffige ramen. Het wegstervende geluid van die trein deed hem aan zijn eigen eenzaamheid denken.

Toen de trein weg was, zag hij de oude man die in een van de Ottomaanse huizen langs het spoor woonde in de schaduw van de vroege ochtend zijn kale kool besproeien. Die kool stak donkergroen en vlezig af tegen het kalkstenen puin waaruit hij wonderlijk genoeg kon groeien. De oude man had een zwarte pet op. Hij had hoge jukbeenderen en een rood gezicht, als een Slavische boer. Als Lucas naar hem keek, moest hij altijd aan onmetelijke zomerse velden denken waarlangs treinen reden, lange rijen grijze goederenwagons tegen de achtergrond van een verre horizon. Lucas droomde een keer van hem.

Hij ontbeet met grapefruit en toast en las de *Jerusalem Post* van die ochtend. In het Nuseirat-kamp in de Gazastrook was een agent van de grenspolitie neergestoken, maar hij kwam er vermoedelijk wel bovenop. Drie Palestijnen waren doodgeschoten door Shin Bet-moordcommando's, een in Rafah, twee in Gazastad. In Jeruzalem hadden *haredim* gedemonstreerd tegen de archeologische opgravingen van de Hebreeuwse Universiteit bij de Mestpoort, waar eeuwenoude joodse begraafplaatsen werden blootgelegd. Jesse Jackson dreigde een boycot tegen het *major league*-honkbal te organiseren. In India vochten hindoes en moslims om een schrijn dat waarschijnlijk ouder was dan beide religies. En in een verhaal uit Joegoslavië zag hij weer die term 'etnische zuivering'. De afgelopen winter was hij die beeldende uitdrukking al een paar keer tegengekomen.

Er was ook een verhaal van een hele pagina over het aantal buitenlandse pelgrims dat het land in de tijd van het joodse paasfeest en de westerse Goede Week bezocht. Lucas had het gevoel dat die feestdagen hem overvielen.

Hij kleedde zich aan en dronk een tweede kop koffie op zijn kleine balkonnetje. De dag was glorieus in zijn onschuld; de voorjaarszon maakte de naaldbomen geurig en fonkelde op de stenen muren van Emek Refaim. Al wekenlang zat hij tegen een artikel over de Sinaï aan te hikken dat hij in opdracht van Condé Nast zou schrijven. De deadline was afgelopen vrijdag verstreken, en ze konden ieder moment bellen om te vragen waar het bleef. Aan de andere kant noodde het mooie weer tot spijbelen. Toen hij eindelijk naar zijn bureau ging, bevestigde zijn opengeslagen agenda welke dag het was: Eerste Paasdag in de roomskatholieke kerk en ook de zestiende nisan. De vorige dag was het joodse paasfeest begonnen. In een plotselinge impuls besloot Lucas naar de Heilig Grafkerk te gaan.

Op Bethlehem Road was bijna geen verkeer. Ondanks de vele oude mensen die er woonden was Lucas' wijk in de Duitse Kolonie een van de meest wereldse van de stad en heerste er nooit een vrome atmosfeer. Oude echtparen wandelden in de lentezon. De vorige dag had hij een paar jonge gezinnen hun Volvo's zien inladen voor kampeertochtjes naar de woestijn of naar Galilea. Maar toen hij door de bijna verlaten avenue liep, langs de terrassen van de Cinemathèque, onder de borstweringen van het Church of Scotland Hospice met de blauwe vlag van Schotland, voelde hij de zware ernst van de eeuwenoude stad aan de andere kant van het ravijn. In de straten onder de muren van de Oude

Stad stonden honderd toeristenbussen geparkeerd. In de verte, bij de Jaffapoort, zag hij de deinende gestalten van bereden politieagenten die een opdringende menigte levendige pelgrims in goede banen probeerden te leiden. Aan het andere eind van het fort liepen de gelovigen een voor een in een lange rij de helling naar de Zionspoort op.

Hij liep de schaduw van het dal in, over de brug bij de Sultansvijver en langs de koranverzen die in het bassin van de Ottomaanse fontein waren gehakt. 'Al wat is geschapen komt van water,' stond er. En toen sjokte hij, zich klein voelend bij de hoge muren, naar Zion omhoog.

Op het pad naar de Zionspoort liep hij vooral tussen orthodoxe joodse mannen die op weg waren naar de Klaagmuur. Sommige joden probeerden onder het klimmen met elkaar te praten en dribbelden over de berm om elkaar bij te houden. Behalve de *haredim* waren er ook een paar Duitse katholieken op het pad, want de Hemelvaartsabdij boven hen was een Duitse kerk. Deze pelgrims waren nog uit de tijd voordat Duitsers weer slank en aantrekkelijk werden; velen waren rood en dik, met te veel kleren aan en overdadig transpirerend. Toch maakten ze een blijmoedige indruk. De meeste mannen zagen er eenvoudig en fatsoenlijk uit; ze droegen sodaliteitsspelden en hadden misboeken bij zich. Sommige vrouwen hadden een lief, engelachtig gezicht. Als ze zestig waren, rekende Lucas uit... geboren in 1932, dertien aan het eind van de oorlog. Hij had van de Israëliërs de gewoonte overgenomen om de leeftijd van Duitsers uit te rekenen.

Het was een prettige klim, met de geuren van salie en jasmijn in de wind en met verdroogde wilde bloemen in de lucht en stemmen in het Hebreeuws, Jiddisch en Duits om hem heen. De hoge muren maakten iedereen klein, maakten alle koninkrijken nietig. Toen hij bijna boven was, begonnen de klokken weer te luiden.

Terwijl hij meeliep in de rij naar de poort, dacht hij aan een profetie in een *midrash* die iemand hem had verteld. Aan het Einde der Dagen zouden menigten proberen het dal van Hinnom naar de heilige stad over te steken. Christenen, die over een brug van steen liepen, zouden naar hun ondergang vallen. Moslims, over een houten brug, zouden hen volgen. En dan zouden de joden in hun uitverkorenheid over een brug van spinrag oversteken. En ik dan? vroeg Lucas zich niet voor het eerst af.

Het bovenste deel van het pad was verhard. Het was aangelegd door de joden van Canada. Op het eind gingen de zachtmoedige kinderen van het verdorven Edom en de vrome mannen van Israël in gelukzalige wederzijdse vergetelheid uiteen, de Duitsers naar hun uiterst onfortuinlijke gele abdij, de joden naar de Klaagmuur. Lucas ging zijn eigen weg. Hij liep in noordelijke richting over de Armenian Patriarchate Road. Daar kwam hij nog meer *haredim* tegen die op weg waren naar de Muur om de drukte van Pasen achter zich te laten. Voor de kathedraal van Sint-Jacob bereidden Armeense misdienaren, tieners nog, zich voor op de zondagsprocessie.

Op dit kruispunt van heilige seizoenen deden de joden en de Armeniërs in de drukke straat alsof ze elkaar niet zagen, maar dan wel zonder tegen elkaar op te botsen. Lucas, die nergens helemaal bij hoorde en die zich onder het uitspreken van verontschuldigingen een weg door de drukte baande, kreeg plotseling een idee: dat alleen hij de beide groeperingen kon zien, dat hier, waar alleen het onzichtbare telde, hij tot niets meer dan een soort instrument was teruggebracht, tot iets wat banale observaties kon doen en manoeuvres kon uitvoeren om niemand in de weg te lopen.

Toen hij onder een poort door was gekomen, waar tegelmakers hun werkplaatsen hadden, bleef hij staan om de posters op de muur naast de poort te bekijken. Het waren posters in het Armeens en op vele ervan zag je een afbeelding van de nieuwe president van de Armeense republiek. Er waren ook afbeeldingen van gewapende guerrillero's met geweren en patroongordels en zwart omrande foto's van jonge martelaren, ver weg omgekomen in de oorlog met Azerbeidzjan. Het was het seizoen van het martelaarschap in een prima martelarenjaar.

In de hoofdstraat van de Christelijke Wijk haastte een menigte pelgrims, pratend in tal van talen, zich over het hellende wegdek van keistenen naar beneden. Een groep Japanners volgde een Japanse monnik op sandalen die een groene vlag omhooghield. Er was een groep Midden-Amerikaanse indianen, allemaal van dezelfde lengte en lichaamsbouw; ze keken met een gelukzalig onbegrip naar de weinig overtuigende glimlachjes van de kooplieden die snuisterijen aanboden. Er waren Siciliaanse dorpelingen en Ieren uit Boston, Filippino's, nog meer Duitsers, Bretonse vrouwen in klederdracht, Spanjaarden, Brazilianen, Québecois.

Palestijnse ritselaars sisten suggestief, boden zich als gids aan. Lucas zag dat bij de Caravan Bar, zijn favoriete café in de Oude Stad, de luiken voor de ramen zaten. Hij had iets over bedreigingen gehoord. Hij liep dwars over de New Bazaar en zag nog een andere zaak die gesloten was. Boven een van de winkels met borduurwerk had een bedrijf gezeten dat ooit niet alleen koperen pijpen en nargilehs verkocht, maar ook uitstekende hasjiesj om daarin te roken. Nu stonden zowel de winkel als de bovenverdieping leeg. Sinds de intifada kocht Lucas zijn hasj op de plaats waar de slanke, aantrekkelijke Duitse hippies heen gingen, een kiosk bij het Arabische busstation in Saladin Street. De politie liet die kiosk ongemoeid, was Lucas opgevallen, waarschijnlijk omdat de verkoper een van hun informanten was.

Op het plein voor de Heilig Grafkerk werd hij met de massa pelgrims herenigd. Bij elke toegang tot de kerk en op de naburige daken waren agenten met groene baretten van de grenspolitie geposteerd. Onder hun geweren sprak de Japanse monnik zijn kudde toe, boven het lawaai van de menigte uit.

De Japanse groep bestond grotendeels uit vrouwen van middelbare leeftijd in donkere pull-overs en kakikleurige regenhoedjes van het soort dat ooit populair was bij kibboetsniks. De priester zou hun, dacht Lucas, het verhaal van Constantijn en zijn moeder, de heilige Helena, vertellen – hoe ze het Heilig Graf en het Heilig Kruis zelf had ontdekt. De Japanse dames waren moederlijke types, en Lucas dacht dat ze het wel een mooi verhaal vonden. Waarom ook niet? Er kwamen een vrome moeder, een plichtsgetrouwe zoon en een wonder in voor. En toen was hij opeens weer leeftijden aan het uitrekenen. Het was hem te binnen geschoten dat de franciscaan en zijn gezelschap misschien wel uit Nagasaki kwamen. Nagasaki was de christelijkste stad van Japan geweest. Gedurende de hele oorlog hadden de Japanners gedacht dat de Amerikaanse bommenwerpers de stad om die reden zouden sparen.

In de beroete, naar wierook ruikende spelonken van de kerk baande hij zich een weg naar de onopvallende katholieke kapel in de verste hoek, een eindje voor de Japanners uit. Bij de deur stond een Italiaanse monnik nors terug te kijken naar pelgrims die naar hem probeerden te glimlachen.

In de kapel tokkelden een paar Amerikanen mistroostig op gitaren. Ze begeleidden hun eigen trieste versie van een paar sociaal verantwoorde, geëngageerde liederen uit de heilige liturgie van welk provinciaal universiteitsstadje dan ook waar ze vandaan kwamen. Zoals veel bezoekers waren ze onder de indruk gekomen van de weergaloze griezeligheid van het Heilig Graf, een grimmig, opzichtig Turks badhuis waar de heiligen uit hun kinderjaren als krankzinnige spoken vanaf alle beschimmelde muren op hen neerkeken. Lucas, ooit geboren, ooit gedoopt, stak zijn hand in het wijwater en bekruiste zich.

Duister is het leven, is de dood, dacht hij. Dat was alles wat hem te binnen schoot. De tekst kwam uit *Das Lied von der Erde* van Mahler, maar hij nam aan dat je het als een soort gebed kon beschouwen.

'Stil is mijn hart, wachtend op zijn uur.'

Hij bezat nog een oude plaat, inmiddels bijna niet meer te draaien, van zijn moeder die het in het Duits zong. Hoe dan ook, hij zei het tot wat het ook was dat daar was, met welk doel ook. Toen zocht hij zich een weg door de menigte Japanners en door de sombere ruimten van de Anastasis. Hij ging de versleten trap naar de Kapel van de Heilige Jacobus op om de Armeense liturgie te horen. Die hoorde hij het liefst.

Na een tijdje kwamen de Armeniërs in processie aan. Ze bleven bij de ingang van de kerk staan, opdat hun patriarch de Steen van Zalving kon kussen. En toen gingen de Armeniërs van de stad, voorafgegaan door jongeren met kaarsen en monniken met puntige kappen, massaal naar de kapel en begon de dienst. Lucas stond op een afstand, zoals zijn gewoonte was.

Een tijdlang keek hij heimelijk naar de gelovigen die met glanzende ogen in hun devotie opgingen. In hun gebeden was de nacht altijd donker en was iedereen ver van huis. En toen liet hij – omdat het Pasen voor iemand was, omdat de Armeense liturgie subliem was, omdat het geen kwaad kon – zijn hoofd zakken voor het Jezusgebed. Dat was ook iets wat hij had opgepikt, de mantra van de oosterse christenen, zoiets als het herhalen van *Nam myoho renge kyo*, maar dan tot op zekere hoogte met de ziel van Berdjajev.

'Heer Jezus Christus, Zoon van God, ontferm u over mij, arme zondaar.'

Correct gebeden, herhaald, de blik strak op het hart gericht, de ademhaling onder controle – het scheen goed voor je te zijn.

Op het moment dat hij zijn ijdele hesychastische herhaling uitsprak, terwijl hij nadacht over het dierbare, dwaze respect voor religie waarvan hij zich door zijn vertrek naar Jeruzalem had willen genezen, werd hij uit zijn mijmeringen opgeschrikt door een afschuwelijke bulderkreet in de kerk. Toen was er een schorre schreeuw te horen die akelig door de grote spelonken galmde, zodat de pelgrims midden in hun gelukzaligheid verstijfden. Zelfs de Armeniërs hielden even hun adem in, en een paar kinderen liepen naar de rand van de bovenverdieping om te kijken wat er aan de hand was. Lucas volgde hen. Hij keek over de leuning omlaag.

'*Anti-Christus!*'

Beneden, in de schemering van kaarslicht in de Anastasis, rende een *majnoon*, een krankzinnige, wild in het rond. Met een buikje en een bril, zijn armen wijd gespreid, zijn handen omlaag bungelend, zag de majnoon eruit als een westerse toerist. Hij rende rond de Kapel van het Graf, fladderend als een vogeltje op korte pootjes. Gelovigen vluchtten voor hem weg. De man rende schreeuwend onder de Keizerspoort door, en langs de muur van het Griekse Catholicon. De hangende sacristielampen zwaaiden wild heen en weer, kletterend aan hun ketenen. Het leek wel of hij met zijn armen flapperde om te gaan vliegen, of hij ieder moment kon opstijgen om als een kerkuil naar de grafkelder te zweven. Zijn gezicht was rood en rond. Zijn ogen puilden ziekelijk blauw uit. Enkele jonge Grieks-orthodoxe misdienaren in zwarte soutanes zetten de achtervolging in.

Met ontzagwekkende lenigheid lukte het de krankzinnige om bliksemsnel rechtsomkeert te maken en naar de Kapel van het Graf te rennen, zijn achtervolgers verbaasd achterlatend. Een standaard vol brandende kaarsen viel om en mensen maakten dat ze van de vlammen vandaan kwamen. Rond en rond het graf rende hij, met de misdienaren komisch achter hem aan. Toen schoot hij opeens een andere kant op, naar de Kapel van de Heilige Maria. De verzamelde katholieken schreeuwden van consternatie. De monnik bij de deur van de kapel maakte aanstalten om hem te sluiten.

Toen begon de majnoon uitgebreid in het Duits te schreeuwen. Iets over blasfemie, dacht Lucas. Iets over heidenen en dieven. Toen begon de man als een robot te vloeken: '*Fick... Gott in Himmel... Scheiss... Jesusmaria.*' Echo's galmden wild door de opeenvolgende gewelven waaruit de kerk bestond. Toen de Grieken hem te pakken kregen, schakelde hij over op Engels.

'Een dievenhol,' krijste de gestoorde Duitser. 'Hoererij,' schreeuwde hij naar een zedige katholieke vrouw in een witte kanten sluier. 'Wurging. Bloed.'

Sommigen van de Grieks-orthodoxe achtervolgers trapten de vlammende kaarsen uit, terwijl de anderen hun gevangene naar de deur en de bundels lentezon sleurden. Daar stond een stel Israëlische politieagenten klaar om hem in ontvangst te nemen. Ze keken alsof ze het allemaal al eerder hadden meegemaakt. Om Lucas heen begonnen de Armeniërs nog harder te bidden.

De pelgrims die na de dienst over het plein uitstroomden, praatten druk over het ongelukkige incident. De soldaten en agenten van de grenspolitie langs de terugweg naar de Jaffapoort keken aandachtiger en behoedzamer dan gewoonlijk. Ze waren beducht voor iets ernstigers en hoopten de massa toeristen de Oude Stad uit te krijgen. Tegelijk hadden ze bevel de christelijke pelgrims te laten gaan en staan waar ze wilden, als teken dat alles normaal was en de orde niet in gevaar verkeerde.

Al gauw liep hij met de menigte mee naar de overwelfde soeks tussen de Damascuspoort en de Haram al-Sharif. Lucas bewoog zich tegenwoordig zelfverzekerd door de Oude Stad, al trok hij zijn eigen zelfvertrouwen soms in twijfel. Hij dacht dat hij min of meer buitenlands leek, en dat was in de Moslimwijk een voordeel. Bij een kiosk in de Khan al-Sultan-soek kocht hij een Engelstalig nummer van de PLO-krant *Al-Jihar*. Die krant kon hem, als hij ermee rondliep, tegen agressie beschermen, en bovendien kon hij hem lezen om de ontwikkelingen te volgen.

De Damascuspoort was, met zijn Ottomaanse torens en doorgangen en de revêtements van de barbaarse kruisvaders, zijn favoriete plaats in de stad. Als een eenvoudige toerist genoot hij van de mensenmassa's en de schetterende Arabische muziek die uit luidsprekers schalde, en van de geuren uit de open zakken met specerijen die in kruiwagens naast de marktkraampjes stonden. Voor de Palestijnen was het de Bab al-Amud, de Poort van de Zuil, maar Lucas hield meer van de gebruikelijke westerse naam, die een sfeer van verre mysteries, innerlijk licht en plotselinge transformatie bij hem opriep. Hij zat een tijdje een Sprite te drinken, liet alles wat er bij de poort gebeurde op zich inwerken, en ging toen als een Don Quichot op zoek naar iets sterkers.

Maar zijn vaste bar aan de Christian Quarter Road en het dakterras in de soek waren om duistere redenen gesloten. Het enige etablissement dat nog open bleek te zijn, was een beruchte toeristenval aan de rand van de Christelijke Wijk, waar *Wandervogel* en andere armoedzaaiers uit de goedkope jeugdhotels in Oost-Jeruzalem kwamen. Zoals in veel van de bars aan de Palestijnse kant, waren er afbeeldingen van christelijke heiligen, opdat de vechtersbazen van de Hamas de bedrijfsleiders niet voor slechte moslims aanzagen.

Drie Scandinavische jonge vrouwen met erg kort haar dronken mineraalwater aan de straatkant van het café. Tot zijn verbazing zag hij helemaal achterin, achter de tapkast, Charles Habib staan, een Palestijn van middelbare leeftijd die zijn gastheer in de Caravan Bar was geweest. Hij bestelde een koude Heineken, en Charles zette het bier in een beslagen glas voor hem neer.

'Ik kom net uit de kerk,' zei hij tegen zijn gastheer. 'Er was een majnoon.'

Charles was een Grieks-katholiek uit Nazareth. Hij was via South Bend, Indiana, naar Jeruzalem gekomen.

'Er zijn veel majnoon,' zei hij tegen Lucas. 'Een heleboel.'

'Ja,' zei Lucas. 'God zegt tegen hen dat ze hierheen moeten komen.'

Charles keek hem aan alsof hij hem niet begreep.

'Ik bedoel,' voegde Lucas eraan toe, 'dat ze die indruk wekken.'

'De protestanten zijn het ergst,' zei Charles. 'Laat ze in Amerika blijven en naar de televisie kijken.' Hij zweeg even en keek Lucas aan. 'Ben jij protestants?'

'Nee,' zei Lucas. Hij vond het niet prettig dat Charles zo naar hem keek. 'Katholiek.'

'Elke godsdienst heeft zijn majnoon,' merkte Charles op.

Verrassend genoeg was dat een tamelijk nieuw denkbeeld in deze stad, waar krijsende kinderen voor Moloch waren verbrand en het water in de goten vele malen rood van het bloed was geweest. Maar ieder jaar leek het wel of het nieuwe voorjaar de mensen tot vreemde, steeds vreemdere daden inspireerde, die meestal een nogal geëxalteerd karakter hadden, de spontane uitbarstingen van vele volkeren. Ooit dacht iedereen bij een protestant aan een fatsoenlijke Amerikaanse schooljuf of een kerkelijke edelman. Maar nu niet meer. Er was een ware paasoptocht op gang gekomen, compleet met vreemde hoofddeksels. Anglofone idioten met monsterlijke sandwichborden schreeuwden met doffe ogen in megafoons. Op de Via Dolorosa verschenen hele pelotons van gekostumeerde Latijnse Cristo's, druipend van bloed dat zowel echt als namaak was, terwijl hun vrouwen en vriendinnen in vreemde tongen spraken en stuiptrekkingen kregen.

Hier ter plaatse werd decorum op prijs gesteld, zowel in religie als in devotie. Op een paasdag gooide een verontwaardigde burger een fles naar een stel salsa-dansende types die uit een film van Cecil B. DeMille leken te zijn weggelopen; de straat kwam in beroering en uiteindelijk vuurde het leger enkele traangasgranaten af. Onmiddellijk zette de beledigde hemel alle sluizen open, en zo kwam het tot het melancholieke, dramatische effect van traangas in de regen, bekend bij alle weer- en windstudenten uit de twintigste eeuw, met al hun dromen en verwachtingen. De Via Dolorosa werd een en al naargeestigheid. De smalle steegjes en hun bewoners werden door en door vergiftigd, en die avond ging in de jeugdherbergen en hotels van de stad menige trieste, natte handdoek rond.

'Ja, die heeft elke godsdienst,' beaamde Lucas vriendelijk. Het verbaasde hem Charles in zo'n verlopen tent, waar misschien zelfs drugs werden verhandeld, aan te treffen. Het maakte hem ook nieuwsgierig. Van tijd tot tijd had Lucas erover gedacht hem als bron te rekruteren. In overmoedige buien stelde hij zich voor dat hij een verhaal schreef dat de anderen tot nu toe hadden laten liggen.

Er gingen, terwijl de intifada gewoon doorging, geruchten dat sommige *shebab* – de jonge Palestijnse activisten die in Oost-Jeruzalem belastingen voor het Front ophaalden – financiële regelingen hadden getroffen met gangsters aan de Israëlische kant. Dat gerucht stond in verband met de verhalen die je over officiële corruptie in de Bezette Gebieden hoorde. Zo'n gerucht was het jaar daarvoor ook opgedoken in Belfast. Daar ging het over connecties tussen protectiebendes van de IRA en de protestantse ondergrondse.

Het zou weleens gevaarlijk kunnen zijn om research voor zo'n stuk te doen, maar zulke verhalen spraken Lucas juist aan. Hij hield van verhalen over slechtheid en hypocrisie aan beide kanten van oorlogen die heilig en compromisloos werden genoemd. Hij vond zulke verhalen geruststellend, een bevestiging van de universele menselijke geest. Lucas had een wanhopige voorkeur voor bijna alles boven bloed en bodem, eeuwige trouw, tijdloze credo's.

Sinds hij het jaar daarvoor van het ene op het andere moment zijn comfortabele en nogal prestigieuze baan bij een krant had opgegeven, vond hij het leven moeilijk. Hij moest zich voortdurend verklaren. Mensen die hij leerde kennen, vonden zijn visitekaartjes niet helemaal volledig. Soms voelde hij zich een dilettant. En als freelancer was hij minder zuinig, minder gedisciplineerd maar wel ambitieuzer geworden. Zonder de ruimtelijke beperkingen van een krantenformaat gingen de verhalen die hij schreef maar door en door. Dat was op zichzelf begrijpelijk, want de dingen gingen ook altijd door, en de dingen wisten niets van krantenformaten en het was een illusie dat een krant zijn lezers op de hoogte kon stellen. Een mooie, nobele illusie die in alle ijver en oprechtheid werd gepresenteerd. Toch kon je iets anders met een verhaal doen. Gelukkig bleven er, hoewel de hele wereld naar deze stad keek, nog altijd meer mensen in Jeruzalem die van praten hielden dan mensen die van luisteren hielden.

'Het wordt moeilijk om hier in de stad iets te drinken te krijgen,' zei hij tegen Charles.

Charles trok een lelijk gezicht en nam zelf ook een biertje.

Toen keek hij naar de straat en tikte vlug met zijn glas tegen dat van Lucas aan.

'Ze zeggen dat er meer drugs in de stad zijn,' ging Lucas snel verder. Charles was Lucas een paar kleine diensten verschuldigd, vooral omdat Lucas hem aan Amerikaanse visa voor familieleden van hem had geholpen, en ze waren stilzwijgend overeengekomen dat Lucas, binnen de grenzen van strikte discretie, Charles als bron mocht gebruiken.

'Dat is waar,' zei Charles.

'Ik dacht dat in die richting misschien wat verrassingen te vinden waren. Misschien kan ik daarover schrijven.'

Charles keek hem met een duistere blik aan en keek toen vlug in het rond. 'Je vergist je.'

'Ik vergis me?'

'Je vergist je. Want jij en ik weten wat iedereen weet, en dus is het geen verrassing.'

'Wat niet?'

'Eén,' zei Charles, 'geen verrassing. Twee, je kunt er niet over schrijven.'

'Nou...' begon Lucas.

'Het kan niet. Wie denk je wel dat je bent? Wie heb je achter je?'

Dat was een erg goede vraag, vond Lucas.

'Vertel eens,' vroeg Charles, 'ken je Woody Allen?'

'Niet persoonlijk.'

'Woody is een beste kerel,' zei Charles. 'Want hij lijdt.'

'O ja?'

'Woody kwam naar Palestina,' zei Charles, en hij nam een slok van zijn ijskoude Heineken. 'Hij is zelf een jood. Maar hij zag de bezetting en sprak zich daarover uit. Hij sprak zich uit tegen de mishandelingen en schietpartijen. En wat gebeurde er? De Amerikaanse kranten belasterden hem. Ze kozen partij voor zijn vrouw.'

Lucas deed alsof hij over Woody Allen nadacht.

Charles haalde zijn schouders op, alsof het allemaal vanzelf sprak. 'En dus,' zei hij tegen Lucas, 'kun je het wel vergeten. Schrijf liever over Woody.'

'Kom nou,' zei Lucas. 'Woody Allen is hier nooit geweest.'

Het koude bier liet zijn wenkbrauwen tintelen.

'Hij was hier,' hield Charles vol. 'Veel mensen hebben hem gezien.'

Ze gingen er niet verder op in.

'Schrijf over majnoon,' stelde Charles voor.

'Misschien. Mag ik ze hierheen brengen?'

'Breng ze maar. Geef maar geld uit.'

'Misschien ga ik gewoon een tijdje weg,' zei Lucas. Hij verraste zichzelf met zijn mededeelzaamheid.

'Als je terugkomt, ben ik er niet,' zei Charles rustig. 'Straks ben ik hier de laatste Habib uit Nazareth. Nou, tot ziens dan.'

'*Au revoir*,' zei Lucas, en hij ging naar buiten en liep over de Via Dolorosa langs de Kerk van Sint-Anna bij de vijver van Bethesda. Dat was een plek waar hij die dag niet heen zou gaan; om een aantal redenen durfde hij het niet. Bij de Leeuwenpoort stonden taxi's en *sheruts* te wachten; hij liep ze voorbij. Voorbij de Jericho Road daalden nog meer pelgrims de Olijfberg af. Plotseling voelde Lucas zich uitgeput. De energie die hem op deze paasochtend naar buiten had gedreven, was helemaal opgebruikt.

Een van de taxichauffeurs benaderde hem, en hij onderhandelde over de prijs van een rit naar het Intercontinental Hotel, hoger op de helling. Hij wilde op de stad neerkijken. Toen ze daar aankwamen, bleek het hotel dicht te zijn; de glazen oppervlakken waren glimmend en donker. Hij stapte toch uit, stak de straat over en keek naar Jeruzalem. Van hieruit kon hij op de Tempelberg kijken, en over alle daken van de ommuurde stad. Er begonnen weer klokken te luiden, uit alle richtingen, hun klanken verspreid door de wind.

Met de glanzende, uivormige torens van de Heilige Maria Magdalena beneden zich daalde hij de steile straat van keistenen af. Hij ging de hoek om, liep langs de muur van de kerk en was bij de volgende bocht opeens omsingeld. Door het hek om de kerk kwam een stroom gelovigen. Twee kleine Russische nonnen, gehuld in het zwart, leidden hen buigend naar huis. Een Russische priester in liturgisch gewaad stond naast de kerkdeuren een sigaret te roken en praatte met twee Arabische mannen in stijve zondagse pakken.

Ongeveer de helft van de gelovigen was Palestijns, maar er waren ook veel Russen bij. Die Russen waren voor het merendeel vrouwen. Velen van hen hadden zich op de typisch Centraal-Europese manier nogal overdreven gekleed, zoals Israëlische vrouwen op leeftijd soms ook doen als ze naar een bijzondere gelegenheid gaan, met meer hoeden dan je gewend bent te zien, en met modieuze laarzen en stukjes bont, al was het warm. Lucas wist dat de meesten van hen een Israëlisch paspoort hadden. En hoewel ze, afdalend naar de Jericho Road, opgewekt met elkaar praatten, hing er toch een soort schuldbewuste behoedzaamheid om hen heen. Enkele Russen voelden blijkbaar dat Lucas naar hen keek. Ze draaiden zich om en zagen dat hij niet een van hen was.

Ze zouden ervan staan te kijken, dacht Lucas, als ze wisten hoeveel hij en zij met elkaar gemeen hadden. Zaadjes van licht, verspreid in de duisternis. Van wie? Van wat?

Naast hem liep een jonge vrouw, niet veel ouder dan een tiener. Ze keken elkaar aan en Lucas glimlachte. Ze had een opgejaagd gezicht en lange, donkere wimpers. Toen sprak ze hem in het Russisch aan, en Lucas kon alleen maar met zijn hoofd schudden en blijven glimlachen. Een beetje geschrokken vertraagde ze haar pas en liet hem doorlopen. Als iedereen boven de aarde zweeft, dacht Lucas, zijn wij hier nog, opkijkend naar de Olijfberg en in onzekerheid over de richting waarin we moeten vluchten.

Lucas had kort geleden tijdens een rit door de Gazastrook een verhit gesprek met een collega-journalist gehad, een Fransman die hartstochtelijk in de Palestijnse zaak geloofde. In dat gesprek had Lucas zoals gewoonlijk geprobeerd beide kanten van de zaak te belichten. De Fransman had hem op zijn nummer gezet en gezegd dat hij als Amerikaan natuurlijk niet beter wist. En Israël zelf was niets meer dan een Amerikaanse kolonie, zei de Fransman; het land was nog Amerikaanser dan Amerika.

Op dat moment bevonden ze zich diep in de Strook. Ze reden tussen de onuitsprekelijke krotten van het Bureij-kamp dat zich eindeloos naar de woestijn uitstrekte, en die van het Nuseiratkamp dat pas ophield bij de zee. De hele dag hadden ze woedende en wanhopige gezichten gezien. Ze waren alleen.

‘Als het hier nu tot een explosie komt,’ had Lucas de Fransman uitgedaagd, ‘welke kant zou je dan op vluchten? Als de bom barstte?’

De Fransman had hooghartig geantwoord dat hij liever niet op zo’n manier wilde denken. Dat had Lucas kwaad gemaakt. Alsof er andere manieren waren om te denken.

‘Ik stel voor dat jij probeert naar Mekka te vluchten,’ had Lucas tegen hem gezegd. ‘Zelf probeer ik bij Fink te komen.’

Fink was een bar in King George Street in Jeruzalem waar ze wisten hoe je een martini moet mixen.

Boven de Tuinen van Gethsemane verliet hij de Russen om koers te zetten naar de onafzienbare joodse begraafplaatsen boven Kidron. Tussen de witte grafstenen stonden figuren die in zwart gehuld waren, sommige alleen, andere in groepjes van twee of drie. Dat waren religieuze joden die psalmen zeiden bij de graven van hun doden. Lucas volgde een kalkstenen pad tussen de hellenistische graven boven hem en de Jericho Road beneden hem. Even later bevond hij zich tien rijen boven een groepje van drie mannen. Twee waren oud, met grote hoeden en wijde jassen. De derde was jonger; hij droeg een donkere broek en een blauw jack. Een zwart-en-goudkleurige keppel zat in zijn haar gespeld. Een automatisch geweer hing met een riem aan zijn schouder.

Terwijl Lucas naar hen keek, draaide de jongeman met het geweer zich langzaam om. Blijkbaar had hij gevoeld dat Lucas daar achter hem was. Toen hij Lucas zag, keek hij hem aan. Er kwamen rimpels in zijn voorhoofd. De twee oudere mannen naast hem waren diep in gebed verzonken; hun hoofden waren naar elkaar toe gericht en gingen druk op en neer. Lucas liep door, aangestaard door de jongeman. Hij wist eigenlijk niet wat hij daar deed.

Hij wandelde door de Leeuwenpoort terug in de richting vanwaar hij gekomen was. Zo kwam hij weer midden in het paasfeest terecht. Hij sloeg linksaf om Tariq al-Wad te volgen, waar het rustiger was. Toen hij een open sapwinkel naderde, hunkerde hij meteen naar iets koels en zoets. De oude eigenaar en zijn nerveuze, pokdalige zoon keken zorgelijk toen ze Lucas zagen naderen.

'*Tamarhindi?*' vroeg Lucas. Hij ging naar de toonbank en zag in een hoek van de winkel, onzichtbaar vanaf de straat, een majnoon zitten met een vreemd lachje. De majnoon droeg een westers pak en een wit overhemd waarvan alle knoopjes dicht waren. Hij leek op Jerry Lewis en zijn waanideeën gaven hem ook nog een uitstraling van uitbundige absurditeit die aan Lewis' idiote personages deed denken.

De zoon gaf Lucas een kartonnen bekertje met tamarindesap, terwijl de majnoon vrolijk toekeek. Lucas pakte het aan en ging op een ongeverfde rechte stoel zitten, vanwaar hij de overwelfde straat kon zien.

Het volgende moment liep er een dikke jonge mullah voorbij, een leraar van een van de *madrasa's* van de Bab al-Nazir, waarschijnlijk een wijkopzichter van Hamas. Hij had een kalme maar geëxalteerde uitdrukking op zijn gezicht. Toen hij Lucas daar zag zitten, veranderde zijn gezicht. Vurige ogen, de blik van Jehu, en toen leegte, niets. Vanaf zijn stoel beantwoordde Lucas die leegte.

Hij had zich tot Jeruzalem-poker laten verleiden, het spel van wederzijdse, vijandige onzichtbaarheid dat hij eerder die ochtend in de Armeense Wijk had gezien. In dat spel was hij nauwelijks een serieuze deelnemer; met zijn gebrek aan geloof en zijn vage identiteit kon iedereen hem gemakkelijk laten verdwijnen. Zoals zijn vriend Charles had opgemerkt: hij had niemand achter zich. Hij nam een slokje van het zoete vruchtensap en dacht daarover na.

Als hij Charles' waarschuwing in acht nam, dacht Lucas, en het verhaal over corruptie en smokkel met rust liet, had hij een ander stuk achter de hand: een artikel over mensenrechten in Gaza. Daar zou hij erg graag heen willen gaan. In tegenstelling tot Judea had dat gebied geen relikwieën of natuurschoon, en de enige oudheden waren smerige puinhopen waarop, voorzover het iemand interesseerde, Samson misschien nog steeds aan een wiel draaide – blind, geketend, bewaakt door verveelde, ongelukkige, kettingrokende jongemannen met machinegeweren en groene baretten. Gaza's enige rijkdom was een slechte voorgeschiedenis op metafysische schaal. De Gazastrook lag op een dwarsbalk van de balk in het Almachtige Oog, bij voorbaat vergelding aantrekkend, bij voorbaat verloren. Lang geleden had Jeremia huilen en schreeuwen als enige mogelijke activiteit voor de bewoners van Gaza aanbevolen, en de bevolking had nooit meer de kans gekregen dat af te leren.

Zodra hij opstond, begonnen de eigenaren van de sapwinkel hun golfijzeren rolluiken neer te halen. Lucas wandelde door de oude straat in de richting van de Haram. De Bab al-Nazir, de Poort van de Wachter, bood een schat aan islamitische geschiedenis. Hij had daar eens een rondleiding gehad van een collega die het verschil tussen Mammelukse en Ottomaanse lateibalken kon zien, en tussen Umayyaadse en Ayyubidische bogen.

Het enige bouwwerk dat hij zich van die rondleiding herinnerde, was een eeuwenoud gebouw met vijf ramen, een wijde boog van roze steen en een duizelingwekkende en uitnodigende deuropening zoals Lucas nergens anders in de stad had gezien. Het was dicht bij de Haram-poort zelf en volgens zijn collega was het een gastenverblijf geweest voor soefi's die Jeruzalem bezochten. Toen hij erlangs kwam, zag hij dat de deur openstond, en in een impuls ging hij naar binnen. Hij kwam in een gang met een rijk gedecoreerd plafondgewelf, gesteund door zuilen die ouder leken dan de kruistochten. Lucas trok zijn schoenen uit en droeg ze in zijn hand.

De gang leidde naar een stoffige open binnenplaats waar bomen in grote potten groeiden. Boogramen, bedekt met fijnmazig rasterwerk, keken op die binnenplaats uit. Voorbij deze open ruimte bevond zich een tweede, nog grotere ruimte, omringd door gebouwen die lage, platte daken met traliehekjes en bloembakken vol goudsbloemen hadden.

Toen Lucas zich omdraaide en terug wilde lopen, stond hij opeens tegenover een kind. Het kind was ongeveer vijf jaar oud en droeg een prachtige, gebloemde, fluweelachtige jurk die eruitzag alsof hij eens in een verre, koude christelijke kinderkamer was gedragen. Ze had een erg donkere huid, zo zwart als die van een West-Afrikaan, en haar wollige haar was in twee paardenstaartjes gevlochten.

'Hallo,' zei Lucas tegen het kleine meisje.

Het kind stond ernstig en onbewogen naar hem te kijken. Haar ogen waren groot en diep. Boven een van haar wenkbrauwen verschenen twee rimpeltjes van afkeuring. Toen hij een stap in haar richting zette, vluchtte ze weg. Ze rende op blote voeten over de binnenplaats en verhoogde haar snelheid met elke stap. Toen zag Lucas helemaal aan het eind van de binnenplaats slanke gestalten verschijnen. Mannen met witte tulbanden, lang, zwart en slank, keken naar hem. Sommigen stonden op de binnenplaats waar hij eerder doorheen was gekomen, en anderen stonden op de lage daken, waar de goudsbloemen groeiden. Ergens binnen hoorde hij een zangerige vrouwenstem.

Het schoot Lucas te binnen dat hij misschien ergens was binnengegaan waar hij niet welkom was. Hij was blij dat hij zijn schoenen had uitgetrokken. Voor hem uit eindigde de binnenplaats bij weer een deuropening, en hij dacht dat die naar de straat zou leiden. Maar toen hij daarheen ging, kwam hij alleen maar bij een okergele muur waarin nog vaag de contouren van een tweede deuropening te zien waren.

Hij draaide zich om en liep zo vlug als op zijn kousenvoeten mogelijk was naar de binnenplaats terug die hij zojuist had verlaten. De lange mannen met tulbanden stonden nog onbeweeglijk op precies dezelfde plaats. Lucas knikte hen in het voorbijgaan vriendelijk toe. De mannen hadden geen enkele uitdrukking op hun gezicht. Ze keken niet dreigend, niet geruststellend, waren alleen op hun hoede. Zonder over zijn schouder te kijken liep hij hen voorbij naar de eerste binnenplaats en kwam zo weer in de zuilengang terug. De buitendeur waardoor hij was binnengekomen, was nu dicht, en in de gang heerste een koele schemering. De straat buiten leek merkwaardig stil. Toen klonk op korte afstand de oproep tot het gebed van de Haram. De versterkte verzen galmden tussen de zuilen door.

Lucas keek gefascineerd naar het stenen gewelf boven hem. Het was een prachtig gecanneleerde halve koepel, met delicate lijnen die een bijna metafysisch karakter hadden. Hij kon zich heel goed voorstellen dat hier derwisjen aan het werk waren geweest; alles leek zo onmogelijk oud. En wat was het typerend voor deze stad, dacht hij, dat zoiets helemaal weggestopt zat, achter een halfvergane deur in een achterafstraatje.

Omdat hij helemaal verdiept was in de cannelures boven hem, schrok hij van een dichtvallende deur. Ergens boven de binnenplaats klonken de stappen van ongeschoeide voeten. Instinctief trok hij zich in de schaduw van een zuil terug.

In de gang verscheen een jonge Arabische vrouw. Toen ze een doek om zich heen trok, verdween ze in een werveling van stof. Hij zag haar naar de buitendeur gaan en hem openmaken, zodat het daglicht op haar viel.

Haar gezicht en haar waren nog onbedekt, en Lucas zag tot zijn verbazing dat ze een kort afrokapsel had. Haar ogen waren geaccentueerd met kohl. Leunend tegen de deurstijl trok ze haar sandalen aan. Op haar enkels en de bruine huid van haar voeten tekende zich een bloempatroon af, en onder haar djellaba bleek ze een kaki broek te dragen. Lucas drukte zich nog verder in de schaduw van de zuil weg. Hij had het gevoel dat de paar weken dat hij Arabische lessen had gevolgd in de Aelia Capitolina YMCA niet genoeg waren als hij werd betrapt. Hij zou nooit precies kunnen uitleggen waarom hij daar verscholen stond.

De jonge vrouw, die moeite had met een van de sandalen, begon te zingen.

'*Something cool,*' zong ze tot Lucas' verbazing. '*I'd like to order something cool.*'

Ze ging heel welluidend een halve toon omlaag, en Lucas, die de volgende regel kende, kwam in de verleiding om mee te zingen. Hij kon dat bijna niet laten, maar hij bleef zwijgend toekijken terwijl ze de tweede sandaal aantrok, de capuchon van haar gewaad omhoogtrok en vlug naar buiten ging, Lucas achterlatend in de tijdloze schemering.

Toen hij op straat kwam, was ze verdwenen. Hij streek over zijn voorhoofd. Wie wist tot welk mysterieus aspect van de stad ze behoorde? Deze stad zat vol geheimen.

2

De praktijk van de gynaecoloog bevond zich in Graetz Street, een fraaie straat in de Duitse Kolonie, met johannesbroodbomen en Norfolk Island-dennen. Hij heette Kleinholz. Als jongeman had hij aan de Grand Concourse in de Bronx gepraktiseerd en in die tijd had hij grote sympathie voor de Communistische Partij gehad. Sonia vertegenwoordigde voor hem de tijd van vroeger.

'Ik kan me je vader nog zo goed herinneren,' zei hij terwijl hij het recept uitschreef dat ze wilde hebben. 'Zo'n knappe kerel.'

'Hij zag er altijd goed uit,' gaf Sonia toe. 'Moeder moest hem goed in het oog houden.' Ze had het gevoel dat Kleinholz haar vader geen knappe kerel zou hebben genoemd als hij, haar vader, blank was geweest. Maar ze maakte zich niet druk meer om zulke dingen, en in de situatie waarin ze nu verkeerde kon dokter Kleinholz niets verkeerd doen. Ze nam het recept met stilzwijgende dankbaarheid in ontvangst en bedwong haar hevige impuls om het te lezen en te zien hoeveel van de pijnstillers hij haar had voorgeschreven. Ze kreeg ze voor menstruatiepijn, maar Sonia gebruikte ze soms ook om tot innerlijke harmonie en vervulling te komen, en ze gaf ze ook aan haar vriend Berger.

'Ooit in de buurt terug geweest?' vroeg dokter Kleinholz haar. Ze had alleen het eerste jaar van haar leven in de Bronx gewoond. Daarna hadden de Barnes min of meer als voortvluchtigen geleefd. Ze gingen van stad naar stad en van baan naar baan, en steeds had de FBI of de plaatselijke politie hen ontdekt en hun het leven zuur gemaakt. Ze zochten het vooral in industriesteden: Youngstown, Detroit, Duluth, Oakland, Tacoma. In de loop van hun reizen in de jaren zestig hadden ze de werkende klasse zien verdwijnen en hadden ze de opkomst en neergang van Nieuw Links meegemaakt.

'Eén keer,' zei ze. 'Er wonen nu vooral latino's. Voorzover er nog iets van over is.'

'Het was zo'n mooie buurt,' zei dokter Kleinholz met een weemoedig lachje. 'Ik hoop dat je je dat herinnert.'

Ze herinnerde zich er niets van. Wel was haar verteld dat de Bronx destijds een van de weinige buurten buiten Greenwich Village was waar een raciaal gemengd paar als haar ouders op een prettige manier kon leven. De huisbaas was een progressieve man, een vriend van de Partij. De Mexicaanse oude baas was nog gewond geraakt in de Spaanse Burgeroorlog.

'Ja, het was mooi,' zei ze.

Iedereen zei dat. Bijna alle oude mensen waren vervuld van nostalgie. Als alles toen zo mooi was, dacht ze soms, waartegen kwamen we dan met ons allen in opstand?

Kleinholz knikte en stond langzaam achter zijn bureau op om haar de hand te schudden. Israël zat vol met overblijfselen uit het verleden, en deze arts was daar duidelijk een van. Met zijn bril op het puntje van zijn neus, zijn witte jas en stethoscoop leek hij typisch een huisarts in een film uit de jaren dertig.

'Ik moet dit vragen,' zei Kleinholz. 'Wat zijn dat voor figuren op uw voeten?'

Ze lachte. 'Dat is henna. Toen ik in Baidoa werkte, pikten we dat min of meer op van de Somalische vrouwen. Gewoon voor de lol.'

'Goed,' zei dokter Kleinholz. 'Ik was al bang dat het tatoeages waren.'

'Nee,' zei ze. 'Het is maar henna.'

Er was een apotheek in Emek Refaim en daar ging ze met het recept naartoe. Hij had haar twintig tabletten voorgeschreven. Ze kocht ook wat stomazakken, watten en blikjes vloeibaar voedsel om mee te nemen als ze op bezoek ging.

Ze woonde een paar blokken verderop, in een appartement in Rehavia. Daar aangekomen, nam ze een douche en trok ze de kleren aan die ze aan de Palestijnse kant van de stad droeg: een shirt en een broek onder een Nubisch gewaad en een hoofddoek. In dat deel van de stad fungeerde die kleding als een mantel van onzichtbaarheid. Aan de Israëlische kant keken Arabische werklieden soms naar haar. Ze vroegen zich af wat een Arabisch meisje daar in haar eentje tussen de joden deed.

Ze nam de bus naar de Jaffapoort. Er liepen nog veel paaspelgrims rond. Sonia liet ze achter zich en liep door de stille binnenplaatsen van het Armeense klooster naar de Tariq al-Zat. Op de Khan al-Sultan-soek kocht ze wat broodjes, snoepgoed en fruit.

Sonia was op weg naar de Tariq Bab al-Nazir, een eeuwenoude smalle straat die naar de Nazirpoort leidde, een toegang tot de heilige mohammedaanse plaatsen waardoor zowel gelovigen als ongelovigen mochten gaan. Haar vriend Berger woonde in een klein tuinappartement met uitzicht op de binnenplaatsen van de Ribat al-Mansuri, een vervallen palazzo dat honderd jaar eerder door een Ayyubidische sultan voor soefi-pelgrims was gebouwd. Het palazzo was achtereenvolgens een gevangenis, een ruïne en een huurkazerne geweest.

In de jaren voor 1967 had een soefi-sjeik, een Amerikaan van joodse herkomst die Abdullah Walter heette, in datzelfde appartement gewoond. Als eminente bekeerling had Walter de bescherming genoten van al-Husseini, de grootmoefti zelf.

Na de Zesdaagse Oorlog was het eigendom in andere handen overgegaan. Walter was naar Californië vertrokken en daar gestorven, en hij had Berger al-Tariq, zijn vriend en leerling, achtergelaten. De gemeente had het halve gebouw gesloopt en de ramen die op de Haram uitkeken dichtgemetseld. De huidige eigenaar van het geheel was een lid van de Armeense kerk, een tegelmaker met een werkplaats aan de Via Dolorosa.

Kleine zwarte kinderen in het wit zagen haar met haar mand door de eeuwenoude zuilengang naar de binnenplaats lopen. Ooit waren de Soedanese bewakers van de Haram in een gebouw aan de overkant ingekwartierd, en er woonden nog zwarte mensen in de buurt. Sonia had een fantasie waarin ze zich voorstelde dat daar altijd zwarten hadden gewoond, door de eeuwen heen, al in de tijd van de Koesjitische soldaten van de farao.

Vandaag had ze balpennen voor de kinderen.

'Hé daar,' zei ze toen twee jongetjes naar haar toe renden. 'Hé, alles kits?'

Er waren vier kinderen en voordat ze naar boven ging, kregen ze ieder een pen.

Het interieur van het appartement was donker, en er hing een geur van wierook. Berger al-Tariq lag op een divan, steunend op kussens. Naast hem lag opengevouwen een Simenon, *Maigret en Vacances*.

Ze zette de boodschappen in de hoek, naast zijn aanrecht en kookplaatje.

'Hier is de paashaas,' zei ze. 'Een paar dingen die je misschien nodig hebt. Kun je eten?'

'De komende twee dagen niet,' zei Berger. 'En daarna weet ik het niet.' Hij deed een vergeefse poging om op te staan. 'Mag ik vragen,' vroeg hij preuts, 'of de paashaas ook aan stomazakken heeft gedacht?'

'Reken maar.'

Ze keek naar hem terwijl hij een van de Israëlische sigaretten aanstak waar hij zo van hield. De ruggen van zijn lange slanke handen waren sproetig en prachtig getekend met opbollende aderen.

'Wat een minderwaardig einde van de dingen,' zei hij opgewekt. 'Wat een vernedering.'

'Je moet ergens heen gaan waar je het comfortabel hebt.'

'Ik heb hier altijd willen sterven,' zei hij. 'Maar nu niet meer.'

'Heb je geld om te reizen?'

Hij gaf geen antwoord maar bewoog zijn hand om de rook te verdrijven. Ze pakte de sigaret uit zijn hand en nam een trek.

'Ik kan wel aan geld komen,' zei ze. 'Ik kan waarschijnlijk werk krijgen in Tel Aviv. Iets voor langere tijd.'

Ze haalde de tabletten te voorschijn, schudde een paar op haar hand voor haarzelf en gaf hem het doosje.

'Hé, heb je pijn?'

Hij lachte en nam de tabletten van haar aan. 'Ik heb pijn. En ik heb daar geen talent voor.'

Ze nam een paar van de tabletten en slikte ze door met een slok uit zijn fles mineraalwater.

'Wat ga je nu doen?' vroeg hij. Ze hadden elkaar een aantal dagen niet gezien.

Ze blies haar wangen enigszins op en zuchtte. 'Ik weet het niet, Berger.'

'Wat zou je het liefst willen?'

'Het allerliefst zou ik weer naar Cuba gaan. Ik heb dat altijd gemist.'

'Zouden ze je terug willen hebben?'
'Misschien. Waarschijnlijk wel.'
'Maar dat zal niet blijvend zijn.'
'Nou,' zei ze, 'ik heb erover gedacht om in de Gazastrook te gaan werken. Maar het is daar tegenwoordig zo religieus. Dat zit me een beetje dwars.'
'Ik heb je teleurgesteld,' zei Berger.
'Je moet geen medelijden met me hebben. Je moet ook geen medelijden met jezelf hebben. Dat zijn de regels waaruit alles voortkomt, weet je nog wel?'
'Er is altijd een soort blindheid.'
'Dat begrijp ik,' zei ze.
Ze had Berger in het jaar voor de intifada ontmoet, toen de Oude Stad een magisch tapijt was. Caïro was maar een taxirit van de stad vandaan geweest. Alle mensen waren vrienden, of tenminste, zo had het aan de oppervlakte geleken. Het was het land ten oosten van Suez geweest, een geopend Sesam van exotische schatten, waar zowel het beste als het slechtste te vinden was. Ze had die regel van Kipling nooit begrepen, totdat ze naar Jeruzalem kwam.
Dat was een van de jaren geweest waarin ze veel te weinig werk had. Ze was garderobejuffrouw in New York geweest, in een restaurant in de Upper East Side, en ze had gezongen als ze ergens een schnabbel kon krijgen. Het was het beste deel van de jaren tachtig geweest. Ze was bij de soefi's terechtgekomen en die hadden haar op de een of andere manier aan Berger overgedragen. Samen hadden ze naar het Ongeschapen Licht gezocht.
'Ja,' zei Berger nu. 'Dat weet ik.'
Aan alles kwam een eind, en voor Berger was het een lelijk eind geweest. De shebab beschouwden hem als een sodomiet, want hij had ooit Arabische jongens het hof gemaakt. De Gush Emunim had een oogje op de madrasa laten vallen; de militante zionisten zetten de Armeniër onder druk, die erover dacht zijn bezit aan hen te verkopen en zich bij zijn familie in de Verenigde Staten te voegen. De Gush had Berger, een Oostenrijker, in de eenzaamheid van zijn appartement ontdekt.
Toen was hij ziek geworden. Hij had aan de Palestijnse kant niet de juiste arts kunnen vinden. Het idee van een Israëlische

arts gaf hem een gevoel dat hijzelf 'verlegenheid' noemde. Het was het soort verlegenheid dat elke landgenoot van Eichmann zou kunnen voelen. Uiteindelijk was hij naar het Franse ziekenhuis in Caïro gegaan. Sonia had geprobeerd wat namen van artsen van de Amerikaanse consulaten aan beide kanten van de stad te krijgen, maar hij was daar niet gerust op geweest.

'Ik ga over een paar dagen naar Tel Aviv,' zei ze tegen Berger. 'Misschien kan ik daar wat werk vinden. Kun je je redden?'

'Ja, ik denk van wel.'

Ze keek hem met grote ogen aan. 'Arme man,' zei ze met een twinkeling. 'Je zult wel moeten, hè?'

Ze lachten.

'Weet je,' zei hij. 'Ik ga eruit door de deur waardoor ik ook ben binnengekomen. Om dat te doen zal ik alles moeten prijsgeven wat ik in mijn leven heb geleerd.'

'Gebruik het allemaal,' zei ze. 'Wees blij dat je het hebt.'

Dat vond ze het mooiste aan Berger: ze kon alles tegen hem zeggen wat in haar opkwam. Hij keek haar aan en schudde zijn hoofd.

'Hoe gaan die dingen?' vroeg hij. 'Ik heb gedaan wat ik deed. En dat moet ik blijven doen.'

'Zo is het, Berger.'

Hij liet een groen gordijn zakken om zijn slaapalkoof van de rest van het appartement te scheiden en begon zijn stomazak te vervangen.

'Heb je nog hoop?' vroeg hij. Hun kleine groepje had een eigen jargon ontwikkeld.

Ze had een Moorse deur met rasterwerk opengezet die op de kleine zonnige binnenplaats uitkwam, en zette haar stoel ernaast. Uit de droge bodem in het midden van de binnenplaats groeide een olijfboom. Twee potten met sinaasappelbomen die er dorstig uitzagen stonden op de losse keistenen. De hemel had een diepblauw middaglicht.

Sonia zuchtte om het licht, de groene bomen, het prachtige weer. Op dat moment was ze tevreden.

'Ja,' zei ze. 'Ik heb nog hoop.'

3

In het gemeenschapscentrum waren meer dan honderd jonge orthodoxe mannen aan het pingpongen. Hun *peies*, de haarlokken aan de zijkanten van hun gezicht, en de slippen van hun overhemden vlogen heen en weer, en hun ogen schitterden van plezier, voldoening of woede. Ze waren allemaal goed, en sommigen waren erg goed. Ze speelden fanatiek en agressief. De meesten spraken Engels, en van tijd tot tijd riep er een '*Christ!*' of '*Yess!*', de triomfkreten van Amerikaanse tieners.

Je kon alleen via de tafeltennishal van het centrum in de wachtkamer van Pinchas Obermann komen. Dat was een eigenaardigheid van het complex, dat zich in een nieuw flatgebouw in de snel groeiende noordelijke buitenwijken van Jeruzalem bevond.

Er zaten twee mannen in de wachtkamer. De een was ongeveer dertig en droeg een stonewashed spijkerbroek, een zwart overhemd en een beige jack. Hoewel het na tien uur 's avonds was, droeg hij een Ray-Ban in dokter Obermanns flakkerende tl-licht. Bij zijn stoel stond een klarinetkoffertje.

De tweede man was ouder. Hij was dik, had ronde schouders en zat er melancholiek bij. Hij droeg een kaki broek, een wit overhemd met geruite das en een tweedjasje.

De jongere man keek onbeschaamd naar de oudere, zonder zijn blik ook maar even van hem weg te nemen. Dat werkte op het gemoed van de oudere, die deed alsof hij de *Jerusalem Report* las.

Nadat de twee mannen enige tijd hadden gewacht, klonk er een stem in de spreekkamer van dokter Obermann.

'Melker!'

Het was een gebiedende stem, waarin geen enkele zorgzaamheid of persoonlijke betrokkenheid doorklonk, en hij drong moeiteloos door de gesloten deur heen. Dokter Obermann werkte zonder receptioniste en zonder een heleboel andere dingen. De jongeman wierp de oudere man een laatste blik toe en slenterde toen naar binnen. Hij nam zijn instrument mee.

Dokter Obermann had een rode baard, gemillimeterd haar en een dikke buik. Hij droeg een coltrui en een katoenen broek en een legerbrilletje.

'Meneer Melker,' zei hij. Hij stond op om de jongeman de hand te schudden. 'Of moet ik je Raziel noemen? Of moet ik je Zachariah noemen? Hoe moet ik je noemen?'

'Als je jou zo hoort, heb ik een meervoudige persoonlijkheid,' zei de jonge Melker. 'Noem me maar Razz.'

'Razz,' herhaalde de dokter toonloos. 'Ik zie dat je je klarinet bij je hebt.'

'Zal ik erop spelen?'

'Ik dwing me om dat grote genoegen uit te stellen tot een geschikter tijdstip. Ben je nog aan de drugs?'

'Ik ben zo clean als de oogleden van de dageraad,' zei Razz. 'Ik ben gelukkig.'

Obermann keek hem neutraal aan.

'Doe je zonnebril af,' zei hij, 'en vertel me over je spirituele leven.'

'Jij hebt lef, Obie,' zei Razz Melker. Hij ging zitten en zette zijn bril af. 'Je denkt dat je het aan mijn ogen kunt zien?' Hij zei het goedgehumeurd. 'Als ik gebruikte, denk je dat ik dan zo'n bril had? En deze kleren? Wil je mijn aderen zien?' Hij schudde toegeeflijk met zijn hoofd. 'O ja, met al die kleine *buchers* die daar tegen die balletjes aan het meppen zijn, is het een beetje moeilijk om over het spirituele leven te praten.'

'Denk je dat die jongelui dat ook hebben?'

'Hé,' zei Raziel vlug, 'ze stellen ons allemaal in de schaduw. Geen twijfel mogelijk.'

'Ik ben blij dat je clean bent,' zei dokter Obermann. 'Dat is belangrijk. En dat je gelukkig bent, is ook goed.'

'Misschien een jointje op zijn tijd. Dat is alles.' Hij glimlachte als een stoute jongen en spreidde zijn lange benen voor zich uit. Hij droeg hagedissenleren laarzen uit Afrika.

Obermann keek hem zwijgend aan.

'Wil je over míjn spirituele leven horen? Ik heb dat nog. Is dat goed?'

'Dat hangt ervan af,' zei dokter Obermann.

Terwijl ze naar het rat-tat-tat van de pingpongballen luisterden, keek Razz tevreden in het kantoor om zich heen. Nu de zonnebril af was, bleek hij knipperende, bijziende ogen te hebben. In de kamer hingen posters van het Palazzo Grassi, het British Museum en het Metropolitan Museum. De onderwerpen lagen in de sfeer van primitieve of erg oude kunst.

'Je patiënt daar,' zei Razz. 'Die ouwe knakker. Zal ik je iets over hem vertellen?'

'Bemoei je met je eigen zaken,' zei Obermann.

'Hij werd opeens goj, weet je dat? Hij is tot het christendom bekeerd. Nou ja, dat was hij.'

Obermann keek Razz een ogenblik aan, zette toen zijn eigen bril af en wreef over zijn ogen.

'Jij kent hem,' drong de dokter aan. 'Je hebt al eens ergens van hem gehoord.'

'Ik verzeker je, man, dat ik hem nooit eerder heb gezien.'

'Wees zo goed,' zei dokter Obermann, 'mij niet met "man" aan te spreken.'

'Sorry,' zei Razz. 'Ik dacht dat je over mijn spirituele leven wilde weten. Ik denk dat ik ook vrij goed speel.'

'Er gaan veel drugs van hand tot hand in die clubs in Tel Aviv,' zei Obermann.

'Een waar woord, meneer. Maar zoals ik al zei: ik blijf eraf.'

'Heel goed,' zei Obermann.

'Ik heb geen zin om die naltrexonkuur nog een keer te doen,' zei Razz Melker. 'Jezus, alles wat William Burroughs over slaapkuren zei, is waar. Het is pure ellende.'

'Je vader zou graag willen dat je naar Michigan terugkomt.'

'Dat weet ik.'

'Hij maakt zich zorgen om je,' zei dokter Obermann. Met zijn bril op zijn voorhoofd schreef hij een recept voor Melker uit. Het ging om een licht kalmerend middel dat deel uitmaakte van de nazorg van de naltrexonkuur. Toen schreef hij vlug een briefje voor het ministerie van Defensie om ervoor te zorgen dat Melker opnieuw uitstel van militaire dienst kreeg. 'En verder vindt hij dat jouw bijdrage aan de joodse staat niet veel voorstelt.'

'Misschien vergist hij zich. Trouwens, zijn bijdrage is groot genoeg voor ons beiden.'

Dokter Obermann keek hem koel aan.

'Zeg tegen hem dat ik van hem houd,' zei Melker.

'Hoe gaat het met Sonia?' vroeg de dokter. 'Ook van de drugs af?'

'Kom nou, dokter, ze is geen junkie. Ze is een soefi, een echte. Ze neemt weleens wat.'

'Dat zou ze niet moeten doen,' zei de dokter.

'Jij mag haar graag, hè?'

'Ik mag haar heel graag,' zei Obermann.

'Dat weet ik. Ik heb het haar verteld.' Hij keek de dokter even aan. 'Je zou haar moeten horen zingen.'

'Ja,' zei dokter Obermann. 'Dat zou ik. Zijn jullie minnaars?'

Razz lachte en schudde zijn hoofd. 'Nee. Zal ik wat voor je regelen?'

'Onmogelijk.'

'Hoe gaat het met het boek?' vroeg Melker. 'Het boek over godsdienstmanie.'

Obermann haalde laatdunkend zijn schouders op.

'Kom ik erin voor?' vroeg Melker. 'En de *alter kocker* in de wachtkamer? Komt hij erin voor? Dat zou wel moeten.'

'Bel me als je last krijgt van chaos in je gedachten,' zei Obermann.

Melker lachte en boog zich vertrouwelijk naar voren.

'Maar dokter,' zei hij. 'Gedachten zelf zijn chaos. Ze verstoren het oerritme van het universum. Met ruis. Met psychische entropie. De grote denkers...'

'Eruit!' beval dokter Obermann. Melker stond op en pakte zijn papieren. Toen hij bij de deur was aangekomen, vroeg de dokter hem: 'Hoe wist je het? Van die man?'

Melker draaide zich om en keek hem strak aan. 'Hij is ook musicus. Dat is toch zo? Ik wed dat hij een goeie is. Hij ziet eruit als een bassist. Nee. Cello?'

'Jij hebt iets gezien,' zei Obermann. 'Hij moet eelt op zijn vingers hebben. Of zoiets.'

'Maar dat heeft hij niet,' zei Melker. 'Dus het is waar? Een muzikale christelijke bekeerling?'

'Waarom moet hij in mijn boek voorkomen?' vroeg Obermann.

'Ik zie de wortels van zijn ziel,' zei Melker.

'Onzin.'

'Als jij het zegt.'

Obermann keek hem strak aan. 'En wat zie je precies?'

'Ik heb al uitgelegd wat ik zie en hoe,' zei Melker. 'Ik denk dat je het wel begrijpt.'

De dokter richtte zich professoraal op. 'Wat ik misschien begrijp,' zei hij, 'en wat ik kan geloven, zijn...'

Melker onderbrak hem. 'Noem me zijn naam.'

'Dat kan ik niet,' zei dokter Obermann. 'Dat kan ik niet doen.'

'Jammer,' zei Raziel. 'Wat is de diagnose? Schizofreen? Manische depressie, waarschijnlijk. Hou hem goed in de gaten.'

'Dat zal ik doen. Maar waarom?'

'Waarom? Hij komt van de Koning, daarom. Hij rijdt in de Strijdwagen. Weet je, als je me niet uit de weg ging,' zei Razz Melker, 'als je niet bang voor me was, zou ik je misschien iets over die dingen vertellen.'

'Ik ben niet bang voor je,' zei de dokter. 'Je vader betaalt me niet om je vriend te zijn.'

Raziel bleef in de hal staan om naar de tafeltennissers te kijken. Hij stond bij de deur die naar het voorplein van het flatgebouw leidde. *Homo ludens*, dacht hij. Gods beeld in ieders oog. Hun jeugdige energie, hun hartstocht voor het spel was stimulerend en bracht de doodstille nacht tot leven. Bracht ook de doden tot leven.

Zijn aanwezigheid daar maakte enkele spelers nerveus; hij leek zo spottend, zo goddeloos. Ze zouden verbaasd zijn geweest als ze hoorden dat hij ooit een van hen was geweest, zwart pak, haarlokken opzij, *tzitzit* onder zijn overhemd, de randen die hem constant aan de zeshonderddertien *mitzvot* herinnerden.

Toen hij genoeg had van het kijken, ging Melker de woestijnwind in en liep over het kale betegelde plein naar de Egged-bushalte. Alle winkels in het kleine winkelcentrum in de buitenwijk waren dicht, behalve een shoarmakraam naast de recreatiezaal. Hij haalde zijn klarinet te voorschijn en begon de eerste noten van *Rhapsody in Blue* te spelen, eerst loom en toen explosief – perfect, leek het hem. Een hele tijd was er niemand die hem hoorde. De lichten van de shoarmakraam gingen uit. Hij stond daar en speelde: Raziel, een fantoomachtige straatartiest in een stenen stad van het labyrint. Maar voordat de bus er was, kwam dokter Obermanns oudere patiënt bij hem in het bushokje staan.

'Bravo,' zei de oudere man verlegen. 'Geweldig.'

'O ja?' vroeg Razz. Hij borg zijn instrument en rietje op. 'Dank u.' Hij voelde de ongerichte zielskracht van de man.

'Ja, u bent erg goed.' De man man scheen zijn best te doen om te glimlachen. 'U moet wel beroeps zijn.'

'En u?' vroeg Melker.

'Ik?' De man kuchte van verlegenheid. 'O, nee.'

'In de States,' zei Melker, 'zou een psychiater een achterdeur hebben, nietwaar? Opdat wij gekken elkaar niet bij de bushalte tegenkomen.'

De man in het tweed, de muzikale christelijke bekeerling, dacht blijkbaar enige tijd over die woorden na. Daar was hij nog steeds mee bezig toen de bus kwam aanrijden.

'Ik dacht dat u een artiest was,' zei Melker tegen de oudere man toen ze samen in de bus zaten. 'Dokter Obie heeft zijn spreekuur op rare tijden voor mensen uit de entertainmentsector. Ik dacht dat u musicus was, net als ik.'

'Nee, nee,' bromde de man. 'Nee, echt niet.'

'Wat bent u?'

De oudere man keek hem aan, deed alsof hij zich over die onbeschaamdheid verbaasde.

'Ik ben Adam De Kuff,' zei hij. 'En u?'

'Ik ben Raziel Melker. Ze noemen me Razz.' Hij keek van achter zijn zonnebril in De Kuffs ogen. 'U komt uit New Orleans.'

De Kuff keek een beetje zorgelijk. Maar hij glimlachte. 'Hoe wist u dat?'

Melker glimlachte terug. 'Er is in New Orleans een ziekenhuis dat De Kuff heet. Een joods ziekenhuis. En een concertgebouw, nietwaar? De Kuff is een grote oude naam in die stad. Een eersteklas naam.'

'Hoe dan ook,' zei de man stijfjes, 'ik moet het ermee doen. Het is de enige naam die ik heb.'

'Wat voor een naam is het, een Nederlandse?'

'Het is ooit een Nederlandse naam geweest, heb ik gehoord. Gespeld als K-U-I-F. Daarvoor was hij Spaans, De Cuervo of De Corvo. In West-Indië werd hij Nederlands. Of zo ongeveer Nederlands. En in Louisiana werd hij gewoon De Kuff.'

'Als ik een mede-gek ontmoet,' zei Razz bij wijze van uitleg, 'maakt dat me een beetje gekker.'

Adam De Kuff ging iets van hem vandaan zitten. Maar het was een lange rit en uiteindelijk raakten ze weer met elkaar in gesprek. De bus was bijna leeg. Hij reed tussen het vliegveld van Jeruzalem en het centrum van de stad en volgde de Ramallah Road, zigzaggend om passagiers af te zetten en op te pikken in nieuwbouwwijken zoals de wijk waar Obermann zijn praktijk had. Hij stopte bij Neveh Yaacog en Pisgat Ze'ev, en reed om French Hill en Ammunition Hill heen door de Bukharan-wijk en Mea Shearim naar Independence Park. De straten waar hij kwam, waren op dat late uur bijna verlaten en baadden in chemisch licht. De chauffeur was een norse Rus met rossig haar.

'Obermann is eigenlijk veel jonger dan hij eruitziet,' legde Razz aan De Kuff uit. 'Hij gedraagt zich als een oude man omdat hij een oude ziel heeft.' Onbewust had hij iets van De Kuffs beschaafde zuidelijke accent overgenomen.

De Kuff glimlachte bedroefd. 'Geldt dat niet voor ons allemaal?'

'Heeft hij je geholpen?' vroeg Razz. 'Neem me niet kwalijk dat ik het vraag, maar ik denk dat we een paar dingen met elkaar gemeen hebben.'

'Hij is erg bot. Een typische Israëli, denk ik. Maar ik mag hem graag.'

Ze bleven helemaal tot het eind van de lijn naast elkaar zitten, en hun gesprek ging zelfs de hele nacht door. In De Kuffs rommelige hotelkamer praatten ze over tantrisch boeddhisme en het *Boek van de Doden*, kundalini-yoga en de geschriften van Meister Eckhart. Toen de moslimoproep tot het gebed over de stad schalde, keken ze naar de hemel boven de Zionsberg, in afwachting van het eerste licht. De Kuffs cello stond in zijn koffer tegen een kastdeur.

Op een gegeven moment, in de kleine uurtjes, had Razz zijn hand uitgestoken en die van Adam vastgepakt. Adam had hem vlug teruggetrokken.

'Wat denk je, Adam?' had Razz gevraagd. 'Dat ik avances maak? Rustig maar. Ik zal je handpalm lezen.'

De Kuff liet hem gespannen begaan.

'Ben je gisteren naar de kerk geweest?' vroeg Raziel toen hij de hand van de man had gezien. De Kuff bracht zijn andere hand naar zijn voorhoofd. Het was of hij aanvankelijk vergeten was zich over Melkers vraag te verbazen.

'Ik ben naar *een* kerk geweest. Niet naar *de* kerk. Dat doe ik niet meer.'

'Het is inderdaad een hele vertoning,' zei Melker. Hij keek nog aandachtig naar De Kuffs hand en voegde eraan toe: 'Je moet erg eenzaam zijn.'

De oudere man was rood geworden en begon te transpireren. 'Is dat daar ook te zien? Nou, ik heb met de eenzaamheid leren leven. Al bevalt de eenzaamheid me net zo min als gezelschap.' De tweede oproep van de muezzin kwam over het dal. De Kuff deed zijn trieste olifantsogen dicht. 'Ik benijd ze om hun gebeden. Ja, de Arabieren. Ben je geschokt? Ik benijd iedereen die kan bidden.'

'Ik weet waarom jij niet kunt bidden,' zei Melker. 'Ik kan me voorstellen wat er gebeurt als je het doet.'

'Maar hoe dan?'

'Heb je het Obermann verteld?'

'Ja. Ik heb het geprobeerd.'

'Obie is goed, weet je dat? Maar ik denk dat hij niet klaar voor jou is.'

'Ach,' zei De Kuff glimlachend, 'ik ben gewoon een van de vele ongelukkige mensen.' Plotseling was het of er een gepaste vrolijkheid over hem kwam. Toen zag hij Raziels gezicht en verdween zijn glimlach weer.

'Hoe bevalt het je om christen te zijn?' vroeg Raziel.

'Ik weet het niet,' zei De Kuff. Hij keek diep beschaamd. 'Ik vond dat ik het moest doen.'

'Ik ook,' zei Razz. 'Ik was een jood-voor-Jezus.' Hij draaide zich op zijn stoel opzij, legde zijn hand op zijn knie en strekte zijn been. 'Hé, ik ben nog steeds voor Jezus. Je moet wel van die kerel houden.'

De Kuff keek hem verward aan.

'Ik denk dat ik de wortels van jouw ziel ken,' zei Raziel tegen hem. 'Geloof je me?' De oudere man keek in zijn ogen. Nu heb ik je, dacht Raziel. 'Denk je, omdat ik je bij de psychiater heb ontmoet, dat ik misschien gek ben?' vroeg Raziel.

'Die gedachte is bij me opgekomen.'

'Je liet je dopen,' vertelde Raziel hem. 'Je was katholiek. Je moeder is voor een deel niet-joods.'

'Ik ben nu erg moe,' zei Adam De Kuff. 'Ik wens je goedenacht.'

'Wil je slapen?' vroeg Raziel hem.

De Kuff keek hem angstig aan. Raziel stond op en ging achter zijn stoel staan. Hij legde zijn handen op de hals van de oude man en gaf er een draai aan. Een ogenblik was het of Adam het bewustzijn verloor. Toen verstijfde hij op de stoel en probeerde op te staan.

Raziel hield hem tegen door een zachte druk op zijn schouders uit te oefenen.

'Dat heb ik van een kundalini-yogi geleerd. Lukt altijd. Kundalini-yogi's slapen niet veel, maar als ze het doen, zijn ze er goed in. Neem een bad en je slaapt tot het avondeten.'

'Ik heb inderdaad moeite met slapen,' zei De Kuff, terwijl hij stijf overeind kwam.

'Natuurlijk.' Raziel klopte op de ronde schouders van zijn nieuwe vriend. 'Iemand heeft je wakker gemaakt. Wie weet wanneer?'

4

Mister Stanley bevond zich achter Hotel Best, op de eerste verdieping van een betonnen gebouw met blikkerige metalen muurbekleding en ondoorzichtige ruiten die een art-decocurve aan de straat lieten zien. Het was erg laat toen ze eindelijk arriveerde, kort na drie uur op een doordeweekse ochtend. De taxichauffeur die haar van het busstation hierheen bracht, zei dat hij uit Bukhara kwam. Hij sprak goed Engels en stelde vragen over Los Angeles. Sonia kende die stad niet goed. Hij ging niet in op haar vragen over Bukhara en de joodse slagwerkers die daarvandaan kwamen.

De straat waar Mister Stanley zich bevond, was twee blokken lang. Het was de tweede straat van het strand, met de achterdeuren en dienstingangen van de strandhotels en souvenirwinkels en snackbars, nu allemaal dicht en donker.

Een lichte motregen bevochtigde de lege, rommelige straat, en toen Sonia uit de taxi stapte, huiverde ze in de kille zeelucht, die ze niet gewend was. Ze was een echte Jeruzalemse geworden, gewend aan de droge heuvels. Voor de reis naar Tel Aviv droeg ze haar bohémien-outfit van Smith College in Massachusetts: denim rok, sandalen, zwart topje met turquoise halssnoer, duur zwart leren jasje. Toen ze de straat overstak, hoorde ze gelach in de schaduwen, diep gelach van onduidelijke sekse.

Het was geen ontmoeting waarop ze zich verheugde. Maar Stanley regelde nooit iets door de telefoon en stelde er eer in om bij daglicht niet te bereiken te zijn.

Het metalen rolluik voor de buitendeur was omlaag en ze moest er een tijdje aan rammelen voordat iemand kwam opendoen. Toen verscheen er een ongeschoren jongeman die eruitzag alsof hij had geslapen. Hij keek haar strak door het rolluik aan.

Toen ze hem in haar gebroken Hebreeuws toesprak, merkte ze dat hij een Palestijn was. Even later trok hij zwijgend het rolluik omhoog en ging hij een stap opzij om haar door te laten.

Plotseling klonk er een opname van rap-muziek. Ze beklom de trap en zag de spastische flitsen van stroboscooplampen door de duisternis boven haar schieten. Boven vond ze een deuropening naar de zwarte en blauwe dansvloer. Midden in dat alles zag ze Mister Stanley zelf, etherisch in het flikkerende licht. Hij voerde een soort Siberische cakewalk uit op Lock N Lodes mitrailleurteksten en grijnsde haar toe.

'Yo, Sonia! Kame-raad! Lieve-ling.'

Twee andere jonge Arabieren zaten op de vloer tegen de muur naar Stanleys optreden te kijken. Ze keken vriendelijk en van ontzag vervuld, als een paar schoenpoetsers in een Fred Astaire-film die Mister Fred geweldig vonden. Sonia stak haar hand op om haar ogen tegen de felle schittering van de stroboscooplampen te beschermen. 'Op een dag,' zei ze tegen Stanley, 'krijg ik hierboven een hartaanval.'

Hij kwam naar haar toe om haar te kussen en schudde zijn hoofd om de grove poëzie die uit zijn geluidssysteem kwam.

'Luister! Wat betekent dat, Sonia? Wat zegt hij?'

Er zaten primitieve gevangenistatoeages op zijn polsen en de ruggen van zijn handen. Schakels, netten en webben, uitgegutst in de spikkelige, sproetige huid. Ze vroeg zich af wat de immigratiedienst op het vliegveld Lod van hem had gedacht. Hij zal in het vliegtuig uit Moskou wel handschoenen hebben gedragen, dacht ze. Hij was afgekeurd voor militaire dienst vanwege die tatoeages.

'Sonia? Nu? Daarnet? Wat zei hij?'

'*Be chillin, muvvafucka, take off my rhyme*,' zei Sonia. 'Of zoiets.'

Stanley herhaalde het met een stevig accent. 'Wat betekent het?'

'Een bedreiging met de dood.' Ze moest haar stem verheffen om zich verstaanbaar te maken. 'Hij bedreigt iedereen die zijn rijm steelt.' Ze haalde geërgerd haar schouders op.

'Helemaal te gek!' zei Mister Stanley. '*Chillin muvvafucka!*' Hij spreidde zijn armen met losse polsen, als vleugels, en danste nog enkele passen. 'Wat is er? Vind je het niet mooi?'

'Ja,' zei ze. 'Ik vind het prima. Kun je dat licht uitdoen,' voegde ze eraan toe, 'want ik denk dat ik er epilepsie van krijg. Weet je wat ik bedoel?'

Hij kuste haar toegeeflijk en gaf een bevel in het Arabisch. Toen er een eind aan het geluid en het licht was gekomen, verscheen er een lange, donkere, opvallend aantrekkelijke jonge vrouw op de donkere dansvloer, in het licht van een spotje boven haar. Stanley leidde iedereen naar een tafel. Een van de twee jonge Arabieren bracht hun een dienblad met een fles Perrier, een fles Stolichnaya en schaaltjes met komkommerschijfjes, olijven, Arabisch brood en iets wat blijkbaar kaviaar was.

De vrouw heette Maria Clara. Toen Sonia haar in het Spaans aansprak, antwoordde ze met een nogal geaffecteerd accent dat uit Colombia afkomstig bleek te zijn, uit de provincie Antioquia, niet ver van Medellín. Haar trekken waren patricisch en tragisch. Sonia nam aan dat ze een rol speelde in Stanleys transacties met de Colombiaanse cocaïnewereld.

'Je moet Sonia eens horen optreden,' zei Stanley in het Engels tegen Maria Clara. 'Adembenemend. Binnenkort maken we een plaat.'

Stanleys aanbod was een mooie fantasie, gebaseerd op zijn periodieke pogingen om zich een positie te veroveren in de plaatselijke muziekdistributie. Vroeger, op de Arbat, had hij illegale kopieën van Amerikaanse R&B-platen verhandeld, en nu hij eigenaar van Mister Stanley was, voelde hij zich een soort impresario. Stanley en zijn ambities waren een verontrustende constante in Sonia's leven geworden. Toen ze hem ontmoette, had ze in geen twaalf jaar voor publiek gezongen. In het afgelopen voorjaar had ze een avond met een oude vriend van de Friendsschool in Tel Aviv doorgebracht, en toen waren ze naar Mister Stanley gegaan om te horen wat daar voor jazz werd gespeeld. De jazz had Oost-Europees geklonken, maar Sonia en haar vriend, een jonge functionaris op de ambassade in Ankara, waren allebei zichtbaar Afrikaans-Amerikaans en waren daarom uitgebreid verwelkomd. Stanley had hen als bewijs van authenticiteit beschouwd, of ten minste als sfeervol element.

Ze was die avond dronken en vrolijk geweest. Ze hadden haar

overgehaald om een paar songs van Gershwin te zingen, 'Our Love Is Here to Stay'. 'How Long Has This Been Going On?' Het was een soort roes geweest. En daarna had Stanley haar daar altijd willen hebben. Stanley had haar ook als maîtresse willen hebben – niet zozeer in zijn bed, vermoedde ze, als wel aan zijn arm. Als bewijs van authenticiteit, of ten minste als sfeervol element.

Ze nam een groot glas Stoli en een plak Arabisch brood met kaviaar. Dat kwam haar stemming ten goede.

'Erg goed, Stanley. Dit stel ik op prijs.'

Bij wijze van antwoord bracht Stanley een imitatie van een bedroefde Pierrot. Hij vouwde zijn getatoeëerde handen voor zijn borst en trok zijn mondhoeken omlaag. 'Sonia,' zei hij klaaglijk. 'Ik mis je. Waarom kom je niet vaker?'

Zijn ogen waren lichtblauw en de huid daaronder was donker, zodat het leek of hij altijd in de schaduw stond.

'Ik wil terugkomen,' zei ze. 'Ik hoopte dat je me werk kon geven.'

'Maar natuurlijk,' zei hij opgewekt, en hij pakte haar hand vast. 'Begin wanneer je wilt. Begin vanavond. Deze jonge vrouw kan geweldig goed zingen,' zei Stanley tegen zijn gast. 'Schitterende stem. De rillingen gaan door je heen.'

Maria Clara knikte somber instemmend.

'Ik ben volgende week vrij,' zei Sonia, die zich een paar dagen de tijd wilde geven om zich voor te bereiden. 'Wanneer wil je me hebben?'

'De avond dat je kunt beginnen, moet je ook beginnen. Aanstaand weekend?'

'Goed,' zei ze. 'Dat zou ik graag willen. Dezelfde condities als de vorige keer?'

De condities van de vorige keer hielden in dat Stanley haar vijfduizend Amerikaanse dollars voor zeven avonden betaalde, twee optredens per avond. Toen hij dat bedrag had voorgesteld, had ze gedacht dat hij een grap maakte. Maar dat was niet zo; hij beschikte over grote bedragen en hij mocht haar echt graag horen zingen. Het bedrag maakte het de moeite waard om zijn gezelschap te verdragen, in ieder geval een paar weken.

'Dezelfde condities,' zei Stanley.

Naast grote geldbedragen leverde hij royale hoeveelheden drugs, en als je met hem wilde omgaan, moest je die niet accepteren. Sonia had de indruk dat hij voor het afgesproken honorarium niets meer dan haar optredens verwachtte. Voor gratis dope verwachtte hij misschien andere dingen, vleselijk of anderszins. Hij wist dat ze voor de International Children's Foundation in de Gazastrook had gewerkt, dat ze over VN-documenten beschikte en toegang had tot VN-voertuigen.

'Je hebt een onderkomen in Tel Aviv? We kunnen wel iets voor je regelen.'

'Ik heb al iets,' zei ze. Dat was niet helemaal waar. Ze kende een pension bij het strand dat eigendom was van twee oude Berlijnse spartakisten, kennissen van haar ouders.

'Misschien ga je binnenkort naar Gaza?' vroeg Stanley. 'In een van hun kleine witte auto's?'

Ze wist dat hij drugs naar Gaza smokkelde. Hij beweerde contacten in het leger en in de ambtenarij te hebben, en ook bij de plaatselijke *shebab*. De blauw met witte VN-auto's die tussen de Heuvel van Slechte Raad en de Bezette Gebieden heen en weer reden, hadden zijn grote belangstelling.

'Ik denk het niet, Stanley. Ik denk dat ik daar niet meer welkom ben.'

'Nou,' zei hij, 'als daar verandering in komt, kunnen we misschien iets regelen. Ik heb daar vrienden.' Zo expliciet had hij het nog nooit gezegd. Hij pakte haar hand vast. 'Wacht, Sonia. Eventjes. Ik heb iets voor je.'

'Laat maar, Stan,' zei ze. 'Ik moet gaan.'

In werkelijkheid wachtte haar buiten niets dan de lege straat. Tot een uur of vijf waren er geen bussen of *sheruts* in Jeruzalem. Hij verdween in een achterkamer, zodat ze nerveus in Maria Clara's gezelschap achterbleef.

'Je bent mooi,' zei de koele, droevige Colombiaanse. Ze bezat de ernst van een tango-artieste. 'Je moet niet zo gauw weggaan.'

'Nou,' zei Sonia, 'dank je.'

'Je doet me aan Cuba denken. Je ziet eruit als een Cubaanse. En als je spreekt, klink je Cubaans.'

'Ik voel me gevleid,' zei Sonia. 'Maar ik ben te stuntelig om een Cubaanse te zijn.'

Sonia was min of meer aan Stanley gewend geraakt, maar Maria Clara bezorgde haar plotselinge rillingen.

'Weet je wat?' vroeg Stanley. 'We zijn opgebeld door je vroegere vriendje. De klarinettist.'

'Ray Melker? Hoe gaat het met hem?' Ze wilde net vragen of hij van de drugs af was, maar dat zou in dit gezelschap misschien niet zo'n gelukkige vraag zijn.

'Hij is in Safed. Hij geeft rondleidingen. En nu wil hij werk. Hij wil hierheen komen en voor ons op de klarinet blazen.'

'Ik zou hem maar nemen, Stan. Hij is een Sidney Bechet in het klein. Op een dag is hij beroemd.' Ze vroeg zich af hoe het zou zijn om Raziel terug te zien. Het was een verleidelijk idee.

Stanley was het met haar eens. 'Als je werk wilt, zei ik tegen hem, heb je werk.'

Ze ging weg zonder een taxi te bellen en liep om het hotel heen naar Hayarkon Street en volgde de weg, die in een patroon was bestraat, in zuidelijke richting langs het strand. Aan de horizon verzamelde zich het turbulente licht van de dageraad, een massa verwarde wolken en vaalgrijs licht. De koude kleuren van zee en hemel hadden een desoriënterende uitwerking op haar.

Toen ze zo'n anderhalve kilometer langs de zee had gelopen, kwam ze een stel oude mannen in zwembroeken tegen die naar de zee renden. Ze riepen naar haar en staken hun grijs behaarde borst naar voren om zich als echte macho's op te blazen. Een van hen zwaaide met een fles Israëlische wodka. Ze bleef staan en zag de mannen voor hun ochtendtraining naar de waterkant draven, afgetekend tegen het licht van de opkomende zon.

Sonia had een zwak voor oude mensen. Ze had eens een avond in een bar aan de Trumpeldor Street doorgebracht, waar mensen heen gingen voor oude zionistische oorlogsliederen, de 'Internationale', Piaf en Poolse walsen. Die muziek had haar aan de wereld van haar ouders doen denken. Een wereld begrensd door hoop. Ze begon zo langzamerhand het idee te krijgen dat hoop iets uit het verleden was.

Er stond een vrije taxi in de Herbert Samuel Street geparkeerd, en ze liet zich naar het busstation rijden. Ze nam de eerste bus van die ochtend, een bus vol ambtenaren op weg naar hun werk. Terwijl hij door de rode en bruine Heuvels van Judea omhoogreed, voelde ze een opluchting als bij een thuiskomst.

Wie wist wat de echte wereld was? vroeg ze zich onwillekeurig af. De plastic stad in aanbouw, een stad die ironisch genoeg zo was als alle andere steden, of de stad op de heuvel waar zij was gaan wonen. In ieder geval wist ze waar ze thuishoorde.

5

Op een avond had Lucas een ontmoeting met een man die zich Basil Thomas noemde en die beweerde dat hij KGB-agent was geweest. Hij werkte als een soort runner voor journalisten. Soms schreef hij zelf stukken, onder allerlei namen en in verschillende talen, maar meestal leverde hij tips aan andere freelancers. Lucas was met Thomas in contact gekomen via een Poolse journalist, Janusz Zimmer, die iedereen kende en overal was geweest en duizenden bronnen op de hele wereld had. De ontmoeting met Basil Thomas vond plaats bij Fink. Ze deelden een tafel in de kleine gelagkamer, en Thomas, die ondanks het milde weer een oversized leren jas droeg, dronk zijn whisky zo snel als de Hongaarse ober het kon aandragen.

Die ober was een van de dingen die Lucas het meest aan Fink bevielen. Het leek wel of hij in zijn geheel uit een oorlogsfilm van Warner Bros.-film was gestapt, en hij leek sterk op minstens drie van Warners spelers van Midden-Europese types uit die tijd. Alle keren dat hij door hem bediend was, had Lucas het genoegen gesmaakt met een duizelingwekkend aantal erenamen te worden aangesproken: *Mister*, *Monsieur*, *Mein Herr*, *Gospodin* en *Effendi*.

Wat Lucas het minst aan Fink beviel, was de beperkte ruimte, zodat je altijd dicht op elkaar zat. Maar hij had ontdekt dat die ruimte groter of kleiner werd, al naar gelang je stemming en de hoeveelheid drank die je tot je nam.

Toen Basil Thomas' keel gesmeerd was, vertelde hij dat hij over een weergaloze toegang tot de geheimste archieven van de Sovjet-inlichtingendiensten beschikte.

'Als ik zeg, alles wat je maar wilt, bedoel ik alles wat je maar wilt. Hiss. De Rosenbergs. Deden ze het of deden ze het niet, weet je wat ik bedoel?' Hij was een echte verkoper en zinspeelde nu blijkbaar op een begeerlijk, onuitsprekelijk aspect van de zaak.

Toch was Basil een teleurstelling voor Lucas. Toen hij de afspraak voor het gesprek had gemaakt, had hij zich een man voorgesteld die een totalitaire chic bezat.

'Je hebt dossiers over Alger Hiss en de Rosenbergs?'

'Dat niet alleen. Ik heb dossiers over wat *desinformatsiya* is en wat niet. Ik heb het Masaryk-verhaal. Het Slansky-verhaal. Het verhaal van Noel Field. Ik heb Raoul Wallenberg. Ik heb Whittaker Chambers. Ik heb het basismateriaal voor je volgende boek.'

'Nou, was Hiss echt een spion?' vroeg Lucas.

'Neem me niet kwalijk,' zei Basil opgewekt. 'Dat is allemaal geclassificeerde informatie.' Lucas stelde zich voor dat hij die vreemde postkoloniale term gedurende zijn reizen had opgepikt. 'Het is legendarisch materiaal. Het verhaal van de eeuw.'

Lucas keek naar de ruige handen met dikke knokkels van zijn gast en kon zich heel goed voorstellen dat de man mensen op hun hoofd sloeg in een vervallen Balkan-hoofdstad. Een aardse, grijnzende folteraar. Aan de andere kant was hij misschien alleen maar een praatjesmaker.

'Janusz zegt dat jij weet waar de lichamen begraven liggen,' zei Lucas tegen Thomas. 'Zo zei hij het.'

'Janusz,' herhaalde Basil Thomas vermoeid, 'Janusz, Janusz. Onder ons gezegd,' zei hij vertrouwelijk tegen Lucas, 'soms denk ik dat Janusz een charlatan is. Ik heb mijn twijfels over Janusz.'

'De eeuw is voorbij,' zei Lucas na een korte stilte. Hij was zonder het te willen dronken geworden, gewoon door te proberen de man bij te houden, en hij was opzettelijk onvriendelijk. 'De mensen interesseren zich niet meer voor al die dingen.'

'Hoe kun je dat nou zeggen?' Thomas was blijkbaar echt geschokt. 'Dit is geschiedenis.' Hij keek discreet over zijn schouder, hoewel iedereen in het café – de bejaarde barkeeper, de Hongaarse ober en de twee Amerikaanse vrouwen van middelbare leeftijd aan de volgende tafel – duidelijk naar ieder woord luisterden. 'Geschiedenis,' herhaalde hij met eerbied. 'Wat bedoel je, het interesseert ze niet?'

'O, je weet wel,' zei Lucas. 'Lezers zijn wispelturig. Na een tijdje hebben ze geen belangstelling meer.'

'Geen belangstelling meer?' De mogelijke ex-agent keek hem aan alsof hij zich afvroeg of het wel de moeite waard was om tegen hem te argumenteren. 'Meen je dat nou?'

'Iedereen overschat het belang van zijn eigen tijdperk,' zei Lucas om maar iets te zeggen. 'De dingen veranderen.'

'Hoor eens,' zei Basil Thomas. 'Kennis is macht.'

'O ja?'

'Heb je dat nooit gehoord? Als ik het verleden bezit, bezit ik de grond waarop jij loopt. Dan bepaal ik wat jouw kinderen op school leren.'

Lucas was kinderloos, maar hij was toch onder de indruk. Hij wist niet of zulke redeneringen voor Basil Thomas' authenticiteit of juist daartegen pleitten.

'Ja, dat is misschien wel zo.'

'Dat is zéker zo. Dat bied ik je aan.'

'Ik denk dat het niets voor mij is,' zei Lucas.

'Je vindt het niet erg om het verleden te verliezen?'

'Ik verlies het heden,' vertrouwde Lucas hem toe. 'Dat zit me dwars.'

'Het heden?' zei Basil Thomas spottend. 'Het heden is niets dan verwarring.' Hij draaide zich op zijn stoel om en zuchtte. 'Nou, ik kan ook ergens anders heen gaan.' En hij keek discreet in het café om zich heen, alsof hij al op zoek was naar een andere gegadigde.

'Trouwens,' zei Lucas, 'ik weet niet of ik het me kan veroorloven.'

Basil Thomas had blijkbaar verwacht dat hij goed betaald zou worden.

'Wat zou je zeggen van het echte verhaal achter Avram Linds ontslag uit het kabinet?' stelde hij opgewekt voor. 'Hoe en waarom Yossi Zhidov hem vervangt? Wat hij zal doen om er weer in te komen? Ik heb daar bijzondere informatie over.'

Lucas haalde zijn schouders op. Hij volgde de binnenlandse Israëlische politiek niet zo goed.

'Ik vrees het ergste voor jouw plaats in de geschiedenis,' zei Basil Thomas. 'Je hebt de gelegenheid om naam te maken, maar nee. Goed,' zei de grote man, toen Lucas nog steeds geen belangstelling toonde. 'Ik heb iets anders. Ooit van Pinchas Obermann gehoord?'

Dat had Lucas wel, maar hij wist niet meer in welk verband.

'De dokter. De dokter die de buitenlander behandelde die de moskeeën in brand probeerde te steken. Hij is gespecialiseerd in het Jeruzalem-syndroom.'

'En dat is?'

'Dat je hierheen komt en dat God je een missie geeft. Christenen als jijzelf, maar dan de krankzinnigen onder hen.'

Ditmaal zei Lucas: 'Ik beschouw mezelf niet als een christen.'

'Hoe dan ook,' zei Basil Thomas, 'Obermann denkt dat hij nog meer grote verhalen heeft. Hij wil een boek schrijven en hij zoekt iemand om dat samen mee te doen. Alleen is zijn Engels maar matig en zou hij graag een Amerikaan willen. Voor de markt daar.'

Dokter Obermann had een praktijk in de noordelijke buitenwijken, legde Thomas uit, maar hij bracht veel van zijn avonden in de Bixx Bar in de stad door en was bereid daar potentiële medeauteurs te ontvangen.

'Staat hij in verbinding met de Shabak?' vroeg Lucas. 'Shabak' was de naam die iedereen voor de SB gebruikte – de Shin Bet, de binnenlandse veiligheidsdienst.

Thomas haalde zijn schouders op en glimlachte. 'Dat kan ik voor je uitzoeken,' zei hij, al wist hij het waarschijnlijk al.

'Nou,' zei Lucas. 'Het nieuwe millennium nadert. De stad zit vol majnoon. Ik ga hem opzoeken in de Bixx.'

'Vergeet niet van wie je het hebt gehoord,' zei Thomas, en in een oogwenk was hij in de schaduw buiten het café verdwenen.

Zodra Basil Thomas weg was, verviel Fink weer in zijn gebruikelijke stilte. De barkeeper, een melancholieke oude baas die met zijn markante voorhoofd en anglofiele kleding aan S.J. Perelman deed denken, keek recht voor zich uit en droogde glazen. De ober stond met een servet over zijn arm en een snaakse glimlach te wachten. Lucas dronk zijn glas leeg, betaalde voor Basils whisky's en ging naar buiten. Er hing een voorjaarslucht van jasmijn in King George Street en er waren chassidische straatmuzikanten op de hoek van Ben Yehuda.

Hij zou een man als Obermann in een stille, institutionele stille studeerkamer hebben verwacht. De Bixx was een bar voor tollenaars en zondaren, dicht bij de plaats van de oude Mandelbaumpoort, voorbij de Russische Wijk. De mysteries van Mea Shearim naderden de bar vanuit de ene richting; de gespannen, stille Palestijnse stad naderde vanuit de andere richting. De wandeling daarheen ontnuchterde hem enigszins.

Binnen was het reggae-avond, een en al rook, zweet en bier. Op het kleine podium werkte een Rasta-kwintet zich in hoog tempo door de werken van Jimmy Cliff heen. Het zat vol; er waren Scandinavische quasi-maagden, Ethiopiërs met Malcolm x-hoeden, Roemeense zakkenrollers en Amerikaanse studenten met kibboetsnik-petjes. En ieder van hen boogiede op zijn eigen manier. Een prikbord zat vol met visitekaartjes van Moon-zendelingen, briefjes met 'speler gezocht' van muziekgroepen, en boodschappen die Australiërs op doorreis voor elkaar achterlieten. Boven de bar hing een groot elektrisch Heineken-bord.

De manager, die Lucas vaag kende, was een welbespraakte Amerikaanse jazzliefhebber die One-Name Michael werd genoemd.

'Ik ben op zoek naar dokter Pinchas Obermann,' zei Lucas boven het lawaai uit tegen Michael. 'Ken je hem?'

'Ja,' zei Michael. 'Ben je hier om gedeprogrammeerd te worden? Jij lijkt me niet zijn type.'

'Doet hij dat?'

'Kijk,' zei Michael. Hij wees naar een tafel bij het eind van de bar, waar een man met een rode baard in een diep gesprek verwikkeld was met een jonge blonde vrouw die een lief gezicht had. Janusz Zimmer, de ultra-ervaren Pool, was bij hen.

Lucas ging naar hun tafel en stelde zich aan Obermann voor.

'Meneer Lucas?' Dokter Obermann stak zijn dikke hand uit. Hij was ongeveer van Lucas' leeftijd, fors en jongensachtig, met wenkbrauwen vol humor en waterige blauwe ogen. Hij had het soort fysieke kenmerken dat je bij chassidische joden aantrof. Je kon je hem gemakkelijk in *tzitzit* en plechtige zwarte pakken voorstellen, en het was eigenlijk vreemd dat hij geen keppel droeg. Maar hij droeg een legeroverhemd en een trui met leren stukken op de ellebogen, en hij had een goedkope bril op. Hij stelde de vrouw die hij bij zich had voor als Linda Ericksen. Het bleek dat dokter Obermann de vriendin van Lucas, Tsililla Sturm, via de Vrede Nu-beweging kende, en dat maakte alles gemakkelijker. 'Linda,' zei Obermann tegen Lucas, 'is tegen Gush Shalom. Ze heeft zich bij de revisionisten aangesloten. Ze is een Jabotinsky-iste geworden.'

'Dat is een fantasie van Pinchas,' zei Linda. 'Ik ben niet eens joods. Maar ik heb onderzoek gedaan naar de kolonistenbewegingen op de Westoever en in Gaza, en dus vindt hij het grappig om me te plagen.' Bovendien, vertelde ze, had ze kort geleden als vrijwilliger voor de Israëlische Coalitie voor Mensenrechten gewerkt.

'Thomas heeft je gestuurd?' vroeg Janusz Zimmer aan Lucas. 'Handige jongen,' zei hij zonder op een antwoord te wachten. 'Hij zal verwachten dat hij er beter van wordt. Hij heeft Pinchas en Linda ook bij elkaar gebracht. Hij leeft van connecties.' Zimmer klonk altijd een beetje aangeschoten, al hield Lucas de stand bij en constateerde dat hij in werkelijkheid erg weinig dronk. Zijn vorm van dronkenschap bestond uit grote waakzaamheid. Hoewel Lucas het niet zei, leefde Zimmer ook van connecties.

'Thomas liet me kiezen,' zei Lucas tegen hem. 'Kabinetintriges, "In de binnenkamers van de KGB" of dokter Obermann en godsdienstwaan. Ik denk dat godsdienstwaan mij het meest ligt.' Hij vroeg aan Linda: 'Heb je een interessante tijd gehad bij de kolonisten? Ze hebben meestal weinig vertrouwen in de pers.'

'En in Amerikanen,' zei Linda. 'Misschien omdat velen van hen zelf Amerikaan zijn geweest. Maar ik denk dat ik hun vertrouwen heb gewonnen.'

'Weten ze dat je voor de Coalitie voor Mensenrechten werkt?' vroeg Lucas.

'De kolonisten houden van Linda omdat ze de vrouw van een protestantse dominee uit het midden-westen is,' zei dokter Obermann. 'Ze hopen dat ze hen welgezind is. En misschien is ze dat ook wel.'

Linda tikte Obermann liefdevol op zijn onderarm. Of ze waren minnaars, dacht Lucas, of mevrouw Erickson probeerde die indruk te wekken.

'Pinchas geniet ervan om de kolonisten als duivels af te schilderen. Dat doen veel Israëli. Maar ik denk dat het volkomen fatsoenlijke mensen zijn.'

Obermann wierp een blik ten hemel. Linda ging verder. Ze

sprak tegen Lucas en Zimmer keek naar haar.

'Veel kolonisten geloven wat ik geloof. Omdat ze hier zijn, moeten de rechten van de Arabieren worden beschermd.'

'Let op,' zei dokter Obermann. 'Ze zegt, "omdat ze hier zijn". Alsof je ze kunt laten verdwijnen.' Hij stond op en ging naar de bar om een rondje bier te halen.

De reggae-band begon aan het Jimmy Cliff-nummer over de Babyloniërs die de kinderen van Israël gevangen hadden genomen en liederen en blijdschap van hen eisten. De rasta-versie hield zich nauwgezet aan psalm 137.

Toen Obermann de glazen bier naar de tafel bracht, zei Lucas dat hij in het werk van de dokter geïnteresseerd was. Hij voegde er niet aan toe dat hij bijna blut was en veel te weinig werk had. Hij zou eventueel wel iets voor samenwerking voelen. Het project leek hem interessant en relatief veilig en zou bij hem persoonlijk passen. De vraag – het potentiële probleem – was Obermann zelf.

Om Lucas een indruk te geven van het Jeruzalem-syndroom vertelde de dokter hem een hypothetisch verhaal.

'Een jongeman met slechte vooruitzichten ontvangt een bovennatuurlijke boodschap.' Obermann sprak met een Duits accent. 'Hij moet op bevel van de Almachtige naar Jeruzalem gaan. Eenmaal hier, wordt hem zijn missie geopenbaard. Vaak is hij de wederkomst van Jezus Christus.'

'Zijn het altijd buitenlanders?'

'De buitenlanders komen onder de aandacht van de politie. Ze eindigen op straat.'

'Hoe ben je je voor dat onderwerp gaan interesseren?'

'Ik behandelde Ludlum,' zei Obermann. 'Ik zat in militaire dienst en ze deelden me bij de grenspolitie in. Ooit van hem gehoord?'

Ze hadden allemaal van hem gehoord. Willie Ludlum was ooit herder in Nieuw-Zeeland. Toen hij op een nacht onder het Zuiderkruis naar zijn kudde keek, ontving hij de tijding die hem uiteindelijk de Al-Aksa-moskee in de Oude Stad van Jeruzalem in brand liet steken, waarna de straten van Fez tot Zamboanga volliepen met gelovigen.

'Hij was zielig,' zei Linda Ericksen bedroefd.

'Willie was krankzinnig op een rustige manier,' zei dokter Obermann. 'Hij was iets zeldzaams, een schizofreen met goede manieren.'

'Dacht hij dat hij de sleutel tot de menselijke geschiedenis was?' vroeg Lucas. 'Ik dacht dat ze dat allemaal dachten.'

'Willie was verliefd,' legde Obermann uit. 'Dat kwam boven op zijn religieuze waanideeën. Hij was verliefd geworden op een meisje in de kibboets waar hij was, en waarschijnlijk maakte dat hem gewelddadig. Maar hij geloofde niet dat hij Jezus of de messias was. Hij dacht dat als hij de Al-Aksa platbrandde de Tempel herbouwd kon worden. Dat is natuurlijk een thema dat veel voorkomt.'

'Hoeveel van zulke mensen zijn er?'

'Ah,' zei dokter Obermann. 'Dat hangt ervan af. Alle christenen worden geacht in de Wederkomst en het Nieuwe Jeruzalem te geloven. De komst van de messias is een fundamenteel beginsel van het religieuze zionisme. En dus hebben in zekere zin alle christenen en religieuze zionisten iets van het Jeruzalem-syndroom. Als je het grimmig en rationalistisch bekijkt. Natuurlijk gaan ze daardoor niet aan waanideeën lijden.'

'Tenzij ze het persoonlijk opvatten,' merkte Lucas op.

'Als ze denken dat het hun persoonlijk betreft, wordt het vaak een probleem,' zei dokter Obermann. 'Vooral wanneer ze hier zijn.'

'Het is ook andersom,' zei Lucas. 'Als ze hier zijn, zal het hun eerder persoonlijk betreffen.'

'Bent u joods, meneer Lucas?' vroeg Linda opgewekt. Zijzelf maakte een erg niet-joodse indruk, een opgewekte soubrette uit de betere buitenwijken.

'Ja,' zei Obermann grinnikend. 'Dat wilde ik net vragen.'

Tot zijn eigen afschuw begon Lucas te stamelen. Die vraag was hem minstens een maand niet gesteld. De laatste tijd had hij niet veel plezier gehad van zijn reservoir van afgezaagde antwoorden en bondige drogredenen.

'Op een schaal van een tot tien?' opperde Linda speels.

'Vijf?' zei Lucas.

'En op een schaal van ja en nee?' vroeg Janusz Zimmer.

'Mijn familie heeft gemengde achtergronden,' zei Lucas met

een onzekere nuffigheid. Hij dacht dat hij nu een beetje als Wittgenstein zou overkomen. Trouwens, het was niet zozeer een familie die gemengd was. Eerder een neukpartij.

'Aha,' zei Obermann. 'Nou, hier in Jeruzalem moet je de volgende dingen goed onthouden.' Hij bracht zijn linkerhand omhoog en begon ze met zijn rechterduim en -wijsvinger op zijn vingers af te tellen. 'Ten eerste gebeuren hier echte dingen, dus je hebt hier realiteit. Ten tweede is het beeld dat mensen van de dingen hebben sterk geconditioneerd, dus je hebt hier psychologie. Ten derde heb je het snijpunt van die dingen. Ten vierde, vijfde, wie weet? Misschien nog meer dimensies. Mysteries.'

'En jij?' vroeg Lucas aan Linda. 'Wat voert jou hierheen?'

'Toen ik hier kwam, was ik een arme domineesvrouw,' antwoordde ze.

'Een echte zendelinge,' merkte Obermann droogjes op.

'Ja, een soort zendeling. Maar ik voelde veel voor vergelijkende religie. Ik werkte op de Hebreeuwse Universiteit aan een dissertatie.'

'Waarover?' vroeg Lucas.

'O, over paulinisch christendom en de corrumperende uitwerking daarvan op de oorspronkelijke leer van Jezus. In feite zou je het Jeruzalem-syndroom als een hedendaagse versie daarvan kunnen beschouwen. "Opgewekt in kracht", noemen ze dat.'

'O,' zei Lucas. Er wilde hem bijna een oude tekst te binnen schieten, zwevend in de schemerwereld van zijn geheugen. Hij deed een poging: '"Het wordt gezaaid in oneer,"' begon hij. '"Het wordt opgewekt in heerlijkheid."' Dat klonk goed. '"Het wordt gezaaid in zwakheid, het wordt... opgewekt in kracht."'

'Dus je hebt een religieuze achtergrond?' zei dokter Obermann.

'Nou,' zei Lucas luchtig. 'Ik heb colleges theologie gevolgd op Columbia.' Toen ze dat blijkbaar niet genoeg vonden, ging hij verder. 'Katholiek. Mijn vader was een niet-praktiserende jood. Mijn moeder was een sentimentele katholiek. Ze was niet echt gelovig, maar...' Hij haalde zijn schouders op. 'Hoe dan ook, ik ben katholiek opgevoed.'

'En nu?' vroeg Obermann.

'En nu niets,' zei Lucas. 'Kom je hier vaak?' vroeg hij de dokter.

‘Iedereen komt hier,’ zei Linda.

‘Iedereen komt hier,’ herhaalde dokter Obermann. ‘Zelfs de eunuchen en de onthouders.’

‘Dus ik moet hier voortaan vaker komen?’ vroeg Lucas.

‘Weet je,’ zei Linda, ‘je zou eens met mijn ex-man moeten praten, als hij in het land is.’ Ze werd onmiddellijk onderbroken door een jonge Ethiopiër met een oorring die haar ten dans vroeg door haar aan haar elleboog omhoog te trekken. Toen ze op de dansvloer waren, deinend op ‘The Harder They Come’, leken ze net een krijgshaftige jonge Othello en zijn kleurloze maar duidelijk overspelige Desdemona.

‘Haar man was een christelijke fundamentalist,’ legde Obermann uit. ‘Dat waren ze allebei. Nu werkt hij voor iets wat het Huis van de Galileeër heet. Christelijke zionisten, goede connecties met de rechtervleugel, nogal een geldwolf.’

‘En zij?’

‘Officieel,’ zei Zimmer, ‘is ze aan de universiteit verbonden. En ze leeft nu gescheiden van haar man.’

‘Ze is nogal fanatiek,’ zei dokter Obermann. ‘Iemand die zich graag laat bekeren. Als ze zich op het katholicisme, kristallen of lesbisch tuinieren stortte, zou niemand zich hoeven te verbazen.’

‘Is ze patiënt van je?’

‘Ze is nooit echt mijn patiënt geweest. Linda lijdt niet aan een stoornis. Ze is zoekende. Toen haar huwelijk bezweek, kregen we een nauwe band.’

‘Obermann is alleen maar cynisch,’ zei Janusz Zimmer tegen Lucas. ‘Hij heeft Linda tot zijn eigen zaak bekeerd.’

Op dat moment boog een man met een haviksgezicht en met een kaalgeschoren schedel zich naar Lucas toe en schreeuwde naar hem.

‘Jij bent die culinaire schrijver! Ik ken jou nog! Wanneer doen we ons volgende interview?’

De man met het haviksgezicht heette Ian Fotheringill. Hij was een ouder geworden skinhead uit Glasgow die in het Vreemdelingenlegioen had gediend en daarna huurling in Afrika was geweest en zich uiteindelijk op de *haute cuisine* had gestort en nu voor een van de grote hotels in Jeruzalem werkte. Lucas had hem eens voor zijn krant geïnterviewd. Blijkbaar had Fotheringill de indruk gekregen dat Lucas een internationaal vermaarde culinaire schrijver was, iemand die hem beroemd kon maken en hem aan een baan in het Londense restaurant van zijn dromen kon helpen.

'O,' zei Lucas. 'Binnenkort.'

Fotheringill had stevig gedronken. Hij had rode, spitse oren en een klein neusringetje. Blijkbaar stoorde hij zich aan Lucas' relatieve onverschilligheid, want hij wendde zich nu tot dokter Obermann.

'Ik kan een koosjere *sauce l'ancienne* maken,' zei hij tegen de psychiater. 'Ik ben de enige kok in het land Israël die er een kan maken.'

'Aha,' zei dokter Obermann.

'Ze noemen hem,' zei Janusz Zimmer met een bliksemsnelle knipoog, 'Ian de Hittiet.'

Fotheringill begon een verhaal te vertellen waarin een Amerikaanse gast van een toeristenhotel hem ervan had beschuldigd dat hij reuzel in zijn strudel had gebruikt.

'Reuzel in de strudel!' protesteerde hij, zijn blik ten hemel geheven. 'Waar haal ik in Caesarea nou reuzel vandaan?'

Linda kwam van haar dans met de Ethiopiër terug. Fotheringill keek haar aan alsof ze een charlotte-russe was en leidde haar toen naar de dansvloer terug.

'Je zou inderdaad met haar man moeten praten,' zei Obermann tegen Lucas. 'Het Huis van de Galileeër is erg interessant. Pelgrims gaan erheen. Slachtoffers van het syndroom. Ze komen voor de linzensoep.'

'Ik hou van linzensoep,' zei Lucas.

Obermann keek hem waarderend aan.

'Dus je bent hierin geïnteresseerd?' vroeg Obermann. 'Genoeg geïnteresseerd voor een boek?'

Lucas had het gevoel dat hij zonder veel moeite een voorschot los kon krijgen. 'Ik zal erover nadenken,' zei hij.

'Je kunt mijn aantekeningen gebruiken,' zei Obermann. 'Of beter gezegd, je kunt ze gebruiken als we het eens zijn geworden. Ooit eerder een boek geschreven?'

'Ja, dat wel,' zei Lucas. 'Het ging over de Amerikaanse invasie van Grenada.'

'Een heel ander onderwerp.'

'Niet helemaal,' zei Janusz Zimmer. 'Op Grenada speelde ook een metafysisch aspect mee. Sommige betrokkenen dachten dat ze heel hoge connecties hadden.'

'Reagan, bedoel je?' vroeg Lucas.

'Ik dacht niet aan Reagan. Maar waarschijnlijk zou het wel op hem en Nancy van toepassing zijn.'

'Was je ten tijde van de invasie op Grenada?' vroeg Lucas.

'Kort ervoor,' zei Zimmer. 'En kort erna.'

'Janusz is een vogel die onheil voorspelt,' zei dokter Obermann. 'Waar hij verschijnt, gebeuren dingen die in het nieuws komen.'

'Er waren sekten, als ik het me goed herinner,' zei Zimmer. 'Op het eiland.'

'Ja, die waren er,' zei Lucas.

'Hier heb je ook sekten,' zei dokter Obermann. 'Niet zomaar een paar verdoolde zielen, maar georganiseerde en machtige groeperingen.'

'Des te beter,' zei Lucas. 'Voor het verhaal, bedoel ik.'

Zimmer boog zich dichter naar hem toe en sprak boven het lawaai van de band uit.

'Wees maar voorzichtig,' zei hij.

Lucas dacht nog over de waarschuwing van de Pool na, toen zijn aandacht werd afgeleid door een jonge vrouw op de dansvloer die met de Ethiopiër danste. Ze had de koffie-met-melkhuid van het Iberisch schiereiland en zwart haar dat in een kort afrokapsel was geknipt en deels met een Javaanse doek was bedekt. Haar jurk was kastanjebruin en ze droeg een Koptisch kruis aan een ketting rond haar hals. Ze had lange benen en Birkenstock-sandalen en haar voeten en enkels waren versierd met purperen geometrische figuren. Lucas had ergens gehoord dat bedoeïenenvrouwen zulke figuren op hun huid hadden, maar hij had ze nooit gezien. Hij dacht meteen aan de bijzonder hippe jonge Arabische vrouw die hij een maand eerder in de madrasa had gezien. Hij was er zeker van dat zij het was.

'Wie is ze?' vroeg hij Obermann. 'Ken je haar?'

'Sonia Barnes,' zei de dokter. Na een snelle, geërgerde blik keek hij naar haar. 'Ze ging vroeger met een van mijn patiënten om.'

'Ik heb haar in de stad gezien,' zei Lucas.

'Ze is een derwisj,' zei Janusz Zimmer tegen Lucas. 'Ze hoort in jouw verhaal thuis.'

'Dat is waar,' zei Obermann.

Het meisje dat Sonia heette en Linda Ericksen, de enige twee vrouwen op de dansvloer, kwamen elkaar tegen en raakten bij wijze van groet elkaars hand even aan. Linda's groet bezat geen enkele warmte. Sonia's glimlach leek een beetje triest en spottend.

'Ze draait erg mooi rond,' zei Lucas. 'Is ze echt een derwisj?'

'Zou ik het verzinnen?' vroeg Zimmer. 'Ze is een praktiserende soefi.'

'Mevrouw Ericksen schijnt haar te kennen.'

'Iedereen kent iedereen,' zei Janusz Zimmer. 'Sonia zingt in een club in Tel Aviv. Mister Stanley, heet die club. Ga maar eens naar haar kijken. Ze kan je over de sekte van Abdullah Walter vertellen. En over Heinz Berger.'

Lucas schreef het op.

'Dans met haar,' stelde Obermann voor.

'Dat kan ik niet. Ze is te goed.'

'Wacht maar tot je haar hoort zingen,' zei Zimmer. 'Als een engel.'

Plotseling liet Fotheringill zijn blik weer op Lucas vallen. Zijn geërgerde tronie drong zich aan Lucas' gezichtsveld op.

'En het gedicht?' drong de Schot aan. Lucas keek hem niet-begrijpend aan.

'Het gedicht over *rillons*!' drong Fotheringill aan. 'Het gedicht over *rillettes*!' Lucas herinnerde zich vaag een poging die hij in dronkenschap had gedaan om als culinair expert indruk op Fotheringill te maken door een komisch gedicht van Richard Wilbur over rillons en rillettes te citeren. Lucas was ooit een man van poëzie voor alle gelegenheden geweest.

'O,' zei Lucas. 'Eens kijken.'

Fotheringills aandrang werkte op zijn zenuwen. Je kon je hem gemakkelijk op een onheilspellende Schotse heide voorstellen, waar hij de ledematen van gevallen ridders afhakte om hun wapenrusting te bemachtigen, terwijl boven hem kraaien een akelige klaagzang aanhieven.

'Rillettes, Rillons,' probeerde Lucas. 'Nee: Rillons, Rillettes, hetzelfde eten... of ze nu...'

Zijn geheugen liet hem in de steek.

'Of ze nu?' drong Fotheringill aan. 'Of ze nu wat?'

'Ik denk dat ik het vergeten ben.'

'Verdomme! Dat van dat "of ze nu" staat me helemaal niet aan. Want het zijn totaal verschillende dingen, weet je!'

Met de ene na de andere kleine beweging lukte het Lucas zich van de tafel los te maken, terwijl Fotheringill aan een verbitterd betoog over pasteitjes begon. De nummers die hij nodig had, stonden in zijn notitieboekje. Toen hij naar buiten ging, was Sonia weer aan het dansen.

Hij nam in de Ben Yehuda Street een taxi en liet zich naar huis rijden. Toen hij zijn appartement binnenstrompelde, zette hij het antwoordapparaat aan. Dat stond vol met boodschappen in het Hebreeuws en Frans voor zijn flatgenote en soms ook minnares, Tsililla Sturm, maar de laatste boodschap was voor hem, en het was Nuala.

'Hallo, Christopher,' zei Nuala met haar kwieke Dublin-stem. 'Ik heb nieuws voor je van Abu, en ik denk dat we misschien het geneesmiddel voor hem hebben gevonden. Dus wees eens braaf en bel me morgenvroeg.'

'Verdorie, Nuala,' zei Lucas tegen het apparaat. 'Wat moet ik doen? Wie moet ik zijn?'

Hij vermoedde dat ze hem tam en overdreven beschaafd vond, te kleurloos en katholiek. Zij hield meer van militante types, donkere, vurige *enragés*, *cabrones*.

Mopperend zette hij het apparaat uit en ging naar bed.

6

Nuala ontmoette hem op een heuvelpad in Talpiot, in een café niet ver van S.Y. Agnons huis. Aan de andere kant van een dal lag de Heuvel van Slechte Raad, waar het kantoor van de Verenigde Naties was. Op de zuidelijke helling daalde het bruine land naar Bethlehem af. Lucas kwam als eerste aan en kon zijn vriendin de helling op zien sjokken. Ze hield haar hoofd omlaag, haar handen in de zakken van haar vest, haar ogen op het wegdek gericht. Ze droeg een zwart shirt en een verbleekte rode Afghaanse broek. Toen ze aan het eind van de klim haar vest uittrok, leek ze net een fotomodel vlak voor een opname.

Toen ze dichterbij kwam, zag hij dat ze een blauw oog had en dat de huid eromheen donker gekneusd was. Ze ging met een flets glimlachje aan zijn tafel zitten.

'Hallo, Christopher.'

'Hallo, Nuala. Wat is er met je oog aan de hand?'

'Abu heeft me geslagen. Wat zeg je dáárvan?'

'Ik vind het een hele prestatie. Heb je hem te zien gekregen?'

'Hij droeg een *kaffiya* over zijn gezicht, net als de shebab. Die droegen ze allemaal.'

'Hij was toch geen Palestijn? Want het is altijd mogelijk dat er een interne...'

'Gelul,' onderbrak ze hem. 'Ik heb met alle facties in de Gazastrook gesproken. Ik heb het met Majoub doorgenomen.' Majoub was een mensenrechtenadvocaat in Gaza-stad, een Palestijnse activist. 'Hij zit in het Israëlische leger.'

'Hoe weet je dat het niet gewoon een kolonist is?'

'Je bent wel vermoeiend,' zei ze. 'Dat weet ik omdat hij laat op de avond ver van de nederzettingen opduikt. Hij maakt gebruik van woestijnwagens, misschien zelfs van boten. Trouwens, ik merk het aan de reactie van mensen uit het Israëlische leger. Ze denken dat hij een van hen is.'

'Hoe kreeg je hem zover dat hij je sloeg?'

'Nou,' zei ze, 'hartelijk dank voor je medeleven. Hij sloeg me omdat we hem betrapten. Ze waren die dag stenen aan het gooien in Deir el-Balah en we verwachtten hem daar die avond. En dus lagen we achter de school in hinderlaag. Er stond die avond een heldere maan. En ja hoor, om een uur of elf stopt er een jeep – een jeep waarvan het serienummer was overgeschilderd – en er stappen vijf mannen uit. Een van hen is een Palestijnse tiener in burgerkleren. De andere vier hebben een uniform van het Israëlische leger aan. Ze sturen de Palestijn het kamp in en even later komt hij met twee jonge jongens terug. Op dat moment hurken twee van de soldaten neer en houden de omgeving onder schot. De andere twee grijpen die jongens. Een van die kerels heeft een grote knuppel. En dus kwamen we te voorschijn en maakte de Roos een flitsfoto.

'De Roos' was een Canadese VN-medewerkster die met Nuala op de International Children's Foundation werkte.

'Het was een en al geschreeuw en gekreun, en hij sloeg me. Noemde me ook nog een rottig kreng. In het Engels. Of beter gezegd, in het Amerikaans. Ze pakten de camera van de Roos af. En dus zei ik tegen hem: "Ik zit achter je aan, jongen." Dus sloeg hij me opnieuw. Die andere kerels moesten hem van me af trekken. En toen reden ze met een moordgang de stad uit. De Palestijnse verklikker bleef achter en rende achter hen aan.'

'En je hebt dit alles gerapporteerd?'

'Dat heb ik,' zei ze. 'Aan het leger, aan Burgerzaken en aan Majoub. Vandaag ben ik de heuvel opgegaan naar UNRWA, en ik ben toen ook bij de Israëlische Coalitie voor Mensenrechten geweest.'

'Wat zeiden ze?'

'Ik heb bij de Coalitie met Ernest gepraat, en ze zullen doen wat ze kunnen. Misschien worden er vragen gesteld in de Knesset. Ze stellen een persbericht op en ik heb er een voor de Children's Foundation geschreven. UNWRA kan niet veel doen. Ze hebben er Amerika voor nodig, weet je.'

'En daar kan ik een rol in spelen?'

'Je zou een stuk in een tijdschrift kunnen zetten. Ik weet dat je dat zou kunnen doen. Het *Times Magazine*. Daar heb je al vaker dingen in gehad.'

'Er zijn hier nog andere Amerikaanse journalisten,' zei Lucas. 'Die hebben meer gezag en meer middelen.'

'Maar niet de ziel,' zei Nuala.

Wat vreemd dat ze dat zegt, dacht Lucas. Zou ze me misschien toch sympathiek vinden? Hij had nooit een persoonlijk contact met haar kunnen opbouwen.

'Bovendien,' zei Nuala, 'hebben ze strakke deadlines en dringender verhalen. Terwijl jij blijkbaar over je eigen tijd kunt beschikken.'

Dat hoorde hij minder graag.

'Ik weet het niet,' zei hij. 'Ik heb net zo ongeveer besloten een stuk over het Jeruzalem-syndroom te schrijven. Je weet wel, godsdienstwaan en zo.'

'Ah,' zei Nuala met een zucht. 'Nee, hè?'

'Het is een interessant verhaal,' zei Lucas. 'En bijna tijdloos.'

'Nou, mensen zijn niet tijdloos,' zei Nuala.

'Natuurlijk wel.'

'Ik niet. En jij ook niet.'

Ze stonden op en liepen over het modderige heuvelpad. Het was ooit de Groene Lijn geweest, en op de plaats waar de pantsercolonne van het Arabisch legioen in 1948 tot staan was gebracht, stond nog een roestige *halftrack*. Een koele wind kwam uit de heuvels aanzetten en Nuala trok haar vest weer aan. Agnon had op deze hoogten geleefd, herinnerde Lucas zich, en zijn beste roman heette *De wind van Talpiot*.

'Nou,' zei Nuala, 'hoe staat het met je liefdesleven?'

'Slecht,' zei Lucas. 'En het jouwe?'

'Arme kerel,' zei ze. 'Het mijne is een en al verwarring.'

'Vertel me erover.'

'Nee. Je zou me alleen maar uitlachen.'

'Ik niet.'

Lucas, die graag iets met haar zou willen beginnen, was zich er pijnlijk van bewust dat er nooit het soort dreiging van hem uitging waarnaar ze blijkbaar verlangde. In Libanon scheen ze de maîtresse van een druzische militieleider te zijn geweest. In

Eritrea had ze voedsel aan de hongerigen kunnen geven door gebruik te maken van de vrijgevigheid van haar goede vriend, een kolonel van de opstandelingen. Volgens de verhalen die de ronde deden, had ze connecties met commando's van het Golani Regiment, smokkelaars en *fedayeen*. Lucas, die een keurig afgebakend leven leidde, was niets voor haar.

'Ah,' zei ze. 'Ik weet dat je dat niet zou doen, Christopher. Jij bent een goed en edelmoedig mens. Als ik je zie, krijg ik zin om je al mijn ellende te vertellen.'

'Ik wou dat je me geen goed en edelmoedig mens zou noemen,' zei Lucas. 'Dan voel ik me geen echte man.' Hij zette zijn voet op de roestige bumper van een gepantserde troepentransportwagen van het Arabisch Legioen en leunde op zijn knie. 'Een watje.'

Haar relatie tot de staat Israël en zijn strijdkrachten was heel apart, dacht hij. Ze gaf een nieuwe betekenis aan het woord 'haat-liefde'. Maar ze was goed in talen en wist als weinig anderen de weg in de regio.

Nuala lachte haar welluidende Ierse lach. 'Het spijt me, Christopher. Ik weet dat je een geweldige kerel bent. De meisjes zijn allemaal gek op je, echt waar.'

'Dank je.'

'Hier,' zei ze, nog lachend. 'Neem hier wat van. Ze hield hem een plastic zakje voor met iets wat op kleine cedertopjes leek, een donker roodachtig groen. Toen hij het niet aannam, nam ze een klein beetje uit het zakje en bracht het naar haar lippen. 'Ga je gang, neem maar. Het maakt je nog mannelijker dan je al bent.'

Hij nam het zakje aan en keek ernaar.

'Het is qat,' zei ze. 'De perfecte ochtendpruim. Eén prop in je mond en je wilt niet anders meer.'

Lucas stopte het spul in zijn zak.

'Ik zal je wat vertellen,' zei hij. 'Ik ga met Ernest praten om te horen wat de Coalitie voor Mensenrechten over Abu Baraka weet. Misschien kan ik er iets aan doen. Maar ik denk dat het de andere kant op gaat. Ik bedoel, ik denk dat het Jeruzalem-syndroom meer iets voor mij is.'

'Misschien,' zei ze. 'Je bent godsdienstig.'

'Ik ben niet godsdienstig,' zei hij kwaad. 'Het is een goed verhaal.'

'O, onzin,' zei Nuala tegen hem. 'Natuurlijk ben je godsdienstig. Jij bent de grootste katholiek die ik ooit heb gezien. Trouwens, dat Jeruzalem-syndroom is ouwe koek.'

Ze begonnen weer te lopen, met hun rug naar de wind van Talpiot toe.

'Je vergist je, Nuala,' zei Lucas. 'Misschien vind je het saai, maar het is geen ouwe koek. In dit land is religie iets wat op dit moment gebeurt.'

Dat was waar, dacht hij, hoewel hij het al veel vaker had gezegd. Andere steden hadden oudheden, maar de monumenten van Jeruzalem behoorden niet aan het verleden toe. Ze behoorden toe aan het heden en zelfs aan de toekomst.

'Wat een vervloeking is het,' zei ze. 'Religie.'

Hij vroeg zich af hoe ze zich, als ze zo'n hekel aan religie had, in dit deel van de wereld thuis kon voelen. Want dit land dankte zijn hartstochten aan religie en religieuze identiteit, en op die hartstochten teerde ze.

'Misschien,' zei Lucas. 'Waarom ga je niet met je verhaal naar Janusz Zimmer? Hij is goed in die dingen.'

'Dat heb ik al gedaan,' zei ze. 'Hij zegt dat hij geïnteresseerd is.' Ze haalde haar schouders op.

Zoals in veel steden werd ook in Jeruzalem de beoefening van de journalistiek belemmerd door de ingewikkelde seksuele verhoudingen binnen de internationale pers. Nuala en Janusz, die bijna twee keer zo oud was als zij, hadden een korte, wilde verhouding gehad die blijkbaar op een nogal nare manier was geëindigd en waarover ze geen van beiden wilden spreken. Op dat moment ging haar belangstelling uit naar een Palestijnse *résistant* in de Gazastrook, waar ze werkte.

Hij liep met haar naar de bushalte aan de voet van de heuvel, wachtte met haar op de bus en gaf haar een afscheidskus. Toen begon hij naar de stad te lopen. Na ongeveer een uur vond hij, neerslachtig en met pijn aan zijn voeten, het kantoor van de Israëlische Coalitie aan Amnon Square. Zijn vriend Ernest Gross zat achter het bureau. Gross was een Zuid-Afrikaan uit Durban met een gebruind, atletisch lichaam en een open gezicht, zodat hij op een surfer leek. Tegelijk was hij een van die mannen die plotseling woedend kunnen worden en zich dan nauwelijks kunnen beheersen, iets wat nogal vreemd was, want het was zijn werk om zich behulpzaam, redelijk en verzoenend op te stellen. Of misschien was het niet zo vreemd.

'Hallo, Ernest,' zei Lucas. 'Nog leuke doodsbedreigingen gehad vandaag?'

De Coalitie voor Mensenrechten kreeg soms doodsbedreigingen. Vooral de afgelopen maand was de oogst rijk geweest. De medewerkers van de Coalitie hadden kort geleden deelgenomen aan een grote demonstratie van Vrede Nu.

'Vandaag niet,' zei Ernest Gross. 'Gisteren kreeg ik er een van een psychiater.'

'Je kreeg een doodsbedreiging van een psychiater? Nou neem je me in de maling.'

Ernest zocht tussen de papieren op zijn bureau maar vond niet wat hij zocht.

'Nou, dat verrekte ding is verdwenen. Maar het ging in de trant van: "Ik ben psychiater en ik zie je pathetische zelfhaat en ik ga je vermoorden."'

'Jezus,' zei Lucas. 'Heeft hij je een rekening gestuurd?'

'Typisch Israël, ja?' zei Gross. 'Nou, wat kan ik voor je doen.'

Lucas legde uit wat Nuala hem over Abu Baraka had verteld en vroeg hem wat de Coalitie voor Mensenrechten over hem had.

'Nuala heeft veel lef,' zei Ernest met zijn Zuid-Afrikaanse accent. 'Laat ze maar uitkijken.'

'Heeft ze hier gelijk in? Denk je dat die man van het Israëlische leger is? Doen ze wat ze zegt dat ze doen?'

'Ah,' zei Ernest. 'Hier heb ik het.' Hij had de dreigbrief op zijn bureau gevonden. Hij pakte hem op en deed hem met een punaise op zijn prikbord, naast de bulletins van Amnesty International en de circulaires van Vrede Nu. 'Of Nuala gelijk heeft? Nou, Nuala is vreemd. Ik weet niet altijd aan welke kant Nuala staat, en ik weet niet of zij dat weet. Maar ze is waardevol. En ik denk dat ze hierin gelijk heeft.'

'Ze wil dat ik een verhaal over hem schrijf.'

'Hartstikke goed,' zei Ernest. 'Dat moet je doen.'

'Ik ben daar niet graag,' zei Lucas.

'Niemand is daar graag, jongen. De Palestijnen niet. De soldaten niet. Niemand, behalve de kolonisten, die zeggen dat ze het daar geweldig vinden. En Nuala natuurlijk.'

'De stranden zien er niet gek uit.'

'Prachtige stranden,' zei Ernest. 'De kolonisten hebben een hotel dat de Florida Beach Club heet. Het schijnt dat daar mooie Scandinavische meisjes komen stoeien. Ze dartelen als lammetjes, met zevenhonderdduizend van de meest verworpen mensen op aarde op amper een steenworp afstand. Bij wijze van spreken. Het strand is met scheermesprikkeldraad en mitrailleurs beveiligd.'

'Nog iemand anders die aan het Gaza-verhaal werkt?' vroeg Lucas. 'Ik zei tegen Nuala dat ze ermee naar Janusz Zimmer moest gaan.'

'Ik geloof dat zij en Janusz uit elkaar zijn,' zei Ernest. 'Maar misschien neemt hij het aan.'

'Dat was een vreemde romance.'

'Al haar romances zijn vreemd,' zei Ernest. 'Trouwens, het zou goed zijn als we hiervoor niet van buitenlanders afhankelijk waren. *Ha'olam Hazeh* probeert er ook achter te komen.' *Ha'olam Hazeh* was een links tijdschrift in Tel Aviv. 'Het zou mooi zijn wanneer een van onze kranten met zoiets kwam. Dan lijkt het niet alsof we de rest van de wereld nodig hebben om ons erover te vertellen.'

'Dat vind ik ook,' zei Lucas.

'Nuala en haar vrienden bij de VN,' zei Ernest, 'zijn allemaal in Gaza geweest. Ze zijn in Deir Yassein geweest en op alle andere plaatsen waar de joden geweld hebben gebruikt. Je vraagt je af of ze ooit in Yad Vashem zijn geweest.'

'Dat heb ik haar nooit gevraagd,' zei Lucas. Naast Ernests bureau hing een Amerikaanse feministische kalender aan de muur, met foto's van grote internationale heldinnen, met in rode letters belangrijke data uit de vrouwengeschiedenis. Lucas boog zich voorover om een fraaie foto van Amelia Earhart te bekijken. 'Ik ben daar zelf eigenlijk nooit geweest.'

'O nee?' vroeg Ernest. 'Hoe dan ook, wij praten met het Israëlische leger, en vaak praten ze tegen ons terug. Ik denk dat ik wel zo ongeveer weet hoe het in de gebieden toegaat.'

'Hoe dan?'

'Er zijn ongeschreven wetten. De Shin Bet opereert daar. Ze doen vergeldingsaanvallen en ondervragen mensen. Ze hebben ons officieus verteld dat ze zich gerechtigd voelen om bij die ondervragingen een zekere mate van geweld te gebruiken. Dat is de term die ze gebruiken, "een zekere mate van geweld". Dat kan natuurlijk verschillende dingen voor verschillende mensen betekenen. Het kan voor een jongen uit Haifa iets betekenen en voor een jongen uit Irak iets anders.'

'Ja.'

'Ze voelen zich ook gerechtigd om mensen te doden van wie ze aannemen dat ze joden hebben gedood. Of die een van hun informanten hebben gedood. Het is een kwestie van respect, weet je. Ze hebben Arabischsprekende agenten die een soort proef moeten afleggen. Ze moeten doen alsof ze Palestijnen zijn en ergens op een markt of zo rondhangen en met mensen in gesprek komen. Als ze denken dat een kamp of dorp op het punt staat om tot een uitbarsting te komen, maken ze soms gebruik van provocatie. Dan zorgen ze zelf voor die uitbarsting en treden dan hard op. Vorig jaar was er een tijd waarin ze zes relschoppers per dag doodden, en het was moeilijk te geloven dat het toeval was. Elke dag waren het er zes.'

'Ik begrijp het.'

'De Shin Bet zelf is verdeeld in afdelingen. Soms weet de linkerhand niet wat de rechterhand doet.'

'Dat klinkt een beetje als de kabbala,' zei Lucas.

'Ja, hè? En er zijn naast de Shabak en de Mossad nog andere organisaties. Soms zijn ze in de gunst, soms niet.'

'Gevaarlijk werk,' zei Lucas.

'Dat zeg ik ook tegen Nuala,' zei Ernest. 'En haar vrienden.'

'Nou,' zei Lucas, 'ik hoop dat ze voorzichtig zijn. Ze is met een blauw oog van haar vorige ontmoeting teruggekomen.'

'Een van onze soldaten zal haar wel hebben geslagen,' zei Ernest. 'Evengoed valt het me op dat Nuala het in haar rapporten vaak over verwondingen heeft. Ze wordt altijd geslagen.'

'Bedoel je dat ze het misschien prettig vindt?'

'Natuurlijk vindt ze het prettig,' zei Ernest. Hij en Lucas glimlachten zonder elkaar aan te kijken. 'Trouwens,' zei Ernest tegen hem toen hij wegging, 'jij moet ook voorzichtig zijn.'

Toen hij naar de Duitse Kolonie terugliep, kauwde hij op wat qat. Het spul gaf hem extra energie maar bracht hem niet in een beter humeur. Hij nam aan dat Nuala het voor seks gebruikte, en bij dat idee voelde hij zich opgewonden en misdeeld tegelijk.

Eenmaal thuis, keek hij naar CNN. Christiane Amanpour deed verslag vanuit Somalië. Haar koele, klasseloze Engelse stem leek de gebeurtenissen een orde en begrijpelijkheid te verlenen die in werkelijkheid ontbraken.

Omdat de drug hem uit de slaap hield, kauwde hij nog wat meer om de duistere wanhoop op een afstand te houden. Die wanhoop lag in de middagstilte besloten, in het koeren van de duif, de stem van de schildpad. Uiteindelijk werd hij er misselijk van. Zijn raderen draaiden. Over een paar dagen zou Tsililla uit Londen terug zijn. Het ging niet goed tussen hen en binnenkort zou het tot een breuk komen. Het was angstaanjagend hoe moe hij van de dingen was; dat deed hem denken aan vernietiging, aan een muur van woede en vermoeidheid die aanvoelde alsof hij er helemaal in zou verdwijnen. Het ergst van alles was de eenzaamheid.

Er waren momenten waarop Lucas blij was met zichzelf als individu – een man zonder verhaal, zonder de waanideeën van stamverbondenheid, in staat om de vele niveaus te zien. Maar op andere momenten zou hij er alles voor over hebben om zichzelf iets te kunnen noemen. Om zich een jood of een Griek, een niet-jood of wat dan ook te noemen, de ingezetene van een grote stad. Maar hij kon niets anders dan zich Amerikaan noemen en dus de slaaf van alle mogelijkheden zijn. Het lukte hem niet altijd om zichzelf uit de verschillende elementen op te bouwen.

En soms leken alle mensen hem vreemd en vijandig, beheerst door woedes die hij niet kon begrijpen, dronken van verwachtingen waarvan hij zich geen voorstelling kon maken. En dus kon hij zijn weg alleen vinden door vragen te stellen, door de geobsedeerden met hun wilde ogen steeds weer naar hun dromen te vragen, hun beoordeling van zichzelf en hun vijanden, en vriendelijk te luisteren terwijl ze zijn onwetendheid met hoon overlaadden en dingen uitlegden die eigenlijk vanzelf spraken. Als hij schreef, deed hij dat voor een lezer als hijzelf, een bastaardfiguur, aan geen enkel convenant gebonden, zonder enige andere zekerheid dan die van de stilte boven hem en de duisternis om hem heen. Soms moest hij het simpele feit onder ogen zien dat hij niets en niemand had en moest hij zich proberen te herinneren wanneer dat een bron van kracht en misplaatste trots was geweest. Soms kon hij daar dan weer in geloven.

7

Adam De Kuff en de jongeman die zich Raziel noemde, vertrokken samen uit Jeruzalem om door het land te reizen. Ze deden alles samen en gingen overal samen naar toe. Soms verviel De Kuff in een stilzwijgen dat dagen duurde. Raziel sprak hem in die perioden van stilte vriendelijk toe en zorgde ervoor dat hij de noodzakelijke kleine taken verrichtte die aan het reizen verbonden waren. De Kuff begon het gevoel te krijgen dat de jongere man al zijn gedachten kende. Raziel moedigde hem aan om dat te geloven.

Ze reisden per bus, ze liftten en soms liepen ze gewoon. Ze bezochten heilige en indrukwekkende plaatsen, aten weinig en slordig, letten er niet op wat koosjer was en wat niet, namen de sabbat niet in acht. Ze gingen van de spelonk van Machpelah naar Carmel, en van de Klaagmuur naar Jizreël. Ze zagen de plaatsen die aan de vroege christelijke martelaren waren gewijd en ze zagen de Tomben van de Koningen. Ze gingen naar de berg Gerizim voor het Samaritaanse Pasen en naar het Baha'i-schrijn van de Bab in Haifa.

Tegenover de lange uren waarin De Kuff bleef zwijgen stonden andere uren waarin hij onvermoeibaar spraakzaam was en zichzelf in een staat van grote opwinding bracht die een hele dag en een hele nacht kon duren. Raziel kon hem bijhouden, kon zijn spraakzaamheid aanwakkeren, kon zijn associatieve gedachtestroom volgen, totdat De Kuff van vermoeidheid en wanhoop niets meer te zeggen had. Als De Kuffs energie op was, bleef Raziel kalm en enthousiast, klaar voor meer, klaar voor alles. De Kuff vond dat angstaanjagend. Soms beval hij Raziel huilend weg te gaan. Maar Raziel verliet hem nooit.

Ze praatten over muziek en over geschiedenis. Ze vertelden

elkaar het verhaal van hun leven. Raziel was opgegroeid in een welvarende forensenplaats in het midden-westen van de Verenigde Staten. Zijn vader was een bedrijfsjurist die diplomaat en politicus was geworden. Raziel was naar het Berklee College of Music in Boston gegaan maar had die studie opgegeven om in Marin County te gaan leven. Hij leerde verscheidene instrumenten bespelen, componeerde, speelde met een rockgroep die een plaat had gemaakt en wijdde zich toen in San Francisco aan experimentele jazz. Hij was yeshiva-student geweest, en zen-monnik in Tassajara, en lid van een Hebreeuws-christelijke commune. Hij bekende dat hij problemen met drugs had gehad.

De Kuff had de St. Paul's School bezocht en daarna in Yale gestudeerd. Als student had hij geprobeerd zich op de muziek in plaats van de geschiedenis te concentreren en was daar uiteindelijk in afgestudeerd. Hij speelde in de New Orleans Symphony en in een aantal kamermuziekgezelschappen. Hij had een groot vermogen van een aantal generaties De Kuffs in New Orleans geërfd; hij had een huis in het Garden District, waar hij sinds de dood van zijn moeder in zijn eentje woonde. Verder had hij een appartement in New York en een stijlvol zomerhuis bij Pass Christian in Mississippi.

Ze waren beiden tot de conclusie gekomen dat de grondslagen van de muziek te vinden waren in metafysische principes die schuilgingen onder de afleidingen van het dagelijks leven. Algauw was de muziek niet meer een van hun gespreksonderwerpen en keerden ze terug tot de onderwerpen waarover ze in de nacht van hun eerste ontmoeting met elkaar van gedachten hadden gewisseld, het gebed en de belofte van verlossing, het einde van de ballingschap en de vraag waar zielen uit voortkwamen.

Ze praatten over zen en *theravada* en de Heilige Geest, de bodhisattva's, de *sefirot* en de Drie-eenheid, Pico della Mirandola, Teresa van Ávila, Philo, Abulafia, Adam Kadmon, de *Zohar*, het receptief vermogen van diamanten, de Shekhina, de betekenis van *tikkun*, Kali en Matronit onder de onheilspellende maan.

Ze hadden allebei geprobeerd het christendom als een brug tussen bergen te gebruiken. Raziel kwam met het beeld dat ze allebei aan het vallen waren, en Jeshu met hen, halsoverkop, zijn kruis omgekeerd en rondwervelend, anti-aërodynamisch. Het christendom had voor hen gefaald, zoals Christus had gefaald, die zijn graf onder de verdorvenen vond. En toch, vonden ze beiden, strekten zijn wortels zich uit van het begin van de schepping en zou de boom opnieuw moeten groeien. Ze waren het erover eens dat ieder mens een veelheid aan zielen in zich meedroeg.

Ze gingen een keer naar het klooster van de Heilige Catharina in de Sinaï en beklommen de Treden van Berouw naar de top van de Jebel Musa bij zonsopgang. De Kuff bad daar tot de *mihrab* en maakte het Ismaëlitische schrijn tot het zijne. In de richting van Mekka strekte zich de Golf van Eilat voor hen uit, en in het westen de Golf van Suez, twee turquoise schitteringen tegen de achtergrond van bloedrode bergen. De Kuff rende de laatste treden op, hoestend en hijgend, terwijl om hem heen de duisternis melkachtig werd en voor de naderende dageraad probeerde uit te rennen.

En omdat het toen een geschikt moment had geleken, terwijl het licht het universum tot de verste hoeken opvulde en de zon zich als een offergave verhief, had Raziel besloten Adam De Kuff de betekenis van diens naam uit te leggen. De Hebreeuwse letter *kuf* stond voor paradox – de dalende *zayin*, de *reish* die erboven hing. De ziel die door die letter werd vertegenwoordigd, moest leegte en duisternis ondergaan en zich steeds uitstrekken naar een licht, dat onbereikbaar bleef doordat het zich telkens terugtrok. De letter stond voor heiligheid die neerdaalde en het geheim van Eva bevatte. De numerieke waarde, in de gematria, was negentien. De kuf, waarvan de waarde dus negentien was, volgde op de *tzadi*, die achttien en het geheim van Adam was. De combinatie werd *tzaddik* genoemd, en die heilige term was De Kuff zelf ten deel gevallen. De *tzaddik*, de rechtvaardige, had de taak om de vonken terug te winnen die met de val in ballingschap verloren waren gegaan. Iedereen die in dat teken leefde, was gedwongen door duisternis en dood te lopen en het ongeschapen licht te zoeken. De kuf was het teken van leven in de dood, de paradox van de verlossing.

Het was maar goed dat hij hem dit allemaal vertelde, zei Raziel, terwijl ze samen in het nieuwe licht van de dag baadden en De Kuff in een goede stemming was. En als dit echt de berg was waar Mozes de wet had verkondigd, was dat des te beter.

In combinatie met zijn voornaam Adam, legde Raziel uit, zou zijn naam kunnen betekenen: 'Hij heeft een eind aan de duisternis gemaakt.' Het geheim van de kuf was geconcentreerd licht. Zijn naam was een kanaal van perceptie.

'Dit is te veel voor mij,' antwoordde De Kuff.

Raziel lachte. Hij vertelde Adam dat de letter kuf ook de bijbetekenis van 'aap' had, en dat was een andere paradox. Maar misschien, dacht Raziel, die goed in interpretatie was, moest de wandelaar naar de plaats van dode omhulsels, de verzamelaar van licht, een soort grappenmaker zijn.

De Kuffs eerste reactie was woede.

'Waarom zou ik jou vertrouwen?' vroeg hij Raziel. 'Je zegt zelf dat je drugs hebt gebruikt. Je brengt me naar de top van een berg. Schitterend, natuurlijk, maar nogal conventioneel als inspirerende plaats.'

Hij kreeg misschien nog eens spijt van de illusies die hem tot de christelijke doop hadden geleid, zei hij tegen Raziel, de illusies die hem naar de kerk van St. Vincent Ferrer hadden gebracht, aan Lexington Avenue, waar het water op hem werd gesprenkeld en de hand op hem gelegd. In een ruimte die naar een Spaanse inquisiteur was genoemd – hij, De Kuff, de zoon van Sefardim! Maar als christen was hij in zoverre een jansenistische eenling geworden dat hij heilige plaatsen in het algemeen als belemmeringen voor het geloof zag. Net als wonderen wezen ze op de lichtgelovigheid en bedrieglijkheid van mensen.

'Jij bent de aap,' zei hij tegen Raziel. 'Want je kwelt me met die ideeën.'

Raziel lachte weer. 'Nee, man. Jij. Jij bent de aap.'

Hoewel het misschien te veel voor hem was, begon Adam De Kuff vanaf die dag alles te geloven wat Raziel hem over hemzelf vertelde. Naast verschrikkingen waren er ook verrukkingen. Raziel verzekerde hem dat zijn duistere wereld straks vol licht zou zijn, een innerlijke ochtend, steeds stralender.

De Kuff bekende dat hij zich altijd over de wanorde van zijn eigen geest en de promiscuïteit van zijn gedachten had verbaasd. De artsen die hij had geconsulteerd, hadden zijn conditie 'bipolaire stoornis' genoemd, en ze hadden hem met psychotrope middelen en zelfs lithium behandeld. Maar hijzelf was meer en meer gaan nadenken over de zielen waarvan de essentie zich aan zijn ziel had gehecht – in joodse mystieke termen, zijn *gilgulim*. Raziel vertelde hem dat hij zich op extreme omstandigheden moest voorbereiden. De dingen leken erop te wijzen dat hij een instrument van de verlossing zou zijn.

Toen ze een keer in de koelte van de avond in de oase van Subeita wandelden, raakte De Kuff opeens in een komische bui.

'Wat is mijn probleem?' had hij geschreeuwd. Hij speelde de straathandelaar, een denkbeeldige Tevje-achtige immigrantenvoorouder, hij wiens voorouders bleke *hidalgos*, *hombres muy formal* waren.

En Raziel, die in het begin wel met de grap wilde meegaan, had geantwoord: 'Jouw probleem is dat je huid te licht is. Jouw probleem is dat je te intelligent bent om degene te zijn die je bent. Het nummer van je naam zou *cherubim* kunnen laten afdalen. Jij bent de wedergekeerde Zoon van David, dat is jouw probleem.'

Zo legde Raziel het uiteindelijk aan hem voor.

Weken en weken reisden ze, alsof ze wilden uitbeelden dat de Zoon des Mensen nergens een plaats had om zijn hoofd te ruste te leggen. De Kuff sliep niet, rustte niet. Hij nam zijn medicijnen niet meer in.

Ten slotte bracht Raziel hen naar een oude vriendin, Gigi Prinzer, een kunstenares in Safed. Haar huis bevond zich in de kunstenaarskolonie. Van daaruit wandelden De Kuff en Raziel elke dag tussen de graven van de wijzen.

Ze waren dicht bij de synagoge die aan Ari, de Leeuw, Isaac Luria was gewijd, op de plaats waar Elijah hem de diepere betekenis van de thora had uitgelegd. Niet ver daarvandaan bevond zich Meron, waar Simeon bar Yochai, aan wie de traditie de *Zohar* toeschreef, begraven lag.

Diep onder de indruk van de heiligheid van deze heuvels, werd De Kuff overvallen door huilbuien. De gelovigen die voorbijkwamen, keken goedkeurend naar hem.

'Je laat me mijn verstand verliezen,' zei De Kuff tegen Raziel. 'Ik kan het gewicht van deze plaats niet dragen.'

'Als het niet gedaan kon worden,' legde Raziel uit, 'zou het niet van je worden gevraagd.'

'Gevraagd!' riep De Kuff uit. 'Ik kan me niet herinneren dat het werd gevraagd. Wie vroeg het dan?'

'Ik denk dat het als volgt is,' had Raziel gezegd. 'Je accepteert het of je sterft. Je accepteert het of je gaat verloren. En dan moeten we weer wachten. Zoals met Christus. Zoals met Sabbatai.'

'Maar zoals je weet, kan ik niet bidden,' protesteerde De Kuff.

'Je kunt niet bidden. Je hoeft niet te bidden. Het staat allemaal geschreven.'

'Dat weet je zeker?'

Raziel verzekerde hem dat hij daarom al een tijdje katholiek was. 'Moshiach wacht bij de poorten van Rome. Veracht. Onder melaatsen. Wil je de rest horen?'

'Allemachtig,' zei De Kuff. Hij haalde een zakdoek te voorschijn en veegde over zijn gezicht.

In Safed kon De Kuff alleen maar zitten en huilen, alsof zijn geleende ziel naar de bergen hunkerde die hij in het noorden kon zien, alsof hij wilde vluchten voor de heiligheid van de wijzen die om hem heen begraven lagen, de tirannie van zijn lot en van de Oude Heilige. Hij werd altijd achtervolgd. Nu had iets hem weer te pakken gekregen, iets onverbiddelijks. Jona.

Gigi Prinzer verdiende de kost als schilderes van niet al te hoogdravende religieuze kunst, gericht op vrome geesten met enige moed en uitgevoerd in woestijnkleuren – een beetje Safed, een beetje Santa Fe. Gigi had van Santa Fe gehouden en wou vaak dat ze daar was. En omdat ze verliefd op Raziel was, liet ze hen nu blijven.

De financiële middelen van De Kuff waren ruimschoots voldoende voor hen, maar Raziel liet geen gelegenheid voorbijgaan om zijn kennis te verspreiden, om gesprekken aan te gaan die hij kon beheersen. In een tweed colbertje en met een Engelse bookmakerspet op zijn hoofd sprak hij toeristen op het busstation of bij de toeristeninformatie aan. Met zijn kleding en houding leek hij de ideale gids voor een alternatieve rondleiding door Safed, en dat werd het dan ook. Terwijl de concurrentie *bubba meises* aanbood, verhalen zonder verdere betekenis, was vergelijkende religie Raziels sterke punt. Hij werd er algauw van verdacht een mormoon of een jood-voor-Jezus te zijn, maar provocateurs en mensen die hem ondervroegen, ontdekten algauw dat hij de taal van *Midrash, Mishnah* en *Gemara* zo goed sprak als de besten van hen.

'Wie ben je?' vroegen de *haredim* met de gebruikelijke Israëlische tact. 'Wat doe je hier?'

'Ik ben een kind van het universum,' antwoordde Raziel dan. 'Ik heb het recht om hier te zijn.'

'Je bent joods?' vroegen ze dan.

'Eskimo,' antwoordde Raziel.

Als hij een rondleiding gaf en de indruk had dat de groep er ontvankelijk voor was, zette hij originele ideeën uiteen. De buitengewone hindoe-pendanten van de kabbala. Dat Abulafia's *Licht van de geest*, met zijn suggesties voor ademhalingstechnieken als hulpmiddel bij meditatie, grote gelijkenis vertoonde met hatha yoga. Dat de kabbalistische doctrine van *ayin*, het onkenbare element waarin het oneindige bestaat, zijn hindoeverwant had in het concept Nishkala Shiva, de verre absolute. Dat er nog veel meer van zulke paralellen in het hindoeïsme te vinden waren, en ook in de soefi-islam en in de christelijke mystiek van Eckhart en Böhme.

Sommige bezoekers waren na Raziels rondleiding door Safed geïnspireerd en gesticht geweest. Maar er waren ook klachten gekomen. In zijn enthousiasme schatte Raziel zijn gehoor soms verkeerd in. Conservatieve klanten, die hartverwarmende, twinkelende kennis van de oude wijzen verwachtten – of op zijn minst iets traditionelers – waren beledigd weggegaan. De *hasidim*, die in Safed erg goed vertegenwoordigd waren, hadden van Raziels uiteenzettingen gehoord en waren er slecht over te spreken.

Hij en De Kuff gaven soms ook concerten, waarbij hij De Kuff op de piano begeleidde. De Kuff speelde niet alleen cello maar ook luit en chitarrone en kende sefardische melodieën met een diepgang die de stilte voorbij was. Sommige geestelijken gingen zo ver dat ze bij de politie klaagden, maar die weigerde zich ermee te bemoeien. Raziel werd soms aangevallen, maar hij kon wel tegen een stootje en hij kende een beetje karate.

Soms kwam hij met een of meer gasten van zijn rondleidingen terug, en die kregen dan lunch of thee – waarbij beleefd van hen werd verwacht dat ze de prijs bij de kosten van de rondleiding optelden. Meestal waren het jonge buitenlanders, net zo vaak niet-joden als joden. Sommigen bleven een paar dagen voordat ze verder gingen. Anderen bleven weken.

Een jonge Duitser die naar Tibet was geweest en yogalessen in Londen gaf, hield kundalini-meditaties met Raziel. Samen wijdden ze De Kuff in de kundalini-yoga in. Raziel geloofde dat die meditaties een vorm van *kavana* waren, meditaties over het bovennatuurlijke, en dat ze tot *dvekut* konden leiden, een eenheid met de goddelijke basis.

De kundalini-meditaties eisten veel van de beoefenaren en dreigden De Kuff nog meer uit zijn evenwicht te brengen. In de diepe stilten vormden zich vaak beelden in De Kuffs hoofd die hem erg bang maakten. Op andere momenten waren ze inspirerend. Raziel vond het belangrijk dat De Kuff hem altijd vertelde wat hij had gezien.

In sommige van De Kuffs verslagen herkende Raziel elementen van *satapatha brahmana*, visioenen van Kali en Shiva achter attributen. Raziel verzekerde hem dat het een goed teken was, want al die dingen hadden hun equivalenten in de *Zohar*.

De Kuff vertelde een keer dat hij in een meditatie een slang zijn eigen staart had zien verslinden, en Raziel vertelde hem dat het de *ouroboros* was, die in de *Zohar* de betekenis had van *bereshit*, het eerste woord van Genesis. Sabbatai Zevi, die zichzelf tot messias van Smyrna had uitgeroepen, had de *ouroboros* tot zijn speciale symbool gemaakt.

Voortaan sprak hij De Kuff als Rev aan. Hij liet het soms een beetje ironisch klinken en verzekerde hem dat zijn uitverkiezing boven iedere twijfel verheven was.

'Grappig is dat,' zei Gigi, sprekend over de man uit Tibet. 'We hebben dit door toedoen van een Duitser ontdekt.'

'Nee, nee,' zei Raziel. 'Dat is juist passend. Want het staat allemaal geschreven.'

'Een Duitser?' vroeg Gigi. 'Maar waarom?'

'Vraag me niet het evenwicht van *tikkun* uit te leggen. Accepteer het.'

Gigi keek De Kuff aan alsof ze hem om uitleg vroeg, al had hij haar nooit veel uitleg gegeven.

'Het zij zo,' zei hij.

Mensen kwamen en gingen. Een paar Nederlandse meisjes die hasj rookten, kwamen voor korte tijd; ze waren alleen geïnteresseerd in een plaats waar ze konden overnachten. Er kwam een Amerikaans-joods meisje dat haar gewelddadige Palestijnse vriendje was ontvlucht en niet naar huis durfde te gaan. Gigi accepteerde hen als huurders, zolang ze niet te veel thuis rondhingen en uit de galerie weg bleven. Een Finse vrouw die journaliste bleek te zijn, kwam, maakte haar aantekeningen en vertrok.

Als De Kuff zat te huilen, kwam Raziel soms naar hem toe.

'Heb je medelijden met jezelf? Ik zou jou aan de rondleiding moeten toevoegen.'

'Soms,' zei De Kuff, 'lijkt het wel of je me haat. Dan lijkt het of je de spot met me drijft. En dan ga ik me dingen afvragen.'

Raziel hurkte bij hem neer.

'Vergeef me, Rev. Ik ben ongeduldig. We zijn allebei gek. Is het niet vreemd zoals de dingen gaan?'

'Ik wil naar Jeruzalem terug,' zei De Kuff.

'Wacht op het licht,' zei Raziel.

Die avond bleef De Kuff lang op. Hij zat te lezen.

In de kamer hingen schilderijen en tekeningen van Gigi, kunst uit haar Perugiaanse periode, die aan haar verblijf in Santa Fe vooraf was gegaan. Landelijke taferelen uit Umbrië, weelderige bruine en gele vormen, warm en elegant, ongeveer als Gigi zelf.

De Kuff verkeerde met zijn lectuur ook in Italiaanse sferen. Hij bestudeerde zijn eigen papieren en verslagen, geschriften die uit een periode dateerden waarin hijzelf door Italië reisde. Voor hem uitgespreid op het bed lag het manuscript van een essay dat hij had geschreven over de hermetische elementen in de schilderijen van Botticelli. Zijn blik viel op iets wat hij over de *Maria Boodschap* van die schilder in het Uffizi had geschreven:

'De vleugels van de engel lijken nagenoeg te trillen. Dit is een van de grote illustraties van de spirituele immanentie in de westerse schilderkunst. Een gevleugeld moment van de tijd is hier vastgelegd, een "wereldlijk" moment dat in een "kosmisch" moment overgaat, tijd overgaand in eeuwigheid. De magische transformerende materie.'

Nu hij die regels las, huiverde hij en verlangde naar de persoon die hij was geweest. Een onschuldige liefhebber van schilderijen, verantwoordelijk voor niemand dan zichzelf. Twee jaar eerder was hij in de katholieke kerk opgenomen. Hij had geloofd dat hij vrede had gevonden. Wat had hij toen weinig geweten van al wat magisch was!

'Een kunstliefhebber,' zei hij hardop. Hij legde het papier opzij en deed zijn ogen dicht.

Later, voor de dageraad, werd hij blijmoedig wakker, zijn kamer vol licht. Hij ging naar het dak en keek naar de sterren. Er gleden meteoren langs de contouren van de heuvels. Een dun straaltje daglicht brak door. Onder het ontbijt zei hij: 'We gaan naar de stad.'

'Ja?' vroeg Raziel.

'Zo moet het zijn. We zullen in de stad blijven, en alleen ik zal weten hoe lang. En dan gaan we naar de berg Hermon, opdat het in vervulling zal gaan dat we van Dan naar Gilead lopen. En dan terug naar de stad. In de loop van de gebeurtenissen zal alles worden geopenbaard. Wil je dat ik het je in de teksten aanwijs?'

'Nee,' zei Raziel. 'Jouw woord is me genoeg. Jij bent mijn wereld, Rev. Ik maak geen grap. *Nunc dimittis*.'

'Hoe was het?' vroeg Raziel later in Gigi's tuin aan zijn meester. Er stond een frisse bergwind die naar dennen geurde.

'Niet moeilijk,' zei De Kuff. 'Ik voelde een gezegende zekerheid.' Even later zei hij: 'Ik denk dat we openbaringen zullen zien.'

'Maar wat zag je?'

'Op een dag zal ik het je vertellen,' zei De Kuff.

'Je kunt het niet voor me achterhouden,' zei Raziel. 'Ik heb je herkend. Ik moet weten wat je hebt gezien.'

'Breng ons naar de stad,' zei De Kuff tegen hem. 'Misschien zul je het op een dag weten.'

'Je moet me iets vertellen,' zei Raziel. 'Een deel. Ik moet ook geloven. Ik heb je mijn leven gegeven, Rev. Ik moet ook geloven en verder gaan.'

'Vijf dingen zijn waar,' zei De Kuff. 'Vijf ware dingen bepalen het universum. Het eerste is dat alles thora is. Alles wat was en alles wat zal zijn. De omstandigheden veranderen, ze zijn van geen belang, maar al het essentiële is in letters van vuur geschreven. Het tweede is dat de tijd om te komen is genaderd. En daarom gaan we eerst naar Jeruzalem. De wereld waarop we hebben gewacht, wordt geboren.'

Raziel was onder de indruk. Hij ging naar binnen om Gigi te vertellen dat ze weg zouden gaan.

'Het is tijd,' zei hij. 'We zijn je tot last. En we worden statisch.'

'Ik kan niet gaan,' zei ze. 'Al mijn bezit is hier. Ik verwacht klanten uit het buitenland. Ze weten niets van...' Ze woof met haar hand om De Kuffs theürgische denkbeelden aan te duiden.

'We houden contact,' zei Raziel. 'Vertrouw ons. Je zult hier altijd bij betrokken zijn.'

Ze haalde haar schouders op en wendde haar blik van hem af.

'Intussen,' zei hij, 'denk ik dat ik naar Tel Aviv ga en een paar optredens doe. Ik spreek Stanley morgen. Hij is meestal op zoek naar musici.'

'Als je naar Stanley gaat,' zei Gigi, 'maak ik me altijd zorgen om je.'

'Ik maak me ook zorgen,' zei Raziel. 'Maar het licht van het oog is sterker dan drugs.'

'Vergeet niet dat we alleen elkaar hebben,' zei De Kuff tegen hen.

'Dat is het goede nieuws, nietwaar?' zei Raziel, en hij stond op. 'En ook het slechte nieuws,' voegde hij eraan toe.

'En de rondleidingen?' vroeg Gigi. 'Als iemand daarnaar vraagt?'

'Zeg dan maar dat de rondleidingen zijn afgelopen,' zei De Kuff. Hij stond op, ging naar zijn kamer en deed de deur dicht. Gigi zuchtte; zij en Raziel keken elkaar aan.

'Wat gaat er gebeuren?' vroeg ze hem.

'We overleven het wel,' zei Raziel. 'Let op, Gigi.' Hij pakte een Nieuw Testament in pocketformaat op dat uit zijn tijd van joden-voor-Jezus dateerde. '"Daarom zijt niet bezorgd, zeggende, Wat zullen wij eten, of wat zullen wij drinken, of waarmede zullen wij ons kleden? Want al deze dingen zoeken de heidenen."'

Gigi huiverde en beet op haar duimnagel. 'Eigenlijk vreemd dat je zo ver bent gekomen,' zei ze. 'Vreemd dat je uitgerekend hierheen bent gekomen om christen te worden.'

'Ik ben geen christen, Gigi. Ik heb het duister gezien – ik heb het echt gezien. Ik geloof in licht.'

'Ik ben nooit godsdienstig geweest,' zei ze. 'Ik heb mijn verstand verloren. Om van mijn beroep nog maar te zwijgen.'

De jongeman lachte. 'Je bent kunstenares geworden. Dat was geen toeval. Jij hebt geen beroep nodig. Hier blijven en *getch* doen voor toeristen? En wat zal het verstand je opleveren?'

'De kracht faalt altijd,' zei ze. 'Dat heeft hijzelf gezegd. Die heeft altijd gefaald.'

'De kracht,' zei Raziel. 'Wat is de kracht? Dat zijn wij. Wij zijn de kracht.' Hij lachte en maakte haar daarmee bang. 'Het is een spel.'

'Een spel,' zei Gigi. 'Het is verschrikkelijk.'

Toen Raziel naar boven ging om te lezen, klopte Gigi op De Kuffs deur en ging naar binnen. Hij zat op het bed.

'Hij maakt me bang,' zei Gigi. 'Altijd maar lachen. Zijn christelijke bijbels.'

'Mensen als hij stellen ons niet gerust,' zei De Kuff. 'Ze maken ons soms bang.'

'Ik wou dat ik hem nooit had ontmoet. Jij ook?'

'Te laat,' zei De Kuff.

8

Lucas' flatgenote en incidentele minnares, Tsililla Sturm, kwam vroeg uit Londen terug. Ze had een Amerikaanse regisseur geïnterviewd die opnamen maakte in Shepperton. Toen ze in de rozige stilte van de voorjaarsmorgen uit de taxi stapte, zag Tsililla er bleek en afgemat uit. Lucas zag haar door zijn balkonraam en ging naar de deur om haar binnen te laten. Hij had in Obermanns aantekeningen over dominee Theodore Earl Ericksen zitten lezen.

'Ik kon niet bellen,' zei ze tegen hem. 'Ben je alleen? Ik kan naar een hotel gaan.'

'Onzin,' zei Lucas geërgerd. Het zat hem nog een beetje dwars dat hun verhouding bijna voorbij was. 'Natuurlijk ben ik alleen. Dacht je dat ik iemand in onze flat zou laten trekken?'

'Ik dacht dat je misschien iemand te logeren had. Waarom niet?'

Ongeveer een jaar, tot aan de afgelopen winter, waren Lucas en Tsililla een stel geweest. Het was een intens reflectieve, om niet te zeggen uitgebreid bestudeerde relatie geweest. Tsililla was opgegroeid in een tolstojaans-freudiaans-socialistische kibboets in Galilea. Vanaf haar prilste jaren had ze zoveel antwoorden op de vragen van het leven gekregen dat ze dreigde te verdrinken in nutteloze zekerheden.

Lucas was zelf geneigd tot introspectie. Ze hadden elkaar uitgeput. Het hoorde bij hun huidige regeling dat ze elkaar vrij lieten – een vrijheid die Lucas erg deprimerend vond. Zodra zijn relatie met Tsililla in het slop was geraakt, begon hij last te krijgen van impotentie, en daardoor kwam er van zijn vrijheid niets terecht. Voor het eerst in zijn leven begon hij zich zorgen te maken over de ouderdom. Hij vroeg zich af of zijn kracht ooit zou terugkeren.

Aan de wand van Tsililla's studeerkamer hing een foto van een bekende New Yorkse schrijver met zijn arm om twee aantrekkelijke jonge meisjessoldaten. Een van hen was de blozende twintigjarige Tsililla, de tweede haar beste vriendin uit die tijd, wapenzuster en mede-kibboetsnik, Gigi Prinzer. De rondreizende schrijver had hen op hun standplaats in de Negev-woestijn ontmoet, waarna zij drieën kans hadden gezien een vrolijke fotosessie om te zetten in een afschuwelijke driehoek. Na een farce van wederzijdse psychische en seksuele uitbuiting, elk tegen allen, waren alle drie betrokkenen psychisch geïmplodeerd.

De schrijver was naar huis gegaan, grondig geblokkeerd en in een diepe midlifecrisis verzonken, terug naar zijn vrouw en de spottende opmerkingen van zijn wrede psychiater. In het gezelschap van Gigi en Tsililla had hij ongekende inzichten opgedaan, schitterend materiaal, maar hij kon geen regel op papier krijgen. Tsililla zelf had een duistere roman geschreven, die goed ontvangen was en slordig in het Frans was vertaald.

De roman had haar tot fulltime schrijfster gemaakt, al schreef ze uiteindelijk meer filmkritieken dan fictie. Gigi, die Tsililla's bitterste vijand werd, ging naar de Art Student's League in New York en de École des Beaux Arts en werd daarna vredesactiviste en ook een commercieel succesvolle schilderes met een witgekalkt atelier in Safed. Alleen Tsililla, dacht Lucas vaak, zou zo'n afschuwelijk souvenir als die foto in ere houden.

'Zal ik mijn spullen uit de slaapkamer halen?' bood Lucas aan. Dat gebaar leverde hem alleen een laatdunkende blik op, maar het was wel een van die blikken waar hij van hield. Haar lange, bleke gezicht met hoge jukbeenderen en volle lippen kon hem iedere keer weer in vervoering brengen.

Hij kwam sterk in de verleiding om haar naar de reis te vragen. Hij vermoedde dat ze had geprobeerd weer verliefd te worden. Tsililla had een eeuwige verhouding met de grote *beau monde* van de geest en gaf zich er gemakkelijk aan over. In zijn afgunstige ogenblikken zag hij haar als een onbeduidende kleine snob en groupie, en ook deze ochtend was hij geneigd om in zulke termen over haar te denken. Maar juist omdat ze moe van de vlucht was, en wie wist van welke tegenslagen, zag ze er heel begeerlijk uit. En tot zijn verbazing kwam ze naar de stoel waarop hij onderuitgezakt zat en kuste hem op zijn wang. Onwillekeurig raakte hij haar hand aan.

'Ga naar bed, mijn liefste,' zei hij. 'En later zal alles anders zijn.'

Ze liet de slaapkamerdeur open, gooide al haar reiskleren op een hoop op het voeteneind van het bed en kroop tussen de lakens. Het was voor haar niet ongewoon om 's morgens vroeg naar bed te gaan.

'Wat ga je vandaag doen?' vroeg ze hem van onder de sprei.

'Ik moet naar Ein Gedi, naar een congres. Met een christelijke hemelpiloot praten. Religie enzovoort.'

'Je zou modder moeten gebruiken,' zei ze. 'Iets op je kale plek doen.'

Ook nog ergens anders? dacht hij. Hij keek woedend in haar richting, maar ze lag met haar rug naar hem toe.

'Het werkt,' zei ze even later.

'Bedankt voor de tip, Tsililla,' zei Lucas.

'Ga naar Masada.'

'O ja? Waarom?'

'Je zou het moeten doen. Ik ging erheen toen ik op school zat. Jij bent er nooit geweest.'

De ruïne van het fort op de bergtop in Masada was de plaats waar joodse Zeloten, die in de eerste eeuw na Christus in opstand waren gekomen tegen de Romeinen, zelfmoord zouden hebben gepleegd, liever dan zich over te geven aan Romeinse troepen. Het was een grote toeristenattractie.

'Masada is allemaal onzin,' zei Lucas tegen haar. 'Alleen padvinders geloven het.'

Ze gaf geen antwoord, gekwetst of in slaap gevallen. Maar toen bedacht hij dat hij best eens zou kunnen gaan. Misschien kon hij zelfs een nacht in het dal doorbrengen. Per slot van rekening was dat soort fanatisme zijn onderwerp.

In de badkamer gebruikte hij een spiegel met harmonicascharnier naast Tsililla's wastafel om zijn kale plek te bekijken. Die werd inderdaad groter, glansde in het licht van de lentezon.

Hij richtte zich op en bekeek zichzelf in de grotere spiegel boven de wastafel. Waarschijnlijk maakte Israël hem oud. Kort geleden waren collega's verbaasd geweest toen hij zei dat hij te jong was om in Vietnam te hebben gewerkt. Maar de absurditeit in Grenada was zijn oorlog geweest, voorzover hij daar iets aan had. De Golfoorlog was letterljk aan hem voorbijgegaan. Over zijn hoofd.

Lucas was een grote man met brede schouders, dunne lippen en grote kaken. Een van zijn vriendinnen had hem een keer in zijn gezicht uitgelachen en gezegd dat hij er vaak uitzag alsof hij op het punt stond iets grappigs te zeggen. Het kostte hem nu moeite om te geloven dat zijn dunne mond en strakke gezicht ook maar enige humor uitstraalden. Bovendien was zijn haarlijn aan het wijken. Zijn voorhoofd eiste steeds meer van zijn gezicht op en legde de strategieën in zijn ogen bloot.

Hij was niet ijdel, maar zijn uiterlijk stemde hem niet vrolijker. Lucas had zich al enige tijd niet meer met zijn uiterlijk beziggehouden.

Voordat hij op weg ging, wierp hij een laatste blik in Obermanns Ericksen-dossier. Omdat de ontmoeting pas laat op de dag zou plaatsvinden, zou hij nog genoeg tijd hebben om zich voor te bereiden.

Het dossier eindigde met een levensbeschrijving van de dominee, blijkbaar opgesteld door zijn vrouw, die gescheiden van hem leefde. Ericksen was als baptist in het oosten van Colorado opgegroeid, had de bijbelopleiding in Californië gevolgd en had voor enkele arbeidersgemeenten in de industriële buitenwijken van Los Angeles gestaan. Vervolgens had hij drie jaar als zendeling in Guatemala gewerkt en was daar met Linda getrouwd. Onmiddellijk daarna waren ze allebei in Israël opgedoken. Ze hadden daar voor een aantal christelijke instellingen gewerkt, als evangelische zendelingen onder christelijke Arabieren in Ramallah, in een kamp voor bezoekende christelijke jeugdgroepen dat min of meer naar het kibboetsmodel was georganiseerd, en als rondleiders van kerkelijke gezelschappen. Ten slotte, ongeveer in de tijd dat zijn huwelijk met Linda in het slop raakte, had hij het Huis van de Galileeër en zijn goede linzensoep overgenomen.

Lucas had Ericksen gebeld om hem te vragen of hij hem op een van de excursies van het Huis van de Galileeër naar de kust van de Dode Zee mocht vergezellen, en Ericksen was akkoord gegaan. Bij zijn levensbeschrijving waren ook veel inspirerende brochures gevoegd waarin veel nadruk werd gelegd op Qumran en de Essenen, met verwijzingen naar de Leraar der Gerechtigheid. In het promotiemateriaal was daar nauwelijks op gezinspeeld, en Lucas vond het vaag onorthodox, al zou hij het niet tot de majnoon-categorie willen rekenen. Het wees meer in de richting van New Age-gnosticisme dan in die van ouderwetse extase.

Laat op de ochtend, terwijl Tsililla nog sliep, pakte hij zijn aantekeningen en ging naar buiten. Hij nam ook iets te lezen voor onderweg mee: *De joodse oorlog* van Josephus en een moderne geschiedenis van dezelfde periode, geschreven door een Britse historicus.

Zijn oude Renault stond langs de oprijlaan van het gebouw geparkeerd. Voor alle zekerheid had hij de auto voorzien van twee grote borden met PERS in het Engels, Russisch, Hebreeuws en Arabisch. Die borden had hij gekocht van een Palestijnse straatventer bij de Damascuspoort. Lucas had geen idee waarom het er ook in het Russisch op stond, maar hij dacht dat een beetje verwarring geen kwaad kon. Hij streefde altijd naar een maximum aan verwarring in een land waarvan de inwoners geen tijd voor verwarring hadden en er ook niet van hielden. De weg naar Ein Gedi zou hem door het veiligste deel van de Bezette Gebieden leiden, maar er was altijd een kans op moeilijkheden.

Het gele Israëlische nummerbord van de auto zou de woede van stenengooiers kunnen opwekken bij de afslag naar Jericho; het persbordje, dat bedoeld was om de stenengooiende shebab te verzoenen, maakte soms de militante kolonisten kwaad. Auto's met zo'n bord werden soms aangehouden door gewapende mannen die leden van de buitenlandse pers ondervroegen en beledigden, want ze beschouwden hen als Arabierenvrienden. De militantste kolonisten, had Lucas ontdekt, bleken altijd Amerikanen te zijn, en die reserveerden hun felste woede voor Amerikaanse verslaggevers.

Maar het allergrootste gevaar, wist Lucas, bestond niet uit *fedayeen* of jihad of woedende Jabotinsky-aanhangers, maar uit gewone Israëlische automobilisten, die als groep de agressie, het fatalisme en de levensverwachting van motorrijders uit het westen van Texas hadden. Tegen hun blinde razernij kon je niets beginnen.

De stad had zich een heel eind naar het oosten uitgebreid. Strakke, lelijke flatwijken strekten zich tot in de Heuvels van Judea uit, en het duurde bijna een halfuur voordat hij in de open woestijn kwam. Toen waren er opeens de rotsige ravijnen waar Hagar misschien haar bron had gevonden. Zwarte bedoeïenententen stonden op de vlakke gedeelten van de hellingen bijeen, en in de berm van de weg graasden demonische geiten. Om de paar kilometer werd de weg beheerst door legerposten met zandzakken en scheermesprikkeldraad. Toen hij een bocht omging, zag hij de groene oase van Jericho beneden en het zilte vale blauw van de Dode Zee ten zuiden daarvan. Op de verre horizon, voorbij het brede water in het koninkrijk Jordanië, doemde de kalkstenen massa van de berg Nebo op. Daar zou Mozes eindelijk het Beloofde Land hebben gezien en vervolgens zijn gestorven. In sommige opzichten, dacht Lucas terwijl hij naar het waas in de verte tuurde, was dat laatste het beste dat kon gebeuren.

Om de tijd te doden maakte hij een lange omweg door Jericho. Hij reed over de grote weg de stad in en ging naar het terrein waar de Egged-bussen stopten en Palestijnse kraamhouders onder het oog van een post van de grenspolitie fruit, frisdrank en snuisterijen verkochten. De milde wind voerde de frisse geur van groen met zich mee, en de vochtige atmosfeer liet mensen zweten en wekte vage lusten bij hen op. Hij kocht twee grote flessen mineraalwater en dronk er een gretig leeg. Zelfs de dorst leek in het laagland anders. Een man in een bedoeïenengewaad, zo donker als een Ashanti, verkocht hem een kleine tros bananen. In enkele nabijgelegen dorpen woonden mensen van Afrikaanse herkomst. Dat schenen afstammelingen van slaven te zijn.

Het was stil in de stad. Hij dronk een kop koffie in het café bij het paleis van Hisham en reed toen naar het zuiden. Hij volgde de rechte weg onder de rotswanden van het Jordaandal. Het hotel en kuuroord waar dominee Ericksen en zijn collega's bijeenkwamen, had aan het begin van de oprijlaan een halvemaan van vlaggenstokken met verbleekte vlaggen van de toeristennaties. Die oprijlaan zelf was een troosteloze zandweg tussen struiken en meidoorns en leidde langs twee beige gebouwen naar een vaalbruin moeras dat zich glooiend tot de vettige witte golftoppen van de Dode Zee uitstrekte.

Een norse jongeman achter de balie gaf hem met nadrukkelijke onverschilligheid de nodige informatie. De kerkelijke congresleden maakten een excursie naar de Qumran-grotten en zouden pas laat in de middag terugkomen. Lucas liet een boodschap voor Ericksen achter. De komende uren stond het hem vrij allerlei dingen te doen. Hij kon zelf ook naar de grotten gaan en proberen contact te leggen met ectoplastische Essenen. Hij kon ook in een van de toeristenbussen van het hotel stappen om de middagexcursie naar Masada te maken. Of hij kon zich inschrijven voor het hele Dode Zee-programma, het modderbad en de zwaveldouches nemen en op zijn rug in het zoute water dobberen. Na een korte aarzeling dacht hij aan Tsililla en koos voor Masada.

Onderweg las hij Josephus – het verhaal van Eleazar en de Zeloten die tot het laatst tegen de Romeinen standhielden, de Romeinse doorbraak, de zelfmoord van de joden die nog in leven waren. Om de een of andere reden zat de bus naar het fort vol met Italianen, al waren er ook een paar Engelsen en Amerikanen. De gids sprak alleen Engels en vertelde de groep onderweg over de Allenby-brug en de kibboetsen bij de Dode Zee en het natuurreservaat bij Ein Gedi. Zoals Lucas had verwacht, dook het thema van de identiteit al in het begin van de expeditie op. De gids, die een historisch overzicht gaf om de toeristen op het bezoek aan het fort voor te bereiden, zette het perspectief van Herodes de Grote uiteen.

'Herodes was een jood,' legde de gids uit. Hij was een slanke, korzelige man van midden vijftig met een geruite pet. 'Maar in zijn hart was hij een niet-jood.'

Lucas kromp inwendig ineen en dacht terug aan een oude zwart-witfilm die hij als kind op de televisie had gezien. In die film was de indiaanse schurk geadopteerd door de goede indianen, bondgenoten van de Amerikanen, maar hij koos algauw weer partij voor de slechte indianen, die in deze film Hurons waren.

'Hij is als Huron geboren,' zei de terecht argwanende blanke held – John Wayne, als hij het zich goed herinnerde – over de verraderlijke indiaan. 'En als ik er niet naast zit, is hij nog steeds een Huron.'

Lucas, die niet tot een bevolkingsgroep behoorde en niet wist waar zijn loyaliteit naar uitging, keek naar de hoge rode helling die zich boven het parkeerterrein verhief. Terwijl de gids de buspassagiers naar de kabelbaan leidde, nam hij de kaart die hij van het excursiebedrijf had gekregen en ging op zoek naar het pad dat de Slang werd genoemd en naar de top leidde. Hij had een zachte kaki zonnehoed gekocht en droeg een kleine rugzak met de boeken en een paar bananen en de tweede fles water die hij in Jericho had gekocht.

Op weg naar boven bleef hij meermalen staan; hij had een slechte conditie en de zon stond hoog aan de hemel. Het leek wel of zijn huid onder de schitterende hemel verschrompelde. Toen hij halverwege was, vond hij de schaduw van een overhangende rots en leunde tegen de bergwand om het zweet uit zijn ogen te vegen en weer op adem te komen. Israëlische tieners met rugzakken liepen hem vlug voorbij; ze gingen bijna dravend de helling op. De wildernis van Moab voorbij het dal zinderde in de verte.

Toen hij eindelijk op het plateau kwam, voelde hij zich plotseling eenzaam en terneergeslagen. Weer een noodlottige berg, dacht hij, weer een verheerlijking van bloed en verbondenheid. Hij volgde het toeristenpad en het deed hem goed om naar de ruïne van Herodes' paleis te kijken, de wereldlijke jubelzang van de gecanneleerde zuilen, de mozaïektegels in het tepidarium. Als er een plaats in Masada was waar hij thuishoorde, dacht Lucas, dan was het bij degenen die net zo lief het water ingingen als dat ze ruziemaakten over godsdienst. En als hij voor een kant moest kiezen, zou hij aan beide kanten terecht kunnen komen, of eerst aan de ene en dan aan de andere kant, zoals Josephus. Misschien zou hij zich hebben aangesloten bij het Tiende Legioen – misdadigers, het schuim van het keizerrijk, en ongetwijfeld ook een stuk of wat verwarde *mischlings*, huurlingen en antipatriotten als hijzelf. Hij zou zich thuis voelen bij die ontwortelde, kosmopolitische groeperingen uit de tijd dat het keizerrijk op zijn eind liep.

De groep waarmee hij uit Ein Gedi was komen rijden, was

klaar met de rondleiding en ging met de kabelbaan naar beneden. Lucas liep, met zijn toeristengidsje in de hand, van de Herodiaanse synagoge over het terrein van de Zeloten naar de Byzantijnse kapel. Hij liep van uitkijkpunt naar uitkijkpunt langs de muren, en het kostte hem geen enkele moeite om de demonische vloeken te horen, de kreten van families die werden afgeslacht, en om bloederige *spatha*'s voor zich te zien die zich naar de blauwe hemel verhieven.

Hij vond een bankje in de schaduw bij de oostelijke muur en ging zitten om in het boek van de Britse historicus te lezen. De geleerde Engelsman bleek sceptisch tegenover Masada en de grimmige onverzettelijkheid van de Zeloten te staan. In het algemeen twijfelde hij aan de inspirerende verhalen over de legendarische Levant.

De historicus geloofde dat Josephus, die zoals de meeste klassieke kroniekschrijvers een dramaturg was, Eleazars toespraak voor zijn troepen had verzonnen, waarbij hij zich door Griekse en Romeinse voorbeelden had laten leiden. In werkelijkheid hadden sommige Zeloten zichzelf en hun gezinnen gedood, waren anderen vechtend omgekomen en waren weer anderen op de vlucht geslagen. Die laatsten waren neergemaaid of tot slaaf gemaakt, terwijl het sommigen was gelukt zich schuil te houden.

En de Zeloten waren ook geen altruïstische patriotten geweest. Ze waren in banditisme en moord vervallen, terroriseerden het land en doodden meer joden dan heidenen. Lucas had al vaker zoiets gehoord, maar nu hij op de plaats was waar het allemaal was gebeurd, stelden de redeneringen van de Britse historicus hem in zekere zin gerust. Mensen waren nu eenmaal mensen. De fundamentele dingen bleven altijd hetzelfde. En het officiële Masada-verhaal hoorde bij militaire schouwspelen en staatspropaganda en het soort historische iconografie dat tot uiting komt in kostuumfilms uit Hollywood waarin Kirk Douglas zijn tanden op elkaar zet. Of was dat een andere film geweest? Hij zou dat alles aan Tsililla moeten voorleggen.

Zijn de dingen beter, vroeg hij zich af, omdat we weten dat de oude verhalen die ons steun gaven leugens zijn? Maakt dat ons vrijer? Afdalend met de kabeltrein, gekooid in gladde technologie, keek hij naar het parkeerterrein dat zich vanaf de bodem van het dal verhief. Voorbij de rijen toeristenbussen stonden de gebouwen van de potasfabriek die in Sodom de sodomie had vervangen.

De bus die hem vanuit Ein Gedi had gebracht, was weg, en hij wachtte op de volgende. Na tien minuten kwam er een streekbus vol soldaten met automatische wapens. Lucas stapte in en ging helemaal voorin zitten.

De soldaten bleken aan het eind van hun dagtaak op weg naar een bad te zijn, en de bus reed de toegangsweg van het kuuroord op. Aan de ene kant daarvan lag een parkeerterrein met een bord waarop in drie talen GEEN BUSSEN stond, en het was naar dat terrein dat de chauffeur prompt koers zette. Onmiddellijk kwam een personeelslid, een kleine man met een strohoed en een zonnebril met ronde glazen, naar voren gerend om de bus de weg te versperren. De chauffeur reed om hem heen en de soldaten juichten. Toen de bus stopte, rende het personeelslid erachteraan en posteerde zich voor de voorruit, zijn armen beschuldigend uitgestrekt, een staaltje van bijna kosmische pathos. Het was het gebaar van iemand die alle dwaasheid al had gezien en de wereld nu uitdaagde om zijn laatste restje geloof in de redelijkheid ook nog weg te nemen. De chauffeur trok alleen maar een spottend gezicht en stuurde om hem heen. Toen wendde hij zich tot Lucas en maakte een gebaar in de richting van het woedende personeelslid.

'*Sotsialist*,' zei hij smalend.

9

Om de rest van de middag door te komen nam Lucas een kuurbad. Er waren douches en een binnenzwembad met zout water en een pendelbusje dat baders naar het strand bracht. Het verbaasde hem dat hij overal borden in het Duits zag – boven sommige deuren en wanden met kledingkluisjes was het de enige taal. Konden er zoveel Duitse toeristen zijn, vroeg hij zich af, en kon er zoveel moeite worden gedaan om het hun naar de zin te maken? Het was verontrustend om al die borden bij de kleedkamers en badhuizen en douches te zien.

Op het strand bedekte Lucas zich met vies ruikende modder, waarbij hij niet vergat ook iets van het spul op zijn kale plek te wrijven. Toen schoof hij over het slijm naar het olieachtige water en bleef daar een tijdje in drijven. Een duik in de Dode Zee, vond Lucas, leek met zijn kille, plakkerige natheid op veel andere lichtelijk onaangename dingen die je in je leven gedaan moest hebben.

Hij spoelde de modder weg, droogde zich af en ging naar de cafetaria, waar het prettig was, met glazen wanden die uitzicht in alle richtingen boden. De zon was al achter de rotswand in het oosten verdwenen en over het water strekte zich een steeds langere schaduw uit. Hij haalde twee biertjes uit de koelvitrine en nam een tafel aan de kant van de Dode Zee.

Terwijl de middag naar zijn eind ging, begon de cafetaria zich met klanten te vullen. Halverwege zijn eerste glas bier merkte Lucas dat de mensen aan de tafels bij hem in de buurt Duits spraken. Maar het waren geen Duitsers, besefte hij meteen – niet echt. Het waren bejaarde Duitssprekende Israëli, '*yekkes*', die voor de mineralen en hydrotherapie kwamen. Ze zaten netjes achter hun koffie met koek en keken met ijzige, neerbuigende glimlachjes naar de overige clientèle. Verder vielen ze elkaar in de rede en spraken ze elkaar zelfverzekerd tegen in een taal die in dit land verder alleen half fluisterend werd gebruikt. Bijna allemaal leken ze over de zeventig, maar ze waren alert, energiek en pezig. Veel van de mannen droegen een wit overhemd met korte mouwen en de vrouwen hadden zigeunerachtige omslagdoeken over hun schouders. Een aantal van hen staarde naar hem. Hij nam aan dat ze probeerden zijn verhaal te doorgronden. Lucas had ontdekt dat als mensen in Israël zich lang genoeg hadden afgevraagd wat je verhaal was ze soms gewoon naar je toe kwamen om het te vragen. Deze middag sprak niemand hem aan.

Hun stemmen herinnerden hem aan wandelingen die hij als jongen in New York had gemaakt, van de Upper West Side naar de Cloisters. In het Fort Tryon Park was een kraam geweest waar ze goede gegrilde knakworst met hete mosterd verkochten. Hij had dat altijd als de beste hotdogkraam van New York beschouwd, en het hele jaar door kwamen er Duits-joodse vluchtelingen uit Washington Heights. Lucas herinnerde zich vooral de winters, wanneer de klanten buiten zaten, met hun gezicht naar het bleke zonlicht boven de Jersey Palisades – de mannen met hun scheefstaande gleufhoeden en jassen met bontkraag, de vrouwen met grote vilthoeden en tweed jassen. En hoewel ze misschien niet echt een pince-nez droegen, deden ze dat wel in Lucas' herinnering.

Toen het bijna zes uur was, nam hij een derde biertje en ging daarmee aan een tafel aan de andere kant van de cafetaria zitten, waar hij naar de rotswanden in het oosten keek, die steeds donkerder werden. In dit gedeelte zaten buitenlanders, niet-joden, en Lucas had het gevoel dat hij dat zelfs met zijn ogen dicht en zonder op de gesproken talen te letten kon merken. Deze mensen hadden iets argeloos, nonchalants in hun lach en er hing geen ironie in de lucht.

Ongeveer in de tijd dat hij had geleerd dat er zulke dingen als joden en niet-joden waren – iets wat hij met veel moeite uit zijn moeder had losgekregen, want ze had het moeilijk met dat onderwerp – had Lucas zich bij wijze van spel vaak afgevraagd wie wie was. Gedurende een deel van zijn kindertijd – na een pijnlijke ervaring op de katholieke school waar hij heen ging – was die vraag een obsessie geworden. Natuurlijk was hij daar overheen gekomen.

Het incident op school had een diepe uitwerking op hem gehad. Op een dag, in de vierde klas, had Lucas voor de school in Yorkville stoepbal gespeeld, toen het gesprek op woonwijken kwam. In de kringen waar Lucas zijn vroege jeugd had doorgebracht, vielen wijken samen met katholieke parochies. Toen het spel was afgelopen, werd Lucas, die drie homeruns had geslagen, aangesproken door de aanvoerder van het verliezende team, een jongen die Kevin English heette. English was niet erg welbespraakt en Lucas had hem daar weleens mee geplaagd.

'Waar woon je?' had English aan de jonge Lucas gevraagd. 'Welke parochie?'

'St. Joseph,' had Lucas geantwoord. 'Morningside Heights.'

'Dat is Harlem,' had English gezegd.

'Nee, dat is het niet,' had Lucas geantwoord. 'Het is bij de Columbia University.'

'Dan zijn het allemaal verrekte joden,' zei English.

'Mijn vader is joods,' had Lucas geantwoord.

English' reactie verbaasde hem.

'Joods? Een verrekte jood?'

Lucas had de freudiaanse doctrine van repressie nooit geaccepteerd. Hij had het gevoel dat hij, of het nu goed of verkeerd was, alles onthield. Toch kon hij zich niet herinneren waarom hij – voor de grap, om die jongen uit te dagen, om hem te provoceren – die uitspraak had gedaan. Hij herinnerde zich wel dat hij meteen daarna besefte dat hij in een nieuwe, koude wereld van het hart was terechtgekomen waaruit hij nooit zou terugkeren.

De week daarop speelde iedereen stoepbal en had Lucas een voltreffer gemaakt, precies goed, niet alleen hoog maar ook ver – het stadion uit, als er een stadion was geweest. Maar ze hadden alleen geïmproviseerde honken – het puntige hek dat ze 'de speren' noemden, het putdeksel als tweede honk, en twee metalen liftdeuren bij het schoolplein als derde honk. En dus scoorde Lucas, evenals alle drie lopers op de honken. Toen ze elkaar de hand drukten, zoals ze gewend waren te doen, kwam English, die was komen aanstormen om het eerste honk af te dekken, tegenover de blije Lucas staan.

'Joodse klootzak! Rottig jodenjong.'

Hij had de hele week geweten dat het zou komen. Niet meer dan één van English' meelopers viel hem bij, maar de aanval was zo verwoed, zo venijnig uitbúndig, zo hels dat Lucas het nooit meer zou vergeten. Het was tot een vechtpartij tussen hem en English gekomen, en daarin had hij, Lucas, het onderspit gedolven. Dat had hem verbaasd, want hij had het gelijk aan zijn kant gehad.

De vechtenden waren uit elkaar gehaald door broeder Nicholas, hoofd van de lagere school, een norse Frans-Canadees die de straat op was komen rennen. Broeder Nicholas nam aan dat ze ruzie over de stoepbalwedstrijd hadden gekregen en zei dat de kwestie aan het eind van de week door middel van een 'smoker' zou worden beslecht. Een smoker was een gereglementeerde bokswedstrijd tussen interne leerlingen die ruzie over iets hadden gekregen.

De hele dag van de smoker had hij een slecht voorgevoel. Op de een of andere manier was hem iets ontgaan, iets wat had plaatsgemaakt voor iets anders wat hij niet kende.

De smoker werd gehouden in een hoek van de gymnastiekzaal, in een rechthoek van touwen. De tegenstanders waren tot het middel ontbloot en droegen bokshandschoenen. Lucas gebruikte al zijn verbeeldingskracht om te proberen de bokspartij in termen van sport en films, toernooien en duels en vuurgevechten te zien. Maar hij had geen vrienden. Al zijn vrienden waren de dagleerlingen, en de interne leerlingen – English' vrienden – waren een hard stel, afkomstig uit de dossiers van maatschappelijke diensten. Lucas was daar omdat zijn moeder dat seizoen op tournee was. Hij had het voorgevoel dat de wedstrijd slecht zou eindigen, en dat gebeurde ook. Hij had een paar nieuwe scheldwoorden geleerd en die konden hem misschien nog eens van pas komen. Verder had hij het twijfelachtige voordeel dat hij het recht aan zijn kant had. Maar uiteindelijk gaf de nederlaag die English hem toebracht – meerdere harde stompen tegen zijn oor waardoor hij een week doof was – hem het gevoel dat hij zich moest schamen.

Later die avond had broeder Nicholas in de ziekenboeg van de school enkele vriendelijke woorden tegen hem gezegd, terwijl hij rode jodium op zijn wonden deed en ijs op zijn gezwollen gezicht legde. De broeder had een eind gemaakt aan het antisemitisch geschreeuw van de menigte en een paar tikken uitgedeeld.

'Nou,' had broeder Nicholas hem met de fijngevoeligheid van Franstaligen gevraagd, 'is er bij jou thuis iemand joods?'

'Mijn vader,' had Lucas geantwoord. 'Alleen is hij niet echt thuis.'

Broeder Nicholas had peinzend gekeken.

'We moeten allemaal,' zei hij, en hij bracht het wattenpropje naar Lucas' wenkbrauw, 'deemoedig zijn.' Broeder Nicholas geloofde in deemoedigheid ten opzichte van de Heilige Geest, die zich daardoor blijkbaar liet verzoenen.

Hij was op zichzelf aangewezen tot aan het volgend weekend, toen zijn moeder thuiskwam van haar tournee, doodmoe, schor, belaagd door migraines. Hij deed dagenlang zijn best het haar niet te vertellen. Maar ze vertrouwden elkaar altijd alles toe, want ze hadden hetzelfde temperament en praatten de hele tijd met elkaar. En dus vertelde hij het.

'Waarom heb ik het gezegd?' vroeg ze aan zichzelf. 'Waarom moest ik het jou op jouw leeftijd vertellen?' Ze had het hem verteld toen ze, op een van hun bezoeken aan de King Cole Bar van het St. Regis, een afscheidstraktatie voor hem, in een filosofische stemming achter haar derde whisky-soda zat.

Lucas' moeder had zo erbarmelijk gehuild en hem zo innig omhelsd dat hij in opstand was gekomen en uit pure venijnigheid een van de nieuwe scheldwoorden gebruikte die hij onder het boksen had geleerd.

'Die English, dat is een grote lul, mam.'

Daar was ze zo van geschrokken dat ze opeens niet meer huilde. Voor een vrouw die zich min of meer door een man liet onderhouden, was Lucas' moeder erg preuts.

Even later legde ze hem uit hoe kortzichtig antisemieten waren.

'Ik bedoel,' zei ze, 'dat mensen die een afkeer van joden hebben' – 'afkeer' was het meest intense woord dat ze met haar goede opvoeding over haar lippen kon krijgen – 'de domste, onontwikkeldste, onartistiekste mensen ter wereld zijn. Geen fatsoenlijk persoon, geen persoon met een goede opvoeding, zeker geen beschaafd persoon, denkt er zo over. Alleen de armetierigste, minderwaardigste *hoi polloi*, de laagste, ruwste, grofste lui, denken er zo over.'

En met wie, mam, had Lucas meteen gedacht, denk je dat ik in die school zit opgesloten? Hij had dat niet gezegd maar het was wel een van zijn grote verzwegen replieken gebleven. Overigens was ze zelf ook op dat idee gekomen.

'Ik moet je van die afschuwelijke school weghalen,' zei ze.

Hoe snobistisch ze ook was, ze bleef een trouw Iers meisje, en als het op opvoeding aankwam, liet ze zich de Heilige Moederkerk niet uit haar hoofd zetten. Ze deed een beroep op Lucas' vader om de kosten van een jezuïetenschool op zich te nemen, een school waar de leraren allemaal astronomen en dichters en veteranen uit het Belgische verzet waren en waar de leerlingen kosmopolitisch, discreet en soms zelfs voor een deel joods waren.

Maar in de jaren daarna, waarin zijn referentiepunten en relatieve verfijning toenamen, had hij op bepaalde openbare plaatsen – bijvoorbeeld verduisterde bioscoopzalen in de Upper West Side – aandachtig naar het onzichtbare publiek geluisterd en geprobeerd om uit de nietigste aanwijzingen – reacties op het filmjournaal, op vrome scènes uit het Nieuwe Testament, op dingen die hijzelf nauwelijks begreep – af te leiden of de mensen om hem heen joods waren of niet. In feite maakte het hem niet uit; hij kon er geen troost of geruststelling uit putten.

Soms keek hij in de flikkerende duisternis opzij om naar zijn moeder en haar reacties te kijken. Haar reflexen, haar gevoel voor humor, haar vocabulaire van gebaren en gelaatsuitdrukkingen – dat alles was, achteraf gezien natuurlijk – duidelijk niet-joods. Lucas was nooit met zijn vader naar de film geweest. Niets van dit alles had afbreuk gedaan aan zijn christelijke vurigheid, die groter werd toen hij in zijn tienerjaren kwam.

Nu hij opkeek van zijn bier, zag hij een knappe jongeman naar hem toe komen. De man was duidelijk een Amerikaan, schitterend gekleed in dure aardse tinten, alsof hij op safari ging. Hij was lang en perfect atletisch gebouwd, met een gebronsde huid die een klein beetje rood was van de zon. Hij droeg een metalen bril met ronde glazen die zijn fijne jukbeenderen goed tot hun recht liet komen. De Duitse joden keken nors maar alert naar hem. Pas op het allerlaatste moment besefte Lucas dat het dominee Ericksen moest zijn.

Een tweede man kwam enkele passen achter Ericksen aan. Deze man was weliswaar nog jong maar had een gevlekt, ongezond rozig gezicht, alsof hij aan een combinatie van zonnebrand en psoriasis leed. Hij droeg een vuile witte zonnehoed met een groene zonneklep, een kaki korte broek, zwarte sokken en stoffige zwarte straatschoenen. Hij zag er zo onpresentabel uit als Ericksen zelfverzekerd en beschaafd.

Lucas stond op.

'Meneer Ericksen?'

Ericksen gaf hem de zachte handdruk die in zwang was geraakt bij bereisde Amerikanen en die in de plaats gekomen was van de bottenplettende greep van vroeger. Hij ging tegenover hem aan de tafel zitten. De man die hij bij zich had, heette doctor Gordon Lestrade. Lestrade was Brits en stak zijn hand uit alsof de gewoonte van het handen schudden ronduit lachwekkend was. Lucas legde uit waar het hem om begonnen was: een artikel over het Jeruzalem-syndroom. Ericksen keek zorgelijk. Lestrade grijnsde.

'Ieder jaar komen er uit de hele wereld honderdduizenden christenen naar het land van Israël, meneer Lucas,' zei Ericksen. 'Ze komen en worden voor de rest van hun leven geïnspireerd. Alleen een klein aantal is in enig opzicht gestoord.'

Lucas had het gevoel dat hij een verhulde mededeling te horen kreeg. Hij besloot zelf ook in bedekte termen te spreken. 'Maar religieuze obsessie is fascinerend. En het zegt iets over de aard van het geloof.'

'Religieuze mensen worden door de media gemarginaliseerd,' zei Ericksen. 'Kijk maar naar de televisie, ga maar naar de film – het religieuze personage is altijd een boef. Soms alleen maar een pedant type, maar meestal een misdadiger – een krankzinnige moordenaar.'

'Het gaat mij niet om oppervlakkigheden,' zei Lucas. Hij vertelde niet dat hij colleges theologie had gevolgd. Dat scheen mensen alleen maar te ergeren.

'Goed,' zei Ericksen. 'Wat kan ik voor u doen?'

'Ik dacht dat we met het Huis van de Galileeër konden beginnen. Hoe u hier bent gekomen. Wat het doel van de organisatie is.'

'Het oorspronkelijke doel was onderdak verschaffen aan leden van de evangelische kerk,' zei Ericksen. 'Die stonden hier vroeger overal buiten.'

'En nu?'

'Nu nemen we nog steeds weleens een pelgrim op. Maar we houden ons meer met onderzoek bezig. Bijbelse archeologie. Het terrein van doctor Lestrade.'

'Werkt u hier?' vroeg Lucas aan Lestrade.

Lestrade keek Ericksen aan. Op zijn eigen gezicht tekende zich nog steeds die vreemde, onaangename grijns af, en Lucas begon zich af te vragen of die grijns een tic of een ander pathologisch verschijnsel was.

'Niet lang meer,' zei Ericksen. 'We brengen pelgrims naar Masada en Qumran en de Berg van Verleiding.'

'Ik dacht dat u een bijzondere belangstelling voor de Essenen had?'

'Op het moment ligt ons werk in Jeruzalem,' zei Ericksen. 'Bij de Tempelberg. U zou ons gebouw in de stad eens moeten bekijken. Het is in Nieuw Katamon.'

'Ja,' zei Lucas. 'Dat weet ik.'

'Als u wilt,' stelde Ericksen voor, 'kunt u morgen met ons meegaan. We brengen onze mensen naar Jebel Quruntul.'

Lucas wist niet wat Jebel Quruntul was.

De eigenaardige Lestrade kwam hem te hulp. 'De Berg van Verleiding,' legde hij uit. 'Waarschijnlijk kent u het verhaal niet.'

'Nou, dat ken ik wel,' zei Lucas.

Hij stond al op het punt om het aanbod af te wijzen toen hij instinctief van gedachten veranderde. Hij voelde wel iets voor een nacht in de woestijn en was nieuwsgierig naar wat Ericksen de pelgrims op de Berg van Verleiding te vertellen had.

'We vertrekken om half zes,' zei Ericksen. 'Schikt dat u? Plaats genoeg in de bus.'

'Ik zal er zijn,' zei hij tegen Ericksen. 'Ik heb mijn eigen auto.'

Het was een rustige avond in het kuuroord. De cafetaria ging om zeven uur dicht, de bussen vertrokken naar de stad, en naast

Ericksens gezelschap waren er maar weinig mensen die bleven overnachten. Een vleugel van het hotel was voor hen gereserveerd, en toen Lucas in de tuin wandelde, hoorde hij hun opgewekte conversatie. Maar na negen uur daalde er een stille duisternis over de woestijn neer. Het leek wel of het leven zelf stilstond.

Toen hij naar het onzichtbare, zwavelige water liep, hoorde Lucas plotseling het roffelen van een helikoptermotor en zag hij het zoeklicht van een patrouillehelikopter een kilometer of zo uit de kust over het woelige oppervlak glijden. Toen verwijderde het zich in de richting van Kaap Costigan en daalde de duisternis weer neer. Hij draaide zich om en liep naar het hotel terug. Naast een van de plastic zuilen voor de rijen deuren kwam hij doctor Lestrade tegen, die zich letterlijk van top tot teen in handdoeken had gewikkeld.

'Dus je gaat met ons mee, Lucas?'

Omzwachteld als hij was, en met die cryptische glimlach van hem, leek Lestrade net het standbeeld van een godheid uit Kanaän, een gelijkenis die vreemd genoeg juist werd versterkt door zijn bril met zwart montuur.

'Ja, ik denk van wel.'

'Weet je eigenlijk wat de Berg van Verleiding was?'

'Ja,' zei Lucas. 'Ik ben naar de musea geweest.'

'Je bent Amerikaans-joods?'

'Dat klopt,' zei Lucas.

'En voel je een speciale affiniteit? Heb je het gevoel dat je thuis bent gekomen?'

'Lestrade,' vroeg Lucas, 'neem je me in de maling?'

'Nee,' zei Lestrade. 'Ik vraag dat altijd. Goedenavond.' En hij was weg, als de spookgestalte waar hij op leek.

10

Toen Lucas de volgende morgen in alle vroegte was opgestaan, verdrongen de pelgrims van het Huis van de Galileeër zich om hun bus. De meesten van hen waren ultra-Amerikaans. Overal zag je witte loafers, lichtgroene broeken en geruite bermudashorts. Vrome buitenlanders in Israël liepen altijd hopeloos achter, strevend naar hun eigen nationale stereotypen. Toen hij zich onder hen mengde en als ontbijt het overrijpe fruit at dat hij de vorige dag had gekocht, hoorde hij ook Canadese en Australische stemmen, rekruten uit alle landen waar het wereldwijde circus van het Huis van de Galileeër maar speelde.

Lestrade kwam naar hem toe. 'Zeg,' zei hij, 'kan ik met jou meerijden?'

Lucas vond het goed. Hij nam aan dat de archeoloog zin had in een discussie. Daar kon hij lang op wachten, dacht Lucas.

Ze volgden de bus toen die het terrein van het hotel verliet en de weg naar Jeruzalem en Jericho insloeg.

'Jullie pelgrims schijnen zich goed te amuseren,' zei Lucas.

'O ja. Het zijn types.'

Natuurlijk, dacht Lucas, al deed zijn patriottisme hem pijn, dat waren ze.

'Zijn ze altijd hetzelfde?'

'Voor mij lijken ze altijd hetzelfde,' zei Lestrade. 'Voor jou misschien niet.'

'Ze zeggen dat clichés alleen in de kunst bestaan, Lestrade. Niet in het leven.'

'Nou, als we alleen maar in elkaars diepste ziel konden kijken, hè?'

En daarmee bracht hij Lucas voor de komende kilometers tot zwijgen.

‘Ben je geestelijke?’ vroeg hij ten slotte aan Lestrade.
‘God, nee. Archeoloog.’
‘Gespecialiseerd in bijbelse plaatsen?’
‘De laatste tijd.’
‘En wat is je connectie met het Huis van de Galileeër?’
‘Wetenschappelijk adviseur.’
‘Zoek je bijvoorbeeld naar de ark van Noach?’ zei Lucas. ‘Dat soort dingen?’
‘De ark van Noach,’ herhaalde de archeoloog. ‘Dat is een goeie. Nee, ik maak geen deel uit van het Huis van de Galileeër. Ik ben een echte archeoloog, op mijn nederige manier. Ik houd een praatje over Qumran en de Essenen.’
Voordat Lucas zich kon verontschuldigen, ging Lestrade verder.
‘Dit is, zoals ze dan zeggen, het Heilige Land.’ Hij sprak de term een beetje ironisch uit. ‘Je hebt hier echte bijbelse plaatsen. Ik bedoel, hier is iets gebeurd, nietwaar? Iets wat we nog steeds niet kunnen doorgronden.’
‘Nog nieuwe vondsten?’
‘O, daar zou je versteld van staan. Waar zei je dat je voor werkte?’
‘Ik was vroeger redacteur van *Harper’s Magazine*. Momenteel werk ik aan een boek.’
‘Lieve help,’ zei Lestrade. ‘Ik ook.’
‘Maar dat van mij gaat over religieuze sekten. Ik ben geen archeoloog. En ik schrijf nog weleens een artikel.’
‘Nou, als je voor het Huis werkt, ga je je min of meer automatisch specialiseren. We hebben op de Olijfberg en in de grotten van Qumran gewerkt. En natuurlijk ook op de Tempelberg.’
‘Ik dacht dat het daar verboden terrein was.’
‘Niet helemaal. Niet voor ons.’
‘Nog nieuws over de Tempelberg?’
‘Het Huis is erg geïntereseerd in de Tweede Tempel en het Heiligste der Heiligen. De afmetingen enzovoort. Het is allemaal ergens vastgelegd.’
‘In de talmoed, bedoel je.’
‘Niet alleen in de talmoed.’
‘Waar dan nog meer?’

'Sorry,' zei Lestrade. 'Meer kan ik er niet over zeggen. Het Huis heeft een public-relationsman. Praat maar met hem.'

Op de weg naar Jericho vertelde Lestrade over de avonturen die hij als gids van de 'types' beleefde.

'Een van hen – nou, we zijn in een Byzantijnse kerk bij Bodrum in Turkije. Op de muur zit een kolossaal mozaïek van Christus Pantocreator, Jezus Christus, de Koning der Koningen. Starende ogen, opgeheven arm, treedt binnen als majesteit en oordeelt over leven en dood. Jezus Christus de Almachtige, ja? Nou, een dame vraagt: "Meneer Lestrade"' – en nu maakt Lestrade zijn stem zo dof als die van een toonloze Amerikaan – '"hoe oud is deze kerk?" "O," zeg ik, "uit de zevende eeuw." "O ja?" zegt ze. "Voor of na Christus?" Ha-ha.'

'Ze had Jezus in haar hart,' merkte Lucas op.

'Ze had net zo goed een boeddhiste kunnen zijn,' zei Lestrade.

Het bleek dat Lestrade vele jaren had gestudeerd om benedictijner monnik te worden. Nadat hij zijn studie in Cambridge had voltooid, had hij zich op het laatste moment teruggetrokken. 'Het was niet echt iets voor mij,' legde hij uit.

Achter de bus met dominee Ericksen en de types aan, volgden ze enkele kilometers de grote weg naar Jeruzalem en namen toen de afslag van Jebel Quruntul. Op het kruispunt stond een vervallen gebouw dat ooit een café was geweest. Twee kleine kinderen zaten in de verwoeste tuin naast het gebouw, omringd door aloë, verwilderde wijnranken en rommel. Toen Lucas de weg naar Jebel Quruntul insloeg, pakte een van de kleine kwajongens een scherf op en gooide die naar de auto zonder hem te raken.

Ze waren de toeristenbus even kwijt, maar na een paar verkeerde afslagen zag Lucas hem voor het klooster, halverwege naar de top, geparkeerd staan.

'Dank je,' zei Lestrade, terwijl hij naar de bus begon te lopen, waarvan de motor draaide om de chauffeur gekoeld te laten zitten. 'Ik ga niet verder dan hier. Ik heb de les gehoord en het uitzicht gezien.'

Lucas liep door de donkere kapel van het klooster, met zijn vele oosterse heiligen langs de muren. Daarachter, helemaal aan het eind van een ommuurde tuin, bevond zich een deuropening, waarnaast een louche uitziende orthodoxe monnik zijn hand op een nogal ongepaste manier naar voren gestoken hield.

Lucas betaalde zijn zes shekel en begon het kalkstenen pad op te lopen dat naar de top leidde. Terwijl hij moeizaam naar boven ging, schoten hem steeds weer de woorden van het Jezusgebed te binnen. Die woorden drongen zich met de hardnekkigheid van een hinderlijke melodie in het ritme van zijn hijgende ademhaling aan hem op. Zijn maag deed pijn van het slechte fruit.

Dominee Ericksen en zijn gezelschap bevonden zich op een hoger gelegen deel bij de oostelijke rand van de top. Ericksen zelf stond boven hen op een rots, zijn handen gestrekt om een rondgaand gebaar te maken. En het uitzicht was in alle richtingen spectaculair en verrassend. Aan de andere kant van het dal zag hij het zilverige strand van de Jordaan, het land van Moab, in het noorden tot aan Galilea, in het zuiden tot aan de Dode Zee. In het westen kon je nog net de rand van Jeruzalem zien, de gebouwen op de Olijfberg.

Met een stem als bronwater declameerde Ericksen uit zijn geheugen gedeelten van het evangelie van Lucas. Hij gaf hun Jezus in de woestijn:

Toen er een eind aan veertig dagen van vasten was gekomen, had Jezus een ontmoeting met Satan, die een van zijn beroemde wandelingen aan het maken was. Om de een of andere reden wilde Satan dat Jezus hem vergezelde.

'En als Hem de duivel geleid had op een hogen berg, toonde hij Hem al de koninkrijken der wereld, in een ogenblik tijds. En de duivel zeide tot Hem: Ik zal U al deze macht, en de heerlijkheid derzelver koninkrijken geven, want zij is mij overgegeven, en ik geef ze, wien ik ook wil.'

Er ging een huivering door Lucas heen. Het licht was oogverblindend fel en zijn buik deed pijn. Ericksen haalde even adem en ging verder met reciteren. Versuft verwijderde Lucas zich van het gezelschap en liep langs een vervallen bord dat naar de westkant van de helling wees. Hij klauterde omlaag en volgde een geitenpad naar een oeroud gebouw waarin blijkbaar de toiletten waren ondergebracht.

Het was een vreemd stel privaten dat de Berg van Verleiding zijn bezoekers te bieden had. Buiten was een watertank, maar het gebouw zelf, deels ingestort, leek sterk op het hoofdgebouw van het klooster lager op de helling. Eenmaal binnen, dacht Lucas dat hij op de muren figuren kon zien die ouder leken dan de Arabische en Engelse graffiti die eromheen gekrabbeld was. De pijn in zijn buik tastte zijn verbeeldingskracht blijkbaar aan. Figuren op de muur leken heen en weer te zwaaien.

Een troosteloos, sinister inzicht flitste door zijn geest en was weg. Aan de andere kant van het vertrek waarin hij neerhurkte zag hij een gevleugelde figuur in oker – schubben, dacht hij, geschubde vleugels en klauwen. Die figuur deed hem aan niets zozeer denken als aan de *Verleiding* van Duccio die hij uit de Frick Collection kende, een schilderij dat ergens hing waar het niet over het hoofd te zien was, een schilderij dat hij meer met liefdesverdriet en katers en verregende NewYorkse middagen dan met iets religieus associeerde. Op dat schilderij zweefde Christus onder een gouden metafysische hemel en zond de geschubde duivel weg die hem de wereld aanbood.

Het enige licht in het privaat kwam door de deuropening. Toen hij na afloop zijn handen waste, drong zich opnieuw een herinnering aan hem op. Hij dacht aan de stinkende wc van de liefdadigheidsschool waar hij heen was gegaan en waar hij als jood was uitgescholden. Hij herinnerde zich dat hij zijn gezicht waste na zijn gevecht met English, dat hij het bloed van zijn neus en mond afspoelde, de zilte smaak daarvan. Op dat moment herinnerde hij zich zijn bleke kindergezicht in de vuile spiegel. Het was een lelijke, onverwachte herinnering die hem van streek maakte. Hij liep naar buiten, het pijnlijke daglicht in, en rook de zoete woestijnkruiden, laurier, tamarisk.

Hij draaide zich om, keek naar het gebouw waarin hij was geweest en raakte de muur aan. Het was niet na te gaan hoe oud het was. Koloniale grensgebouwtjes uit de jaren twintig konden, als ze van oude natuursteen waren gemaakt, al na enkele tientallen jaren van verwering bijbels oud lijken. Maar iets aan dit gebouw vervulde hem met walging – een door de duivel geteisterd kloosterprivaat uit de nachtmerries van Luther of van hemzelf, nachtmerries waarin vernederende eenzaamheid, kinderlijke genotzucht en schaamteloze begeerte op de loer lagen. Maar erger nog: er was de stank van zijn eigen kinderjaren, het beeld van zichzelf als slachtoffer.

Hij liep naar de *jebel* terug en wachtte tot hij Ericksen alleen te spreken kreeg. Hij dacht steeds weer aan de verleidingen van Christus, de eigenaardige tekst en zijn mysteries. Jezus die werd uitgedaagd om stenen in brood te veranderen. Die de macht van Satan kreeg aangeboden. Die het risico van vernietiging in de tempel kreeg aangeboden, uitgedaagd om engelen op te roepen.

'Satan moet nieuwsgierig naar Jezus zijn geweest,' zei hij tegen de dominee. 'Omdat Hijzelf ook een engel was. En omdat Jezus een mens was. Dat Hij honger leed en van dingen af viel.'

Ericksen lachte geduldig. 'De hele wereld was in Satans macht,' zei hij tegen Lucas. 'De wereld stond op het punt verlost te worden.'

'Dus u denkt dat Satan een deal met Hem wilde maken?' zei Lucas.

'Ja. Misschien.'

'Als de wereld verlost is,' vroeg Lucas, 'waarom verkeert hij dan in deze staat? De verlossing is even mysterieus als de val. Ik bedoel,' zei hij, en hij verbaasde zich over zijn eigen vurigheid, alsof deze provinciale gladjanus hem op de een of andere manier de betekenis van alles zou vertellen, 'waar is Hij?'

'Satan wist dat ze elkaar opnieuw zouden ontmoeten,' zei Ericksen. 'En dat zullen ze. Satan,' vertrouwde hij Lucas toe, 'heeft vele namen, en zijn macht is nooit groter geweest dan vandaag. Daarom is de grote krachtmeting nabij.'

'O ja?'

'De messias van het joodse volk komt terug. Hij zal leiding geven in de strijd tegen het kwaad. En dan zal Satan bekend zijn bij zijn ware naam, Azazel. Zijn krachten zullen strijden tegen die van de Heer. Als de strijd voorbij is, zullen alle levenden bekeerd zijn.'

'Ik moet deze vraag stellen,' zei Lucas. 'Wie wint er?'

'De Heer wint. Azazel zal onder aarde gebonden zijn, zoals hij vroeger was.'

'Zoals hij vroeger was?'

'Azazel zat gevangen in de aarde,' zei dominee Ericksen. 'Maar hij ontsnapte naar Amerika en wachtte daar op de mensheid. Wij Amerikanen verspreidden zijn macht door de hele wereld. Nu zijn we Israël hulp verschuldigd in zijn strijd tegen hem.'

'Ik dacht dat iedereen christen zou worden,' zei Lucas. 'Zo zou het toch moeten gaan?'

'Na de overwinning,' zei Ericksen, 'zal Jezus Christus door Israël als de Davidische messias worden geaccepteerd. Maar eerst zal hier oorlog en strijd zijn.'

'Dus u brengt hier mensen naartoe...' begon Lucas te speculeren.

De dominee maakte de zin voor hem af: 'Om ze de plaats van een grote verleiding te laten zien. De eerste verleiding deed zich voor toen Azazel een poging deed Mozes te vermoorden. De tweede deed zich voor toen hij Jezus Christus benaderde. De derde zal zich binnenkort voordoen, als hij zijn krachten verzamelt en de messias weer ten strijde trekt.'

'Dus wij Amerikanen hebben heel wat om ons voor te verantwoorden,' zei Lucas.

'We zullen het hier terugbetalen door het land van Israël te helpen,' zei Ericksen. 'Nu, als ik verder nog iets voor jou persoonlijk kan doen, moet je het me laten weten. En verder hebben we, zoals ik al zei, een public-relationsman.'

Toen Lucas op de terugweg naar zijn auto was, kwam hij Lestrade tegen. Die vroeg Lucas of hij van het uitzicht en de bemoedigende woorden had genoten.

'Ik had het nooit willen missen,' zei Lucas tegen hem. 'Ik ben erg blij dat ik gekomen ben.'

Lestrade was blijkbaar verbaasd maar zei niets.

Op de terugweg naar Jeruzalem stopte Lucas bij een legerpost om twee gewapende soldaten op te pikken die een lift naar de stad wilden. Een van hen was een blonde jongen die niet ouder dan een tiener leek, en de tweede was een grijzende sergeant met een hard gezicht.

Het bleek dat de blonde soldaat in de T-shirtwinkel van zijn oom in Islamorada, Florida, had gewerkt.

'Je kon daar alles op een T-shirt laten afdrukken. "Shit". "Fuck". Alles. Dan moesten ze betalen. Voor vieze woorden extra.'

Maar wat de soldaat echt wilde doen, was een boot bouwen en over de Middellandse Zee en de Atlantische Oceaan naar de Florida Keys terugvaren.

'Maar niet terug naar de T-shirtwinkel?' vroeg Lucas.

'Nee. Dat was niks. Saai. Om je te schamen. Maar de zee, daar hou ik echt van.'

Lucas zette hem tamelijk ver van de zee af, bij een commandopost tegenover een nederzetting die Kfar Silber heette. De oude sergeant was zwijgzaam en somber. Lucas zou hem willen vragen waar hij vandaan kwam, maar Israël was net als het wilde westen, waar zo'n vraag onbeschoft werd gevonden en tot veel problemen, verschrikkingen en compromissen kon leiden.

Op een gegeven moment haalde de sergeant een pakje Israëlische sigaretten te voorschijn en bood Lucas er een aan. Toen Lucas weigerde, stak hij er een in zijn eigen mond.

'Je hebt geen bezwaar?'

'Helemaal niet,' zei Lucas.

'Amerikaan?'

'Ja.'

'Joods?'

Lucas aarzelde. De sergeant wachtte even met het aansteken van zijn sigaret.

'Nee,' zei Lucas. Nee dank u, vandaag niet.

'Journalist?' vroeg de sergeant. Lucas herinnerde zich het persbordje op zijn auto. 'Waar kom je vandaan?'

'Ein Gedi,' zei Lucas. 'Voor het water.'

'Beviel het je daar?'

'Ja,' zei Lucas. 'Ik denk dat het goed voor me is.'

'Natuurlijk is het goed voor je,' zei de sergeant.

Ze reden samen helemaal naar Jeruzalem terug.

11

Sonia stond weer onder de lichten van Mister Stanley en wist even niet goed hoe ze het had. Wie zijn we? Waar zijn we hier?

De club zat vol Russen. Haar begeleiding bestond uit een bassist en een pianist; de laatste was afkomstig van het Kiev Institute. De pianist, die elk instrument kon bespelen dat bij de mensheid bekend was, was Razz Melker, een voormalige junkie, yeshiva-student en Jood-voor-Jezus, die nu een jood was voor ongeveer net zo iemand in Safed. Hoe dan ook, hij was een oude vlam uit de tijd dat ze zelf ook een soort junkie was en hij was bovendien een geweldig goede begeleider die je geest kon lezen en je ziel kon aanvoelen. Iedereen op het toneel was clean en nuchter voor deze gelegenheid. Het publiek was luidruchtig en beschonken.

Toen de lichten waren zoals ze ze graag had, zei ze tegen de pianist: '*Alef*, Razz, alsjeblieft.' En dus sloeg Razz, een mysticus die geloofde dat *alef* de oerwateren en de eerste straal licht aanriep, de toets aan waarmee het allemaal begon. En terwijl ze zich nog afvroeg of haar stem in orde was, of haar al niet meer zo jonge instrument wilde meewerken, drukte ze haar schouders naar achteren en gooide het eruit, een oud nummer van Fran Landesman: 'Spring Can Really Hang You Up the Most'.

Het kwam er goed uit, bracht haar gehoor tot rust, en het eind van het eerste couplet leverde wat ooh en aah op en dat deed haar ook goed. Ze voelde dat de mensen er eens goed voor gingen zitten om zich te amuseren. Als ze zich nu ook nog een beetje zouden gedragen, dacht ze. Het applaus was hard en, hoopte ze, op enige kennis van zaken gebaseerd. Want in Rusland hadden ze ook jazzliefhebbers, en velen daarvan waren naar Israël gekomen. En er waren andere soorten mensen in het publiek, onder wie vrienden van haar.

'Dus hoewel het thema lente is, kameraden,' zei ze – en met dat 'kameraden' kreeg je de lachers altijd op je hand – 'heet het volgende nummer "Spring Will Be a Little Late This Year".'

Die titel leverde applaus op. Soms zong ze mysterieuze nummers, volgens de theorie dat wanneer haar shows als optreden faalden ze als muzikale prestatie misschien nog zouden standhouden. Maar vanavond leek het erop dat ze precies de juiste toon had getroffen. Het publiek wist wat het wilde horen. Ze gaf ze 'Spring' als homage aan de carrière van Leslie Uggams. Het ging goed.

Sonia had haar eerste schnabbel in de Village gehad, in een tentje dat Dogberry's heette. Ze werkte toen voor een deel van de fooienpot. Nadat ze de hele avond in de Upper East Side op de jassen van de clientèle had gepast, kwam ze het metrostation Sheridan Square uitgerend en vloog ze door Grove Street en wrong ze zich in het zwarte ding dat in haar kleine kleedkamertje hing. Ze trad boven in een bar op, maar beneden was ook nog een homobar, en telkens wanneer een klant uit haar bar opstond om te pissen en de deur naar de hal openmaakte, drongen er Ethel Merman-imitaties uit de benedenbar tot hen door.

Haar soefi-meester in New York was muzikaal geweest en had haar weer laten zingen. Het was jaren geleden dat ze haar opleiding volgde, en ze had het allemaal zo goed mogelijk weer moeten opbouwen. Als kind had ze naar alle zangers geluisterd. Omdat de blanken haar minder intimideerden, had ze sommigen van hen als voorbeeld genomen, te beginnen met Marian Harris en Ruth Etting. Daarna June Christy, Anita O'Day en vooral Julie London, op wie ze van verre verliefd was geworden, en bovenal Annie Ross van Hendricks, Lambert en Ross, die Basie en 'Twisted' deed. De grote soulzangers waren haar echte idolen, maar ze had het gevoel dat ze boven haar macht gingen. Toch probeerde ze soms als Chaka Khan te klinken. En nu en dan, als ze in de stemming was en dacht dat niemand het hoorde of zag, probeerde ze Sarah Vaughan na te doen. Dat durfde ze alleen met een koude, precieze imitatie en ze had er het gevoel bij dat het een ceremonie was. Geleidelijk begon ze zichzelf als een blanke zangeres te zien. Het ontbrak haar aan de intensiteit voor jazz, en vreemd genoeg, ongelooflijk genoeg, lag cabaret haar ook niet.

Ze sloot de eerste set af met 'How Long Has This Been Going On?'. Ze zong het in de trant van Sarah Vaughan en het leverde haar een daverende ovatie op.

'Dank je, kameraden. Dank je voor dat langdurige, stormachtige applaus.'

Toen volgde er een multiculturele uitbarsting van waardering: sommige mensen gooiden shekels of Amerikaanse bankbiljetten of bloemen. Soms was er zelfs een gast die een klein diamantje in een zakdoek op het podium wierp. Ze pakte alleen een paar rozen op en wierp hun een handkus toe.

Ze was op weg naar de tafel van haar vrienden toen een man haar aansprak. Hij had donkere ogen en een gebruind, open gezicht en zo te zien was hij erg opgewonden.

'Dat was de geweldigste Sarah Vaughan die ik ooit heb gezien,' zei hij tegen haar. 'Sinds ik Sarah Vaughan zag.'

Ze keek hem met een vriendelijk professioneel glimlachje aan en zei: 'Dank u.'

'Ik ben Chris Lucas,' zei Lucas. 'Ik heb je naam van Janusz Zimmer. Je bent me aanbevolen als een leerlinge van het soefisme, en ik vroeg me af of we even met elkaar konden praten.' Toen ze geen antwoord gaf, voegde hij eraan toe: 'Het is interessant, weet je. Hier werken. En het geloof bestuderen.'

Sonia had er niet veel behoefte aan om met vrienden van Janusz te praten. 'Sorry,' zei ze vriendelijk. 'Ik ga naar vriendinnen toe.'

'Ik bedoelde alleen een minuut of twee.'

Ze keek hem aan met een gezicht in de trant van: Gek is dat, ik kan je niet horen en blijkbaar kun jij mij ook niet horen – en liep voorzichtig om hem heen. Ze ging bij haar NGO-vriendinnen zitten.

Een van de redenen waarom Stanley haar zo graag in zijn club zag optreden, was de aantrekkingskracht die haar optredens uitoefenden op haar collega's uit non-gouvernementele organisaties die goed werk deden in de regio. Het was een bijeenkomst van opvallende buitenlandse meisjes uit de betere landen van de wereld; Sonia had met de meesten van hen in Somalië en

Soedan samengewerkt. Deze meisjes konden Deens of Zweeds of Fins, Canadees of Iers zijn – blonde, noordelijke wezens van wie de oma's en oudtantes zendelingen in de tropen waren geweest en die nu in dezelfde wijngaard werkten, ingetogen en strikt onbevooroordeeld, zonder mystiek maar daardoor niet minder intens.

Deze avond zaten twee van die NGO-vriendinnen aan Sonia's tafel: Inge Rikkers, een Deense vrouw van middelbare leeftijd, en Helen Henderson, een jonge rodeokoningin met vlasblond haar en grote tanden. Omdat de jonge Henderson vroeger Roos van Saskatoon was geweest, noemden ze haar allemaal de Roos. Ze werkten allebei voor de Verenigde Naties in de Gazastrook. Sonia had een derde vriendin verwacht, haar Ierse maatje Nuala Rice, die bij een organisatie werkte die de International Children's Foundation heette.

Inge en de Roos applaudisseerden uitbundig. Sonia maakte een buiging en omhelsde hen.

'Hallo, meiden. Waar is Nuala?'

'Achter bij Stanley,' zei Helen.

Sonia ging zitten en schonk zich een groot glas mineraalwater in uit de fles die op de tafel stond.

'Nog avonturen beleefd?' vroeg ze aan Inge en Helen. Ze werkten allebei vanuit het Khan Yunis-kamp in de Gazastrook.

'We zitten nog achter Abu Baraka aan,' zei Inge.

'Abu en zijn vrolijke vrijbuiters,' zei Helen. 'We hadden hem laatst bijna te pakken.'

'Wie is dat?' vroeg Sonia.

Helen keek haar met lichte afkeuring aan. 'Je hebt nooit van Abu Baraka gehoord? Je bent zeker aan het mediteren geweest, hè?'

'Alsjeblieft, zeg,' zei Sonia. 'Ik ben daar in geen maanden geweest.'

En dus vertelden ze haar het verhaal van Abu Baraka, de wreker van Gaza.

'De Vader van Genade, noemt hij zich. En er staat niets over hem in de *Jerusalem Post*.' Inge liet hun het vage glimlachje zien dat in haar twintig jaar van recente Afrikaanse geschiedenis onveranderd was gebleven. 'Of in de Amerikaanse kranten.'

Sonia begon het gevoel te krijgen dat ze tegen haar samenspanden. 'Hebben jullie bij het leger geklaagd?' vroeg ze.

'Het leger zegt dat ze niet weten wie hij is,' zei Inge. 'Officieel.'

'En onofficieel?'

'Onofficieel,' zei de Roos, 'kan het ze geen moer schelen. Ze zeggen: "Geef ons bewijzen."'

'Heeft hij iemand gedood?'

'Dat weten we niet. Als hij dat heeft gedaan, is het niet gerapporteerd. Hij is een verminker. Hij verminkt mensen.'

'Die aanvallen worden gedaan alsof het iets tussen de verschillende gemeenschappen is,' zei Inge. 'Maar volgens onze Palestijnse jurist is dat onzin. Hoe dan ook, we hebben geen bewijs.'

'En als jullie dat hadden? Wat kunnen jullie dan doen?'

'Recht op de schoft afgaan,' zei de Roos. 'Dat is mijn strategie.'

Inge en Sonia keken elkaar aan. De Roos was vijfentwintig jaar oud. Ze had in het Caribisch Gebied gewerkt, en ze mocht graag over de achterweggetjes van de Bezette Gebieden rijden in een Jeep Laredo waarvan de bumpersticker KIJK MIJN REET luidde, iets waarvoor noch de Palestijnse shebab noch de soldaten van het Israëlische leger nadere aansporing behoefden. Voorzover ze wist, was het een provocerende kreet uit Jamaica. Dat sentiment was op de dag van haar aankomst onderstreept door de uiterst strakke, verbleekte korte spijkerbroek die ze van plan was op haar werk te dragen, totdat ze op de goddeloosheid van zulke kleding werd gewezen. De moslims in Jamaica, had ze uitgelegd, hadden er nooit bezwaar tegen gemaakt.

Even later kwam een geparfumeerde jongeman met een gouden halsketting en een Frans accent de Roos naar de dansvloer leiden, waar ze op Abba begonnen te dansen. Inge keek haar met moederlijke toegeeflijkheid na.

'Ze kent geen angst,' zei ze.

'Je moet van haar houden,' zei Sonia, die haar twijfels had.

'Haar vader is generaal, zeggen ze. Een oorlogsheld.'

'Echt waar?' zei Sonia.

'Maar jouw vader niet,' zei Inge, en Sonia besefte dat ze had gedronken.

'Mijn vader was geen generaal,' zei ze tegen haar vriendin. 'Zelfs geen kolonel.'

'Wat dan?'

'Dichter,' zei ze tegen Inge. 'Erg goed maar nogal miskend.'

Inge bleef glimlachen. 'Over Abu Baraka,' zei ze. 'Het zou onverstandig van de Roos zijn als ze echt op hem afging. Hij heeft Nuala vorige week hard geslagen. 's Avonds maakt hij zijn gezicht zwart. Hij of een van zijn jongens.'

'Misschien vermoordt hij op een avond iemand,' zei Sonia.

'We werken samen met de Israëlische Coalitie voor Mensenrechten,' zei Inge.

'Op één ding kun je rekenen,' zei Sonia tegen haar. 'Als het moorden begint, worden altijd de verkeerde mensen het slachtoffer. Dat is het eerste principe van alle rassenrellen. De verkeerde mensen aan beide kanten. Nou,' zei ze met een blik op haar horloge, 'ik moet straks weer op. Ik wil Nuala nog even gedag zeggen.'

Inge legde haar hand op haar arm.

'Maar als we die man zouden vinden,' zei ze, 'die mannen – dan hebben we bewijzen. Jij en ik en de Israëlische organisaties voor burgerrechten. Ik ben Deens, jij bent joods. Misschien luisteren de mensen naar ons.'

'Ik weet het niet, Inge.'

'En iemand zei,' zei Inge, 'dat je een middelpunt moet hebben als je daar werkt. Heb je dat niet, dan lukt het niet.'

'Ik denk dat ik dat was,' zei Sonia. 'Ik heb dat gezegd.'

'Het zou net iets voor jou zijn,' zei Inge.

Sonia ging van het tafeltje vandaan en verdween achter de coulissen. In een klein, fel verlicht kamertje trof ze Nuala en Stanley aan. Stanley zat schrijlings op een klapstoel en had die glimlach van een heilige dwaas op zijn gezicht. Nuala, die er verhit en maniakaal uitzag, zat met haar rug naar de lange spiegel aan de make-uptafel. Ze spreidde haar armen voor Sonia.

'Hoera,' zei ze. 'Geweldige meid. Ik keek naar je.'

Ze omhelsden elkaar; Sonia had het gevoel dat Nuala er niet helemaal met haar gedachten bij was. Nuala was lang en soepel, en had zwart haar en een bleke sproetige huid. Haar ogen waren erg blauw en intens. Hoewel ze nog maar begin dertig was, had ze door een leven in de equatoriale zon al rimpels naast haar ogen. Die avond waren nog de resten van een kneuzing te zien, gezwollen en paars boven haar tere, krijtwitte wang.

'Hoera, hoera,' zei Stanley, en hij keek Sonia stralend aan.

'Wat voeren jullie in je schild?' Ze huiverde even toen ze de kneuzing op Nuala's gezicht zag.

'Ik dacht dat het een geweerkolf was. Maar het was zijn vuist, denk ik.'

'Je moet de groeten van Maria Clara hebben,' zei Stanley tegen Sonia. 'Ze komt morgen terug uit Zuid-Amerika.'

Sonia, die niets met Maria Clara te maken wilde hebben, negeerde hem. 'Kom straks nog even met me roddelen,' zei ze tegen Nuala. 'Ik wil alles horen.'

'Heb je ons gemist, Sonia?' vroeg Nuala. 'Wij hebben jou wel gemist. Maar ik kan niet komen, weet je. Er zit iemand in het publiek die ik niet wil tegenkomen.'

'Wie?'

'O, die man die jou daarnet aansprak. Een Amerikaanse journalist. Aardig, maar ik wil niet dat hij me hier ziet.'

'Nou,' zei Sonia. 'Natuurlijk heb ik je gemist.' Even later vroeg ze: 'Waar zit hij achteraan, die journalist?'

'Hij weet niet waar hij achteraan zit. Hij heeft wel iets van een verdoolde ziel. Hij wil over religie schrijven. We zouden graag willen dat hij schrijft over wat er in de Gazastrook gebeurt.'

'Hij ziet er interessant uit.' Sonia lachte. 'Maar ik heb hem afgepoeierd.'

'Nou, hij is aardig,' zei Nuala met een lach en een schouderophalen. 'Je zou hem vast wel graag mogen. En ik denk dat hij jouw taal spreekt.'

Toen ze weer op het podium stond, dacht Sonia: hoe zit het met mijn middelpunt? Niemand thuis. Jeruzalem was hoog en droog, geen plaats om Gods water over Gods akker te laten lopen. Je moest werk te doen hebben, of je moest hoogdravende illusies hebben.

Ze begon de tweede set van haar optreden met een nummer van Lieber en Stoller: 'Is That All There Is?'. Dat was een favoriet nummer van Razz. Toen deed ze 'As Tears Go By' en daarna haar favoriete Gershwin-songs, met op het eind 'But Not for

Me' in de trant van Sarah Vaughan. Ze kwam er helemaal in en liet zich gaan. Haar leraar in Manhattan had haar aangeraden om het zingen tot een oefening te maken, om van muziek haar zekerheid te maken en de muziek zijn *tariq* te laten vinden, opstijgend als de metaforische slang. Ze moest zich veranderen in een trompet en de muziek recht omhoog laten gaan, schallend in de klankkast, opkomend door het masker. Nuttige beelden. Blijkbaar ging het goed, want het publiek applaudisseerde enthousiast.

Nuala hield zich nog in de achterkamer verborgen. Inge en de Roos waren op de dansvloer, met een stel Marokkanen om hen heen.

'Inge zegt dat je terugkomt,' zei Nuala.

'Waar terug?'

'Gaza, waar anders?'

'Inge kan zich vergissen.'

'Nooit,' zei Nuala Rice. 'Inge heeft altijd gelijk.'

'Ik zou daar niets kunnen doen,' zei Sonia.

'Jij niet? Onzin. Trouwens, we hebben je nodig.'

'Niemand is onvervangbaar. Zeker ik niet.'

'Vergeet je moeilijkheden. Kom bij ons terug.'

Dat was de formule, dacht Sonia. Sommige mensen maakten iedereen deelgenoot van hun moeilijkheden. Anderen moesten hun eigen moeilijkheden laten opgaan in het grote moeras van menselijke ellende.

'Weet je,' zei ze, 'waarschijnlijk ga ik uiteindelijk wel terug.'

12

Ze had een goede laatste set, laag en melodieus. Tegen het eind deed ze, om de Russen een plezier te doen, twee songs uit *Porgy and Bess*, de Gershwin en een Jimmy McHugh. Kort voor het laatste nummer knipoogde en knikte Razz vanachter de piano naar haar. Daarmee nodigde hij haar uit voor een later gesprek. Zou dat betekenen dat hij toch niet clean was? vroeg ze zich af. Of wilde hij alleen maar een oud vuurtje aanwakkeren? Ze sloten af met 'My Man', een nummer dat bij dat specifieke publiek kon overkomen als de essentie van de ziel.

Na het laatste nummer ging de jukebox aan en stonden mensen op om te gaan dansen. Omdat er een tekort aan vrouwen was, verdween ze vlug met Razz Melker achter de coulissen.

'Alles goed, Razz?' vroeg ze hem. 'Je hebt je gezondheid terug?'

'Ik ben clean, Sonia.' Zijn glimlach werd nog breder en zijn bruine ogen schitterden. 'Het leven is een wonder.'

'Je kunt beter van Stanley vandaan blijven,' zei ze.

Toen ze weg begon te lopen, riep Razz haar na.

'Sonia?' zei hij aarzelend. 'Ik wilde je iets vragen. Een gunst.'

'Vraag maar,' zei ze.

'We vertrekken uit Safed. We zouden graag naar de stad willen komen.'

'Je bedoelt toch niet hier?'

'Ik bedoel de stád. De stad met een J.'

'Nou,' zei ze. 'Goed.'

'Er is een man, Sonia. Je moet hem ontmoeten. Ik zweer het je.'

'Uh-huh,' zei ze voorzichtig. 'Nou, is dat een christelijke man, een joodse man of...'

'Meer dan dat.'
'Wow,' zei ze luchtig. 'Je bedoelt toch niet de man op wie we wachten?'
'Misschien,' zei Razz. 'Ik ben een gokker.'
'Wat kan ik voor je doen?'
'We hebben maar weinig mensen. Hij heeft veel boeken. Ik vroeg me af of je ons kon helpen verhuizen.'
'Je bedoelt, vervoer voor hem vinden? Mezelf aanbieden?'
'Hé,' zei Razz. 'Niets vunzigs. Je bent mijn zuster.'
Ze lachte. 'Ik zou best eens naar Safed willen,' zei ze. 'Ik zou jullie graag rijden, als ik een auto had. Ik heb hem illegaal verkocht. Ik weet nog steeds niet of ze me zonder die auto het land uit laten gaan. Waar gaan jullie in de stad wonen?'
Hij haalde blijmoedig zijn schouders op, en ze ging er niet op in.
In de zaal probeerden een paar vlotte jongens contact met haar te leggen, maar omdat ze allemaal tegelijk praatten en elkaar in de weg stonden, kon ze er gemakkelijk langs. Op weg naar de tafel waar haar NGO-vriendinnen zaten, dook de man die haar eerder had aangesproken weer op.
'Je kunt me echt helpen,' zei hij met een zuur glimlachje. 'En ik wou dat je met me wilde praten. Ik hou zoveel van je stijl.'
Hij had gedronken. Als het hem gelukt was om ondanks de prijzen die Stanley rekende dronken te worden, dacht ze, moest hij een welgesteld man zijn. Maar hij wekte niet de indruk een gewone jazzfan te zijn. Hij zag eruit als iemand die niet zo gemakkelijk aan zijn trekken kon komen.
'O, dank je,' zei ze. 'Sorry van daarnet. Ik had nogal haast, weet je. Hoe gaat het met Janusz?'
'Die wacht op de volgende oorlog, denk ik.'
'Ja,' zei ze. 'Jan houdt van oorlogen. Ik heb hem in Somalië ontmoet. Hij was ook in Vietnam, bracht daar verslag uit vanaf de Vietnamese kant. Hij ging met de Cubaanse jachtbommenwerpers naar Eritrea en schreef daarover. Op een dag dook hij in Baidoa op.'
'Interessante man,' zei Lucas. 'Wat doet hij hier?'
'Hij woont hier. Hij is joods.'
'Hij heeft zijn wortels gevonden?'

'Ik heb me Jan nooit voorgesteld als iemand die wortels had,' zei Sonia. 'Waar zei je dat je over schreef?'

'Religieus enthousiasme. Ik hoorde dat jij een soefi bent.'

'Dus jij bent ook al iemand die achter religieuze gekken aan zit?' vroeg ze hem. 'Dat is een verhaal met een baard, man.'

'Het gaat me niet om sensatie,' zei Lucas, 'en ook niet om dingen die iedereen al weet. Trouwens, ik ben vroeger zelf ook godsdienstig geweest.'

'O ja?'

'Ja,' zei Lucas. 'Mag ik je iets te drinken aanbieden?'

'Ik hou niet van drank,' zei Sonia. 'Maar misschien willen deze dames iets drinken. Dames?' Plotseling was Lucas omringd door Noord-Europese vrouwen die eruitzagen alsof ze hun drank konden verstouwen. Ze namen het aanbod vlug aan. Dit werd een dure avond.

Lucas boog zich dicht naar Sonia toe om boven het geluid van de jukebox uit te komen. Die speelde 'Lafayette' van Count Basie.

'Ik sta versteld van je,' zei Lucas. 'Ik bedoel, wat doe je hier?'

'Waarom zou ik hier niet zijn? Ik ben ook joods.'

'O ja?'

'Wat bedoel je, o ja? Je hoort dat ik met een zuidelijk accent spreek en denkt dat ik daardoor geen jood kan zijn? Is dat het?'

'Nee. Ik vind het alleen vreemd dat je naar Israël bent gekomen om een islamitische gewoonte te bestuderen. Woon je niet in Jeruzalem?'

'Ja.'

'Ga je vannacht terug?'

'Ik neem de bus van half drie.'

'Niet doen,' zei Lucas. 'Laat mij je rijden.'

Ze aarzelde even en zei toen: 'Dat zou gemakkelijk zijn. Dank je.'

'Het busstation is deprimerend,' zei Lucas. 'Op dit uur.'

Buiten waren de nachtmensen op het terras van het Orion Café gaan zitten, tegenover Mister Stanley. Dat nachtelijke publiek van Orion zag er louche uit. Toen Lucas en Sonia voorbijkwamen, werd de handel die op het trottoir werd gedreven even onderbroken. Het levendige gefluister hield op en iedereen keek naar hen. De vrouwen die vooraan zaten, hadden een voorkeur voor pastelkleurige nauwsluitende jurken, en veel mannen hadden dikke harige polsen.

'Het is hier gemakkelijk om je visum verlengd te krijgen,' zei Sonia. 'En Berger al-Tariq is hier.'

'En hij is een soefi-meester?'

'Hij is de laatste. Je zou hem moeten ontmoeten.'

'Dat zou ik graag willen.'

Ze keek hem aandachtig aan. 'Ik zou je aan een aantal erg interessante mensen kunnen voorstellen. Als je me een dienst bewijst.'

'Wat zou dat zijn?'

'Geef me morgen nog een lift. Rijd me naar Safed en help me wat vrienden naar Jeruzalem te brengen. Met hun boeken en spullen.'

'Nou,' zei Lucas. 'Dat zou ik wel kunnen doen. Goed. Afgesproken.'

'Onze pianist wil naar Jeruzalem verhuizen. Hij behoort tot een religieuze groepering in Safed. Mensen die je zouden interesseren.'

'Goed,' zei Lucas.

Onderweg naar Jeruzalem raakten ze een jakhals die de weg overstak. De stervende kleintjes achtervolgden hen.

'Ik vind dat verschrikkelijk,' zei Lucas. 'Ik zal ervan dromen.'

'Ik ook,' zei Sonia.

Ze reden een tijdje door en toen zei Lucas: 'Ik meende het echt toen ik zei dat ik van je optreden genoot. Ik hoop dat je niet denkt dat ik je alleen maar wilde paaien.'

'Ik moet je geloven,' zei ze. 'Nietwaar?'

'Ik wil mijn naam niet in de krant hebben,' zei ze een tijdje later tegen hem.

'Mag ik niet zeggen dat je een erg goede zangeres bent?'

'Nee.'

'Nou,' zei hij. 'Ik werk niet voor de kranten.'

Ze vertelde hem wat meer over de soefi-wereld van de East Side – die van New York, niet van Jeruzalem – en over Dogberry's en schnabbels in New York.

'Geloof je in God?' vroeg hij haar.

'Jezus,' zei ze. 'Wat een vraag.'

'Sorry,' zei Lucas. 'We hadden het over religieus enthousiasme.'

'Ik denk het volgende, Chris. Ik denk niet dat er hierbuiten niets is. Er is iets. Het heeft een aard.'

'Dat is alles?'

'Dat is alles. En het is meer dan genoeg.'

'O,' zei Lucas. 'Dat bevalt me wel.' Het was allemaal niet erg origineel, vond hij, maar ze zei het op een prettige manier. Hij kon vaag met haar meevoelen.

'Waren je ouders godsdienstig?' vroeg hij haar.

'Mijn ouders waren lid van de Communistische Partij van Amerika. Ze waren atheïst.'

Lucas keek naar haar en had het gevoel dat hij plotseling tot een deel van haar verhaal was doorgedrongen. Ze was van gemengd ras en ze was het kind van oude communisten. Het verhaal stond op haar gezicht te lezen.

'Maar dat is ook geloof,' zei hij.

'Zeker. Communisten geloven dat dingen een aard hebben. En dat een individu deel kan uitmaken van het proces. Ze geloven in een betere wereld.'

'Een wereld waarin zij de bevelen geven,' zei Lucas.

Ze keek hem met een strakke blik aan, al speelde er ook een vaag glimlachje om haar mondhoeken. Wat is ze intelligent en mooi, dacht Lucas. Hij veroorloofde zich de gedachte dat ze hem aardig vond.

'En jij, Chris? Wat is jouw verhaal?'

'Nou, mijn vader was hoogleraar aan de Columbia University. Hij kwam oorspronkelijk uit Oostenrijk. Mijn moeder was zangeres. Ik denk dat ik daarom van zingen houd.'

'Je vader is de joodse ouder?'

'Ja. En jij?'

'Mijn moeder.'

'Nou,' zei Lucas, 'dan zit jij dus goed. Maar de ouden hebben mij in hun wijsheid buitengesloten.'

'Wat kan je dat schelen?' vroeg ze. 'Ben jíj godsdienstig?'

'Ik ben katholiek opgevoed.'

'Dan ben je dus nog steeds katholiek?'

Lucas haalde zijn schouders op.

‘Ik zal je wat vertellen,’ zei Sonia. Ze begon een adres op een half velletje briefpapier van UNWRA te schrijven. ‘Pik me hier morgen op, dan rijden we naar Safed en dan ontmoeten we daar iemand die je misschien zal interesseren. We zullen hem helpen naar Jeruzalem te verhuizen. Onderweg kun je alle vragen stellen die je wilt.’

‘Goed,’ zei Lucas.

‘Ik hoop dat je het niet erg vindt om een beetje te sjouwen. Ooit in Safed geweest?’

‘Nooit.’

‘Het zal je daar bevallen. Wacht maar af.’

Toen ze naar Berger ging, heerste er al drukte in de soeks van de oostelijke stad. Bij de Damascuspoort haalden mannen met kruiwagens schapenkarkassen uit een koelwagen. Ze staarden Sonia na. Ze droeg de golvende djellaba over haar artiestenkleren. Normaal gesproken zou ze bij vrienden van haar moeder in Tel Aviv zijn blijven overnachten, maar Berger was eenzaam en stervende en had haar nodig.

Ze beklom de stenen trap naar Bergers appartement en viste naar haar sleutels. Toen ze binnenkwam, was Berger wakker. Het appartement rook naar zijn ziekte. Hij keek naar haar langs het gordijn dat om zijn bed heen hing.

‘Je gaat om met die jongen uit Amerika.’ Zijn pijnstiller had zijn tong losser gemaakt.

‘Raziel? Ja, ik heb Razz vandaag gezien. We treden samen op. Hij woont nu in Safed.’

‘Safed,’ herhaalde Berger dromerig.

Zoem, zoem, dacht ze. Hij was echt aan het doodgaan. Vliegen zoemden en vlogen tegen de tegels van de tafel met inlegwerk naast zijn bed.

‘Steun op mij,’ zei ze tegen hem. ‘Ik wil je niet in je eentje laten sterven.’

‘Ik denk dat ik naar huis wil,’ zei Berger. ‘Ik wil Duits horen praten. Duits zonder tranen.’

‘We brengen je naar huis, Berger. Maak je maar geen zorgen.’

Hij ontspande doordat de pijn afnam. Toen hij glimlachte, kon ze de schedel onder zijn huid zien.

'Ik denk aan de meren. Dat soort dingen. Wat ik nog eens wil zien. Vaarwel wereld.'

'Ja, lieveling,' zei ze. Het schoot haar te binnen dat ze veel mensen had zien sterven. Het moest goed zijn, dacht ze. Het overkwam iedereen. In Baidoa had ze de baby's als kleine sterretjes zien wegzakken.

'Als ik ga,' zei Berger met een vreemd soort levendigheid, 'komt er iemand.'

'Wie zal dat zijn?' vroeg ze. 'De Mahdi?'

'Maak geen grappen over zulke dingen,' zei Berger.

'Maar wat is er dan nog meer?' vroeg ze.

Toen grijnsde hij als een joker. Maar die grijns trok weg.

'Als ik weg ben,' zei Berger, 'moet jij ook naar Safed gaan.'

'Ik dacht dat je niet wilde dat ik met Raziel omging. Trouwens, ik ben niet graag in Safed.'

'Je zou daar onder joden zijn.'

Ze lachte. 'O ja? Nu, waarschijnlijk zal ik dat altijd zijn. Op de ene of de andere manier.'

Later, toen het licht was, bracht ze haar stoel naar de open Moorse deur en keek naar de schaduwen die korter werden op de binnenplaats beneden. De slanke bladeren van de olijfboom huiverden in een zwakke bries. Er verstreek een uur of zo. Toen de binnenplaats volledig in schaduw gehuld was, stond ze op en zette koffie. Berger had alleen Israëlische Nescafé.

Zijn voorraad pijnstillers, in een cederhouten kistje op het dressoir in de alkoof, was royaal. Sonia vermoedde dat hij binnenkort iets sterkers nodig zou hebben. Ze strooide poeder voor sinaasappeldrank in een glas en goot er koud water bij uit een kan in de kleine koelkast. Toen ging ze met het glas en weer een tablet naast hem op het bed zitten. In zijn slaap lag Berger te woelen en knarste hij met zijn tanden. Toen hij wakker werd, keek hij haar met doffe ogen aan en probeerde ondanks zijn verstijfde onderkaak te spreken. Ze liet hem zijn mond opendoen om de tablet erin te leggen en hield het glas bij zijn lippen. Hij dronk en begon te hijgen alsof hij buiten adem was.

'Ga weer slapen. Toe dan.'

Kort voordat hij zich omdraaide, fluisterde hij haar iets toe. 'Kundry,' meende ze dat hij had gezegd. Ze zou hem daarnaar moeten vragen om na te gaan of hij dat inderdaad had gezegd en of hij het zich herinnerde.

'Ben ik dat Berger? Ben ik Kundry?'

Dan zouden zij samen Kundry en Amfortas zijn. Wat een verrassing, dacht ze. Wat was de schedel onder die soefi-huid toch Duits! Toen ze zichzelf als Kundry voorstelde, moest ze aan Lincoln Center op Goede Vrijdag denken. Ze was daar met een alcoholistische ex-maoïstische Zweedse uitgever geweest. James Levine had gedirigeerd. De Zweed had beurtelings geslapen en gehuild. Blijkbaar was hij de gedachten van de Voorzitter vergeten en was hij een sentimentele sukkel geworden, een gedegenereerde, snotterende Wagneriaan.

Ze trok de gewatteerde deken over Bergers schouders en boog zich om haar voorhoofd op de deken te drukken. Hij had een geur als die van een straathond die ze kinderen in Jericho eens had zien stenigen.

'Ben ik Kundry, Berger? Ik?'

Ze lachte in zichzelf. Kundry. Ze deed de deuren op slot en ontdeed zich van haar djellaba, de jurk waarin ze optrad en haar sieraden. Toen keek ze uit over de Oude Stad en fluisterde de naam van de verre Heilige, wiens naam over de stad werd uitgeroepen. Ten slotte sloot ze de luiken en ging slapen.

13

Lucas pikte haar in de middagdrukte bij de Damascuspoort op. Terwijl hij wachtte, vroegen de *sherut*-chauffeurs hem steeds weer zijn auto daar weg te halen.

'Heb je al ontbeten?' vroeg hij haar.

'Ik heb koffie gehad. Heet en zoet. Dat houdt me uit de slaap. Hoe is het met jou?'

'Goed. Een kater.'

'Jammer,' zei ze. 'Het verbaast me niet. God mag weten wat Stanley in die flessen heeft.'

Hij vertelde haar weer dat hij erg van haar optreden had genoten. Ze wuifde het compliment weg.

'Nou, hoe is het om een soefi-leven te leiden in Jeruzalem?' vroeg hij haar toen ze over de kustweg naar het noorden reden.

'Er zijn niet veel echte soefi's in Jeruzalem,' zei ze. 'Er leven wat *bektash* in Gaza.' Ze vertelde hem over Abdullah Walter en Berger al-Tariq.

Ze sloegen een zijweg in om de drukte van Haifa te mijden, en de heuvels langs die weg waren met jong bos beplant. Van tijd tot tijd kwamen ze langs de resten van een Arabisch dorp. Er waren nieuwe dorpen met flats van tien verdiepingen en pleinen omringd door moderne gewelfde gebouwen. Op sommige pleinen waren de bomen met lichtjes versierd.

'Waarom ben je dan in Jeruzalem?' vroeg hij.

'Omdat het een heilige stad is,' zei ze. Hij dacht dat ze misschien een grapje maakte. 'En ik mag hier wonen. Maar als Berger in Zürich of ergens anders was geweest, zou ik daar ook heen zijn gegaan.'

'Te duur. Hoe ben je met het soefisme in aanraking gekomen?'

'Door angst,' zei ze. 'Woede. Dat soort dingen.'

'Angst en woede,' zei Lucas, 'zijn alles wat ik ken.'

Na een tijdje zei ze: 'Jij bent half erin en half eruit, nietwaar?'

'In welk opzicht?'

Ze gaf geen antwoord.

'Voel jij je ook zo?' vroeg hij.

'Ik voel me dubbel erin,' zei ze. 'Trots en simpel. Alles.'

Dat deed hem goed, en hij lachte. 'Iedereen zou zoals jij moeten zijn.'

'Echt waar?' vroeg ze hem koel. 'Als ik? Allemachtig!'

'Nu,' zei hij, 'je weet wat ik bedoel.'

Algauw begon de weg omhoog te gaan. De hekken van de kibboetsen verdeelden het landschap. Er openden zich vergezichten. Binnen een uur reden ze tussen hoge groene heuvels met cederbossen. Er waren bergtoppen in de verte en de hemel leek hoger en blauwer dan bij de kust. Een vissenstaart van cirruswolken strekte zich boven hen uit.

'Prachtig,' zei Lucas. 'Ik ben hier nooit geweest.'

'Ja,' zei ze. 'Galilea is prachtig.'

Hij vroeg naar haar Europese vriendinnen, en ze legde uit dat het vrouwen waren die ze van haar werk voor de Verenigde Naties in Soedan, Somalië en Gaza kende.

'Ik heb op een Quaker-school gezeten,' zei ze. 'Na mijn eindexamen ging ik voor de American Friends Service Committee werken. En daarna heb ik tien jaar in Cuba gewoond.'

'Hoe was dat?'

'Ik zat op het platteland. Het was een goed leven. Het was eenvoudig en vriendelijk en nuttig.'

Ze zei dat zo ernstig dat Lucas een ogenblik naar zo'n leven verlangde.

'Waarom ben je daar weggegaan?'

Ze haalde haar schouders op, wilde er niet op ingaan. Omdat hij graag wilde dat ze hem sympathiek vond, wilde hij niet aandringen. Maar daar zat wel degelijk een verhaal.

'De politiek kreeg je te pakken?'

'Ik ben geen anticommunist, weet je. Dat zal ik ook nooit zijn. Mijn ouders waren goede mensen.'

'Maar je verliet Cuba en... de rest.'

'Uiteindelijk ging ik weg. Ik ging naar New York terug.'

En je stortte je op de godsdienst, dacht Lucas, al zei hij dat niet. Op dat moment wilde hij graag geloven dat hij haar begreep. Ze was iemand die behoefte had aan de nabijheid van het geloof. Zijn begrip, zijn gevoel dat ze in dat opzicht op hem leek, maakte dat hij genegenheid voor haar voelde. En hij had echt van haar optreden genoten.

'Heb je daar muziek gestudeerd?'

'Ik zong altijd al. Ik heb wat lessen genomen bij Ann Warren in Philadelphia en daarna aan het Juilliard. Ik volgde die lessen, maar ik zong vooral voor mijn plezier.'

Safed verhief zich op twee heuveltoppen die een in terrassen verdeelde helling beheersten en op de bergen van Libanon uitkeken. Het stadje had smalle straten van keistenen en lag eerbiedig onder het diepblauwe gewelf van de hemel.

'Mooi licht,' zei Lucas.

'Ja, het is bijzonder licht. Het licht neemt je angst en woede in zich op.'

Dat was min of meer wat hij ook had gedacht. Hij volgde de hoofdstraat. Die slingerde zich om de grootste heuvel heen, waarop de ruïne van een kruisvaardersfort stond. Aan de andere kant van de heuvel was het uitzicht nog spectaculairder. In de verte was de blauwe glinstering van het Meer van Galilea te zien, en de bergtoppen daarachter.

'Dit is ver genoeg,' zei ze. 'Parkeer hier maar.'

Ze stonden aan het boveneind van een smalle straat die naar de kunstenaarskolonie leidde. Dat was de Arabische stad geweest.

'Wil je met me meekomen?' vroeg ze.

'Ja.'

De keistenen waren schoon en de muren waren kort geleden witgekalkt. Het was een mooie straat, vond Lucas, maar met een beetje vuiligheid werd hij misschien nog mooier. Aan weerskanten zag hij galerieën met geïnspireerde of religieuze kunst: koperen menora's, olieverfschilderijen van oude mannen in gebedsdoeken, dansende *hasidim* die het leven verheerlijkten in composities die aan Bruegel deden denken. De straat was zo smal dat de galerieën lampen hadden om hun schilderijen te belichten. Die lampen sprongen aan als je ze naderde.

Op de volgende hoek stond een vrouw gespannen te wachten, haar handen voor haar borst gevouwen. Ze was lang en blond, en Lucas meende dat hij haar ooit ergens eerder had gezien.

'Voor meneer De Kuff?' vroeg ze hun in het Engels, een beetje angstig.

Sonia verzekerde haar dat ze voor De Kuff waren gekomen. Plotseling besefte Lucas dat ze de vrouw op de foto met Tsililla en de Amerikaanse schrijver was, de tweede meisjessoldaat.

Ze leidde hen naar binnen door een kamer met donkere, weelderige landschappen die geen enkele religieuze betekenis leken te hebben. Maar in de hoek van elk schilderij stond met okergele verf een Hebreeuwse letter of serie letters. Het waren mooie schilderijen. Een ervan had *gimel*, met de bovenvingers van zijn *vav* als de snaren van een instrument en de *yod* beneden perfect gevormd. Een ander had *zayin*, een derde *hei*.

Achter een scheidingswand aan het eind van de galerie leidde een wenteltrap naar een raamloze kamer met een lange tafel en kartonnen dozen vol boeken.

Naast de dozen stonden twee mannen te wachten. Een van hen was een donkere, slanke jongeman met een zonnebril en een leren jasje. Lucas herkende hem meteen als een van Sonia's musici van de vorige avond. De tweede man was ongeveer zestig en had een slappe huid en ronde schouders. Hij droeg iets wat ooit een elegant grijs flanellen pak was geweest.

'Sonia,' zei de jongere man, 'je bent geweldig. Ik zal dit nooit vergeten.'

'Hé, laat maar,' zei ze. 'Ik heb deze man min of meer gekaapt. Razz,' zei ze tegen hem, 'dit is Christopher Lucas. Hij schrijft over religie. Christopher, Razz.'

'Ik genoot van je pianospel,' zei Lucas.

'Goed,' zei de jongeman. 'Bedankt.' Hij ging glimlachend een stap opzij om de andere man voor te stellen. 'Christopher, Sonia – dit is Adam De Kuff, onze leraar.'

Lucas wist niet wat de gewoonte was en maakte een kleine buiging en bracht op de moslimmanier zijn hand naar zijn hart. Dat was niet bepaald op zijn plaats in Safed, maar hij was dat nu eenmaal gewend. Hij had het gevoel dat het blijk gaf van zijn goede bedoelingen.

'Dank jullie, allebei,' zei Adam tegen Lucas en Sonia. 'Het is erg aardig, erg goed van jullie.'

Hij had een aangename stem, beschaafd, zuidelijk Amerikaans. Lucas keek naar Sonia en zag niets van de terughoudendheid, de *hauteur* waarmee ze hem de vorige avond had afgeweerd.

'Zoals jullie zien, hebben we veel boeken,' zei de oudere man. 'We willen er graag zoveel mogelijk van meenemen.'

Lucas ging naar buiten, haalde zijn auto op en parkeerde hem voor Gigi's galerie op het trottoir van keistenen. Zulke dingen deden mensen in Israël de hele tijd. Maar toen hij zelfs de meest wereldse wet van Safed schond, had hij toch het gevoel dat hij een delict van kosmische proporties beging.

Het halfuur daarop droegen ze dozen met boeken naar beneden en vulden daarmee de kofferbak van Lucas' Renault. De laatste dingen die erin gingen, waren drie koffers van stof.

'Goed,' zei Lucas. 'Wie gaan er mee?'

'Alleen De Kuff en ikzelf,' zei Razz.

Toen ze in strijd met de regels door het straatje achteruitreden, kwamen ze langs chassidische vrouwen in baboesjka's die hun middagwandelingetje maakten. Op de hoek van Jerusalem Street scheen iemand uit een groepje bebaarde mannen in het zwart hen te herkennen. Hij porde de anderen aan, en ze keken onbeschaamd en vijandig naar hen.

'Zo te zien mogen ze ons niet,' merkte Lucas op.

'Dat is de buurtwacht,' zei Raziel. 'De moraliteitspolitie. Ze zouden blij moeten zijn dat we weggaan.'

Maar de mannen die Raziel een buurtwacht had genoemd, keken helemaal niet blij. Enkelen van hen stapten de straat op om de Renault na te kijken.

'Waarom bemoeien ze zich met ons?' vroeg Sonia. 'Wij zijn *chillonim*, nietwaar?' *Chillonim* was het woord dat de orthodoxen voor niet-religieuze joden gebruikten. 'Ze hebben niets met ons te maken.'

'Natuurlijk niet,' zei De Kuff. 'En ze hebben niets tegen jullie. Ze hebben het op ons voorzien. Op Raziel en mij.'

'Waarom?' vroeg Sonia.

'Om een heleboel redenen,' zei Razz. 'Er zijn hier kerels die ik in Brooklyn heb gekend. Ik ben daar een tijdje geweest. Ze herinneren zich mij als drop-out. Daar komt nog bij dat ze slecht te speken waren over onze rondleidingen door Safed.'

'Waarom?' vroeg Lucas.

'We gingen naar dezelfde plaatsen waar zij ook hun rondleidingen gaven.'

'Wat is daar verkeerd aan?' vroeg Lucas.

Razz liet hem een humorloos glimlachje zien.

'We deden een beetje aan vergelijkende godsdienstwetenschap.'

'Hoe bijvoorbeeld?'

'Nou, bijvoorbeeld dat vorm niet zoveel verschilt van het niets,' merkte De Kuff op.

'Hindoe-vergelijkingen,' legde Raziel uit.

'Ze hielden niet van hindoe-vergelijkingen?' vroeg Sonia lachend.

'We kregen klachten,' zei Raziel. 'Iemand stuurde de plaatselijke ordehandhavers op ons af.'

'De *hasidim* zeggen dat alles in de thora staat,' zei De Kuff. 'Daar zijn wij het mee eens.'

De religieus ingestelde journalist in Lucas drong er bij hem op aan dat hij Adam vroeg hoe alles in de thora stond. Maar voordat hij die vraag beleefd kon inkleden, reden ze de grote weg op die van de helling van de berg Kanaän af leidde. De heuvels strekten zich tot aan het meer in de verte voor hen uit.

'God,' zei hij. 'Wat een uitzicht.'

'In Safed,' zei Raziel, 'zeggen ze dat je van Dan tot Gilead kunt kijken.'

'Ja,' zei zijn dikke, melancholieke vriend. 'Van het ene eind van de wereld tot het andere.'

Sonia zat naast Lucas voorin. Ze glimlachte en keek even naar hem, en zijn hart maakte meteen een sprongetje. Hij was blij dat hij iets met haar kon delen, zelfs de onzin van een vreemde. Op dat moment, op die plaats, leek het prettige onzin en misschien zelfs nog meer dan dat. Het riep allerlei gedachten op, en hij nam zich voor om haar een keer te vragen wat ze dacht dat het betekende.

'Is het een zegen?' vroeg hij De Kuff. 'Om zoveel te zien?'

De Kuff antwoordde hem in een taal van de Schrift.

'Moet ik het vertalen?' vroeg Razz opgewekt. 'Of het overslaan?'

'Goed,' zei Lucas. 'Vertalen.'

'Het is Aramees. Een commentaar op Genesis.' De eerbiedige uitleg klonk nogal vreemd uit Razz' anders zo nonchalante mond. Razz was een junkie-type, vond Lucas, die nogal wat junkies had gekend. 'Toen werd gezegd, "En daar zij licht", was het licht het licht van het oog. En toen zag Adam voor het eerst het hele universum.'

'Maar daarmee is mijn vraag niet precies beantwoord.'

'Denk er dus maar eens over na,' zei Raziel, 'als je de tijd hebt.'

Hij keek Sonia aan en zag dat ze Razz' onbeschaamde woorden wel grappig vond. Daardoor voelde hij zich tegelijk jaloers en dom, een onaangename ervaring die hem aan zijn tienerjaren deed denken.

'Denk erover na of doe dat niet,' zei De Kuff. Toen sukkelde hij blijkbaar in slaap.

'Ik begrijp die religieuze parabelen nooit goed,' zei Lucas. 'Al die grote diepzinnigheden gaan me boven de pet. Boeddhistische *koans*. Verhalen van de *hassidim*. Voor mij zijn het teksten als van gelukskoekjes.'

'Ik geloof je niet,' zei Sonia. 'Waarom ben je hier dan gekomen? Waarom schrijf je dan over godsdienst?'

'Kennis opdoen,' zei Lucas. 'Uitkijken naar eerste waarschuwingen.'

'Waarvan?' vroeg Razz.

'Het Einde der Tijden?' opperde Lucas.

'Er wordt ons gezegd dat we naar tekenen moeten uitkijken,' zei Raziel. 'Zie jij ze?'

'Ik dacht dat jullie misschien een paar dingen zouden zien die ik niet zie.'

'Het lijkt me waarschijnlijk,' zei Raziel.

'Wat?' vroeg Sonia hem. 'Het Einde?'

'Dat er Christopher iets ontgaat wat wij wel zien,' zei Raziel. 'Per slot van rekening is het ons werk. Het is het enige dat we doen.'

'Goed,' zei Lucas. 'En mijn werk is luisteren. Ik probeer het allemaal in me op te nemen.'

'Ik wed dat je colleges theologie hebt gevolgd,' zei Razz.

'Erg goed,' zei Lucas.

'Welke theologie?' vroeg De Kuff hem.

'Laat maar,' legde Raziel Melker uit. 'Hij maakt een grapje.'

'Dat wist ik,' antwoordde Lucas.

Op de terugweg gingen ze langs Tiberias. Ze kwamen van de heuvels op de vlakte naast Kinneret. Op de plaats waar het meer en de Jordaan samenkomen, reden ze langs rijen bananenbomen van de kibboets waar Lucas' vriendin Tsililla was opgegroeid. En toen waren ze in de woestijn, voorbij Bet Shean, op de weg naar Jericho.

'Eigenlijk ben ik een ex-katholiek,' zei Lucas tegen hem.

'Interessant,' zei Melker. 'Je wekt de indruk dat je joods bent.'

Lucas probeerde zich voor te stellen hoe hij die indruk bij Razz kon hebben gewekt, maar dat maakte hem nog woedender dan hij al was. Nog maar kort tevoren was hij in een goed humeur geweest.

'Niet helemaal,' zei hij.

Sonia keek vanuit haar ooghoek naar hem. 'Je bent alleen op doorreis, hè?'

'Ja,' zei Lucas. 'De pers aan het werk.'

14

Op een koele regenachtige ochtend, een paar weken later, zat Sonia in de kleine stenen showroom van Bergers huisbaas, Mardikian, de Armeense tegelschilder. Hij had zijn werkplaats in een zijstraat van de Via Dolorosa, maar hij woonde en werkte in een huis bij de Damascuspoort, een huis met een kleine tuin en een druivenprieel op het dak. Decoratieve vierkante tegels hingen in rijen aan de witte muren, met afbeeldingen van heiligen en profeten of de schepsels van Eden. De Armeniër en zijn broer schilderden ze in een werkplaats aan de achterkant, in kleuren die aan Perzische manuscripten deden denken.

Hij was een man van in de zeventig, grof gebouwd, met een kale bruine schedel die door monumentale wenkbrauwen van zijn gezicht gescheiden was. Vanuit een bepaald gezichtspunt leek hij nogal woest, maar zijn stem klonk erg zachtmoedig. Ze namen kleine slokjes Turkse koffie. Van tijd tot tijd had Sonia hem de groeten kunnen overbrengen van zijn oude joodse klanten in het westen van de stad.

Sonia was naar Mardikian gegaan om hem over Bergers dood te vertellen en zijn condoleances in ontvangst te nemen. Toen de formaliteiten achter de rug waren, zei ze dat ze de huurovereenkomst graag wilde verlengen. Ze dacht dat Mardikian misschien gevoelig zou zijn voor het feit dat De Kuff veel meer dan de gebruikelijke huurprijs kon betalen.

Haar vrienden, zei ze tegen de tegelmaker, waren geleerden en soefi's, net als Abdullah Walter. Ze meende zich te herinneren dat Walter van joodse herkomst was geweest, maar hij was ook een bekeerling die in de Moslimwijk veel aanzien genoot.

'Elke vreemdeling wordt nauwlettend in het oog gehouden,' zei Mardikian met een ontmoedigende zucht tegen haar. 'Ze eisen elke steen op.'

'Wie?'

'Alle kanten. Ons eigendom is nauwelijks van onszelf, *mademoiselle*.'

Mardikian vond het prettig om Sonia op die hoffelijke manier aan te spreken. Hij veroorloofde zich een glimlachje.

'Ik weet dat in de Verenigde Staten mensen kunnen zijn wat ze willen zijn,' zei hij. 'Zo is het hier niet, *mademoiselle*. Hier in de Oude Wereld hebben we geen keus. We zijn wat we zijn.'

'Ik weet wat u bedoelt,' zei Sonia. 'Wilt u de woning aan mij verhuren? Mij kennen ze.'

'Uw joodse vrienden kunnen beter woonruimte gaan zoeken in de joodse stad.' Zoals de meeste mensen in Jeruzalem geloofde Mardikian in een plaats voor iedereen – en iedereen op zijn plaats.

'Ze willen in het oude Jeruzalem zijn, en de Joodse Wijk is niets voor hen. Sommige religieuze autoriteiten zouden hun misschien niet welgezind zijn.'

'Waarom niet?' vroeg hij.

'Ze hebben hun eigen interpretatie van de thora. Van de Schrift.'

'Wordt hun opvatting als oneerbiedig beschouwd?'

'Hij kan tot misverstanden leiden,' zei ze.

Mardikians instinct was duidelijk. Iedereen was bang voor misverstanden.

'Maar dit zijn rijpe, rustige mensen,' drong ze aan. 'Ze respecteren alle geloven. Ze volgen de traditie van Abdullah Walter.' Ze moest hem ervan overtuigen dat ze niet door de militante joden was ingeschakeld om weer een adres in de stad te veroveren.

'*Monsieur* Walter werd bewonderd door de moslims,' zei Mardikian. 'Maar alleen de oudere mensen kunnen zich hem herinneren. En de tijden zijn veranderd.'

'Ik zou garant staan voor hun gedrag,' zei ze. 'U kent mij. De shebab kennen mij.'

Hij keek haar peinzend aan tot ze zich begon af te vragen welke positie ze in de Oude Stad innam en wat de mensen echt van haar dachten.

Uiteindelijk was hij bereid haar de woning te verhuren en De Kuff en Raziel daar voorlopig te laten blijven. De prijs die hij vroeg was veel hoger dan wat Berger betaalde, maar Sonia ging zonder tegensputteren akkoord. Ze wist dat De Kuff rijk was en het kon betalen.

'Ik vind het jammer om van *monsieur* Bergers dood te horen,' zei Mardikian weer. Hij sprak Bergers naam altijd op zijn Frans uit, waardoor de naam aan de Folies Bergères deed denken.

'Wat is het allemaal toch ingewikkeld,' zei Sonia toen ze klaar waren met onderhandelen. Ze glimlachten verlegen naar elkaar en hij bood haar meer koffie aan. Sonia weigerde.

'Ik denk,' zei Mardikian, 'dat elke generatie harder is dan de vorige.'

'Vroeger dachten we dat het andersom was.'

'Ik had ook hoop, *mademoiselle*,' zei Mardikian. 'Toen ik, net als u, nog jong was.'

Het was aardig van hem dat hij haar jong noemde, vond Sonia. Ze kon zich hem moeilijk als slachtoffer van vervlogen illusies voorstellen.

Toen hij het dienblad met koffie had weggebracht en ze op het punt stond te vertrekken, schoot Sonia plotseling iets te binnen.

'Wat denkt u dat er met de stad zal gebeuren?' vroeg ze.

De oude man stak zijn kin naar voren en deed zijn ogen dicht.

'Hoe is het voor u?' vroeg ze. Ze bedoelde, voor de Armeniërs. Het was het soort vraag dat haar moeder zou hebben gesteld, gênant direct en rechtlijnig. Haar moeder zou naar het Armeense vólk hebben gevraagd, zoals ze ook over het joodse vólk of het zwarte vólk of het Sovjet-vólk zou hebben gesproken.

Toen ze die vragen had gesteld, had Sonia er meteen spijt van. In Jeruzalem hadden zulke vragen altijd iets onoprechts; daar was niets tegen te beginnen. Ze klonken hypocriet, alsof je aan het spioneren was.

'Met mij gaat het goed,' zei Mardikian. Hij zweeg even. 'Wij Armeniërs? We regelen oude geschillen en er steken nieuwe de kop op. Zo is het leven, *n'est-ce pas?* Maar het gaat goed, goddank.'

'Goed,' zei Sonia. *Baruch hashem* en amen, dacht ze.

Ze bedacht dat ze dit jaar de Armeense herdenking had gemist, de optocht op 24 mei om de afslachting door de Turken te gedenken. Meestal nam ze daaraan deel, of beter gezegd, ze liep erachteraan en liet een denkbeeldige kaars branden.

Toen ze op weg naar Bergers huis langs het hek van de Ribat al-Mansuri kwam, hoorde ze klassieke muziek, strijkinstrumenten die barok- of renaissanceklanken ten gehore brachten. Een Afrikaanse jongen op de binnenplaats hoorde het ook en bleef roerloos staan, zijn gezicht een beetje verwrongen alsof hij een heel bijzondere geur rook. Toen ze naar het appartement op de bovenverdieping ging, zag ze Razz en Adam een duet spelen op het balkonnetje. De muziek klonk inderdaad barok, met oosterse versieringen. De Kuff bespeelde de cello alsof het een *oud* was. Naast hen lagen Bergers oude viool en antieke Noord-Afrikaanse tamboerijn op de vloer van het balkon. Raziel bespeelde een blokfluit en keek daarbij omlaag naar de binnenplaats, waar de zwarte kinderen een bal tegen een muur trapten. In het stukje hemel dat zichtbaar was pakten zich wolken samen. Een bries bracht de blocnote naast hem aan het fladderen.

Raziel legde de blokfluit neer.

'Ik heb nooit geweten dat die mensen hier waren,' zei hij.

'Al honderden jaren,' zei Sonia.

In plaats van het instrument weer op te pakken begon hij te zingen. Hij zong erg goed, met een hoge tenorstem die hij naar believen kon veranderen, in een contratenor, een quasi-alt, een pseudo-oosterse *scat*. Toen begon hij een lied te zingen dat als Spaans klonk maar waarvan Sonia hoorde dat het Ladino was, en hij begeleidde zichzelf daarbij op de tamboerijn. Het lied was zo zoet als noga.

'*Yo no digo esta canción*,' ging het, '*sino a quien commigo va*.'

'Als je mijn lied wilt horen,' vertaalde ze, 'moet je met me mee komen.' Ze huiverde ervan.

'Begrijp je het?' vroeg Raziel aan haar.

'Ja, min of meer. Ik wist niet dat je Ladino sprak.'

'Alleen liederen.'

'Ze zijn mooi.'

Hij verplaatste de kussens waarop hij zat en maakte plaats voor haar op het balkon.

'Het zijn soefi-liederen. Die zijn hetzelfde.'

'De geest,' zei ze, 'lijkt hetzelfde.'

'Sonia,' zei Raziel, 'geloof is als een spons. Je wringt het water eruit, maar de structuur blijft bestaan. Alles is thora. Deze man' – hij legde haar hand in die van De Kuff – 'is een sjeik, zoals al-Tariq dat ook was. Al-Ghazali werd zowel een christen als een jood genoemd. Berger al-Tariq is nu bij ons. Hij geeft jouw geest aan deze man over. De soefi, de kabbalist, de sadhoe, Franciscus van Assisi – het is allemaal één. Allemaal aanbaden ze Ein-Sof. De Spaanse kabbalisten ontleenden de Drie-eenheid aan de kabbala. Al-Ghazali kende de kabbala. En jij bent joods geboren, dus de boodschap zou van jouw volk tot je moeten komen.'

'Dat kan ik geloven,' zei ze. 'Dat wil ik geloven.'

'Je gelooft het. Je hebt het altijd geloofd. Alle dingen die je in het verleden hebt geloofd, zijn waar,' zei hij tegen haar. 'Wat je geloofde over menselijk leed, over gerechtigheid, over het einde van de ballingschap – het was allemaal waar en het blijft waar. Hoor je me, Sonia?'

'Ik hoor je.'

'De dingen die je in het verleden geloofde – je moet nooit ophouden ze te geloven. Je zult zien dat ze uitkomen. Vraag je je af hoe deze zieke oude man zulke dingen kan laten gebeuren?'

'Natuurlijk,' zei ze.

'Natuurlijk vraag je je dat af. Hij kan dat omdat zijn komst alles heeft veranderd. De wereld zoals wij hem kennen, zal in de geschiedenis verdwijnen. Jij zult die wereld niet herkennen, dat verzeker ik je. Je geloofde in de wereld die komt, Sonia, omdat je echt wist dat hij zou komen.'

'Ik heb altijd dat gevoel gehad,' zei ze.

'Nou, je had gelijk. Je wist het. En nu zul je het allemaal zien gebeuren. Teken voor teken. Zijn aanwezigheid hier is genoeg. En jij en ik en anderen zullen het laten gebeuren.'

Ze keek De Kuff aan.

'Is het waar?' vroeg ze hem.

De Kuff boog zich naar haar toe en gaf haar een zachte kus. 'Geloof alleen wat je weet,' zei hij.

Lucas en Janusz Zimmer zaten te drinken in de kelderbar van het American Colony Hotel. Zimmer was een van de weinige joodse bewoners van Jeruzalem die in het American Colony en de cafés van Oost-Jeruzalem kwamen. Hij werd blijkbaar altijd beschermd door zijn buitenlandse houding en zijn zelfvertrouwen, of misschien door een combinatie van die twee dingen.

'Dus je doet het verhaal over het Jeruzalem-syndroom,' merkte Janusz op. 'Uitstekende keuze.'

'Je klinkt als een ober.'

'Denk je dat ik geen ober ben geweest? Dat ben ik, neem dat maar van mij aan.'

'En jij?' vroeg Lucas. 'Hoe zit het met die Israëlische militairen en hun lynchpartijen in Gaza? Ga je daarover schrijven?'

'Nou,' zei Zimmer, 'als jij het niet doet, waarom ik dan niet?'

Lucas voelde zich meteen schuldig omdat hij niet voor dat verhaal over gewelddadigheden had gekozen. 'Eigenlijk zou ik het moeten doen.'

'Waarom?'

'Waarom? Omdat het verhaal over het syndroom veiliger is. En als je voor het veiligste verhaal kiest, ga je achteruit. Dan is het tijd om naar huis te gaan en reisverhalen te schrijven voor vliegtuigbladen.'

'Amerikaans machismo,' zei Zimmer. 'En denk niet te gauw dat een religieus verhaal veiliger is. Dat kan je nog lelijk opbreken.'

'Nou, Ernest Gross van de Coalitie voor Mensenrechten zegt dat een Israëlisch tijdschrift het verhaal zou moeten brengen. Voor de eer van het land.'

'Ach, ja,' zei Zimmer. 'Ernest is een *tzaddik*.'

Lucas had het gevoel dat hij dat minachtend zei, maar hij wist het niet zeker.

'Jij hebt in Vietnam gewerkt, nietwaar, Zimmer?'

'Ja, ik heb in Vietnam gewerkt. En vergeet niet dat ik aan de andere kant zat. Ik werd bestookt door jullie geschut en jullie gevechtshelikopters en B-52-bommenwerpers.'

'Waarom waren die Vietnamezen zo goed?' vroeg Lucas. 'Waarom vochten ze zo hard? Denk je dat het gelovigen waren?'

'Nee,' zei Zimmer. 'Ze zagen er gewoon de lol niet van in. Het ontbrak hun aan het Amerikaanse gevoel voor humor. Serieus,' zei hij tegen Lucas, 'ze waren gewoon dienstplichtigen. Maar ze zagen zichzelf nooit los van hun leger. En ze hadden geen comfortabele Amerikaanse levens te verliezen. Goede soldaten.'

'Terug geweest?'

'Twee keer. Als je de communistische doden nu naar Saigon – of zelfs Hanoi – terugbracht, zouden ze een tweede dood sterven. Het huidige regime daar is nog corrupter dan het vorige.'

'Hoe weet je dat? Heb je Saigon toen gezien?'

'Soms kwam ik in Saigon. Vergeet niet dat er een tijdje Polen in de Internationale Controlecommissie zaten. Die konden me aan de juiste papieren helpen. En dus zag ik de vleespotten. En ook de tunnels bij Cu Chi. Verbazingwekkend. Ik neem aan dat het vóór jouw tijd was?'

'Nog net,' zei Lucas.

'Gek is dat,' zei Janusz Zimmer. 'We zagen de wereld toen vanuit verschillende kanten. Ik had er altijd moeite mee om in het Westen te komen. Maar overal waar het "socialisme" aan de macht was, zoals ze het noemden, was ik welkom.'

'Mis je het?'

'Ik heb voor het Poolse persbureau door heel Afrika gereisd,' zei Zimmer. 'Ik heb alle aspecten van het Afrikaanse socialisme meegemaakt.'

'Dat is geen antwoord.'

'Kom nou,' zei Zimmer geërgerd. 'Het was zo afschuwelijk dat het niet meer te beschrijven is. Opperbevelhebbers, kannibalistische potentaten, schurken met zonnebrillen die deden alsof ze van de KGB waren. Natuurlijk schreef ik daar met enthousiasme en instemming over. Jouw kant was ook niet zo sterk op het humanitaire vlak. Jouw kant had Mobutu.'

'Ik vraag me af wat Sonia Barnes ervan zou hebben gevonden,' zei Lucas.

'Op de ergste plaatsen zou ze onmiddellijk zijn gedood. Nou ja, niet onmiddellijk. Eerst verkracht en gemarteld. Maar ze was zo verstandig om in Cuba te zijn. En Cuba was anders.'

'O ja?'

'Ja. De meest geharde anticommunisten hadden een zwak voor Cuba. Zelfs ik.'

'Maar Janusz,' zei Lucas. 'Jij was geen anticommunist. Dat was je toch niet?'

'In het begin niet. Ik was partijlid.'
'En later?'
Zimmer gaf geen antwoord.
'Ik was vroeger katholiek,' zei Lucas. 'Ik geloofde. Ik geloofde alles.'
Zimmer keek hem aan.
'Dat is toch goed?'
'Ik weet het niet,' zei Lucas. 'Denk je dat het goed is? Om te geloven?'
'Dat hangt ervan af wat je gelooft, nietwaar?'
'Wat ben je toch ergerlijk, Zimmer,' zei Lucas. 'Ik probeer een filosofisch gesprek met je te voeren en jij komt met gezond verstand aanzetten.'
'Nou,' zei Zimmer, 'ik kom uit Polen, waar gelovigen zijn uitgerust met tanks en galgen, gas en gummiknuppels. Ik ben nogal kieskeurig als het op geloven aankomt.'
'Daar kan ik inkomen.'
'Ik zal je wat vertellen,' zei Zimmer, en hij stond op om weg te gaan. 'Als jij me op de hoogte houdt van het syndroom, hou ik jou op de hoogte van Gaza.'

15

Sylvia Chin was een erg jonge, zelfverzekerde en aantrekkelijke functionaris van het Amerikaanse consulaat in West-Jeruzalem. Er waren twee Amerikaanse consulaten in de stad, en volgens de verhalen die journalisten elkaar vertelden, waren ze het absoluut niet met elkaar eens over het Midden-Oostenbeleid. Het consulaat aan Saladin Street, in wat ooit het koninkrijk Jordanië was geweest, had dagelijks met Palestijnen te maken en werd als pro-Israël beschouwd. Het consulaat in de binnenstad, waar de Israëli kwamen, scheen naar het standpunt van de Palestijnen over te hellen.

Sylvia was Californisch Chinees. Ze had haar Valley Girl-accent in Stanford opgedaan en had als vice-consul ook de taak om nogal wat verdoolde Amerikaanse staatsburgers uit allerlei dubieuze spirituele ondernemingen terug te halen. Ze wist veel van de godsdienstfanaten in de stad en van sekten in het algemeen. Ze was ook terughoudend, met een juridische behoedzaamheid om vooral niet bevooroordeeld te zijn. Tegelijk was ze erg op Lucas gesteld, want ze wist dat hij oprecht geïnteresseerd was.

'We hebben vooral met individuen te maken,' vertelde ze Lucas. 'Soms bellen de families ons. Soms doen ze iets geks en belt de politie ons. Er zijn er ook een paar verdwenen.'

'En de groepen?'

'Nou, over de groepen mag ik formeel niets zeggen. Je hebt ze in soorten.'

'Het gaat mij om de meer kleurrijke groepen. Die interessant zijn. Of origineel.'

'Goed,' zei Sylvia. 'Heb je van het Huis van de Galileeër gehoord?

'Ik ken daar een predikant. Ik ben er nooit geweest.'

‘Ga eens kijken. Ze zijn interessant.’

‘Nog meer commentaar? Ik zal je niet noemen. We zouden je “een westerse diplomaat” noemen.’

Sylvia schudde haar hoofd.

‘“Een deskundige waarnemer”.’

Ze dacht erover na. ‘Als je op nieuwe informatie stuit,’ stelde ze voor, ‘dan deel je die met ons. Goed?’

Haar voorstel riekte naar koehandel, dacht Lucas. Hij verlangde opeens terug naar de Koude Oorlog. Wie niet?

‘Wanneer je maar wilt.’ Het idee om met Sylvia te lunchen was altijd aanlokkelijk.

‘Het zijn christelijke ultra-zionisten,’ vertelde vice-consul Chin hem. ‘Ze zitten dicht tegen de Israëlische rechtervleugel aan. Dat is vreemd, want sommigen van hun leiders waren vroeger erg antisemitisch. En nu zijn ze hier en het schijnt ze goed te bevallen.’

‘Hun leus is: “Het einde is nabij”, nietwaar?’

‘Ja,’ zei ze. ‘Ze hebben het veel over het einde van de wereld. Iemand in Amerika verdient er veel geld aan.’

‘Worden ze als legitiem beschouwd?’

‘Tja, wat is legitiem?’ vroeg ze met opgewekte, gespeelde naïviteit. ‘Hoe zit het met de gewetensvrijheid?’ Haar opgewektheid verdween. ‘Je zult mijn naam niet noemen?’

‘Hé,’ zei Lucas, ‘vertrouw me nou.’

‘Bij de religieuze groeperingen in dit land gaat het erom of ze politieke invloed hebben. In dit land of in Amerika of een derde land, waar dan ook. Christelijk, joods, moslim of iets anders.’

‘En het Huis van de Galileeër?’

‘Het Huis van de Galileeër geniet sympathie in bepaalde kringen hier. En ook in bepaalde kringen in Amerika die van die kringen houden. En die iets met evangelistische groeperingen hebben.’

‘In die kringen,’ zei Lucas, ‘wordt het zaliger geacht om te geven dan om te ontvangen.’

‘Ja,’ zei Sylvia. ‘En ze leveren bijdragen. Ze vragen de kopstukken niet om geld – ze geven het. Voor politieke campagnes of wat dan ook. Hun geld komt van kabeltelevisiereclame en *direct mail.*’

'Interessant,' zei Lucas. Hij vroeg haar ook of ze van een jongeman had gehoord die Ralph of Raziel of Razz Melker heette.

Sylvia kende hem meteen. 'Ralph Melker is een lastpak. Het Ralph Melker-dossier is een en al ellende.'

'Ja?'

'Eerst krijgt een Congreslid een woedende brief over Raziels groep die bij oude synagogen in Safed staat te posten. Er zijn klachten dat ze Joden-voor-Jezus of zoiets waren. Mensen doen dat, weet je – ze zien hier iets en schrijven naar hun afgevaardigde in de States.'

'Waarom niet?' vroeg Lucas. 'Het is hun geld.'

'Dat Congreslid stuurde die brief naar de ambassade door, en die stuurde hem weer door naar ons. Die brief werd gewoon doorgeschoven, zonder commentaar.'

'Natuurlijk.'

'Het blijkt dat Ralph inderdaad een vroegere Jood-voor-Jezus is. Hij heeft ook een DEA-dossier. Ik bedoel, hij is musicus en hij is aan de drugs. Dan blijkt dat Ralphs vader óók Congreslid én voormalig ambassadeur is. Hij is politiek actief in Michigan, een Democraat. De familie stuurt Ralph hierheen om hem op het rechte pad te krijgen – ze denken dat hij de thora leest en in de wijngaarden werkt en volksliederen zingt rond het haardvuur. Dus we stoppen dit weg. Voor ons is het alleen maar achtergrondinformatie. Voor het geval dat iemand er op een bepaald niveau mee te maken krijgt.'

'En een oudere man die Adam De Kuff heet?'

Sylvia maakte een kort uitstapje door de diplomatieke gangen en kwam schouderophalend terug.

'*Bubkes* over De Kuff.' Ze had in Los Angeles wat jiddische woorden opgepikt en mocht ze graag hier in Israël gebruiken. 'Maar er zijn hier mensen die zich bezighouden met wat ze "sektebewustzijn" noemen. Die hebben misschien van hem gehoord. Je zou ook eens kunnen praten met hoofdinspecteur Smith op het hoofdbureau van politie. Hij doet de profeten en messiassen.'

Hoe tegemoetkomend Sylvia ook was, ze stond niet toe dat Lucas de telefoon van het consulaat gebruikte, zelfs niet voor een lokaal gesprek.

‘Beslist niet,’ zei ze. ‘En vergeet niet: alle gratis telefoons worden afgetapt.’

In juni trok Lucas eindelijk uit Tsililla’s flat. Hij had haar sinds haar terugkeer uit Londen niet veel meer gezien. Een tijdlang had ze zich teruggetrokken op een paardenfarm bij Tiberias, naar eigen zeggen om paard te rijden en aan een filmscript te werken. Ze spraken steeds weer af dat ze elkaar zouden ontmoeten om de dingen uit te praten. Toen een Canadese journalist die Lucas kende naar een andere stad werd overgeplaatst, bood Lucas aan om op zijn huis te passen. Het was een appartement in de binnenstad, bij het Zion Square, op de achtste verdieping van een strak, sinister uitziend gebouw waarin juweliers gevestigd waren. Het ging voor erg veilig door.

Terwijl hij in de tijd dat hij bij Tsililla woonde de neiging had gehad om lang achtereen thuis te blijven, was Lucas nu blij met iedere gelegenheid om die flat uit te komen. Op een dag bood hij aan om een aantal bezittingen van De Kuff naar het appartement in de Oude Stad te brengen. Sonia had hem de sleutel gegeven.

Sonia’s woning in Rehavia, op de bovenste verdieping van een afbladderend Ottomaans gebouw, was niet ver van die van Tsililla vandaan, en leek daar ook wel wat op, in elk geval aan de buitenkant. Binnen was het appartement versierd met *santería*-figuren en Cubaanse filmposters en souvenirs van collega’s in verschillende crisisgebieden. Op haar souvenirfoto’s zag je groepen grijnzende jonge blanke mensen in lichtgewicht kaki. Ze poseerden tussen magere mensen met een donkere huid in landschappen die geschroeid en bruin waren of juist waren overwoekerd met vlezige groene planten.

Haar huiskamer stond vol met bezittingen van De Kuff, vooral boeken en gebonden monografieën. Sinds Bergers dood was ze druk bezig met het overbrengen en rangschikken van boeken, die van hem en die van De Kuff. De oude Oostenrijker was in het academisch ziekenhuis in een coma geraakt en enkele uren daarna gestorven. Het grootste deel van zijn laatste dagen thuis had hij met Raziel en De Kuff doorgebracht; het leek wel of die drie in een soort bovennatuurlijke ruimte waren gekomen.

Veel boeken, dagboeken en notities van Berger bleven in zijn appartement in de Oude Stad. Zijn geschriften waren in het Duits, dat De Kuff kon lezen en Sonia niet. Sonia had zijn enige bezittingen van wereldse waarde geërfd: enkele oude Perzische manuscripten, zijn kleine collectie islamitische kunst – Koefische reliëfwrijfsels en kalligrafie – en zijn meubilair. Er hadden ook enkele duizenden Amerikaanse dollars op een buitenlandse rekening in Amman gestaan.

Ten slotte had Sonia contact opgenomen met het kantoor van de Waqf, de islamitische religieuze autoriteit, om Berger op een islamitische begraafplaats te krijgen. De Waqf had niet om de teruggave van zijn appartement gevraagd, dat waarschijnlijk eigendom van die organisatie was, maar wist dan ook nog niet van Adam De Kuff en zijn volgelingen.

Lucas droeg een stuk of zes dozen naar zijn auto en reed door het oostelijk eind van de Leeuwenpoort. Dat was zo dicht bij het appartement als hij de auto kon krijgen. Terwijl hij parkeerde, zei hij tegen zichzelf dat zijn auto door dat gele Israëlische nummerbod nog eens in vlammen zou opgaan.

Toen hij de eerste lading boeken de eeuwenoude trap opdroeg, zag hij dat Raziel op het balkon zat en naar zijn inspanningen keek. Hij ging zonder een groet terug om de volgende doos te halen.

Toen hij alle dozen naar boven had gedragen, zag hij Raziel vanaf de bank op het balkon naar hem glimlachen.

'Ik had je moeten helpen,' zei Raziel. 'Sorry. We zijn de hele nacht aan het mediteren geweest.'

'Geen probleem,' zei Lucas. Om Raziels hals hing een merkwaardig sieraad dat hij nog niet eerder had gezien. 'Wat draag je daar?'

'O,' zei Raziel. Hij nam het van zijn hals en gaf het aan Lucas. 'Het is een ouroboros. De slang die zijn eigen staart verslindt. Een Ethiopische zilversmid bij de Machaneh-markt heeft hem voor ons gemaakt.'

'In alle versies van de verhalen die ik heb gehoord,' zei Lucas, 'is de slang de schurk. Behalve in de gnostische versies.'

Hij kon zien dat de yeshiva-jongen Raziel wel zin had in een twistgesprek.

'De ouroboros wordt meermalen genoemd in de *Zohar*, het

Boek van de Stralenkrans. Er wordt verwezen naar *bereshit*, "in den beginne". Eigenlijk is het eerder "aan den beginne".'

Lucas haalde zijn notitieboekje te voorschijn. 'Mag ik dit opschrijven?'

'Ga je gang,' zei Raziel. 'Schrijf dit maar op: het betekent "in mijn begin is mijn einde".'

Lucas schreef het op. Dit is sterk, dacht hij terwijl hij schreef. Iets gaf hem het gevoel dat hij Raziel niet moest onderschatten. Dat maakte hem een beetje bang.

'Weet je iets van kundalini-yoga?' vroeg Raziel.

'Ik heb ervan gehoord.'

'De krachten waarmee wij werken, lijken daarop. Misschien zijn ze wel hetzelfde. Het zijn geen krachten voor halve maatregelen.'

'Maar Kundalini is een slangengodin,' zei Lucas. 'Dat lijkt me niet helemaal koosjer.'

'Kundalini is een metafoor, Christopher. De onderliggende krachten zijn hetzelfde. De wijzen noemen de buitenbekleding van de wereld de huid van een slang.'

Lucas schreef 'kundalini' in zijn notitieboekje.

'Ik moet dit vragen,' zei Raziel. 'Is Carl Lucas van de Columbia University je vader?'

'Hij is drie jaar geleden gestorven.'

'Neem me niet kwalijk.'

'Heeft Sonia je dat verteld?'

'Helemaal niet,' zei Raziel.

'Je zag een intellectuele gelijkenis?'

Raziel glimlachte. 'Is die er?'

'Ja,' zei Lucas. 'Maar ik ben een epigoon. De bastaardzoon, een dwerg.'

'Nee, dat ben je niet,' zei Raziel.

'En jij?' vroeg Lucas. 'Je ouweheer is het Congreslid?'

'Ja. Een vriend van de president. Voorzitter van de commissie voor onderwijs. Dus ik weet wat het is om de zoon te zijn van... dat soort vader.'

'Ik begrijp het.'

'En je moeder zong,' zei Raziel.

'Gek is dat,' zei Lucas. 'Ik stel de vragen, maar jij weet meer over mij dan ik over jou. Ja, mijn moeder was een bekende zangeres, Gail Hynes. Ze verdiende veel geld zolang ze werkte. Mijn vader was trots op haar. Jammer genoeg was hij met een ander getrouwd.'

'Ik heb haar gehoord.'

'Nu neem je me in de maling,' zei Lucas.

'Ze zong *lieder*, nietwaar? Ze maakte beroemde Mahler- en Brahms-opnamen voor Decca.'

'Ja, dat klopt,' zei Lucas.

'*Das Lied von der Erde*,' zei Razz. '*Kindertotenlieder*. Ze was geweldig. Net zo goed als Ferrier. Je zult wel trots op haar zijn.'

'Ja,' zei Lucas verbaasd. 'Heel erg bedankt. Dat ben ik.'

'Ik neem aan dat haar carrière onder haar relatie met de professor heeft geleden. Dat ze er moest zijn en zo.'

Lucas kon alleen maar knikken. 'Ze is jong gestorven,' kon hij even later zeggen. 'Net als Ferrier.'

'Heeft ze vrienden van je vader ontmoet?'

'Nou,' zei Lucas. 'Ze waren nogal bekrompen, weet je. Burgerlijk. Duits.' Lucas moest onwillekeurig lachen. 'Op een gegeven moment,' vertelde hij Raziel, 'nam hij haar mee op een trip met de Superchief naar Los Angeles om haar aan al zijn vrienden voor te stellen. De Frankfurter Schule. Theodor Adorno en Herbert Marcuse en Thomas Mann. In ieder geval nam hij haar mee toen hij bij hen op bezoek ging.'

'Hoe ging het?' vroeg Raziel.

'Ze dacht dat Theodor Adorno degene was die in de film voor Charlie Chan speelde,' zei Lucas. 'Ze vroeg hem: Doet het pijn als ze een Chinees van je maken?'

'Ik vraag me af wat hij daarvan vond.'

'Ik meen wel te mogen zeggen dat hij sprakeloos was,' zei Lucas. 'Het schijnt dat ze het gesprek steeds weer op oosterse schmink probeerde te brengen. Dat ze *Madame Butterfly* had gedaan met de Chicago Lyric Opera. Ze dronk wel wat,' legde hij uit. 'Nou ja, ze dronk een heleboel. Bij vlagen. Dat maakte haar gewicht instabiel, zodat ze speed ging gebruiken om af te slanken, en dat hele gedoe verwoestte haar stem.'

'Wat vond ze van Marcuse?' vroeg Raziel.

'Je bedoelt wat ze van *permissive repression* vond?' vroeg Lucas. 'Ze zag Marcuse voor Otto Kruger aan.'

Raziel keek hem vragend aan.

'Otto Kruger was een van de acteurs in de filmversie van *Murder My Sweet*.'

'Blijkbaar houd je van muziek,' zei Raziel tegen Lucas. 'Je moeder zong. Waarom heb je nooit leren spelen? Was je er bang voor?'

'Ik stel het op prijs dat je zo goed naar het werk van mijn moeder hebt geluisterd,' zei Lucas. 'Maar je moet me niet vragen of ik bang voor dingen ben. O ja, waar is Sonia?'

'Sorry,' zei Raziel. 'Ik denk dat ze slaapt. Ze heeft ook de hele nacht met ons gemediteerd.' Hij knikte naar twee saloondeuren.

'Zou ik haar kunnen zien?'

'Sonia?' riep Raziel.

Ze gaf zwakjes antwoord. Lucas klopte op een van de saloondeuren.

'Binnen,' zei ze.

'Ik ben het,' zei Lucas.

'Ja,' zei ze. 'Ik hoorde je.'

Ze kwam in haar djellaba te voorschijn.

'Waarom ben je hier?' vroeg hij zachtjes. 'Waarom heb je ze hierheen gebracht?'

'Omdat,' zei ze tegen hem, 'Berger zei dat ik dat moest doen.' Haar ogen glansden. 'Berger kende de kabbala erg goed. Hij zag de kabbala als soefisch. Op het eind noemde hij De Kuff el-Arif. Zo noemde hij Abdullah Walter ook.'

'Weet je wat ik denk?' zei Lucas. 'Ik denk dat je een gelovige bent.'

Ze lachte en hij vond dat ze dat erg mooi deed. Het was goed om haar zo gelukkig te zien, met een fonkeling in haar trieste ogen.

'Ik ben een gelovige van gelovigen,' zei ze. 'Want de broederschap van de waarheid is één in alle tijden. De zusterschap ook.'

'Dat zei Berger?'

'Ja, dat zei hij. Raziel en De Kuff zeggen het ook. Geloof jij het niet?'

'Waar ik vandaan kom,' zei Lucas, 'zeggen we: "Ik geloof, Heer! Kom mijn ongelovigheid te hulp."'

De saloondeuren gingen open en Raziel kwam binnen. Die durft me niet met haar alleen te laten, dacht hij. Hij ergerde zich daaraan.

'Nou, mag ik meedoen aan je project?' vroeg Sonia. 'Je verhaal?'

'Reken maar.'

'En als ik saai ben?'

'Dat waag ik erop,' zei Lucas. 'Ik vind iets niet gauw saai.'

'Ik hoop dat je in het kader van je project aan het studeren bent, Christopher,' zei Raziel. Die vertrouwde en tegelijk vermanende toon ergerde Lucas nog meer.

'Nou, ik ben gestopt met mijn cursus Arabisch aan de YMCA. Ik ga nu naar de Hebreeuwse Universiteit. Niet dat ik daar veel mee opschiet.'

'Nee?'

'Ik ben niet goed in talen.'

Hij volgde lessen klassiek Hebreeuws aan de universiteit en ook een cursus die, met een Broadway-echo, de naam 'Traditie' had gekregen. 'Traditie' was hem aanbevolen door Obermann. De cursus werd gegeven door een oude Litouwse holocaustoverlevende die Adler heette en was vooral gericht op jongeren uit de Verenigde Staten en Canada die Hebreeuwse en andere lessen in Israël volgden. Er waren ook niet-joden, enkele gepensioneerde geestelijken uit Californië, twee mensen uit het midden-westen, een paar beroepsstudenten die de wereld bereisden.

Het lesprogramma was voor een deel een overzicht van joodse geloofsleer, van de Hasmonenan via Hillel en Philo, Maimonides en Nachmanides tot Buber en Heschel. Op een rationele manier leerde je iets over de invloed van het neoplatonisme uit de tweede eeuw en over hedendaagse toepassingen. Maar Adlers passie, hoewel hij daar niet voor uit wilde komen, was de lurianische kabbala. In de modernistische kritische traditie schreef hij de *Zohar* aan Moses de Léon toe.

Tot Lucas' verbazing had Adler hem benaderd voor een gesprek. Misschien omdat ze persoonlijk goed met elkaar konden opschieten, misschien omdat Adler van Lucas' vader had gehoord en er trots op was de zoon van zo'n geleerde onder zijn studenten te hebben, hadden ze goed met elkaar kunnen opschieten, en hij had Lucas een aantal boeken aanbevolen die niet op de studielijst voorkwamen. Een daarvan was een vertaling van delen van de *Zohar* die bij Paulist Press was verschenen, en een ander boek, van een chassidische rabbijn, ging over gematria en de anderszins heilige betekenis van de Hebreeuwse letters. Het was, zei Adler, een goede manier om de oude lettertekens in je geheugen te prenten.

Raziel glimlachte. 'Adler. Een *mitnag*.'

'Helemaal niet,' zei Lucas.

'Maar een goede man,' voegde Raziel eraan toe.

In de stilte die volgde hoorden ze de huismussen in de oude muren tjilpen.

'Al die huizen in de Oude Stad zitten vol mussen,' zei Raziel veelbetekenend. 'Ik mag ze wel. Mussen.'

'Waarom?'

'Omdat,' zei hij tegen Lucas, 'wij hier allemaal mussen zijn.'

Lucas vond het tijd worden om meer aantekeningen te maken. Hij haalde zijn notitieboekje te voorschijn en schreef 'mussen'. Omdat het woord zelf niet veel duidelijk leek te maken, stopte hij het notitieboekje weer weg.

'Waar is De Kuff?' vroeg hij ten slotte. 'Kan ik hem spreken?'

'Hij is vandaag in *kavana*,' zei Razz. 'Hij bereidt zich voor op *dvekut*.' Hij keek Lucas met een vaag lachje aan. 'Wil je het zeggen, broeder? Hé, zeg het maar, wees niet verlegen. Je hebt het recht, het is jouw taal. *Kavana*.' Hij sprak het woord zorgvuldig uit en zette de eerste medeklinker extra aan. '*Dvekut*.'

Lucas besefte dat hij zijn lippen had bewogen om de woorden geluidloos na te zeggen. Hij ergerde zich. Maar hij dwong zich de woorden hardop uit te spreken, geholpen door Raziel. '*Kavana. Dvekut*.' Hij kon bijna de letters zien die de woorden vormden.

'Erg goed, man,' zei Raziel. 'Ze zouden nog denken dat je joods was.'

Sonia lachte opgetogen.

Om hem van repliek te dienen zei Lucas tegen Raziel: 'Ik hoorde dat je een tijdlang problemen met drugs hebt gehad.'

Raziel zweeg een ogenblik.

'Ik heb het hem verteld,' gaf Sonia toe. 'Ik heb hem ook over mezelf verteld.'

'Ik was een doodgewone junkie,' zei Raziel.

'En een Jood-voor-Jezus?'

'En jij?' vroeg Raziel. 'Voor wie was jij? Voor wie ben jij nu? Als ik je nu eens vraag waarom je drinkt?'

Altijd glimlachend, schreef Lucas in zijn notitieboekje. Hij deed zijn best om niet op de onbeschaamde tegenvragen in te gaan. *Neerbuigend arrogant maar waarschijnlijk echt krankzinnig.*

'Ga niet naar Obermann,' zei Raziel met klem. 'Kom bij ons. Zij kent je *tikkun*.' Lucas zag dat hij Sonia bedoelde. Lucas wilde uitleggen dat hij geen patiënt van Obermann was maar met hem samenwerkte. Maar hij was volkomen verrast door het idee dat Sonia zijn tikkun kende en zei niets. Raziel keek hem strak aan, met de felle blik van een minnaar, een verleider.

'O ja?' Lucas keek Sonia aan. 'Echt waar?'

Van zijn lessen op de universiteit wist hij dat tikkun betrekking had op een oergebeurtenis aan het begin van de tijd. Volgens de doctrines van de mysticus Isaac Luria had de Almachtige zich van het eerste en grootste mysterie afzijdig gehouden en liet hij zijn verbannen, verweesde schepselen alleen maar uitstralingen van zichzelf na. De kracht van die uitstralingen was zo groot dat het bestaan ze niet kon bevatten. Sinds het begin heeft het universum tot doel gehad het goddelijk evenwicht te herstellen en weer tot tikkun te komen, een kosmische harmonie en gerechtigheid, en op de een of andere manier was die taak aan de mensheid toegevallen. En ieder persoon, geloofden sommige kabbalisten, bestond in zijn eigen tikkun, een microkosmos, een opeenvolging van zielen, door middel van een reïncarnatieproces dat partsufim werd genoemd.

'Ja,' zei Sonia. 'Dat denk ik.'

Onzin, dacht Lucas. Maar het gaf hem wel het gevoel dat hij dichter bij haar was gekomen.

'Als je mijn tikkun kent,' vroeg hij, 'wat moet ik dan doen om het in orde te maken?'

'Wat moet je doen om gered te worden?' vroeg Raziel glimlachend. Dat was de vraag die de rijke jongeman aan Jezus had gesteld, in Lukas. Hoewel hij nooit rijk was geweest, had Lucas zich vaak met die rijke jongeman geïdentificeerd.

'Open je hart,' zei Sonia. Hij staarde haar onwillekeurig aan. Waarom zei ze dat nadrukkelijk tegen hem? Of was het een New Age-formule? Hij begon verliefd op haar te worden.

Absurd genoeg noteerde hij het. De oproep tot het gebed weerklonk. *De broederschap van de waarheid is één in alle tijden.* Dat stond in de koran. Hij was zich er intens van bewust dat Raziel naar hen keek.

'Je citeert uit het Nieuwe Testament,' zei Lucas tegen hem. 'Mag ik aannemen dat je nog een soort christen bent?'

'Het christendom is niet het geloof van de verlossing. Misschien is het dat ooit geweest. De talmoed zegt: "Op de dag voor Pasen hingen ze Yeshu op." Meer staat er niet. Toch hebben we in de kabbala duizend aanwijzingen over hem. En hij was maar één van de velen.'

'Dat is een nogal onconventionele interpretatie,' merkte Lucas op.

'Jij bent vroom geweest,' zei Raziel, 'als jongen. Dat is toch zo, Sonia? Kijk, ik raad maar,' zei hij tegen Lucas. 'Maar zij weet het.'

'Ja,' zei ze. 'Ik denk dat hij dat was. Hij was altijd dicht bij ons.'

'Je was altijd dicht bij ons. Elke ziel die jou bewoont, heeft deel aan ons. Jij bent een beetje als de Rev. De mengeling van omhulsels en licht maakt je in de war en ongelukkig. De ene kant die de kracht van de andere kant gebruikt en daarmee samensmelt. Jij bent een van die mensen die kunnen horen dat de zon opkomt.'

Wat vleiend, dacht Lucas. En onwillekeurig dacht hij ook: wat leuk! Wat is het mooi om bijzonder te zijn. Om deel uit te maken van een proces dat zo mooi en mysterieus is. Om uitverkoren te zijn. Diep in zijn hart vond hij het wel passend, en het kind in hem wilde het op de een of andere manier geloven, daar in Jeruzalem tussen de tijdloze stenen. Het was zo verleidelijk. En het was verrassend wat een gezag de jonge Raziel kon uitstralen.

'Vertel me eens,' vroeg Lucas. 'Wat betekent De Kuff voor jou? Of,' vroeg hij Sonia, 'voor jou?'

'Ooit Marx gelezen?' vroeg Raziel. '*De achttiende brumaire van Louis Napoleon*?'

Lucas had dat inderdaad gelezen. Hij had gedacht dat niemand het ooit zou vragen. 'Nou,' zei hij, 'toevallig heb ik dat gelezen. Zei hij niet dat de geschiedenis zichzelf altijd herhaalt? Eerst als tragedie, zei hij toch? En dan als klucht?'

'Het leven is tragisch en absurd,' zei Raziel. 'Dezelfde figuren komen eeuwig terug. Dat is een geheim van thora. Maimonides zelf zegt dat de messias keer op keer terugkomt totdat het geloof sterk genoeg is.'

'En je zegt dat De Kuff daarbinnen...' Hij wees naar de andere kamer.

'Wie was Yeshu?' vroeg Raziel. 'Wie was Sabbatai?'

'Er waren valse messiassen,' zei Lucas. Hij had het onredelijke gevoel dat hij blasfemie beging.

'Die messiassen waren niet verkeerd. De mens was verkeerd. De wereld was verkeerd. En dus werd tikkun niet hersteld. En dus was het op aarde niet zoals het in de hemel is.'

'En we falen altijd ten opzichte van onze messiassen?'

'Verdorvenheid is het mysterie van de schepping,' zei Raziel glimlachend. 'We veranderen, we falen, maar de thora blijft, verandert nooit onder zijn omhulsel. De kans om de tikkun te herstellen komt keer op keer.'

'Nou,' zei Lucas, 'misschien zou je kunnen zeggen dat Marx ernaar streefde tikkun te herstellen, nietwaar?'

'Misschien,' beaamde Raziel. 'Je zou dat ook van Einstein kunnen zeggen. Of van jou. Of van ons, Sonia en mij.'

'Allemaal maken we jacht op tikkun?'

'Of misschien,' zei Raziel, 'maakt tikkun jacht op ons.'

'Marx, Einstein,' schreef Lucas in zijn notitieboekje. 'Wij jagen op tikkun, en tikkun op ons. Hij, ik, Sonia B. Altijd falen t.o.v. onze messiassen.'

'Weet je niet dat het waar is, Chris?' vroeg Sonia hem.

'Hij ziet het,' zei Raziel tegen haar. 'En wees niet gekwetst,' zei hij tegen Lucas. 'Wij zijn hier allemaal mutanten. De Kuff werd katholiek, iedere morgen communie. Ik was bij de Joden-voor-Jezus. Sonia is een soefi, maar ze is communist geweest.'

'En,' vroeg Lucas zonder het op te schrijven, 'is de echte thora ons bekend?'

'Alleen het omhulsel,' zei Sonia.

'Alleen het omhulsel,' zei Raziel haar na.

'En ik?' vroeg Lucas. (En ik dan?) 'Maak ik hier deel van uit?'

'Ja,' zei Sonia tegen hem. 'Altijd al. Sinds we met zijn allen in de Sinaï stonden.'

Verregaande hallucinaties, schreef Lucas in zijn notitieboekje. Hij wilde nog steeds bij Sonia in de gunst komen.

'Je moet niet ongeduldig zijn, Chris,' zei ze. 'Vergeet niet waar je bent. Dit is Jeruzalem. Wat hier gebeurt, is anders dan wat op andere plaatsen gebeurt. Soms verandert het de wereld.'

'Nou,' zei hij. 'Ik ga maar weer eens. Ik heb van jullie muziek genoten. Ik heb van ons gesprek genoten.' En hij liep een beetje wankelend de straat op.

'Hij is een van ons,' zei Raziel tegen haar. 'Hij heeft een plaats in wat zal komen.'

Ze zag Lucas van de binnenplaats vandaan lopen.

'Rust wat,' zei Raziel tegen haar. Gehoorzaam ging ze naar haar oude kamer.

Hij klopte op de deur van De Kuffs kamer en ging naar binnen. De oude man lag blijkbaar te slapen, maar even later besefte Raziel dat hij wakker was en dat hij het moeilijk had. Kijkend naar hem, dacht Raziel na over de diepe eenzaamheid van de oude man, en diens wanhopige verlangen naar het gebed. Telkens wanneer hij De Kuffs gedachten bespeurde, sprak hij ze uit en wekte daarmee natuurlijk verbazing. Als het manipulatie was, dacht hij, zou het niet voor een betere zaak kunnen zijn.

'Was er maar iets wat ik kon doen,' zei De Kuff, terwijl hij tranen uit zijn ogen veegde. De laatste tijd was hij in een huilerigheid vervallen die hij nauwelijks onder controle had. Niemand kon zeggen dat hij geen man van smarten was.

'Jij worstelt,' zei Raziel tegen hem. 'Jij lijdt. De rest is voor ons.' Hij maakte een vuist en opende hem, het gebaar dat hij gebruikte om het hele universum uit te beelden.

'Maar dat kan ik niet,' zei De Kuff wanhopig. 'Vaak kan ik de dingen niet geloven die jij me vertelt.'

'Je moet geloven,' zei Raziel. 'Als je ophoudt met geloven, zijn we verloren.'

Het idee dat hij De Kuff zou kunnen verliezen, dat hij de verlossing en zijn plaats daarin zou kunnen verliezen, maakte hem doodsbang. Lang geleden, toen hij nog maar een jongen was, had hij met zoveel onverschilligheid voor het behoud van zijn eigen leven gebeden dat zijn ouders bang waren dat hij zelfmoordneigingen had. Ze hadden hem naar een kinderpsycholoog gestuurd, en die had hem verteld dat hij zijn dromen moest opschrijven.

Toen Raziel en de psycholoog een keer zaten te praten, was het dromendagboek ter sprake gekomen.

'Ik houd het niet bij omdat u zei dat ik dat moest doen,' had de jonge Ralph Melker woedend uitgeroepen.

'Waarom dan wel?' vroeg de psycholoog.

'Om ze te bestuderen,' had Melker triomfantelijk gezegd. 'Om te zien wie ik ben.'

Door dingen te bestuderen die hij niet zou moeten bestuderen, en met niet meer dan de meest elementaire kennis van gematria, had hij gelezen dat de zestiende-eeuwse kabbalist Hayyim Vital hetzelfde had gedaan, in de hoop dat hij in dromen de wortels van zijn ziel zou ontdekken. Daarmee had hij de psycholoog natuurlijk overtroefd: de familie, die van een politicus, had niet zo godsdienstig geleken.

'Zal ik ooit kunnen bidden?' vroeg De Kuff aan Raziel.

'Je zit er te dichtbij. Jouw leven is aanbidding.'

'Ik denk dat ik graag nog eens naar de Klaagmuur zou willen gaan.'

'Op een dag zul je dat doen,' zei Raziel. 'En dan zullen ze je volgen.' Het was moeilijk om de oude man in een goed humeur te houden als hij zoveel problemen had met zijn eigen stemming. 'Dan loop je door de gouden poorten en zal ik bij je zijn.'

Maar Raziel kon zich niet voorstellen hoe het echt zou zijn. De profetische frasen waren clichés, formules. Alom gejubel. Muziek die nooit eerder gehoord was. Het plein zou schitterend zijn, en alle ruwe plekken zouden glad zijn.

In zijn hart geloofde Raziel. Hij had er zo hard voor gewerkt. Hij had zoveel vreselijke stilte doorstaan waarin hij naar het kleinste geluid vanbinnen luisterde. Op een dag had een wijze *hasid* tegen hem gezegd: wacht in de ergste tijden, wacht op de hele tekst, de hele *alef-beit*, wacht op het einde. De laatste letter, *tav,* was liefde. Liefde was begrip. Hij had De Kuffs leven overgenomen en zijn eigen leven opgegeven. Nu zouden ze op de tav moeten wachten.

16

Toen Lucas die avond in zijn nieuwe appartement was, keek hij naar zijn weinige aantekeningen. Hij voelde zich geschokt, bang en alleen, beheerst door onrealistische verlangens. Hij kon zich voorstellen dat die verlangens deel uitmaakten van zijn natuur, dat hij ze had geërfd en lange tijd had gekoesterd.

Maar hij mocht zich dan persoonlijk belaagd voelen, het verháál, het project, was goed. Er was veel om over te schrijven. Als er een gevaar was, dan zat dat juist in de enorme omvang van het project.

Hij had het gevoel dat hij een duidelijk inzicht in Ralph Melker had. Een beetje te gevoelig als kind, een beetje te intelligent en te godsdienstig. Lucas voelde onwillekeurig met hem mee.

Een veelbelovende jongen, een gelovige, en hij ontdekt de muziek. Maar tegelijk met de muziek ook de drugs. En daarna moest hij zijn eigen terugkeer bewerkstelligen – moest hij in zekere zin zijn eigen messias zijn.

Uit zijn tijd op de Columbia University wist Lucas iets over junkies. Hij had zelf ook weleens wat pillen geslikt; sommigen van zijn vrienden waren verslaafd geraakt. Afkicken was een hel, alleen al het feit dat je door de dagen heen moest komen.

Voor zulke verschrikkelijke dagen had Raziel, zoals zovelen, Gratie nodig gehad. En toen had hij haar gevonden. Ze stond aan het eind van de Twaalf Stappen, zo mooi als de dichters haar durfden te beschrijven. De Gratie was van Botticelli, een afstammelinge van Persephone in haar gedaante van Cora, maar in wezen in het christendom opgenomen. Gratie was verbazingwekkend, onuitsprekelijk, onverdiend, vrouwelijk, moeiteloos aanbeden door niet-joden, totdat ze de belichaming werd van het soort genade waarvan Shakespeare dacht dat het aan de onwetende Shylock, een slaaf van de wet, moest worden uitgelegd. Het deed er niet toe of je haar zag als de Goddelijke Aanwezigheid, de Shekhina. De Shekhina kon nooit iets van jezelf zijn – in tegenstelling tot gratie, die alleen iets van jou kon zijn, zoals je moeder. En afhankelijkheid was zo christelijk, zo zwak en heerlijk.

En zo was er een onmetelijke gratie over de jonge Raziel neergedaald. De gratie gaf hem zijn muziek terug, raapte hem op en liet hem toen van de tenten van Israël vervreemden. Maar Raziel wilde altijd meer. Hij wilde afvallige zijn, en ook messias en ook Mingus. En als één jongen uit Pontiac dat allemaal kon bereiken, was het Ralph Arthur Melker. Een geweldige musicus.

Het was vreemd, vond Lucas, dat er steeds weer messiassen opdoken bij de joden – uitgerekend bij de joden – die door verwoesting, verbanning en absolute vernietiging bekendstonden om hun voorzichtigheid en scepsis. (En ik dan?) Maar na zesduizend jaar van spitsvondige speculaties en wedijverende humor was in Israël een wonder nog steeds meer waard dan een aforisme.

En wat was het slim en doordacht van Raziel om de uitverkiezing van iemand anders te zien, om een verdoolde nederige ziel te kiezen, een beschroomde gekwetste zoeker als De Kuff, en om zijn Johannes de Doper te worden.

Alleen het omhulsel, kon hij Sonia horen zeggen. Ja, het verhááL, het project, verliep goed. Maar door naar Raziels verhitte en verstandelijke uiteenzettingen te luisteren was hij tot het inzicht gekomen dat hij hier in de problemen kon raken. Problemen omdat hij was die hij was. Want dit was Jeruzalem, waar de wind van Judea de Almachtige prees, waar elke warme bries vervuld was van gebed, waar ieder kruispunt gebukt ging onder zijn eigen vloek – waar de stenen niet zomaar stenen waren maar in het hart verblijf hielden en werden beweend of in plaats van brood gegeven. Lucas was er ten onrechte van overtuigd geweest dat hij dat alles te boven was gekomen. In werkelijkheid was het een deel van hem, van zijn innerlijk. Raziel had gelijk; daarom was hij gekomen. Hijzelf leed aan het Jeruzalem-syndroom. Er zat een tweede Willie Ludlum in hem, een geheiligde dwaas. Raziel had het anders gezegd: hij was een mus zoals de rest van hen.

Raziel, drong plotseling tot Lucas door, had het over hen allen gehad. Misschien was hij oprecht krankzinnig, maar hij was ook een wonderkind. Hij had iets van een wedergeborene.

Lucas dronk iets en zocht 'mus' op in de concordantie op zijn King James-bijbel. Dat was het beste wat hij kon doen, want zijn naslagwerken waren in ballingschap verspreid geraakt, en in tegenstelling tot zijn oudere klasgenoten op de Hebreeuwse Universiteit wist hij nauwelijks het verschil tussen *tannaim* en *amoraim*, Mishna en Gemara. Op weg naar huis had hij voor het eerst gemerkt dat het in de stad krioelde van die verfoeilijke vogels.

De bijbel sprak specifiek over maar drie mussen. Twee kwamen in het Oude Testament voor, beide in de psalmen. De eerste stond in psalm 84 en dat was een echte geluksvogel, want hij had een huis in de liefde van de Heer. Maar de andere mus, in psalm 102, was verdrietig en vreselijk alleen. Zijn hart was geslagen en verdord als gras. Hij zat angstig op een dak terwijl de uilen van de wildernis, de pelikanen van de woestijn, al even ongelukkig door de lucht cirkelden.

Mus drie kwam in Mattheüs en Lukas voor, het schepsel van twee-voor-een-schelling dat de bekende val maakte – de mus waarover we ons geen zorgen hoefden te maken want God had zich over hem ontfermd. De mus waarvan we allemaal hoopten dat hij symbool stond voor ons.

Er schoten hem fragmenten van poëzie te binnen. 'Cape Ann', van Eliot, die minachting voor joden had.

> *O vlug vlug vlug, vlug hoor de zingende mus,*
> *Moeras-mus, roodstaart-mus, avond-mus*
> *Zon op zon onder...*

Alleen al de gedachte aan avondmussen, de schaduw van hun naam, maakte dat hij op zomeravonden gekwinkeleer uit de bossen hoorde. Een lieflijk vragen, de oproep tot het gebed.

Laat op diezelfde avond ging hij naar Fink om zich weer in die beperkte ruimte te bezatten. Het was een rustige avond, de barkeeper keek erg terneergeslagen, en de ober zuchtte vaak en zong zacht in het Hongaars.

'Nou, hoe haalt iemand het in zijn hoofd,' vroeg Lucas zich af, hardop maar discreet, 'om mij een mus te noemen?' Mensen praatten bij Fink vaak in zichzelf.

De barkeeper haalde zijn schouders op, meer tweed- en Perelman-achtig dan ooit. De ober mompelde en trok servetten recht. De Druzische presentator van het avondjournaal zat met een paar collega's aan een hoektafeltje.

'"Er is een bijzondere voorzienigheid in het vallen van een mus,"' citeerde Lucas. Natuurlijk was dat Shakespeare, niet de bijbel. '"Geen zier,"' zei hij. '"Wij tarten de voorspellingen."'

'Heel mooi gesproken,' zei de trieste barkeeper.

17

Op een zomerochtend volgde Lucas dokter Obermann op zijn ronde door de psychiatrische inrichting Shaul Petak, die gespecialiseerd was in godsdienstwaanzinnigen. Het was even buiten de westelijke stad, een functioneel uitziend gebouw in de socialistisch-realistische stijl van Israël, een architectuur waarvan je zou verwachten dat hij religieuze, filosofische, poëtische en andere speculatieve gedachten volledig uitbande.

Ze ontmoetten enkele beroemdheden uit de Schrift. Noach was present en keek zorgelijk naar de nevelige hemel. Samson, ongebonden maar nauwlettend in het oog gehouden in een kamer voor hemzelf, dreef de spot met Lucas' filistijnse gebrek aan conditionering. Er waren verschillende Johannesen de Doper, die hun lendendoek van dierenvel voor een ziekenhuishemd hadden verwisseld. Er waren wedergekeerde Jezus Christussen, allemaal teleurgesteld over hun ontvangst, en er waren ook Hebreeuwse messiassen, van wie één in een vorig bestaan George Patton was geweest.

'De ochtend is meestal hun beste tijd,' legde Obermann aan Lucas uit. 'Niet voor hen, maar voor wie de verschijnselen wil bestuderen. Natuurlijk houden de medicijnen ze rustig. Samson bijvoorbeeld krijgt al een grote dosis haldol en hij is nog steeds van plan de tempel van Dagon te verwoesten.'

'Denk je dat hij die film heeft gezien?' vroeg Lucas. 'Met Victor Mature?'

Dokter Obermann achtte die vraag beneden zijn waardigheid.

'Weet je wat het met krankzinnigen is?' zei hij tegen Lucas. 'Ze zijn net als alle andere mensen. Sommigen zijn natuurlijk interessant, geestig, fantasierijk. Anderen zijn alledaags en saai – ze zeuren maar door. Ik verzeker je dat niemand ter wereld vervelender is dan een zwaar gestoorde paranoïde schizofreen die ook platvloers, onontwikkeld en dom is.'

'Zo te horen,' zei Lucas, 'heb je weinig sentimentele gevoelens voor je patiënten.'

'Ik?' vroeg Obermann. 'Sentimenteel? Nee dank je. Ik heb er veel te veel meegemaakt.'

'Dat begrijp ik,' zei Lucas.

'Maar ik kan je dit vertellen,' zei de dokter. 'We kunnen de krankzinnigen de moeilijkheden van de wereld niet kwalijk nemen. Het is het officieel geestelijk gezonde individu dat de meeste menselijke ellende veroorzaakt.'

Met die wijsheid van de dokter in gedachten begaf Lucas zich naar het Huis van de Galileeër. Het Huis stond in Nieuw Katamon, waar het de villa van een rijke Arabische koopman was geweest. Het had een poort waarin verzen uit de koran waren gesneden en een zware houten deur die op een tuin met fruitbomen uitkwam. De oorspronkelijke sleutel van de deur werd ongetwijfeld tentoongesteld in een woonkamer in Abu Dhabi of Detroit, waar de bezitter hem bij speciale gelegenheden vol trots aan zijn bezoekers toonde. Of als de familie pech had gehad of niet aan de toekomst had gedacht, hing hij nu in een krot buiten Gaza of Beiroet.

Langs de tuinmuur stonden stenen huisjes tegen elkaar aan. Hun deuren stonden op een kier, en toen hij door de tuin naar het kantoor van de organisatie liep, bleef hij staan om in een van die huisjes naar binnen te kijken. Dit waren natuurlijk de verblijven van de bedienden van de Palestijnse koopmansfamilie geweest, en toch waren alle sporen van Arabische bewoning verwijderd. De Arabische inrichting had plaatsgemaakt voor een ambiance die noch Israëlisch noch Amerikaans was, maar eerder Brits koloniaal. Het Huis van de Galileeër had de villa nog geen twintig jaar in eigendom, en toch hadden de gebruikers blijkbaar – en natuurlijk zonder een vooropgezet plan – alle losse stukjes Brits kolonialisme verzameld die sinds de dagen van Ismail Pasha in de Levant waren overgebleven.

Het kleine kamertje waar Lucas naar keek, zag eruit alsof het bewoond was door de eigenaar van een zomerhuis uit de Brits-koloniale tijd die naar zijn huisje in Windermere verlangde. Lucas zag houten lambriseringen en porselein met een wilgenpatroon, comfortabele sofa's en eikenhouten tafels met kleedjes van Iers kant, en een divan met een sprei uit Wales. De platen aan de bourgognerode wanden lieten Highland-vee en heroïsche vrouwen van vuurtorenwachters zien. In de schemerige ruimte met maar één raam hingen Holman Hunts *The Scapegoat* en een aantal van Peters' afbeeldingen van Jeruzalem tegenover elkaar.

Toen Lucas voor de ingang van het hoofdgebouw stond te wachten, verwachtte hij dat een Arabische bediende zou komen opendoen. In plaats daarvan verscheen er een jong en zichtbaar Amerikaans meisje. Ze was lang, blond en maagdelijk eerbiedig. Het enige dat haar knappe gezicht ontsierde, was een licht rozige teint, een vaag eczeem. Ze schudden elkaar de hand en ze stelde zich voor als Jennifer.

Jennifer leidde hem naar een kantoor met dikke muren en met prachtige Turkse tapijten en Scandinavisch meubilair. De kamer, die blijkbaar het kantoor van de *effendi* was geweest, had weinig daglicht en werd dan ook verlicht door glanzende plafondlampen. Aan het ene eind van het vertrek bevond zich een schaalmodel van een eeuwenoud gebouw, als de Egyptische tempels onder glas in het Metropolitan Museum in New York.

Een man in een lelijk bruin lichtgewicht pak, met een das in de kleur van verbleekte broccolipizza, zat aan het ene eind van een lang mahoniehouten bureau. Aan het andere eind zat, als een gemalin die een troon deelde, een vrouw met een paardengezicht in een geel broekpak, met kort donker haar en vooruitstekende tanden.

De man stond op. 'Hallo, kerel.'

Lucas dacht dat ze elkaar blijkbaar kenden, maar even later besefte hij van niet. De vrouw stond enkele ogenblikken na de man op.

'Welkom in het Huis van de Galileeër,' zei ze plechtig, ongeveer met de stem van een stewardess. Hij had het sterke gevoel dat ze dat vroeger geweest was.

'Ik ben doctor Otis Corey Butler,' zei de man. Hij was gebruind en zorgvuldig gekapt, en had een ruig, verstandig Schots-Iers gezicht als een boer in North Carolina. Een knappe man. Alleen jammer van die das. 'Dit is mijn vrouw Darletta, en ik mag daar tot mijn trots aan toevoegen dat zij ook doctor Butler is.'

Lucas stelde zich voor aan de doctoren Butler.

'Dominee Ericksen stelde me voor u te bezoeken,' zei hij. 'Ik doe onderzoek naar religieuze bewegingen in de stad.'

'Dominee Ericksen is niet meer bij ons,' antwoordde Darletta. 'Wie zei u dat u vertegenwoordigde?'

'Ik werk aan een verhaal voor het *New York Times Magazine*.' En inderdaad had hij een paar maanden eerder een vaag gesprek met iemand van dat magazine gehad. 'Verder hoop ik op een dag een boek te schrijven.'

'Hier hebt u een perspakket,' zei Otis Corey Butler. 'Daarin zult u ons verhaal aantreffen, en vooral de relevante bijbelcitaten. Een deel van dat materiaal is erg actueel, en u zult nieuwe informatie over onze projecten aantreffen die nog niet eerder in druk is verscheen. U zult er vast wel veel aan hebben. Er is weinig weggelaten,' voegde hij eraan toe.

Hij was het soort ritselaar, besefte Lucas, dat gewend was journalisten met zijn perspakketten af te schepen, zodat die het materiaal desnoods letterlijk konden overnemen voor hun artikel. Ongetwijfeld beschouwde hij zichzelf als een geletterd man, dacht Lucas.

'Gaat u zitten,' zei Darletta, toen hij een tijdje in de pamfletten had staan bladeren.

Lucas' blik viel op een project over het behoud van het Aramees als gesproken taal. Ergens in afgelegen delen van Irak bleken nog enkele dorpelingen te zijn die de taal spraken.

'Dit is interessant,' zei Lucas. 'Gesproken Aramees.'

'We hebben leraren gesubsidieerd om de taal onder de kinderen in stand te houden,' legde Darletta hem uit. 'Zelfs in de tijd van de Golfoorlog konden we ons werk voortzetten.'

'Aramees,' zei Otis Corey Butler tegen Lucas, 'was de taal die door Jezus Christus zelf werd gesproken.'

'Ja,' voegde Darletta daaraan toe, 'de woorden die door Onze Heer werden uitgesproken, waren in die taal.'

'Hebt u joodse achtergronden?' vroeg Otis Corey Butler aan Lucas. 'Of iets anders?'

'Joods,' zei Lucas, 'en anderszins. Is er goed ingetekend op het fonds om het Aramees te behouden?'

Het echtpaar keek hem vragend aan.

'Ik bedoel,' legde Lucas uit, 'levert het veel bijdragen op?'

'Het project,' zei Otis Corey Butler, 'financiert zichzelf.' Zijn stem klonk net iets minder vriendelijk.

'Vraagt u om bijdragen in kerkelijke tijdschriften?' vroeg Lucas. 'En via de post?'

Zodra de post werd genoemd, keken de doctoren Butler duidelijk geschrokken.

'Ja,' zei Darletta. 'Dat doen we.'

'De giften zijn toch aftrekbaar?'

'Jazeker, die zijn aftrekbaar,' zei Otis Corey Butler. 'Wij zijn een religieuze liefdadigheidsinstelling. We moeten die Iraakse kinderen ook voedsel en kleding geven. Ze leven in grote armoede.'

Lucas bleef in het perspakket bladeren. Er was veel informatie over de Berg van God en de trap die Jezus zelf had beklommen. Een Amerikaanse astronaut had die trap ook beklommen en zei toen dat hij opgewondener was dan toen hij op de maan liep.

Otis Corey Butler schraapte zijn keel.

'Wat bedoelde u,' vroeg Darletta, 'joods en anderszins?'

Lucas keek in de papieren en zag een brochure die naar de resten van de Tweede Tempel en daardoor ook naar de Eerste, die van Salomo, verwees. Er stond veel te lezen over Qumran en ook iets over talenstudie, maar het belangrijkste project van het Huis van de Galileeër was blijkbaar de herbouw van de Tempel van Jeruzalem op de Tempelberg. Dat had te maken met de komst van de messias. Toch zou het mogelijk zijn om dit materiaal te lezen, dacht Lucas, en zelfs een mooi verhaal te schrijven, met gebruikmaking van al die inspirerende frasen, zonder precies te beseffen wat centraal stond.

'Ik bedoel dat mijn achtergronden gemengd zijn,' zei Lucas. 'Begrijp ik goed,' vroeg hij hun, 'dat uw organisatie van plan is de Tempel van Herodes in de Haram te herbouwen?'

'De Tempel was van de Heer,' zei Darletta op een toon alsof hij zijn gordel moest vastmaken voordat het vliegtuig opsteeg. 'Niet van koning Herodes.'

Waar ben ik geweest? vroeg Lucas zich af. Al jaren voordat hij naar deze stad was gekomen, was het Huis van de Galileeër hier geweest, met zijn kleurenbrochures en paleisachtige villa, met houwelen in de aanslag, zonder dat hij er ooit enige aandacht aan had geschonken. Het was bij uitstek het verhaal voor een man met zijn achtergronden, een dolende *mischling*, iemand die colleges theologie had gevolgd.

'Ik wist dat er een joods project was om de Tempel te herbouwen,' zei Lucas tegen de Butlers. 'Ik ben bij hen in de Oude Stad geweest. Ik wist niet dat er ook zo'n christelijk project was.'

In de Joodse Wijk exploiteerde een Amerikaanse rabbijn, een zekere Gold, een glanzende showroom, waar je, tegen een bepaalde prijs, een raam, een vleugel of een menora van de komende Tempel naar je oom Jack of tante Minnie kon laten noemen. Het was nieuw voor hem dat er een christelijk equivalent bestond, dat dit het doel van het Huis van de Galileeër was. Hij zou wat meer bij Sylvia Chin moeten aandringen, dacht hij. In geen van de knipsels over Willie Ludlum werden de bouwplannen van het Huis van de Galileeër genoemd. Lucas besloot dat pijnlijke verband ter sprake te brengen, dan was het achter de rug.

'Die kerel uit Nieuw-Zeeland,' zei hij. 'Ludlum. Die de Haram in brand heeft gestoken. Hij had bij u gelogeerd, nietwaar?'

Otis Corey Butler keek filosofisch, Darletta een beetje kwaad.

'Ludlum was een gestoord persoon,' zei doctor O.C. Butler. 'Zijn wanen behoorden alleen hemzelf toe.'

'Denkt u dat de overheid ons hier zou laten blijven,' vroeg Darletta, 'als iemand dacht dat wij verantwoordelijk waren voor aanvallen op heilige plaatsen?'

Het antwoord kwam met schokkende, ongewone helderheid bij Lucas op: dat hing ervan af welke regering het was. En welke heilige plaatsen het waren.

'Ludlum was knettergek,' zei Otis Corey Butler. 'Maar toen hij bij ons kwam, konden we hem niet op straat zetten.'

'Niet dat je het meteen kon merken,' zei Darletta rancuneus. 'Hij was rustig. Schreef in zijn dagboek. Noemde iedereen meneer en mevrouw.'

'Toen hij een vreemde indruk ging maken, namen we contact op met de ambassade van Nieuw-Zeeland,' zei Otis Butler. 'Maar hij had geen familie in zijn land. Hij had de wet niet overtreden. Ten slotte nam een kibboets hem op, een kibboets die christenen opvangt.'

'Zeg,' zei Lucas, 'mag ik even voor advocaat van de duivel spelen? De verwoesting van de moskeeën zou het mogelijk maken de Tempel te herbouwen. Zou het niet kunnen dat Ludlum luisterde naar wat hier werd gezegd en daarna één stap te ver ging? Of een stap te vroeg. Natuurlijk zijn er ook veel joodse extremisten die tot de verwoesting van de moskeeën hebben opgeroepen.'

'Meneer Lucas, meneer Lucas,' zei Otis Butler, 'zoals u ongetwijfeld weet, is iedere grote joods-christelijke doctrine misbruikt door negatieve krachten. Satan bracht Christus zelf in verleiding.'

'Dat is waar,' zei Lucas.

'Wij en rabbijn Gold kennen elkaar. We verzetten ons beiden tegen extremisten. We nemen deel aan vernieuwingsprojecten. We wijzen de confrontatie af. In onze brochure zult u een verklaring van rabbijn Gold aantreffen waarin hij duidelijk maakt dat christenen een bijdrage aan de herbouw van de Tempel kunnen leveren en dat ze daarvoor offers zullen kunnen brengen. Er komt weer een hof voor niet-joden. Het heiligdom mag alleen door joodse priesters worden betreden. Wij accepteren dat volkomen. Alleen de verdorvenen en afgodendienaars zal het verboden zijn Gods huis te naderen.'

'En de moskeeën?' vroeg Lucas. 'Wat gebeurt daarmee? En de joden? Is het niet de bedoeling dat die uiteindelijk worden bekeerd?'

'Appels en peren,' zei Darletta Butler tegen hem.

'U vermengt appels en peren, meneer Lucas,' zei Otis Butler. 'Ons christelijk beleid ten aanzien van de vernieuwing van Israël aan het Einde der Tijden wordt bepaald door de Schrift. Het staat geschreven in Romeinen 3:9 en Romeinen 9:3. In Galaten 10:4, 5, 6 en 7. In Daniël en Ezechiël en Jeremia...'

Lucas keek van Otis naar Darletta.

'En in Hebreeën 8:12, 13, 14 en 21,' zei ze met de glimlach die ze vroeger misschien gebruikte wanneer ze een opblaasbaar reddingsvest demonstreerde. 'En ook in Judas, Thessalonicenzen en Timotheüs.'

'We komen in de laatste dagen,' zei Otis Corey Butler zachtjes. 'We komen in het geloof. We weten niet hoe het einde zal zijn. In deze tijd zijn sommige mensen bang dat hun familieleden en vrienden op een snelweg zullen zijn als de Wegvoering komt. Ze stellen zich trucks voor die door de lucht vliegen. Wij zijn al lang genoeg in het Heilige Land om de dingen niet te letterlijk op te vatten. Alleen de Heer weet welke plannen Hij heeft gemaakt om voor zijn moslimkinderen en hun bedehuizen te zorgen. Alleen Hij weet hoe Hij zijn eeuwige convenant met Israël ten uitvoer zal brengen. Alle rechtvaardigen zullen erin delen. Onze wapens zijn spiritueel. Onze middelen zijn geduld, broederschap en gebed. Wij streven ernaar de weg voor het Licht van de Wereld te verlichten.'

'Ik begrijp het,' zei Lucas. Hij was onder de indruk en zelfs een beetje jaloers. De Butlers gaven hem het gevoel dat hij lichtgelovig en naïef was, alsof hij alleen maar een beetje intelligenter en energieker zou moeten zijn om een plaats in hun plannen te vinden. Ze bezaten het temperament en de afstandelijkheid om een goed bestaan te ontlenen aan dingen die hij op de een of andere manier serieus moest nemen.

'Staat niet ergens dat een derde van de mensheid zal worden gedood?' vroeg hij.

'Er worden vreselijke beproevingen voorspeld,' zei Otis Corey Butler voldaan. 'En spoedig.'

Zijn vrouw glimlachte. Lucas vroeg zich af wat ze dacht.

Van het Huis van de Galileeër ging hij naar het kantoor van de Coalitie voor Mensenrechten om met Ernest Gross te praten. Linda Ericksen stond achter het kopieerapparaat. Ze zag er bleek en ongezond uit.

'Alles goed?'

'O,' zei ze, 'we hebben hier een stel intolerante griezels gehad die ons horrorfilms lieten zien.'

Ernest had net een gesprek met een delegatie van de Internationale Raad van Kerken gehad. Ze hadden informatie uitgewisseld over Abu Baraka en de moorden in Gaza, geconstateerd door de VN, de NGO's en Ernests eigen organisatie. Na die bespreking was hij ook nogal van slag.

'Ze komen hier om hun christelijke eigendunk aan te scherpen,' zei Ernest tegen Lucas, nadat hij hem naar zijn eigen kantoor had meegenomen. 'Joden zijn schoften – dat is het enige dat ze willen weten. Ze kijken me aan met een gezicht van: waarom heb jij je niet tot Jezus bekeerd?'

'Denk je dat zíj naar Yad Vashem gaan?'

'Wie kan het wat schelen?' zei Ernest. 'Ik wil ze daar niet hebben.'

'Weet je,' merkte Lucas op, 'er bestaat zoiets als burn-out. Zeker in jouw beroep. Misschien zou je vakantie moeten nemen.'

'Dank je.'

Lucas bedacht dat hijzelf ook nooit de korte reis naar het holocaustmonument van Yad Vashem had gemaakt. Er waren veel redenen waarom hij daar nog niet heen was gegaan, maar die vormden samen geen verklaring.

Een aantal dagen eerder had Ernest een video gekregen waarop geüniformeerde Israëli in Jabalia een Palestijn in zijn rectum schoten. Hij had hem plichtsgetrouw afgedraaid voor de christelijke filantropen.

'Wil je het zien?' vroeg hij Lucas.

'Ja, eigenlijk wel.'

De videobeelden hadden een vreemde uitwerking. Het ene moment leek het of iedereen – de politieagenten en de man die straks beschoten zou worden – vriendschappelijk, zij het nogal fysiek, aan het dollen was. Ze rolden over de grond en lachten daar zelfs bij, tenminste, zo leek het. Misschien had de man zijn gezicht tot een grimas vertrokken of deed hij een wanhopige poging om zich aan te passen. Iedereen was volledig gekleed.

Toen was er een plotselinge krampachtige beweging, en de Palestijn werd doodsbleek en klemde zijn tanden op elkaar. Het schot doodde hem blijkbaar ogenblikkelijk, een genade waarvoor Lucas dankbaar was. Hij had met afgrijzen gekeken, maar het was allemaal in enkele seconden voorbij, al voordat de gebeurtenis goed tot hem was doorgedrongen.

'Stom van ze dat ze op de video kwamen,' zei Lucas toen het voorbij was. 'Wie heeft die beelden gemaakt?'

'Dat kan ik je niet vertellen. Maar ze brachten ze naar ons.'

'En je weet dat het Abu's vrolijk troepje is?'

'Zo noemden ze zich voor de Palestijnen. Ze willen een reputatie opbouwen.' Hij spoelde de band terug. 'Er gaan kopieën van deze band door de hele stad. De Spanjaarden of de Italianen nemen het in hun televisiejournaal op. De politie wil geen commentaar geven. Officieus zeggen ze dat het een ongeluk moet zijn, dat ze die man bedreigden en dat het misging. Maar ónze politiebronnen zeggen dat het wel degelijk Abu is.'

'Jammer dat je het gezicht van de schutter niet op de band hebt,' zei Lucas. 'Natuurlijk kon het dan ook nog een ongeluk zijn geweest.'

'O, de man die ze doodschoten, deed dat waarschijnlijk ook met iemand anders,' zei Ernest. 'Een informant. Aan de andere kant had hij misschien alleen de pech dat hij op een andere Arabier leek. Ik bedoel, waar houdt het op?'

Een tijdje geleden, onder de vorige regering, was Lucas, na een bijzonder bloedige dag voor de bevolking van de Gazastrook, in de gelegenheid geweest om een citaat van wijlen Golda Meir aan Ernest voor te leggen. Mevrouw Meir had gezegd dat ze de Arabieren alles kon vergeven behalve dat ze de Israëli wreed en gewelddadig hadden gemaakt, zoals de Arabieren vermoedelijk zelf al waren. Dat citaat werd ooit vaak aangehaald.

'Die woorden,' had Ernest hem verteld, 'vormen het dieptepunt in de morele geschiedenis van het zionisme.'

Tot dan toe had Lucas altijd gedacht dat Meirs woorden van wijsheid en medegevoel getuigden. Het gebeurde niet elke dag dat hij iets leerde. Later had een Israëlische journalist de woorden van Meir 'morele kitsch' genoemd en daarna hoorde je het citaat bijna nooit meer. Als er nog *tzaddiks* waren, mannen die tot oordelen in staat waren, dacht Lucas, was Ernest er blijkbaar een van, zoals Zimmer had gezegd.

'Die moordpartij deed zich bij klaarlichte dag voor, en de mannen waren in uniform. Ze worden steeds brutaler. Ze proberen iets te laten exploderen.' Hij keek Lucas aan. 'Ga je erover schrijven?'

'Ik had iets anders in gedachten. Religie.'

Ernest keek hem aan alsof hij zijn verstand had verloren. 'Jij hebt het gemakkelijk. Andere journalisten moeten werken voor de kost.'

‘Ik heb een echt verhaal om aan te werken. Een verhaal zonder geweld. Ik laat de Gazastrook aan Nuala over.’

‘Ze moet oppassen,’ zei Ernest. ‘Ze is roekeloos.’

‘Ja,’ zei Linda Ericksen. Ze beaamde zijn woorden zonder zich van het kopieerapparaat af te wenden.

18

Adam De Kuff werd wakker in de stralen van de pas opgekomen maan. Hij ging naar het raam en zag hoe het licht de kantelen van de Haram een zilverig schijnsel gaf. De glanzende Rotskoepel weerspiegelde het hemelgewelf. In dat verspreide licht drongen geuren tot hem door – jasmijn, rozen.

'Hij bedekt zich met het licht, als met een kleed,' citeerde De Kuff.

In de smalle ruimten tussen verschillende dromen had De Kuff de leeuwen de Naam zien bewaken. In plaats van angst had hij uitbundigheid gevoeld. En nu deze nacht, deze schittering van de hemel.

Zijn kamer was van Berger geweest. Op een rommelig dressoir stond een petroleumlamp. Daarnaast stond een dof geworden spiegel met een gebarsten houten lijst tegen de muur, en toen De Kuff de lamp had aangestoken, wilde hij zijn gezicht in de spiegel bekijken. Maar hoe graag hij dat ook wilde, hij durfde het nauwelijks. Hij hoorde zijn hart bonken en wist hoe zijn gezicht eruit moest zien, hoe het zou glanzen.

Hij stak de lamp toch aan en vermeed de directe weerspiegeling van het licht. Om de spiegel heen lagen en stonden voorwerpen en bijkomstigheden van zijn dagelijks leven. Zo waren er de terecht vleeskleurige lithiumcarbonaattabletten uit een stijlvol antieke drugstore aan Madison Avenue, jaren oud en inmiddels misschien letterlijk giftig. Zijn dagboek, in een zwart en wit gespikkeld kinderschriftje, gekocht in dezelfde winkel als het geneesmiddel, van dezelfde glimlachende verkoper. En wat hij ironisch zijn heilige dingen noemde: keppeltje, *tallith, tefillin.*

Hij had Bergers gebedskralen geërfd. Daarnaast lag een band van saffraangele katoenen stof uit een tempel in Sri Lanka, en wierookstokjes en, in zijde gewikkeld, een kruisigingsicoon, een imitatie van dat van Dionysius de monnik in het Ferapontklooster in Rusland. Hij verwijderde de stof van de crucifix en vermeed daarbij de aanblik van de lijdende Logos, die daar was afgebeeld, zoals hij ook de aanblik van zijn eigen ogen in de spiegel had vermeden. Hij nam zijn *tefillin* en maakte ze vast zoals de oude *minim*, de vervloekte gnostici en Nazareners, dat deden. In een droom had hij gezien hoe dat werd gedaan, de manier van dragen die in de *Mishna* als *minnut* werd veroordeeld, een geheim teken van Yeshu als hogepriester en messias.

In de spiegel, aan de rand van zijn gezichtsveld, zag hij zijn drukke bewegingen terug, zijn ongeduldige gebaren. Na het gebed stond hij het zichzelf toe om het masker van vlees in de spiegel aan te kijken. De gloed op zijn gezicht was voornamelijk bloed, maar het waren zijn ogen die de kamer verlichtten, niet de lamp.

En buiten, de nacht!

Geen gebed of meditatie kon hem bedwingen. Hij zat daar met grote ogen, zijn knokkels tegen zijn lippen. Het ergste van de extase, had hij al lang geleden ontdekt, was zijn eenzaamheid. Ooit hadden zijn notitieboeken hem de illusie van gezelschap gegeven. Nu, na zoveel lijden, niet meer.

Hij kleedde zich lukraak aan, met bonkend hart. Extase. Een ogenblik stond hij voor Raziels deur en vroeg zich af of de jongeman sliep. Ze hadden in geen dagen een woord tegen elkaar gesproken. Maar De Kuffs verlangen ging uit naar de straten.

Hij liep op een drafje over de keistenen en trok al lopend zijn dure tweedjasje over zijn schouders. Zijn gezicht was opgeheven. Op de dicht opeenstaande daken sneden lijnen van de schitterende hemel elkaar. Onnoemelijk veel sterren. Hij rende over een kleine binnenplaats. In de hemel verspreidde zich lichtgevendheid. De ruimte was op zich al goddelijk, een uitstraling. Isaac Newton had dat geloofd.

Uit de schaduwen aan het eind van de binnenplaats riep een ruwe, woedende stem hem in het Arabisch na. Die ene stem bracht andere stemmen voort. Straathonden keften. Hier en daar was in de steegjes van de stad een geur van hasjiesj blijven hangen.

In een bocht in de Tariq al-Wad zag hij de lichten van een grenspolitiepost en hoorde hij militair Hebreeuws uit de radio van de post knetteren. In een winkelgalerij schoven twee mannen de golfijzeren luiken van hun kraam open. Een jongeman met het syndroom van Down, met een religieus wit kapje op zijn hoofd en in het licht van een kale gloeilamp, schreeuwde naar hem en maakte gebaren met een bezem.

De hemel was nog blauwzwart, besprenkeld met sterren, toen hij de Leeuwenpoort naderde. Daar stonden de eerste taxi's van de ochtend te wachten, en ook een stuk of vijf International Harvester-bussen, ronkend met hun grote schadelijke motoren. Palestijnse maatschappijen lieten die bussen rijden tussen plaatsen op de West Bank en de stad die ze Al-Kuds, Het Heilige, noemden. De Kuff bleef in de schaduw staan, zo'n honderd meter van de lichten en geluiden bij de poort vandaan.

Voor het eerst sinds hij naar Jeruzalem kwam had hij het gevoel dat de Geest van God dichtbij was. Het Heiligste van de Tempel was binnen de Haram geweest. Hij voelde dat hij kracht onttrok aan het bijzondere, het ontzagwekkende. Hij voelde zich opnieuw uitverkoren, opgeroepen om vanuit de diepten van de sterrennacht naar de berg Moriah te gaan.

Vanuit de gewelfde schaduwen keek hij naar de zwakke lichten die in het franciscaner klooster van de Flagellatie brandden, verder in de straat. De lichten deden hem aan koorzang denken. Na enkele ogenblikken wist hij zeker dat hij het echt hoorde, het '*Regina coeli*' van de franciscaner metten: '*Ave Maria virgine sanctissima*'.

Met die denkbeeldige cadans in zijn oren liep hij naar het hek dat de plaza van de Bethesdavijver en de Kerk van Sint-Anna omsloot. De hemel boven de Olijfberg begon te gloeien.

In het opkomend licht zag De Kuff een rij liggende figuren tegen de muur van het seminarie, aan de andere kant van de kloostergang. Het waren jonge mensen, zo te zien meest buitenlanders. Sommigen zagen er haveloos en armoedig uit; anderen waren blijkbaar welvarende toeristen. Dat moest het overschot van de nachtdiensten in de Heilig Grafkerk en de nabijgelegen jeugdherbergen zijn, dacht hij. Sommigen sliepen, anderen keken naar de hemel, enkelen keken naar hem.

Hij liep over het plein voor de afgesloten kerk naar de rand van de droge overblijfselen van wat ooit de vijver van Bethesda was geweest. Terwijl het eerste licht zich boven de Olijfberg verzamelde, had De Kuff het gevoel dat hij de zonsopgang kon horen, de ritmes en subtiliteiten daarvan, de vermenging van elementen. Hij dacht dat hij misschien de *sefirot* onderging, de goddelijke uitstraling. Het zweet stroomde uit zijn lichaam. Ondanks zijn verwarring voelde hij zich dankbaar.

Hij ging op een stenen trede met uitzicht op de vijver zitten, trok het tweedjasje uit en legde het opgevouwen naast zich neer, met de voering naar buiten. Het licht zweefde overal om hem heen, rimpelend als water, met klanken van muziek.

De vijver had ooit de Tweede Tempel van water voorzien; in die tijd was hij de vijver van Israël genoemd. Ieder jaar, zo werd geloofd, daalde een engel neer om het water met zijn vleugel in beroering te brengen. Het water was goed en heilzaam. Bij deze vijver genas Jezus een verlamde man.

In een tempel van vijf zuilengangen was daar Serais aanbeden, de grote syncretische god van het Oosten. Serais was ooit de subsumatie van Apis en Osiris en Aesculapius, een zoon van Apollo. Hij was gekroond met een korenmaat, met aan zijn zijde Anubis met de jakhalskop, die een staf met verstrengelde slangen had.

De Kuff ging met gekruiste benen op de eeuwenoude rots zitten. Badend in het roze licht bracht hij zijn handen boven zijn hoofd en liet ze met de palmen omhoog aan weerskanten rusten. Zijn armen waren kort en dik, maar zijn handen waren erg teer, soepel en gevoelig. De handen van een musicus, een arts.

Toen de ochtendgebeden van de Haram tot hem doordrongen, sloot De Kuff zijn ogen om de glanzende sefirot te zien. Hij en Raziel hadden er sinds hun komst naar de Oude Stad in de geluiden van moslimgebeden naar gezocht. Ditmaal waren de sefirot er voor hem, de tallozen van de *Zohar*, het Ongeschapen Licht.

Hij had geen idee hoe lang hij in *kavana* bleef. Toen hij om zich heen keek, hadden zich meer dan tien jongeren verzameld bij de plaats waar hij zat. Ze gingen op in hun eigen meditatie of keken alleen maar, alsof ze wachtten op wat hij zou zeggen. Hij stond op, glimlachte naar hen en pakte zijn jasje. Een ernstige jonge blonde vrouw hielp hem het om zijn schouders te hangen.

Hij was duizelig van het zitten en mediteren en wankelde een beetje op zijn benen, maar zijn hart deed pijn van vreugde. Hij werd verteerd door liefde voor het bonte allegaartje van jongeren om hem heen. Had hij tot hen gesproken? Ze keken zorgelijk naar hem en gingen een stap terug om hem door te laten.

Op weg naar de straat zag hij dat de Kerk van Sint-Anna was geopend. De altaarkaarsen brandden voor de vroegmis. De Sint-Anna was een kerk met een grote gestrengheid. Door de grove natuursteen en de afwezigheid van decoratie zag de kerk er bijna modern uit. Nadat Jeruzalem in handen van Saladin was gevallen, was hij als moskee gebruikt, en er zat nog een inscriptie uit de koran boven de latei. De Kuff ging de kerk in en stond onder het immense gewelf. Hij ademde de vage sporen van wierook, kaarsenrook en oude steen.

En plotseling, in die kerk-moskee-tempel bij de vijver van Israël, dacht hij dat hij wist wat het betekende dat alles thora was. En wat het betekende om te weten dat de wereld die kwam er binnenkort zou zijn. Het mysterie van thora was veel vreemder dan iedereen dacht. Het bewerkstelligde voor eeuwig dat er iets was in plaats van niets. Het lag ten grondslag aan alles, in vormen die uiteenlopender waren dan iedereen ooit had durven bedenken. Dat inzicht sloeg hem bijna tegen de vloer.

Toen hij wankelend in het middenpad stond, kwam de jonge blonde vrouw weer naar hem toe.

'Alstublieft,' zei ze. 'Wilt u later komen? Wilt u later komen om ons te horen zingen?'

'Als u dat wilt,' zei hij. Ze keek hem met een timide glimlachje aan. Ze had fletse ogen, als de heilige Ursula van Van Eyck.

Haar glimlach verdween, alsof ze bang was hem te beledigen. Hij gaf een klopje op haar hand en ging naar buiten, de plaza op. Enkele jongeren kwamen achter hem aan.

Hij was ooit katholiek geworden, was in de katholieke kerk opgenomen in de St. Vincent Ferrer aan Lexington Avenue, een kerk die zijn uiterste best deed om datgene op te roepen wat de Sint-Anna in elke steen bezat. Hij kon zich de wintermiddag van zijn doop nog herinneren – de hysterische verwarring, hijzelf knielend in een schrijn dat naar een Spaanse dominicaanse inquisiteur was genoemd. Het was onverstandig en prematuur geweest, een nutteloze apostasie. Hij had toen geen leiding gehad. In die tijd had hij gedacht dat het onmogelijk was om alles te hebben – misplaatste soberheid. In die tijd had hij in matiging, versterving, vernedering geloofd. Het kostte hem nog steeds moeite om daar afstand van te doen.

Nu kon hij op zijn eigen condities alle standpunten innemen en in zijn eigen ziel de achterhaalde verschillen tussen jood en Griek, man en vrouw, vrije en onvrije vertegenwoordigen. De wereld die zou komen, was in hem aanwezig en was beschikbaar voor iedereen. Als ze dachten dat ze de sefirot te pakken hadden gekregen, dat ze hem in hun kerken hadden gevangen en konden aanbidden, wat dan nog?

Hij begon uit de *Zohar* te reciteren. De jonge buitenlanders, die voor de zonsopgang naar Bethesda waren gekomen, verzamelden zich om hem heen. Nu was het tijd, dacht De Kuff, om een deel van de waarheid te openbaren.

19

Op een avond trakteerde Basil Thomas, de tussenpersoon en voormalige KGB-agent, Lucas bij Fink op een langdurige klacht over het leven in Jeruzalem.

'Stel, je bent een werelds type,' klaagde Basil Thomas. 'Je voelt je een paria. Dan kun je net zo goed ergens heen gaan en een jood zijn, als je begrijpt wat ik bedoel.'

'Ik zit er niet zo mee.'

'Hoe zou jíj er ook mee kunnen zitten?' vroeg Basil Thomas uit de hoogte.

Basil Thomas vertelde hem ook dat dokter Obermann met de ex-vrouw van dominee Ericksen, de onsuccesvolle Amerikaanse zendeling, had gebroken. Volgens Basil Thomas had Linda Ericksen nu iets met Janusz Zimmer.

'Wat vind jij van Zimmer?' vroeg Lucas toen ze een tijdje hadden gepraat. 'Heeft hij het tot *aliyah* gebracht, of hangt hij hier alleen maar wat rond?' Natuurlijk, dacht Lucas, zou je hetzelfde kunnen vragen over honderden mensen in Jeruzalem.

'Het is een interessante man,' gaf Basil Thomas toe. Hij sprak zacht, zonder zijn gebruikelijke poeha. 'Erg deskundig. Een begaafde journalist.' Lucas vond dat een wel erg diplomatiek antwoord maar vroeg niet verder. Toen zei Basil Thomas: 'Ayin.'

'Wat is Ayin?'

'Niets,' zei Basil Thomas. 'Vraag maar aan Janusz.'

Lucas' volgende ontmoeting met Obermann vond plaats in het Atara, een café in de Ben Jehuda Street. De dokter maakte een neerslachtige indruk. In hun gesprek kwam het uiteengevallen echtpaar Ericksen ter sprake.

'Als we een afvallige Galileeër zoeken,' zei Obermann somber, 'zouden we met Ericksen moeten praten. Ik heb gehoord dat hij het land uit gaat.'

‘En zijn vrouw?’

‘Linda is bij Jan Zimmer.’

‘O,’ zei Lucas. ‘Ik vind het jammer dat te horen. Ik bedoel... Nou, je zou haar een rusteloze ziel kunnen noemen.’

Obermann maakte een laatdunkend gebaar. ‘Bij Zimmer,’ zei hij, ‘zal ze een avontuurlijker leven leiden. Hoe dan ook, als een van ons met Ericksen gaat praten, moet jij dat zijn.’

‘Denk je dat hij dat wil?’

‘Je kunt het altijd proberen,’ zei Obermann. ‘Hij is bij die archeoloog ingetrokken, Lestrade, in het Oostenrijks hospitium. Ik heb het nummer.’

Lucas noteerde het nummer en haalde wat telefoonmuntjes bij de kassier van het Atara. In het hospitium werd niet opgenomen.

‘Ga toch maar,’ stelde Obermann voor. ‘Dat zou ik doen. Misschien kun je hem verrassen.’

Lucas ging lopend, via de Damascuspoort. Het Oostenrijks hospitium bevond zich in de Moslimwijk van de Oude Stad. Toen hij door de hal van het hospitium liep, zag hij een enorme gipsen crucifix aan de met houten panelen betimmerde muur. Onwillekeurig vroeg hij zich af of daar eind jaren dertig een portret van de Führer naast had gehangen, op eerbiedige afstand.

Ericksen zat tussen potpalmen op het dakterras van het gebouw naast het hospitium. Hij was niet de man die hij op de Berg van Verleiding was geweest. Zijn gebruinde huid was verbleekt en hij was zoveel afgevallen dat zijn gezicht op een doodskop begon te lijken. Zijn adamsappel stak naar voren en dat maakte het beeld van een half krankzinnige Amerikaanse boerenpummel compleet.

‘Doctor Ericksen...’ begon Lucas, een beetje buiten adem van de trappen.

‘Ik ben geen doctor,’ zei Ericksen. ‘Ik ben niets.’

‘Sorry,’ zei Lucas. ‘Ik probeerde te bellen, maar er werd niet opgenomen. Ik wilde met u praten voordat u wegging.’ Ericksen keek hem geen moment aan. ‘Herkent u me? We hebben in Jebel Quruntul met elkaar gesproken.’

Ten slotte draaide Ericksen zich langzaam om. Hij schermde zijn ogen af.

‘Ja, ik herken u.’

'Nou, ik hoorde dat u wegging. Ik had gehoopt dat we konden praten.'

'Goed,' zei Ericksen.

'Hebt u een aanbod in Amerika?'

'Ik heb nergens een aanbod. Ik stop met het werk voor de kerk.'

Lucas weerhield zich ervan om Ericksen te vragen óf hij over die beslissing wilde praten. Dat was altijd de verkeerde vraag.

'Waarom?' vroeg hij in plaats daarvan. 'Is die beslissing een gevolg van uw werk in het Huis van de Galileeër?'

Ericksen zag er op dat moment uit als iemand die een klap in zijn gezicht had gekregen.

'U bent journalist,' zei hij tegen Lucas.

'Nou, ik schrijf over religieuze ontwikkelingen hier. Ik dacht dat u me misschien zou kunnen helpen.'

'Wie vertegenwoordigt u?' vroeg Ericksen vermoeid.

'Ik schrijf een boek,' zei Lucas tegen hem. 'Over religie in het Heilige Land.' Dat was geen frase die hij vaak gebruikte.

'Bent u een jood?'

'Ik ben een afvallige katholiek,' zei Lucas, 'met een gedeeltelijk joodse achtergrond. Ik doe dit niet uit rancune.' Dat, dacht hij, was een goed argument.

'Wat wilt u over het Huis weten?'

'Wel, denkt u, nu u vertrekt, dat u iets hebt gedaan wat de moeite waard is?'

'Zelfs als ze eerlijk waren,' zei Ericksen, 'zou niets wat ze doen de moeite waard zijn.'

'Mag ik u citeren?'

'Ja,' zei Ericksen. 'Waarom niet?'

'Wat doen ze eigenlijk?'

'Ze verdienen veel geld. Veel christenen geven geld aan hen. En nu ook joden.'

'Kreeg u daar iets van?'

'Ja,' zei Ericksen.

'Waar is dat geld voor?'

'Allerlei dingen. De laatste tijd is Gordon Lestrade bezig de Tweede Tempel te reconstrueren. Wie zei u dat u vertegenwoordigde?'

'De wereld,' zei Lucas. 'De Tempel reconstrueren?'

'Ik denk dat u inderdaad de wereld vertegenwoordigt,' zei Ericksen, en hij lachte. Lucas probeerde met hem mee te lachen.

'Ze proberen de Herodiaanse Tempel te reconstrueren. Er is een joods project en er is een christelijk project.'

'Waarom een christelijk project?'

Ericksen keek hem verbaasd aan. Blijkbaar vond hij het vreemd dat Lucas er zo weinig van wist.

'Amerikaanse fundamentalisten zijn erg geïnteresseerd in Israël en de Tempel. De herbouw van de Tempel zal een teken zijn.'

'Een teken waarvan?'

'O,' zei Ericksen met een zuur glimlachje, 'van dingen die zullen komen.'

Lucas probeerde zich te herinneren wat hij van eschatologie en chiliasme wist. Hij was veel vergeten.

'Veel christenen geloven echt in die dingen. Maar de mensen in het Huis – Otis en Darletta – zijn alleen maar organisatoren. Ik weet niet hoe het met de joden is. Misschien geloven ze.'

'Waarin?'

'Dat weet ik niet. De komst van de messias, denk ik. Die komt, als ze de tempel bouwen.'

'Zoals in de film?'

'Misschien,' zei Ericksen. 'Ik wist niet dat ze nog steeds van die religieuze films maakten.'

'En Lestrade?'

'Ik weet niet wat Lestrade gelooft. Hij was vroeger katholiek, net als jij.'

'En hij doet de reconstructie?'

'Hij leidt toeristen rond bij opgravingen. Maar zijn voornaamste werk doet hij tegenwoordig op de Tempelberg. Lestrade beweert dat hij op grond van zijn onderzoek de Tempel kan herbouwen.'

'Reconstrueren?'

'Kijk,' zei Ericksen. 'Bij dat Huis van de Galileeër gaat het om het herbouwen van de Tempel. Dat beweren ze te doen.'

'Ik dacht dat jullie zendelingen waren.'

'Als we op zoek waren naar bekeerlingen,' zei Ericksen glimlachend, 'zouden de rabbijnen ons wegjagen. Ze moeten toch al niet veel van ons hebben. En de moslims zouden ons doden.'

'Dus jullie hebben nooit iemand bekeerd?'

'We hebben enkele christenen tot ons soort christendom bekeerd. En we hebben veel geld verdiend.'

'U klinkt erg gedesillusioneerd,' zei Lucas tegen hem. 'Hebt u gewoon genoeg van het Huis van de Galileeër? Of hebt u uw geloof verloren?'

Ericksen keek hem onbewogen aan.

'Toen Linda en ik hier kwamen,' zei hij, 'geloofden we er beiden heel sterk in. We kwamen getuigen.'

'Maar... er ging iets mis.'

'Er is hier een macht,' zei Ericksen. 'Een verschrikkelijke macht.'

'Maar,' vroeg Lucas nederig, 'dat is toch goed? Het is de bedoeling... dat we er allemaal in geloven.'

'Het is de bedoeling dat we in de macht van het kwaad geloven. De meeste mensen hier geloven daarin. De meeste mensen overal. Het maakt ze sterker.'

'De macht van het kwaad? Bedoelt u de macht van God?'

'Hoe u het maar wilt noemen. Het maakt je sterker, totdat je erover nadenkt. Die macht kreeg Linda te pakken,' zei hij tegen Lucas. 'De macht kreeg haar lichaam te pakken als iets om te neuken. En nu zal die macht mij doden.'

'Neemt u me niet kwalijk,' zei Lucas, 'maar laat me een sprongetje maken. Hebt u het over God? De joodse God?'

'Toen we op de berg met elkaar spraken, had ik het mis,' legde Ericksen uit. 'De joodse God is Azazel. Dat is hij altijd al geweest. Ik heb het nooit geweten. Azazel, God, Jehovah, het kwaad – het is van hen.'

De dominee, dacht Lucas, leek op zijn ex-vrouw. Hun ogen vertoonden een sterke overeenkomst, met doorschijnende irissen waarachter zijn hartstocht zichtbaar brandde, terwijl die van haar zo onzichtbaar was als Azazel.

'Ik ben erg gesteld op de mensen die de slangen dragen,' zei Ericksen. 'Het zwarte meisje en haar vrienden in Bethesda. Kent u hen?'

'Ja,' zei Lucas. 'Ik ben ook erg op hen gesteld.'

‘Weet u waarom ze slangen dragen?’

‘Nee, ik geloof van niet. Wilt u het me vertellen?’

‘Nou,’ zei Ericksen, ‘toen de eerste Adam werd vernietigd, kwam de slang om ons van Azazel te verlossen. Maar Azazel zette alle vrouwen tegen hem op. Christus was de slang die wederkeerde. De slang is onze enige hoop.’ Hij stak zijn hand in de v van zijn kraag. Aan het eind van een dunne ketting hing een kleine ouroboros, in wezen dezelfde die Raziel en Sonia ook droegen. ‘Kijk, ik heb er een. Wilt u er ook een?’

Lucas, geen groot tekenaar, probeerde er een schetsje van te maken in zijn notitieboekje. Toen schoot hem te binnen dat hij in de toekomst nog vele mogelijkheden zou hebben om dat te doen.

‘Ik weet het niet,’ zei hij. ‘Ik moet er maar eens over nadenken.’

20

De dag na De Kuffs paulinische expeditie naar de vijver van Bethesda regelde Janusz Zimmer een ontmoeting met Sonia in haar appartement in Rehavia. Ze had het grootste deel van haar tijd in de Moslimwijk doorgebracht, in Bergers huis. Zij en Zimmer waren oude kennissen. Als ze niet met Raziel in contact was gekomen, als ze geen soefi van Berger was geworden, zouden ze misschien meer dan dat zijn geweest.

Sonia wist niet waar Janusz Zimmer voor kwam. Een tijdlang praatten ze over de plaatsen in Afrika waar ze allebei waren geweest. Nairobi. Mogadishu. Khartoum.

'We zijn allebei van huis uit rood, hè?' merkte Zimmer op. Hij dronk een fles Israëlische cognac die hij had gekocht, en blijkbaar begon hij sentimenteel te worden. Het was midden in de middag. Het licht buiten werd dieper; de schaduwen onder de eucalyptus werden langer.

'Ja, dat denk ik wel,' zei ze. 'Maar we zijn niet de enigen hier in de stad.'

'In Jeruzalem zijn we met weinigen,' verbeterde Zimmer haar. 'De meesten van onze oude kameraden wonen in Tel Aviv.'

'Om je de waarheid te zeggen,' zei Sonia, 'heb ik altijd gedacht dat je maar deed alsof. Ik heb nooit geloofd dat je echt een marxist-leninist was.'

'Om je de waarheid te zeggen openden Marx en Lenin mijn ogen toen ik nog jong was. Vergeet niet, toen ik een jongeman was, voerden we nog een burgeroorlog tegen reactionairen in Polen. De Amerikanen lieten met parachutes wapens voor ze neerdalen. Er waren pogroms. En dus noemde ik me een tijdlang marxist-leninist.'

'En je raakte gedesillusioneerd.'

‘Om een lang verhaal kort te maken,’ zei Zimmer, ‘ik raakte gedesillusioneerd. Maar natuurlijk had jíj het geluk dat je in Cuba was. Waar alles geweldig is.’

‘Alsjeblieft, praat niet zo denigrerend over Cuba,’ zei Sonia. ‘Dat kwetst me.’

‘Maar uiteindelijk is het toch een politiestaat?’

Sonia haalde haar schouders op. Ze wilde daar niet over praten.

‘En dus zoek je het nu in het soefisme en wat al niet,’ zei Zimmer.

‘Nou, niet veel wat-al-niet,’ zei Sonia. ‘Veel soefisme.’

‘En nu ben je bij die joods-christelijke, christelijk-joodse joden, om het zo maar eens te zeggen. Dat is toch zo?’

‘Zijn dit vriendschappelijke vragen, Jan? Stel je die vragen als journalist? Of is het de bedoeling dat ik aan zelfkritiek ga doen?’

‘We zullen doen alsof we in de partij terug zijn,’ zei Zimmer.

‘Jan, ik ben nooit lid van de partij geweest. Mijn ouders wel.’

‘We zullen doen alsof we in de partij terug zijn,’ herhaalde Zimmer, alsof hij wel beter wist dan enige waarde aan zulke tegenspraak toe te kennen. ‘Oefen eens wat zelfkritiek uit. Waarom moet je die schimmen najagen?’

‘Mijn geloof is mijn eigen zaak,’ zei Sonia. ‘Tegenwoordig wel.’

‘Omdat je in Jeruzalem bent?’ vroeg Zimmer. ‘Omdat de dingen die hier gebeuren anders zijn dan de dingen die ergens anders gebeuren? En soms de wereld veranderen?’

Ze schrok en voelde zich ook een beetje gekwetst. ‘Chris Lucas heeft je verteld dat ik dat heb gezegd.’

‘Ja,’ zei Zimmer. ‘Lucas en ik spreken elkaar geregeld. Maar je hebt gelijk, Sonia. Wat hier gebeurt, zál de wereld veranderen. Deze keer zal dat gebeuren.’

‘Wat bedoel je, Jan?’

‘De partij – de partij verloor zijn ziel toen hij ons verloor. Ik bedoel de joden, want jij bent net zo goed een jood als ik. Onze hoop, ons hartstochtelijk streven naar *tikkun olam*, onze moed, onze toewijding maakten de communistische partij tot alles wat hij was. In ieder geval tot alles wat goed was. De stalinisten, de moordenaars, waren bijna allemaal niet-joden. Zeker, daar zaten ook joden tussen. Maar toch waren het in wezen allemaal antisemieten.'

'Jan,' zei Sonia. 'Probeer je me iets aan te praten? Wil je dat ik je help de partij weer op te bouwen of bedoel je dat ik een betere jood moet zijn, of probeer je soms een afspraakje met me te maken?'

'Het gaat me hierom, Sonia: er zijn organisaties in dit land die ernaar streven dat het hier beter wordt.'

'Daarover bestaan veel verschillende ideeën.'

'Misschien zijn we het ongeveer eens. Jij zou ons kunnen helpen. Waar vroeger een Rood Orkest was, hebben we nu een Joods Orkest, een netwerk dat net zo goed georganiseerd is als alles wat in Europa tegen de Duitsers georganiseerd was, of hier tegen de Engelsen. Ik wil dat jij je daarbij aansluit, of dat je ons op zijn minst helpt. Ik ben het aan je verschuldigd om je dat te vragen.'

Sonia keek hem verbaasd aan. 'Dus je hebt het streven naar een volmaakte wereld nog niet opgegeven?'

'Nee,' zei Zimmer. 'Dat zal ik niet opgeven. Maar het komt niet uit Moskou. Misschien kunnen we het hier doen.'

'Wat stel je precies voor?'

'Als je zegt dat je meedoet, zul je meer te horen krijgen. Je weet hoe dat werkt. Mensen moeten niet meer weten dan noodzakelijk is.'

'Ja, in zekere zin ben ik een jood,' zei Sonia. 'Mijn moeder was het. Ze zei altijd dat je niet joods hoefde te zijn om een jood te zijn. Dat veel mensen die niet joods waren wat haar betrof wel een jood waren. Ik denk dat ik net zo ben als zij. Zeker, dit hier is mijn land, maar mijn land ligt ook in het hart. Ik geloof niet in een volmaakte wereld, maar ik geloof wel in een betere.'

'Mijn arme meisje,' zei Zimmer. 'Je bent een progressief type geworden.'

'Hé, Jan,' zei ze. 'Ik ben gekleurd, weet je. En ik kom in dit land op voor de Palestijnen, die hier een verachte minderheid zijn – dat zou best eens mijn manier kunnen zijn om een goede jood te zijn. Dus als een joodse ondergrondse betekent wat ik denk dat het betekent, zeg ik: nee, dank je.'

'Laat me je nog één vriendschappelijke raad geven,' zei Zimmer. ‘Blijf uit de Gazastrook vandaan.’

‘Jezus,’ zei Sonia. ‘Jij ziet het niet erg helder meer, hè? Ik heb daar gewerkt, Jan. Het is best mogelijk dat ik daar opnieuw ga werken.’

‘Het zij zo.’

‘Ik zal je wat vertellen,’ zei Sonia. ‘We zullen vergeten dat dit is gebeurd – dit gesprek. Ik zal er niet over praten. Dan kunnen we vrienden blijven.’

‘Dat zou ik op prijs stellen,’ zei Janusz Zimmer. ‘En ik hoop echt dat we vrienden kunnen blijven. Ik ben daar niet zeker van.’

‘Weet je,’ zei Sonia, ‘ze zeggen dat er maar één waarheid is.’

‘O ja?’ vroeg Zimmer haar. ‘De jouwe of de mijne?’

21

Wekenlang ging De Kuff op de dagen dat hij zich goed genoeg voelde, als zijn geest zijn zwakke lichaam overeind hield, naar de vijver van Bethesda. Jarenlang was Bethesda een verzamelplaats voor een grote verscheidenheid aan vreemde pelgrims en zoekenden geweest. Iemand die in de vroege uren van de ochtend voorbijkwam, zag daar vele tientallen buitenlanders, alleen of in groepen, de meesten blijkbaar in de greep van een kwelling of juist een groot inzicht, kijkend, gebeden mompelend. Sommigen richtten hun gezicht naar de middeleeuwse kerk waar de vroegmis aan de gang was. Ze knielden neer terwijl binnen de consecratie plaatsvond. Sommigen van hen lazen in hun bijbel, zwijgend of hardop voor een groepje metgezellen. Velen zaten daar gewoon of namen de lotushouding aan, hun handpalmen naar boven gekeerd, luisterend naar de verkondiging vanaf de Haram, de verkondiging van de eenheid, de genade en het medegevoel van Allah.

De mensen die daar om zich heen keken, of daar leefden of werkten, waren gewend geraakt aan die bijeenkomsten in de ochtend en de avond. Sinds de eerste ochtend dat De Kuff daar was gekomen en de waarheden van het universum had verkondigd, hadden deze religieuze zoekenden hun aandacht op hem gericht. Bovendien nam hun aantal toe. Die grotere groep en de verschijning van deze nieuwe, stralende, niet bepaald mooie gestalte trokken weer de aandacht van een aantal kringen in deze stad van onmogelijk delicate evenwichten.

De sheiks van de Haram daar in de buurt, de priesters van de nabijstaande kerken, Grieks en Latijns, werden zich allemaal pijnlijk bewust van de transformatie die rond Bethesda plaatsvond. Leden van kleine, militante joodse groeperingen die de nadruk op het heilige karakter van de hele stad legden, gingen soms gewapend naar de Via Dolorosa om De Kuff gade te slaan. De politie zag een en ander wel maar kwam niet tussenbeide, zolang De Kuff en zijn gehoor maar van de straat zelf vandaan bleven. Als tegen zijn verkondigingen moest worden opgetreden, was dat de verantwoordelijkheid van de verschillende instellingen die delen van de binnenplaats in eigendom hadden. Die zouden een klacht moeten indienen. En de verdeelde sekten kwamen niet gemakkelijk tot collectieve juridische actie.

De Kuff vormde meer en meer een vertrouwde aanblik bij de vijver, en sommige excentrieke pelgrims werden vaste bezoekers en wachtten iedere ochtend op hem.

In de loop van de zomer werden De Kuffs menigten groter en groter. Op een ochtend besloot hij zijn toehoorders op de hoogte te stellen van het derde principe van het universum. Hij had er al twee verkondigd. Sonia en Lucas stonden in de menigte. Raziel was in Bergers appartement gebleven en bespeelde zijn klarinet op het balkon.

'Waarom is er iets, in plaats van niets?' vroeg De Kuff de menigte. Die werd stil zodra hij die woorden had uitgesproken.

'Datgene wat in de kern van het universum staat, spreekt woorden uit,' verkondigde hij. 'De wind neemt de woorden mee en verspreidt ze. Ze nemen een miljoen vormen aan, als sneeuwvlokken. Maar de essentiële woorden blijven, ongeacht hun eindeloos vele oppervlakkige betekenissen in een blinde wereld.'

'Ik vind dat accent uit New Orleans wel mooi,' fluisterde Lucas tegen Sonia. 'Sidney Lanier moet ook zo hebben geklonken, denk je niet?'

Maar Sonia keek gefascineerd toe.

'Als ik zeg dat alles thora is,' zei De Kuff, 'zeg ik dat het leven talloze vormen heeft en maar één essentie. Die essentie staat geschreven in een onvergankelijk vuur. De letters, de woorden dwarrelen als bladeren. Maar onder die veelvuldige vermomming' – hij glimlachte triomfantelijk – 'is er één essentie, één waarheid.'

Lucas had het gevoel dat de menigte dichter naar hem toe kwam bij de woorden 'één waarheid'. Alsof het een koude ochtend was, alsof ze het koud hadden en hij en zijn woorden hen verwarmden. Vooral die woorden 'één waarheid'.

De Kuff had een tweede principe en herinnerde hen daaraan.

'De verscheidenheden en mysteries van de wereld zullen nu worden weggenomen. Wat als onvergankelijke woorden begon, zal weer in onvergankelijke woorden overgaan. Het Einde der Dagen, de tijd die zal komen, is aanstaande. In de wereld die zal komen werpt de slang zijn huid af, wordt de wol gescheiden van het linnen, en zo zal het met alle dingen zijn. Geen schaduwen meer op de wand van een grot. "Want wij zien nu door een spiegel in een duistere rede,"' zei hij schalks, '"maar alsdan..."'

Hij wachtte op een antwoord, en iemand in de menigte zei: '"Van aangezicht tot aangezicht."'

'Van aangezicht tot aangezicht!' riep De Kuff verrukt uit. 'Wanneer alles thora is. En de messias komt. Of Jezus komt terug. Of de Mahdi. En allen weten,' zei hij. 'En allen nemen deel. En er zijn geen schaduwen.'

'Dit is helemaal te gek,' zei Lucas.

'Nee,' zei Sonia, 'het is eenvoudig.'

'Misschien is het eenvoudiger als je in dialectiek gelooft,' zei Lucas. Hij kon haar weer niet volgen.

Er waren nog meer dingen, zei De Kuff, dingen die iedereen moest weten. De tijd was er rijp voor; de volheid van de dagen was gekomen. De weeën van de wereld die werd geboren, waren voelbaar.

De menigte werd opgewonden.

'Jezus,' mompelde Lucas.

En er kwam nog meer. De Kuff predikte Hagar in de woestijn. Toen Hagar in de woestijn inzicht kreeg in de kern van het universum, kon ze niet geloven dat ze niet zou sterven.

'Kan ik de Heer van het Zien zien, kan ik El Roi zien, en leven?' liet De Kuff haar vragen.

Toen sprak hij over de Dood van de Kus. Omdat de nieuwe wereld werd geboren, omdat bepaalde dingen niet te zien en te begrijpen waren zonder een soort dood, moest iedereen de Dood van de Kus omhelzen. In de Dood van de Kus stierf ieder voor de wereld. Er moest een soort dood in het leven worden betracht. Het was een dood, maar het was ook een uitbundiger leven. Het was intenser leven, afgestemd op iets anders.

‘In het begin,’ zei De Kuff, ‘is het einde. In het einde is het begin is het einde. In het begin…’

Lucas zag Sonia de ouroboros op haar keel betasten.

‘Hij is doodmoe,’ zei ze. ‘Hij redt het nooit.’

En inderdaad liep De Kuff, wiens gezicht van een waanzinnig enthousiasme gloeide en van vermoeidheid was ingevallen, wankelend over de binnenplaats. Sommige enthousiaste volgelingen maakten aanstalten om achter hem aan te gaan. Een oude vrouw in het zwart. Een paar huilende Russen. Een aantal jonge Europese hippietypes. Lucas meende de Duitse *majnoon* van Pasen te zien. Plotseling bleef De Kuff staan.

‘De profeten stierven de Dood van de Kus,’ zei hij. ‘En dat zal ik ook doen. En ik zal sterven voor de wereld en voor allen die me volgen. En waar ik was, zal de oude wereld verdwijnen en zullen de dingen het woord van God zelve worden. En dat bedoelen we als we zeggen dat de wereld thora zal worden.’

De niet-joodse menigte prees de Heer. Maar bij het hek van het terrein dat van de vijver naar de *tariq* leidde, verzette een oude, goed geklede Palestijnse man, zijn gezicht rood van woede, zich tegen een stuk of wat mannen van zijn eigen leeftijd die hem probeerden tegen te houden. Er werd in het Hebreeuws gejoeld vanaf de bovenverdieping van een gebouw. Iemand gooide een steen. De Kuff kwam naar Sonia toe.

‘Kun je je het lied herinneren, Sonia?’ vroeg hij haar.

‘*Yo no digo esta canción, sino a quien conmigo va*,’ zei ze. Ze keek Lucas aan, met droge ogen maar duidelijk opgewonden. ‘Dat betekent,’ zei ze tegen hem, ‘als je mijn lied wilt horen, moet je met me meekomen.’

De Kuff was doorgelopen; hij was weg, achternagelopen door zijn volgelingen, de Via Dolorosa op. Er werd wat geduwd en getrokken door de discipelen en een paar mensen in de straat. Een politiejeep kwam langzaam over de kinderhoofdjes aanrijden vanaf de Leeuwenpoort. Lucas en Sonia probeerden achter De Kuff te blijven. Terwijl ze hun best deden om hem te volgen, ging hij het Franse katholieke hospitium naast Bethesda binnen.

‘Hij haalt zich grote moeilijkheden op de hals,’ zei Lucas. ‘En jij ook.’

‘We moeten hem daar weghalen,’ zei Sonia.

De menigte om hem heen bestond nu voornamelijk uit Palestijnen, want in de Moslimwijk begon de werkdag. Jongens duwden kruiwagens vol aubergines en meloenen over de keistenen. Voorbijgangers, die al die opgewonden buitenlanders zagen, bleven staan en vroegen wat er aan de hand was. Lucas en Sonia gingen het hospitium binnen en troffen De Kuff aan in een discussie met een Franse zuster van Notre Dame.

Het interieur van het hospitium deed vaag aan Frankrijk denken. Lucas rook de geuren van bloemenzeep, reukzakjes en vernis. Op de receptie stonden verse snijbloemen. De eerste gasten waren voor het ontbijt naar beneden gekomen en spraken Frans. Ze voegden de rook van hun eerste Gauloises aan de melange toe, samen met de geuren van koffie en croissants.

De jonge Palestijn met slaperige ogen die achter de receptie stond, had zijn *Al-Jihar* opzij gelegd en keek verbaasd naar De Kuff. De oude man, een en al beleefdheid en eerbied, sprak in het Frans tegen de non.

Ze had grijs haar en droeg een jurk van seersucker met een zwart schort en een donkere muts. Ze keek over De Kuffs schouder om zich een oordeel te vormen over Lucas, die nu binnenkwam. Haar gezicht betrok van argwaan.

De Kuff vertelde haar duidelijk en zelfverzekerd dat hij misschien ooit een kamer zou willen hebben.

'Wat komt u hier doen?' vroeg ze streng in het Engels. 'Wat wilt u van ons?'

Lucas meende wel te begrijpen wat er aan de hand was. De Franse non had hen, of in elk geval De Kuff, als joden herkend. De Palestijnse receptionist, een niet-Europeaan, was daar niet zeker van.

'Van tijd tot tijd een bed voor de nacht, zuster,' zei De Kuff. 'Niets meer dan dat.'

'Maar waarom?'

'Om dicht bij de vijver te zijn,' zei hij tegen haar. 'En de kerk. Wanneer dat noodzakelijk is. Als de tijd komt.'

'Ik wou dat ik kon geloven dat u alleen maar gelovig was,' zei de non. 'Ik ben bang dat u hier bent gekomen om ons te verdrijven.'

'U vergist zich,' zei De Kuff.

Toen de Palestijnse receptionist achter de balie vandaan kwam, legde ze haar hand op zijn borst om hem tegen te houden en richtte het woord weer tot De Kuff.

'Wij zijn hier al driehonderd jaar, en zelfs nog langer. Onze rechten zijn bevestigd door alle autoriteiten. Uw regering heeft toezeggingen gedaan.'

'U vergist zich,' zei De Kuff vriendelijk. 'Ik begrijp uw vergissing wel. U ziet mij aan voor een militante Israëliër. Maar ik ben ooit katholiek geweest, net als uzelf. Ik kan u een doopbewijs laten zien.'

Hij greep in zijn jasje, tastte naar het ding en vond het ten slotte tussen de mysteries van zijn zakken. Hij haalde een decoratief papier in een envelop met een gouden koord te voorschijn, met de handtekening van de frater die hem had gedoopt.

De non nam het aan, zette haar bril op om het te lezen en probeerde de envelop open te krijgen.

'Ik moet hier een kamer hebben,' zei De Kuff. Hij begon zich op te winden. 'U moet het begrijpen. Ik moet dicht bij Bethesda zijn. Ik heb de zegen van Bethesda nodig.'

Hij liep vlug de refter in, waar de Franse pelgrims zaten te ontbijten.

'Als jullie de dingen hadden gezien die ik vanmorgen heb gezien,' zei hij, 'zouden jullie de Heilige Eeuwenoude de rest van jullie leven verheerlijken. Datgene waarvoor jullie hier zijn gekomen – ik heb het gezien.'

De pelgrims keken hem van achter hun koffie en croissants aan.

'Wie bent u?' vroeg de non aan Lucas. 'Wie is hij?'

'Ik ben journalist,' zei Lucas.

De non sloeg haar blik ten hemel en streek over haar voorhoofd.

'Journalist? Maar waarom bent u allen hier gekomen?' vroeg ze opnieuw.

'Alleen omdat hij onze vriend is,' zei Sonia. 'En het gaat niet goed met hem.' De non keek toen naar Sonia en de opgerolde slang op haar keel. 'Hij is een goed mens die in alle godsdiensten gelooft.'

De zuster van Notre Dame lachte zuur. 'Echt waar? In alle?'

Ze wendde zich van Lucas af en liep achter De Kuff aan de ontbijtkamer in. 'Wat wilt u, *monsieur*?' vroeg ze met afgemeten stem, alsof een duidelijk taalgebruik alles in orde zou maken. 'Waarom moet u bij de vijver zijn? Of bij de kerk van Sint-Anna?'

'Om te mediteren,' schreeuwde De Kuff. 'Om te bidden. Om mijn vrienden te horen zingen. En ik kan betalen.'

De non blies haar wangen op en liet de lucht ontsnappen, zoals Fransen doen. 'Ik weet niet wat ik van u moet denken, monsieur. Misschien bent u ziek.' Ze keek Lucas aan. 'Als hij ziek is, moet u hem naar huis brengen.'

De Kuff ging aan de reftertafel zitten en liet zijn hoofd in zijn handen rusten. Sonia liep naar binnen en ging naast hem zitten.

'Kom, Rev. Laten we gaan.'

'Ik heb ze verteld,' zei hij, 'over *mors osculi*. Ik heb de Dood van de Kus verkondigd en ik dacht dat ze bang zouden zijn. Maar iedereen was sterk en het was niets dan vreugde.'

'Dat weet ik,' zei ze. 'Ik was erbij.'

'En nu,' zei De Kuff, 'ga ik even liggen.'

De non ging tegenover hen aan de tafel zitten.

'Ik denk dat u inderdaad ziek bent, monsieur. Waar logeert u?' vroeg ze Lucas in het Engels. 'In een hotel?' De ouroboros, die De Kuff ook droeg, zat haar duidelijk niet lekker.

'Als ik een ogenblik kan rusten,' zei De Kuff. 'Ik ben plotseling erg moe.'

'U moet begrijpen,' zei de non vriendelijker, 'dat de situatie erg gevaarlijk is. Er is een intifada aan de gang. Er zijn iedere dag incidenten. Het kan gevaarlijk worden. Begrijpt u dat?'

'We begrijpen het,' zei Lucas.

De non was nog met het gouden koord bezig dat De Kuffs doopbewijs afsloot.

'U moet anderen hebben gezien die er ook zo aan toe waren,' zei Lucas tegen haar.

'Ja,' zei de non. Ze keek naar zijn kraag om te zien of hij ook zo'n halssnoer droeg. 'Velen,' zei ze – blij dat hij er niet een droeg, dacht Lucas. 'Maar nooit met zulke ogen.'

'Hij is een goed mens,' zei Sonia. 'Hij houdt van de heilige plaatsen.'

'Blijkbaar,' zei de non.

'We moeten hem uit de Moslimwijk krijgen,' zei Lucas. 'Mensen denken in termen van territorium, punt uit. Straks doet iemand hem nog kwaad.'

'Goed,' zei Sonia. 'Breng hem voor vandaag bij mij thuis in Rehavia. We vinden wel ergens een plaats voor hem.'

De zuster van Notre Dame kwam bij De Kuff staan en vouwde het doopbewijs open dat De Kuff haar had gegeven.

'St. Vincent Ferrer, New York,' las de non hardop. '*Ah*,' zei ze, alsof de dingen opeens veel duidelijker waren geworden. '*Vous êtes américain!*'

22

Op een ochtend, toen ze in haar appartement in Rehavia was, tussen haar souvenirs van hongersnood, epidemieën en oorlog, speelde Sonia het lied van Meliselda voor Lucas op haar gitaar. Ze zong mee in het Spaans en Ladino.

Hij was na een slapeloze nacht vroeg opgestaan en naar haar toe gegaan. Het was een van die woestijndagen in Jeruzalem, dagen die bij zonsopgang een schitterende, bedauwde schoonheid hadden en die je dan de hele middag onder een *hamsin* lieten lijden.

'*Meliselda ahí encuentro*,' zong Sonia. '*La hija del Rey, luminosa*.'

En het eindigde altijd met: 'Als je mijn lied wilt horen, moet je met me meekomen.'

Toen hij daar zat, besefte hij hoe onwaarschijnlijk het was dat er, binnen de grenzen van zijn leven zoals hij dat voorzag, ooit een vrouw zou zijn tot wie hij zich meer aangetrokken zou voelen, een vrouw naar wier gezelschap hij meer zou verlangen. Hij permitteerde zich even de gedachte dat haar lichtgelovigheid, zoals hij die zag, iets was wat hij zou kunnen overwinnen. Ze had genoeg geloof in onmogelijke dingen voor hen beiden.

'Ik heb de hele groep in een hospitium in Ein Kerem gekregen,' zei ze tegen Lucas. 'Dan lopen ze niet zomaar de Oude Stad in, waar ze in moeilijkheden kunnen komen.'

'Hij gaat toch nog steeds naar de vijver?'

'Zondagochtend vroeg,' zei ze. 'Hij heeft een Palestijns taxibedrijf ingehuurd om hem daarheen te rijden en terug te brengen. Niet zomaar een *sherut* maar een complete limousine. Hij betaalt ook voor het hospitium.'

'Waarschijnlijk is het veiliger als de mensen denken dat hij rijk is,' merkte Lucas op.

'Nou, dat is hij ook. Het is handig. En ik denk dat hij zijn chauffeur aan het bekeren is.'

Terwijl de stemming nog luchtig was, vroeg Lucas: 'Waartoe? Ik bedoel, wat geloven jullie?'

'Goed,' zei ze. 'Wat geloven we? We geloven dat alles thora is. Dat betekent...'

'Ik weet wat hij daarmee bedoelt, Sonia. Ik heb hem gehoord. Platonisme, heet dat.'

'We geloven dat er een tijd van verandering aanbreekt. Dat er een nieuwe wereld op komst is.'

'Dat geloofden je ouders.'

'Daar geloofden mijn ouders in. En kijk mij nu eens.'

'Ze wilden een revolutie.'

'Wij ook.'

'Een soort figuratieve revolutie.'

'Nee, man,' zei ze. 'Dezelfde revolutie. Alleen zijn er geen wapens voor nodig.'

'Waarom niet?'

'Omdat wij geloven dat in ons einde ons begin is. Dat we moeten ophouden in de wereld te zijn zoals die is. En als we de wereld willen veranderen, zal hij veranderen.'

'Ja,' zei Lucas. 'De Dood van de Kus. Ik wou dat het me niet als vergiftigde Kool-Aid in de oren klonk. Wat nog meer?'

'Ik denk dat ik de rest weet,' zei ze. 'Maar ik kan het niet zeggen. Niet voordat hij dat doet.'

'Natuurlijk niet.'

'Sorry, Chris. Sorry als het lijkt of ik bellen aan het blazen ben. Zo ben ik nu eenmaal.'

'Ja,' zei Lucas.

'Je kunt het ook zo bekijken,' zei ze. 'We zijn in Jeruzalem. Wat hier gebeurt, is van invloed op het innerlijke leven van de hele wereld. Dat is toch zo? Heb jij dat in je jeugd niet geleerd? Al ben je als christen opgevoed, je moet toch hebben geloofd dat wat hier gebeurde bepalend was voor het menselijk bestaan? Heb je soms niet het gevoel dat het echt zo is? Dat het verhaal van ons volk echt bijzonder is? De leer die uit onze ervaringen voortkomt? Ik bedoel, denk er eens over na.'

'Dat zal ik doen,' zei Lucas. 'En laat mij jou nu iets vragen.

Denk je echt dat er iets in de hemel is dat het iets kan schelen of de klootzak die beneden over straat loopt joods is of niet? Dat het van één stel kleine figuurtjes op Aarde meer houdt dan van een ander stel kleine figuurtjes dat er precies zo uitziet? Dat het die figuurtjes honderden heel bijzondere, volslagen zinloze verantwoordelijkheden oplegt? Een... een eeuwige, onsterfelijke, bovenmaatse presse-papier met een baard en vleugels die van zijn kleine vriendjes de joden houdt?' Hij maakte een verrekijker van zijn handen en bestudeerde het Spaanse vloerkleed. 'Hoera. Daar gaan ze. Ik bedoel, kom nou. Die hemelse achtergebleven deurstopper van de poorten van Niniveh, alleen ligt hij niet onder het zand maar is hij boven ons in de hemel? Wees nou toch wijzer.'

'Geschiedenis is geschiedenis,' zei Sonia. 'Dit volk – ons volk, Chris – speelde een onvervangbare rol in de morele geschiedenis van de mensheid.'

'Sonia, het kan het universum niet schelen of je joods bent of niet. Paranoïde types, nazi's – die kon het wat schelen. En professionele joden en antisemieten, mensen die iemand nodig hebben om te haten. Het is een denkbeeldige conditie, Sonia – het zit in de hoofden van mensen die er behoefte aan hebben. Fanaten. Chauvinisten. Gods eigen vrijgestelden, het kosmische thuisteam? Kom nou.'

'Sorry,' zei Sonia. 'Ik geloof niet dat je het echt zo ziet. Want wat doe je hier dan? Waar is het je om begonnen?'

'Ik ben hier om een boek te schrijven,' zei Lucas.

'Ik weet niet hoe verschillend wij zijn,' zei ze, 'jij en ik. Jij probeert te doen alsof je blij bent dat je niets gelooft, en dat wil er bij mij niet in. Ik ben mijn hele leven bezig geweest te leren geloven. Te geloven, opdat het er iets toe doet. Jij denkt dat ik op een dwaalspoor ben geraakt. Ik denk dat iemand ver moet dwalen om zo volkomen van geloof verstoken te zijn als jij zegt dat je bent.'

'Als ik niet op een dwaalspoor was geraakt,' vroeg Lucas, 'waar zou ik dan in geloven?'

'Misschien in de geschiedenis? Je eigen innerlijke bewustzijn?'

'Ik denk niet dat ik een innerlijk bewustzijn heb,' zei hij. 'Alleen een uiterlijk bewustzijn.'

'O ja? Geen innerlijke krachten? Wat doe je als de dingen onmogelijk worden?'

'Dan ga ik drinken. Dan word ik gek.'

'Dat begrijp ik,' zei ze. 'Ik gebruikte vroeger drugs.'

'Ik ook.'

'Chris,' zei ze, 'luister nou even naar me. Gedurende alle beschavingen zijn er joden naar voren gekomen om voor verandering te pleiten.'

'O Sonia,' zei hij lachend, 'dacht je dat ik dat verhaal niet ken?'

Ze hield haar hand op, de palm naar buiten, om zijn protest af te kappen. 'Sorry. Je kent het verhaal.' Ze ging naar hem toe, haalde toen haar schouders op, sloeg haar armen over elkaar en wendde zich half van hem af, alsof ze daarmee datgene wat ze ging zeggen tot iets anders dan het verhaal maakte. Maar natuurlijk was het dat wel. 'Want voor de meeste mensen is het leven rottig, Chris. En dus heb je Mozes, en Habakkuk, en Jesaja, Jezus, Sabbatai, Marx, Freud. Al die mensen zeiden: begrijp wat ik zeg en handel daarnaar en dan zullen de dingen veranderen. Wat ze zeiden, was waar, man. Hun levens faalden, maar zíj faalden niet. Honderd jaar voordat ze Giordano Bruno in Venetië verbrandden, verbrandden ze in Mantua een jood die Solomon Molkho heette. Hij was een gnosticus, een soefi, een magus. Hij zei dat als de verandering kwam de Draak zonder wapens vernietigd zou worden en alles zou veranderen. En dus geloven we dat het gaat gebeuren. Het gebeurt.'

'"Zo hoorde ik,"' zei Lucas, '"en geloof ten dele." Alleen denk ik dat ik het niet meer geloof.'

'Meen je dat nou? Of krijg ik alleen maar Shakespeare in ruil voor mijn verhaal?'

'Ik weet het niet,' zei Lucas. 'Heb je dit alles aan Raziel te danken?'

'Raziel spreekt alleen namens de Rev. Het gebeurt allemaal in hem.'

'In hem?'

'Op het niveau van uitstralingen. Door de zielen in hem. Hij is degene die de strijd levert. Met Farao. Met de Draak. Ach,' zei ze, 'ik wou dat hij zijn mond hield en niet naar buiten ging om zijn verkondigingen te doen. Maar hij lijdt zo erg dat hij er niet tegen kan.'

'Hij wordt nog verbrand, net als Molkho.'

'Misschien. En deze dingen komen niet van Raziel. De soefi's wisten het altijd al. En de joden wisten het in zekere zin ook altijd al, want dat is thora. Thora is een formule om dingen één te maken. Om ons terug te brengen naar waar we thuishoren. Er zit veel in verborgen.'

'Hoe komt het dat Raziel en de Rev plotseling deel uitmaken van het grote geheel?'

'Dat weten we zoals we alle belangrijke dingen weten,' zei Sonia. 'De oude joden zeiden altijd dat een wijs mens een *maggid* had, een spirituele raadgever uit een andere wereld. Maar een *maggid* is alleen maar iets uit je onderbewustzijn, uit het collectieve geheugen. Iets wat je dingen vertelt die je al weet.

Dus die arme De Kuff heeft geleerd de zielen in hem te herkennen. En Raziel herkende hém. Adam, het arme lam, verzette zich er uit alle macht tegen. Het is een vreselijk lot om tussen de werelden te staan. Het is net waanzin.'

'Denk je niet,' vroeg Lucas, 'dat het waanzin ís? Niet meer dan dat?'

'Nee, dat denk ik niet,' zei ze. 'Want ik heb dit al eerder meegemaakt. Ik heb het mijn halve leven bestudeerd. Voordat hij stierf, herkende Berger hem. Ik herken hem ook.'

'Goed, goed,' zei Lucas schouderophalend. 'Dus wat gaat er nu gebeuren?'

Sonia lachte. 'Ik weet het niet, man. Net zomin als jij. Verandering. En ik denk dat het iets moois zal zijn.'

Lucas liep door de kamer om haar collectie foto's uit de Derde Wereld te bekijken. Blije, hoopvolle gezichten tussen de verworpenen der aarde. Op de tafel had ze een aantal proefafdrukken tegen een lamp gezet. Er waren vele tientallen beelden, honderden, allemaal kinderen, donker, uitgemergeld.

'Wie moet je zijn om in het huis van een *maggid* op de foto te komen?'

'Nou,' zei ze, 'als je een van die kinderen bent, moet je dood zijn. Want dat zijn ze allemaal. In de hongersnood in Baidoa.'

Lucas pakte een van de proefafdrukken op en keek naar de

langgerekte gezichten met grote ogen. Er kwamen regels van een gedicht in hem op, en hij sprak ze voor haar uit:

'Gaat, lachende zielen, uw nieuwe kooien vallen uiteen,
In de Hemel leert ge eerder zingen dan hier spreken,
En laat de melkige bronnen die uw dorst lessen
U niet ophouden;
De plaats die u vanhier roept, is in het ergste geval
Melk altijd en overal..'

'Melk altijd en overal,' herhaalde ze. 'Wat zeg je me daarvan?'

'Het is een oud gedicht. Van een oude dode blanke man. Richard Crashaw. "Voor de stervende zuigelingen". Over een van de vele misverstanden in het Midden-Oosten.'

'Ik wou dat ik het in Somalië had gekend.'

'Nee, dat wil je niet, Sonia. Dan zou je zijn zoals ik ben. En in plaats van dingen te doen en in dingen te geloven zou je er alleen maar gedichten over kennen. En nu moet ik gaan,' zei hij. 'Ik heb straks nog een afspraak met de dokter.'

'Wacht, Chris. Ga zitten. Ga verder,' drong ze aan, toen hij alleen maar naar haar stond te kijken. Ze sprak tegen hem met de gespeelde strengheid van een ouderwetse zuidelijke schooljuffrouw en ging tegenover hem zitten, haar armen om haar knieën geslagen.

'Waarom haat je jezelf zo erg? Wat geeft je zo'n ellendig gevoel?'

'Ik weet het niet,' zei hij. 'Misschien laat ik me meeslepen omdat het een ellendige wereld is. Zoals je net opmerkte. Wil je me mijn *tikkun* vertellen?'

'Dat zal veranderen,' zei ze. 'We zullen vrij zijn. Want waar de geest van de Heer is, daar is vrijheid.'

'Dat hoor ik graag,' zei hij.

'Echt waar?'

'Ja,' zei Lucas. 'Natuurlijk. Ik ben altijd godsdienstig geweest. Ik had altijd al medelijden met mezelf, en niet eens alleen met mezelf. Dus ik hoor dat echt graag. Ik ben zwak. Ik ben sentimenteel. Ik heb behoefte aan een kerstman. Ja, ik zou best een van die psalmen zingende idioten kunnen zijn.' Hij stond op en wendde zich van haar af. 'Ja, echt, ik hoor dat graag. En ik mag jou ook graag. Ik mag je heel erg graag.'

'Ja, dat weet ik,' zei ze, 'want ik ken je tikkun. Ik mag jou ook graag. Kom je terug?'

'Ja,' zei Lucas. 'En ik zal je provoceren en kwetsen tot ik er zeker van ben dat je je geloof hebt verloren.'

'Omdat ongelukkigen graag gezelschap hebben?'

'Omdat je te hip en te mooi en te intelligent bent om die onzin te geloven. Het is gevaarlijk. En omdat ongelukkigen graag gezelschap hebben, en als al die mooie dromen en illusies onbereikbaar voor me blijven, zal ik ze van jou afpakken.'

'Maar Chris,' zei ze lachend. 'Ze zijn mijn grote vreugde. Ze kunnen me gelukkig maken.'

'Nou, ik wil niet dat je gelukkig bent. Daarvoor ben je een te goede zangeres. Ik wil dat je zo bent als ik.'

23

’s Middags ging hij naar het Atara om met dokter Pinchas Obermann te praten. Het terras aan de Ben Yehuda Street zat helemaal vol, en mensen hadden stoelen van binnen gehaald om in de zwakke bries te zitten. Obermann zat aan zijn gebruikelijke kleine tafeltje binnen. Lucas bracht hem verslag uit van zijn wederwaardigheden met dominee Ericksen en de terugkerende slang.

‘Gnostisch,’ zei Obermann. ‘Jahweh is de demiurg die de wereld beheerst. De slang is wijsheid. Jezus kwam de wereld van Jahweh bevrijden. In wezen Grieks antisemitisme.’

‘Hij is niet zomaar verbitterd,’ zei Lucas. ‘Hij is zijn verstand kwijt.’

‘Hij werkte te dicht bij het licht,’ zei Obermann.

‘Ja,’ beaamde Lucas, ‘en zijn vrouw neukte op alle manieren die er zijn.’

Dokter Obermann was niet beledigd. Hij keek peinzend. Per slot van rekening was hij zelf nu de bedrogene.

‘Blijkbaar,’ zei hij, ‘bestaat er inderdaad zoiets als de zendelingenhouding.’

‘Blijkbaar leren ze je op de bijbelschool hoe je moet neuken.’

‘Bedoel je,’ vroeg Obermann, ‘dat Amerikaanse evangelisten les krijgen over sekstechnieken die niets opleveren?’

‘Ik maakte maar een grapje,’ zei Lucas. ‘Maar wie weet?’

‘Nou,’ zei dokter Obermann, ‘Linda heeft nog heel wat meer geleerd. O ja,’ ging hij verder, ‘ik heb je boek over Grenada gelezen.’ Lucas zag dat hij het boek in zijn hand had. Hij, Lucas, had gedacht dat het al lang niet meer te krijgen was. ‘Kijk maar niet zo verbaasd. Ik heb je opgezocht op Nexus. En ik maak gebruik van een boekenservice.’

Net als het ministerie van Defensie? vroeg Lucas zich af. Of de Mossad? Hij had drie maanden aan een reportage over de invasie van de Verenigde Staten in Grenada gewerkt, Operatie Urgent Fury, de gebeurtenis die hij voor de *Baltimore Sun* had verslagen. Dat boek had hem niet veel goed gedaan en was nauwelijks opgemerkt, maar hij had er in alle eerlijkheid en vakbekwaamheid aan gewerkt.

Als schrijver leed Lucas aan een combinatie van indolentie en perfectionisme, en daarom had het hem te veel tijd gekost om het boek te schrijven. Toen het werd gepubliceerd, waren zijn onthullingen over de onbekwaamheid en kruimelcorruptie van sommige leden van militaire elite-eenheden al grotendeels achterhaald.

Lucas kon goed luisteren. Hij was een man van zijn woord en mensen wilden hem graag iets vertellen. Jammer genoeg waren de feiten waarover zijn bronnen hem hadden verteld al binnen een paar maanden na Urgent Fury onder het tapijt geveegd of vroom opgebiecht. Voor publieke consumptie waren er een paar openbare verbrandingen geweest: mensen die tot zondebok waren verklaard hadden aarzelend en in verhullende militaire taal bekend dat ze bepaalde nalatigheden over het hoofd hadden gezien. In zittingen van Congrescommissies waren een paar snikken mannelijk ingeslikt. Enkele personen waren overgeplaatst of vervroegd met pensioen gestuurd. Een aantal bronnen van Lucas was opgespoord en in het geheim gestraft.

Bovendien hadden zijn uitgevers gevonden dat het boek een beetje te veel nadruk legde op de rol van de Afro-Caribische religie in de recente geschiedenis van het eiland. Maar Lucas had zijn best gedaan. Het grootste deel van zijn leven was hij veelbelovend geweest, al was daar afbreuk aan gedaan door valse starts, een gebrek aan zelfvertrouwen en dingen die hij niet had afgemaakt. Het boek was het enige dat hij ooit echt tot een goed eind had gebracht. Hij was er nogal trots op.

‘Het was maar een pocket,’ zei hij tegen dokter Obermann. ‘Over iets wat in de actualiteit stond. Een soort vluggertje.’

‘Het was een intelligent boek,’ zei Obermann. ‘Een wijs boek. Ik weet niet veel van het Caribisch gebied of het Amerikaanse leger, maar ik geloofde de dingen die ik las.’

Het deed Lucas veel genoegen om dat te horen.

'En dus voel ik me gesterkt in mijn keuze,' zei Obermann. 'Ik koos een goede auteur. En ben jij... nog enthousiast over ons verhaal?'

'De mensen die me echt interesseren, zijn Raziel en De Kuff.'

'En Sonia,' voegde Obermann eraan toe. 'Je bent erg op dat meisje gesteld.' Hij goot een beetje *schlag* in zijn koffie.

'Ja,' zei Lucas. 'Dat is zo.' De zomeroptocht van jonge toeristen en studenten trok langs het Atara. De vaste bezoekers van het café negeerden hen, al keken ze nu en dan wel even naar opvallende jonge vrouwen. 'Ik ben geneigd me op De Kuff en zijn groep te richten, met uitsluiting van sommige anderen. Zij zijn interessanter.'

'Misschien doen we dat,' zei Obermann.

'Maar,' zei Lucas, 'jij hebt natuurlijk liever een verhaal dat tot iets leidt. En iets als dit – nou, mensen komen en gaan. Het leidt niet tot iets.'

'Waar zijn ze?' vroeg Obermann. 'Die volgelingen van Raziel en De Kuff?'

'In een hospitium in Ein Kerem. De Kuff betaalt. Hij schijnt erg rijk te zijn.'

'Dragen ze nog een ouroboros als amulet?'

'Ja. Sonia ook. Denk je dat het iets te maken heeft met wat Ericksen zegt?'

'Ja,' zei Obermann tussen twee happen koffiecake door. 'In zekere zin. Het zijn ketters, en in het licht van het normatieve judaïsme zijn het nog erg radicale ketters ook. Maar natuurlijk komt de ouroboros in de *Zohar* voor.'

'Hun theologie is me niet helemaal duidelijk. Die is duidelijk messianistisch. Ik denk dat ze Sabbatai Zevi en Jacob Frank en Jezus aanbidden.'

'Ja, dat zit er wel in. Waarschijnlijk zien ze al die figuren als een enkele steeds terugkerende ziel. Die nu in De Kuff gereïncarneerd is.'

'Hoe kwam die slang in beeld?' vroeg Lucas. 'Dat is nogal beklemmend.'

'Als de Almachtige onuitsprekelijk is gemaakt,' zei Obermann, 'en voor ons verloren gaat, blijft een uitstralende kracht latent aanwezig. Maar die kracht kan alleen worden versneld door een overeenkomstige kracht – dat is elementaire fysica.'

'Waarin ik...'

'Waarin jij zo slecht was op school. Dat geeft niet. Voor de hindoes is de slang Kundalini de vertegenwoordiger van Shakti, de gemalin van Shiva. Door Shakti wordt de immanente Shiva de levenskracht. Sommige mensen aanbaden de slang in Adams hof.'

'Geen joden.'

'Bepaalde joden,' zei Obermann. 'Ketters. *Minim*. De gnosticus Elisha ben Abouya. Maar vergeet dit niet: in de kabbala staat de slang ook voor de kracht die de Eerste Kracht van God versnelt. De slang brengt de tijd tot zijn voleinding in de eeuwigheid. Een heilige slang staat voor de God van het Geloof. Een eeuwige, zich eeuwig vernieuwende slang die het immanente in een Oerwil verandert. Wat vind je daarvan?'

'Niet gek,' zei Lucas.

'In de gematria heeft de term "heilige slang" dezelfde numerieke waarde als "*moshiach*". De Kuff draagt hem – Raziel laat hem de slang dragen, misschien niet alleen voor zichzelf maar ook voor elke *moshiach* uit verleden en heden. Een eeuwige heilzame kracht. Niet gewoon één Jezus. Niet één ziel. Vele.'

'Ik moet deze dingen ooit hebben bestudeerd,' zei Lucas.

'Ik denk van niet. Misschien zou je moeten mediteren. Of misschien ook niet. Hoe dan ook, dat zijn de dingen waarmee je hier te maken hebt.'

'Het klinkt niet alsof het vanzelf weg zal gaan.'

'Niet voordat de joden weggaan. Of als God nog verder weggaat en geen acht meer slaat op al hun plannen en tactieken om hem terug te brengen. En dus,' zei Obermann, 'zal het iets zijn, ook al leidt het uiteindelijk tot niets.'

'Het klinkt als een catastrofe die zich ieder moment kan voltrekken.'

'Het universum beweegt zich van catastrofe naar catastrofe. Dat inzicht hadden de marxisten ontleend aan Wagner, en die had het weer uit de fysica.'

'Vertel me eens,' zei Lucas. 'Waar komen al deze dingen vandaan?'

'Wat is boven? Wat is beneden? Wat was er voorheen? Wat zal

er komen?' Hij keek Lucas met een zijdelingse, ondervragende blik aan. 'Hij die zulke vragen stelt – het zou beter voor hem zijn als hij niet geboren was. Dat zeggen de grote wijzen.'

'Hoe zien wij het?'

'De mens is gevormd naar een gelijkenis,' zei Obermann. 'Hij ziet datgene waarop hij lijkt. De vormen die hij ziet, worden bepaald door zijn karakter.' Obermann keek Lucas aan. 'Je wilt toch niet terugkrabbelen? Je wilt nog steeds het boek schrijven?'

'Ja,' zei Lucas. 'Dat wil ik nog steeds.'

Lucas betaalde, zoals hij inmiddels gewend was, en ze liepen naar de Jaffa Road.

'Wist je,' vroeg Lucas, 'dat De Kuff bijna elke zondag in de Moslimwijk preekt?'

'Voor de Sint-Anna? Bij de vijver van Bethesda?'

'Ik denk het. We vonden hem daarnaast.'

Obermann keek zelfgenoegzaam. 'Dat is een ontmoetingspunt. De tempel van Aesculapius. Nog meer slangen. En ook de vijver van Israël.'

Hij legde zijn hand op Lucas' schouder en dirigeerde hem in de richting van de Jaffa Road en de bus naar zijn huis in Kfar Heschel, een nieuwe buitenwijk voorbij de Groene Lijn. 'Luister. We zullen samen iets goeds doen. Iets wat de moeite waard is. O ja, ik heb je wat boeken gestuurd die je waarschijnlijk niet bij Steimatzky of de universiteit kunt krijgen. Wil je daar eens in kijken?'

Lucas ging met een opgewonden gevoel naar huis. Het zou de moeite waard zijn! Obermanns boeken lagen in het onaangename hok van de conciërge op hem te wachten.

'Allemachtig!' zei de conciërge, alsof hij iets ergens heen had moeten dragen, wat erg onwaarschijnlijk was. 'Wat hebt u hier?'

'Diamanten,' zei Lucas tegen hem.

De hele middag, en tot in de avond, zat hij op het smalle balkonnetje naast zijn keuken. Hij kauwde op Nuala's qat en las het materiaal dat Obermann hem had gegeven. Daarin werd een beeld van Jeruzalem geschetst als van een absurde samenkomst van wonderen. Er waren niet-joden als Willie Ludlum, een religieuze brandstichter waarvan de hartstochtelijke maar leeghoofdige overpeinzingen over het universum een politiedossier vulden dat langer was dan de evangeliën van Markus en Mattheüs bij elkaar. Er waren de Bewakers van de Wonderschone Poort, die de Tempel wilden herbouwen door delen te laten sponsoren door rijke Amerikanen, en de Dragers van het Teken van Kaïn, een sekte van Duitse hippies die naar boetedoening streefden en die klonken alsof ze de wraak van de nazi's op henzelf waren. Er waren de beheerders van het Huis van de Galileeër, met wie Lucas al had kennisgemaakt, en de Verloren-Gevonden Zwarte Oriëntaalse Kinderen van Zion, van wie de meesten uit Bakersfield kwamen.

Sommigen namen de Grote Piramide als hun inspiratiebron, anderen het Ware Graf of de Lans. Blijkbaar hielden ze allemaal van kleurrijke benamingen. Er was de Piramidesekte uit Oregon, die zich de Stille Zoekers naar de Eik en de Rank noemde, en er was een stel Panamezen dat zich als de Meest Kuise Atleten van de Heilige Graal presenteerde.

Er waren ook nogal wat solisten, zowel mannen als vrouwen, die dachten dat ze Franciscus van Assisi of Teresa van Avila of Peter de Kluizenaar waren. Maar onder de joden, die over het geheel genomen conventioneel waren, was niemand zoals De Kuff of Raziel.

Het materiaal was degelijk. De volgende morgen in alle vroegte belde hij een oude vriendin bij een uitgeverij in New York en praatte een opdracht voor het boek los.

Tijdens hun gesprek verraste hij zichzelf door het project als een tuin vol nachtegalen te bezingen. Hij sprak met zoveel zelfvertrouwen als Elia op de berg Camel tegenover de honderdvijftig profeten van Baäl, alsof hij niets meer van het leven verlangde dan dat hij dat boek zou mogen schrijven.

'Het klinkt erg, erg geweldig,' zei zijn oude vriendin, die zelf met het jaar meer als het Boston Athenaeum ging praten. 'Ik wed dat ik het kan verkopen.'

'Nou,' zei Lucas, 'laten we het contact aanhouden.'

Misschien lag het inderdaad allemaal zo simpel, dacht hij. In ruil voor zijn literaire vaardigheden, voorzover hij die had, en zijn Amerikaniserend gezond verstand kon hij beschikken over Obermanns schat aan krankzinnige godzoekers, en verder zou hijzelf het nodige kunnen opduikelen.

24

De volgende dag begon hij, slapeloos tot het eerste daglicht, aantekeningen over Obermanns materiaal te maken. Toen nam hij koffie en een broodje, en na het ontbijt maakte hij een wandeling in de buurt van het spoor, tussen de tuintjes met oleander en tamarisk.

Weer thuis, zette hij een kop Turkse koffie en keek in de krant. Onder aan bladzijde vier stond een artikel dat hij eerst over het hoofd had gezien.

AMERIKAANSE PREDIKANT STERFT DOOR VAL VAN TOREN IN OUDE STAD

De oude Byzantijnse aquaducttoren tussen het Spafford Ziekenhuis en de Bab al-Zahra, ook wel Herodespoort genoemd, in de muur van de Oude Stad was donderdagmorgen het toneel van een ongewoon ongeval. Een man die inmiddels is geïdentificeerd als dominee Theodore Earl Ericksen, predikant van de Onafhankelijke Evangelische Kerk in Noord-Amerika, is blijkbaar doodgevallen vanaf de balustrade van de toren, ondanks de borsthoge barrière aan de Oude Stadkant van de muur. Het lichaam van de heer Ericksen werd vele meters van de onderkant van de muur ontdekt, aan de rand van het complex van de Bethesdavijver bij de Herodespoort, een plaats die veel wordt bezocht door christelijke en tot de 'New Age' behorende bezoekers van de Oude Stad. Omwonenden zeiden in de loop van de nacht meermalen een man op de toren te hebben gezien. Wachters van een nabijgelegen madrasa, bedacht op de mogelijkheid van een insluiper op het dak, hadden meermalen poolshoogte genomen op de daken en de aangrenzende toren, maar zonder resultaat.

De heer Ericksen, 36 jaar oud en afkomstig uit Superior in Wisconsin, had drie jaar in Jeruzalem gewoond en was verbonden aan het Huis van de Galileeër in Nieuw Katamon, een christelijke studiegroep. Hij laat een vrouw na, Linda Ericksen, eveneens uit Superior, die voor dezelfde organisatie werkzaam is.

De politie stelt een onderzoek in naar het sterfgeval, en over twee weken zal een hoorzitting worden gehouden. Intussen heeft het ministerie van Toerisme verklaard dat de omgeving van de aquaducttoren structureel veilig is voor bezoekers. Er zijn na deze tragedie geen plannen voor aanpassing van de constructie. Chaim Barak van het ministerie zei vandaag dat toeristen worden aangemoedigd de muren te bezoeken maar dat het veiliger was om dat overdag en in groepen te doen.

Hij ging niet weer uit maar belde Obermann.

'Ja, ik heb het gezien,' zei de dokter. 'Hij voelde zich verraden.'

'Dat lijkt me inderdaad het juiste woord,' zei Lucas. 'Te dicht bij het licht, zei je.'

'Poëtisch van mij. Nou, het treft me wel. Hij had een ander leven kunnen leiden.'

'Denk je dat hij beroofd is of zoiets?'

'Hij viel niet per ongeluk,' zei Obermann. 'Het kan niet anders of hij is gesprongen of iemand gaf hem een duw.'

Lucas voelde zich niet op zijn gemak. Hij boog zich over de boeken die hij bij Steimatzky had gekocht en van de Engelse stapels op de Hebreeuwse universiteit had gepakt om ze voor zijn studie daar te gebruiken.

Hij had Adolphe Frank, Gershom Scholem over de kosmologie van Isaac Luria, Daniel Matts vertaling van de *Zohar* en een stuk of tien andere boeken. Sommige waren vroom, andere werelds, sommige antiek, andere hedendaags. De meeste waren joods en sommige waren christelijk, inclusief enkele werken over de Spaans-christelijke kabbala en over het werk van Pico della Mirandola. Hij had er al wekenlang in gebladerd en er ook een paar van gelezen.

Lucas, een verzamelaar van overleveringen, ontdekte een aantal dingen die hij nog niet wist. Omdat hij bij Adler had gestudeerd, begreep hij de formules waarmee Sabbatai Zevi en Jacob Frank hun eigen goddelijkheid door middel van de heilige slang hadden afgeleid; beide mannen hadden de ouroboros in hun teken opgenomen.

Hij leerde ook dat je, door de Hebreeuwse letter *shin* aan het tetragrammaton toe te voegen, de naam van God in de naam van Jezus kon veranderen – en ook dat de sefardische kabbalist Abraham Abulafia vermoedde dat hijzelf de messias was, en dat hij de paus had bezocht om Zijne Heiligheid van die ontwikkeling op de hoogte te stellen en dat hij levend het Vaticaan uit was gekomen. En dat monniken van San Jerónimo in Castilië door de inquisitie waren opgepakt omdat ze tijdens de paasdagen van het jubeljaar 1500 een *seder* hadden gehouden. En dat bijna alle grote Spaanse mystici van joodse afkomst waren, ook de heilige Teresa, de heilige Johannes van het Kruis en Fray Luis de León.

De kabbalistische formuleringen brachten hem steeds meer in verrukking, ook zoals ze in de wartaal van Raziel en De Kuff tot uiting kwamen. In de loop van de middag stond hij op om iets te drinken, maar in plaats van te drinken keerde hij terug naar Scholem, *Over de kabbala en zijn symboliek*. Wat was dat waar, dacht hij. Psychologisch gezien was het een even goede verklaring voor de dingen als alles wat hijzelf ooit had uitgedacht. Het was subliemer en overtuigender dan het thomistisch belaste katholicisme dat hem vanaf zevenjarige leeftijd aan zoveel banden had gelegd. Hoewel het er natuurlijk nooit om ging wat al dan niet wáár was – een belachelijk woord.

Toen schoot hem te binnen dat het idee van een grote goddelijke terugtrekking, van heilige uitstralingen die overbleven – dat al die dingen niet meer waar waren dan het christendom waarmee hij was opgegroeid maar op hun eigen manier hetzelfde waren: een essentie die ten grondslag lag aan elke vorm die de waarheid kon aannemen.

Hij ging naar zijn exemplaar van Pascals *Pensées* om iets op te zoeken wat hij zich half herinnerde.

'Het universum is zodanig dat het, in de mens en buiten hem, overal getuigenis aflegt van een God en een natuur die verloren zijn gegaan,' had Pascal geschreven.

Jansenisme. De keten leidde hem van Port Royale naar Descartes. Het bewijs van het bestaan van God door middel van de ontologie. Dat hield in dat als je je de Grote Vader echt kon voorstellen, hij moest bestaan, bij Jupiter. Het bewijs door middel van ontologie gaf hem weer het gevoel dat hij iets moest drinken. Het bracht de nooit ingewijde Ierse jezuïet in hem boven, of misschien deed het hem denken aan de flessen die hij naar kerkfeesten had meegesmokkeld. En dus schonk hij Glenlivet in een glas en zat naar de stenen van de stad te kijken, die in het avondlicht subtiel van kleur veranderden.

Descartes bij de warme kachel, zo ging het verhaal. Hier ben ik – Descartes bij de Warme Kachel – dus moet er een God zijn. Ik droom dit, dus moet het er zijn. De methode van Freud. Ik denk, dus ik ben. Er is een proces, en dus moet ik daar deel van uitmaken. Ongetwijfeld, dacht hij, ging ontologie beter als je er iets bij te drinken had, en dat was waarschijnlijk ook de reden waarom zoveel geestelijken een alcoholprobleem hadden.

Maar er wás een proces, nietwaar? Er was niet niets. Er waren dingen. En als het proces niet met jou eindigde, zoals blijkbaar niet het geval was, waar eindigde het dan? Was al dat streven naar uitersten volslagen nutteloos, al dat verlangen zonder hoop op rust, de dorst die nooit werd gelest? Bij de gedachte aan dorst schonk hij zich nog eens in.

Toen schoot hem te binnen dat het idee van een grote Schepper die zich had teruggetrokken betrekking moest hebben op een feitelijke stand van zaken. Dat de uitstralingen van kroon en heilige wijsheid en oerbegrip, van grootheid, macht en liefde, van ontzagwekkende oordelen, van schoonheid, genade en lijdzaamheid, van majesteit, van het koninkrijk Gods en de grondslagen daarvan – dat al die dingen volmaakt en duidelijk aanwezig waren, dat ze er gewoon wáren. En dat ze zelfs in hem waren, in zijn primitieve duisternis. Met zijn glas in de hand dacht hij: wat zal het mooi zijn om zulke dingen te geloven, wat heerlijk en bevredigend.

Bovendien vroeg hij zich af hoe moeilijk het was om zich voor te stellen dat dit alles hem krachtens geboorte toekwam. Hem als jood, en als hij wilde, kon hij een jood zijn, vond hij. Maar zelfs als hij dat niet wilde, wat zou het dan mooi zijn om het allemaal te hebben. Om te erven aan beide kanten van de straat, de Shekhina tegelijk met de moederkerk en de Ierse havermout, de zegen én de pap.

Toen ze een keer op zondag van hun huis naar de kerk liepen, waren hij en zijn moeder de vrouw van zijn vader tegengekomen. Ze kwamen met zijn tweeën van de St. Joseph in La Salle Street, tussen de huurkazernes van Harlem, waar zijn moeder met hem heen ging al zou ze met haar snobisme misschien eerder geneigd zijn geweest om naar de St. Paul's Chapel in Columbia te gaan. En daar hadden ze dus over het trottoir gelopen, zijn moeder met haar witte strohoed en haar praktische handschoenen, hij in zijn pak met vlinderstrik, als een bleke replica van de kleine zwarte kinderen die naar kerkzaaltjes in winkelpanden gingen. En toen werden ze aangesproken door mevrouw Lucas, de krankzinnige vrouw van de hooggeachte professor. Ze was donker en knap geweest, met een Teutoonse houding. Zelfs zijn moeder gaf toe dat ze op de actrice Lili Palmer leek.

De ontmoeting was nogal scherp uitgevallen en er waren woorden gevallen die niet geschikt waren voor de zondag. Hij zou zich altijd de frase 'dat ongelukkige kind' herinneren. Ze zei iets over haar man, iets onverstaanbaars, en toen iets over 'dat ongelukkige kind'. Hem. Jammer genoeg woonden ze allemaal in hetzelfde deel van de stad. Uit het leven gegrepen. De Upper West Side.

De eenzaamheid daalde bij het vallen van de avond over hem neer, en na een tijdje ging hij uit. Aan het begin van iedere avond voelde hij dezelfde rusteloosheid. Dat ging niet gepaard met bepaalde rituelen. Er was alleen een wanhopige aandrang om de duisternis snel tegemoet te gaan. Hij was in seksueel en intellectueel opzicht impotent geworden. De avond moest plotseling komen, en de dageraad spoedig. Maar daar liep hij dan, de zoon van de professor/vader. En hij was in Jeruzalem, de stad van het ding zelf, de stad van het Ongeschapen Licht. Hij liep een beetje verdoofd in de schemering door de stad en kwam bij de Ottomaanse fontein in het Hinnomdal. Opeens besefte hij dat hij op weg was naar de Klaagmuur.

Op het verlichte plein voor de Klaagmuur hadden zich sabbatmenigten verzameld. Lucas, die er niet aan had gedacht een hoofddeksel mee te nemen, pakte een papieren keppeltje aan van de legeraalpredikant met grijze baard die bij de wachtpost aan de top van de stenen trap naar het plein stond.

Bleke chassidische mannen dansten in een kring op het gedeelte van het plein tussen het zuidelijk eind van de muur en de Mestpoort. De gelovigen stonden vier rijen dik aan de voet van de muur. Overal waren de lichten warm en verwelkomend. De sabbat kwam als een bruid, zo ging het lied. Lucas liep met zijn papieren *yarmulke* door de uitgelaten menigte, met het gevoel dat hij onzichtbaar voor hen moest zijn. In zijn hart behoorde hij toe aan wat de kabbalisten de andere kant noemden, het donker omhulsel van dingen.

Toen hij op het midden van het plein was aangekomen, keek hij over de eerbiedig bedekte hoofden van de menigte naar de Klaagmuur. Het was gemakkelijk om die muur als een schemerige gedaante te zien, om je te verbeelden dat de heilige geometrie van de muur geleidelijk opklom naar de duisternis die de bovenwereld van de benedenwereld scheidde. Lucas' blik volgde de muur naar de leegte. Volgens de gelovigen bevond de Shekhina zich daar, de Goddelijke Aanwezigheid.

'Wij zijn niet in staat om naar waarheid en geluk te verlangen,' had Pascal geschreven, 'en wij zijn niet in staat om ze te bezitten.' En als het gemakkelijk was om je het verlangen van de ziel te verbeelden, de ballingschap die gedeeld en verzacht werd door de geest van God, was het ook gemakkelijk om je de angst voor Het Andere te verbeelden, de lichtgevende vleugels van de Heer der legerscharen.

'Wee de verdorvenen,' verkondigde de *Zohar* die hij diezelfde dag had gelezen. 'Hun verlangen en gehechtheid zijn ver van Hem verwijderd. Niet alleen scheiden zij zich van Hem, zij hechten zich ook aan de andere zijde.'

Lange tijd stond hij naar de biddende mensen te kijken. Hij voelde zich duizelig, klein geworden. Hij ging naar de toegang tot een van de spelonkachtige ruimten aan de noordelijke rand van het plein. Het stond daar vol biddende oude mannen; hun stemmen galmden tegen de eeuwenoude oppervlakken.

Hij ging weer naar buiten. Een donkere jongeman met dikke brillenglazen en met een cowboyhoed van stro kwam naar hem toe.

'Neemt u me niet kwalijk. Bent u joods?'

Lucas keek hem aan en schudde zijn hoofd. De jongeman, die tot het wereldwijde leger van Lubavitchers behoorde, ging vlug op iemand anders af.

25

In het gebedsgedeelte bij Wilsons Boog, op de hoek van de Klaagmuur, stonden Janusz Zimmer en Raziel Melker met hun gebedenboeken naast elkaar. Onder het spreken bewogen ze snel hun hoofd op en neer. Raziel droeg een katoenen pet en een zwarte jas; de randen van zijn *tzitzit* kwamen eronderuit. Zimmer droeg een keppeltje en een jas als die van Melker.

'Ik denk dat we een identiteit hebben vastgesteld,' zei Melker tegen Zimmer. 'Ik word gadegeslagen; dat weet ik. Ik denk dat mijn vader een detectivebureau heeft ingeschakeld. We passen in de ruimte die Berger innam.'

'Het is goed dat De Kuff predikt. Als je een sekte wilt worden, moet je eerst bekeerlingen aantrekken. De straten zijn vol zoekenden. En buitenlanders zijn ideaal, omdat hun regeringen hen na afloop willen vrijkopen.'

'En de baptisten, of wie ze ook zijn? Zijn ze gelukkig?'

'Het zijn geen baptisten. Ze zijn niet eens van de pinkstergemeente. Het zijn scharrelaars. Als ze geld binnenhalen, zijn ze gelukkig. En Sonia? Gaat ze binnenkort naar de Gazastrook?'

'Ze gaat volgende week.'

'Goed,' zei Zimmer. 'We moeten voor elkaar zien te krijgen dat ze regelmatig gaat. Zo mogelijk samen met Nuala Rice.'

'Waarom?'

'Omdat,' zei Zimmer, 'ik op goed gezag heb vernomen dat Nuala explosieven meebrengt. Als Sonia gaat, lijkt het erop dat jij en je vrienden het hebben gedaan. En omdat je zo goed bent om de schuld op je te nemen wanneer... het gebeurt.'

'Je verrast me,' zei Raziel. 'Ik zou nooit hebben gedacht dat jij bij zoiets als dit betrokken zou willen raken.'

'Goed,' zei Zimmer. 'We verrassen elkaar.'

26

Lucas had zich van de Klaagmuur afgewend en was op weg naar de Zionspoort, toen hij Gordon Lestrade tegenkwam, de archeoloog van het Huis van de Galileeër. Dat gebeurde net voorbij de militaire controlepost aan de rand van het plein. Met zijn sluike, kleurloze haar dat opzij was gekamd en zijn flanellen broek en blazer, leek hij net iemand uit de tijd tussen de twee wereldoorlogen. 'Neem me niet kwalijk,' zei hij met een Cockney-accent tegen Lucas. 'U bent joods?' Hij grijnsde om zijn eigen imitatie van de chassidische bekeerders.

'Praat maar met mij,' zei Lucas tegen hem, 'totdat joods eraan komt.' Hij ontdekte dat hij zijn papieren keppeltje nog droeg, stak zijn hand omhoog, zette hem af en verkreukelde hem.

'Wat doe je hier? Weer op zoek naar het geloof van je vaderen?'

'En jij?' vroeg Lucas hem.

'Ik kom vaak op vrijdagavond. Het is inspirerend, tot op zekere hoogte.'

'Op welke hoogte is het niet inspirerend meer?'

'Kom,' zei Lestrade, en hij trok aan Lucas' mouw. 'Ik zal je wat laten zien.'

Hij nam Lucas mee naar een hoek van het plein waar opgravingen plaatsvonden. Ze klommen over een houten afzetting en kwamen op blootgelegde aarde. Lestrade bracht zijn gezicht dicht bij de stenen van de muur. Op een daarvan was met een laag plastic een inscriptie afgedekt.

'Wat is dat?' vroeg Lucas. 'Hebreeuws?'

'Aramees, om precies te zijn,' zei Lestrade. Hij wankelde een beetje van de drank. 'Het is uit Jesaja. Er staat: "Gij zult het zien en uw hart zal vrolijk zijn en uw beenderen zullen groeien als het tedere gras."'

'Is die inscriptie erg oud?'

'Vroeg-Byzantijns. Uit de tijd van keizer Julianus, zeggen ze, die de joden begunstigde en hen aanmoedigde om opnieuw een Tempel te bouwen. Het schijnt dat ze daar ook aan begonnen zijn, maar hun werk is vernietigd na Julianus' dood. Misschien maakte dit er deel van uit. Oei, daar heb je Shlomo.'

'Shlomo' was een militaire politieman, die hen met een bruusk gebaar van de opgravingen wegstuurde. Het bleek dat Lestrade alle Israëlische soldaten en politiemannen Shlomo noemde.

'Wat ga je doen? Laten we iets drinken.'

Lestrades appartement bevond zich in een van de christelijke hospitia in de Oude Stad. Hij vroeg het nogal uitdagend, alsof hij eigenlijk dacht dat Lucas er niet veel voor zou voelen om daar na donker heen te gaan.

Lucas bekeek hem nog eens goed, daar in het licht van de schijnwerpers rond het plein bij de Klaagmuur. Op het eerste gezicht leek Lestrade gezet, rondborstig en joviaal, maar in zijn ogen zat een duistere sluwheid.

'Goed,' zei Lucas. 'Graag.'

Bij avond waren de straten van de Palestijnse Oude Stad, op de verjaardag van de intifada, inderdaad gevaarlijker voor buitenlanders – maar niet zo gevaarlijk dat Lucas de archeoloog het genoegen van een weigering gunde. Toen ze langs de controlepost op het plein liepen, liet Lestrade de Israëlische soldaten zijn gebruikelijke sarcastische grijns zien. Lucas wist niet of die grijns opzettelijk was of niet. Hoe dan ook, de Israëliërs ergerden zich eraan, zodat meteen de mogelijkheid van geweld in de lucht hing.

Het was de eerste keer dat Lucas Israëlische soldaten als een soort tegenstanders meemaakte, en het was geen prettige ervaring. De soldaten spraken vloeiend Engels. Toen Lestrade hun in het Arabisch aansprak, werden ze stug en vijandig.

'Waarom dacht je dat ze Arabisch spraken?' vroeg Lucas toen ze door het hek waren.

'Omdat het zo is,' zei Lestrade opgewekt. 'Die grote komt uit Irak.'

'Dat weet je zeker?'

'O, dat kan ik zien,' zei Lestrade.

Ze volgden El-Wad naar de Moslimwijk en liepen door stille, donkere straten waar de winkels luiken voor de ramen hadden. Er waren de hele dag anti-Israëlische demonstraties geweest.

Lestrades kleine appartement in een zijstraat van de Via Dolorosa had toebehoord aan de beheerder van het Oostenrijkse hospitium. Het bestond uit twee kamers en een kleine daktuin met wijnranken en een amandelboom in een pot. De grootste van de twee kamers had een gewelfd plafond. Lestrade had het appartement verfraaid met Russische iconen, ingelijste verzen uit de koran en Circassische dolken. Er waren ook veel boeken in verschillende talen.

Ze zaten in de huiskamer, waar het naar sandelhout rook. Lestrade gooide de luiken open en schonk grappa voor hen beiden in.

'Hoe staan de zaken, Lukash?' Het verbaasde Lucas nogal dat Lestrade zich zijn naam herinnerde. Hij moest de Hongaarse uitspraak wel als een neerbuigende belediging opvatten. Trouwens, zijn vader, die in Wenen was geboren, had de naam nooit op die manier uitgesproken. 'Vordert het boek een beetje?'

'Ja, dat gaat wel.' De comfortabele omgeving en de drank maakten hem mededeelzaam. 'Hoe staat het met de reconstructie van de Tempel?'

'Lieve help,' zei Lestrade. 'Iemand heeft gepraat. Gezongen. Gebabbeld.'

'Ik geloof niet dat jullie werk hier in de stad een groot geheim is. Veel mensen volgen de activiteiten van het Huis van de Galileeër.'

'Ja,' zei Lestrade. 'Zoals je vriend Obermann. De grote Jungiaan. De belachelijke bedrieger.'

'Nou, we werken samen aan het boek. We denken erover jou er ook in op te nemen.'

'Is dat een bedreiging, Lukash?'

'Ik dacht dat je blij zou zijn.'

'Ik interesseer me niet voor de Amerikaans-joodse pers. En ik vind het geen probleem om met broeder Otis samen te werken. Ik ben archeoloog. Als er geen universiteit is die mijn werk wil ondersteunen, moet ik iemand vinden die dat wel wil.'

‘Waarom wil geen universiteit je werk ondersteunen?’ vroeg Lucas.

‘Dat willen ze wel,’ zei Lestrade. ‘Dat hebben ze gedaan. Maar ik heb een hekel aan stommelingen en ik kan niet tegen hopeloze onwetendheid. Daarom laat ik me ondersteunen door wie dat wil. Binnen het redelijke, natuurlijk.’

‘Binnen het redelijke?’

‘Dat zei ik,’ zei Lestrade.

‘Weet je echt de afmetingen van het Allerheiligste en de plaats daarvan?’

‘De afmetingen staan in de talmoed. Een archeoloog die op de hoogte is, kan ze in moderne termen vertalen.’

‘Is dat gedaan?’ vroeg Lucas.

‘Ja. Door mij.’

‘En de plaats?’

‘Die kan nu worden berekend. Door onderzoek van mij waarover ik geen mededelingen wil doen.’

De Engelsman ging naar zijn platenspeler uit de jaren zestig, zette een plaat van de *Carmina Burana* van Orff op en draaide de volumeknop nogal ver open. Toen schonk hij hun nog eens in.

‘Een buitenstaander,’ zei Lucas, ‘zou zich afvragen waarom je je werk met steun van een Amerikaanse fundamentalistische groepering doet.’

‘O ja?’

‘Ja. In plaats van een universiteit of het ministerie van Oudheden. Of zelfs het Vaticaan.’

Hij schreeuwde bijna, niet van agressie maar omdat hij boven de muziek uit moest komen. Lestrade draaide Orff waarschijnlijk als hij bezoek had, veronderstelde Lucas, omdat het werk van de componist in Israël officieel verboden was. Toen hij een blik op Lestrades platencollectie wierp, zag hij dat daar nogal veel problematische muziek in te vinden was: hij zag hoogtepunten uit *Der Rosenkavalier* en nogal veel Wagner.

‘De mensen van het Huis van de Galileeër,’ zei Lestrade, ‘zijn bereid me mijn gang te laten gaan. Als Amerikaanse fundamentalisten onderhouden ze goede contacten met de Likud-regering en als er bezwaren van die kant komen, kunnen ze die gemakkelijk gladstrijken. Zelf heb ik connecties bij de Waqf. Ik word voorzien van alles wat ik nodig heb.'

'Het salaris is waarschijnlijk ook concurrerend. O ja, ik las in de krant waar je je flatgenoot bent kwijtgeraakt.'

'Mijn flatgenoot?' vroeg Lestrade verbaasd.

'Ga me niet vertellen dat je hem vergeten bent. Dominee Ericksen.'

'O,' zei Lestrade. 'Ericksen. Natuurlijk ben ik hem niet vergeten. Ik heb hem alleen nooit als een flatgenoot gezien. Hij trok hier in toen die kleine slet hem eruit gooide.'

'Heeft hij daarom zelfmoord gepleegd?'

'Hij was erg bang, Lukash. Hij was bang voor de onzichtbare wereld. Voor machten en vorstendommen. Hij was bang voor God. Hij dacht dat hij verdoemd was. Dat hij te veel wist.'

'Wist hij van de reconstructie van het Allerheiligste?'

'O, shit,' zei Lestrade geërgerd. 'Ik bedoel dat niet op een melodramatische manier. Ik bedoel dat hij dacht dat Jahweh zijn vijand was. Dat God hem als een Edomiet verachtte en zijn vrouw aan een Israëliër gaf en op het punt stond hem te doden. En natuurlijk was hij altijd nogal gek op Jahweh geweest. En vermoedelijk ook op zijn vrouw.'

'Maar wíst hij veel over de Tempel?'

'Hij was rondgeleid. Hij wist meer dan velen van hen. Ze wilden hem in Amerika geld laten inzamelen. Daarom moest hij lezingen geven met dia's en zo.'

'Aha,' zei Lucas. 'En intussen kreeg jij alles wat je nodig had.'

'Alles wat ik nodig had,' herhaalde Lestrade langzaam, boven de expressionistische intonatie uit.

Lucas had het gevoel dat Lestrade een labiele persoonlijkheid had en daardoor interessant was voor hem als journalist. Misschien kon je ook stellen dat iemand die luidkeels verkondigde dat hij een hekel aan stommelingen had iemand was die te veel praatte. Lucas' eigen strategische rol zou dan ook die van een stommeling moeten zijn. Onuitstaanbaar genoeg om een paar innerlijke demonen op te roepen, maar niet zo onuitstaanbaar dat je hem de straat op moest gooien zonder hem iets te drinken te geven.

'Wat mij verbaast,' zei Lucas, 'is dat die Amerikaanse fundamentalisten zich zo voor de Tweede Tempel interesseren.'

'Nooit van chiliasme gehoord, Lukash? Is het al zo ver met je gekomen dat iemand als ik je de clichés van de Yankee-bijbel moet uitleggen?'

'Blijkbaar wel,' zei Lucas.

'Openbaring,' zei Lestrade. 'De Apocalyps. Het laatste boek van het Nieuwe Testament. Ooit van gehoord?'

'Jazeker,' zei Lucas.

'Het zou niet in de canon moeten staan. In dat hele verrekte ding zit geen greintje geloof, hoop en liefde. Het is een litanie van het ene krankzinnige beeld na het andere, maar over het geheel genomen is het typerend voor de joodse profetische literatuur in de tijd van Jezus Christus. En het is ook typerend voor het vroege joodse christendom.

En zo hebben we, te midden van de vlammende zwaarden en vonkende carrousels en vallende sterren, een kern van profetie die zo onzinnig en ongefundeerd is dat zelfs de geksten van de gekke monniken hem niet kunnen interpreteren. De monniken lieten die teksten dan ook met rust, want de heilige Augustinus hield er niet van en de middeleeuwse kerk wilde niet dat het janhagel ze las en zich rare dingen in het hoofd haalde.'

Op de platenspeler klaagde de zwaan die voor het feestmaal geroosterd zou worden in academisch Latijn over zijn lot.

'Maar na de Hervorming las elke sukkel en stomkop uit elk gehucht die verrekte teksten en liet hij zich vollopen met kennis die voor hem alleen bestemd was. En nergens zoveel, Lukash, als in jouw tweede vaderland.'

'De Verenigde Staten zijn mijn tweede vaderland niet, Lestrade. Ik ben daar geboren.'

'Fijn voor jou. Hoe dan ook, in ons verhaal volgt een tijd van beproevingen. We hebben het over zware beproevingen – hongersnood, epidemieën, kernoorlog. De krachten van het goede strijden tegen de krachten van het kwaad. En daar komt dan een duizendjarig rijk uit voort. De slechten zijn verslagen; de goeden triomferen. Christus komt terug, de befaamde Wederkomst.'

'Dat komt me bekend voor,' zei Lucas.

'De enige vraag is: komt Christus voor of na de beproevingen terug? Als je gelooft dat hij daarvóór komt, ben je een pre-chiliast. Dan geloof je in de Wegvoering. Ken je de Wegvoering?'

'We zien het op bumperstickers. Mensen wordt aangeraden er klaar voor te zijn.'

'Aha,' zei Lestrade. 'Een verstandige raad. Maar moeilijk op te volgen in het licht van de lawine van vreemde dingen die over de aarde zal neerkomen.'

Lucas wist meer van de Wegvoering dan hij wilde toegeven. Hij had er voor het eerst over horen praten op nachtelijke radiostations als hij door de woestijn reed. Toen maakte de term opgang op de christelijke televisie. Er kwamen cassettebandjes op de markt en hij had daar een aantal van gekocht. Die bandjes waren tegelijk ademloos sensationeel en stomvervelend. Later had hij, na zijn gesprek met Otis en Darletta, besloten nader onderzoek te doen.

Begreep Lucas het goed, dan zou de Wegvoering, als het zover was, een bijna filmisch gebeuren zijn. De wedergekeerde Christus zou zijn eigen mensen verzamelen. Dat verzamelen moest je dan letterlijk opvatten. Op een van die ochtenden zouden de wedergeborenen, om zich de beproevingen te besparen, zingend wakker worden, hun vleugels spreiden en gaan vliegen. Ze zouden worden weggevoerd, als kosmische eekhoorns in de klauwen van hun heiland, onweerstaanbaar de hemel in getrokken, de Eeuwige Arm in. Goddelijke automobilisten zouden achter het stuur vandaan worden getrokken.

Aangezien de wedergeboren christenen meestal in staten met een hoge maximumsnelheid leefden, kon het allemaal nog lelijk aflopen. Het ene moment zou meneer Wereldse Wijsneus nog cynische, oppervlakkige opmerkingen maken vanaf de passagiersplaats. Het volgende moment zou zijn mede-carpooler, christelijk en een van de uitverkorenen, achter het stuur vandaan verdwijnen, en dan zou er niets meer op de bestuurdersplaats zijn, afgezien van een paar witte schoenen en een geruite golfbroek en een golfshirt van polyester, allemaal dingen die overbodig waren in de wereld die zou komen.

Meneer W. W. zou verschrikt en verward naar het wild ronddraaiende stuur kijken, als Stewart Granger die ziet hoe Pier Angeli in *Sodom and Gomorrah* in een zoutpilaar verandert. Even later zou de auto met meneer Wijsneus stuurloos in een muur van verterend vuur terechtkomen. En dat zou nog maar het begin zijn.

'Oorlog,' zei Lestrade. 'Armageddon daar in Megiddo. De Keizer van het Noorden, bla bla. Nou, iemand moet de goede strijd uitvechten. En in de ogen van de pre-chiliasten zullen dat de joden zijn, vanuit de Tempel. De herbouw van de Tempel is een teken van de naderende Wegvoering, en die tempel zal in de Laatste Strijd als hoofdkwartier fungeren. Na afloop van de oorlog zullen de overlevende, triomferende joden Christus accepteren. Het duizendjarig rijk van de heiligen zal beginnen.'

'Hoe denken de religieuze joden over dat alles?'

'Sommigen van hen geloven dat als ze de Tempel herbouwen, de messias zich misschien laat overhalen om opnieuw te verschijnen. Degenen die militanter zijn ingesteld, zouden graag alle moskeeën van de berg Moriah verwijderen en met het storten van beton beginnen.'

'En de betrekkingen tussen wat jij de pre-chiliasten noemt en de messianistische joden zijn tamelijk goed?'

'Erg warm en knuffelig aan de oppervlakte. Al was het alleen maar omdat de pre-chiliasten deze onzin in de Verenigde Staten op de markt brengen en er een fortuin mee verdienen.'

'Jouw werkgevers?'

'Er zijn ook nogal wat joodse religieuze ondernemers bij betrokken. Maar het zijn vooral de joodse extremisten die een politieke achterban in de Verenigde Staten aan het opbouwen zijn. Totdat de metafysica het overneemt, kunnen ze samenwerken. Geld inzamelen. Steun verwerven.'

'Dat is nogal een verhaal,' zei Lucas. 'Als ik dat nu eens schreef?'

'Waarom niet? Natuurlijk is het al geschreven, maar tot nu toe slaat het niet aan. Iedereen weet van joodse extremisten en Amerikaanse bijbelverkondigers. Niemand neemt ze serieus.'

Lestrade legde het eerste deel van *Götterdämmerung* op de draaitafel.

'Echt waar, Lukash, je zou het moeten schrijven. Het is een Amerikaans verhaal. Het zijn allemaal Amerikanen. De pre-chiliasten, de meeste joodse Tempelbouwers. Angelsaksen, noemt de Israëlische pers ze liever.' Zijn gezicht was rood geworden van drank of woede of plezier.

'Iemand heeft eens gezegd,' zei Lucas, terwijl hij zijn glas grappa leegdronk, 'dat hier geen oudheden zijn. Dat hier geen verleden is. Alles is heden of toekomst.' Lestrade schonk hem nog eens in. 'Dus ik neem aan dat het gewoon een hoofdstuk in het doorlopende verhaal van de stad is.'

'Het is nu een deel van het verhaal. Sinds jullie hier komen.'

Bedoelt hij Amerikanen? vroeg Lucas zich af. Of joden? Bedoelt hij mij? Hij besloot het te vragen.

'Wij, Gordon? Wie dan?'

'Hoe smaakt de grappa?' vroeg Lestrade.

'Geweldig. Bedoel je Amerikanen of joden? Er zijn hier altijd al joden geweest.'

'O, weet je,' zei Lestrade, 'het is een continuüm. Het een is in feite het ander, als je begrijpt wat ik bedoel.'

'Niet precies.'

Lestrade keek hem door een waas van alcohol aan, een waas als op een schilderij met Italiaanse invloeden. 'O, shit. Nu ga je je politiek correct opstellen, zoals Amerikanen doen.' Blijkbaar was er een verrassend hevige woede over hem neergedaald. 'Nu ga je je opstellen als een moraliserende nitwit.'

'Wie?' vroeg Lucas. 'Ik?'

'Ja, jij, lul. Jij kunt alleen maar praten door te moraliseren. Daarom zijn er zoveel hypocrieten onder jullie. Jij natuurlijk uitgezonderd.'

'Onder óns?' vroeg Lucas. 'Ik wou dat je me niet allerlei identiteiten opdrong. Ik bedoel, dat is toch onzin? Ik ben maar één persoon.'

'Ja, natuurlijk,' zei Lestrade laatdunkend. 'Sorry. O ja,' vroeg hij, 'wie zijn die mensen die in Bergers oude *zawiya* wonen? Die oude jood en zijn volgelingen? Dat mooie *chichi* meisje waar je zo gek op bent? De mensen hier dachten altijd dat ze de vrouw van ouwe Berger was.'

'Nee,' zei Lucas. 'Ze is de vrouw van niemand. Het zijn een soort joodse soefi's.' Hij liet Lestrade nog eens inschenken. 'Wat betekent "*chichi*"?'

'Het zijn toch geen ultrazionisten die op een overname belust zijn? Kachniks die een yeshiva in de Moslimwijk proberen op te zetten?'

Lucas begon zich af te vragen of Lestrade dat gewoon uit nieuwsgierigheid vroeg of dat hij informatie verzamelde voor zijn contactpersonen aan de moslimkant.

'Ze zijn onschuldig. Ik denk dat ze hun overtuigingen van Sjeik Berger-al-Tariq hebben. Het zijn vooral Amerikanen.'

Lestrade legde zijn hand op zijn borst. '*Heartbreak Hotel*,' zei hij plechtig. 'Weer die Amerikaanse onschuld.'

'Je moet ze als New Age-types zien.'

'Charmant,' zei Lestrade. 'Ik mag ze nu al.'

In *Götterdämmerung* klonk het Siegfriedmotief. Lucas had dat altijd ontroerend gevonden. De belofte van menselijke transcendentie, van grote dingen die op komst zijn.

'Ze hebben het recht om hier te zijn, of je dat nu leuk vindt of niet.'

'Zeker,' zei Lestrade. 'En ze hebben een heel leger om ze te beschermen. Twee hele legers.' Hij schonk weer wat grappa in. 'Maar waarom kunnen ze die dingen nou niet in Californië doen?'

'Het zijn joden,' zei Lucas. 'Dit is Judea.'

'Dat is het standpunt van de kolonisten. En de inboorlingen kunnen verrekken, nietwaar?'

Lucas wist dat het zijn taak was om het gesprek op Lestrades onderzoek naar de Tempelberg te brengen. Maar de man zelf leidde hem steeds weer af.

'Het zijn geen kolonisten,' zei hij. 'O ja,' vroeg hij de archeoloog, 'wat bedoelde je met een "continuüm"?'

Lestrade scheen dat te zijn vergeten.

'Je zei, een "continuüm",' herhaalde Lucas. 'Je zei... het een is als het ander. Amerikanen en joden.'

'Ja. Het rationalistisch continuüm. Een lang verhaal. Een soort theorie van mij.'

'Vertel eens,' zei Lucas. 'Dan kan ik er op weg naar huis over nadenken.'

'Mensen die geneigd zijn tot lummelen,' zei Lestrade. 'Tot klungelen. Mentale beuzelarij. Laat maar.'

Lucas ging naar de platenspeler toe en zette hem af.

'Toe dan, man. Ik ben een boek aan het schrijven.'

'Er is,' zei Lestrade, 'een bepaalde vreselijke energie. Een bepaald instinct om je met anderen te bemoeien, een instinct dat in de ogen van de persoon zelf erg nuttig is. Andere mensen van de last van hun illusies afhelpen. Zelfs wanneer die illusies duizenden jaren oud zijn en veel moois hebben voortgebracht. Zelfs wanneer ze de creatieve kracht van het menselijk ras vertegenwoordigen.' Hij huiverde enigszins bij het laatste slokje grappa. 'Dit is *on the record*, neem ik aan?'

'Ja,' zei Lucas.

'Nou,' zei Lestrade, 'dan moet ik voorzichtig zijn. Mijn bekende tact gebruiken.'

'Absoluut.'

'Een zekere minachting voor de voortreffelijke eigenschappen van andere mensen. Een verlangen om hun cultuur en hun leiders te ondermijnen. Een luidruchtige, triomfantelijke houding die je ook vulgair zou kunnen noemen. Ik besef natuurlijk dat jij als Amerikaan niet in vulgariteit gelooft. En op een bepaald moment wordt dit ook erg... erg vijandig.'

'Voor de goede orde,' zei Lucas. 'Over wie hebben we het op dit bepaalde punt?'

'De Amerikanen en de joden. Twee volkeren die misschien wel en misschien niet precies bestaan. We moeten ze min of meer op hun woord geloven. Ze praten over traditie, traditie, traditie. Maar eigenlijk gaan hun wortels niet erg diep. Zedenprekers, een licht voor de anderen, een stad op een heuveltop. Twee volkeren die elkaar erg welgezind zijn. Maar ze kunnen de maatschappelijke orde van andere volkeren niet verdragen. Banden en trouw en bloed – daar hebben ze een grote hekel aan. Ze willen iedereen bevrijden. Ze willen rationaliseren. Ze willen helpen – de brave zielen. Idealistische, optimistische mensen. Het is dus geen toeval dat deze dappere kleine nederzetting hier is, deze verre buitenpost die jullie hebben opgezet. Natuurlijk heb ik het niet over jou persoonlijk.'

'O,' zei Lucas. 'Dat weet ik nog zo net niet. Ik ben hier ook.'

'Dus in de wereld als geheel ontstaat een zekere vijandigheid,' ging Lestrade verder. 'Er ontstaat een vijandigheid tegenover jullie continuüm, en misschien begrijpen jullie dat niet ten volle. Er is bijvoorbeeld een lied – ik heb het een keer in Nicaragua gehoord – over de Yanqui, de vijand van de mensheid. Vreselijk onredelijk, maar het is er. En om heel reële redenen.'

'En wat zingen ze in Nicaragua over joden?' vroeg Lucas.

'Nu ben je ironisch, Lukash. Goed zo. Nou, ik zal je wat vertellen! Ze zingen over La Compañía,' zei Lestrade. 'En dan hebben ze het niet over de jezuïeten, maar over United Fruit. Sam de bananenman. Meneer Eli Black.' Hij beet op zijn lip. 'Wat ik bedoel, is dat die energieke samenwerking door veel mensen op een fundamenteel niveau als iets vijandigs wordt gezien. Door een groot deel van het menselijk ras, het deel dat niet het voorrecht geniet Amerikaans of joods te zijn.'

'Dit is misschien een naïeve vraag,' zei Lucas. 'Maar is dat niet ongeveer wat Hitler geloofde?'

'Ik ben blij dat je me dat vraagt,' Lestrade. 'Heb je *Mein Kampf* gelezen?'

'Nee.'

'Nee. Heb je Alfred Rosenbergs *Mythus des 20. Jahrhunderts* gelezen?'

Lucas schudde zijn hoofd.

'Nou, ik wel, weet je. En ik ben het niet eens met de theorieën die in die werken tot uiting worden gebracht. En ik ben ook geen voorstander van moord, en zelf ben ik geen moordenaar. Dus een beetje gezond verzet tegen de Amerikaanse filosemitische moloch maakt je nog niet tot een nazi. En ook niet tot een beoefenaar van genocide. En evenmin tot een zogeheten anti-Amerikaan. Het zelfbeklag van de machtigen – het is zo pathetisch.'

Lucas dacht even over een antwoord na.

'Je zou mensen niet "*chichi*" moeten noemen,' zei hij even later. 'Hoe je ook over hen denkt. Zeker niet tegenover hun vrienden.'

'Sorry. Een oude koloniale uitdrukking. Het was niet kwetsend bedoeld.'

'Goed,' zei Lucas. Hij keek op zijn horloge en zag dat het bijna één uur was. Tussen hem en de Jaffapoort lag een lang eind donkere straat. 'Dan ga ik nu maar.'

'Neem er nog eentje. Ik loop met je mee naar de poort, als je dat graag hebt.'

'Nee, dank je,' zei Lucas. Hij vertikte het om zich te laten chaperonneren. Maar hij nam dat drankje wel aan, want het sterkte hem voor de eenzame wandeling die hem te wachten stond. De grappa was uitstekend, zo zacht als een likeur, een wereld van smaak verwijderd van het rauwe spul dat hijzelf gewend was. Per slot van rekening was Lestrade een kenner van dingen.

'Weet je,' zei Lestrade toen ze in de kruidig geurende lucht op de trap stonden. 'Je joodse soefi-vrienden voeren iets in hun schild bij Otis en Darletta in het Huis van de Galileeër. Ik heb minstens één van hen daar gezien.'

'O ja?' zei Lucas. 'Wat zou dat dan zijn?' Hij wist niet wat hij moest geloven. Hij besloot Sonia ernaar te vragen.

'Het is maar een tip,' zei Lestrade. 'Een teken van goede wil.'

'Dank je,' zei Lucas. 'De volgende keer zul je me meer over de Tempel moeten vertellen.'

Lestrade tikte tegen zijn gezwollen voorhoofd. 'Komt voor mekaar,' zei hij met een Amerikaans accent. 'Zal ik echt niet met je meelopen naar de poort?'

'Nee, dank je,' zei Lucas.

Toen ze elkaar goedenavond hadden gewenst, liep Lucas door de straat van donkere keistenen de helling op. Een enkele kale lamp hing aan een draad die boven scherpe potscherven op de bovenrand van een natuurstenen muur brandde. Voorbij die sombere gloed heerste een middeleeuwse duisternis waarin hij de contouren van de gebouwen moest volgen. Bogen langs de weg vormden zwarte doorgangen die naar pis en hinderlagen stonken. In een daarvan hoorde hij een half onderdrukte, ongezonde lach en ving hij een zweem van hasjiesj op. De hemel boven hem was net zo donker als de straten.

Lucas liep bevend van woede, zijn tanden op elkaar geklemd, zijn kaken op slot. Hoewel hij veel studie van oorlog en chaos had gemaakt en daarover had geschreven, had hij altijd moeite met conflicten op het persoonlijke vlak. Woede bekwam hem niet goed.

Met enige opluchting bereikte hij de galerijen van El-Wad, waartussen hier en daar zwakke lampen brandden. Toen hij naar het noorden keek, zag hij het hele eind tot de Damascuspoort lichten achter de luiken van de ramen.

In een smal straatje dat naar de Khan al-Zait leidde kwam hij langs de sapwinkel die hij weken geleden was binnengegaan, de winkel waar de achterlijke jongen de vloer had aangeveegd. De metalen poort van de winkel had zich gesloten voor de lege straat, die naar achteren toe in duisternis gehuld was. Toen Lucas naderde, kwamen er twee mannen uit de schaduw. Zijn hart bonkte. Zijn voetstappen waren zwaar van behoedzaamheid. Iets aan deze plaats en de houding van die mannen beloofde weinig goeds.

Toch liep hij door. Hij wierp de twee mannen zijn beste nonchalante blik toe, die hij in enkele gevaarlijke delen van de wereld had geoefend, een blik die zelfvertrouwen uitstraalde en waarmee hij oogcontact vermeed. Natuurlijk bleven ogen in de duisternis onzichtbaar. Hij stelde vast dat het Palestijnen waren en dat een van de mannen een pak droeg en de ander in hemdsmouwen was. De twee mannen liepen hem voorbij en hij haalde even wat gemakkelijker adem. Plotseling hoorde hij stappen achter zich. Zijn opluchting was voorbarig geweest.

'O, meneer,' zei een valse, insinuerende stem, dreigend maar druipend van sarcasme.

Lucas besloot zich niet om te draaien.

'Welkom, meneer,' zei de man achter hem.

Toen bleef hij staan en draaide zich om. Het was de man in hemdsmouwen. Lucas had het gevoel dat ze elkaar al eens eerder hadden ontmoet, maar in de diepe schaduw kon hij dat niet met zekerheid zeggen. De tweede man was een eindje achtergebleven en stond aan de rand van een zuilengang.

'Hallo,' zei Lucas.

'Hallo, meneer,' zei de Palestijn. 'U bent welkom.'

Hij kon zich de onbeschaamde glimlach van de man meer voorstellen dan dat hij hem zag. Er was een hand uitgestoken. Hij pakte hem vast en de duim en wijsvinger van de man sloten zich licht om zijn pols.

'Waar zoekt u naar, meneer? Zo laat.'

'Niets. Ik ben op weg naar huis.'

'U woont hier? Waar komt u vandaan?'

'Ik woon hier,' zei Lucas.

'Alstublieft, wat bedoelt u met hier?'

'Al-Kuds,' zei Lucas. Het Heilige. Om het niet Jeruzalem te noemen.

'En waar komt u vandaan?'

'Ik ben een Amerikaanse journalist. Ik ben op weg naar huis en ik kom bij een vriend vandaan. Doctor Lestrade.'

'Welkom, meneer,' zei de man, die zijn hand niet had losgelaten.

'Dank u,' zei Lucas, en hij maakte aanstalten om door te lopen.

'Welkom, meneer. Drinkt u?'

De man vertelde hem dat hij naar Lestrades grappa rook.

'Dank u,' zei Lucas opnieuw. 'Goedenavond.'

'Welkom,' zei de man. 'Welkom in Al-Kuds. Alle plaatsen om te drinken zijn gesloten.'

'Dat zie ik,' zei Lucas. Toen hij weer door de straat begon te lopen, liep de man met hem mee.

'Welkom in Al-Kuds,' zei de man.

'Nogmaals bedankt.'

'Waarom komt u hier alcohol drinken?' vroeg de man. In zijn toon, zalvend en tegelijk minachtend, was geen verandering gekomen.

'Ik was bij een vriend,' zei Lucas, al zou het misschien een fout zijn om te proberen het uit te leggen.

'Welke vriend?'

Ditmaal gaf hij geen antwoord. De man bleef met hem meelopen. Lucas deed zijn uiterste best om te horen of de tweede man hen volgde. Misschien fungeerde die als uitkijk.

'Welkom, meneer. Maar de plaatsen om te drinken zijn weg.'

Als ze het deden, dacht Lucas, deden ze het met een mes. In het laatste geval, herinnerde hij zich, was een Nederlandse toerist met een gewoon keukenmes gedood. De man was blijkbaar voor een Israëliër aangezien, of misschien was hij gewoon de dichtstbijzijnde ongelovige. Of misschien, dacht Lucas, had hij drank in zijn adem gehad.

'Welkom, meneer,' zei de man lachend. De straat werd hier steeds donkerder. Er schoten Lucas allerlei vragen te binnen, zij het niet in een bepaalde rationele volgorde. Was dat spottende gesprek gunstig of ongunstig, een voorspel tot moord of juist niet? Als ze een mes gebruikten, zou dat dan tot zijn longen doordringen? Moest hij reageren of gewoon doorlopen?

'Ik vind u moedig,' zei de man in de donkere straat. 'Het is hier erg mooi. Overdag is het erg mooi. Maar 's avonds is het erg gevaarlijk.'

'Wat wilt u dat ik doe?' vroeg Lucas. 'Uw hand vasthouden?'

Het was roekeloos van hem om de man te bespotten; hij was vergeten dat hij dronken was. Maar hij was geschokt door zijn eigen angst en dat maakte hem kwaad. De man was, in elk geval voorlopig, te zeer ingenomen met zichzelf om te merken dat hij grof was toegesproken.

'U bent welkom, meneer. Ik zal met u meelopen.'

'Zoals u wilt,' zei Lucas.

'Wat?' vroeg de man minder zalvend. 'Zal ik uw hand vasthouden? Als vriend?'

'Mij best,' zei Lucas. 'Samen gaan wij voort op onze weg. Hebt u van Shakespeare gehoord? Houdt u van hem? Een grote Amerikaanse schrijver.'

'O, meneer,' zei de man nadat hij even had nagedacht. 'U lacht. U maakt een grapje.'

In de smalle straat, zo'n vijftig meter verder, zag Lucas harde witte lichten op stangen en de contouren van een jeep die de weg versperde. Het was een van de mobiele politieposten die de Israëliërs tijdens de intifada in de Oude Stad hadden opgesteld. Meestal gebruikten een paar agenten van de grenspolitie een marktkraam om een schootsveld te krijgen. Ze legden er zandzakken omheen en bouwden verbindingen op.

Lucas ging op de lichten af. Hij deed zijn best om geen haastige indruk te maken. De man naast hem had zijn pols vast, en toen ze dichter bij de politiepost kwamen, verstrakte hij zijn greep en begon hij Lucas terug te trekken.

'We gaan,' zei hij. 'We zullen drinken. Meisjes vinden.'

'Als u me nu eens losliet?' vroeg Lucas.

'Waar gaat u heen?' vroeg de man kwaad. 'Welkom. Wij zijn vrienden.'

Hij bleef staan en Lucas trok zijn hand weg. Het was duidelijk dat de man niet naar de politiepost toe wilde. Hij had geen serieuze bedoelingen. Hij had alleen maar tegenover zijn vriend willen opscheppen met zijn agressie, zijn patriottisme, zijn onbeschaamdheid ten opzichte van buitenlanders. Zijn Engels.

'Het was me een genoegen,' zei Lucas tegen hem. 'Bedankt voor de wandeling. En ook bedankt voor de verwelkoming.'

Er stonden twee jonge Israëliërs op de post, geen grenspolitie maar gewone politieagenten en nog tamelijk jong. Ze waren allebei nieuwsgierig naar Lucas en zijn wandeling op de late avond. De een was beleefd en vriendelijk, de andere minder. De vriendelijke was blond en had een Frans accent. De onvriendelijke vroeg Lucas naar zijn paspoort en een hotelsleutel voordat hij hem verder stuurde door David Street. Lucas moest uitleggen dat hij een inwoner van de stad was.

Halverwege op de hellende weg bleef hij even staan om op adem te komen. Toen hij omlaag keek naar de politiepost, zag hij een van de soldaten door een verrekijker turen en in een veldtelefoon praten. De politieagenten bij de Jaffapoort wierpen hem alleen een professionele hooghartige blik toe.

De taxi die hij buiten de poort aanhield, was uit Oost-Jeruzalem gekomen; de chauffeur was een Arabier die een rood geruite kaffiya op zijn dashboard had.

'Waar gaat u heen?' vroeg de chauffeur. 'Uit welk land komt u? Waar komt u vandaan?'

'Van de kerk,' zei Lucas tegen hem.

In het appartement zaten de meeste van zijn boeken en persoonlijke bezittingen nog in dozen. Het meubilair had er al gestaan: een algenkleurig tapijt, een paar canvas stoelen en een paar blankhouten tafels met littekens van sigarettenpeuken. Het was erg deprimerend.

Hij ging op zijn onopgemaakte bed zitten en zette zijn antwoordapparaat aan. Obermann was daarop te horen, en Ernest van de Coalitie voor Mensenrechten, en tot zijn verbazing ook Sonia, die hem een uitstapje naar de Gazastrook voorstelde. Hij was te moe en mistroostig om zich af te vragen wat dat zou kunnen betekenen. Of om na te denken over Lestrades bewering dat een van Sonia's religieuze vrienden bij het Huis van de Galileeër was gesignaleerd.

De rest van de nacht droomde hij van drukke straten waarvan de symbolen Hebreeuwse letters waren. De letters waren nergens te zien, maar om ergens te komen moest je de vocaaltekens weten. En toen waren er mensen, en hoewel het in de droom klaarlichte dag was, kon hij niet nagaan hoe die mensen eruitzagen.

Na enkele uren hoorde hij de muezzin in Silwan, en de kerkklokken.

27

Die avond verscheen in Tel Aviv een gezelschap uitbundige Amerikaanse matrozen bij Mister Stanley. Voor Sonia waren ze een geweldig publiek. Ze bleven redelijk nuchter, luisterden stil van bewondering naar haar nummers en applaudisseerden royaal. Tegelijk had ze het gevoel dat ze wisten wat ze mooi vonden.

Het waren er een stuk of tien, en voor hun drankjes werd betaald door twee welvarende Zuid-Afrikaanse Israëliërs die strandappartementen voor investeerders ontwierpen en een soort Californië van de geest nastreefden. De matrozen vormden een uiteenlopend gezelschap: ontwikkelde types uit de forensenplaatsen en harde veteranen uit de binnensteden, fluisterend en ontsierd door acne. Sonia's favoriet was een bebrilde, licht gekleurde Afro-Amerikaan die Portis heette, een diskjockey van de Zesde Vloot die met goede verzoeken kwam en alle teksten van de nummers kende zonder dat hij zich gedwongen voelde om mee te zingen.

Stanley was opgetogen. Het bleek dat hij Maria Clara in de zaal had. Ze was komen overvliegen uit Colombia. Ze deelden een tafel achterin en applaudisseerden wild. Maria Clara glimlachte en straalde aan één stuk door. Midden in Sonia's tweede nummer kwam Nuala Rice van de International Children's Foundation binnen en ging in haar eentje aan de bar zitten. Sonia kwam tussen de sets door bij haar zitten. De Zuid-Afrikanen stuurden gratis champagne uit de Kaapprovincie.

'Ben je in je eentje gekomen, Nuala?'

'Ik ben met het vliegtuig onderweg naar Lod. Ik dacht, ik ga even kijken. O ja,' vroeg ze, 'ga je volgende week nog steeds met me naar de Gazastrook?'

'Ja, dat zou ik graag willen. Ben je nog steeds op zoek naar die valse soldaten?'

'Jazeker,' zei Nuala.

'Ik wil naar Zawaydah. Berger zei altijd dat daar soefi's waren. De Nawar.'

'De Nawar zijn zigeuners. Ketellappers. Ze zijn soefi's als jij wilt dat ze dat zijn.'

'Nou, ik wilde toch even kijken. En ik wilde in contact blijven. En,' voegde ze eraan toe, 'ik wilde een bevriende journalist meenemen.'

Nuala lachte. 'Christopher, bedoel je? Ik ken Christopher goed. Ik dacht dat hij een schrijver over religie was geworden.'

'Ja, dat is ook zo. Maar ik zou hem graag willen meenemen.'

Tijdens de volgende set verdween Nuala. Sonia bracht een Sarah Vaughan-impressie met het nummer 'Over the Rainbow' en liet daar 'Something for the Boys' op volgen. Toen ging ze door het Gershwin-songbook en besloot de set met de versie van Fields en McHugh van 'I Loves You, Porgy'. Het was druk geworden en ze had bijna voortdurend de juiste toon getroffen.

Als toegiften deed ze 'Bill' en 'Can't Help Loving That Man'. Portis verzocht om 'The Man That Got Away', maar dat ging haar mogelijkheden te boven. Bijna een halfuur na het laatste nummer stond ze op de dansvloer, terwijl de matrozen foto's van elkaar maakten met hun armen om haar heen.

Het optreden en de bewonderende matrozen hadden een stimulerend effect op haar. Ze had de afgelopen week weinig of niet geslapen. Elke nacht liet ze haar gesprekken met Raziel door haar hoofd gaan. Ze kon hem niet in bedwang krijgen, kon hem niet met zijn verbale kruispassen laten ophouden.

Elke nacht dacht ze ook aan de oude De Kuff bij de vijver van Bethesda, waar hij met zijn mooie Louisiana-accent over de openbaring van de thora voor de wereld vertelde. Ze was niet zo overtuigd als ze tegenover Lucas wilde laten blijken. Hoe meer ze probeerde de dingen te bestuderen die haar bezighielden, des te ongrijpbaarder werden ze. De *maggid* was moeilijk op te roepen.

Toen ze op weg naar Stanleys kantoor was om zich te laten uitbetalen, kwam ze Raziel zelf tegen. Hij was gekleed voor de stad, met zijn donkere brillenglazen, en hij zat aan een tafeltje voorin, samen met een van Stanleys vaste musici, een bassist uit Winnipeg.

'Kom je hier om te scoren?' vroeg de bassist hem.

'Ik ben clean en nuchter,' zei hij tegen de man. 'Nietwaar, Sonia?'

'Zo mag ik het horen,' zei ze.

'Griezelig,' zei de bassist.

In zijn kantoor betaalde Stanley haar uit. Nuala en Maria Clara waren bij hem.

'Ik noem mezelf Sky,' zei Stanley tegen iedereen.

Sonia keek naar de bewegingen van zijn zwarte gevangenistatoeages toen hij haar gage in gloednieuwe Amerikaanse bankbiljetten uitbetaalde. Hij gaf haar iets extra's, schoof een paar honderd dollar boven het afgesproken bedrag naar haar toe. Ze was niet in de stemming om daar bezwaar tegen te maken. 'Wat vind je? Sky! De *Sky is the limit!* De Sky is overal. De blauwe Sky lacht me toe.'

'Heel goed,' zei Sonia, terwijl ze het geld oppakte. 'Wie heeft het je voorgesteld?'

'Het is een personage uit *Guys and Dolls*. Erg cool. Een gokker. Ik hou van dat personage. Iemand als ik.'

'We zijn in New York naar *Guys and Dolls* geweest,' zei Maria Clara dweperig. 'Het was zo typisch. We dachten aan jou.'

'*Luck be a lady-y!*' zong Stanley. 'En we zijn ook naar de Rainbow Room geweest.' Hij floot even. 'Dat is het soort plaats waar ik van droomde toen ik jong was.'

'Amerika is zo problematisch,' zei Maria Clara. 'Ze doen niet aan formaliteiten en dus weet je nooit wat je kunt verwachten. De mannen hebben geen charme, maar ik vind de vrouwen wel aardig. Maar ze zijn zo sterk en de mannen zijn zwak.'

'Wisten ze in de Sovjet-Unie echt van de Rainbow Room, Stanley? In jouw kindertijd?'

'Wat?' protesteerde Stanley. 'Iedereen wist van de Rainbow Room! Iedereen wist er altijd al van. Hoe dan ook – Sky! Ik. En deze club – Sky's. Sky's Joint.'

'Rainbow Room East,' zei Sonia. Ze wist dat Stanleys gevoel voor humor grenzen had wanneer zijn eigen waardigheid in het geding kwam. Ze had hem eens een kruier met een bezemsteel bewusteloos zien slaan omdat de man zich te amicaal had gedragen.

'Ik houd het meest van de zwarte Amerikanen,' zei Maria Clara. 'We dachten aan jou, Sonia. Zoals ze bewegen. En die anderen, die Yankees, zijn zo lomp. Wat een land. Ze begrijpen het zelf niet, hè? Het zijn net grote kinderen.'

'Het bevalt me daar wel,' zei Stanley. 'Ze hebben geweldige dingen. En ze zijn niet zo hard als in de films.'

'Ja,' zei Sonia. 'Je kunt niet met ze leven, en je kunt niet zonder ze leven – weet je wat ik bedoel?'

'Een verdomd waar woord!' zei Stanley Sky. Hij was erg blij. 'Dat is helemaal waar.'

Mary Clara kwam op haar hoge hakken aangewankeld. Ze droeg een nauwsluitende broek met lovertjes van een Parijse ontwerper. Ze pakte Sonia bij haar kin vast. 'Jij bent zo diep in je ogen. Ik weet dat je diep bent. Maar ik weet niet wat je denkt. Hè, Stanley?'

'Ze is mijn Sonia,' zei Stanley Sky. 'Mijn Sonitchka.'

Toen Sonia aanstalten maakte om weg te gaan, hield Stanley haar tegen. Raziel stond in de deuropening te wachten.

'Sonitchka! Jij gaat toch naar Gaza?'

'Dat was ik van plan.'

'Misschien krijg je dan een VN-wagen? Want ik heb iets wat ik daarheen wil brengen. Maar ik kan niet gaan omdat ik een jood ben. Ze zouden me overhoop schieten, hè? Ik ken niemand. Maar jij kunt gaan. In een VN-wagen.'

'Ik kan geen VN-wagen krijgen, Stanley,' zei Sonia. Ze stond op het punt om te zeggen dat ze geen pakjes voor Stanley wilde meenemen, maar zag daarvan af. 'Ik ga met Nuala. Ze heeft een auto van de Children's Foundation.'

Stanley trok een gezicht. 'Nuala...'

Maria Clara trok ook een gezicht. 'Ik mag haar niet.'

'Nuala vecht altijd met de soldaten,' zei Stanley. 'Ze maakt ze altijd kwaad. Ik wil niet graag dat ze dingen brengt.'

'Ik zou je graag helpen,' zei Sonia, 'maar ik geloof niet dat ik het kan.'

Maria Clara keek verbaasd op van die botte weigering. Stanley bleef glimlachen. 'Maak je geen zorgen,' zei hij. 'Het geeft niet.'

Na de voorstelling wachtte Nuala op haar. In de straten bij de zee waren nog wat mensen. Ze slenterden wat en hingen rond, op zoek naar comfort. Nuala en Sonia gingen aan een terrastafel van het Orion Café zitten.

'Nou, ga je met Christopher om?' vroeg Nuala.

'Niet echt. En jij?'

Nuala schudde haar hoofd.

'Je bent veel bij Stanley. Ben je een jazzfan aan het worden?'

'Het is weer eens wat anders dan de Gazastrook,' zei Nuala.

'Ik mis je,' zei Sonia toen de koffie kwam. 'Ik mis Somalië. Misschien is het verschrikkelijk dat ik dat zeg.'

'Niet voor mij,' zei Nuala. 'We hebben nuttig werk gedaan. En de revolutie?' vroeg ze even later. 'Mis je die ook?'

'Ik dacht dat die voorbij was.'

'Nooit,' zei Nuala. Ze keek door de verlaten straat alsof iemand hen zou kunnen afluisteren. 'Nooit,' fluisterde ze. 'Niet voor mij.'

Sonia keek fronsend in haar lauwe espresso. 'Dit wordt een beetje afgezaagd,' zei ze, 'maar ik denk dat er in Jeruzalem iets erg belangrijks gebeurt.'

'En wat dan wel? De wederkomst van de Heer?'

'Jeruzalem betekent voor mij niet hetzelfde als voor jou,' zei Sonia tegen haar vriendin. 'Ik geloof in het bijzondere van die stad. En ik denk dat ik misschien heb gevonden waarvoor ik gekomen ben.'

'O, Sonia,' zei Nuala met een zucht. 'Nou, ieder zijn smaak, zullen we maar zeggen. Zo ben je nu eenmaal.'

'Ben jij nooit een gelovige geweest, Nuala?'

'Ik? Natuurlijk. Ik wilde non worden, net als ieder klein ding in de graafschap Clare.'

'Je gelooft niet meer?'

'Ik had een egoïstisch, ziekelijk geloof. Een kleinemeisjesgeloof. Nu ben ik volwassen, hoop ik. Ik geloof in bevrijding. Als er voor mij een bevrijding is, is die er voor iedereen. En ik wil zelf niet bevrijd worden als niet iedereen wordt bevrijd.'

'Dat begrijp ik,' zei Sonia.

Nuala liep met haar naar een nog open *sherut*-standplaats om haar op weg te sturen naar het *yekke*-gastenverblijf in Herzliya waar ze de nacht zou doorbrengen.

'O ja,' vroeg Nuala, 'hoe goed zijn je contacten op de Heuvel van Slechte Raad? Denk je dat je een witte VN-wagen voor ons kunt lospeuteren?'

'Jezus,' zei Sonia. 'Dat vroeg Stanley me net ook. Wat is er toch?'

'Ik weet niet wat Stanley van plan is,' zei Nuala. 'Ik sta op de lijst van het Israëlische leger. Op sommige dagen houden ze me uren vast. Als je in zo'n witte wagen zit, mag je soms gewoon doorrijden, als ze het druk hebben.'

'Ik heb daar geen contacten meer,' zei Sonia. 'Jij hebt je NGO-papieren.'

'Ja,' zei Nuala. 'Dat is geen probleem. Maar weet je, misschien hebben we je hulp nodig. Omwille van de goeie ouwe tijd.'

'Nuala. Ik kan geen auto krijgen.'

'Maar misschien kun je met me meerijden. En breng dan nog iemand anders mee. Ik bedoel, met hoe meer we zijn, des te beter is het.'

'Ik weet het niet, Nuala. Je bent toch geen wapens aan het smokkelen?'

'Je zou altijd weten wat we deden en wat we hadden,' zei Nuala.

'Je doet toch niets met Stanley? Met drugs of zo?'

'Stanley is niet mijn type,' zei Nuala. 'Al vind ik zijn tatoeages wel mooi.'

'Goed,' zei Sonia. 'Ik zal je zoveel mogelijk helpen, als het maar niet betekent dat iemand kwaad wordt gedaan. Bel me.'

Nuala glimlachte, boog zich naar voren en kuste haar.

28

In een van de gastenhuisjes van het Huis van de Galileeër zaten Janusz Zimmer en Linda Ericksen naast elkaar op de sprei van Welsh plaid die Linda zorgvuldig had vervangen nadat zij en Zimmer de liefde hadden bedreven op de slaapbank. Het was hetzelfde huisje waar Lucas de vorige maand naar binnen had gekeken, het huisje met *The Scapegoat* van Holman Hunt aan de wand.

Tegenwoordig waren de huisjes langs de muur gereserveerd voor bezoekende evangelisten en hun belangrijkste financiële ondersteuners, handopleggers, charismatische personen die hun charisma kwamen opladen, vertalers uit het Aramees, en andere vrienden en medewerkers van het Huis. Zimmer en Linda kwamen beiden in aanmerking.

'Het zou beter voor ons zijn geweest, mijn lief,' zei Zimmer, 'als we in een minder turbulente periode van de geschiedenis hadden geleefd.'

'Er schijnt een Chinese vloek te zijn,' zei Linda. '"Moge je in interessante tijden leven."'

'Nou, die heb ik dan geërfd,' zei Zimmer. 'Ik ben voor de holocaust geboren, tegen de verdrukking in. En nu rest me dit nog. Ik heb maar één zegen en dat is dat ik jou heb om me te helpen.'

'Ik ben niet bepaald een zegen voor iemand,' zei de nederige Linda. 'In ieder geval was ik geen zegen voor die arme Ted. Hij had me hier in deze stad nodig en ik heb hem in de steek gelaten. Ik weet dat ik ook schuld draag aan wat er gebeurd is.'

Zimmer maakte een paar sussende geluiden. Hij kon het niet opbrengen om haar tegen te spreken.

'Maar hij hoorde hier niet thuis,' zei ze. 'En ik weet dat ik hier wel thuishoor.'

'Ja,' zei Zimmer.

'Ik heb nauwelijks gestudeerd. Ik ben niet tot het geloof gebracht.'

'Nou, als we de term "doop" gebruikten,' zei Zimmer, 'zou jij gedoopt zijn door het vuur.'

Linda stond op, ging naar het midden van de kamer en sloeg haar armen over elkaar. 'Goed,' zei ze, Ruth tussen het vreemde graan. 'Wat moet ik doen?'

'Het volgende, mijn lief,' zei Zimmer. 'Nuala Rice gaat regelmatig naar de Gazastrook om drugs op te halen. In ruil daarvoor brengt ze wapens.'

'Jij weet daarvan?' zei Linda verschrikt. 'Waarom vertel je het niet aan de autoriteiten?'

'Je bedoelt de Shabak? We hebben contacten in de Shabak. Ik ben bang dat ik je moet vertellen dat de autoriteiten heel goed op de hoogte zijn van die transporten. Het is hun manier om wapens te leveren aan de enige PLO-factie waarvan ze denken dat ze hem onder controle hebben en dat die daar de orde kan handhaven.'

Linda was enorm geschokt.

'Maar die drugs worden gebruikt door joodse mensen.'

'Door uitschot. Het meeste wordt verkocht in Haifa en Nazareth. Tenminste, dat zeggen ze. Hoe dan ook,' zei Zimmer tegen haar, 'jouw taak is in wezen de volgende: je gebruikt je status als medewerkster van de Coalitie voor Mensenrechten om in de Gazastrook te komen. Zo vaak als je kunt, zorg je dat Sonia Barnes met je meegaat, en je probeert ervoor te zorgen dat wordt geregistreerd dat ze Nuala Rice vergezelt. Het moet goed duidelijk zijn dat die twee iets met elkaar te maken hebben. Je kunt bijvoorbeeld tegen haar zeggen dat er informatie over de mishandelingen van de stenengooiers in Jabalia is en dat jij daar niet heen kunt gaan. Vraag haar om de informatie te verzamelen voor de Coalitie voor Mensenrechten. Om jou een dienst te bewijzen. Zo mogelijk moet ze daar de nacht doorbrengen. Dat zal niet zo moeilijk zijn, want Nuala's Arabische vriend woont in Jabalia. Als ze moeilijkheden met het Israëlische leger krijgen, met iemand die niet met ons meedoet, sturen we jou om ze daar weg te halen.'

'Wanneer gebeurt dat?'

'Dat weten we nog niet zeker. Maar binnenkort.'

'Het doel,' zei Linda, 'is het stoppen van die smokkelhandel?'

'Het doel is de vernietiging van de vijandelijke schrijnen op de Tempelberg. We willen ze wegvagen en de Tempel van de Almachtige bouwen.'

'God nog aan toe,' zei Linda. 'Er komen rellen. Er komt oorlog.'

'In religieuze termen kun je het zo stellen: soms wil de Almachtige dat we in vrede leven,' zei Zimmer. 'En soms wil hij dat we oorlog voeren.'

'Hoe?' vroeg Linda. 'Hoe gebeurt dat?'

'Dat zul je weten als het zover is.' Hij lachte. 'Ik heb je al meer verteld dan je hoeft te weten.'

'Alles,' zei Linda bevend. 'Alles wat je maar van me wilt.'

'Ja, dat weet ik, schat,' zei Zimmer, en hij streek door haar haar. 'Ik verwacht erg veel van je, en ik twijfel er niet aan dat je erg bij onze zaak betrokken bent. Maar voortaan doen we het zoals we het vroeger deden. Je krijgt de bijzonderheden te horen als het nodig is. Intussen kun je verder gaan met je eigen studie.'

'Dat doe ik. Ik doe alles wat je wilt,' zei Linda. 'Als het voor dit land is. Als het voor jou is.'

'Ik verzeker je,' zei Janusz Zimmer, 'dat er een plaats voor jou is in de dingen die te gebeuren staan.'

'Een plaats bij jou,' zei ze tegen hem.

Zimmer lachte. 'Nou, voorzover ik invloed op de dingen heb: ja.'

Linda, die weinig gevoel voor humor had, keek hem even fel aan. Maar toen verzachtten haar trekken: 'Het is grappig dat ik in die tijd met Pinchas Obermann, een cynicus, een kosmopoliet, het geloof heb gevonden. Zonder jou had ik dat nooit gekund, Jan.'

'Misschien,' zei Zimmer, terwijl hij een sigaret opstak, 'misschien was dat ook zo voorbeschikt.'

Deel 2

29

Op de ochtend van zijn reis naar Gaza besloot Lucas naar Yad Vashem te gaan. Voor zijn vertrek ging hij naar een bakkerij in een zijstraat van de Ben Yehuda Street en nam daar koffie en een rond appelgebakje waarvan het half onthouden recept door de bedrijfsleiding uit Midden-Europa was meegebracht. Het was zonnig en er waren veel opgewekte mensen op straat. Hij liet zijn auto in de garage achter en ging met een taxi naar de herdenkingsplaats.

Later zou Lucas het zich allemaal tot in details herinneren. Op die ochtend vielen sommige dingen hem meteen op. Een daarvan was de foto, de grootste in de historische afdeling, van de grootmoefti van Jeruzalem die de islamitische stormtroepers van de Bosnische SS, allemaal een fez met kwastjes op het hoofd, inspecteerde. Dat legde verband met de actualiteit van de dag.

Het diepst troffen hem de kinderen van de kampen. Sommigen hadden geprobeerd kleine prentenboeken met felgekleurde tekeningen van elfjes en prinsessen te maken, alsof ze veilig thuis waren en niet door schurken gevangen werden gehouden om te worden vermoord. Hij was vooral geschokt en verbijsterd, en hij vond het geruststellend dat alle andere bezoekers blijkbaar net zo verbijsterd waren als hij. Vreemden vermeden oogcontact. Hij had Sonia gevraagd hem te vergezellen, maar ze had gezegd dat hij alleen moest gaan. Hij begreep algauw dat ze gelijk had. Toen hij buiten stond, huilde hij.

Bij het monument, naast de ruwe stenen en de eeuwige vlam, zei hij gebeden uit een boek dat een onverzorgde man hem voor zes shekel had verkocht. ‘O Meester van het Universum, schepper van deze zielen, behoudt hen eeuwig in de nagedachtenis van uw volk.’

Natuurlijk had Lucas vragen. Waar zou hij zijn geweest? Wat zou hij hebben gedaan? Hoe zou hij zich hebben gedragen en wat zou er van hem zijn geworden? Was hij een *mischling* van de eerste of de tweede klasse, en wat hield dat in? Hij kon daar nooit duidelijkheid over krijgen. Wat was er van de familie van zijn vader geworden? Carl Lucas had het hem nooit verteld, had er nooit over gesproken.

Misschien, dacht hij, was de wereld op die manier verdeeld: mensen die op de een of andere manier verantwoordelijk waren, en mensen die dat niet waren. Maar daaromheen wervelde een gevallen universum van schaamte. Iedereen keek altijd zo diep in zijn duisternis als hij kon of durfde. Iedereen wilde een antwoord, een gids voor de verbijsterden. Iedereen wilde dat de dood en het leed een betekenis hadden.

Nuala zat achter het stuur. Sonia zat achterin met op haar schoot het boek dat ze had meegebracht: *En ze keken naar God* van Zora Neale Hurston. Het was haar toch nog gelukt een busje van de VN voor hen te bemachtigen.

'En dus ging ik,' zei Lucas.

'Je ging naar Yad Vashem?' vroeg Sonia. 'Je wilt Yad Vashem en Gaza in één dag doen? Ben je levensmoe of zo?'

'Ik was vrij. Ik moest de tijd doden.'

'En dus ging je,' zei Sonia. 'Geen verrassingen, hè?'

'O,' zei Lucas, 'dat zou ik niet zeggen.'

Nuala, die reed, zei niets.

'Ik heb gehoord dat er een goed visrestaurant in Gaza is,' zei Lucas.

'Goede vis,' zei Sonia. 'Geen bier.'

'Nou, wat gaan we doen?' vroeg Lucas.

'De Foundation werkt samen met een aantal plaatselijke zelfhulpgroepen in Al-Amal,' zei Nuala tegen hem. 'Ze hebben hun eigen school en een kliniek opgericht en we helpen ze daarmee. We brengen ze wat tandenborstels. Tandenborstels zijn moeilijk te krijgen in de Gazastrook. Zeep. Alles is veel te duur. Israëlisch fabrikaat. Je kunt het zien als de verhouding tussen Amerika en Cuba. Hoe dan ook, ik dacht dat je misschien een kijkje zou willen nemen. Blijven overnachten.'

'En dat stel vechtersbazen waar je me over vertelde? Zijn die nog actief?'

'Abu en zijn bende waren vorige week in Rafah. Natuurlijk kunnen ze ieder moment weer opduiken. Jammer dat je van dat verhaal hebt afgezien.'

'Je kunt niet alle verhalen doen.'

'Nou, we hebben er hier een heleboel,' zei Nuala.

Toen ze daar in die auto zaten, bedacht Lucas voor de zoveelste keer dat hij zich in het gezelschap van Nuala Rice nooit op zijn gemak zou voelen. Hij zat bijvoorbeeld met het probleem dat hij zich op een felle, onsentimentele manier tot haar aangetrokken voelde, een aantrekkingskracht die niet werd aangetast door rancune of cynische perversiteit. Daar kwam nog bij dat ze het snobisme van een avonturierster bezat, zonder een greintje consideratie voor mensen die timide of bedachtzaam waren of onder innerlijke conflicten gebukt gingen. Ze was de wandelende belichaming van de prestatiedrang – moreel, seksueel en professioneel.

Om onduidelijke redenen stopte Nuala ten zuiden van Ashkelon. Ze parkeerden voor een bruin, onopvallend pakhuis en Nuala had een kort gesprek met een kleine, zwaargebouwde man, zo te zien een oosterse jood. Ze gaf hem iets in een bruine envelop.

'Wie is die man?' vroeg Lucas aan Sonia toen ze in het busje zaten te wachten. 'Hij ziet eruit als een *shtarker*.'

Sonia haalde haar schouders op.

'Wie was dat?' vroeg hij aan Nuala toen ze weer achter het stuur zat.

'O,' zei ze, 'dat is een groothandelaar in levensmiddelen. Hij koopt van een Palestijnse coöperatie. We brengen boodschappen voor hem over, helpen hem met de ruilhandel.'

'Is hij een muziekliefhebber?' vroeg Lucas. 'Want ik geloof dat ik hem bij Stanley heb gezien.'

'Dat lijkt me onwaarschijnlijk,' zei Nuala.

Lucas keek Sonia weer aan en zag dat ze zorgelijk naar hem terugkeek.

'Soms,' zei Nuala tegen hem, 'zijn onze auto's het enige dat erdoor komt. De afsluitingen kunnen weken duren. We nemen een beetje van alles mee.'

Sonia bleef Lucas aankijken en trok haar wenkbrauwen op. Het was moeilijker geworden om je voor te stellen dat de lading achter haar, in kisten zonder opschrift met dekkleden eroverheen, uit tandenborstels en aspirientjes bestond.

'Natuurlijk,' zei Lucas.

De grens tussen de staat Israël en de bezette Gazastrook had hem altijd aan de grens tussen Tijuana in Mexico en het grotere San Diego in de Verenigde Staten doen denken. Ook daar wachtten haveloze mannen, in aardse kleuren, met het mystieke geduld van de erg armen tot het de strak geüniformeerde, weldoorvoede ambtenaren behaagde hen te woord te staan. Enkele maanden eerder was Lucas 's morgens vroeg bij de controlepost gaan kijken, en hij herinnerde zich nog de ingevallen gezichten in het schemerlicht, de vreselijke glimlachjes van de zwakken die hun best deden om bij de sterken in de gunst te komen. In tegenstelling tot Tijuana werd de rauwe dynamiek van Gaza niet verhuld door een vernislaagje van wederzijdse soevereiniteit. Je had hier automatische geweren, scheermesprikkeldraad en barricades, de machthebbers, de smekelingen en degenen die plannen beraamden om de situatie te veranderen.

Zoals de meeste Israëlische soldaten hadden de agenten van de grenspolitie van het Gaza-controlepunt een hekel aan VN-voertuigen en de mensen die erin reden. Ze namen uitgebreid de tijd om de paspoorten van Nuala en Lucas te controleren.

'Johnnie Walker-Ieren,' merkte de soldaat op die in Nuala's paspoort keek. 'U houdt van Johnnie Walker?'

In deze oorlog werden aantrekkelijke vrouwen die tot de andere kant werden gerekend met een speciaal venijn bejegend. Mooie joodse meisjes maakten sommige Palestijnen gek en soms kwamen ze dan zelfs tot moord. Een blok van Lucas' vorige appartement vandaan had een Arabische bouwvakker een mooie tienersoldate met een scherpgeslepen troffel gedood. En Israëlische soldaten spuwden vaak de woede van Jehu uit over wat ze zagen als de van Arabieren houdende, met Arabieren neukende sjikses van de VN en de NGO's.

'Blijkbaar denken ze dat Johnnie Walker een Ierse whisky is,' zei Nuala toen ze de grens over waren. 'Ze zeurden maar door over Johnnie Walker-Ieren in Libanon. Ze hadden daar problemen met het vredeskorps.'

'Er vlogen wat granaten over en weer, als ik het me goed herinner.'

'Een Ier is omgekomen toen ze op VN-posities schoten,' zei Nuala, 'en het Israëlische leger zei dat hij dronken was. Ze noemden de VN Johnnie Walker-Ieren.'

'Hoe lang ben je in Libanon geweest?' vroeg Lucas. 'Ik heb je daar nooit veel over horen praten.'

'Een paar maanden,' zei ze. 'Elke dag was anders, als je begrijpt wat ik bedoel.'

'Je zult er wel van hebben genoten.'

'Ik was in de bergen toen jullie slagschepen de dorpen van de Druzen bestookten. De USS New Jersey. Ik heb daar niet erg van genoten.'

Toen ze het prikkeldraad voorbij waren, kwamen ze in een niemandsland van laag droog gras en plastic rommel. Rechts zagen ze de strakke witte blokken van de Israëlische nederzetting Eretz. Geschutemplacementen met zandzakken bewaakten de toegangen, met daarboven een vlag waarop de Ster van David prijkte. Het was de belangrijkste weg naar Gaza-stad.

'Denk je dat je ongeveer weet wat daar gebeurt?' vroeg Lucas.

'De Koude Oorlog, nietwaar?' zei Nuala opgewekt. 'Amerika die de vrije wereld tegen het communisme verdedigt. Israël dat zoals gewoonlijk Amerika helpt. De bergen zaten vol Druzen en islamitische bolsjewisten die de effectenbeurs wilden nationaliseren of zoiets. En dus stuurden jullie die slagschepen.'

'Nu weet ik het weer,' zei Lucas. 'En mariniers.'

'Het was regelrechte moord,' zei Nuala.

Hij wist dat ze het niet over het bloedbad onder Amerikaanse mariniers van het vredeskorps bij het vliegveld Beiroet had. Voorzover Lucas zich kon herinneren, waren de Libanese bergdorpen door de Amerikaanse marine bestookt omdat de bewoners als bondgenoten van de Syriërs werden beschouwd, die weer bondgenoten van de Sovjet-Unie waren, een rijk van het kwaad dat naar heerschappij over de hele wereld streefde. Het slagschip New Jersey had een groot deel van die beschietingen voor haar rekening genomen. Later had een aantal Libanese sjiieten een jonge Amerikaanse matroos in een gekaapt vliegtuig te pakken gekregen. Toen bleek dat hij uit New Jersey kwam, hadden ze hem urenlang met sigaretten gebrand alvorens hem te doden. Misschien hadden ze de staat New Jersey met het gelijknamige slagschip verward, zoals ze ook moeilijk onderscheid konden maken tussen viriliteit en hun enthousiasme voor het martelen. Toen de jongen eindelijk dood was, hadden ze elkaar in mannelijke houdingen gefotografeerd, met opbollende biceps en een stralende amfetaminelach en het filmpje achtergelaten. Met dat soort ontwapenend gedrag namen zulke types de Mossad en de CIA min of meer voor zich in, al zagen de doders van die organisaties toch altijd kans om, als wraak op die wraakacties, een paar van de verkeerde Arabieren te doden.

'Nog iets anders te weten gekomen?' vroeg Lucas.

Nuala was prikkelbaar. 'Nog meer over naïeve Amerikaanse bemoeizucht? Dat was genoeg.'

De dorpen waren bestookt namens een Libanese factie die destijds als 'pro-westers' werd beschouwd. Sindsdien had die term elke betekenis verloren; indertijd had hij waarschijnlijk ook al niet veel betekenis. Lucas had ooit vaag geweten wie de 'pro-westerse' factie vormden en hoe ze zich als 'pro-westers' hadden opgesteld. Nu kon hij het zich niet goed herinneren, en het was ook niet waarschijnlijk dat veel Amerikanen het nog zouden weten, zeker niet de voormalige president die vermoedelijk opdracht tot het bombardement had gegeven.

'Wat bedoel je nou, "iets anders"?' drong ze aan.

'O, je weet wel,' zei Lucas. 'Bijvoorbeeld of Kahlil Gibran echt een goede dichter was?'

'Alsjeblieft,' zei Sonia.

'Kahlil Gibran?' vroeg Nuala. Ze vermoedde wel dat hij haar uit haar tent probeerde te lokken, maar kon het onderwerp toch niet laten rusten: haar liefde voor de Derde Wereld en de dichters daaruit. 'Nou, natuurlijk was hij dat. Een erg grote dichter. En ook een groot man.'

'O ja? Ik heb zijn gedichten altijd gewauwel gevonden.'

Nuala draaide zich zo abrupt naar hem om dat ze het busje bijna van de bermloze weg afreed. 'Hoe kun je zo verrekte arrogant zijn? Hoe durf je?'

'Kom, kinderen,' zei Sonia. 'Geen ruzie maken.'

'*De Profeet* heb ik altijd gewauwel gevonden,' zei Lucas. 'Misschien vergis ik me.'

'O, Jezus,' kreunde Nuala. Ze gaf Lucas geen antwoord meer. Ze hadden allemaal de toren van zwarte rook gezien die opsteeg uit wat blijkbaar het centrum van Gaza-stad was.

'Moeten we daaromheen?' vroeg Lucas.

'Ja, dat is beter,' zei Nuala. 'Misschien kunnen we om Beit Hanoun heen.'

'Moeten we niet gaan kijken wat er aan de hand is?' vroeg Sonia. 'Daarvoor zijn we hier in feite.'

'Ik heb iets af te leveren bij Al-Amal,' zei Nuala. 'Ik moet daarheen.'

'Ik vind dat we door de stad moeten gaan,' zei Sonia. 'Als ze de wegen afsluiten, zijn we beter af in het hoofdkwartier van UNRWA.'

Nuala zuchtte en veegde zweet onder haar donkere haar vandaan.

'Goed,' zei ze een beetje teleurgesteld. 'Zou jij willen rijden, Chris?'

Zonder dat hij begreep waarom liep Lucas om de auto heen en nam het stuur over. Hij had niet veel zin om in de Gazastrook te rijden, maar op deze manier kon hij zich tenminste nuttig maken.

Toen hij wegreed, volgden ze de grote weg. Rechts van hen, aan de andere kant van een verwaarloosd spooremplacement, zag hij krotten van leem, baksteen, cement en golfplaat, zo ver als het oog reikte, in een chaos van kookvuren en waslijnen. Troepjes grimmige kinderen staarden naar het busje.

'Waar zijn we?' vroeg Lucas.

'In kamp Jabalia,' zei Nuala.

'Er is een controlepost van het leger in de stad Jabalia,' zei Sonia. 'Langzamer rijden.'

De controlepost verscheen toen ze een hoek omgingen en bestond uit opeengestapelde zandzakken, scheermesprikkeldraad en twee jeeps met mitrailleurs. Toen Lucas plotseling gierend remde, sprongen de soldaten meteen in de gevechtshouding. Nadat hij was gestopt, zag hij een gepantserde troepentransportwagen en een andere jeep in de duinen op enige afstand van de weg, klaar om de controlepost dekkingsvuur te geven. De mannen in de voertuigen tuurden langs hun wapens, hun vinger op de trekker, zodat een kleine beweging genoeg was om Lucas en zijn passagiers met de bekleding van hun auto te laten samensmelten. Hij haalde diep adem en deed zijn ogen dicht.

Eerst kwam er niemand vanaf de controlepost naar hem toe. Toen naderde een blonde jonge soldaat, zonder hoofddeksel maar in een kogelvrij vest, zijn wapen hoog tegen zijn borst. Zijn kameraden dekten hem waakzaam. De jonge soldaat wierp een snelle norse blik op het VN-logo en de passagiers van het busje.

'U hebt een probleem? Dat u zo hard rijdt?' Hij sprak met een licht Slavisch accent.

Een andere soldaat kwam achter de barricade vandaan – een officier, dacht Lucas, maar dat was bij de Israëliërs altijd moeilijk te zien. Terwijl de eerste soldaat zich met het geweer in de aanslag terugtrok, stak de officier zijn hand stijf naar hun papieren uit.

'Waarheen?' vroeg hij toen hij de papieren had bekeken.

'Al-Amal,' zei Nuala.

De officier keek haar nieuwsgierig aan en keek toen op een lijst die aan zijn riem hing. Het leek wel of hem was verteld dat ze zou komen. Toen keek hij naar de anderen.

'Lukash?' Hij keek in Lucas' perspapieren. 'Sonia Barness?'

'Barnes,' zei ze. Er volgde een korte woordenwisseling in het Hebreeuws en toen liet hij hen doorrijden naar de barrière. De jeep ging een eindje naar voren om hen te laten passeren.

'Rij wat langzamer,' zei Sonia tegen Lucas. 'Het is maar een suggestie.'

'Goed idee,' zei hij. 'Wat zei hij tegen jou?'

'Hij wenste me een prettige dag. Min of meer.'

'Wat denk je dat hij daarmee bedoelde?' vroeg Nuala.

'Moeilijk te zeggen,' zei Sonia. Toen Lucas zich omdraaide, knipoogde ze naar hem. Wat had ze zich goed onder controle, dacht hij. 'Ik denk dat hij ons succes wenste.'

De stad Jabalia was een verzameling vormloze natuurstenen gebouwen met een marktplein langs de weg. Op het belangrijkste kruispunt draaide een groepje moslimvrouwen zich naar hun busje om en begon te juichen. Lucas was verbaasd.

'Blijkbaar zijn wij de goeien,' zei hij.

'De goeien,' zei Nuala smalend.

'Het komt door de auto,' zei Sonia tegen hem.

En inderdaad. Toen ze Gaza-stad dieper inreden, kwamen ze langs meer mensen – met kleren omzwachtelde vrouwen met baby's in hun armen, marktkooplui, schoolkinderen – die zich even afwendden van de zuil van zwarte rook die de woestijnhemel verduisterde, om naar hen te zwaaien en te applaudisseren.

'De auto?' vroeg hij.

'Het is toch een VN-busje?'

'Natuurlijk,' zei hij.

Toen Lucas langs die menigten reed, die mensen die hem toejuichten, raakte hij in een uitbundige stemming. Hun onschuldige, serieuze busje vertoonde een dubbel beeld van de grote wereld zelf, geportretteerd vanuit een vredelievend polair perspectief, gehuld in takken van vrede. En de mensen zwaaiden echt. De last van het heldendom op je schouders, dacht hij. Iets nieuws.

'Langzamer rijden,' zei Nuala. 'Want we zijn er bijna.' Ze sprak erg nadrukkelijk. 'Als het leger je vraagt waar je heen gaat, zeg je, naar de Al-Azhar Road.'

Hij reed langzaam door. Er waren veel mensen op straat, maar er juichte niemand meer. Lucas rook nu ook de geur van brandend rubber, en tegelijk daarmee een andere geur, een zoetige muskuslucht die niet echt onaangenaam was maar wel geladen met iets gevaarlijks, iets onredelijks. Traangas. Het deed hem denken aan Pasen in de regen.

'Doorrijden,' zei Nuala. 'Misschien kunnen we in Al-Azhar komen.'

'Iedereen in orde?' vroeg Lucas.

'Met ons gaat het goed,' zeiden de vrouwen tegelijk.

Voorbij de volgende hoek stak een verwaarloosde betonnen moskee zijn hoekige minaret omhoog tussen de gammele vormloze gebouwen die eromheen stonden. Een versterkte stem, daverend van woede, weerklonk vanaf de toren en galmde in de lege ruimten beneden. Ze hoorden nu ook geschreeuw en glasgerinkel en het ratelen van stenen tegen muren. Van dichtbij kwam het explosieve ploffen van gelanceerde granaten. Rook, vermengd met het bittere gas, dreef voor de voorruit langs en Lucas draaide de raampjes dicht.

Op een kruispunt ging een menigte vrouwen in blauwe gewaden tekeer. Ze jammerden en hieven hun vuisten ten hemel. Sommigen hadden hun hoofddoeken om hun mond geslagen, blijkbaar minder uit vroomheid dan vanwege de dampen. Toen ze het VN-busje zagen, renden ze er allemaal op af.

Lucas ging nog langzamer rijden. Buiten sloegen de vrouwen op het dak van het busje, op de motorkap, op de ramen.

'Stop,' zei Sonia. Toen hij stopte, stapten zij en Nuala uit. Ze waren meteen omringd door krijsende vrouwen. Een paar van hen gingen naar de bestuurderskant en schreeuwden tegen Lucas. Uit beleefdheid liet hij, hoewel het gas en de rook steeds erger werden, het raampje zakken. Een vrouw stak haar hand naar binnen en krabde over zijn gezicht. Hun razernij bracht hem aan het duizelen en er trok een waas voor zijn ogen. Hij was stomverbaasd, verbijsterd, bevlekt met hun tranen.

'Rijden,' zei Sonia, toen zij en Nuala weer waren ingestapt. 'Ze hebben een kind neergeschoten, geloof ik.'

De kern van de zaak bevond zich een blok verderop. Uit de rook kwam een scanderende, joelende bende tieners, jongens in haveloze kleding – Purdue-sweatshirts, gescheurde truien en kaki broeken. Het waren er veertig of vijftig. De jongste van hen was misschien een jaar of twaalf, de oudste ongeveer zeventien, en ze droegen met enige moeite het slanke, liggende lichaam van een leeftijdgenoot. De jongeman die ze droegen, had een lijkbleke huid en fletse lippen. Zijn ogen waren melkachtig en dof en zijn tanden waren ontbloot. Hij bloedde uit zijn oor.

'Moeten we hem niet naar een dokter brengen?' vroeg Sonia zachtjes.

'Hij is dood, Sonia,' zei Nuala.

Verderop in de straat bleef een woedende stem uit een luidspreker van een minaret maar doorgaan met razen en tieren. Die woedende klanken kregen even later concurrentie van een tweede versterkte stem, een koude, verveelde politiestem in het Arabisch. Lucas nam aan dat die tweede stem het publiek tot kalmte maande.

Toen hij doorreed, verloor hij de omgekomen jongen uit het oog. De menigte jongeren had zich voor hen teruggetrokken en was in de bochten van de weg verdwenen. De rook en het gas werden dichter, en om Lucas heen vielen stenen. Dat traangas rook naar stinkdier; als je er nooit eerder mee te maken had gehad, genoot je een korte psychologische immuniteit, maar als het spul je eenmaal te pakken had, kon je niets meer beginnen. Achter hen klonk geweervuur.

'We zitten tussen het leger en de menigte,' zei Sonia rustig. 'Wat beroerd!'

Plotseling waren er overal soldaten. Een officier stapte voor hen de weg op en stak zijn hand omhoog om hen tegen te houden. Toen Lucas langzamer ging rijden, liepen de soldaten van achteren om de auto heen. Ze kwamen langs de vuile, afbladderende muren, en bewogen zich voorzichtig, voortdurend bedacht op elkaars bewegingen, hun blik op de rug van hun voorganger en de daken gericht. Twee soldaten liepen recht voor het busje en brachten hun wapens omhoog om traangasgranaten op de zich terugtrekkende massa jongemannen af te vuren. Ze mikten, namen de houding in van boogschutters op een fries uit de oudheid, turend tegen de zon, die al lager aan de hemel stond. De traangasgranaten sprongen met een daverende klap uit hun lanceerwapens, alsof klinknagels het begaven. Een paar kwamen sputterend en rokend terug in de regen van stenen die vanuit de schaduwen aan het eind van de straat werden gegooid, tegen de achtergrond van de blauwe hemel. Er kwamen nog meer soldaten opzetten, vurend vanuit geknielde houding. Lucas veronderstelde dat ze rubberkogels afvuurden – hij kon dat niet goed zien. Ze schoten in de richting van de menigte.

'We moeten op het plein zien te komen,' zei Nuala.

'Ja,' zei Sonia. Ze nam papieren zakdoekjes uit haar tas, maakte ze nat met mineraalwater uit een fles die naast haar lag en deelde ze uit.

Bij het volgende kruispunt gaf een militair die tegen de gesloten luiken van een cafetaria gehurkt zat hun een teken dat ze moesten stoppen.

'Doorrijden,' zei Nuala. Lucas ging iets harder rijden en toen hij de dwarsstraat overstak, klonken er woedende kreten achter hen. Hij hoorde ook nog meer schoten dichtbij.

Halverwege het volgende blok kwam hun een regen van tamelijk grote stenen tegemoet. Toen hij langs de kant van de straat stopte, kwamen er geen stenen meer, maar de rook was nu dichter dan ooit.

'Misschien moeten we teruggaan,' zei Lucas.

Sonia en Nuala zeiden niets.

'Ik ben van buiten de stad,' zei hij, en hij draaide zich op zijn plaats om. 'Daarom vraag ik het.'

'We moeten verder gaan,' zei Nuala tegen hem.

'Goed,' zei hij, en hij zette de auto in de versnelling.

Helemaal aan het eind van de straat, nog net zichtbaar door de rook, was iets te zien waarvan Lucas moeilijk kon uitmaken wat het was. Een tirailleurslinie van soldaten had de ingang van een steegje bezet en vuurde traangasgranaten en wat hun geweren verder nog aan munitie hadden. Achter hen verdrong een grote groep soldaten in oproertenue zich in de oude vertrouwde militaire traditie: oprukken en wachten. Voor de Israëlische vuurlinie stond een kleine witte jeep geparkeerd. Aan de radioantenne hing slapjes de blauw-met-witte vlag van de Verenigde Naties. Naast de jeep stond een lange zwetende man in een effen, ongecamoufleerd kaki uniform en met een blauwe baret. Op zijn schouder was een wit kruis tegen een rode achtergrond te zien. Een Deen. Hij stond daar met zijn armen over elkaar, zijn benen wijd uiteen, naar de grond te kijken, zijn lippen onverzettelijk op elkaar gedrukt.

De soldaten, met hun helmen en kogelvrije vesten, probeerden langs hem te schieten. Twee Israëlische officieren schreeuwden tegelijk naar hem. De een klonk redelijk, de ander niet.

'Wil je lopend door de woestijn naar huis gaan?' vroeg de redelijke officier hem. 'Goed. Want we rijden met een bulldozer over je jeep heen.'

'Een schending!' schreeuwde de andere officier op een toon alsof hij de hemel aanriep. 'Inmenging in activiteiten van het leger!' Hij vloekte in het Arabisch, want het Hebreeuws kende niet genoeg obsceniteiten voor zo'n gelegenheid.

De Deen veranderde van houding en haalde zijn schouders op.

'Hoe kun je dit doen?' vroeg de redelijke officier. 'Hoe? Hoe?'

'We verzetten ons tegen een criminele aanval,' legde de redelijke officier uit. 'We verzetten ons tegen criminelen. Je creëert een internationaal incident. Het zijn jouw zaken niet, kapitein.'

Van tijd tot tijd schreeuwde ook een van de soldaten in de troepenmassa die achter de officieren stond naar de Deen, maar de meesten keken met een onbewogen gezicht toe. Enkelen keken geamuseerd. Nadat er een tijdje tegen hem was geschreeuwd, verwaardigde de Deense kapitein zich om rustig antwoord te geven. Lucas en de vrouwen in het busje konden niet verstaan wat hij zei. Van tijd tot tijd vlogen er nog stenen door de lucht. Ze kwamen ergens uit het steegje dat onder schot werd gehouden. De Deen en de officeren die tegen hem schreeuwden, negeerden die stenen, zoals het soldaten betaamt. Het rook naar brandend rubber.

'Laat me met ze gaan praten,' zei Sonia. 'Ik geloof dat ik die VN-man ken.'

Toen ze uitstapte, deed Lucas dat ook.

'Zeg,' zei Sonia. 'Er moet iemand bij het busje blijven. Anders duwen de soldaten het gewoon opzij.'

'Ik blijf wel,' zei Nuala.

Lucas en Sonia liepen door de rokerige straat naar het steegje waar de officieren stonden. De twee Israëlische officieren waren niet blij hen te zien. De minder redelijke bracht geërgerd zijn armen omhoog.

'Wat nu weer?' vroeg de redelijke.

'Hallo,' zei de Deen tegen Sonia en Lucas. 'Zijn jullie mijn versterkingen?' Blijkbaar maakte hij een grapje.

'We waren op weg naar kamp Al-Amal,' zei Sonia, 'maar we gaan eerst naar het hoofdkwartier hier in de stad. Wat is er?'

'Ik heb uitgelegd dat ik hier moet blijven,' zei de Deen. 'Maar die heren zijn het daar niet mee eens.'

'Jullie hebben hier geen van allen iets te zoeken,' zei de redelijke officier. De minder redelijke knikte heftig.

'Wat is er gebeurd?' vroeg Lucas.

'Dat,' zei de Deen, 'staat ter discussie.'

'Wilt u dat we blijven?' vroeg Sonia.

De kapitein keek naar het busje waarin Nuala zat en keek toen Lucas en Sonia aan.

'Nee,' zei hij. 'Ik wil jullie van de straat af hebben. Het hoofdkwartier weet dat ik hier ben.'

'Wilt u ons laten passeren?' vroeg Sonia aan de twee Israëliërs.

'Nee!' schreeuwde de onredelijke officier.

'Jazeker,' zei de redelijke. Met een hoffelijk gebaar wees hij hun op de straat die rokerig en bezaaid met stenen voor hen lag. 'Rij maar door.'

Ze stapten weer in het busje en reden langs het steegje zonder dat hun iets overkwam. Een aantal Israëlische soldaten keek hen mompelend na.

'Wat gebeurt er?' vroeg Lucas toen ze de rook uit reden.

'Ze zijn Palestijnen aan het vermoorden,' zei Nuala.

'Wat er gebeurt,' zei Sonia, 'is dat ze een stel *shebab* in dat steegje in het nauw hebben gedreven, en nu willen ze dat steegje in gaan en ze te lijf gaan. En daar kunnen ze kapitein Angstrom niet bij gebruiken. Maar Angstrom, God zegene hem, gedraagt zich recalcitrant.'

Op een kilometer afstand konden ze de rook niet meer zien. De straten van Gaza-stad waren verlaten. Andere rookzuilen, meer dan vijf, verhieven zich op verschillende plaatsen in het landschap.

Het leger had zich rond de universiteit, bij het VN-hoofdkwartier, geconcentreerd, zodat ze nog een paar controleposten moesten passeren. Het hoofdkwartier bleek in verhoogde staat van paraatheid te verkeren. Op de stoffige binnenplaats stond een oude Laredo met gele Israëlische nummerborden en een bumpersticker met KIJK MIJN REET.

'De Roos is er,' zei Sonia.

Binnen sprak Helen Henderson, de Roos van Saskatoon, met een Canadees die Owens heette en die aan het hoofd stond van de afdeling Sociale Aangelegenheden van het veldkantoor van de UNWRA, de United Nations Relief and Works Agency voor Palestina.

Sonia stelde Lucas voor en vroeg hun wat er in Daraji in het zuidoosten van Gaza-stad was gebeurd, waar de rellen waren. Uit een radio kwamen ruis en gedempte stemmen die Engels spraken.

'Iemand hees een Palestijnse vlag,' zei de Roos tegen hen. 'Het leger kwam. De shebab gooiden met stenen. Zoveel weten we. Kapitein Angstrom is daar.'

'We hebben hem gezien,' zei Sonia. 'Ik denk dat er een dodelijk slachtoffer was. We zagen een jongen die blijkbaar dood was.'

'Meer dan een,' zei Owens. 'We hebben meldingen van drie doden.'

'We moeten naar Al-Amal,' zei Nuala tegen Owens. 'Kunnen we erdoor?'

'Ik zou de binnenlandse weg niet gebruiken. De hele Gazastrook is in rep en roer en straks is het donker. Reken maar op een uitgaansverbod en veel paranoia. Misschien laat het leger jullie langs de kust rijden. Maar misschien ook niet.'

'Het is de bedoeling dat ze ons doorlaten,' zei Nuala. 'Dat zijn ze verplicht.'

'Ja,' zei Owens. 'Nou, veel succes dan maar. Hebben jullie een radio?'

Ze hadden geen radio. Owens zei dat ze zich gedeisd moesten houden.

Het leger liet hen inderdaad doorrijden bij de controlepost naast het strand, en onderweg van Gaza naar Khan Yunis konden ze de zonsondergang op zee zien. Een kleine kilometer van Deir el-Balah vandaan speelde het zoeklicht van een helikopter op garnalenboten. Het licht gleed theatraal van boot naar boot over de donkere golven. De zee was glad en ze konden hem zacht op het nabijgelegen strand horen breken. Er was nog een kamp dicht bij de kust; de duisternis kon de viezigheid en de dreigende atmosfeer enigszins verhullen, zodat het leek of alles rustig was. De avondoproep tot het gebed die uit de luidsprekers kwam, klonk tragisch en noodlottig, berustend, ver weg.

De naam van de Mededogende en Genadige hing nog over de lemen krotten toen ze de eerste vakantiehotels van de kolonisten naderden. Voorbij de zandzakken en het scheermesprikkeldraad glansden de randen van het zwembad groen en weelderig, en op het strand waren snoeren van gekleurde lichten gespannen.

'Wie zou daar nu vakantie willen houden?' wilde Lucas weten. 'Het is zo dicht bij het kamp.'

Maar er waren klanten. Langbenige blonde vrouwen in bikini en een dunne halsdoek slenterden in de groene schaduw. Een man met blond haar tot op zijn schouders droeg een jonge vrouw tot de rand van het zwembad en liet haar erin vallen.

'Het zijn daar vooral Europeanen,' zei Sonia, 'want dat hotel is niet religieus. Israëliërs gaan naar de andere hotels. Die zijn voordeliger.'

'Maar je kunt de kampen zien.'

'En je kunt ze ruiken,' zei Nuala. 'Niet iedereen vindt dat erg.'

Lucas wendde zich van de jonge Europeanen aan de andere kant van de omheining af en keek naar de donkere massa van het kamp. Onwillekeurig dacht hij aan de dingen die hij die ochtend had gezien. Beelden van Gaza en Yad Vashem zouden in zijn hoofd voor altijd met elkaar verbonden zijn, al begreep hij heel goed dat het een goedkope vergelijking was, bijna een cliché van deze plaats, iets wat opkwam bij iedereen die hier langs kwam en die enige intellectuele pretenties had. Maar de omstandigheden die deze twee werelden met elkaar verbonden, vormden de onderliggende realiteit. Blinde voorvechters zouden voor altijd de raderen ronddraaien in eindeloze cycli van woede en protest, een oneindige ronde van schuldgevoel en verdriet. In plaats van gerechtigheid was er een rondgaande duisternis.

Hij realiseerde zich dat Sonia gelijk had toen ze het vreemd vond dat hij op één dag naar die twee plaatsen ging. Hij had geprobeerd een denkbeeldige weegschaal in evenwicht te brengen, en ongetwijfeld zou iedereen die Yad Vashem had gezien zich de noodzaak van Gaza kunnen voorstellen. Aan de andere kant hadden die twee plaatsen absoluut niets met elkaar te maken, want de geschiedenis was zuiver, op het zwakzinnige af, en bestond geheel en al uit afzonderlijke dingen. De dingen hadden geen moraal. Als je een kant moest hebben, kon je er beter maar één zien – je liet je bij je keuze door je behoeften leiden en negeerde of ontkende de andere kant. Vergelijkingen, pogingen tot een ethische schaalverdeling, leidden tot gevaarlijke vermoeidheid.

'Maar het moet zo vreemd zijn,' zei hij, 'om naar het strand daar te gaan. Met je rug naar dit alles toe.'

'Sommige mensen houden waarschijnlijk van de dramatiek,' zei Sonia.

'Mooie dramatiek,' zei Nuala streng. Lucas en Sonia wisselden een geheime blik.

'Er zijn vast wel mensen bij die moraliseren,' zei Sonia. 'Ze komen hier in de branding stoeien, en als ze dan thuis zijn, klagen ze over de wrede Israëliërs.'

'Dat zal best,' zei Lucas.

'We hadden in Cuba ook toeristen,' zei ze. 'Linkse types, je weet wel. *Gente de la izquierda, socialistas*. Je kon ze vinden op de Malecón, waar ze naar meisjes of jongens zochten om te neuken voor dollars. En dan gaan ze naar huis en zeggen: Ik? Ik heb mijn vakantie in Cuba doorgebracht. *Para solidaridad*.'

'Sommige toeristen worden verliefd op de kolonisten,' zei Nuala. 'Ze komen steeds weer terug.'

'Zeg,' zei Sonia tegen Lucas, 'zullen we morgen gaan zwemmen? Dan kun jij dat verhaal ook vertellen. Misschien kunnen we het wel regelen.'

'Dat lijkt me nogal frivool,' zei Lucas.

'Je zult er iets voor terugdoen. We gaan allemaal. Goed, Nuala?'

'Misschien,' zei Nuala. 'Als er geen uitgaansverbod in Gaza is.'

'Dat is niet precies waar ik voor kwam. Is het toegestaan?'

'Je bedoelt, volgens de koran?' vroeg Sonia. 'Volgens de thora? Neem je genoegens waar je ze kunt vinden, Chris. Als iemand je een zwempartij aanbiedt, ga je zwemmen.'

'Afgesproken,' zei Lucas.

Er was een controlepost van het leger aan de rand van de beschermde kustweg, en ze reden daar erg voorzichtig naartoe.

De onderofficier die de leiding had, bestudeerde hun paspoorten en sprak hen toen in Amerikaans Engels aan. Hij zag er serieus uit en had een bril, als een jonge arts of een universitair docent.

'U zou helemaal niet onderweg moeten zijn. Ik hoop dat u beseft dat u de nacht hier doorbrengt.'

Aan de rand van Khan Yunis beheerste het leger het licht. Lucas manoeuvreerde het busje door smalle steegjes, zo langzaam dat hij met zijn parkeerlichten kon werken. Nu en dan kon hij zich oriënteren op een petroleumlamp achter een schutting. Helikopters vlogen in de duisternis boven hen rond en lieten hun felle zoeklichten over het landschap glijden. De hoge stralen bewogen in zigzagpatronen over het kamp, verlichtten zuilen van rook en richtten zich soms ook op een enkele, vluchtende hardloper. Radio's knetterden, sirenes loeiden. Een lichtsein daalde per parachute naar de woestijn af, voorbij de zuidelijke grens van het kamp. Er klonken schoten.

'Dat belooft wat voor vannacht,' zei Sonia grimmig.

Ze parkeerden achter een vervallen witte muur rondom de restanten van een tuin die in de Tweede Wereldoorlog deel had uitgemaakt van een Brits legerziekenhuis. Een VN-vlag hing slap over de poort, verlicht door een rij van zes kale gloeilampen, waarvan er twee kapot en donker waren. Rond de ingang waren borden in het Arabisch en Engels aangebracht.

Het duurde even voordat ze toegang kregen; ze moesten op de dikke houten deur bonken en een hendel overhalen die alleen maar nu en dan een klein belletje liet rinkelen. Toen ging de deur open en keek een jonge Palestijn in een witte doktersjas hen aan.

'Rashid,' zei Nuala.

Toen hij haar stem hoorde en haar zag, kwam er een stralende glimlach op het gezicht van de jonge arts. Ze ging naar voren tot ze tegenover hem stond. Een ogenblik bewogen ze geen van beiden. Toen wierp Rashid een blik over zijn schouder, alsof hij bang was dat iemand hen zou zien, en legde zijn hand op zijn hart. Lucas zag dat de blik in zijn ogen veranderde. Zijn beleefdheid ging over in iets veelbetekenends, iets hartstochtelijks dat alleen voor Nuala bestemd was. Hij droeg een stethoscoop om zijn hals, en uit het borstzakje van zijn witte jas staken balpennen, waarvan sommige lekten en purperen vlekken op de jas hadden gemaakt. Op zijn handen zaten ook inktvlekken.

'Je bent gekomen,' zei hij tegen haar.

'Ja,' zei Nuala. 'En ik heb alles meegebracht. En ik heb ook vrienden bij me. O,' zei ze, toen ze zag hoe zijn jas eraan toe was, 'je bederft je jas nog. Je pen lekt.'

Er zat iets jongensachtigs, iets vertederends in de manier waarop hij om haar waarschuwing lachte. In zijn blijdschap verwelkomde hij Sonia en Lucas hartelijk in de schemerig verlichte hal en probeerde hen niet met zijn inkthanden aan te raken. In een vleugel van het oude gebouw huilden baby's. Lucas zag twee andere Palestijnse mannen bij een bureau aan de andere kant van de kamer staan, alsof ze liever niet dichterbij kwamen.

'Wel,' vroeg Sonia aan Rashid, 'maak je deel uit van de Children's Foundation?'

Rashid verbaasde zich blijkbaar over haar vraag, al keek hij nog even blij. Hij keek Nuala aan.

'Hij is een nieuwe adjunct-directeur,' zei ze tegen Sonia. 'Een paar weken geleden uit Hebron overgestuurd.'

'Ik heb net een assistentschap in Amerika afgemaakt,' zei Rashid tegen hen. 'In Louisville, Kentucky.'

'Dat is geweldig, Rashid,' zei Sonia. 'Gefeliciteerd. Ik wist niet dat jullie ruimte deelden met UNRWA,' zei ze tegen Nuala.

'O, dat doen we ook niet,' zei Nuala. Ze sprak gejaagd en zonder Sonia aan te kijken. 'We zijn hier in Al-Amal nog maar net aangekomen.'

Toen ze daar wat onhandig in de hal stonden, hoorden ze buiten de motor van het busje starten.

'Is dat onze auto?' vroeg Lucas.

Rashid lachte hem zwijgend toe. Hij keek Nuala aan.

'Ja, ze zetten hem van de weg. Bij ons staat hij veiliger. Morgen,' zei ze, 'geef ik je een rondleiding.'

'Goed,' zei Sonia. 'Laten we allemaal naar bed gaan.'

Toen liepen Nuala en Rashid, stijfjes zij aan zij, de dreigende duisternis in. In het donker begonnen jonge Palestijnse vrouwen het VN-busje leeg te halen.

'Ze halen de spullen eruit,' zei Lucas. 'Is dat goed?'

'Laat ze maar,' zei Sonia. 'Het is voor hen bestemd.'

Sonia zei niets toen ze naar de balie liepen, waar een tweede Palestijnse arts wachtte, een oudere man met een blauwe blazer onder zijn witte jas. Sonia kende hem; het was dokter Naguib van UNRWA. Ze stelde Lucas voor als haar vriend, een journalist. Hij en de man schudden elkaar zacht en zwijgend de hand.

'Ik hoop dat je ruimte voor ons hebt,' zei Sonia tegen dokter Naguib.

'We hebben alleen de kantoorbedden voor jullie. Misschien kunnen we er een op de gang zetten.'

De kantoorbedden bleken twee veldbedden met Zweedse slaapzakken te zijn. Ze stonden onder een bureau in het kantoor van de afdeling Onderwijs. Lucas en Sonia stuurden dokter Naguib weg toen hij probeerde hen te helpen de bedden onder zijn bureau vandaan te krijgen.

'De wc is daarbuiten,' zei Naguib, wijzend door de gang. 'Maar het water daar is niet goed. En jullie moeten vannacht voorzichtig zijn vanwege de patrouilles.'

'We hebben water,' zei Sonia. 'Dank je, Naguib.'

'We hoeven niet een van die bedden naar de gang te slepen,' zei Sonia. 'De dokter zal het niet erg vinden.'

'Ik had een fles whisky moeten meebrengen,' zei Lucas toen Naguib weg was.

'Die zou hier niet op zijn plaats zijn,' zei Sonia.

'Het is maar goed ook,' zei Lucas. 'Ik blijf er wakker van.' Hij ging op het veldbed liggen en wiegde zijn hoofd in zijn handen. Sonia ging op een van de kantoorstoelen zitten.

'Er was eens een tijd,' zei Sonia, 'dat ik wat Percodan zou hebben meegebracht.'

'Hou je daarvan?'

'Vroeger wel. Ik gebruik het niet meer.'

'Waarom ben je gestopt?'

'De Rev zei dat ik moest stoppen.'

'De Kuff? En dat is goed genoeg?'

'Goed genoeg voor mij,' zei Sonia.

Hij stond op het punt om haar nog wat meer te vragen over de rol die De Kuff in haar leven speelde, maar toen schoot hem iets anders te binnen. 'Zeg,' zei hij, 'wat is er met Nuala aan de hand?'

'Ik denk dat ze iets met de jonge dokter Rashid heeft.'

'O.'

'Uh-huh,' zei Sonia, en ze lachte zachtjes. 'Hij is ook lief. Een keurige jongen. Net iets voor Nuala.'

'Ze had het ons kunnen vertellen,' zei hij. 'En wat zijn wij dan, een soort chaperonnes?'

'Goede vraag,' zei ze. Ze stond op en deed het licht in het kantoor uit. 'Wie weet?'

Enige tijd later liep hij door de gang in de richting die dokter Naguib had aangewezen en ging hij de duisternis in om het toilet te zoeken. Hij zette een schoen in de deuropening om te voorkomen dat de deur dicht zou vallen en hij niet meer naar binnen zou kunnen. Hij schuifelde naar het hokje, toen opeens het geluid van een motor in de stilte explodeerde. Toen de motor onder de lampen bij de hoofdingang door reed, zag hij dat er twee mensen op zaten: een man voorop en een vrouw achter hem. Nuala.

Binnen enkele seconden kwam er met veel gebulder en een hevige luchtstroom een helikopter over. De metalen daken van het steegje ratelden in koor; de rommel op straat vloog rond in een werveling die in de ogen prikte; honden jankten. Een grote zuil van licht daalde neer en hij zag de boordlichten van de helikopter die maar een meter of vijf boven hem hing. Ademloos dook hij ineen in de vochtige duisternis van het toilet, wachtend tot de grote machine vertrok.

Eenmaal terug in het donkere kantoor van de afdeling Onderwijs, bleef hij voor het kamertje staan waarin Sonia lag. Ze moest wel wakker zijn, dacht hij.

'Ik zag Nuala net met Rashid wegrijden,' zei hij tegen haar.

'Waarschijnlijk gaat ze naar Al-Amal om de nacht met hem door te brengen. En om zijn mensen te vertellen dat ze voor hen heeft meegebracht wat ze nodig hebben.'

'Ik hoop dat ze het redden.'

'Vast wel,' zei ze zonder haar ogen te openen.

Hij ging zwijgend op zijn veldbed liggen. Even later stond hij weer op.

'Ik denk,' zei hij tegen Sonia, die met haar ogen dicht lag, 'ik denk dat ik je hand zou willen vasthouden.'

'Dat zou ik graag willen,' zei ze. Haar ogen bleven dicht.

Hij ging naar haar toe, pakte haar hand en kuste hem.

'Nu moet ik je vertellen,' zei ze, 'dat we diep in islamitisch territorium zijn. En we moeten beslist geen schandaal verwekken.' Ze veranderde van houding om haar gezicht tegen zijn arm te laten rusten. 'Dus als je onbetamelijke impulsen hebt, kun je die beter vergeten.'

'En ik neem aan dat er vervelende jongetjes zijn die opletten of wij geen niet-islamitisch gedrag vertonen,' zei Lucas.

'Zo is het,' zei ze. 'Vooral bij ongelovige vrouwen. En ze sluipen naar de ramen.'

'Wat doen we dan? Wil je voor me zingen?'

‘Vergeet het maar, Jim. Niet in mijn vrije tijd.’

‘Dan zal ik je een verhaal vertellen,’ zei Lucas. ‘Zou je dat willen?’

‘Ja.’

‘Nou,’ zei Lucas, ‘voor de Tweede Wereldoorlog gaat een toerist de Notre Dame in Parijs binnen. Iemand speelt de Fantasie en Fuga in G van Bach. Een engelachtige weergave. En dus gaat de toerist naar de koorgalerij om te zien wie er speelt, en wie denk je dat hij ziet?’

‘Fats Waller?’

‘Verdorie,’ zei Lucas. ‘Je wist het al.’

‘Nou en of,’ zei ze.

‘En Fats zegt: “Alleen even hun God-box uitproberen, man.”’

Sonia was begonnen te huilen.

‘Die arme Thomas Waller,’ zei ze. ‘Hij hield van Bach. Hij hield van het orgel. Als zijn radioshow voorbij was, speelde hij urenlang op zijn radiostation. Gratis. Zomaar.’ De tranen rolden over haar wangen en ze deed haar ogen open om ze weg te vegen.

Lucas gaf een klopje op haar schouder. Het was een vreemde dag geweest. Hij was naar Yad Vashem gegaan. Hij was door de rook van Gaza gereden. En nu luisterde hij in Gods oudste wildernis naar een vrouw die om Fats Waller huilde.

‘Ik vind het geweldig,’ zei hij even later, ‘dat je om hem huilt.’

‘Ik huil altijd om hem,’ zei ze. ‘Hij was net als mijn vader. Ze kenden elkaar toen papa jong was. Ik huil om hen beiden.’

Lucas kuste haar zachtjes, ging naar zijn veldbed terug en viel meteen in slaap.

30

Lang geleden, in de tijd van het Brits Mandaat, waren delen van de kelder van het hoofdgebouw van wat nu het Huis van de Galileeër was door een van de zoons van de Arabische koopman in gebruik genomen als radiokamer. De jongen was een radioamateur met enorme middelen geweest, en hij had bij de inrichting van de kelder kosten noch moeite gespaard, zodat de kelder uiteindelijk op een kruising van een Amerikaans commercieel station en de radiohut van een oceaanstomer leek. Hij had live met zijn broers en zussen opgetreden. Ze zongen Arabische liederen en Europese populaire nummers en voerden hun eigen hoorspelen op.

De zendapparatuur van de jongeman was allang verdwenen; zijn station was door de Britten gesloten toen ze weer eens de noodtoestand hadden afgekondigd en zijn dure apparatuur was in 1939 geconfisqueerd. Maar de attributen van een vooroorlogse radiostudio waren er nog – muren met geluiddemping, gebogen sofa's met tweedbekleding, strakke modernistische tafels en cilindrische lampen.

Er was een lange hoefijzervormige tafel, als de redactietafel van een krant, en Janusz Zimmer en een aantal van zijn connecties hadden daar zojuist een bespreking gehouden.

De vertegenwoordiger van de belangrijkste deelnemende organisatie was een Amerikaanse rabbijn uit Californië die zijn ene zoon aan de drugs had verloren maar zijn andere zoon tot het militante religieuze zionisme had bekeerd. Zijn groep legde zich toe op gewapend geweld tegen de Palestijnen en zo nodig ook tegen de Israëlische staat.

De oudere leden van deze organisatie, die de traktaten bestudeerden terwijl de jongeren met moderne wapens trainden, waren tot de conclusie gekomen dat alleen de strikte en letterlijke toepassing van de militantste aansporingen uit de thora tot de wederkomst van de messias kon leiden. Die wederkomst, geloofden ze, stond of viel met de verdrijving van afgodendienaren en vreemdelingen – naar de letter van Numeri 33:55 – en het herstel van de Tempel en de priesters daarin.

De organisatie van de rabbijn beschouwde zichzelf als de enige serieuze deelnemer aan Janusz Zimmers plannen en werd ook door Zimmer als zodanig beschouwd. Ze hadden een paar kleine maar actieve cellen in het leger en de ambtenarij en vooral onder de pioniers in de orthodoxere nederzettingen in Gaza en op de Westelijke Jordaanoever, waar de Arabieren talrijk waren en het comfort beperkt was. De vertegenwoordigers van andere organisaties die in de radiokamer aanwezig waren geweest, waren in de ogen van Zimmer en de Amerikaanse rabbijn alleen maar idioten die misschien nog van nut zouden zijn.

Een van die groepen, in het leven geroepen door een andere Amerikaan, in dit geval een afvallige *hasid*, had zijn wortels bij de Essenen en het boek Jubileeën en Henoch. Ze probeerden Ethiopische joden te bekeren, voor wie die teksten van groot belang waren, en streefden ernaar het evenwicht van de tijd te herstellen zoals dat door de engel Uriel aan Mozes was verkondigd, opdat de feesten konden worden gevierd op de dagen dat het de Almachtige behaagde. De invoering van de zonnekalender had de vernietiging van tienduizend valse sterren veroorzaakt, die gekweld rondwervelden in een firmament onder de hemel. Deze groep wilde ook dat de Tempel werd herbouwd, want daar, geloofden ze, zou de zonnekalender gelden en zouden de feesten op de juiste dagen worden gevierd.

Een andere aanwezige sekte, op die bijeenkomst vertegenwoordigd door zijn oprichter, was de schepping van Mike Glass, een hoogleraar met joodse achtergronden die in een antisemitisch stadje in New England was opgegroeid en een werelds leven leidde. Nadat hij polytechnische wetenschappen had gedoceerd en football had gecoacht, was de breuk van zijn huwelijk aanleiding voor hem geweest om zich op joodse studies te storten.

Hij was tot de apocalyps gekomen door zich te verdiepen in

de Schrift, het agrarisch pessimisme van Wendell Berry en de predestinatiepoëzie van Larry Woiwode. De geschiedenis van Israël, vond hij, leverde bewijzen voor de goddelijke uitverkiezing en de menselijke verdorvenheid waaruit alleen Gods keuze de mensheid kon redden.

Raziel Melker was ook aanwezig geweest. In zekere zin vertegenwoordigde hij de discipelen van Adam De Kuff. Noch De Kuff noch Sonia, noch iemand anders uit hun omgeving, wist van Raziels connectie met Zimmer en zijn aanwezigheid op deze bijeenkomst.

De functionarissen van het Huis van de Galileeër wisten wat het doel van deze bijeenkomst was en wat de intenties van de deelnemers waren, maar ze hadden besloten niet aan hun beraadslagingen deel te nemen.

Toen de andere gedelegeerden vertrokken waren, bleven Zimmer en Linda Ericksen, Raziel en de rabbijn uit Californië aan de hoefijzervormige tafel zitten. Het was duidelijk dat de Californische rabbijn, die Yacov Miller heette, moeite had met de aanwezigheid van Raziel en Linda. Na een paar minuten vroeg Zimmer hun weg te gaan.

'Je moet aan Linda wennen,' zei Zimmer zonder omhaal tegen de rabbijn. 'Ze wil alleen maar van dienst zijn. Maar uiteindelijk is ze een Amerikaanse vrouw. Ze houdt er niet van om de kamer uitgestuurd te worden.'

'De "Amerikaanse vrouw" is geen ideaal van ons,' zei rabbijn Miller. 'Blijkbaar vertrouw je haar volkomen.'

'Ik geef mijn vertrouwen niet gemakkelijk,' zei Zimmer. 'Als ik dat deed, zou ik niet meer in leven zijn. Ze heeft een zeldzame toewijding. Een grote rechtschapenheid.'

'Ik hoop dat je het niet erg vindt dat ik dit zeg,' zei Miller, 'maar ze heeft zich veelvuldig aan overspel schuldig gemaakt. Hoewel ze voor een godsdienstig persoon wil doorgaan, heeft ze het schaamteloos met die Obermann aangelegd. En nu,' zei de rabbijn op de ondervragende toon van een religieuze disputant, 'komt ze bij ons?'

'Jij gaat ook voor een godsdienstig persoon door,' zei Zimmer. 'Begrijp jij dan niet de ziel die zoekende is? Begrijp je dan niet het vrouwelijk temperament?'

Miller keek alleen maar geërgerd.

'Heb je nooit gehoord,' vroeg Zimmer, 'dat de kracht van Din zielen zoekt van de Andere Kant?'

Miller kreeg een kleur en stoof op. 'Ik interesseer me niet voor de kabbala. Dat is middeleeuws bijgeloof. En ik wantrouw het jargon, om het zo maar eens te stellen.'

'Nou, je hebt hier niet te maken met de voorzitter van je gemeente en zijn vrouw in de villawijk,' zei Zimmer. 'Als je wat eieren wilt breken, moet je er maar aan wennen dat je met kleurrijke personages te maken krijgt.'

'Zoals die Melker.'

'Je mag Melker niet?' vroeg Janusz Zimmer. 'Dat is jammer. Ik mag hem veel liever dan ik jou mag. Toch kunnen we met elkaar samenwerken.'

'Ik weet niet wat ik aan hem heb,' zei de rabbijn, die nu helemaal bloosde. 'Ik wantrouw hem.'

Zimmer keek Miller met zijn strakke roofvogelblik aan. 'Je wilt de verlossing door geweld. Je bent klaar voor de oorlog, voor dood en verminking. Heb je dat ooit gezien?'

Miller weigerde antwoord te geven.

'Nou?'

'Ik heb nooit persoonlijk gevechtshandelingen gezien,' zei Miller. 'Maar veel leden van onze groep wel.'

'Ik vroeg je niet naar je groep.' Zimmer boog zich met zijn harde masker naar Millers woedende gezicht toe. 'Ik heb het gezien. Op de hele wereld. Mensen die levend verbranden bij wegafzettingen. Hongersnood. De watermarteling, gekooide ratten die hersenen van mensen opeten, jonge jongens en meisjes die doodbloeden, die sterven van dorst. Als je in de woestijn bloedt, krijg je dorst. Heb je dat nooit geweten? Heb je ooit informatie uit fanaten los moeten krijgen?'

'Ik geloof dat God zijn mensen zal beschermen,' zei Miller.

'Een oorlog waarin maar één kant zal lijden en sterven – verwacht je dat?'

'Ik weet niet wat ik kan verwachten,' zei Miller. 'Ik heb geloof.'

'Wonderen.'

'Ja,' schreeuwde Miller. 'Wonderen! Wat anders?'

'Het wonder van het dynamiet,' zei Zimmer. 'Die jongen heeft toegang tot explosieven. Hij zal daarvoor zorgen. Als de aanslag mislukt, zal zijn groep de verantwoordelijkheid op zich nemen.'

'Waarom?' vroeg Miller. 'Dat klinkt krankzinnig.'

'In het geval van een mislukking,' zei Zimmer, 'zal er nooit een eind komen aan de onderzoeken en de beschuldigingen. Hebben we succes, dan zal het land verenigd zijn. Zo nodig tegen de hele wereld.'

'Maar waarom? Waarom zou hij het doen, die hippie? Ik vraag niet hoe.'

'O nee, rabbijn? Je vermoedt dat er drugs bij betrokken zijn? Misschien heb je wel gelijk.'

'Ik hoef alleen maar naar hem te kijken om dat te vermoeden,' zei Miller. 'Zo'n hippe jonge vogel met donkere brillenglazen. Maar waarom zou hij de verantwoordelijkheid op zich nemen?'

'Omdat hij datgene is waar jij op neerkijkt. Een mysticus. Hij gelooft waarschijnlijk dat bij de daad geen slachtoffers zullen vallen, aan geen van beide kanten. Zoals je zegt: een wonder.'

Miller keek hem spottend aan. 'Hoe kan hij zoiets geloven?'

'Je veracht hem, rabbijn? Jij die in bloedvergieten gelooft omdat God ervoor zorgt dat alleen het juiste bloed wordt vergoten? In een eenzijdige oorlog? *Gott mit uns!* Ik raad je aan om hem niet te verachten. Misschien heeft hij vreemde denkbeelden en is hij aan de drugs, maar hij heeft meer menselijkheid dan jij.'

Miller dacht een tijdje na.

'Goed,' zei hij ten slotte. 'Akkoord. Ik zal hem niet verachten. Om je de waarheid te zeggen verbaas ik me vooral over het volgende: wat beweegt jou, Zimmer? Wat zijn jouw verwachtingen?'

'Ik denk niet dat jij dat zou begrijpen.'

'Verlaag je eens,' zei Miller. 'Probeer het me uit te leggen.'

Zimmer stond abrupt op en ging naar het wandpaneel waarin het grootste deel van de radioapparatuur was aangebracht. 'Ik vraag me af of ze meeluisteren,' zei hij.

'De gojim boven?'

'Het zal ze niet interesseren, zolang het geld maar binnenkomt.'

'Dat denk ik ook,' zei Miller. 'Maar je hebt mijn vraag niet beantwoord.' Hij bleef aan het eind van de hoefijzertafel zitten en keek naar Zimmer, die heen en weer liep.

'Mijn vader geloofde in de broederschap van de mensheid,' zei Zimmer plotseling. 'Hij gaf zijn leven voor de communistische partij van Polen. En toen, twee jaar voor de oorlog, schafte Stalin de partij af en liet hij de leiders fusilleren, mijn vader ook. Toen kwamen de nazi's. Alles moest opnieuw worden opgebouwd.'

'En daar was jij natuurlijk bij. Met je Poolse broeders die zoveel van je hielden.'

'We bouwden alles steeds weer op,' zei Zimmer. 'Als een gebouw dat we hadden opgericht werd verwoest, bouwden we het opnieuw. Keer op keer liepen onze plannen stuk op de menselijke natuur. Niet alleen de Poolse natuur of de joodse natuur, maar op de middelmatigheid van de menselijke natuur die zijn betere kant verraadt, zijn beste idealen, die zichzelf steeds weer onwaardig is...'

'Keer op keer,' zei Miller, 'schenden mensen het verbond. Zelfs wij, aan wie zoveel gegeven is. Zonder de komst van de Beloofde zullen we altijd falen.' Hij kon blijkbaar niet ophouden met blozen, en het was moeilijk na te gaan wat in hem de overhand had, zijn woede of zijn verlegenheid. 'Ik vind het erg van je vader,' zei hij tegen Zimmer. 'Maar het is een oud verhaal. En ik vind het erg voor jou.'

'O ja?' vroeg Zimmer. 'Wat aardig. En vertel me nu eens, rabbijn. Je bent nu in het Beloofde Land. Is het wat je hoopte?'

'Dat zal het zijn,' zei Miller. 'Daar zijn we hier vandaag mee bezig.'

'Het is schokkend, de middelmatigheid van alles – nietwaar? Het land van een volk met zulke gaven? Zonder hun genialiteit zou de Europese beschaving – en niet alleen de Europese beschaving – onmogelijk zijn geweest. En toch heb je hier een corrupte bureaucratie, lelijke steden, vulgariteit. Ordinaire boulevardbladen, slechte kunst. Alles wat door de mens is gemaakt, lijkt tweederangs. Niet bepaald het lichtend voorbeeld voor de naties dat we in gedachten hadden. Of was jou dat niet opgevallen?'

Miller beefde van woede. 'Neem me niet kwalijk, ik ben geen Europese estheet, zoals jij. Het is jammer dat we, terwijl de wereld bezig is ons te vermoorden, niet de tijd vinden om tot een artistieke en culturele renaissance te komen om de rest van de wereld tot voorbeeld te dienen, opdat, als wij vernietigd zijn, de gojim berouw zullen hebben – "Die arme joden, ze waren zo getalenteerd. Jammer dat ze van de aarde verdreven moesten worden."' Toen stond hij op om Zimmer als het ware op zijn eigen niveau toe te spreken.

'De middelmatigheid waarover ik me zorgen maak, is een morele middelmatigheid. Een weigering om ons verbod te accepteren, om een joodse natie te scheppen die de wereld waarlijk tot lichtend voorbeeld zal zijn. Dan krijgen we misschien ook de mooie schilderijen waar jij zo'n behoefte aan hebt.'

'Is het nooit in je opgekomen, rabbijn,' vroeg Zimmer, 'dat het een misschien met het ander te maken heeft?'

'Het enige dat in me opgekomen is,' zei Miller, 'is dat wat een joods land zou moeten zijn niet een joods land is. Nog niet.'

'Je bent een intelligente man,' zei Zimmer. Hij drukte op een van de wandschakelaars, maar drukte er toen opnieuw op. Een rood lichtje ging aan en uit. 'Je trekt mijn motieven in twijfel? Ik zal je antwoord geven. Ik heb een keuze en daar kan ik niet aan ontkomen. Dat wil zeggen, ik kan er niet aan ontkomen en verder gaan met mijn leven. Ik heb veel mensen zien sterven, mijn vriend. Ik ken het verschil tussen leven en dood, en voor mij is het een kwestie van het een of het ander. Ik wil niet ophouden met leven voordat ik dood ben.'

'Dat is allemaal erg persoonlijk,' zei Miller.

'Ja,' beaamde Zimmer. 'Erg persoonlijk. En nu heb ik de keuze om mijn hele leven te mediteren over de dingen die ik heb gezien en gehoord. Misschien kan ik die dingen door een groter inzicht op een hoger plan brengen, nietwaar?'

Miller keek hem alleen maar aan.

'Of ik kan deel uitmaken van het wordingsproces. De relatie tussen dit land en de Almachtige laat ik aan jou over, rabbijn. Maar ik ben niet van plan om lijdzaam toe te zien terwijl dit land, het land waarmee ik me heb verbonden, een pion van hypocrieten in het Westen of het toevluchtsoord van middelmatigheid blijft. We zetten ons in voor het wordingsproces of we sterven. We hebben een avontuur voor ons en we hebben een historische lotsbestemming, als we daar vat op kunnen krijgen. In dat wordingsproces kan en zal ik een leidende rol spelen.'

'In dat proces,' zei Miller met een vaag glimlachje, 'kun je erop rekenen dat over je geoordeeld zal worden. Wie weet? Misschien word je wel uitverkoren.'

'Niet alleen ik, rabbijn. Idioten die verwachten dat God voor hen zal vechten en sterven, zullen worden teleurgesteld. De kracht die hier aan het werk is, is de geschiedenis. De geschiedenis zal over ons als mensen en als natie oordelen. Als we overwinnen, zul jij misschien je Zion krijgen.'

'Jij bent een vreemd soort jood,' zei Miller. 'Ik denk dat Vladimir Jabotinsky net zo iemand als jij was.'

'Ik ben geen Jabotinsky, rabbijn Miller. Maar ik weet zeker dat als Jabotinsky zijn zin had gekregen, de geestelijken erbuiten waren gebleven en gewoon op de messias waren blijven wachten. Het religieuze element is niet noodzakelijkerwijs de aanwinst die sommige mensen erin zien. Dat is mijn nederige opinie.'

'Zimmer,' zei Miller, terwijl hij de papieren oppakte waarop hij alleen maar gedachteloos figuurtjes had getekend, 'wie heeft ooit gezegd dat jouw opinie nederig is?'

31

Het kraamcentrum Al-Aziz in Khan Yunis was de vorige avond een gebouw vol schaduwen geweest, maar 's morgens was de kliniek vervuld van een onophoudelijk leven. 's Baby's krijsten in de andere vleugel van het gebouw. Op een kleine expeditie naar het washuis zag Lucas dat de straatjes buiten het terrein vredig genoeg waren. De rook van ontbijtvuren steeg op naar de mistige hemel, al waren er weinig mensen te zien.

Toen hij en Sonia hun veldbedden hadden opgeborgen, gaf dokter Naguib hun een rondleiding door de kliniek. Tussen zelfgemaakte kinderkamerversieringen lagen tientallen verlegen, royaal geproportioneerde Palestijnse vrouwen met hun baby's, allemaal gehuld in een overdadige hoeveelheid lakens en gewaden. Enkelen van de vrouwen glimlachten naar de bezoekers, maar de meeste staarden voor zich uit of wendden hun ogen af. Overal waren baby's.

Lucas boog en straalde en probeerde tevergeefs de opgewektheid te voelen die hij plichtsgetrouw uitstraalde. De dikke bleke gezichten van de vrouwen, allemaal omhuld door hoofddoeken, waren onderling verwisselbaar en misten iedere charme. De rauwe, afstotelijke pasgeborenen schreeuwden. Toen hij met de glimlach van een politicus over de afdeling liep, voelde hij medelijden en een vage wanhoop. Dat zou alleen maar verlegenheid zijn, zei hij tegen zichzelf, de gêne van een buitenlander.

Naast het kraamcentrum was een kinderafdeling. De kinderen waren vooral peuters, een of twee met slaperige moeders die in eenvoudige klapstoelen naast hun bed zaten om hen te verzorgen. Gemeenschappelijk speelgoed hing aan het plafond: pluchen dieren of starende rubberen poppen in lelijke felle kleuren.

‘We hebben hier slecht water,’ zei dokter Naguib toen ze in de hal terug waren. ‘Dat is ons grootste probleem in Gaza. Afgezien van de politiek,’ voegde hij eraan toe.

Buiten, op het terrein, zag Lucas nergens hun busje. Dokter Naguib, die een landkaart van kleine littekens op zijn gezicht had, bleef met hen meelopen.

‘Jaren geleden verloren we er veel. Uitdroging, tyfus. Er heerste hier malaria. Difterie. Trachoom kwam ook veel voor.’

‘En nu?’ vroeg Lucas.

‘En nu is het beter,’ zei de dokter. ‘Nu betalen de Verenigde Staten hun contributie weer aan de VN, en dus zeggen de mensen dat de dingen beter zullen worden.’ Hij lachte vriendelijk.

‘Zou dat zo kunnen zijn?’

‘Natuurlijk niet. Maar de Verenigde Staten moeten voor alles betalen, vind ik.’ Hij wees naar de zee. ‘Ja, voor alles. Waarom niet?’ Hij was een christen, afkomstig uit Gaza zelf. Hij had in Amerika gestudeerd, in Iowa. ‘Zo denk ik erover,’ ging hij opgewekt verder. ‘Ik vind dat de Amerikanen moeten betalen. Ze hebben de wereld nu zoals ze die willen.’

Lucas bedankte hem en wenste hem geluk met de kliniek.

‘De kraamkliniek is van ons,’ zei hij, ‘van de VN. Maar de kinderafdeling is van de Children’s Foundation. Allemaal Nuala’s werk.’

‘Ze mogen blij zijn dat ze haar hebben,’ zei Sonia.

‘Ze is een zegen,’ zei dokter Naguib terwijl hij van hen vandaan liep.

Ze stonden in de schaduw van een dadelpalm, het enige groen dat nog over was van de tuin van het Britse legerziekenhuis. Sonia schopte in de grond en hurkte bij de boom neer. Lucas deed dat ook.

‘Doet die boom je aan Somalië denken?’

‘Somalië was veel erger. Natuurlijk hadden we daar ook slecht water. Maar het was erg, erg slecht water. Alle kinderen gingen dood.’

‘Toch niet allemaal?’

‘O ja. Allemaal. Praktisch alle kinderen, verdomme. Ik overdrijf maar een beetje. Ze hadden nauwelijks de tijd om geboren te worden voordat ze doodgingen.’ Ze keek hem van opzij aan.

'Net als in jouw gedicht. Ze leerden zingen voordat ze leerden praten.'

'En daar heb je geleerd je voeten te beschilderen.'

Ze lachte. 'Ja. Want je moest iets bizars doen, begrijp je? Je beschilderde je voeten zoals de vrouwen daar. Je moest zoiets doen.'

Para solidaridad, dacht hij, al was hij zo verstandig het niet te zeggen.

'Soms kwam er vreemd, ongeschikt voedsel. Nutteloze troep die de kinderen niet konden eten. Kaviaar! Dan maakten we het open en stopten ons vol en maakten er een feestje van. We draaiden bandjes en dansten.' Ze schudde haar hoofd. 'We probeerden te voorkomen dat we ons verstand verloren.'

'Dat begrijp ik,' zei Lucas.

'Dus je bent gisteren echt naar Yad Vashem geweest.'

'Het lijkt me nu lang geleden.'

'Nou, ik heb het je gezegd,' zei ze.

'Ja, dat heb je. Je zei dat ik niet eerst daarheen en dan hierheen moest gaan.'

'Ik zei, niet op één dag.'

'Misschien is het niet zo'n slecht idee,' zei Lucas. 'We nemen het in de morele rondrit op.'

'Komen er morele rondritten?'

'Voor de pers. En de pers zal het omzetten in iets wat de mensen bij hun ontbijt krijgen. Je zet de mensen in bussen en laat ze beide kanten zien. Op die manier,' legde hij uit, 'zal iedereen alles begrijpen.'

'Denk je dat het helpt?'

'Ik denk dat ik dat moet geloven. Dat is mijn werk.'

'Waarom maak je er dan grappen over?'

'Wat kan ik anders doen?' vroeg Lucas. Ze stonden op. 'En hoe zit het met Nuala, Sonia? Wat voert ze in haar schild?'

'Ik denk dat ze verliefd is.'

'Dat weten we al,' zei hij. 'Wat nog meer?'

Sonia wendde zich alleen maar af.

'Nou,' zei Lucas, 'laten we haar gaan zoeken.'

In een tent naast Nuala's kinderkliniek vonden ze een jonge mullah die aan het werk was in een ruimte die met witte gordijnen was afgescheiden. Hij werd geholpen door twee andere religieuze mannen, beiden veel ouder dan hij. Een moslimvrouw van middelbare leeftijd lag met haar ogen dicht op een ziekenhuisbed, terwijl de assistent van de mullah een plastic fles met een intraveneuze oplossing omhooghield. De mullah las hardop in de koran. Nog meer moslimvrouwen zaten op banken rond de tent op hun beurt te wachten.

'Wat gebeurt daar?' wilde Lucas weten. 'Kunnen we naar binnen gaan?'

'Beter van niet,' zei Sonia.

'Wat doet hij?'

'Hij is een exorcist,' zei ze. 'Hij bant duivels uit.'

'Met een infuus?'

'Ik denk dat je het op die manier doet,' zei Sonia.

Ze vonden Nuala en Rashid, die thee zaten te drinken voor een kleine lemen hut met een metalen dak, aan de rand van het terrein. Ze zaten aan een grote splinterige tafel die eruitzag alsof hij honderd jaar in iemands salon had gestaan. Nuala bracht hun vlug bekers en Rashid legde het exorcisme uit. Hij droeg een pas gewassen witte jas.

'In de plasmafles wordt een gat gemaakt. Door het gat worden verzen uit de koran gelezen. En dan vertrekt de djinn via de grote teen.'

'Altijd?' vroeg Lucas.

'Ja,' antwoordde Rashid. 'Als de djinn een moslim is.'

Lucas lachte beleefd en besefte meteen dat geen van de anderen glimlachte.

'Het is waar,' zei Rashid. Hij sprak kalm en vriendelijk. Blijkbaar voelde hij zich niet beledigd.

'En zijn de getroffenen altijd vrouwen?' vroeg Sonia.

'Vaak,' zei Rashid. 'Dat is gebruikelijk.'

'En hoe zou dat komen?' vroeg Sonia.

Nuala lachte voorzichtig. Lucas zag dat ze Rashids pols even aanraakte en toen haar hand weer weghaalde.

'Dat is hun manier van doen,' zei hij soepel. Lucas dacht dat er voor een goede verstaander ironie in die woorden doorklonk. En niet voor anderen.

'De manier van doen van vrouwen,' vroeg Sonia, 'of van de djinn?'

'Misschien van allebei,' zei Rashid. 'Maar dat is in het Westen toch ook zo? De bezetenen waren meestal toch vrouwen?'

'En als de djinn geen moslim is?' vroeg Lucas.

'Dan moet hij worden bekeerd.'

'Ik meen me te herinneren,' zei Sonia, 'dat ik in Somalië iets hoorde over door de duivel bezeten vrouwen die doodgeslagen werden.'

'Hier niet,' zei Nuala. 'Dat staan we niet toe.'

'In Somalië worden de djinns geslagen,' zei Rashid. 'De vrouwen moeten daar dan ook onder lijden. Maar hier slaan we geen djinns, want mevrouw Rice vindt het niet goed.' Hij sprak haar naam glimlachend, een beetje verlegen uit.

'Zou je hier wat rond willen kijken?' vroeg Nuala.

'Ja,' zei Lucas. 'Graag.'

'Waarom ga je niet met Rashid mee?' zei Sonia tegen Lucas. 'Dan blijf ik hier nog wat met Nuala praten.'

Rashid ging met Lucas naar de tent van de exorcist terug en ze stonden een tijdje naar de gang van zaken te kijken. De mullahs en de wachtende vrouwen negeerden hen.

'Journalisten willen meestal foto's maken,' zei Rashid. 'Maar jij hebt geen camera.'

'Die gebruik ik niet veel.'

'Goed,' zei Rashid. 'Want je zou de exorcist moeten betalen. En de foto's zouden in het Westen worden misbruikt.' Ze lieten de tent achter zich en liepen het terrein af naar het kamp dat daarbuiten lag. 'Woorden zijn beter, denk ik.'

'Voor sommige dingen,' zei Lucas. 'Vertel eens, wat voor godsdiensten kunnen de djinns nog meer hebben?'

'Het kunnen heidenen zijn. Het kunnen christenen of joden zijn. De Israëliërs sturen ons veel joodse djinns. Om ons bezeten te maken.'

'Hoe zijn die?' vroeg Lucas.

'Ze zijn als in de romans van I.B. Singer,' zei Rashid terwijl ze de straat op liepen. 'Daar komen ze ook in voor.'

Aan de grote tafel in de openlucht schonk Nuala nog wat thee voor Sonia in.

'Het is allemaal erg hygiënisch,' zei Nuala. 'Ik hoop dat Rashid hem dat duidelijk maakt. We helpen ze aan nieuwe infusen en antiseptische middelen. Het is het volksgeloof, weet je. En je moet je nu eenmaal aanpassen bij het geloof van de mensen.'

'Zegt Rashid dat?'

'Rashid is net als ik,' zei Nuala. 'Hij is communist.'

Sonia begon te lachen en streek over haar ogen. 'Jezus,' zei ze. 'Je breekt mijn hart.'

'Vind je het dan zo vreemd?'

'Het klinkt een beetje vreemd, ja. Ik bedoel, het laat mijn hart sneller slaan. Maar je weet dat het niets wordt, hè?'

Nuala keek somber.

'Ik bedoel, jezus christus, Nuala. Denk je dat ze vijf keer tot de dialectiek gaan bidden? Zie jij hier ergens de voorhoede van de werkende klasse?' Ze keek nadrukkelijk heen en weer. 'Zie jij hier ergens de werkende klasse?'

'En jij bent zelf godsdienstig,' zei Nuala verbitterd.

'Dat ben ik altijd al geweest,' zei Sonia.

'Jij zult als moslim nooit veel voorstellen.'

'Ik denk dat ik niet precies een moslim ben,' zei Sonia. 'Ik denk dat ik een soort jood ben.' Ze meende Nuala licht te horen zuchten. 'Wat is daar verkeerd aan?' vroeg ze. 'Houd je niet van joden?'

'Ik ben bij mijn activiteiten niet in de gelegenheid geweest er veel te leren kennen,' zei Nuala.

'Nou, je zou moeten beginnen met iemand anders dan Stanley,' zei Sonia. 'Denk je ook niet?'

Nuala zei niets.

'Wat doe je, Nuala?'

'Je moet me niet te veel vragen stellen,' zei Nuala.

'Wat heb je in dat busje meegebracht?'

'Dat zal ik je een andere keer moeten uitleggen.'

'Dat het een busje van de VN is,' zei Sonia, 'wil nog niet zeggen dat het niet wordt doorzocht. En degene die het voor je binnenbrengt, komt dan in grote problemen. Ik bijvoorbeeld.'

'Als er tijd was,' zei Nuala heftig, 'zou ik het hebben uitgelegd. En dat zal ik ook doen.'

'Nuala, er zijn overal verklikkers.'

'Ja,' zei Nuala. 'Dus ik moet je vertrouwen. Kan ik dat?'

'Wat zat er in het busje?'

'Ah,' zei Nuala. 'Wat denk je?'

'Wapens.'

'Ja, wapens. Verdedigingswapens voor degenen die weerloos zijn.'

'Waarom heb je ons hierbij betrokken?' vroeg Sonia. 'Waarom heb je Chris erbij betrokken? En waarom mij? Ik sta niet achter het doden van mensen, wie het ook doet.'

'Wil je niet zo hard praten?' zei Nuala. Toen vroeg ze zachtjes aan Sonia: 'Is het verkeerd? Bedoel je dat? We moeten onze kinderen beschermen. We moeten onszelf tegen fanaten beschermen, of ze nu islamitisch of joods zijn.'

'Ik weet het niet,' zei Sonia.

'Nou, neem dan een besluit, verdomme,' zei Nuala. 'Neem nu een besluit, dan hoef je er niet meer over te piekeren.'

Sonia begon door het zand heen en weer te lopen en bewoog onrustig met haar vingers. Ze was zich er half van bewust dat het precies was wat haar moeder had gedaan: nadenken over de zuivering van de Browderisten en de Hongaarse opstand en de geheime toespraak van Chroesjtsjov.

'Het was verkeerd om me te misleiden. Het was verkeerd om Chris erbij te betrekken.'

'Een labiele persoonlijkheid,' zei Nuala.

'Misschien,' gaf Sonia toe, terwijl ze heen en weer bleef lopen. Toen bleef ze staan en sloeg met de rug van haar ene hand tegen de palm van haar andere hand. 'Het is niet noodzakelijkerwijs verkeerd om wapens naar Rashids militie te brengen. Maar het zou een vergissing kunnen zijn.'

'Wij zijn hier het enige dat van de communistische beweging is overgebleven,' zei Nuala. 'Als wij ongewapend zijn, als wij uitgeschakeld zijn, heeft de werkende klasse geen stem. Met wapens kunnen we de orde in onze kampen handhaven. Zonder wapens zijn we hulpeloos en worden de kampen geleid door fanaten of corrupte types. Dit is het ellendige Midden-Oosten, zoals je Israëlische vrienden altijd zeggen.'

'Ik neem geen deel aan gewapende strijd. Ik zeg niet dat het verkeerd is. Vroeger zou ik dat misschien wel hebben gezegd. Maar nu niet meer.'

'Je probeert neutraal te zijn, hè?'

'Ja, dat probeer ik misschien,' zei Sonia. 'Het is niet onmogelijk om tot een soort vrede te komen.' Ze zag Nuala het donkere wanordelijke haar uit haar ogen vegen. Het rebellenmeisje, dacht ze. Misschien ben ik jaloers op haar. 'Vertel me eens,' zei ze. 'Als er wapens binnenkomen – wat gaat er dan uit?'

'Geld,' zei Nuala. 'Of dope. De bedoeïenen brengen het soms binnen. Of het komt per boot.'

'En het eindigt in de straten van Jaffa.'

'O, kom daar niet mee aanzetten,' zei Nuala. 'De Shin Bet speelt de hele tijd met de dealers onder één hoedje. Hier en in Libanon. En we hebben de Sovjet-Unie niet meer.'

'Ja,' zei Sonia. 'Dus wat vervoeren ik en mijn mooie witte VN-busje vandaag? Heb ik een paar kilo kif onder mijn reet terwijl de jongens met die uzi's naar me wijzen?'

'Alleen Stanleys geld,' zei Nuala. 'Ik draag het wel bij me.'

'Ik doe het geen tweede keer, Nuala.'

'Je zult niets zeggen?'

'Denk je dat ik een verklikker ben?' Ze ging naar Nuala toe en sloeg haar arm om haar schouder. Nou, dacht ze, daarmee is het dan afgelopen. 'Wees maar voorzichtig, meid.'

'Alleen maar een beetje opstand en koningsmoord,' zei Nuala in een poging het met een grapje af te doen. 'Jezus, daar ben ik voor opgevoed.'

Ze liepen naar het kamp terug.

'Weet je wat de slaven vroeger zeiden in Cuba?' vroeg Sonia haar vroegere vriendin. '*Que tienen hacer, que hacer no morir.*'

'Dat betekent?'

'Dat betekent: wat je moet doen, is niet sterven.'

'Een goede raad,' zei Nuala.

Toen Lucas van zijn rondleiding met Rashid terug was, begonnen hij en Sonia en Nuala aan de terugweg. Onderweg zagen ze vuren branden in Nuseirat en Eshaikh Ijleen. Bij de militaire strandclub van de VN stopten ze even om een biertje te drinken; Sonia en Nuala waren daar allebei bekend. De Deense officier die ze de vorige dag in Gaza-stad hadden gezien, zat in zijn eentje aan een tafel bier te drinken, kijkend naar de branding. Hij was dronken, door de zon gebrand en blond, en zijn rozige buitenlandse gezicht glansde als de deugd zelf. Lucas probeerde hem op een biertje te trakteren, maar hij was te dronken om te communiceren.

Na afloop gingen ze naar het visrestaurant om met de Palestijnse advocaat Majoub te dineren. Ernest Gross van de Coalitie voor Mensenrechten was bij hem, en ook Linda Ericksen, die nog als vrijwilligster bij de Coalitie werkte.

'Goh,' vroeg Lucas aan Gross, 'hoe zijn jullie twee hier gekomen?'

'Op de gebruikelijke manier. We namen een taxi vanaf de controlepost. Die man kent mij. Ik gebruik hem altijd.'

'Hij is welkom,' zei Majoub. 'Iedereen kent hem.'

Maar in werkelijkheid was Majoub alleen maar beleefd. Ernest, die door iedere Palestijn meteen als Israëliër werd herkend, nam een groot risico als hij naar Gaza ging, vooral laat op de dag. De advocaat Majoub had grote moeite Ernest enigszins veilig te laten komen en gaan, en Ernests veiligheid was tot op zekere hoogte afhankelijk van Majoubs eigen invloed in de gemeenschap. Natuurlijk waren niet alle Palestijnen vijanden van Ernest, al zou iedere aanvaller er waarschijnlijk wel een zijn. Er waren ook mensen die de ironie van zo'n aanval op prijs zouden stellen.

'Ik wil dat ze eraan wennen Linda te zien,' zei Ernest. 'Daarom stellen we haar aan iedereen voor.'

'Eerste keer in de Gazastrook?' vroeg Sonia aan de mooie Linda.

'Nou, ik ben in een paar nederzettingen geweest,' zei Linda tegen hen. 'Om mensen te interviewen. Maar dit is mijn eerste keer in Gaza-stad.'

'Een enigszins ander perspectief,' zei Lucas.

'Ja,' zei Linda. 'Natuurlijk zouden ze hun eigen straten beter kunnen onderhouden.'

Een tijdlang zei niemand iets. Lucas wierp een heimelijke blik op Majoub, die doorging met eten alsof hij niets had gehoord.

'Linda,' zei Sonia. 'Er is hier een waterprobleem. En ook is er het probleem van de militaire bezetting. Er zijn niet veel riolen. Mensen leven van veertig cent per dag.'

'Ik wed dat blanke mensen dat ook in Harlem zeggen,' zei Nuala. 'Hè, Sonia?'

'Ze zeggen iets in dezelfde trant,' beaamde Sonia. 'In Soweto ook, schijnt het.'

'We zijn vandaag op de rechtbank geweest,' zei Ernest. 'Majoub en ik. Nou ja, bij de bestuursrechter.'

'En zoals gewoonlijk,' zei Majoub, 'hebben we verloren. We verliezen altijd. Ik heb zelf nog nooit een zaak gewonnen.'

'Wat was dat voor zaak?' vroeg Nuala. Zij en Sonia waren onderweg stil geweest.

'We vroegen om een hoorzitting over de confiscatie van een identiteitsbewijs,' zei Ernest. 'Een soldaat nam iemand om een of andere reden zijn kaart af. Geen enkele reden, zegt de man zelf. Hij weet de naam van de soldaat niet, en ook niet diens eenheid. En dus kan hij niet naar zijn werk in Ashkelon.'

'Jullie zijn helemaal van Jeruzalem hierheen gekomen voor een hoorzitting over een identiteitskaart?' vroeg Lucas.

'We hadden veel te bespreken,' zei Majoub. 'Binnenkort moeten we ons rapport bij Amnesty indienen.'

'Dat had al moeten gebeuren,' zei Ernest. 'Nog sporen van Abu Baraka gezien?'

'Eigenlijk niet,' zei Lucas. 'Maar ik geloof in hem.'

'We moeten allemaal in Abu Baraka geloven,' zei Ernest.

'Ja,' zei Sonia. Ze keek naar de lichten in de haven die aangingen. Een zoeklicht van de Israëlische marine liet zijn bundel over de oude haven gaan. 'Zeker op een avond als deze.'

De garnalen waren uitstekend. Iedereen zei dat het jammer was dat je daar geen bier of wijn kon krijgen.

'Op een dag,' zei Majoub, 'rijden we naar Alexandrië. Daar kun je nog wijn krijgen.'

'Zolang als het duurt,' zei Sonia.

'De vorige keer dat ik een zaak met een identiteitsbewijs had,' zei Ernest, 'beweerde die arme stumper dat een soldaat het had opgegeten. Natuurlijk lachten ze hem op de rechtbank uit. Maar we informeerden hier en daar en wat denk je?'

'Een of ander rotsoldaatje had het opgegeten?'

'Precies. Hij werkte het hele ding naar binnen, met lamineerlaag en al. En zo raakte die man zijn baan kwijt.'

'Grappig,' zei Nuala zonder humor.

'Nou, het is inderdaad nogal grappig,' zei Lucas, 'op een afschuwelijke manier.'

'Grappig,' zei Nuala, 'tenzij het jezelf overkomt.'

Lucas hief zijn glas bij wijze van saluut. 'Op een dag,' zei hij somber, 'ergens, op de een of andere manier – zal alles voor iedereen grappig zijn.'

32

Op een dag, toen De Kuff en de anderen veilig in Ein Kerem zaten opgeborgen, maakte Sonia het vroegere appartement van Berger in de Moslimwijk schoon. Opeens kwamen er twee jongemannen binnen die beweerden dat ze deel uitmaakten van de Waqf, de islamitische religieuze autoriteit. Sonia bood koffie aan, maar ze weigerden streng. Ze droegen allebei een djellaba en een witte religieuze muts. De een was klein en had een donkere huid, en de ander was vaalgeel met een dun baardje dat zijn gezicht omlijstte. De bleke had grote, expressieve ogen en een grote neus. Al met al ging er van zijn trekken een vreemde, lichtelijk groteske fascinatie uit. Sonia moest meteen aan foto's van de jonge Frank Sinatra denken. Ze vermoedde dat de man zijn antieke Engels in India of Pakistan had geleerd.

'Er was hier een madrasa,' legde hij Sonia uit. 'Hier leefde ook al-Husseini, de geliefde. En Sjeik Berger al-Tariq, gezegend zij zijn nagedachtenis, die uw vriend was. We dachten dat u als wij was, een gelovige.'

'We houden rekening met omstandigheden,' zei zijn metgezel, de donkere.

'We zijn hier om te leren,' zei Sonia. 'Om te bidden en te studeren. Daarom ben ik gekomen. Daarom heb ik mijn vrienden uitgenodigd.'

'Welke is uw echtgenoot?' vroeg de metgezel van de Sinatra-achtige man.

Voordat ze een respectabel antwoord kon improviseren, sprak de man weer. 'Als u hier bent om te studeren en te leren, u, vriendin van de geliefde Berger al-Tariq, dan moet u toch weten dat de studie der studies, het einde van alle leren, de islam is.'

Iedereen zweeg. De tweede man sprak een snelle zegening uit.

'Ik heb geen echtgenoot,' zei Sonia. 'Ik leef zonder mijn familie. Ik hield ook van Berger al-Tariq, die ik zegen, maar hij was niet mijn echtgenoot. Ik heb groot respect voor de islam, en mijn vrienden hebben dat ook.'

De twee mannen keken haar een ogenblik aan.

'Wat vertelt de oude man aan de christenen?' vroeg de donkere man. 'Waarom verdringen ze zich om hem heen?'

'Ze komen zelfs hier,' zei de bleke.

'Hij heeft een visioen gehad,' zei Sonia. 'Hij spreekt tot iedereen. Niet alleen tot christenen.'

'Tot joden?'

'Ja.'

'Tot gelovigen?'

'Hij heeft een groot respect voor alle geloven. Hij voegt er niets van zichzelf aan toe. Hij steunt het moslimgeloof.'

'Maar hij is een jood,' zei de man met een gezicht als de jonge Sinatra. 'Dat hebben we gehoord. En u,' zei hij tegen Sonia. 'U ook.'

'Abdullah Walter was als jood geboren. Een grote sjeik. De vriend van al-Husseini. Dit was zijn huis. Ik ben zijn volgeling. Mijn vrienden geloven wat ik geloof.'

'Het huis van al-Husseini zou eigendom van de Waqf moeten zijn,' zei de donkere man. 'Maar het is eigendom van een christen, een Armeen die de paus van de Franken volgt. En het wordt bewoond door joden.'

'Voor mij is het Bergers huis,' zei Sonia. 'Alles hier eert hem.'

'De oude man spreekt voor de christelijke kerk die de moskee van Salah ad-Din was. We zien hem daar.'

'We denken dat er ongeloof is,' zei Frank Sinatra. 'Ongeloof in het huis van al-Husseini. We denken ook dat het huis door de joden zal worden overgenomen.'

Zijn stem was afgemeten, maar Sonia zag dat hij een klein beetje beefde van woede en wist dat het een verloren zaak was. De Waqf was officieel een gematigde groepering die uitsluitend verantwoording schuldig was aan de Jordaniërs. Maar het was duidelijk dat er moeilijkheden op komst waren.

Toen het donker werd, deed ze het elektrisch licht aan en begon de dingen uit te zoeken die ze absoluut niet wilde achterlaten als ze uit het appartement weg moest. Ze zou veel moeten achterlaten, al had ze haar best gedaan om Bergers eigendommen onder zijn familieleden te verdelen en had ze daar zelf ook iets van genomen.

Na negen uur, toen het helemaal donker was, ging de telefoon. Ze was bezig geweest Bergers onvoltooide schrijfprojecten door te nemen, half luisterend naar het zingen en dansen van een bar mitswa-viering, geluiden die vanuit de verte tot haar doordrongen door het enorme netwerk van stenen trappen en muren tussen de Klaagmuur en haar appartement in het oude paleis van de moefti.

'Hallo?'

Het was Chris Lucas. Hij wilde haar spreken.

'Vind je het erg om hier te komen, Chris? Als je denkt dat het niet veilig is, wil ik je wel ergens anders ontmoeten.'

'Veertig minuten,' zei Lucas. 'Ik kom lopend.'

Hij hing op voordat ze hem kon waarschuwen om niet langs de Klaagmuur te gaan. Dat was precies de route die hij volgde, volgens de theorie dat als Lestrade de oude weg naar Cardo kon gebruiken hij dat ook kon doen.

Toen hij de trap opging, zaten de Afrikaanse jongens rond een lamp op de binnenplaats. Een van hen had een Game Boy in zijn hand.

'Ben je gevolgd?' vroeg ze hem.

'Niet meer dan gewoonlijk,' zei hij. Hij had er nooit bij stilgestaan dat iemand hem door de stad zou kunnen volgen.

'Dit is misschien onze laatste avond hier, Chris.'

Ze vertelde hem over het bezoek van de Waqf en zei dat ze waarschijnlijk niet langer in het appartement kon blijven.

'Ik had champagne moeten meebrengen,' zei Lucas. 'Om mooie herinneringen te kweken.'

'Die herinneringen zal ik evengoed hebben.' En toen hij in haar ogen keek, had hij de indruk dat ze kwaad op hem was geworden. 'Ik had een fantasie. Ik stelde me voor dat wij hier zouden wonen.'

'Je bedoelt jou en je groeiende troepje pelgrims? Gevaarlijk werk, Sonia. En het zou hier een beetje druk worden.'

'Ik bedoelde jou en mij, Chris. Wij tweeën. Als het zover is.'

'O,' zei hij. 'Je bedoelt in de Tijd van Wonderen. De Nieuwe Orde der Tijden. Zoals op het geld staat.'

'Lach niet om mijn fantasieën,' zei ze. 'Niet als je een rol daarin wilt spelen.'

Hij stak zijn hand uit, trok haar naar zich toe en kuste haar. 'Ik verkeer niet in de positie om te lachen,' zei hij. Hij streek met zijn hand over haar haar en hield haar dicht tegen zich aan, wilde haar niet loslaten. Hij voelde zich wanhopig, alsof er geen enkele manier was om haar te houden. 'Ik zou het doen, als ik kon.'

'Allemachtig,' zei ze. 'Dat moet wel liefde zijn.'

'Zo zie ik het,' zei Lucas.

Ze bleef tegenover hem staan, liet haar handen op de voorkant van zijn schouders en zijn sleutelbeenderen rusten en begon daar ritmisch op te tikken. 'Chris,' zei ze. 'De Rev wil niet eens dat ik je ontmoet.'

'Ach, hij kan de pot op.'

'Tenminste, dat zei Raziel. Hij zegt dat de Rev vindt dat als je niet met ons wilt wachten je ons gezelschap niet verdient.'

'Als ik geen hallelujah zing, krijg ik geen granaatappel. En natuurlijk laat je die mensen je leven beheersen.'

'Zo zitten religieuze gemeenschappen soms in elkaar. Als ik deel uitmaakte van een soefigemeenschap in New York, zou het hetzelfde zijn.'

'Hé,' zei Lucas, 'als je echt met me mee wilt komen, word ik ook lid. Dan speel ik op de tamboerijn, verkleed me als de kerstman, eet met mijn hoed op – je zegt het maar. Maar ik heb ook voorwaarden.'

'Bijvoorbeeld?'

'Bijvoorbeeld dat je soms voor me moet zingen. En ik mag aan het boek blijven werken. Als het af is, gaan we naar New York terug.'

'Ik wil niet dat je doet alsof je gelooft, Chris. Ik wil dat je je openstelt. Dan kunnen we bij elkaar zijn. Echt waar.'

'Ach, Sonia,' zei Lucas. Hij lachte en streek met zijn hand door zijn uitgedunde haar. 'Wat gaan we doen? Want ik houd echt van je. Misschien,' zei hij, 'kunnen we beter van dag tot dag leven.'

Ze glipte weg toen hij probeerde haar te omhelzen.
'Ik denk dat we allebei een lege plaats in ons leven hebben, Chris. Denk je dat ook niet?'
'Ik dacht dat we elkaar daarmee konden helpen.'
'Dat denk ik ook. Echt waar. Maar er is meer dan jij en ik.'
'Ik ben niet gewend om 's morgens voor het ontbijt al in zoveel dingen te geloven, Sonia. Dat is het verschil tussen jou en mij.'
'Maar je bent gelovig geweest. Dat heb je me verteld.'
'Ik was een kind. Ik geloofde ook in de tandenfee.'
'Ik wou dat ik je omlaag kon duwen om je te dopen,' zei Sonia. 'En dat je tot inzicht zou komen zodra ik je weer omhoogtrok.'
Lucas ging op de gevlekte sprei van Bergers bed zitten en schonk zich een glas pruimenbrandewijn van de vorige bewoner in.
'Laat het ons dan maar eens horen, zuster Sonia. Hoe ziet het er voor jou uit? Wat gebeurt er? Wat moet ik doen om gered te worden?'
'Het is heel eenvoudig,' zei Sonia. 'Nou ja, misschien ook niet zo eenvoudig. Maar we hebben net de twintigste eeuw gehad, nietwaar? We hebben alles geprobeerd. Filosofie. Het leven tot kunst maken. Alles raakte verder en verder verwijderd van wat het zou moeten zijn.'
'Je bedoelt dat er de hele tijd een plan was? Dat alles veel beter had moeten gaan? Dan heeft iemand blijkbaar op enorme schaal geblunderd.'
'Ja. Wij. Jazeker, er was een plan. Waarom is er anders iets in plaats van niets?'
'Omdat het zo is gegaan.'
'Sommige dingen zijn beter dan andere,' zei Sonia. 'Sommige dingen geven je een goed gevoel, andere niet. Ga me niet vertellen dat je daar een probleem mee hebt.'
'Ik niet.'
'Het is een goed gevoel dat je dichter bij de manier bent waarop de dingen in het begin zijn gecreëerd. Ze zijn gecreëerd als Gods woord. Hij ging een stap opzij en maakte plaats voor de dingen en voor ons. Het geheim daarvan staat in de thora, in de

woorden zelf, niet alleen in hun betekenis.'

'Veel mensen geloven dat,' zei Lucas. 'Het hoeft niet tussen ons te komen.'

'In de loop van de jaren komt er nu en dan een man die de woorden van de thora spreekt en onze levens verandert in wat ze zouden moeten zijn. Mozes kwam. Jezus. Sabbatai Zevi. En anderen. En nu is het De Kuff.'

'Kom nou,' zei Lucas. 'De Kuff is alleen maar een manisch-depressieve man. Hij wordt gemanipuleerd door Raziel.'

'Nee, jongen. Raziel heeft hem alleen maar gevonden. Degenen die als De Kuff zijn, zijn altijd mannen met veel leed. Ze worden altijd veracht. Ze hebben het altijd moeilijk.'

'Dus wat nu?'

'Nou, de Rev moet strijd leveren, zoals Jezus aan het kruis. De profeten zeggen dat zijn strijd de vorm van een oorlog aannam, maar dat is dan wel een oorlog zonder wapens. Als het voorbij is, zal het zijn alsof we thuis zijn. De hele wereld zal ons thuis zijn. Mijn ouders wisten dat. Ze wisten alleen niet hoe het ging.'

'Ik zeg niet tegen je dat je dat niet kunt geloven, Sonia. Ik wil alleen bij je zijn.'

'Maar eerst hebben ze me hier nodig, schat. Ik moet hier getuige zijn.

Uiteindelijk kreeg hij haar zo ver dat ze naar hem toe kwam.

'Laten we dag voor dag leven,' zei hij. 'Als je me nodig hebt, zal ik er zijn.'

'Jij denkt nog steeds dat ik gek ben,' zei ze.

'Ik weet niet wat gek is en wat niet. Weet je wat?' zei hij. 'Ik zal naar de Rev luisteren als jij met Obermann gaat praten. Probeer de dingen eens op zijn manier te zien.'

'Obermann?' Ze lachte. 'Obermann is alleen maar een goedkope verleider. De grootste pikzwaaier in de stad. Wat kan ik nou van hem leren, behalve dat wat voor de hand ligt?'

'Nou, hij is een Jungiaan,' merkte Lucas voorzichtig op. 'Trouwens, dit is een stad van verleiding. Iedereen is op de versiertoer.'

'En intussen schrijven jullie twee dat boek?'

'Het zou het proces niet bederven, hè?'

'Ik weet het niet.'

‘Trouwens, het boek zou weleens heel anders kunnen worden dan ik verwachtte,’ zei Lucas. ‘Misschien zie ik de dingen uiteindelijk op jouw manier.’

‘Je koopt me om met hoop.’

‘Ik koop mezelf om. Ik probeer mijn eigen hoop in stand te houden.’

En dat was het dan, dacht hij. Het was allemaal een serie kamers waarvan je de uitgang nooit vond. Daar moest je tevreden mee zijn, of sterven, of helemaal gek worden.

Ze waren net in bed gestapt toen iemand met een sleutel de deur openmaakte en een donkere jonge vrouw, gekleed als een Amerikaanse, het appartement binnenkwam. Ze werd gevolgd door iemand die ze niet konden zien.

‘Wat een mooie flat,’ zei ze. ‘Helemaal niet gek.’

Toen ze bij hen in de slaapkamer kwam, vertoonde ze geen enkele schaamte. Ze had een stralende, onvriendelijke glimlach.

‘Moet je toch eens kijken?’ zei ze tegen iemand in de andere kamer. ‘De grootmoefti’s eigen stek. Poeh!’

‘Alleen maar een klein deel daarvan,’ zei Lucas. ‘Zou u me willen vertellen wie u bent en wat u hier doet?’

De metgezel van de vrouw was een jongeman die een katoenen broek en een keppeltje droeg en een automatisch geweer in zijn hand had.

‘We zijn misschien de toekomstige huurders,’ legde hij uit. ‘We zijn in het appartement geïnteresseerd.’ Hij had dezelfde glimlach als de vrouw. ‘We kunnen dit appartement goed gebruiken en we willen een voorsprong hebben op de concurrentie. We willen even rondkijken voordat je het aan je Arabische vrienden teruggeeft. Of je christelijk-Hebreeuwse, Hebreeuws-christelijke vrienden. Of wat ze ook zijn.’

‘De volgende keer,’ zei Lucas, ‘heb ik graag dat je eerst een afspraak maakt.’

‘De volgende keer,’ zei de jongeman, ‘ben jij hier niet meer, wijsneus.’

Ze leken veel op elkaar, vond Lucas. Ze zouden broer en zus kunnen zijn.

De vrouw liep wat rond en schreef in een notitieboekje alsof ze de inventaris opmaakte.

'Mooi appartement,' zei ze weer, en ze boog zich weer met haar onaangename glimlach de slaapkamer in. 'Heel erg bedankt dat we het mochten bekijken.'

'Ja,' zei de jongeman toen ze weggingen. 'Hartstikke bedankt, mensen. En veel plezier.'

Aan de geluiden op de trap te horen hadden ze nog meer mensen bij zich. Het was een verkenningsactie geweest.

'Blijkbaar,' zei Sonia, 'zitten we hier op eersteklas onroerend goed.'

'Ik heb het gevoel,' zei Lucas, 'dat het zojuist te duur voor ons is geworden.'

'Misschien is het beter wanneer we hier niet meer zijn,' zei Sonia, terwijl ze op haar buik ging liggen, 'wanneer de Waqf en deze mensen erom gaan vechten. Die arme Mardikian. Ik vraag me af of hij zijn prijs zal krijgen.'

'Hij gaat waarschijnlijk de stad uit,' zei Lucas. Hij stak zijn hand omhoog en deed de ouderwetse kralenlamp uit. 'Trouwens: "elke dag heeft genoeg aan zijn eigen kwaad".'

Maar zo simpel lag het niet. Trouwens, ondanks de kracht van zijn hartstocht kon hij de liefde niet met Sonia bedrijven. Dat had hij meer gewild dan wat ook, en nu bleek het zijn krachten te boven te gaan. Natuurlijk waren er wel duizend verontschuldigingen aan te voeren. De verwarring tussen hen, die middernachtelijke inval. Het was een man te vergeven. Maar om de een of andere reden had Sonia er grote problemen mee. Ze huilde en stompte hem en verborg zich onder het kussen. Hij ging het bed uit en begon zich aan te kleden om weg te gaan.

'Nee, nee, alsjeblieft,' zei ze. 'Alsjeblieft, ga niet weg. Ik weet niet wat er in me gevaren is.'

'Het spijt me. Dit overkomt me soms.'

'Het komt door de dingen...'

'Waarschijnlijk. Die twee types. Al die toestanden.'

'Nee, nee,' zei ze. 'Het is net als al het andere. Wat de Rev over ons zei, is waar. Het is onmogelijk.'

Een ijzige vloeistof van wanhoop bevroor Lucas' hart. Hij kreeg meteen een paniekgevoel en voelde zich kinderlijk teleurgesteld. De teleurstellingen uit zijn kinderjaren waren pijnlijk geweest.

‘Ach, liefste,’ zei hij, ‘het komt gewoon doordat alles zo’n puinhoop is. Het zegt niets.’

‘Het zegt wél iets,’ zei ze. ‘Het staat in de weg van de strijd van de Rev.’

‘O, christus,’ zei Lucas.

Maar ze wilde niet reageren. Ten slotte zei ze: ‘Het kan nog niet gebeuren. Misschien kan het nooit gebeuren. Ik weet het niet. Ik zou niet met je moeten omgaan.’

‘Ik wil met je omgaan,’ zei Lucas. ‘Trouwens, jij wilt het ook.’

‘Ik weet het niet,’ zei ze. ‘Ik weet het gewoon niet.’

Lucas haalde de fles pruimenbrandewijn, zette hem naast zich op de vloer en dronk tot de eerste oproep tot het gebed weerklonk.

33

Lucas ging langs de Jaffapoort naar huis, over de markten van de vroege ochtend. In de loop van de ochtend belde hij Sonia.

'Het lijkt me beter dat we niet met elkaar omgaan,' zei ze. 'Ik denk dat het iedere keer hetzelfde zal gaan.'

Lucas hield de telefoon tegen zijn borst om haar boodschap te verwerpen. Acht verdiepingen beneden hem reed een auto in volle vaart door de half verlaten straten. Hij kon het wel uitschreeuwen van schaamte en pijn. Ze was buiten zichzelf, in de klauwen van krankzinnigen, en hij was niet mans genoeg om haar te redden.

'Ik moet weten hoe het met je gaat,' zei hij. 'En waar je bent.'

'Voor je boek, bedoel je?'

'Ja,' zei hij verbitterd. 'Voor mijn boek.'

'Nou,' zei ze, 'ik zal proberen met je in contact te blijven.'

'Je zou met Obermann moeten praten,' zei Lucas.

'Nee, dank je. Maar misschien moet jij dat doen.'

Toen hij naar Obermann ging, met een selectief verslag van de gebeurtenissen, zei Obermann tegen hem dat hij werd gemanipuleerd.

'Door Melker,' zei de dokter. 'Die is sluw. Hij wil haar als bekeerling. Geef het niet op.'

'Ik wil ze een tijdje niet meer zien,' zei Lucas. 'Ik heb me in mijn hele leven nog nooit zo ellendig gevoeld.'

Obermann gaf hem een recept voor Prozac. 'Blijven werken,' raadde de dokter hem aan. Dat was een goede raad, al had de dokter er zelf ook belang bij.

En dus bleef Lucas aan zijn boek werken. Hij las Scholems geschiedenis van Sabbatai, las in de *Zohar* en over Jacob Franks orgiastische rituelen. Om de paar dagen liet hij een boodschap op Sonia's antwoordapparaat achter. En toen, in de laatste week van de zomer, kreeg hij een telefoontje van een Amerikaans tijdschrift, dat hem vroeg verslag uit te brengen van een congres op Cyprus. Het thema van het congres was 'Religieuze minderheden in het Midden-Oosten'.

Hij had er een wanhopige behoefte aan om een tijdje van Jeruzalem en zijn syndromen verlost te zijn, ondanks het feit dat het De Kuff-verhaal zich erg interessant bleef ontwikkelen. De oude man was hard op weg een bekende figuur in de stad te worden, en zijn uitspraken werden steeds provocatiever. Hij kreeg ook steeds meer volgelingen.

De politie verbood hem tegenwoordig zijn betogen in de Oude Stad te houden, en hij mocht niet meer op het plein voor de St.-Anna komen. Hij hield een aantal bijeenkomsten in parken in de Nieuwe Stad en kon dat doen door ze concerten te noemen. Op elke bijeenkomst speelden De Kuff en Raziel sefardische muziek.

Toen Lucas op de avond voor zijn vertrek naar Cyprus door Yemin Moshe liep, werd hem een Engelstalige circulaire voor de sessie van die avond in handen gedrukt door een jongeman die hij nooit eerder had gezien. In de circulaire stond ook een soort beschrijving. Lucas nam aan dat die door Raziel Melker was geschreven.

'Als alle kunst naar de conditie van muziek streeft,' stond in de circulaire, 'streeft alle ware muziek naar *tikkun* en is ze een eerbiedige weergave van het proces van *tsimtsun* en van *shevira*.'

De Engelse tekst gaf de Hebreeuwse woorden in het origineel weer, maar Lucas had genoeg geleerd om ze te herkennen. *Tsimtsum*: de uitbreiding en samentrekking van de goddelijke eenheid, als een anemoon in een kosmische getijdenplas, of de plas zelf. *Shevira*: het proces dat aan de schepping ten grondslag lag, het breken van de vaten die voor het behoud van de goddelijke essentie bestemd waren, het resultaat van het falen van de mens. En *tikkun*: het rechtzetten van dingen, het einde van de ballingschap van God en de mens.

Die vreemde aankondiging maakte hem droevig en weemoedig. Het was definitief tijd om even de stad uit te gaan.

Hij vloog niet van Lod naar Larnaca, maar nam de bus naar Haifa en vandaar een langzame, stinkende veerboot naar Limassol. Tussen ongewassen Duitse rugzaktoeristen las hij de brochure van het congres. Het was geschreven in een verfranst vertalers-Engels.

'De mogelijkheid is voorzien,' stond er, 'voor interventies en uiteenzettingen ten aanzien van de actuele situaties met betrekking tot de minderheden in de regio.'

Grappig, dacht Lucas, en hij stopte het ding weg om het in zijn artikel te gebruiken. De maan verlichtte de nachtelijke hemel; de golven kabbelden tegen de roestende boeg. De Duitse rugzaktoeristen rookten hasj en dronken arak, zongen, werden misselijk, hallucineerden, rookten nog meer.

'*Groovy shit*,' schreeuwden ze door hun tranen heen.

Zo ging het door tot de ochtend, toen ze Limassol naderden. Het eiland waarvoor Aphrodite uit zee was verrezen, was een lelijke streep van pastelkleurige hotels onder een witte hemel. De godin was hier nog duidelijk aanwezig; haar kammosselschelp en gordel – om van haar naakte Olympische achterste nog maar te zwijgen – prijkten op veel logo's van hotels en restaurants. Louche types keken vanuit de schaduw naar de veerboot die aanlegde, maar het was prettig om even van strikt monotheïsme verlost te zijn.

Op de kade zag hij bietrode Engelse jongeren met gemillimeterd haar – luchtmachtpersoneel van de basis buiten de stad. Ze deden hem denken aan de tijdelijk gedetacheerde jonge Britse officieren die Caribische troepen hadden gecommandeerd ten tijde van de invasie van Grenada – officieus, natuurlijk, en in het geheim. De Engelsen hadden niet eens de moeite genomen de verslagen in zijn boek over Grenada te ontkennen, waarschijnlijk omdat ze er nooit kennis van hadden genomen. Laat in de middag had een busje hem naar het hotel bij Larnaca gebracht dat aan de pers was toegewezen, en daar keek hij vanaf zijn kleine, krakkemikkige balkon, in een lucht van jodium en rioolwater, naar de wijndonkere zee.

Het congres was al jaren aangekondigd, en de locatie was telkens veranderd om tegemoet te komen aan de eisen die de beveiliging tegen potentiële aanslagplegers stelde. Eerst zou het in Caïro plaatsvinden, maar toen was gekozen voor Malta, daarna voor Antalya in Turkije, toen voor Izmir, en ten slotte –

tot woede van de Turken – voor Grieks Cyprus. De zittingen vonden plaats in een groezelige toeristenplaats boven het Stavrovouni-klooster, met uitzicht op de weg van Larnaca naar Limassol. Evengoed waren de hellingen, bedekt met naaldbomen en olijfbomen, erg mooi, en ver beneden kon je de blauwe zee zien.

Minderheden in het Midden-Oosten – het hele idee, vond Lucas, was zozeer beladen met ironie dat het op een afschuwelijke manier alleen maar lachwekkend was. Overigens was die ironie niet erg subtiel: gifgas, gieren die op daken kotsten, autobommen.

Niettemin had een weldenkende ritselaar dit onwaarschijnlijke thema erdoor kunnen drukken. Iedereen hield van een snoepreisje, en luchtvaartmaatschappijen en hotels schoven een deel van hun winst door, en Cyprus had wel iets te bieden – meisjes, drank, een welkom respijt voor de godvrezenden, al zouden ze nog liever naar Genève zijn gegaan.

En zo kwam het dat een groot aantal geleerden van diverse pluimage de volgende dag bijeen zou komen in het Stavrovouni Palace, misschien wel het enige gebouw op het eiland dat niet aan Aphrodite was gewijd. Dichtbij bevond zich een fragment van het Ware Kruis.

Er waren vooral oudere, verfranste of anglofiele intellectuelen, maar er zaten ook moedige mannen tussen. Enkelen van hen vertegenwoordigden echt een minderheid. Er zouden ook maîtresses meekomen, nam Lucas aan, en informanten, spionnen en dubbelagenten, dealers die een dekmantel zochten en professionele apologeten van regeringen. Sommigen van die laatsten zouden koffers vol harde valuta bij zich hebben, alles wat ze in een heel leven verworven hadden, koffers die alleen geopend mochten worden in Zwitserland, achter dubbel afgesloten deuren in suites van het Beau Rivage. Daar, achter het *lac*, hoopten ze het woestijnzand voorgoed van hun Italiaanse puntschoenen te schudden – als ze alleen maar levend van Cyprus weg konden komen.

Het Stavrovouni had met het oog op religieuze gevoeligheden zijn bars gesloten, maar op het terras werden bier en wijn geserveerd. Na de eerste sessie werd Lucas daar stamgast.

De eerste bijeenkomst was de gebruikelijke toren van Babel – saaie vertogen van hoogleraren, voordrachten van Arabische poëzie, aanvallen op het imperialisme en zijn agenten, die ervoor verantwoordelijk waren dat de vreedzame koninkrijken van het oosten in rampzalige oorden waren veranderd. Van elke plaatselijke traditie werd gezegd dat ze toleranter was dan een andere. Het perfide Albion werd in de ban gedaan, en ook het Pentagon en de Wijzen van Zion. De vertalers, die zakelijke besprekingen gewend waren, raakten het spoor bijster in de zinloze beleefdheden en complimenten en stijlfiguren.

Die avond dineerde Lucas in het café boven de heldere, scherp ruikende zee met een geparfumeerde oude hoogleraar die een of andere antinomische sekte uit de Kaukasus vertegenwoordigde. Gnostisch? Sabaeïsch? Assassijns? In ieder geval dronk de oude man wijn. Ze deelden een fles retsina.

'De minderhedenproblematiek in de Verenigde Staten is bekend,' zei de oude professor. 'Maar in tegenstelling tot u hebben wij in het Midden-Oosten nooit slaven gehad.'

'Nee?'

'In ons deel van de wereld was onderdanigheid nooit vernederend, eerder weldadig.'

Lucas had al een tijdje gedronken.

'Iemand,' zei hij, 'heeft me eens verteld dat er in Darfur een huis was waar Afrikaanse kinderen werden gecastreerd om als eunuchen te dienen.'

De oude baas haalde toegeeflijk zijn schouders op.

'Ik bedoel niet zomaar een hutje,' ging Lucas verder, 'maar een kolossaal pakhuis waar ze kinderen verwerkten. En op ieder kind dat de operatie overleefde gingen er vijftig dood. Toch werd daar geld verdiend.'

'Een praktijk die van de Byzantijnen was overgenomen,' zei de geleerde.

'Misschien, maar misschien ook niet. Of anders met veel enthousiasme overgenomen,' zei Lucas. 'Alsof het de geweldigste uitvinding is sinds het gesneden brood. Als u me die uitdrukking niet kwalijk neemt. En ze werkten in half Afrika. Koptische monniken waren gespecialiseerd in die operatie. En derwisjen. Regionale minderheden. Waarschijnlijk moesten ze zich op de een of andere manier zien te redden, nietwaar?'

En hij ging er nog een tijdje op door.

'Wie denkt u dat u bent?' vroeg de waardige oude man ten slotte.

'Ah,' zei Lucas. 'Dat is een moeilijke vraag.'

Tijdens de volgende sessies werd in de wandelgangen gefluisterd dat hij voor de CIA werkte. Het leek hem slechte reclame voor die dienst.

Op zijn derde avond daar, toen al het door vertalers verminkte gebazel nog in zijn oren galmde, klampte hij zich vast aan een stukje wijsheid: dwaas, dronken, onbeschaamd gedrag kreeg in de Vruchtbare Halvemaan geen kans, en hij begon de controle over zichzelf te verliezen. Er was zelfs een telefoon in de kamer om hem in nog grotere moeilijkheden te brengen. Bovendien had hij alles al wat hij voor het artikel nodig had.

Op het kantoor van de luchtvaartmaatschappij hoorde hij dat de vluchten naar Lod en Haifa al waren volgeboekt. Hij besloot de veerboot nog een keer te doorstaan. In Limassol was hij de tijd aan het doden, slenterend door de straten langs de haven, toen hij bij kasteel Lusignan een hoek omging en opeens Nuala Rice tegenkwam. Hij bleef staan, maar ze liep gewoon om hem heen. Geen blik opzij – instant-incognito.

Hij liep door en wou dat hij zich beter had kunnen beheersen en helemaal niet was blijven staan. Nog beter zou het zijn geweest als hij haar niet was tegengekomen. Bij het volgende kruispunt sloeg hij af, langs snackbars en uithangborden voor Wall's ijs, en zag dat de straat uitkwam op de kade waar de draagvleugelboot naar Beiroet aanlegde.

Zou Nuala uit Beiroet zijn gekomen? Dat stond op de landkaart van haar avonturen. Een Iers meisje, in haar eentje en met de juiste connecties, zou geen enkele reden hebben om daar weg te blijven. Als ze daar iets te zoeken had.

En op de veerboot naar Haifa zag hij Rashid, haar vriend uit Gaza. Nuala was nergens te bekennen. Hij en Rashid meden elkaar, maar Lucas was verbaasd. De Shin Bet of de Mossad, of elk van die diensten, had vast en zeker agenten in Limassol, en in Beiroet trouwens ook. De veerboot werd natuurlijk in de gaten gehouden. Het was zo'n kleine wereld en er waren te veel geheimen.

Laat die avond nam hij een kamer in een klein hotel in de benedenstad van Haifa en keek in zijn congresaantekeningen tot hij ervan walgde. Toen nam hij zijn toevlucht tot de bijbel, waarin hij uit verveling dingen nakeek. Op een bepaald moment van de nacht was niet ver van zijn open raam The Grateful Dead te horen. Hij hoorde 'Box of Rain', 'Friends of the Devil', 'Sugar Magnolia'. Het album, *American Beauty*, was nu tweeëntwintig jaar oud. Hij had toen in East Forth Street samengewoond met een vrouw die aan de NYU studeerde.

Psalm 102, die met een mus erin, was nogal treurig van toon en had zelfs een waarschuwing aan het begin: 'Een gebed des verdrukten, als hij overstelpt is, en zijn klacht uitstort voor het aangezicht des Heeren.'

'Ik ben een roerdomp der woestijn gelijk geworden... Ik waak, en ben geworden als een eenzame mus op het dak.'

Lucas voelde zich voldoende getroffen. Hij was er helemaal klaar voor om zijn klacht uit te storten, als hij iemand had gehad om mee te drinken. De hypocrisie en oppervlakkigheid van zijn ontmoetingen op Cyprus drukten als een opkomende kiespijn tegen zijn zenuwen.

Die nacht schoten hem twee dingen te binnen waarin hij zich vanuit Haifa kon verdiepen, dingen die misschien de kroon konden zetten op zijn minderhedenverhaal. Het een was het hoofdkwartier van de Baha'i op de helling van de berg Carmel, en het ander was pater Jonas Herzog, een man van Frans-joodse afkomst die met een beroep op de Wet op de Terugkeer het Israëlisch staatsburgerschap had aangevraagd en afgewezen was. Hij leefde en werkte in een benedictijnenklooster boven de stad.

Kort na zonsopgang nam Lucas de kabelspoorweg naar het bovenste station en wandelde naar de Perzische koepels van het Baha'i-heiligdom. Er lag dauw op de olijfbomen en de welig tierende bougainvillea. Duiven koerden op de witte muren, en beneden schitterde de zee.

De wereld in de morgen, dacht hij. Zo bemoedigend. Wanhoop was dwaasheid. Maar hij was dwaas.

Er ging een tikje zelfbewust oriëntalisme van het Baha'i-heiligdom en de tombe van de Bab uit. Het woord 'oriëntalisme' was op het congres op Cyprus veel gebruikt. Blijkbaar was het de bedoeling dat deze plaats aan de grote sjiitische schrijnen in Perzië deed denken. Waarom ook niet, want net voorbij het normatieve sjiitisme lagen de arische speculaties op de loer, de paradoxale symbolen, de universalistische aandrang die soms tot uitbarsting was gekomen als ketterij.

De eenheid van God en de broederschap van de mensheid – wat zat er een bevrijding in die beperking! Je vroeg je onwillekeurig af hoe het had aangevoeld om de Bab te zijn, om alles te zien samenkomen. Duizend jaar voor hem had de karaïtische jood Abu Issa al-Isfahani, ook een Pers, voor de eenheid van het monotheïsme, Mozes, Jezus, Mohammed gepleit. En daarmee natuurlijk ook van al-Isfahani zelf. Met een beetje verbeelding kon je dat alles in verband brengen met De Kuff.

Hij trok zijn schoenen uit en ging de tombe van de martelaar binnen, vergezeld door een begeleider. De stilte, de schemering, de lichtbundels – een tikje Isfahan, een tikje Forest Lawn.

De begeleider was een Amerikaanse zwarte in een pak van blauw polyester, met op zijn gezicht een litteken dat blijkbaar door een scheermes was toegebracht. Misschien had hij in de gevangenis gezeten, dacht Lucas, en was hij daar gelovig geworden. Hij sprak vriendelijk en goed, met een zuidelijk accent, en vertelde het verhaal van de Bab, de geschiedenis van het geloof. Lucas schonk meer aandacht aan zijn stem dan aan zijn woorden.

'Vrede, broeder,' zei de man toen Lucas zijn bijdrage deed en wegging.

Een geduchte kerel. Vrede had geen enkele waarde voor mensen die nooit oorlog hadden gekend. Uit de mond van deze man klonk het woord groen-en-goudkleurig. Je kreeg niets voor niets.

'En voor jou ook vrede,' zei Lucas.

Misschien hadden de Baha'i een duistere, krankzinnige kant, dacht hij toen hij de helling afliep. Intriges om macht en geld, sektarische manipulaties. Maar op zo'n mooie ochtend was het prettig om je voor te stellen dat er helemaal niet zoiets was. Hij liep door de kronkelende straten van de bovenstad naar de onderste gedeelten van de stad en ging op een terras zitten om naar het water te kijken. 's Middags belde hij naar de benedictijnen om te vragen of hij pater Jonas Herzog mocht interviewen. De monnik die hij aan de lijn kreeg, vertelde hem dat pater Jonas geen interviews meer gaf.

'Het hoeft geen interview te zijn,' zei Lucas. 'Ik wil hem alleen maar om commentaar op een pas gehouden congres vragen. En,' voegde hij eraan toe, 'ik heb ook enkele persoonlijke vragen.'

De monnik, die aarzelend sprak, antwoordde dat vrijdag een drukke dag voor pater Jonas was, want hij nam niet alleen de biecht af maar vervulde ook bestuurlijke taken. Lucas bedankte hem en besloot het met de biecht te proberen.

De kloosterkerk stond tussen populieren, een kleine kilometer van het Baha'i-schrijn vandaan maar van daaruit niet zichtbaar. De kerk was niet erg oud: een neo-romaans bouwwerk dat een beetje op het St.-Germain-des-Prés leek en een van de vele concessies van de Fransen aan de Ottomanen vormde. Er liep een drukke weg langs waarop het verkeer maar een klein beetje afnam, al was het bijna sabbat. Haifa was een gemengde en grotendeels wereldse stad.

Een Palestijn in een opgelapte soutane, die net binnen de deuropening stond, vroeg Lucas beleefd wat hij kwam doen.

'Ik wou alleen even komen kijken,' zei hij.

Dat bleek goed genoeg te zijn. Hij had het niet kunnen opbrengen om naar de tijden van de biecht te vragen, maar eenmaal binnen zag hij dat hij op tijd was. Rijen Palestijnse tieners stonden in groepjes tegen beide muren van de kerk op hun beurt in het biechthokje te wachten, jongens rechts, meisjes links. Plastic strips op de deuren van de biechthokjes vermeldden de namen van de priesters en de talen die ze beheersten: pater Bakenhuis, die biechtelingen in het Nederlands, Frans, Duits en Arabisch ontving; pater Leclerc, die advies gaf in het Frans en Arabisch; pater Waqba, die Frans, Engels, Arabisch en Koptisch verstond.

Jonas Herzogs biechthokje bevond zich een eind in de richting van het altaar aan de rechterkant, maar geen van de tieners wachtte op hem. Er zat geen strip op zijn deur en het hokje was leeg. Allerlei buitenlanders stonden dicht bij het hokje langs de muur. Lucas wendde zich tot de koster.

'Welke taal spreekt pater Jonas?' vroeg Lucas.

'Alle talen,' antwoordde de koster.

Net als de duivel zelf, dacht Lucas, en hij ging in een bank zitten. Ook al was de kerk niet erg oud, er hing de geur van koel oud gesteente, wierook en ascese.

Toen kwam de man binnen die Herzog moest zijn. Lucas had gelezen dat hij zestig was, maar hij leek nog ouder. Hij kwam uit het schitterende licht van het Heilige Land en betrad de schemering van de geloofsverzaking. Hij maakte een kniebuiging voor het sacrament en boog voor het kruis. In zijn witte benedictijner habijt maakte hij een verkrampte, gekromde indruk.

Herzog had zijn eigen stripje bij zich en hing het op de deur van het biechthokje. Op die strip stond zijn naam in Hebreeuwse letters, samen met Arabische en Romeinse. Yonah Herzog – Jonas Herzog, OSB.

Je moest lang op Herzog wachten. Toen de laatste biechteling weg was en Lucas opstond, kwam er nog net een jonge Europese vrouw aanlopen. Ze was eenvoudig gekleed, een aantrekkelijk blondje in een witte zomerjurk en een katoenen sweater die haar schouders bedekte. Ze droeg een witte doek over haar blonde haar. Duits? Zo te zien was ze een beetje van streek.

Ze zag er getrouwd uit, vond Lucas, een jonge matrone, de ontrouwe vrouw van een vice-consul of een ontrouwe vice-consul. Er waren in dit land zoveel manieren om ontrouw te zijn, zoveel onvergeeflijke paringen en vormen van verraad. Naar bed gaan met een getrouwde collega, of een onstuimige guerrillastrijder als Rashid, of haar contactpersoon bij de Shin Bet. Ze ging natuurlijk naar Herzog, want die kende de prijs van het verraad en de fascinatie daarvan.

Haar biecht duurde een hele tijd. Lucas kon alleen wat gemompel horen, waarschijnlijk in het Frans. Toen kwam de jonge vrouw naar buiten en liep ze naar het altaar om op de eeuwenoude manier haar penitentie te zeggen.

Lucas stond op, zijn maag in de knoop alsof hij weer een kind was. Hij ging de duisternis in en knielde in zijn eentje bij het crucifix. Toen ging pater Herzogs schuifraampje open. Lucas zag het scherpe profiel van de man en de glinstering van een stalen brilmontuur in het halfduister. Plotseling wist hij niet waar hij moest beginnen. Hoewel hij niet van plan was te biechten, probeerde hij zich de formule voor de biecht in het Frans te herinneren.

'Mijn vorige biecht is vijfentwintig jaar geleden,' hoorde hij zichzelf zeggen.

'Vijfentwintig jaar?' vroeg pater Herzog met maar een klein beetje verbazing. 'En u wilt nu biechten?'

Lucas moest eerst de Franse woorden vertalen en toen de aard van de vraag tot zich laten doordringen.

'Bent u schuldig aan een misdrijf?' vroeg de priester.

Un crime. Het deed hem aan Balzac denken.

'Nee, eerwaarde. Geen groot misdrijf. Niets bijzonders.'

'Bent u bereid de sacramenten te ontvangen?'

Het enige antwoord daarop was ja. Maar in plaats daarvan zei Lucas in het Engels: 'Nee. Maar ik wilde met u praten.'

'Ik, in mijn eigen persoon, sta niet tot uw beschikking,' zei de priester in het Engels. 'Ik ben hier als priester.'

'Ik heb vragen van religieuze aard.'

'Ik heb u alleen de sacramenten te bieden,' zei de priester. 'En alleen wanneer u gedoopt bent.'

'Dat ben ik,' zei Lucas, 'en ik ben ook... net als uzelf... van gemengde afkomst.'

Herzog zuchtte.

'Als u een paar minuten voor me heeft,' zei Lucas, 'denk ik dat het me zou helpen. Ik zou kunnen wachten. We kunnen een afspraak maken.'

'Bent u journalist?'

'Ja, ik ben inderdaad journalist,' zei Lucas. 'Ja.'

'En u schrijft over oorlog.'

'Vooral over oorlog.'

'Sinds de uitspraak van het hof geef ik geen interviews meer.'

'Dan vraag ik u daar niet om,' zei Lucas. 'Alleen om advies. Persoonlijk. Niet voor publicatie.'

'Wilt u me kwetsen?' vroeg Herzog, bijna lachend.

'Nee.'

'Aha. Nou, ik moet het vragen. Als u kunt wachten, kan ik u na de biecht spreken.'

'Ja,' zei Lucas. 'Ik zal wachten.'

En dus verliet hij als een braaf kind het biechthokje en ging in de bank zitten waarin hij al eerder had gezeten. Het was een infantiele gang van zaken, maar er viel niet aan te ontkomen.

De jonge blonde vrouw zat nog voor het altaar haar penitentie op te zeggen, en hij benijdde haar om die gebeden. Toen ze wegging en zich bekruiste, wilde hij haar volgen. Hij wilde haar geloof en haar geheimen, haar leven. Hij voelde zich volslagen alleen.

Niemand anders ging biechten bij pater Herzog. Lucas viel in slaap in de kerkbank en werd wakker in een lege kerk, terwijl de priester op het middenpad naar hem stond te kijken. Het licht in de deuropening was vervaagd.

'Sorry,' zei Lucas.

'*Bien.*'

'Zullen we ergens heen gaan?'

De priester kwam naast hem zitten.

'Hier is het goed. Als u geen bezwaar hebt.'

Hij maakte een erg Franse indruk, hoffelijk, ironisch.

'Goed,' zei Lucas, en hij schoof een beetje opzij.

'U had het over een gemengde afkomst. Is dat een probleem voor u?'

'Ik was katholiek,' zei Lucas. 'Ik geloofde. Ik zou het geloof moeten begrijpen, maar ik kan het me niet herinneren.'

Herzog haalde vaag zijn schouders op. 'Op een dag begrijpt u het misschien weer.'

'Ik heb het gevoel dat het me in verleiding brengt,' zei Lucas. 'Maar ik kan me niet precies herinneren hoe het gaat.'

Dat was niet alles wat hij had willen zeggen. Hij had zichzelf met zijn eigen interviewstrategie in het nauw gedreven. Soms, had een hoofdredacteur hem eens verteld, moet je ze het verhaal van je leven vertellen. Maar dit ging veel verder. Hij had zichzelf weer niet onder controle.

'Dan moet u bidden.'

'Ik vind bidden absurd,' zei Lucas. 'U niet?'

'Het is kinderlijk om als een kind te bidden wanneer je dat niet bent,' zei Herzog.

'Vertelt u me over het jood-zijn,' zei Lucas. 'Heeft dat een spirituele dimensie?'

'"Daarin is noch jood noch Griek,"' citeerde pater Herzog voor hem. '"Daarin is noch dienstbare noch vrije; daarin is geen man en vrouw; want gij allen zijt één in Christus Jezus."'

'Dat weet ik,' zei Lucas. 'Maar als iemand jood is, moet dat iets betekenen. Het is altijd de pijpleiding tussen mensheid en God geweest.'

'Wat Paulus ons vertelt,' zei Herzog, 'is dat we alleen met God zijn. Dat betekent niet dat we geen verantwoordelijkheid hebben ten opzichte van de mens. Ons morele landschap is menselijk. Maar uiteindelijk zijn we allemaal individuele mannen en vrouwen, wachtend op genade. We kunnen onze conditie niet minder eenzaam maken. U vraagt me waarom God zich door middel van de joden openbaart? Ik denk dat we daar wel maatschappelijke en historische redenen voor kunnen bedenken. Maar het is een feit dat we niet weten waarom.'

'Voelt u zich alsof u een jood was?' vroeg Lucas.

'Ja,' zei de priester. 'En u?'

Lucas dacht daar een hele tijd over na. 'Ik denk van niet.'

'Goed,' zei Herzog. 'Want u bent ook geen jood. U bent Amerikaan, nietwaar?'

Lucas voelde zich afgewezen. Dat ik een Amerikaan ben, zou hij tegen Herzog willen zeggen, betekent nog niet dat mijn conditie triviaal is. 'Maar ik heb het gevoel,' zei hij, 'dat een deel van mij al eerder heeft geleefd.'

Na een ogenblik zei Herzog: 'Niet alles wat we voelen is een openbaring.'

Lucas, in verlegenheid gebracht, besloot het risico van vernedering te nemen. De pers aan het werk, dacht hij. Hij had een perskaart; hij kon overal heen gaan, alles zeggen. Hun stemmen galmden tegen de muren.

'In de kabbalistische geschriften,' zei hij tegen de priester, 'vind ik de grootste interpretatie van leven en waarheid die ik ooit heb gehoord. En ik merk dat ik daardoor religieuze gevoelens krijg die ik niet meer heb gehad sinds...'

'Sinds uw kinderjaren?'

'Eh, ja. En ik vraag me af of dat niet dingen zijn die ik altijd al heb gekend. Ik bedoel altijd.'

'U bent voor het eerst in Israël? U kunt ervoor kiezen om joods te zijn. Dat kan worden geregeld. Niet door mij, helaas.'

'Ik begrijp het een in termen van het ander,' zei Lucas.

'U kunt beter niet tegen een rabbijn zeggen dat u zo getroffen bent door boeken die u onmogelijk kunt begrijpen, in een taal die u niet kunt lezen. Hij zal u zijn studeerkamer uit gooien.'

'Is het waar,' vroeg Lucas, 'dat we een leven moeten verliezen om een ander leven te kunnen verwerven?'

'Helaas,' zei de priester.

'Maar u zegt dat u joods blijft.'

'Omdat ik dat ben. Dat is mijn conditie. Mijn probleem, mijn middel tot genade.'

'En ik?'

'En u? U bent één Amerikaan in een wereld van armoede en ellende. Wat wilt u nog meer?'

'Geloven. Soms.'

'Kijk,' zei Herzog, 'het enige dat ik u in alle eerlijkheid kan vertellen, is wat iedere priester – ook de meest fanatieke, de minst verlichte – u zou kunnen vertellen. Vertrouw op God. Probeer te bidden. Probeer te geloven en misschien zult u geloven. Als je God zoekt, zeggen sommigen, heb je hem gevonden.'

Zo zaten ze een tijdje zwijgend naast elkaar. Herzog schraapte zijn keel en maakte aanstalten om weg te gaan.

'Als journalist,' zei Lucas, 'wil ik u iets vragen. We noemen dat achtergrond, dus het is niet voor publicatie. Wat hebt u tegen de rechtbank gezegd?'

De priester legde zijn handen op de bank voor hen. 'Dat ik in Israël het recht op een joodse nationaliteit had. Niet meer dan dat.'

'Dat was... moedig. Want u moet hebben geweten dat ze van u zouden walgen.'

'Ja natuurlijk,' zei de oude priester. 'Een *melamed*. En de jood die monnik wordt is een oude vijand. De slechte zoon, het verdorven kind, de wreker die de joden afzwoer en openbare discussies ontketende en de talmoed verbrandde. Of de kabbala, waarvoor u een voorkeur heeft.'

'Had u dat niet verwacht?' Of gewild, dacht Lucas.

'Ik kon mijn argumenten niet naar voren brengen.'

'Toen ik over uw zaak las,' zei Lucas, 'dacht ik aan Simone Weil. Wat zij zou hebben gedaan.'

'Ach, ja,' zei Herzog.

Maar, dacht Lucas, hij wist wel wat Simone Weil zou hebben

gedaan. Ze zou naar Gaza zijn gegaan en daar zijn gaan leven, tot verontwaardiging van iedereen.

'Ze weigerde zich te laten dopen,' zei Lucas, 'en bleef dus in zekere zin joods. Is er een plaats voor haar in de wereld die zal komen?'

'Ja, als heilige,' zei Herzog. 'Hier was geen plaats voor haar.'

'Jammer,' zei Lucas, 'dat we geen bodhisattva's in onze religie hebben. Wat het ook is.'

Herzog liep met hem naar de deur.

'Het spijt me dat ik u niet kan helpen, meneer. Maar zoals u ziet, kan ik dat niet. Ik kan u geen geloof met bodhisattva's en de kabbala en Onze Lieve Heer geven. In Amerika is vast wel zo'n geloof.'

Ze stonden naast het crucifix bij het doopvont, naast de deur.

'En de kabbala,' zei Herzog, 'is inderdaad erg mooi. Op het eind namen de christenen hem zelf over. Reuchlin en Pico en de Spanjaarden, zelfs onder de Inquisitie. Op een dag zult u, als u de discipline hebt, de kabbala misschien begrijpen en dan zal hij u misschien helpen.'

'Waarom bent u hier gekomen?' vroeg Lucas aan de priester. 'Waarom bent u naar de rechtbank gegaan?'

'Omdat dit een heilig land is. En om voor mijn ouders te bidden in hun eigen land. Al waren ze niet gelovig.'

'Ze zouden zich omdraaien in hun graf,' zei Lucas.

'Ze hebben geen graf.'

'Neemt u mij niet kwalijk,' zei Lucas. 'Is het waar dat u in een katholieke school bent verstopt?'

'In Vence,' zei Herzog. 'Mijn ouders lieten me onder een crucifix achter. En ik vroeg hun, mijn ouders: "Wat gebeurde er met hem?" Ik bedoelde de man aan het kruis, de Christusfiguur. Ik was toen tien jaar oud en had geen idee wat een crucifix was. We woonden in Parijs. Na de bevrijding was ik nog geen veertien. De prefect vertelde me wie ik was. Dat ik een jood was. Dat mijn ouders, mijn familie, in handen van de Duitsers waren gevallen en door hen waren vermoord. En ik voelde – wat kan ik zeggen – een zekere herkenning.'

'Maar u kon de kerk niet verlaten?'

'O,' zei Herzog met een licht schouderophalen. 'Ik gaf niet

veel om de kerk. De kerk bestond uit mensen, de paus. Sommigen waren goed, sommigen niet.' Hij keek naar de vloer.

'Waarom dan?'

'Omdat ik wachtte,' zei Herzog. 'Ik wachtte waar ik was achtergebleven. Aan de voet van het kruis. Uit rancune of uit devotie, dat weet ik niet meer.' Hij lachte en legde zijn hand op Lucas' schouder. 'Pascal zegt dat we niets begrijpen tot we het principe begrijpen waaruit het voortkomt. Vindt u dat ook niet? Daarom begrijp ik erg weinig.'

'Het is de bedoeling dat we geloven dat Christus verder is gegaan om in glorie te regeren,' zei Lucas.

'Nee,' zei Herzog. 'Jezus Christus lijdt van nu tot het eind. Aan het kruis. Hij blijft lijden. Tot de dood van de laatste mens.'

'En dat,' zei Lucas, 'brengt u hierheen?'

'Ja,' zei Herzog. 'Om aanwezig te zijn. Om te blijven wachten.'

Vanaf de trappen van de kerk rook de avond naar uitlaatgassen en jasmijn.

'Ik besef dat ik in dit soort wereld,' zei Lucas, 'geen reden heb om zo ongelukkig te zijn. Ik besef ook dat ik op het religieuze vlak altijd een kind zal blijven. Het is absurd en ik vind het jammer.'

Voor het eerst glimlachte Herzog.

'U moet het niet jammer vinden, meneer. Misschien kent u de *Anti-mémoires* van Malraux? Zijn priester vertelt ons dat mensen veel ongelukkiger zijn dan je zou denken.' Hij stak Lucas zijn hand toe. 'En dat er niet zoiets als een volwassene bestaat.'

34

Zoals ook in Safed het geval was geweest, kwamen allerlei door God gefascineerde en anderszins bedwelmde zoekenden naar hun bungalow in Ein Kerem. Een van degenen die daar verbleven, was een Nederlandse ex-non, Maria van Witte, die in het religieuze leven zuster Johan Nepomuk had geheten. Vaak waren er ook twee broers met lange armen en open monden uit Slowakije, Horst en Charlie Walsing. Lucas had gedacht dat ze Duits waren, maar ze bleken joods te zijn – Duits-joodse Hongaren. Een van hen was musicus en als zodanig blijkbaar iemand met enige reputatie; de ander leek geestelijk onvolwaardig of autistisch. Ondanks dat verschil waren ze bijna niet van elkaar te onderscheiden, al had niemand in De Kuffs kring ook maar enige reden om onderscheid tussen hen te maken. Vreemd genoeg verscheen Ian Fotheringill, de geestelijke vader van de koosjere *sauce l'ancienne*, van tijd tot tijd ook. Soms kwam Helen Henderson, de Roos van Saskatoon, met Sonia. De Roos behoorde van huis uit tot de pinksterbeweging, maar ze ging mee omdat ze volledig aan Sonia toegewijd was.

Veteranen die al meermalen door buitenaardse wezens ontvoerd waren geweest, gereïncarneerde priesters van Isis, vermeende vrienden van de Dalai Lama, maakten allemaal hun opwachting en zaten onder de tamarisken in de tuin van Ein Kerem.

Tot de meer gedenkwaardige bezoekers behoorden een vader en zoon die Marshall heetten. De vader leek ergens tussen de zestig en de tachtig en de zoon leek ongeveer even oud. Hoewel hij joods was, kende Marshall senior lange passages uit het Nieuwe Testament van buiten. Als de Marshalls er waren, kwamen er privé-detectives langs om naar hen te informeren. Marshall junior had alle financiële transacties van de familie overgenomen, en ook alle andere numerieke berekeningen, want zijn vader, een kabbalist, werd geobsedeerd door getallen. Lucas, die daar bijna om de andere dag kwam, hoorde van Obermann dat Marshall senior een soort crimineel was die in Amerika werd gezocht. Hij was krankzinnig geworden of deed alsof.

De Kuff schonk niemand aandacht, behalve Raziel en Sonia, en Raziel liet iedereen die naar Ein Kerem kwam daar op De Kuffs kosten verblijven.

Op een avond verzamelden al deze figuren en nog veel meer mensen zich in een nabijgelegen tuin die eigendom was van de zusters van Notre-Dame-de-Liesse. Er was bekendgemaakt dat daar een concert zou plaatsvinden.

Op de middag voor het concert kwam Sonia uit Rehavia en trof ze Raziel mediterend achter zijn donkere brillenglazen aan in de tuin van de bungalow. Omdat ze hem niet wilde storen, ging ze in de schaduw van de muur zitten, onder een olijfboom.

'Een belangrijke avond,' zei Raziel even later.

'Ja?'

'Jij gaat voor ons zingen.'

'Wacht eens even, Jim,' zei Sonia. 'Wie zegt dat?'

'De Rev zegt dat je moet zingen.'

'Uh-huh. Krijg ik een toonlader?'

'Denk niet aan de dag van morgen,' zei Raziel, zijn ogen nog dicht.

'De standaarden in orde? Rogers en Hart?'

'De Rev wil Ladino-liederen. Hij wil "Meliselda".'

'Razz,' zei ze. 'Zeg niet steeds "de Rev wil". Het gaat erom wat jíj wilt. Dat weet ik. En ik spreek geen Ladino.'

'Doe dan alsof,' zei hij. 'Maak er antiek Spaans van.'

'Jij bent slecht,' zei ze. 'Ik ga aan je twijfelen.'

'Het is een grote avond,' zei Raziel, en hij ging rechtop zitten. 'Echt waar. Want het is niet zomaar een concert. Het is de avond waarop hij het mysterie verkondigt. Het vierde.'

'Ik dacht dat hij dat in Bethesda zou doen.'

'Dat is te gevaarlijk. Het zal hier al gevaarlijk genoeg zijn.'

'Wat is het vierde mysterie?'

'Kom nou, Sonia. Je weet het.'

'Als het eerste "Alles is thora" is, en het tweede "De tijd die zal komen, is aanstaande", en het derde "de Dood van de Kus", wat is dan het vierde?'

'Dat weet jij net zo goed als ik. En hij heeft het mij ook niet verteld. Trouwens, het is iets wat je al gelooft.'

'Goed,' zei ze. 'Laten we eens kijken naar de liederen die je wilt horen.'

Die avond ging Lucas met Obermann naar Ein Kerem. Hij had zijn stuk over het congres op Cyprus voltooid, schrijvend op qat. Hij was moe en neerslachtig.

'Hij vermengt zijn boodschap de laatste tijd met muziek,' zei Obermann over De Kuff. Ze parkeerden in een zijstraat niet ver van de plaats waar het concert zou worden gegeven. Het Arabische dorpje Ein Kerem was door Jeruzalem opgeslokt en in een soort afgelegen en dor Sausalito veranderd. Tegen de avond dreef de smog soms weg en dan hing er daarna enkele uren een geur van kruiden in de lucht. 'Hij trekt zo langzamerhand een erg groot publiek. Hij is een attractie.'

'Ik heb hem meermalen in Bethesda gezien,' zei Lucas. 'Wat doet hij tegenwoordig?'

'Hij spreekt zijn bezweringen uit. Zijn neoplatonische versie van de thora. Kabbalistische mystiek. Hij heeft een goede stem. En de muziek is soms geweldig.'

'Zijn er geen klachten?'

'Klachten. Ordeverstoringen vanuit het publiek. Op een dag gaat hij waarschijnlijk te ver. Weet je, ik geloof dat ze nooit met de pet rondgaan. Ik vraag me af hoe hij aan zijn financiering komt.'

'Het is zijn eigen geld,' zei Lucas. 'Het schijnt dat hij een stuk van Louisiana in eigendom heeft.'

Zoals gewoonlijk werd er niets in rekening gebracht voor het concert. In de tuin van de Notre-Dame-de-Liesse waren tussen de ceders een geïmproviseerd podium en een groot klankbord opgebouwd. Op de helling daartegenover waren rijen planken aangebracht, waarop toeschouwers redelijk comfortabel konden zitten, als ze kussens hadden meegebracht en uitkeken voor splinters. Er stonden geen wanden omheen, zodat zich binnen gehoorsafstand van het toneel zoveel mensen konden verzamelen als maar wilden.

Terwijl het publiek begon toe te stromen, liep Lucas door de menigte. Hij voelde de vage maar ergerlijke aura van gelukzaligheid die altijd aanwezig leek te zijn wanneer De Kuff in het middelpunt stond. De mensen die kwamen, waren voor het merendeel jong. Velen van hen waren buitenlandse niet-joden, maar er waren ook veel jeugdige Israëliërs en Amerikaanse joden. Op een bepaald gedeelte van het terrein stonden zwarte joden uit hun nederzetting in Dimona in de Negev-woestijn bij elkaar.

Er hing een geur van patchoeliolie, iets wat hij bijna nooit meer had geroken sinds hij jong was. Hier en daar zag hij in het publiek wat oudere stellen, die de indruk wekten dat ze alleenstaand waren en voor het eerst met elkaar uitgingen, en hij zag zelfs mensen die eruitzagen alsof ze voor de muziek waren gekomen. Onder een groepje johannesbroodbomen naast het podium stonden een paar ruige gasten met keppeltjes. Lucas dacht dat ze waren gekomen om de orde te verstoren.

Toen het donker was en de nachtvogels zongen en de sterren aan de hemel schitterden, kwamen Horst en Charlie Walsing, Raziel, De Kuff en Sonia met hun instrumenten het toneel op. De Kuff speelde bas en *oud*, Raziel klarinet. Horst Walsing had een viool en zijn gehandicapte broer Charlie een tamboerijn.

Uit het bosje daarnaast begonnen de religieuze vechtersbazen beledigingen in het Engels te schreeuwen.

'Ga naar huis!'

'Neem me niet kwalijk,' bleef een jongen met een Londens accent schreeuwen. 'Neem me niet kwalijk! Neem me niet kwalijk! Zijn er joden onder jullie? Neem me niet kwalijk!'

Ze begonnen sefardische muziek te spelen, waaraan Raziel altijd een vleugje klezmer toevoegde. Uiteindelijk kwamen de lastige jongeren tot rust – behalve de Londense jongen.

'Neem me niet kwalijk!' bleef hij schreeuwen.

Tijdens het optreden deed Lucas zijn best om weerstand te bieden aan de muziek, maar na afloop kon hij de klanken niet meer uit zijn hoofd zetten. Hij kon de woorden van de liederen niet verstaan. In de eerste liederen klonk ironie door, dat besefte hij nog wel, met grappen en komische vergelijkingen. Daarna kwamen liederen die onuitsprekelijk droevig waren, alsof ze op zoek waren naar een aanvullend refrein, zoals het lied van de zingende mus. Het lied van de zingende mus vereiste eigenlijk een antwoordroep, anders bleef het onvolledig boven de bossen en velden hangen. Er waren nog nachtegalen in het nabijgelegen bos van Jeruzalem, en die vulden enkele van de stilten op.

Over het geheel genomen waren de melodieën zwaarmoedig en aangenaam, zo melodieus en hartstochtelijk als die van Bruch, waaraan ze vaag deden denken, maar vaak waren ze ook hard en naakt en schokkend – dat waren de woorden die bij hem opkwamen. Soms waren ze symmetrisch, maar vaker waren ze onvoorspelbaar. Charlie Walsings ritme was lukraak, al leek het wel of de muziek er beter door werd. Er zat een element van waanzin, van herrie in, vond Lucas. Het was het soort muziek dat iemand met een bepaalde gemoedstoestand kon ondermijnen, muziek die zijn onzekerheden kon blootleggen, zijn kwelduivels uit hun sluimering kon wekken. Zijn eigen geest zou als voorbeeld kunnen dienen.

Lucas probeerde de muziek te zien als iets waarover hij kon schrijven. Maar dat was moeilijk, want die muziek vertegenwoordigde Sonia. Wat de bronnen ook waren, Raziel had ze voor dit optreden aangepast. Hij had de stukken een volgorde gegeven waardoor het verhaal ontstond dat hij nodig had, en bovenal had hij alles geschikt gemaakt voor Sonia's stem. Lucas kon de muziek niet met iets anders in verband brengen dan met haar. Daarom ging de muziek voor hem over geloof, over overgave, over engelen en gevallen sterren en dolende geesten. Over wilde verwachtingen en het materiaal van dromen. De melodieën vervingen haar, werden haar persoonlijkheid en namen haar ruimte in, tot ze een instrument leek dat bijna onbeheersbaar werd. Ze dwongen haar om het middelpunt van haar stem van haar keel naar haar borst te verleggen, en weer terug, en dat steeds binnen dezelfde passages, trillend, vibrerend. Toen hij naar haar keek, kon hij zien dat de lange liederen haar emotioneel en fysiek op de proef stelden. Hij wist dat omdat hij het bij zichzelf merkte.

Dezelfde tekst leek op te duiken in ieder lied, of het nu over Meliselda ging of over een metaforische koning, gebroken kruiken of de eisen die de onverzettelijke liefde aan je stelde. De twee regels tekst kon hij min of meer verstaan:

Als je mijn lied wilt horen,
Moet je met me meekomen.

Onwillekeurig verbeeldde hij zich dat ze het voor hem zong. Hij zou nooit van haar afkomen, dacht hij. Tegelijk bevond ze zich aan de andere kant van de duisternis, voorbij hem, voorbij alles wat hij kon geloven, voorbij iemand als hijzelf, iemand die niet toegerust was voor magie. Hij was niet eens klaar voor de dag van morgen, laat staan voor de wereld die zou komen.

Als hij naar haar toe liep, dacht hij, zou daar waar zij stond niets zijn waarop hij zijn voeten kon zetten. Ze was de sprong die hij niet kon maken. Als het Einde der Tijden nabij was, was zij het lot dat hij daar zou treffen, de val die hij vanaf de brug over Hinnom zou moeten maken. Hoewel hij de oversteek niet kon maken, kon hij ook niet helemaal ondergaan. Met zijn hopeloze liefde wervelde hij rond in de leegte. Half geloven, half zijn. Zou ze weten dat hij daar in de duisternis was? Of was hij door die muziek naar een stenen hemel van de joden overgegaan, de saffieren zaal van een engel, waar de liefde zichzelf ongedaan maakte en alles een andere naam had? Ze had al zijn boodschappen, van Cyprus, uit Haifa, onbeantwoord gelaten.

Yo no digo esta canción,
Sino a quien conmigo va.

Lucas zat gefascineerd te luisteren. Zelfs Obermann, naast hem op de bank, gaf zich over aan de muziek. Zijn ronde onmuzikale lichaam ging langzaam heen en weer.

Toen Lucas om zich heen keek, zag hij de macht die de zang op de toehoorders uitoefende. Veel mensen droegen het ouroborosmedaillon. Dat was Obermann ook opgevallen.

'Er is hier een zilversmid die rijk wordt,' zei hij. 'Zouden die mensen weten wat het betekent?'

Lucas was niet degene aan wie je dat moest vragen.

'Het komt in de *Zohar* voor,' zei Obermann. 'Bij de gehelleniseerde syncretisten stond de slang symbool voor Serapis. En zo kun je nog verder gaan.'

Hij werd daarvan weerhouden door de concertbezoekers die dicht bij hen zaten en hem tot zwijgen maanden. De ordeverstoring was ook doorgegaan. Door zijn mijmeringen over Sonia waren ze Lucas ontgaan, maar er was geen eind aan gekomen.

Toen gingen De Kuff en Raziel samen naar de voorkant van het podium. De Kuff hief zijn armen in de richting van de menigte. Achter hem had Sonia de tamboerijn van Charlie Walsing overgenomen en sloeg daarop terwijl ze achter De Kuff aan kwam.

'Het circus!' schreeuwde een ordeverstoorder. 'De clowns!'

De Kuff reciteerde dichtregels, misschien uit de *Zohar*. Wat het ook was, het paste erg goed bij zijn stem. Maar hij was moeilijk te verstaan, want de ordeverstoorders in het bosje, die zich onder de muziek een beetje hadden ingehouden, gingen nu tegen hem tekeer.

'De woorden veranderen,' schreeuwde De Kuff, zijn gezicht rood en glimmend van het zweet, 'maar het lied is eeuwig. De woorden en een code waaronder zich de waarheid verbergt. Ze omhullen het heilige licht dat de duisternis van deze wereld bedreigt.'

De ordeverstoorders begonnen 'Onward, Christian Soldiers' te zingen, waarvan velen de woorden kenden. 'Neem me niet kwalijk!' schreeuwde de hardnekkige Londenaar.

De toehoorders hielden de adem in, lachten, maanden tot stilte.

'Een mysterie!' schreeuwde De Kuff.

Aan de zijkant van het toneel sprak Raziel tegen Sonia.

'Hier doet hij het, Sonia. Dit is nummer vier.'

Raziel en Sonia grijnsden naar elkaar. Ze sloeg vier keer op de tamboerijn en liet hem rinkelen alsof er scherven zilver neervielen.

'Neem me niet kwalijk!' schreeuwde de jongeman tussen de johannesbroodbomen.

'Alle mysteries zijn hetzelfde mysterie!' verkondigde De Kuff. 'Of we nu de Heilige Eeuwige aanbidden, of de *sefirot*, we zijn hetzelfde. Er is één waarheid! Er is één geloof! Er is één heiligheid! En bij de geboorte van de dingen die zullen komen, stonden wij allen, door onze geboorte, door *partsufim*, in Sinaï. Er is geen Israël! Er is alleen Israël! Het mysterie is één! Jullie zijn één geloof! Jullie zijn allen geloven in één hart! Niet samen geloven is ophouden met bestaan!'

Na die woorden hielden de ordeverstoorders zich even stil om te verwerken wat De Kuff had gezegd. Toen ze weer begonnen te schreeuwen, deden ze dat met grote razernij.

'Dit komt onder de huid van de slang vandaan!' zei De Kuff.

Sonia sloeg op haar tamboerijn.

'Het stond geschreven dat ik u zou schokken. Ik toon u het Ongeschapen Licht in de wildernis van lege omhulsels. Linnen tussen het wol.'

Op het podium fluisterde Raziel iets tegen de oude man. De Kuff draaide zich om naar Sonia, pakte haar bij de hand en presenteerde haar aan de menigte.

'Dit is Rachel,' zei hij. 'Dit is Lea.'

De wind stak op, een plotselinge kracht in de omringende naaldbomen. Sonia keek naar de sterren.

'Vervloekt jij!' schreeuwde de religieuze jongen uit Londen die 'Neem me niet kwalijk' had geschreeuwd.

Raziel kwam naar voren.

'Dank u voor uw komst. U bent hier om één met ons te zijn. Kijk in uw hart!'

Er werd geschreeuwd en gejuicht. Mensen riepen van woede en van blijdschap. De menigte werd wanordelijk.

De Kuff, Raziel en Charlie Walsing begonnen weer te spelen. Sonia zong mee met haar tamboerijn. Mensen die blijkbaar sympathisanten waren, vormden een rij voor het podium.

Lucas vocht zich door de onrustige menigte een weg naar Sonia toe. Hij dacht dat hij er altijd goed in was geweest om mensen van wie hij dacht dat ze hem met vernietiging of krankzinnigheid bedreigden buiten zijn leven te houden. Zijn eigen greep op de dingen, geloofde hij, was zo zwak dat hij meedogenloos moest zijn. Nu hij haar op het toneel zag, veranderd in de derwisj die ze had willen zijn, dacht hij dat hij haar nooit meer zou kunnen loslaten.

En de plaats waar hij probeerde te komen, bood een vreemde

aanblik. De razende Walsing met zijn tamboerijn. Zijn broer, die er die avond uitzag alsof hij op weg naar het Lincoln Center verdwaald was geraakt. De Kuff met zijn knalrode gezicht en Raziel met zijn donkere brillenglazen en zwarte kledij. Sonia, als Rachel en Lea, met schitterende ogen. Hij kon zich de letters van de thora als vuur in de nachtelijke hemel voorstellen. Dat was het wezen van de muziek. Een geïnspireerde nachtmerrie was uit een andere wereld naar beneden gevallen.

'Jij gelooft,' zei Raziel op het podium tegen Sonia. 'Ik hoor je geloof.'

'Ja,' zei Sonia.

'De macht die hier aan het werk is, is als muziek,' zei hij tegen haar. 'Die macht stijgt boven de gewone realiteit uit, zoals muziek dat doet. Wat er ook gebeurt, Sonia, blijf zingen. Je zingt ons door de Verlossing heen. Je zingt ons naar de wereld die zal komen.'

'Liederen,' zei ze. 'Iets anders ken ik niet.'

Lucas kwam naar haar toe.

'Waarom beantwoord je mijn telefoontjes niet?' wilde hij weten. 'Wil je gewoon nooit meer tegen me spreken?'

'Dat zal ze nu doen,' zei Raziel.

Lucas negeerde hem.

'Ik moet met je praten,' zei hij tegen Sonia. 'Waar je maar wilt. Wanneer je maar wilt.'

'Ja, goed,' zei ze. 'Het spijt me dat ik je niet terug heb gebeld. Ik ben zo in de war.'

'Het geeft niet,' zei Lucas. 'Ik bel je morgen, hier. Wil je me ontmoeten?'

Ze legde haar hand op zijn elleboog en haalde hem vlug weer weg. 'Ja.'

'Dat is het enige dat ik vraag.'

Een aantal politieagenten hield toezicht op de menigte die de tuin verliet. Op zoek naar Obermann stuitte Lucas op Sylvia Chin van het Amerikaanse consulaat. Ze was in het zwart, droeg een amulet van jade waarvan het patroon op een heilige geometrie leek te wijzen, en ze zag er erg slank en bleek uit. Ze had een lange grijzende man bij zich, zo te zien een Europeaan.

'Hé, hoe was het op Cyprus?' vroeg ze.

'Belabberd.'
'Het congres.'
'Zo verhelderend dat je het niet zou geloven.'
'En deze avond?' vroeg Sylvia. 'Ook nogal verhelderend, hè? Ruik je de patchoeli? Zie je al die jonge mensen die aan de Ex zijn?'
'Het is me niet opgevallen dat iemand stoned was. Je bedoelt de jongeren die de orde probeerden te verstoren?'
'Natuurlijk niet, suffie. Die ordeverstoorders zeggen iedere morgen hun gebeden. Nee, die jongeren die vooraan stonden. Als bij een popconcert. Die huilden en tekeergingen.'
'Dat is me niet opgevallen.'
'Ik zag de heren Marshall bij De Kuff. Allebei.'
'Wie zijn dat?'
'Nou, de ene heer Marshall is een crimineel uit New York die we uitgeleverd proberen te krijgen. Hij doet in *shmattes*. De andere heer Marshall is zijn zoon. Ze zijn kuffieten geworden.'
'Ze zullen wel een beroep doen op krankzinnigheid,' zei Lucas. 'En ze zijn op zoek naar een alibi.'
'Misschien,' zei ze. 'Die ouwe verloor al zijn geld op de renbaan. En dus lieten ze hem zijn betalingen factoreren. Uiteindelijk betaalden mensen hém en de factor. En dus stapte iedereen naar de officier van justitie. Het ging om miljoenen.' Toen was ze weg.
'Wat denk je?' vroeg Obermann aan Lucas toen ze weggingen. 'Voel je een zegen?'
'Hij gaat tot het uiterste, hè?'
'Hij schijnt inderdaad tot het uiterste te gaan. Gnosticisme. Syncretisme.'
'Wat nu?'
'Ik denk,' zei Obermann, 'ik denk dat ik weet wat nu komt.'
'Wat?'
'Laten we afwachten,' zei de dokter, 'en zien of ik gelijk heb.'
'Dit kan tot niets leiden,' zei Lucas. 'Het moet toch instorten? En het is gevaarlijk. Uitgerekend hier in Israël.'
'Hier,' zei Obermann, 'zijn het geen abstracte of academische zaken. En dus is het gevaarlijk. En ook gevaarlijk voor de eigen persoonlijkheid. Deze mensen zijn maar mensen. Ze kunnen worden weggevaagd.'

‘Maar als het einde nadert,’ zei Lucas, ‘moet iemand naar het vuur toe lopen.’

‘Nu praat je als een van hen,’ zei Obermann. ‘Misschien moet je je laten gaan. Ik zag dat jij en Sonia weer met elkaar praten.’

‘Ik heb geen keus,’ zei Lucas. ‘Niet op dit moment. Ik kan haar niet aan dit alles overlaten. Ik bedoel, waar ze nu is.’

‘Stuur haar naar mij toe,’ zei Obermann.

‘Dat lijkt me geen goed idee.’

‘Zeg tegen haar,’ zei de arts, ‘dat in alle verhalen een waarschuwing besloten ligt om niet dichterbij te komen. Kundalini vernietigt. Actaeon werd door zijn eigen jachthonden verscheurd. Uzza is gedood door de ark. Bedenk dat zelf ook.’

‘Ik heb geen waarschuwing nodig,’ zei Lucas.

‘Misschien niet. Maar zorg dat je je verstand niet verliest. We hebben een boek te schrijven.’

‘Ik zal het proberen.’

‘Er staat iets voor ons op het spel,’ zei Obermann. ‘En ik vertrouw die slinkse Raziel niet. Ik wil niet dat figuren als Otis en Darletta de leiding overnemen en het geld van de oude man stelen.’

35

'Je moet goed begrijpen,' zei Sonia de volgende dag tegen hem, 'dat je een keuze moet maken. En ik denk niet dat je in staat bent om mij te kiezen.'

'Nu praat je alleen maar na wat die mensen willen dat je zegt.'

'Ik zou je vrouw zijn als je wilde dat ik dat was. Het gebeurde niet omdat het niet kon. Niet zolang jij alleen maar minachting hebt voor wat ik geloof.'

'Ik heb geen minachting voor wat je gelooft,' zei Lucas. 'In zekere zin voel ik me er echt toe aangetrokken. En ik heb zeker geen minachting voor jou.'

'Nou, ik denk van wel. Dat is tussen ons gekomen, zegt Raziel. Dat zal altijd tussen ons komen.'

'Moet je die klootzak nou alles vertellen wat er in je leven gebeurt?'

'Hij is mijn gids.'

'Je gíds! In godsnaam! Hij is een junk en een manipulator. Hij kan niet aan seks doen omdat hij aan de drugs is. En daarom wil hij ook niet dat jij seks hebt.'

'Hij is met de drugs gestopt, Chris. En – het spijt me dat ik dit moet zeggen – ik zag je laatst die avond geen vuren ontsteken. En ik denk dat Raziel gelijk heeft wat de reden betreft. Het komt doordat je weigert je open te stellen.'

'Dank je, dat het je spijt dat je het moet zeggen,' zei Lucas.

Die avond was ze bereid met hem naar een concert in Mishkenot te gaan, de arena in de openlucht met uitzicht op de verlichte muren van de Oude Stad.

Een kwartet van Russische immigranten besloot zijn optreden met het strijkkwartet in D van Sjostakovitsj, het stuk dat hij had geschreven toen hij Dresden had gezien. Hij had het publiekelijk opgedragen aan de slachtoffers van de oorlog en het fascisme, en heimelijk ook aan de slachtoffers van het regime dat hij zei te verheerlijken. Het kwartet bestond uit vier vrouwen met een streng gezicht; de eerste violiste was tragisch lelijk en had een stijl die met zijn afgemeten passie bijna priesterlijk was. Lucas vond haarzelf en haar spel onuitsprekelijk mooi. Yad Vashem, de Goelag, Gaza, ballingschap, wreedheid, compassie. Soms waren haar ogen dicht als ze speelde, en dan weer waren ze open om blijk te geven van een groot verdriet. Als je haar hoorde, dacht Lucas heimelijk, was je dicht bij de Shekhina.

'Je kunt dat niet horen,' zei Sonia, 'en niet geloven dat God zich door zijn volk beweegt. En via zijn volk brengt hij de geschiedenis in beweging.'

'Ja, dat kun je wel,' zei Lucas. 'Natuurlijk is het mooier om te geloven.'

'O, Chris,' zei ze. 'Wat zou er bij jou voor nodig zijn?'

'Kunst is niet bovennatuurlijk. Het is geen religie. Het is niet eens het echte leven. Het is alleen maar mooi.'

Hij reed haar naar Ein Kerem terug. Toen ze uit de auto stapte, bleef ze er een ogenblik naast staan.

'Ik zou je gelukkig kunnen maken, als je het me toestond,' zei ze.

'Ik geloof je, Sonia. Het maakt me gelukkig om bij je te zijn.'

Dat was niet helemaal wat hij had willen zeggen, en het was niet helemaal de waarheid. Ze was het object van zijn verlangen en zijn eenzaamheid.

'Onze zielen komen uit hetzelfde voort. In de loop van de jaren blijven we dit doen. Maar zolang je niet gelooft en begrijpt, zul je ongelukkig zijn. Zoals je nu bent.'

'Misschien heb je gelijk,' zei Lucas.

Hij reed naar de garage in een zijstraat van de Jaffa Road terug die hij had gehuurd. Zijn appartement leek erg lelijk en koud; hij miste Tsililla's appartement in de Duitse Kolonie, met zijn aangrenzende tuin en priëlen. Hij stond bij het raam en keek door de regen naar de lege straten van Jeruzalem.

De volgende dag was het zulk mooi weer dat het Atara terrastafels buiten had staan. Maar Obermann ging aan zijn gebruikelijke tafel binnen zitten, naast de espressomachines.

'Ik ga iets over Herzog schrijven,' zei Lucas tegen zijn medeauteur.

'Hij is niet echt een slachtoffer van het syndroom,' zei Obermann. 'Maar hij is een interessant geval.'

'Een interessante man,' zei Lucas.

'Je identificeert je met hem?'

'Ik beweer niet dat ik een slachtoffer van de holocaust ben,' zei Lucas. 'Ik weet niet of "identificeren" het juiste woord is. Er is iets bijzonders aan hem, zoals hij daar bij dat kruis op zijn ouders stond te wachten. Zoals hij daar stond te wachten op de plaats waar ze hem hadden achtergelaten.'

'Ja, ik begrijp het.'

'Iets korts,' zei Lucas. 'Want hij kwam hier als zoekende. Met een loyaliteitsgevoel dat werd afgewezen.'

'Veracht en afgewezen,' zei Obermann. 'Goed idee. Doe het.' Hij keek Lucas kritisch over zijn Turkse koffie aan. 'Je ziet er niet goed uit. Ben je wel in orde?'

'Ja, ik denk van wel,' zei Lucas. Even later zei hij: 'Ik ben gisteravond met Sonia naar een concert geweest.'

'Goed,' zei Obermann. 'In ieder geval snijden ze haar niet van de buitenwereld af. Nog niet.'

'Dat zal ik niet toestaan.'

'Mijn beste kerel,' zei Obermann. 'Ze zullen haar het hout en de spijkers geven en dan bouwt ze haar eigen gevangenis. Jammer dat je er persoonlijk bij betrokken bent. Maar geloof me, ik heb begrip voor je situatie.'

'Vanwege Linda?' Lucas schudde zijn hoofd. 'Gek is dat. Het kost me moeite om me jou als smachtende minnaar voor te stellen.'

'Je denkt dat ik geen emoties heb omdat ik arts ben?'

'Sorry,' zei Lucas. 'En als je het niet erg vindt dat ik het zeg: ik moet niet veel van Linda Ericksen hebben. Ik kan me bijna niet voorstellen dat je emotionele gevoelens voor haar hebt.'

'Ze is een schatje,' zei Obermann. 'Een klein Amerikaans schatje. Maar je kunt erg gek zijn op een schatje.' Hij roerde de suikerklontjes door zijn pikzwarte koffie. 'En ik vraag me af waar ze met Zimmer over praat. Ik vraag me wel meer dingen van Zimmer af. O ja,' vroeg hij Lucas, 'heeft Sonia je iets over de ebionieten verteld? Over de Clementijnse Recognitiones? Weet je daarvan?'

'Ik heb er ergens van gehoord. Lang geleden. Op school, denk ik. Sonia heeft het er niet over gehad.'

'Nee? Heeft ze je niet verteld dat jij en zij in een vorig leven ebionieten waren?'

'Ze zei wel dat onze zielen uit hetzelfde voortkwamen. En ze beweert dat ze mijn *tikkun* kent.'

'De ebionieten zijn een obsessie van Raziel. Als ik me niet vergis, zal Sonia je er binnenkort over vertellen.'

'Dat is een deprimerende gedachte.'

'De ebionieten,' zei Obermann, 'waren Hebreeuwse christenen – ik bedoel, in de oudheid, in de tijd van de joodse kerk, de kerk van Jacobus. De Erkenningen maakten deel uit van hun geschriften. Raziel gelooft dat De Kuff en Sonia de zielen van ebionieten met zich meedragen. Hij schijnt dat ook van jou te geloven. Hij gelooft dat de messias daaruit zal voortkomen. Daarom is hij zo gefixeerd op De Kuff. Tenminste, dat denk ik.'

'Denk je echt dat ze zo sterk onder Raziels invloed staat?'

'Ik ben bang van wel. Op het moment. Maar ik denk dat ze je graag mag. Per slot van rekening heeft ze tegen je gezegd dat je dezelfde ziel hebt als zij.'

'Graag gedaan,' zei Lucas.

's Middags reed hij naar de bibliotheek van de Hebreeuwse Universiteit om te kijken wat hij over ebionieten en Clementinen kon vinden. Voorzover hij in de catalogus kon vaststellen, hadden ze daarover alleen Duitstalige literatuur. Er was één enkele monografie in het Engels, een samenvatting waarin Christus werd gepresenteerd als een joodse gnostische eon die in de gedaante van een slang aan Adam en later ook aan Mozes was verschenen. Jezus' ziel was voorbestemd voor latere verschijningen, totdat hij uiteindelijk, in het Einde der Tijden, in een andere persoonlijkheid als de messias zou terugkeren.

Toen hij nader onderzoek deed naar joodse christenen, ontdekte Lucas dat Walter Benjamin iets had geschreven over Pico della Mirandola's mystieke afleiding van de Drie-eenheid uit *bereshit*, het eerste woord van Genesis. Toen hij die verwijzing zag, kreeg hij een vreemd gevoel: Benjamin was een mentor van zijn vader geweest, iemand die hij met de kringen van de oude man in verband bracht.

Toen de avond viel, wandelde hij weer de Oude Stad in. Er stond een menigte buitenlanders bij de deuren van het Anglicaanse hospitium en de Christian Information Service. Straatkinderen kwamen uit de schaduw om verkeerde informatie aan hen te geven of hen in een verkeerde richting te sturen. De blinde bedelaar die Mansour heette liep tussen hen door, greep buitenlanders bij hun revers, eiste baksjisj. Mansour was een legende in de stad. Hij was verblind met een priem, zeiden ze, door een Amerikaans meisje dat hij had benaderd. Veel Palestijnen geloofden dat het doorgestoken kaart was, dat de daad van het meisje een wrede les was geweest om het Palestijnse mannelijke zelfvertrouwen te ondermijnen, en dat ze ongestraft door de Israëlische regering het land uit was gestuurd. In de soek vond Lucas zijn Palestijnse kennis Charles Habib achter de tapkast van zijn café.

'Geen bier,' zei hij meteen tegen Lucas.

'Geen bier?'

'Geen bier. Respect voor de martelaren.'

'O,' zei Lucas. 'Maar jij bent gebleven. Geef me dan maar een Turkse koffie.'

'Arabische koffie,' bracht Charles hem in herinnering. 'Hoe gaat het met het schrijven? Doe je Woody Allen of de *majnoon*?'

'De majnoon.'

'Goed,' zei Charles. 'Heb ik je al verteld dat mijn nichtje uit Watertown in Massachusetts overkomt? Ze kan me de Amerikaanse manier van leven leren. Ik van mijn kant moet haar uit de moeilijkheden houden.'

'Waarom komt ze hierheen?'

'Mijn zuster wil dat ze de situatie hier ziet. Ik heb tegen haar gezegd, doe het nou niet. Het is beter dat ze er niets van weet.'

In de achterspiegel ving Lucas een glimp op van een blonde jonge vrouw. Hij had kunnen zweren dat het de vrouw was die hij ook in Haifa had gezien, in het benedictijnenklooster van Jonas Herzog. Hij draaide zich om en zag haar van achteren. Haar blonde haar viel meteen op in de avondmenigte. Zo te zien ging ze de kleine lus in de Via Dolorosa op die naar het plein voor de Heilig Grafkerk leidde. Even later meende hij dat hij Sonia ook zag. Hij dacht dat hij haar halsdoek en de lijn van haar wang herkende.

'Ik moet gaan,' zei hij abrupt tegen Charles.

Hij stond op en ging achter de droombeelden aan waarvan hij een glimp had opgevangen. In de mensenmassa buiten de kerk waren ze nergens meer te zien. Toen hij in die menigte tuurde, vermoedde hij dat de jonge boetedoenster uit Haifa en Sonia producten van zijn verbeelding waren geweest. Onwillekeurig ging hij met alle toeristen de kerk in.

Een jongeman in een zwart pak met bijbehorende das kwam meteen naar hem toe.

'Bent u bij ons voor de nachtwake?' Hij klonk als iemand uit het midden-westen van de Verenigde Staten, of misschien uit Canada.

Hij keek over de schouder van de jongeman of hij Sonia of de andere vrouw zag. Ze waren in de schaduwen en de elkaar kruisende ruimten van de kerk verdwenen. Kaarsen flakkerden en er hing een geur van wierook. Deze kerk bleef maar proberen de tiende-eeuwse mens te begoochelen.

'Misschien,' zei Lucas.

'Dan moet u hier vanaf negen uur zijn.'

'Ja,' zei Lucas, en hij liep de man voorbij. In het onwaarschijnlijke geval dat Sonia had besloten een nachtwake in de Heilig Grafkerk mee te maken, had hij het gevoel dat ze naar het dak zou gaan, waar de Ethiopiërs hun kapel hadden. Maar toen hij de trap beklom die naar de kloosters op het dak leidde, merkte hij dat de deur boven vergrendeld was.

Hij was sinds Pasen, de dag van de majnoon, niet meer in de Heilig Grafkerk geweest. Het halfduister was gevuld met buitenlandse pelgrims, en hij nam aan dat het beeld van de blonde vrouw uit Haifa een projectie van hun aanwezigheid in de stad was geweest. Of een voorteken, dacht hij. De engel van de eenzaamheid die hem naar een verdwenen huis riep. Een vreemde ommekeer. En hij had Sonia daar alleen maar gezien omdat hij haar wilde zien.

De pelgrims liepen verwonderd rond, verdrinkend in het schemerduister, in het kielzog van de ontzagwekkende gebeurtenissen waarin ze probeerden te geloven. Lucas raakte het besef van de tijd kwijt. Toen hij naar de deur ging, versperde de jongeman die hem bij zijn binnenkomst had aangesproken hem de weg.

'Ik ben bang dat de deur op slot is.'

'Wat?'

'Hij is op slot. Voor onze nachtwake.'

Lucas keek hem verbaasd aan.

'Hij blijft tot vier uur op slot,' zei de man tegen hem. Er verscheen een ziekelijke grijns op zijn smalle, onvriendelijke gelaatstrekken. 'We hebben de sleutel niet, weet u.'

Tot zijn afschuw besefte Lucas dat hij op een van de avonden was gekomen die voor de nachtelijke wake bestemd waren, nachten waarin groepen het op zich namen om in de nachtelijke uren in de kerk te blijven. Het was waar dat niemand in de kerk de sleutel had. Iedere avond werd die sleutel weggenomen door leden van een of twee daarvoor aangewezen islamitische families in de stad, die hem tot aan de dageraad bewaarden. Of er nu brand uitbrak of een overstroming kwam, ze mochten er niet uit. Hij was gekerkerd.

'Jezus christus,' zei Lucas. 'Shit!'

De jongeman deed vol afschuw en walging een stap terug. Een golf van onzichtbare verontwaardiging galmde door het halfduister.

'Misschien kunt u proberen een koster te vinden,' zei de jongeman met een zekere christelijke onderdanigheid.

Lucas ging op zoek naar het bevoegde gezag. Hij vond alleen maar verbaasde toeristen en muffe ruimten waar kaarsen flakkerden. Het was of hij probeerde de terugweg naar het hiernamaals te vinden.

Uiteindelijk stuitte Lucas op een groep knielende Palestijnen in werkkleding, omringd door een massa mechanische apparatuur. Er was een grote, vuile grijze buis die eruitzag als de schepping van een sciencefictionfilm uit Hollywood, een gigantische made uit de ruimte. Dichtbij lagen wat snijbranders en metalen balken. Maar de Arabieren waren zozeer in hun gebed verdiept dat Lucas hen niet wilde storen. Hij ging op een hoektrap bij de crypte van de heilige Helena zitten en zag zijn afschuwelijke situatie onder ogen. Dicht bij de Kapel van de Franken verzamelden de pelgrims zich voor het gebed. Ze begonnen met afgemeten stemmen te reciteren. In hun nasale, New Age-achtige, monotone stemmen klonk een afschuwelijk enthousiasme door waaraan te horen was dat ze misschien wel tot de dageraad doorgingen.

Lucas herinnerde zich de majnoon. Als hij helemaal gek werd, schoot hem te binnen, als hij ging springen en schreeuwen en krijsen, werden ze misschien zo bang dat ze hem vrijlieten. Aan de andere kant, dacht hij terwijl hij om zich heen keek, hij viel hier waarschijnlijk meer onder de jurisdictie van de kerkelijke autoriteiten van zes christendommen dan onder die van de staat Israël, in elk geval tot zonsopgang. Wangedrag kon hem op lelijke vermaningen of zware, eeuwenoude vormen van bestraffing komen te staan. Ketenen. De pijnbank.

Jezus christus. Shit.

De christenen reciteerden er lustig op los. Toen explodeerde daar plotseling een geluid zoals hij nooit eerder had gehoord. Het was net een snerpende noot van een transcendent, vals kermisorgel, alsof alle ontaarde drilboren van de hel op toeren kwamen om het universum in damp te laten opgaan.

De gierende echo's werden onvoorstelbaar versterkt door de spelonkachtige holten van de kerk, veranderden in een kakofonische klaagzang voor de geschiedenis, of misschien in een erg harde twaalftonige mis, een soort verontschuldiging voor de misdaden en dwaasheden die de religie had begaan.

Lucas stond op. Hij was zich ervan bewust dat de christenen luidkeels protesteerden, maar in dat grote heilige lawaai kon hij hun stemmen niet horen.

De Palestijnse werklieden die voor het Catholicon hadden gebeden, waren met hun gereedschap weggegaan. Toen hij de Kapel van de Franken naderde, zag hij wat er aan de hand was. De orthodoxe patriarch van de kerk had deze nacht uitgekozen om zijn stenen eigendom te reinigen. Hij trok zich niets van de nachtwakes en gebeden van die schismatici aan. De organisatoren van de nachtwake, priesterlijk uitziende buitenlanders in lekenkleren, praatten op de werklieden in, maar aan de gelukzalige glimlachjes van de Arabieren, die het stoomapparaat bedienden, was duidelijk te zien dat hun woorden vergeefs waren.

De jongeman die bij de deur had gestaan, zag Lucas en schreeuwde naar hem.

'Dat is toch niet te geloven? Ze zijn de boel met stoom aan het reinigen! Uitgerekend vannacht!'

Het kostte de twee mannen erg veel moeite om elkaar te verstaan. Ze moesten hun oren spitsen.

'Misschien,' stelde Lucas met luide stem voor, 'misschien maken ze de boel schoon voor de verkoop!'

Toen ging hij weg om een plek te zoeken waar hij kon wegkruipen.

36

Die avond zaten Janusz Zimmer en Yakov Miller, de leider van de militante kolonistenorganisatie, onder de olijfbomen in de tuin van het Huis van de Galileeër. Dov Kepler, de afvallige hasid, en Mike Glass, de hoogleraar en voetbalcoach, waren bij hen. De religieuze joden hadden hun keppeltjes afgezet om zich bij de christelijke atmosfeer van het Huis aan te passen.

Zo'n zes meter van hen vandaan zaten op stijve stoelen, zoals de stoelen waar de mannen op zaten, Linda Ericksen en een jongeman die Hal Morris heette naast elkaar. Hal zag er gladgeschoren en Noord-Amerikaans uit en was zo verlegen dat hij in het bijzijn van de mooie Linda weinig meer kon doen dan naar zijn schoenen staren.

'De rest van ons materieel kunnen we deze week verwachten,' zei Zimmer tegen zijn staf. Hij richtte vooral het woord tot rabbijn Miller. 'Alles wat we nodig hebben voor de verwijdering. Lestrade zal Otis de plattegrond geven en Otis geeft hem aan mij. Dan hebben we een aantal specialisten om het materiaal op de juiste plaatsen aan te brengen.'

'Wat gebruiken ze?' vroeg de man van de Westoever. 'Alleen uit nieuwsgierigheid?'

'Een kneedbom. Iraans fabrikaat.'

'Gaat het af?'

'Wil je het zelf zien?'

'Ik maak me zorgen over het verlies aan mensenlevens,' zei de excentrieke hasid. 'Onze soldaten zijn rond de Haram geposteerd. Het plein bij de Klaagmuur zou schade kunnen oplopen.'

'Die schade wordt tot een minimum beperkt. Aan die soldaten kunnen we niets doen. De Klaagmuur loopt geen gevaar.'

'Er zijn ook joden omgekomen door de bomaanslag op het King David,' zei Yakov Miller.

Mike Glass fronste zijn wenkbrauwen en wreef over zijn voorhoofd.

'Heel waar,' beaamde Janusz Zimmer. 'Nou, als je geen bezwaar hebt,' zei hij tegen Miller, 'zou ik graag met de jongeman willen praten die je hebt meegebracht.'

Miller riep in het Hebreeuws naar Hal Morris. De jongeman, die de taal niet zo goed beheerste, keek geschrokken op en wees met een vragend gezicht naar zichzelf. Lachend spoorde Linda hem aan om op te staan en te doen wat hem gezegd werd.

'Jij ook, Linda,' zei Janusz Zimmer. 'Komen jullie allebei eens hier.'

'Er zijn benodigdheden uit de Gazastrook op komst,' zei hij. Hij keek naar zijn medesamenzweerders en liet zijn blik het langst op Miller rusten. 'We nemen jullie nu volledig in vertrouwen,' zei hij tegen de jonge Morris en Linda. 'Linda weet dit, jij misschien nog niet. We zijn van plan de vijandelijke schrijnen op de Tempelberg te vernietigen.'

'En de Tempel te herbouwen,' zei de jonge Morris met overslaande stem. 'Dat heb ik gehoord.'

Miller keek hem aan met een trots die bijna liefde was. 'Is er al een dag bepaald?' vroeg hij Zimmer.

'Dat wilde ik ook vragen,' zei Dov Kepler, de hasid. 'Sommige dagen zijn gunstiger, zoals jullie vast wel weten.'

'De negende Av zou geschikt zijn,' zei Mike Glass. De negende Av was van oudsher een klaagdag bij de joden. Zowel de Eerste als de Tweede Tempel was op die dag verwoest.

'Ja, Tisha b'Av zou geschikt zijn,' zei Miller. 'Maar op die dag is de beveiliging tegenwoordig extra streng. Al zullen religieuze mensen aan het vasten deelnemen. Dat is een pluspunt.'

'Op zijn minst een *rosh hodesh*,' zei Kepler.

Zimmer sloeg hen alleen maar gade.

'Het is al gauw Tisha b'Av,' zei Miller. 'Zijn we er dan klaar voor?'

'Dat zou een geweldige dag zijn,' zei Kepler opgewekt.

'Geen bijzondere dagen,' zei Janusz Zimmer. 'Er is altijd kans op extra voorzorgsmaatregelen. En de mensen zijn meer geneigd om te praten.'

'Stel je voor,' zei Miller. 'Een feestdag in het hart. Misschien een nieuwe voor joden op de hele wereld. En dan voor alle mensen overal. Misschien zou er met de wederopbouw van de Tempel voorgoed een eind aan Tisha b'Av komen.'

'Het is zo opwindend,' zei Linda. 'Zo geweldig om er deel van uit te maken.'

'*Baruch hashem*,' zei de jonge Morris.

'Je zwarte soefi-vriendin moet weer naar de Strook gaan,' zei Janusz Zimmer tegen Linda. 'Ze moet daar worden gezien. Op de dag dat we de explosieven verplaatsen, ga jij daar namens de Coalitie voor Mensenrechten naartoe. Het liefst met toestemming van Ernest Gross, maar als hij het niet goed vindt, ga je toch. En jij, Morris, ben je ooit in de Gazastrook geweest?'

'Nee.' Hij kreeg een kleur. 'Is het erger dan Hebron? Dat heb ik gezien. Ik heb al vaker Arabische haat gezien.'

'Weet je wat de Israëlische Coalitie voor Mensenrechten is?' vroeg Zimmer hem.

'Het is een linkse, atheïstische organisatie,' zei de jongeman, 'van pro-Arabische joden.'

'Denk je dat je je als een veldwerker van de Coalitie kunt voordoen? Want het is de bedoeling dat je daarvoor doorgaat. Zo krijgen we je vriendin in Nuseirat,' zei hij tegen Linda. 'Zeg tegen haar dat je gezelschap nodig hebt. Je gaat Hal helpen een paar getuigen van die trieste mishandelingen van arme, onderdrukte Arabische jongeren te interviewen. Met bandjes, natuurlijk.'

'En komen er interviews?'

'Kfar Gottlieb vindt wel wat Arabieren die willen meewerken.' Zimmer wendde zich tot de jonge Hal Morris. 'Dit moet je niet vergeten. In de Coalitie noem je ze geen Arabieren. Je noemt ze Palestijnen. Net als de antisemitische en de linkse pers. Dat is de politiek correcte term.'

Morris lachte. 'Nou, ik zal eraan werken.'

Janusz Zimmer bleef hem aankijken.

'Weet je zeker dat je hierbij betrokken wilt zijn? Hoe oud ben je?'

'Twintig.'

'Je studeert?'

'Ja. In het najaar ga ik medicijnen studeren aan het Hopkins. Ik vind dat er meer artsen moeten komen. Maar ik zal zoveel mogelijk hier zijn.'

'Je bent ervan overtuigd dat dit het juiste werk voor je is?'

'De geneeskunde?'

'Niet de geneeskunde,' zei Zimmer. 'Dit. Wat we doen.'

'Hij is daarvan overtuigd,' zei Yacov Miller. 'Wat wil je van hem?'

'Het is voor mij net of ik de begintijd mag meemaken,' zei Hal Morris. 'De strijd voor de onafhankelijkheid. Niets zou me gelukkiger kunnen maken.'

'Goed,' zei Zimmer. 'Zolang je daar maar zeker van bent. Voortaan heet je Lenny Ackermann. Begrepen?'

'Lenny Ackermann,' zei Hal. 'Ja.'

'Wees er maar niet zo zeker van dat het je in vroeger tijden goed zou zijn bevallen, Lenny. De sfeer was erg links.'

Toen de begroeting voorbij was, verlieten Zimmer en Linda het terrein van het Huis van de Galileeër. Toevallig kwamen ze dokter Otis Corey Butler tegen.

'*Shalom, chaverim*,' zei dokter Butler opgewekt.

'Goedenavond, dokter Butler,' zei Janusz Zimmer.

'Ik wilde nog even iets zeggen,' zei dokter Butler. 'Ik weet niet of het belangrijk is of niet. U kent die journalist, die Amerikaan? Ik weet niet of hij joods is of niet.'

'Hij ook niet,' zei Zimmer.

'Nou, iemand heeft hem op ons spoor gezet. Hij blijkt een boek te schrijven over het Jeruzalem-syndroom, zoals hij het noemt, samen met Pinchas Obermann.'

Linda keek Zimmer een beetje geschrokken aan. Zimmer keek onbekommerd.

'Goed,' zei hij. 'Hij heeft een veelbewogen periode uitgekozen. Voor het "Jeruzalem-syndroom".'

'Ik dacht alleen dat u het zou willen weten.'

'We wisten het al,' zei Zimmer. 'Nietwaar, Linda?'

'Ja,' zei ze onzeker. 'We wisten het.'

'Als hij nog eens komt,' zei Zimmer vriendelijk, 'wilt u het ons dan laten weten?'

De volgende dag zat Pinchas Obermann in het Atara toen hij van zijn koffie opkeek en Linda Ericksen bij zich zag staan. Hoewel Obermann aan zijn gebruikelijke tafel zat, scheen ze verbaasd te zijn hem te zien. Ze gedroeg zich alsof ze volkomen door hun ontmoeting werd verrast.

'Linda, mijn liefste,' zei Pinchas. 'Ga toch zitten.'

Hij gaf een teken aan de ober, die eerst niet kwam. Uiteindelijk, toen zijn nieuwsgierigheid naar de jonge buitenlandse vrouw aan Obermanns tafel het van zijn wens om met zijn gedachten alleen te zijn had gewonnen, verwaardigde de ober zich om naar hen toe te komen en naar hun wensen te informeren. Linda bestelde koffie.

'Ik begrijp,' zei Linda, 'dat jij en Christopher Lucas een stuk schrijven over wat jullie het Jeruzalem-syndroom noemen.'

'Een boek,' zei Obermann. 'Alleen jammer dat we niet kunnen beweren dat we die term zelf hebben bedacht.'

'Ik moet je vragen,' zei Linda, 'of mijn man en ik in dat boek voorkomen.'

'Niemand wordt met naam genoemd.'

'Maar veel mensen zullen gemakkelijk herkenbaar zijn.'

'Mensen die het terrein kennen, of het thema, zullen misschien individuele personen herkennen.'

'Dat lijkt me een schending van de privacy,' zei Linda. 'Misschien is het zelfs schadelijk voor carrières.'

'Nee,' zei Pinchas Obermann.

'Wat bedoel je, nee? Natuurlijk is het dat wel.'

'Wat jij bedoelt, is dat mensen die de mensen kennen de dingen die ze al weten in druk zullen zien verschijnen. Mensen die de mensen niet kennen, zullen alleen voorbeelden zien.'

'O, kom nou,' zei ze. 'Het is hier een kleine wereld. En ook in het veld.'

'Ik zie niet,' zei Obermann, 'hoe een boek zoals ik heb beschreven verschilt van alle andere boeken over alle andere menselijke onderwerpen op de wereld.'

'Ik ken jou zo goed,' zei ze. 'Te goed om voor je retorische technieken te bezwijken.'

'Wat voor retorische technieken?'

'Kom nou, Pinchas.'

'Je man en geen van je vriendjes zullen er slecht uit naar voren komen. En jij ook niet. Dus maak je geen zorgen.'

'Gek is dat. Ik vind die woorden niet erg geruststellend.'

'Ik was degene voor wie je bij Ericksen wegging,' zei Pinchas. 'Denk je dat ik mezelf ga verlagen?'

'Echt waar, jij bent zo vreemd dat het me niet zou verbazen,' zei ze.

'Linda,' zei Obermann. 'Maak je geen zorgen. Je zult van het boek genieten. Het zal een souvenir uit je jeugd zijn. Van je zoektocht.'

'Ik heb nog nooit iemand ontmoet die zo cynisch was als jij.'

'Je zou me inmiddels toch goed genoeg moeten kennen om te weten dat ik niet cynisch ben. Misschien denk je zelfs dat ik niet gek op je was.'

Linda roerde in haar koffie. 'Ik geef nog steeds om je, Pinchas. Natuurlijk leid ik mijn leven nu met Janusz. Maar wij zijn toch geen vijanden?'

'Vijanden? Ik weet het niet. Ik schrijf geen lasterlijke boeken. Je zult zien dat je niet wordt bespot of aangevallen.'

'Maar je bent niet gek meer op me?'

Obermann keek haar aan. Ze keek met een afwachtende glimlach naar hem terug, alsof haar universele aantrekkingskracht een vaststaand feit was.

'Nee. Ik ben niet gek meer op je.'

Ze glimlachte stijfjes. 'O nee? Wat dan?'

'Niet gek meer,' zei Obermann.

'Luister, Pinchas,' zei Linda. 'Ik wil je niet in moeilijkheden brengen. Maar Janusz is een heethoofd. Hij is niet jong, maar hij is hard genoeg. Je zou voorzichtig moeten zijn.'

'Je vraagt je af wat ik weet – is dat het?'

'Ik zou niet willen dat jij en je vriend in moeilijkheden kwamen.'

'Als ik niet wist dat je zo gek op me was, Lindaleh, zou ik in de verleiding komen om deze toevallige ontmoeting een bedreiging te noemen.'

Linda lachte onaangenaam. 'Een bedreiging? Een bedreiging? Kom nou.'

'Wat mogen we niet zeggen? Wat moeten we verborgen houden?' vroeg Obermann. 'Dat de personen in het Huis van de Galileeër oplichters zijn? Dat ze onder één hoedje spelen met *Moledetniks*, en erger? Trouwens, wat heeft Janusz daarmee te maken? Of jij?'

'Misschien denken we dat je afstand neemt van de dingen waar dit land voor staat. En dat het boek dat jij en die andere man schrijven daar deel van uitmaakt.'

'Misschien denk ik dat dit land staat voor mijn recht om ergens een kop koffie te drinken zonder dat religieuze fanaten in mijn nek ademen. Zoals mensen in andere landen doen, waar godsdienst wordt uitgeoefend en persoonlijke vrijheden gewaarborgd zijn.'

'Vrijheden,' zei ze smalend.

'Dat is één ding waarvoor Israël me zou moeten behoeden – dat ik niet over theologie hoef te discussiëren met Zweden. En dan vooral jonge Zweden uit Wisconsin. En dan ook nog in de ochtend. O ja,' vroeg hij haar, 'wist je dat Vladimir Jabotinsky werk van Poe in het Hebreeuws heeft vertaald? "De put en de slinger"? Heb jij het Hebreeuwse woord voor "nimmermeer" geleerd?'

'Als je nou eens ophoudt met je eigenwijze praatjes, Pinchas, hebben we misschien een verhaal voor jou en je vriend waarmee jullie de vijanden van dit land om de oren kunnen slaan. Een zuiver werelds verhaal, verzeker ik je. Het gaat over de VN, de NGO's, wapens- en drugssmokkel. Die organisaties doen aan terrorisme en geven de schuld dan aan Israël.'

'Als het een werelds verhaal is,' zei Obermann, 'kunnen we het niet gebruiken. Trouwens, wat wil je met deze wortel- en stoktactiek? Waar ben je bang voor? Waarom bedreig je me?'

'Dit is,' zei Linda met haar tanden op elkaar, 'geen bedreiging.'

'Wat dan? Een begroeting? Hallo?'

'Tot ziens, Pinchas,' zei Linda.

37

Toen Lucas wakker werd, stond er een klein meisje in het kaarslicht van de kapel waar hij was gaan slapen. Ze had honingblond haar. Haar huid was licht en een beetje rood, alsof ze het koud had. Ze had heldere blauwe ogen en een smalle, spitse neus die rood was bij de punt. Het effect was elfachtig en niet onaantrekkelijk.

'Heb jij al die kaarsen aangestoken?' vroeg Lucas slaperig aan haar.

'Ja,' fluisterde ze. 'Is dat goed?'

'Erg mooi,' zei Lucas, en hij ging rechtop zitten. 'Wow,' zei hij, 'je hebt er een heleboel aangestoken.' Er brandden meer dan vijftig kaarsen in de kleine kapel. De rook kringelde langs het onregelmatige okergele plafond. Het bulderen van het stoomapparaat dat door zijn slaap had gegalmd, was blijkbaar opgehouden.

'Er is ooit brand geweest,' zei het meisje. 'Veel mensen zijn omgekomen. Ze stonden bij elkaar.'

Ze had een vreemd soort uniform aan. Zo droeg ze een blouse met hoge hals, drie knopen op de kraag en wijd uitstaande mouwen die tot strakke witte manchetten versmalden. Daaroverheen droeg ze een jurk die zich tot haar enkels uitstrekte, en daar weer overheen een wit schort. Op haar schouderbladen rustte een strohoed met een blauwe band en een brede rand, en die hoed was met een koord om haar hals bevestigd. In de band zat een klein boeketje lupinen en korenbloemen.

'Het vuur dat van hoog komt,' zei ze. Ze had lange, smalle boventanden. Parelwit. Haar naam, vertrouwde ze hem toe, was Diphteria Steiner. Ze was de dochter van Rudolph Steiner.

'Ja,' zei Lucas. 'Het Heilige Vuur van de Grieken. Dat ontketende paniek. Vele, vele jaren geleden. In de oude tijden.' Dat was de term die Lucas' moeder had gebruikt als ze over het verleden sprak.

'Velen zijn gestorven terwijl ze bij elkaar stonden,' herhaalde het meisje. 'En velen zijn levend verbrand. Opgestapeld bij de uitgangen.'

'Wie heeft je daarover verteld?' vroeg Lucas. Hij zag vage gestalten in de kapellen om hem heen. Hij hoorde gebeden die werden opgezegd. Toen hij op zijn horloge keek, zag hij dat het om tien uur was blijven stilstaan. Het was een Timex van dertig dollar. Hij vroeg zich af of de vrouwen die hij impulsief de kerk in was gevolgd ook voor de nachtwake waren ingesloten of daar zelfs aan deelnamen.

'Gods wil,' zei het kind. 'Gods vuur.' Er zat een heraldisch teken op de borst van haar jurk, en daarin las hij de woorden 'Schmidt' en 'Heilige Land'. 'Maar het vuur kwam niet van God.'

Blijkbaar gaf ze hem een soort raadsel op, en Lucas had het gevoel dat hij een soort moraal voor haar zou moeten vinden. Hij kon nooit goed met kinderen praten.

'We moeten altijd voorzichtig met vuur zijn,' legde hij uit. 'Zelfs in de kerk. Als we kaarsen aansteken.'

'De profeten van Baäl konden het vuur niet afroepen,' zei ze. 'Niet één is ontkomen.'

'Profeten van Baäl?' vroeg Lucas. 'Laat die profeten van Baäl maar. Wees nou maar een braaf meisje en gedraag je.'

'En dan ga ik naar de hemel als ik sterf.'

'Ja,' zei Lucas. 'Je zult sterven en dan zul je in de hemel zijn.' Hij stond op en rekte zich uit. 'Wat doe je hier? Hoor je bij een groep?'

'Het was een vals wonder,' zei het meisje. 'Is dat zo?'

'Het zijn allemaal valse wonderen,' zei Lucas. 'Nee, dat bedoel ik niet echt. Ik bedoel, we weten niet waardoor dingen gebeuren.'

'God strafte de Grieken voor het valse wonder.'

Lucas ergerde zich. 'Wie heeft je dat verteld? Dat is niet erg christelijk. Ik bedoel, het is de bedoeling dat jullie met zijn allen christenen zijn. Wij, bedoel ik. Niemand strafte iemand.'

'Is het niet goed om te straffen?'

Lucas begon te kijken of hij op een andere plaats de nachtwake kon uitzitten. Het kind was irritant en hij was doodmoe, alsof hij geen voet meer voor de andere kon zetten. Van vermoeidheid ging hij bij het rijk versierde mausoleum zitten waarnaast hij had gerust. Daarop was de afbeelding van een gebonden figuur te zien. Christus, misschien gebonden om gegeseld te worden.

Het deed hem denken aan beeldsnijwerk dat hij jaren geleden in een parochiekerk in Engeland had gezien, toen hij daar met zijn verloofde op reis was. Een gebonden duivel. Een heel gewone kleine duivel, bijna een lucifermannetje, vastgebonden en belaagd door kleine vlammetjes. Het was vreemd om zoiets op een sarcofaag te zetten, dacht hij, tenzij degene die in de sarcofaag lag naar de hel was gegaan.

Toen hij tegen de tombe leunde, bleek het kind een kop groter te zijn dan hij.

'Nou,' zei hij, en hij deed vermoeid zijn ogen dicht. 'Is het niet goed om te straffen?' Hij deed zijn best om er iets van te begrijpen. 'Ik neem aan dat je mensen moet straffen om ervoor te zorgen dat ze zich goed gedragen. Dat is de menselijke aard. Maar,' voegde hij eraan toe, 'je kunt mensen niet straffen voordat ze iets ergs doen. Pas daarna. Ik bedoel, je kunt mensen niet van tevoren straffen.'

'Niet één van de priesters van Baäl ontkwam,' zei het meisje van Schmidt.

'Het is maar een verhaal,' zei Lucas. 'Mensen konden vroeger niet zo helder denken.' Het meisje keek hem alleen maar met haar beleefde, vriendelijke, vage glimlachje aan. Ze zorgde dat ze er welopgevoed uitzag. 'In tegenstelling tot nu,' zei Lucas. 'Nu we het allemaal hebben doorgrond.'

'God wilde Mozes doden,' verklaarde Diphtheria. 'Hij wilde hem in de herberg doden.'

'Ah,' zei Lucas. 'Nee, dat wilde hij niet.'

'Maar de vrouw van Mozes sneed de baby op de juiste plaats. En met het bloed raakte ze Mozes daar aan.'

'Kom nou,' zei Lucas slaperig, 'dat leren ze je op school niet. Wat doe je hier eigenlijk?'

'Bloed en vuur,' zei het kind. 'IJs en sinaasappels voor difterie. God laat zijn vijanden sterven.'

'God laat iedereen sterven. Dat maakt hem God.'

'In de geest is de bron van alles,' zei het meisje van Schmidt. 'Dat vertelt papa ons.'

'O ja?'

'Wat wij denken, is wat zal zijn,' legde ze uit. 'In de geest is de toekomst.'

'Wat een afschuwelijk idee,' zei Lucas. 'Ik neem aan dat je lang geleden difterie hebt gehad.'

Maar ze was weg. Het duurde even voordat hij de mogelijkheid aanvaardde dat ze er niet echt was geweest. Of misschien was ze een djinn geweest. Ze was nogal kwaadaardig op hem overgekomen; het was prettig om te geloven dat ze niet bestond.

Zijn dwaaltocht leidde hem langs de ellendige kleine ark met kruis die een of andere Victoriaanse Engelsman had laten bouwen boven wat het graf van Christus zou zijn. Het bidden werd luider naarmate hij verder kwam. Door de overwelfde ingang van het franciscaner koor zag hij zes broeders voor een groep pelgrims neerknielen. Een van de broeders ging in het Frans voor in het gebed, met een accent dat misschien Spaans of Italiaans was. Lucas ging naar de Magdalena-kapel en luisterde. De gebeden voerden hem terug naar de kostschool, het gevecht met de jongen die English heette, die kwestie van het jood-zijn, zijn eigen fervente, betraande gebeden. Hij had absoluut geloofd.

Hij zag drie iconen van Maria Magdalena aan de muren en ook schilderijen in westerse stijl, allemaal kitsch, rommel. Maria Magdalena, dacht Lucas, half gehypnotiseerd door de gereciteerde gebeden in de ruimte naast hem: *Mary Moe, Jane Doe*, het meisje uit Migdal in Galilea dat een hoer werd in de grote stad. De oorspronkelijke hoer met het hart van goud. Vroeger was ze een leuk joods meisje, en ineens laat ze zich neuken door de kerels van het Tiende Legioen Fratensis, en door de pelgrims die hun offer in de Tempel hebben gebracht en nu aan een feestje toe zijn, en soms in het geniep door een priester of leviet.

Misschien was ze intelligent en geestig. In ieder geval keek ze de hele tijd uit naar de juiste man die haar uit het leven kon halen. Zoals veel hoeren was ze godsdienstig. En toen kwam Jezus Christus, de Ware Jacob in het Kwadraat. Hij kijkt met zijn verhitte, felle ogen naar haar en ze is helemaal van hem. Alles, alles zal ik voor je doen. Ik zal je voeten wassen met mijn haar. Je hoeft me niet eens te neuken.

Je vroeg je af wat ze zou denken van haar zevenvoudig portret op deze muur. Het zou grappig zijn om haar hier rond te leiden. Wat vind je ervan, meid? Vind je het mooi? Iedereen kan zich jou en de mensen om je heen herinneren. We hebben het de hele tijd over je.

En de hele tijd klonken dichtbij de gebeden.

'*Contemplez-vous, mes frères et mes soeurs, les mystères glorieux. Le premier mystère: La Résurrection de Notre Seigneur.*'

Ze moesten over de wederopstanding mediteren, *s'il vous plaît*. De rozenkrans, school, Maria Magdalena. Het deed hem aan zijn moeder denken. Die zou vast wel erg blij zijn geweest met een wederopstanding.

Ze was tamelijk jong gestorven, nog in de vijftig, aan wat voor haar een onuitsprekelijke kanker was. Ze had gehuiverd als ze erover sprak, niet omdat het dodelijk was – ze had nooit in de dood geloofd – maar omdat het borstkanker was, en haar combinatie van bijgeloof, preutsheid en ijdelheid hadden haar van dokters vandaan gehouden en haar uiteindelijk gedood. Ze was het type voor de ziekte: ongetrouwd, met maar één kind en niet veel seksuele ervaringen. Ze rookte niet, want ze was vanaf haar tienerjaren beroepszangeres geweest, maar ze had wel graag gedronken, met een voorkeur voor zeldzame cognacs en champagne, al behield ze, afgezien van haar borsten, tot het eind haar figuur.

Ze had in Europa gestudeerd, ze hield van Europese mannen, bloeide op onder hun complimenten. Haar muzikale gevoel voor ritme maakte dat ze op formaliteit gesteld was; ze hield van formele gelegenheden en hield er ook van om formaliteit ongedaan te maken, want dat maakte het juist zo leuk. Ze kon geweldig goed dansen.

Professor doctor Lucas, uit Mainz en van de Humboldt Universität in Berlijn en de Columbia University in New York, was de man voor haar. Natuurlijk was hij getrouwd. Het was verkeerd, maar ze weigerde zich zorgen te maken en ze had zo graag een kind gewild. En *voilà*, daar was dan die persoon zelf, nog steeds intact, zij het een beetje verward, in de Magdalena-kapel in het midden van de wereld. Hij was geen musicus zoals zijn moeder en ook geen geleerde zoals zijn vader. Maar hij geloofde dat hij een aantal van hun afzonderlijke eigenschappen had geërfd. Onzekerheid, ongeduld, domheid, een hang naar luxe, een drankprobleem, een kale plek.

Ik zou een gebed voor haar moeten zeggen, dacht hij. Ze had geweldig goed kunnen bidden, of ze nu dronken of nuchter was.

Ze was een vrije geest geweest, een pretmaakster vol sombere voorspellingen en grimmige gezegden die ze in tijden van stress als krachtterm gebruikte. 'Een moment van vreugde om een week te wenen.' Dat had ze een goeie gevonden. En wat volkser: 'Zing voor het ontbijt, huil voor het avondeten.'

Maar ze zei ook, blijkbaar erg tevreden over zichzelf: 'Intelligente mannen houden vaak van koken.' De professor doctor was geen kleine jongen in de keuken. Zijn vrouw kookte nooit. Soms nam hij Lucas' moeder mee naar Voisin. Soms kwam hij voor hen koken.

En nooit waren liederen zo mooi als de liederen waarmee ze hem in slaap zong, of het nu Gaelic volkswijsjes waren of *lieder* die geënt waren op *Don Carlos*. Zij tweeën, Lucas en zijn moeder, Gail Hynes, een niet onbekende mezzosopraan, liggend in het donker, zij zingend en hij in zwijm, ja in zwijm, op haar borst. En zijn enige rivaal was de professor doctor, wiens voetstappen soms op de trap klonken als hij haar met zich mee kwam lokken. En later, in de vierde klas, die slechte school en die kwestie van het jood-zijn.

Hij kon zich herinneren dat hij haar voor het laatst zag, in haar kist. Ze had er erg gelukkig uitgezien, rozig als het leven onder het kruis dat pater Herzog diende, op al dat satijn, omringd door al die bloemen in de goudkleurige jurk die de professor doctor zo mooi vond. Alsof ze was gestorven zonder één smet te hebben opgelopen, haar huid zo melkwit als die van prinses Isolde, haar fijne hoge jukbeenderen markant en met maar een vage aanduiding van het alcoholisch gezwel onder haar kin.

En dat alles om naar de begraafplaats St. Raymond te worden gebracht en begraven te worden in die afschuwelijke, gemene, zwarte grond die naar verrotting en Ierse rancune stonk, omringd door de woningen van politieagenten en schoolconciërges, naast haar ouders, Grace en Charlie, en haar alcoholische jongere broer James John. Hoe kon iemand zich de professor doctor op zo'n plaats, tussen die doden, voorstellen? Maar hij ging, nieuwsgierig gadegeslagen door de familie. Haar rijke joodse minnaar, een magnaat, een mogol, een bankier, een schatrijke zakenman. Ze richtten hun grijze ogen op hem – haar ogen, de ogen die Lucas had meegebracht om Jeruzalem te bekijken – en lachten het meelevende lachje van een overwonnen ras, en gingen daarna naar huis om over hun vernedering te klagen.

Die avond ging zijn vader, die alleen maar een zuinige hoogleraar aan de Columbia University was, met Lucas naar zijn club.

'We hebben allebei een vreselijk verlies geleden. Ik hield erg veel van haar. Ik weet niet of jij op jouw leeftijd kunt weten hoe dat was. Ze betekende meer voor mij dan ik voor mogelijk zou hebben gehouden.'

Hoeveel hield je voor mogelijk? Had Lucas willen vragen. Maar hij had alleen maar ernstig en bevestigend in de ogen van zijn vader teruggekeken.

'Ik hoop dat je genegenheid voor mij voelt. Je bent mijn zoon. Ik heb altijd van je gehouden.'

Toen had Lucas, dronken van de martini's van de club, geantwoord met de woorden waarvan hij dacht dat de gelegenheid ze vereiste.

'Ik houd ook van jou, Carl.'

Het klonk als in een film, maar dan erger. Zo beschamend en ongepast. Had de ober het gehoord? Toch was het vreemd. Zijn vader was zo zorgzaam en gedroeg zich precies zoals hij zich bij Lucas' moeder had gedragen. Maar Lucas hield van zijn vader, die bot was maar al met al ook sympathiek.

'Ik red me wel,' had Lucas gezegd. 'Ik bedoel, ik ben volwassen.' En hij dacht: als jij nu eens Claudius speelt en ik Hamlet, Carl.

De volgende keer dat ze elkaar ontmoetten, praatten ze over het werk van Shakespeare, waar Carl gek op was maar waarvan Lucas dacht dat zijn vader het niet helemaal begreep. Lucas had de geheime theorie dat de betekenis van dingen Carl soms ontging, en dat zou dan komen doordat Carl pas op latere leeftijd

Engels was gaan spreken. Carl dacht dat hij beter Engels sprak dan wie dan ook in Amerika.

'Denk je dat Claudius de hele tijd al Hamlets vader was?'

'Dat spreekt me wel aan,' zei Carl, 'en de geest uit de hel, hè? Maar Shakespeare zou het ons hebben verteld. Trouwens, vraag me dat niet, beste jongen – het is het stuk van een jongeman.'

Vreemd, dacht Lucas nu in de Heilig Grafkerk. De geest van Hamlets vader uit de hel? Het was net de slang die de bevrijding preekte in de Hof van Eden.

Lucas' vader gaf pas laat in zijn leven geleidelijk het idee op dat een homoseksuele samenzwering – met als oorspronkelijke oprichter senator Joseph McCarthy – de macht over de wereld probeerde te krijgen. Lee Harvey Oswald zou daar ook bij betrokken zijn geweest.

'Ik ga er altijd van uit dat je niet homoseksueel bent,' had zijn vader gezegd. 'Dat is toch zo?'

Lucas had hem lachend aangekeken. 'Jezus christus, als ik homo was, zou je het toch wel weten? Hé, hoe kom je erbij, Carl? Mijn platen met showmuziek? Mijn manier van lopen?'

En later had het meisje met wie Lucas sliep, een Barnard-studente die als serveerster bij Mikal werkte, hem verteld: 'Weet je dat je vader serieus probeerde me te versieren?'

'Die lul! Je moet aangifte doen.'

'Wat? Meen je dat nou?'

'Ik meen het niet,' had Lucas gezegd. 'Hij is een geweldige oude kerel. Maar je moet niet met hem naar bed gaan.'

Op de herdenkingsdienst voor Gail Hynes hadden ze een foto van haar neergezet die was ontleend aan een Town Hall-poster van twintig jaar geleden. Op die foto was ze niet alleen mooi maar ook stralend, haar blik omhoog, alsof ze het heelal in ogenschouw nam en op het punt stond de muziek daarvan te bezingen. Toen hij de foto op zijn statief aan de voorkant van de zaal zag, wist Lucas meteen hoe waardevol het moment was dat was vastgelegd. Straks zou ze in gegiechel uitbarsten. Dat gegiechel op het toneel was een probleem voor haar geweest. En op dezelfde herdenkingsdienst lieten ze haar uitvoering van *Das Lied von der Erde* horen. *Abschied*. De stervende val, haar trieste, onwillige terugtrekking uit het leven. Met echo's, als over een stil, melancholiek alpenmeer. *Abschied. Abschied.* Verrukking. Alleen de stervende Kathleen Ferrier had het beter gedaan. Carl had er nogal impulsief op gestaan dat die muziek gespeeld werd. Waarop natuurlijk alle aanwezigen hun zelfbeheersing hadden verloren. Het was tot een orgiastisch huilen gekomen. Een paar echte fans hadden zich onder de rouwenden gemengd; de mensen waren gek op haar.

Wederopstanding, dacht hij daar tussen de flakkerende kaarsen van Christus' Graf, wat zou ze zich daarover verbazen en wat zou ze het prachtig vinden. Wat zou ze het er goed afbrengen, met een formele houding en een opgetogen glimlach, in die goudkleurige jurk. Er zou niets te zien zijn van de schok die het voor haar was om opeens weer in New York te zijn. Het zou haar zo geweldig goed doen om weer te leven.

Toen hoorde hij, boven de cadans van de rozenkransgebeden uit, het galmend geluid van een grendel en de klap van hout op steen. De hoofduitgang was geopend en de nachtwake was voorbij. Hij liep naar het grauwe ochtendlicht. Dat licht viel op de stenen vloer en hij zag zuilen van rook en dwarrelend stof. In plaats van naar buiten te gaan bleef hij bij de Steen van Zalving staan en keek naar de kapellen van Calvarie.

De gelovigen wilden graag denken dat Christus daar was gekruisigd en dat Adam in Calvarie begraven was.

'Want dewijl de dood door een mens is, zo is ook de opstanding der doden door een mens... Alzo is er ook geschreven: de eerste mens Adam is geworden tot een levende ziel; de laatste Adam tot een levendmakende geest.' Het klonk een beetje als De Kuff.

Hij ging de straat op, waar de lucht fris en bedauwd was, want de kille berglucht van Jeruzalem was nog niet vervuild door uitlaatgassen. Van de Haram, een eindje verderop, kwam de oproep tot het gebed, en hij dacht, ik kom nooit uit deze krankzinnige stad weg.

Zou hij zijn gezond verstand inruilen voor geloof? Alleen in Jeruzalem. Op alle andere plaatsen kreeg het geloof je niet zover dat je op de metro stapte, in de *vaporetto*, op de IRT. Maar in Jeruzalem lag dat anders. Je kon overal lopen, er was tijd genoeg – zelfs een eeuwigheid. Als hij bleef, dacht hij, wist hij wat er zou kunnen komen. Hij was zich bewust van een zeker afglijden, een verslapping van zijn beoordelingsvermogen. Hij was de laatste tijd geneigd om over fenomenologie te mediteren, fantoomverleidingen na te jagen, met Germaanse kabouters te praten. Hij dronk ook te veel. En hij hoorde Sonia in zijn hoofd zingen: 'Als je mijn lied wilt horen, moet je met me meekomen.'

Tot de groep mensen waarin Lucas naar de vijver van Bethesda liep, behoorden junkies en krankzinnigen van alle leeftijden en nationaliteiten. De helft had de nacht in de Heilig Grafkerk doorgebracht en zou de dageraad in Bethesda doorbrengen, mediterend over de mysteries van de rozenkrans, de eigenschappen van Allah, de *sefirot*. Wat een zelfvertrouwen hadden ze allemaal! Wat een doelgerichtheid. Lucas keek met ontzag naar hen. Hij stond bij de deuren van de kerk van St.-Anna om hen voorbij te zien komen. Het licht in hun ogen was niet hun eigen licht.

Toen leek het plotseling of zijn adem uit zijn lichaam werd getrokken, weggezogen, zoals napalm de zuurstof uit mensen zou trekken. Hij wankelde van de straatkeien af en leunde tegen een deuropening bij het Klooster van de Flagellatie, bevangen door angst. Het was of hij zijn weg uit die afschuwelijke kerk niet had gevonden en ook nooit zou vinden.

Hoe? Hoe kon iemand geloven dat er een verbond was en dat er een verlossing zou komen, dat deze verdroogde halvemaan van fundamenteel verlangen en verdriet, dit onbehaaglijke compromis van een stad, Het Heilige kon worden genoemd? Het monster van een God dat deze stad had voortgebracht had moeiteloos en vol liefde de snelle vleesetende hagedis gecreëerd, de oogleden van de ochtend, de onderdompelbare, roodhete razernij van Behemoth. Zijn symbool was de krokodil.

De plaats waar hij, een afvallige dolende christen, een wandelende jood, terecht was gekomen, was vergeven van de gebeden, in de moskeeën, in de Tempel die herbouwd zou worden, in het flakkerende crackhuislicht van de kerk – allemaal mensen die ondanks al hun gepraat over genade hun bloedige, wraakzuchtige verbonden koesterden. De overheersing van het bloed en het graf. De eersten zullen de laatsten zijn, de verdorvenen zullen rechtvaardig zijn, de wraak zal universeel zijn.

Dit was het land van Onze Lieve Heer, wiens favoriete transportmiddel de wervelstorm was, en op al die zonloze, frisse ochtenden met een horizon van massieve insectenmassa's moest je gewoon wel geloven in Hem, de oude charmeur. Hij deed het natuurlijk allemaal om de minsten onder zijn toegewijde dienaren angst aan te jagen. En dan ontbrak het Hem weer aan de klasse om daarover zelfs in het diepst van hun wanhoop niet te pochen.

Maar in de onzichtbare bulderende kolos van dit land moeten we geloven in het Hogere. Gezegend zij Hij omdat hij zo dicht bij liefde en genade komt als het vervloekte universum ooit is geweest. Dat Alice in Wonderland-personage op de troon van het wezen, een kosmische psychopaat in een wervelende strijdwagen die uit vele lagen bestaat, al wat we hebben om in de wereld lief te hebben, te aanbidden, te koesteren, buiten onszelf, onze mond, onze lichaamsopeningen.

En in het land zelf moest je ook geloven. Het stond bekend om zijn uitverkiezing onder de naties, zijn harde brood en zijn strikte rechtschapenheid en de zwijgende stenen getuigen die in de woestijn stonden om daarvan kond te doen. Maar verlossing? Aanbidding? Heilig?

Niet ik, dacht Lucas. *Non serviam.*

Na een tijdje voelde hij zich een beetje beter. Hij had zijn Renault in Saladin Street geparkeerd, op het trottoir, zoals Israëliërs deden. Toen hij een meter of zo van de auto vandaan was, zag hij dat zijn achterruit was ingeslagen en dat de verf eromheen bobbelig en zwart uitgeslagen was. Iemand had die ruit in de loop van de nacht ingeslagen, misschien vanwege het gele nummerbord, misschien omdat iemand hem had zien parkeren en iets met hem te maken wilde hebben.

'Verdomme,' zei Lucas. Hij keek om, maar er was niemand te zien. 'Diphtheria, kleine rat.' Diphtheria Steiner, Diphtheria uit het Heilige Land, een kleine nazi-djinn.

'Diphtheria, jij klein duivels snoesje, jij gemeen klein kreng,' zei hij tegen de lucht. 'Je hebt mijn autoruit ingeslagen!'

38

‘Wist je van de Black Panthers?’ vroeg Linda toen ze de controlepost Beit Hanoun voorbij waren.

‘In de tijd van de Panthers was ik nog een kind,’ zei Sonia.

‘Maar had je geen bewondering voor ze?’

Sonia vond het helemaal geen prettig idee dat ze met Linda Ericksen in de Gazastrook was, gebonden aan haar eigen belofte dat ze voor veilig vervoer zou zorgen.

‘De Panthers waren niet één ding, Linda. Het was niet zoiets als de CP of de CIA. Het waren jongens van de straat. De een was soms heel anders dan de ander. De afdelingen hadden allemaal hun eigen gewoonten. Vaak waren ze geïnfiltreerd. Ze hadden te lijden van manipulatie en bedrog. Maar ja,’ zei ze, en ze begon te glimlachen, ‘ik had toen bewondering voor ze. Ze waren mooi. Sommigen van hen waren erg slecht.’

‘Je bedoelt sléééécht,’ zei Linda vrolijk.

‘Ja, dat bedoel ik,’ zei Sonia, ‘maar ik bedoel ook gewoon slecht. Als je ooit dat bandje hebt gehoord waarop ze Alex Rackley in New Haven martelen, denk ik niet dat je het prettig vond.’

‘Maar je kunt toch geen verklikkers hebben? In de strijd tegen infiltratie zijn zulke dingen toch onontkoombaar?’

De vorige dag had Linda verteld dat enkele leden van Abu Baraka’s speciale eenheid bereid waren om te praten en was haar gevraagd een ontmoeting te regelen. Sonia had Ernest Gross gebeld, die naar een congres was, en ook Lucas, die niet thuis was; ze had alleen antwoordapparaten aan de lijn gekregen. Maar het vooruitzicht dat Abu Baraka’s mannen een verklaring zouden afleggen, was het risico wel waard, en ze kon moeilijk een onschuldige buitenstaander als Linda daarheen laten gaan om hun verklaring aan te horen. Maar nu ze langs de smeulende afvalbergen van Jabalia reden, had ze spijt.

'Ik zou zulke beslissingen niet kunnen nemen. Daarom ben ik geen revolutionair.'

'Ik dacht dat je dicht bij de communisten stond.'

'O ja? Wie heeft je dat verteld?'

'Dat weet ik niet meer,' zei Linda, verschuivend op haar plaats. 'Ik weet het niet. Ik dacht het maar.'

'Ja,' zei Sonia. 'Zo ben ik geboren.'

Sonia ging langzamer rijden om een stel kinderen de straat te laten oversteken. Ze dacht aan haar voorgeschiedenis als baby met rode luier en herinnerde zich plotseling een van de verhalen van haar moeder. Bij die gedachte glimlachte ze onwillekeurig naar de strak en nieuwsgierig kijkende kinderen. Op de avond waarop de Rosenbergs werden geëxecuteerd, had haar moeder Sonia's oudere zus Fran in haar kinderwagen naar Union Square gebracht. Ze waren daar nog maar net aangekomen toen de politie het geluidssysteem van de demonstratie had afgezet. Er was tumult uitgebroken, de politie had de menigte naar de zuilen van Fifteenth Street teruggedrongen, en Helen, haar moeder, had Fran opgepakt en was met haar naar Fourteenth Street gerend. De kinderwagen was door de opdringende menigte voortgeduwd, als over de trappen van Odessa, zoals Fran altijd zei. En dat was het laatste wat ze van de kinderwagen hadden gezien – een wagen van vijftig dollar van Macy. Ongetwijfeld had een of andere dakloze uit de Bowery zich de wagen toegeëigend om er zijn statiegeldflessen in te verzamelen. Verder herinnerde ze zich dat ze uit de eerste klas naar huis kwam en haar ouders ruzie hoorde maken over de geheime toespraak van Chroesjtsjov van een paar jaar eerder.

Toen het laatste kind was overgestoken, zette ze de Land Rover weer in beweging. Om een of andere reden hadden de VN-insignes niet de gebruikelijke magische uitwerking. Alle mensen die voorbijkwamen, zelfs de kinderen, leken gespannen en vijandig.

'En je bent in Cuba geweest,' zei Linda.

'Ja.'

'Hebben ze je niet naar Afrika gestuurd? Probeerden ze geen gebruik te maken van je... achtergronden?'

'Hoe bedoel je?'

'O, ik weet het niet. Zeg, ik wil je niet aan een kruisverhoor onderwerpen. Ik vind alles wat je hebt gedaan geweldig.'

'Wat heb ik bijvoorbeeld gedaan?'

Linda lachte weer. 'Ik heb de indruk dat je je hele leven voor mensen hebt gewerkt. En dat doe je nog steeds.'

'Mensen,' herhaalde Sonia. 'Het volk. Maar ik doe het niet meer, Linda. Ik probeer nu gewoon mijn eigen hoofd helder te houden.' Ze tuurde in de verte of ze een concentratie van rook zag, want die zou op een opstootje kunnen wijzen. De auto was deze keer uitgerust met een radio, en ze nam contact op met het VN-hoofdkwartier in Gaza-stad om informatie over het verkeer en eventuele rellen te krijgen. De officier van dienst was een Canadees en ze herkende zijn stem niet.

'Ik ben op weg naar Nuseirat,' zei Sonia tegen hem. 'Ik heb mevrouw Ericksen van de Israëlische Coalitie voor Mensenrechten bij me. Ze heeft de Amerikaanse nationaliteit. Hoe is het met mijn route?'

'Er kunnen zich een paar problemen voordoen. Voorlopig nog niets op jouw route. Je krijgt een controlepost op de binnenlandse weg. Meld je als je langs Deir el-Balah komt. Wie ben je eigenlijk?'

'Ik ben Sonia Barnes, Amerikaanse nationaliteit. Ik ben communist.'

Zowel de Canadese officier als Linda moesten daarom lachen. De Canadees scheen het minder grappig te vinden dan Linda. 'Hè?' vroeg hij.

'Ik hoop dat je weet wat je doet,' zei Sonia tegen Linda. 'Ik heb deze auto aan mensen te danken. Ik zou het erg vinden als ze hierdoor in moeilijkheden komen.'

'Het is allemaal geregeld,' zei Linda.

'Ik moet je wel zeggen dat ik het jammer vind dat Ernest de stad uit was.'

'Het is een unieke gelegenheid,' zei Linda. 'Onze informant zei dat hij foto's had en noem maar op. Ik heb een videocamera meegebracht.'

'Weet je,' zei Sonia, 'ik ben de laatste tijd niet erg actief aan deze kant van de dingen geweest. Ik heb vrienden geholpen.'

'Ja, die meneer De Kuff die er zo geweldig uitziet. Hij lijkt zo spiritueel. Dat moet wel inspirerend zijn.'

Sonia wierp een snelle blik op haar passagier. Linda glimlachte zo enthousiast – het leek wel of ze de gasbetonnen krotten en de vuile canvas flappen niet zag, of de vieze rook en de stank van de latrines niet tot haar doordrongen.

'Als je naar de nederzettingen bent geweest, moet je hier al eerder langs zijn gekomen,' zei Sonia.

'Nee,' zei Linda. 'We gingen langs het strand.'

'O ja? Gingen jullie zwemmen?'

'Ja, dat was geweldig,' zei Linda.

'Waar was dat?'

'O, dat weet ik niet,' zei Linda. 'Een van de nederzettingen. Ergens aan de kust.'

'Stonk het niet?'

'Wat, het water? Het strand?' Ze stak haar spitse kin naar voren en drukte haar lippen op elkaar. 'Nee, het was geweldig.'

'Kreeg je niet het gevoel dat de man die zich Abu Baraka noemt misschien uit een van die nederzettingen afkomstig is?'

Linda keek geschrokken. 'Absoluut niet,' zei ze. 'De kolonisten hebben zelfs een goede verstandhouding met de plaatselijke bevolking.'

'Heeft een van de kolonisten dat tegen je gezegd?'

'Eh, ja. Maar ik zag geen reden om daaraan te twijfelen.'

'Je zult waarschijnlijk merken,' legde Sonia uit, 'dat als de kolonisten zeggen dat ze een goede verstandhouding met de plaatselijke bevolking hebben ze die bevolking terroriseren. "Een goede verstandhouding" betekent dat de Palestijnen weten wie de baas is.'

'Nou,' zei Linda, 'de plaatselijke mensen stelen soms.'

'Ik had daar niet aan gedacht,' zei Sonia. 'Je hebt vast wel gelijk. Natuurlijk.'

Om redenen die Sonia zich niet goed kon herinneren had kamp Argentina de reputatie erg streng bewaakt te worden. Er waren controleposten van het Israëlische leger en het was omgeven met mitrailleurstellingen die van scheermesprikkeldraad en zoeklichten waren voorzien. Voorzover Sonia kon zien, bestond het kamp uit dezelfde grijze hutten en rommelige, hobbelige wegen als de andere kampen. Er was een hoofdingang met Israëlische soldaten die een schildwachthokje bemanden, en de weg naar het kamp ging over in een spiraal van zandzakken. Een paar burgers in kaki tropenkleding keken toe terwijl de soldaten de VN-wagen opdracht gaven te stoppen.

De soldaat die hen aanhield, keek in de papieren van Sonia en Linda. Toen hij die van Linda zag, riep hij uit: 'Coalitie voor Mensenrechten!' Een van de burgers kwam naar hen toe en keek naar Linda's legitimatiebewijs, toen naar haar paspoort en toen naar haarzelf.

'Dat schijnt een Israëlische organisatie te zijn,' zei hij.

Ze haalde charmant haar schouders op.

'U moet een afspraak hebben om hier te komen,' zei de man. 'We zijn niet voorbereid op verrassingsbezoeken.'

'Ik dacht dat we een afspraak hadden.'

'We hebben geen probleem met de Coalitie voor Mensenrechten. Als er een afspraak is, houden we ons daaraan. Maar vandaag is er geen afspraak.'

'Wat stelt u voor dat we doen?' vroeg Linda.

'Ik stel voor dat u teruggaat en een afspraak maakt. Daarna kunt u komen.'

Met een glimlach die niet voor zijn sarcasme onderdeed zette Sonia de auto in zijn achteruit, terwijl de soldaten rustig toekeken. Een eindje verderop kwam een jongeman in een wit overhemd naar het prikkeldraad en zwaaide naar hen. Zo te zien wees hij naar een afslag.

'O, goed,' zei Linda opgewekt. 'Hij laat ons erin.'

'Linda,' zei Sonia. 'Die man was van de Shabak. Of iets van hetzelfde gewicht. Hij maakte geen geintjes. Je moet geen spelletjes met ze spelen.'

Maar de jongeman in het witte overhemd wees inderdaad naar een afslag die naar een ingang leidde waar zandzakken waren weggehaald. Hij maakte een hek open. Sonia bracht de auto tot stilstand.

'Christus,' zei ze. 'Dit bevalt me niet. Er is iets vreemds aan de hand. Weet je,' zei ze tegen Linda, 'laten we gewoon teruggaan.'

Maar Linda was een en al hartstochtelijke intensiteit. 'Nee, nee. Kijk, die jongen laat ons binnen.'

'Dat zie ik,' zei Sonia. 'Maar het bevalt me niet. Ik ben geen grote fan van het Israëlische leger, maar ik wil wel graag dat ze weten wat ik doe. Ik heb geen zin om naar binnen te glippen.'

'Het is geregeld,' drong Linda aan. 'Wij hebben het geregeld.'

Linda, die op haar lip beet, was niet overtuigend als regelaar.

'Jullie hebben het geregeld? Jullie hebben het geregeld zonder het tegen de contactpersonen in het leger te zeggen?'

'Ja,' zei Linda, die zich blijkbaar aan het idee vastklampte. 'Dat was juist de opzet.'

Een soldaat in een wachttoren keek door een verrekijker naar hen. Hij schreeuwde iets in het Hebreeuws door een megafoon. Uit een moskee niet ver van hen vandaan klonk de oproep tot het gebed. De jongeman in het witte overhemd zwaaide naar de soldaat in de wachttoren en trok het hek van balken en gaas opzij. Sonia reed de VN-wagen tot net voorbij het hek en de jongeman sloot het. Ze probeerde zich te herinneren wat ze over kamp Argentina had gehoord.

'Hij is een Amerikaan, net als wij,' zei de jongeman tegen Linda. Hij had het blijkbaar over de soldaat in de wachttoren. 'Hij helpt ons een beetje. Kom, vlug.'

Ze lieten de auto achter en de man leidde hen door het kamp. Dit alles beviel Sonia steeds minder. De straatjes leken voor het merendeel een beetje vuiler dan die in andere kampen in de Gazastrook, al had hier en daar een ondernemend persoon zijn krot in zoiets als een bungalow veranderd. De gebouwen waren niet van het standaardmodel dat in 1948 door de VN ter beschikking was gesteld, en enkele hadden televisieantennes. Er was dus elektriciteit in het kamp, waarschijnlijk van een generator. Het kamp leek tegelijk vuiler en beter voorzien dan de andere kampen die Sonia had gezien. Op het strand had Linda de stank niet geroken, maar hier wel. Ze trok haar neus op.

De man, die blijkbaar ieder oogcontact wilde vermijden, nam hen mee naar een pleintje waar een stel jongeren, nors en gedrogeerd, met onverschillige haat naar hen keken. Genarcotiseerde haat zag er altijd bijzonder uit, vond Sonia. Onpersoonlijk, bijna abstract, zelfs filosofisch. Die haat kwam minder dreigend over op degenen die de taak hadden zulke haatgevoelens in bedwang te houden, en vaak gaven ze er de voorkeur aan. Daar stond tegenover dat de haat zich vaak leek uit te strekken van de doffe ogen van de haters tot in dimensies die ver buiten de directe context reikten, tot in de zeven sferen, van de hoek van Perdido Street tot de bodem van de zee. Oneindig onverzoenlijk, want met dode zielen viel niet te redeneren. Dat was het wezen van de hel.

Het kamp had een school met een plaquette van het Israëlische ministerie van Onderwijs. Zo te zien was hij dicht, maar sinds het begin van de intifada waren de meeste staatsscholen gesloten. Er was ook een klein gezondheidscentrum. Sonia en Linda volgden de jongeman naar binnen.

In het centrum was zo te zien ook niemand aanwezig, al was de apparatuur schoon en blinkend en was de opvangruimte netjes. Er waren metalen stoelen en een tafel met een niervormige aluminium emmer. Naast de stoel stond een bed met een schoon groen laken. Aan de muur tegenover het bed hing een ingelijste tekening van een gestileerd bedoeïenenkamp die eruitzag alsof hij uit een Amerikaanse kinderbijbel was gehaald.

Tegen een van de muren stapelden kartonnen dozen zich op tot aan het plafond. Elke doos had een etiket met een vermelding van de inhoud in een Scandinavische taal. Sonia raakte de stapel aan en besefte dat de dozen allemaal leeg waren.

'Wie heeft de leiding van de medische post?' vroeg ze.

'Nou, vroeger wij,' zei Linda. 'Ik bedoel, het Huis van de Galileeër. Nu maakt dit alles deel uit van het kamp.'

De jongeman, die lang en roodharig was en nogal nerveus overkwam, stelde zich aan Sonia voor als Lenny. Blijkbaar was hij Noord-Amerikaan.

'Waarvoor zei je dat je werkt?' vroeg Sonia hem.

'Mensenrechten,' zei Lenny. 'Middle East Watch.'

Hij bleef haar ogen ontwijken. Dat betekende meestal iets, had Sonia in de loop van de tijd geleerd, al was vaak moeilijk uit te maken wat het was. Verlegenheid, morbide overgevoeligheid en moorddadig racisme – het kon allemaal dezelfde verschijningsvorm aannemen. Maar ze geloofde geen moment dat hij iets met Middle East Watch te maken had.

Hij zei dat hij uit Californië kwam. Hij vertelde iets over Long Beach. Al met al kwam hij over als iemand die met anderen samen een taak te verrichten had en net genoeg goodwill had om dat voor elkaar te krijgen. Sonia was te gespannen om te luisteren. Ze vond het allemaal erg verontrustend. Lenny scheen trouwens gek op Linda te zijn, en zij op hem.

'Lenny werkt in Tel Aviv met ons samen,' legde Linda uit.

'Dat is geweldig,' zei Sonia. Ze ging naar de deur en keek naar het pleintje. De versufte jonge Palestijnen keken vanuit hun ooghoeken terug. Het was een buitengewoon armoedige, demoraliserende plaats, ondanks die generator.

'Zei je dat je een videocamera had meegebracht?' vroeg ze aan Linda.

'Ja. Hij ligt in de auto. Ik ga hem halen.'

'Onze auto's worden ook getroffen,' zei Sonia. 'En dat parkeerterrein is onbeschermd.'

'Laat mij maar,' haastte Lenny zich te zeggen. 'Ik ga.'

'Ik haal hem wel,' zei Sonia. 'Ik heb ook iets van mezelf nodig.'

Voordat ze haar konden tegenhouden, liep ze vlug naar buiten en ging ze door het straatje dat naar het hek leidde. In een van de krotten keek iemand naar CNN. Ze hoorde de stem van Bernard Shaw.

Er liepen al een paar kinderen om de auto heen toen Sonia daar aankwam. Linda's videocamera lag duidelijk zichtbaar op de voorbank. Sonia stapte in en probeerde het UNRWA-hoofdkwartier in Zaitun, in het centrum van Gaza-stad, te bereiken. Ze kreeg de Roos van Saskatoon.

'Roos! Met Sonia B.'

'Hé, Sonia!'

'Ik spreek je op 311 MH.'

Het was in strijd met de voorschriften om op de militaire frequentie van de vredesmacht over te schakelen. Bovendien werd die frequentie afgeluisterd door het Israëlische leger. Maar er was een kans dat ze hierdoor een beetje tijd won en een heilzame verwarring in de hand werkte.

'Dit is UNRWA op 311 MH,' zei de stem van de Roos.

Onmiddellijk begon een officier van de vredesmacht te zeuren dat ze op een gelimiteerde frequentie zaten.

'Roos,' zei Sonia, 'we zijn in kamp Argentina. Kun je hierheen komen?'

'Nee,' zei de Roos. 'Ik ben hier helemaal alleen.' Er volgde een korte stilte. 'Misschien toch wel. Wacht.'

Sonia haalde diep adem en stelde de moeilijke grote vraag. 'Was het de bedoeling dat iemand vandaag verklaringen over Abu Baraka zou afnemen? De mishandeling van jongeren door de veiligheidstroepen? Een soort ontmoeting in kamp Argentina, georganiseerd door de Israëlische Coalitie voor Mensenrechten?'

'Daar weet ik niets van. Dat kun je beter aan Ernest vragen.'

'Ernest is het land uit, Roos.'

'Je bent toch niet echt in kamp Argentina?'

'Nou,' zei Sonia. 'Aan de rand.'

'Het is daar niet leuk,' zei de Roos. 'Vies. Stinkend. En ze laten niemand binnen.'

'Ik mankeer niets,' zei Sonia. 'Ik moet hier wachten op Abu. Of zoiets.'

'Er klopt iets niet, Sonia. Blijf uit kamp Argentina vandaan.'

'Nou, ik ben hier met een zekere Linda Ericksen.'

'Een Zweedse?'

'Nee, ze is Amerikaanse. Het is de bedoeling dat ze een interview met Abu regelt.'

'Die verrekte herrie. Waar ben je?'

'Nou, ik ben ongeveer aan de zeekant van de grote ingang. Bij een hek aan de zijkant. Ik denk dat het net buiten Nuseirat is.'

'O,' zei de Roos. 'Dat verrekte Nuseirat.'

'Is er iets mis?'

'Hou vol,' zei de Roos. 'Ik kom zo gauw ik kan.'

39

Toen Sonia met Linda's camcorder in de medische post terugkwam, stonden drie terneergeslagen Palestijnen op een rij in de spreekkamer. Een glimlachende man met brede schouders, een woeste snor en een goedkope zonnebril, was bij hen.

'Deze mannen zijn geslagen,' zei de man met de woeste snor opgewekt. 'Ik heet Saladin. Ik sla ze.'

De geslagen Palestijnen zagen er haveloos en angstig uit, zonder enige waardigheid. Het leek wel of ze met hun tenen naar iets onzichtbaars op de vloer porden. Een van hen droeg een bruine legertrui, vele malen gestopt en vol gaten. Het stopwerk was oud en rafelig en zag eruit alsof iemand ooit de moeite had genomen zijn truien te herstellen maar het later gewoon had opgegeven. Hij plukte eraan alsof hij naar ongedierte zocht, of greep de mouwen vast om het ding wat warmer om zich heen te trekken. De tweede junkie scheen nog nauwelijks bij bewustzijn te zijn, alsof hij ieder moment in elkaar kon zakken. De derde had een slap grijnslachje. Hoewel het warm was, droegen ze kleding met lange mouwen. De man met de trui had een lelijk abces op de rug van zijn hand.

Jezus, dacht Sonia, dat zijn ook junkies.

'Wat een coup!' zei Linda. Ze was het allemaal aan het filmen.

'Geweldig,' zei Lenny.

'Wanneer komen ze naar de stad?' vroeg Sonia. 'Want ik weet dat Chris Lucas met ze zal willen praten. Dit is in zekere zin zijn verhaal. En er komt waarschijnlijk ook televisie, nietwaar? Want de regering heeft dit ontkend.'

'O, we krijgen ze nooit naar de stad,' zei Linda.

'Nooit,' voegde Lenny eraan toe.

'Ja,' zei Linda. 'We moeten het hiermee doen.'

'Hiermee?' zei Sonia. 'Is dit alles wat de Coalitie nodig heeft? Dat kan niet.'

'Ik ben Saladin,' herhaalde de ruige oude snor. 'Ik sla ze.'

'Deze man zat bij de grenspolitie,' legde Lenny uit. 'Hij is een Circassiër van de berg Carmel.'

'Ik dacht dat je hier alleen maar heen ging om formele regelingen voor interviews te treffen,' zei Sonia, die haar best deed om kalm te blijven. 'Bedoel je dat dit alles is?'

'Nou,' zei Linda, 'dit levert ons iets op voor een gezamenlijke verklaring. De Coalitie voor Mensenrechten en UNRWA en zelfs Amnesty International.'

'Nee, dat is niet zo,' zei Sonia. 'Het is niets.'

'Chris kan ze later interviewen, als hij wil,' zei Linda. 'Ik denk niet dat we ze vandaag terug kunnen brengen.'

Waarschijnlijk, dacht Sonia, wisten ze allebei heel goed dat Lucas het verhaal over de Gazastrook had laten vallen. Waarschijnlijk, dacht ze, had ze hem eerder in vertrouwen moeten nemen. Maar er waren persoonlijke overwegingen geweest, en ze had niet voor verklikker willen spelen.

'Nou, Helen Henderson komt,' zei Sonia. 'Als getuige. We moeten op haar wachten.' Ze keek door de opening van de voordeur en zag de bleke, vuile gezichten van kinderen die zonder enige angst naar hen keken. 'Ik dacht dat je alleen maar vrijwilligster was, Linda. Ik dacht dat je dingen uittypte voor de Coalitie of zoiets.'

'Nou,' zei Linda opgewekt, 'dit is mijn grote kans.' Een beetje te opgewekt, vond Sonia. Met te veel kracht en venijn. Iets nam zijn loop, zoals het lied zei. Maar ze had geen flauw idee wat dat was.

'Sinds wanneer zijn er UNRWA-mensen bij betrokken?' vroeg Lenny aan Linda.

'Ze zijn er niet bij betrokken,' zei Linda. 'Zij moet ze hebben gebeld.'

'Heb jij ze gebeld?' vroeg Lenny aan Sonia.

'Eh, ja. Ik dacht dat we getuigen nodig hadden.'

'Jij bent een getuige,' zei Lenny. 'Linda en ik zijn getuigen.'

Saladin, de Circassiër uit Carmel, salueerde en dirigeerde de drie junkies/klagers het plein op. De kinderen gingen in een rij staan om hen te laten passeren. Het was een semi-militaire optocht, een parade.

'We moeten naar de auto gaan,' zei Sonia.

'Ja,' zei Linda. 'Wij verwachten ook iemand.'

Lenny ging achter hen aan. Hij droeg een kartonnen doos met een houten handgreep. Ze kwamen op tijd bij de auto om twee kinderen te betrappen die de deuren probeerden te openen. De kinderen liepen niet eens erg haastig weg.

De soldaat in de wachttoren maakte gebaren naar hen en wees op zijn horloge. Lenny stak zijn beide duimen omhoog en begon het hek weer open te trekken. Linda hielp hem. Toen ging Lenny met zijn doos op de achterbank zitten. Ze reden de VN-wagen de weg op en parkeerden hem.

Even later verscheen er een zware VN-truck, bestuurd door een lange soldaat met een donkere huid en kroeshaar onder zijn blauwe baret.

'Zijn jullie mijn mensen?' vroeg hij. 'Jullie hebben iets voor me?'

Het bleek dat ze dat inderdaad hadden, en wel Lenny's doos. De soldaat liet zijn motor draaien maar kwam uit de cabine. Hij keek Sonia met een stralende glimlach aan. Misschien was dat de reden waarom ze hem hielp de doos van de achterbank te halen. Hij was erg zwaar.

'Waar kom je vandaan?' vroeg de soldaat. 'Jij bent niet van hier, hè? Je bent geen Ethiopisch meisje?'

'Amerikaans,' zei Sonia terwijl ze hem de doos gaf.

'Meen je dat nou? Niet te geloven.'

'En jij?' vroeg ze hem.

'Ik ben Fijiër. Ver van huis.'

Aan de rand van de weg prutste Linda aan de camera. Sonia kon niet nagaan of ze hen filmde.

'Wat denk je van die vrouw die daar een foto van je aan het maken is?' vroeg Sonia aan de Fijiër.

'Dat zit wel goed, denk ik. Ze heeft het al eerder gedaan. Hé, ik wist dat je uit Canada of de Verenigde Staten kwam. Waar woon je?'

'In Jeruzalem,' zei ze.

'Kom morgen naar Tel Aviv. Een feestje. We hebben jongens

uit Fiji. En Canadezen. En noem maar op.'

Hij bleek John Lautoka te heten, en hij was geen Indo-Fijiër maar een Micronesiër, en hij was tamelijk knap.

De wachter op de toren sprak hen nu door zijn megafoon toe. Zo te horen werd hij ongeduldig.

'Ik denk dat hij tegen ons zegt dat we moeten oprotten,' zei Sonia.

'Ja,' zei Lenny. 'Laten we dat doen.'

Toen ze bij de rand van Nuseirat waren, hoorden ze de versterkte stemmen van muezzins.

'Ik wil niet vervelend zijn,' zei ze, 'maar wat zat er in die doos?'

'O,' zei Linda luchtig. 'Materiaal voor Ernest. Banden, video's. Papier.'

Toen ze de omheining van kamp Argentina voorbij waren, kwam een Laredo met de witte letters VN op de zijkanten hen met grote snelheid voorbij om bij het hek te keren. Het waren de Roos en Nuala. De Roos stapte uit. Ze had die bumpersticker met KIJK MIJN REET nog op haar jeep, maar haar kleding was zediger. Nuala stapte aan de andere kant uit.

Nuala en de Roos keken Linda even aan. Ze hadden elkaar al eerder gezien.

'Ik ben Lenny,' zei Lenny.

'Waarvoor wilde je naar kamp Argentina gaan, Linda?' De Roos stelde haar vraag op een tamelijk vriendelijke, opgewekte en behulpzame Canadese manier, maar de hele woordenwisseling kreeg meteen iets beschuldigends.

'Nou, ik werk voor de Israëlische Coalitie voor Mensenrechten,' zei Linda. 'En er zijn mannen in dat kamp die beweren dat ze geslagen zijn. En dus hebben we een bandje gemaakt.'

'Niet daarbinnen.' Nuala slenterde naar haar toe. 'Ernest zou je nooit daar naar binnen sturen. Ben jij niet een van die Amerikaanse predikers?' Ze keek Lenny aan. 'Wie ben jij, vriend? Wat heb jij met kamp Argentina te maken?'

Het was vreemd, vond Sonia, dat Nuala Lenny niet kende, als hij een van hun contactpersonen was.

'Wie heeft je gezegd dat je hier iets moest ophalen?' vroeg Nuala aan de Fijische chauffeur, John Lautoka, die aan zijn tanden aan het peuteren was en de structurele dynamiek van de Roos en Nuala met elkaar vergeleek.

'Er is me gezegd wat me gezegd is,' zei de man.

Er ontstonden drie gedempte gesprekken. Terwijl Nuala haar vragen aan Lautoka stelde, nam Sonia de Roos apart. Lenny en Linda stonden midden op de weg naar links en rechts te kijken en pleegden hun eigen overleg.

In de wachttoren floot de soldaat die een Amerikaan zou zijn tussen zijn tanden door, en hij wees naar zijn pols om te kennen te geven dat de tijd drong. Lenny maakte een geërgerd gebaar in zijn richting. De soldaat schreeuwde iets.

'Weet je wat voor plaats dit is, Sonia?' vroeg de Roos. 'Dit kamp Argentina? Hier hebben ze hun verklikkers. Niemand daarbinnen zal met een journalist of een mensenrechtenwerker praten.'

'Ze heeft die kerels gefilmd,' zei Sonia. 'Ik dacht dat we een soort eerste contact legden. Ze zei tegen me dat Ernest haar had gestuurd. En Len had een vriend in die wachttoren.'

'Dat is ook gelul,' zei de Roos. 'Het is heel erg onwaarschijnlijk. Ik had je dit niet willen vertellen,' zei ze, 'maar Nuala smokkelt drugs naar Tel Aviv. In ruil daarvoor krijgen ze wapens.'

'Dat weet ik,' zei Sonia. 'En ik denk dat de Shabak het ook weet.'

'Ze doen het al jaren,' zei de Roos tegen haar. 'De Shabak speelt de ene factie tegen de andere uit. Degenen waarvan de Shabak op een bepaald moment denkt dat ze van nut kunnen zijn, kunnen wapens en geld krijgen. Maar om te voorkomen dat de Amerikanen erachter komen, werken ze via drugshandelaren als Stanley. Het Israëlische leger heeft opdracht zich er niet mee te bemoeien.'

'Ik neem aan dat ze allebei denken dat ze geweldig goede zaken doen.'

'Iedereen weet ervan. Behalve wij. De UNRWA. En zelfs wij weten het, als je begrijpt wat ik bedoel. De Amerikanen weten het waarschijnlijk ook. De Shabak gebruikte Hamas op dezelfde manier. Om de Moslimbroederschap dwars te zitten. Totdat ze daardoor zelf in grote problemen kwamen.'

'Welke rol speelt Linda?' vroeg Sonia.

'Dat is niet helemaal duidelijk. Het is allemaal uitgewerkt door de communistische factie van de PLO en de leiding van de Shabak. Nuala en Rashid opereren aan de ene kant. De Israëlische Coalitie voor Mensenrechten zou zich nooit met zoiets inlaten.'

'Misschien laten ze de communisten vallen?'

'Ik weet het niet, Sonia. Het zit me helemaal niet lekker.'

Sonia zag zwarte rook van de krotten in Bureij opstijgen. Brandend rubber.

Ze hoorden versterkte stemmen van de moskeeën, hoewel het niet de tijd van het gebed was. Die stemmen klonken woedend, bijna hysterisch, oude stemmen, schel en verwrongen. Uit de haveloze wijken van kamp Argentina steeg een pathetisch gejammer van angst op – de angst van volwassen jongemannen die hun vechtlust hadden verloren, hun arrogante ijdelheid, hun gespeelde zelfvertrouwen, hun zelfrespect en ten slotte zelfs hun volwassenheid – als een groezelig gebed boven het vuil en de stank van hun woonomgeving. De Israëlische soldaten die op wacht stonden, schreeuwden hen spottend woorden van troost toe. Iedereen keek naar de rook.

Nuala was John Lautoka aan het ondervragen.

'Je zou het in de stad oppikken,' zei ze. 'Wie heeft je gezegd dat je dat hier moest doen? Was het Walid?' Walid was de naam die een van hun mensen gebruikte, al was hij een Israëliër en geen Palestijn.

'Nee. Een Israëlische soldaat die ik nooit eerder heb gezien. Maar hij gebruikte de juiste codes.'

In zijn wachttoren floot de soldaat weer en wees naar de horizon.

'Ik moet gaan,' zei Lenny tegen Linda. 'Kun je je met hen redden?'

'Het komt wel goed,' zei Linda. 'Maar waar ga je heen, Lenny?'

'Kfar Gottlieb. Ik krijg wel een lift uit het kamp met de volgende legerjeep,' zei Lenny. 'Ik heb genoeg van die mensen.'

'Je zou met ons mee moeten komen,' zei Linda. 'Straks word je gezien en dan kun je hier niet meer werken.'

Lenny glimlachte. 'Er zal hier niemand zijn, behalve wij, weet je nog wel?'

'Rij met de soldaat in de truck van de vredesmacht mee,' stelde Linda voor. 'Hij kan je op de controlepost bij Nuseirat afzetten, en daarvandaan gaat altijd wel iemand naar Kfar Gottlieb.'

'Nee,' zei Lenny. 'Ik vind het niet erg als de Arabieren me zien, maar ik kan beter niet gezien worden met dát element. Voor jou geeft het niet. Ik wacht hier op een wagen van het Israëlische leger.'

'In godsnaam,' zei Linda. 'Treuzel niet te lang. Moet je al die rook zien.'

De rook steeg nu in alle richtingen op, zwart en onaanvaardbaar als een offer van Kaïn.

Nuala maakte het hek open voor John Lautoka en zijn truck en riep tegen de anderen dat ze weg moesten gaan.

'Verdomme nog aan toe,' zei ze, terwijl ze de stank van rubber opsnoof. 'Daar gaan we weer!'

40

Onderweg van de verbrande ruïne van zijn auto naar huis, was Lucas naar een politiebureau gegaan om aangifte te doen van de brandstichting. De Israëlische politieagenten hadden hem niet echt uitgejouwd, maar hun houding was ook bepaald niet overdreven meelevend geweest. Het was een ellendige manier om de dag te beginnen, een uiterst oninspirerende climax van een nachtwake.

Er was een goedkoop autoverhuurbedrijf bij het politiebureau. Hij ging daarheen en vulde de papieren in voor de huur van een Ford Taurus. Huurauto's waren niet altijd beschikbaar, en omdat hij er waarschijnlijk gauw een nodig zou hebben, kon hij het proces maar beter meteen in gang zetten.

Toen hij moe en in een slecht humeur thuiskwam, zette hij het antwoordapparaat aan en hoorde Sonia's stem. Ze ging naar de Gazastrook. Linda Ericksen had voor haar geregeld dat ze de bekentenissen van Abu Baraka op de band kon opnemen. Ze had geprobeerd Ernest mee te krijgen, maar die was het land uit. Ze ontmoette Abu in een plaats die kamp Argentina heette, in de buurt van Nuseirat.

Hij zat een minuut of twee op het bed en dacht na over Sonia's boodschap. Toen probeerde hij het kantoor van de Israëlische Coalitie voor Mensenrechten te bellen. Ernest bleek er niet te zijn, maar de Noord-Amerikaans klinkende jonge vrouw met wie hij sprak was op de hoogte van Abu Baraka's bezigheden. Ze vond dat ze hem wel kon verzekeren dat er niets met zoveel nieuwswaarde was aangeboden als een verklaring van Abu Baraka zelf. Zou dat wel het geval zijn geweest, dan zou Linda Ericksen, een buitenlandse vrijwilligster die weinig voor de organisatie had gedaan en zich al min of meer had teruggetrokken, er niet op af zijn gestuurd. Hij dacht daar nog even over na en besloot toen zijn huurauto te gaan ophalen.

Twee uur later liet hij hem op een parkeerterrein aan de Israëlische kant van de Groene Lijn staan. Hij kwam met zijn perspapieren de Strook binnen en nam een *sherut* om naar kamp Argentina te gaan. De chauffeur, een jongeman die een beetje Engels sprak, verkeerde in tweestrijd. Aan de ene kant hield hij vol dat hij geen bestemming kende die kamp Argentina heette, aan de andere kant was hij vastbesloten Lucas niet als klant te verliezen. Omdat er niet zoiets bestond, maakte de chauffeur aan Lucas duidelijk, zou het duur zijn om erheen te gaan.

Onderweg vergastte hij Lucas op fragmenten van Shakespeare: 'Zijn of niet te zijn... Morgen en morgen en morgen... Rijpheid is al...'

De horizon voor hen werd steeds neveliger. Toen werd de nevel rook. In het begin leek die rook afkomstig te zijn van de eeuwige vuren op de afvalbergen van de kampen. Uiteindelijk beseften Lucas en de chauffeur dat het rubberrook was, het soort rook dat van vlammende barricades kwam. De chauffeur ging langzamer rijden.

Uit de rook kwam een zwetende, zwart uitgeslagen man; hij liep vlug en keek recht voor zich uit, met zijn armen zwaaiend als een militair. Hij leek daar op zijn zachtst gezegd niet op zijn plaats.

De chauffeur keek Lucas aan. Lucas, die had verwacht dat de man niet verder zou willen gaan, zag tot zijn verbazing dat hij onaangenaam glimlachte.

'Een jood,' zei hij. Gedurende een fractie van een seconde dacht Lucas dat de man het over hém had. Toen besefte hij dat de jood in kwestie de vreemde voetganger was die ze waren gepasseerd. Ze reden nog een paar minuten, en toen zag Lucas tot zijn grote opluchting twee witte voertuigen achter een prikkeldraadomheining langs de weg geparkeerd staan. Sonia, Nuala, Linda Ericksen en de Roos stonden bij die wagens.

'Ik kreeg je boodschap,' zei hij tegen Sonia.

'Bedankt, Chris,' zei ze. 'Je had waarschijnlijk niet hoeven te komen.'

'Geeft niet,' zei hij. Hij betaalde de chauffeur en stapte uit.

Zijn chauffeur maakte dat hij wegkwam in de richting vanwaar ze gekomen waren. De wegrijdende taxi voegde zijn uitlaatgassen aan de rook toe.

'We gaan terug,' zei Nuala vanuit de voorste auto tegen hem. 'We gaan je chauffeur achterna. Ik wil naar huis, naar Deir el-Balah.'

'Ik geloof dat het daar ook knalt,' zei Lucas. 'Misschien kunnen we er over de kustweg komen. O ja,' vroeg hij aan Nuala, 'wie was die man die over de weg liep? Ik denk dat hij in moeilijkheden verkeert.'

Linda Ericksen had op de passagiersplaats van Sonia's Land Rover gezeten, met de deur open. Ze kwam overeind. 'O,' zei ze. 'Lenny!'

'Wie is Lenny?'

'We geloven niet dat we hem kennen,' zei Sonia.

'Jullie moeten hem helpen,' zei Linda.

'Als hij niet bekend is,' zei Nuala vanuit de voorste auto, 'is hij in moeilijkheden.'

Ze besloten de Laredo van de Roos aan de beveiligingsdienst van kamp Argentina over te dragen en in Sonia's VN-voertuig naar Deir el-Balah te gaan. Nuala maakte zich van haar kant zorgen om Rashid.

Ze gingen met zijn allen in de Land Rover zitten. Nuala reed, met de Roos en Linda naast haar. Sonia en Lucas zaten achterin.

Nuala tuurde naar het brandende landschap en telde de plaatsen af die in brand leken te staan. Bureij. Maghazi. Overal was rook. Ze begonnen geweervuur te horen.

Linda vertelde stamelend haar verhaal dat ze Abu Baraka's misdaden voor Sonia had willen optekenen.

'Ze zijn vast veel voorzichtiger met hun verklikkers,' zei Nuala tegen Linda. 'Sorry, ik geloof het niet.'

'Waarom zou je ook?' vroeg Linda haar woedend. 'Jij bent bij de *fedayeen*. Jij bent een van hen. Jij ook,' zei ze tegen de Roos. 'Lenny is echt bij de mensen betrokken. Hij werkt voor de Coalitie voor Mensenrechten.'

'Is dat zo?' vroeg Sonia aan Lucas.

'Ik weet het niet,' zei Lucas. 'Ik denk van niet.'

Toen ze al tot aan Bureij waren gekomen, hadden ze nog geen

enkele Israëlische legerauto of soldaat gezien. Misschien concentreerde het leger zich bij de toegangen tot kamp Argentina. In ieder geval waren ze uit de betonkrotten van Bureij weggetrokken. Ze sloten de weg naar het noorden af, versterkten hun controlepost en wachtten op versterkingen voordat ze naar binnen gingen. Voorlopig hadden de *shebab* vrij spel in de zijstraten en waren ze zelfs op de grote weg gekomen.

Sommige jongeren renden over de straat, evenwijdig met de Land Rover. Hun gezichten gingen schuil in hun kaffiya's; de kleur van elke kaffiya maakte de politieke gezindheid van de drager duidelijk, was hun verteld. De mensen van Arafat droegen een zwarte ruit. De communisten, onder leiding van Nuala's Rashid, hadden natuurlijk een voorkeur voor rood. Hamas droeg islamitisch groen. Groen was hier in Bureij nu de meest voorkomende kleur.

Lucas had nog nooit zulke onlusten van de *shebab* meegemaakt. Sommige jongens draaiden zich woest in het rond. Sommigen legden hun hoofd in de nek en schreeuwden naar de rokerige hemel.

'*Allahu akbar!*'

Ze hadden niet de vriendelijke houding ten opzichte van VN-voertuigen die Lucas gewend was. Sommigen van de mannen die hun gezicht hadden ontbloot, grijnsden verschrikkelijk. Velen huilden. Hoe zal het koninkrijken en koningen vergaan, dacht Lucas. Hij vergat de rest. Ondanks de rook draaide hij het raampje niet dicht. Hij wendde zijn blik niet van hen af.

'*Allahu akbar!*'

De verworpenen der aarde, de wrekende onderdrukten, de dierbaren van God, gezegend zij Hij. Verderop zag hij de controlepost van het Israëlische leger voorbij de rook en het prikkeldraad, en de soldaten die zich vandaar naar de stad terugtrokken en peloton voor peloton hun terugtrekking dekten. Stenen vlogen door de lucht, en traangasgranaten, en hij hoorde het fluiten van rubberen en andere kogels.

'*Allahu akbar!*'

En misschien was het voor die legerjongens, die slecht getrainde reservesoldaten van het Israëlische leger, tijdelijk in de minderheid, wat het voor de strijders in het Antonia-fort van de Oude Stad was geweest, in de eerste golf van de joodse opstand, toen de Zeloten in naam van Sabaoth op hen afkwamen. Dezelfde God die tot dezelfde handelingen inspireerde. Genade was Zijn tweede voornaam – behalve bij bepaalde gelegenheden, tijdens bepaalde golven van razernij.

'Jezus,' zei Lucas, 'is dit het? Ik bedoel, is het zover?' Hij bedoelde de opstand die hij bij Fink op de televisie had willen zien terwijl zijn Franse collega naar Mekka vluchtte. Niemand in de auto gaf hem antwoord.

Naast de weg werd een schreeuwende oude man met een aantal jongeren meegevoerd. Hij schudde met zijn vuisten en het leek erop dat de jongemannen nog moeite genoeg zouden hebben om hem bij te houden.

Uit de moskeeën, uit de steegjes, vanaf de weg: '*Allahu akbar!*'

Linda huilde.

En plotseling waren ze op een relatief kalm deel van de straat gekomen. Stapels autobanden brandden zonder dat er iemand bij was. Het leger had zich op vaste posities teruggetrokken, terwijl de Palestijnse massa's dichter bij het centrum van de stad waren. Een soek, waar de stapels koopwaar nog op hun plaats lagen, was helemaal verlaten. Nuala remde en ze stopten even bij het begin van wat een verlaten straatje leek.

Ze reden het straatje in en zagen tot hun verbazing mannen en jongens langs de marktkramen rennen. De jongemannen schreeuwden geen slogans en maakten een erg grimmige indruk. Er ging van dat alles een geladenheid uit die Lucas fascineerde. Het volgende moment zagen ze dat een kraam werd omgegooid en hoorden ze een onverstaanbare kreet. Toen schreeuwde een stem:

'*Itbah al-yahud!*'

Er viel een soort stilte. Toen werd de kreet herhaald.

'*Itbah al-yahud!*'

De kreet werd keer op keer herhaald, gebulderd door mannen, gejengeld door onzichtbare vrouwen.

Lucas wist meteen wat het betekende, al had hij het nooit eerder horen zeggen of schreeuwen of zingen. Waarom wist hij het? Hij zag dat Sonia het ook wist. In het straatje sprong een grijnzende man van middelbare leeftijd op en neer.

'Itbah al-yahud!'

Dood de jood!

'Ze hebben iemand,' zei Sonia.

Lucas wist dat ze gelijk had. En dat die specifieke *yahud* geen abstractie was, niet de *yahud* die in de *estaminet* zat, gepokt in Brussel, gemazeld in Antwerpen. Niet de Kosmopolitische Wereldburger of de Internationale Financier. Het was een man in zijn eentje, opgejaagd door een menigte, en hij stond er helemaal alleen voor. Een joodse bastaard zoals de jonge Lucas er ooit een was geweest.

'Allahu akbar! Itbah al-yahud!'

'Het is Len!' gilde Linda. 'Het is Lenny!' Misschien had ze een glimp van hem opgevangen.

Nuala stopte in de smalle berm. Ze stapten allemaal uit en stonden in een kring naast de auto. Plaatselijke bewoners die zich naar het spektakel haastten, bleven staan om verbaasd naar hen te kijken.

'Waarom zou hij in zijn eentje in de Gazastrook lopen?' vroeg Sonia. 'Is hij niet goed bij zijn verstand?'

'Hij was bang dat hij in moeilijkheden zou komen!' gilde Linda.

Lucas en Sonia keken elkaar aan.

'In moeilijkheden komen?' vroeg Lucas.

'Wat doen die twee hier eigenlijk?' vroeg Nuala. Blijkbaar doelde ze op Linda en Lenny. 'Jezus, misschien kunnen we hem vrij krijgen. Neem de auto en volg me.'

Nuala stapte uit en Lucas reed, met Sonia naast zich. De Roos en Linda zaten achterin.

'Toeteren,' riep Nuala naar Lucas. 'En mij niet overrijden.'

Lucas begon op de claxon te timmeren. Nuala liep voor hem uit met haar ene hand op de voorkant van de auto. Na een minuut maakte de Roos het achterportier open en stapte ze uit om naast Nuala te lopen. Langzaam, absurd, bewogen ze zich door het straatje, waar een uitzinnige menigte bezig was een jood, die ze niet konden zien, in elkaar te slaan. Ten slotte vond Lucas dat hij niet verder kon rijden.

'Laten wij ook maar uitstappen,' zei hij tegen Sonia. Linda

kromp met een asgrauw gezicht op de achterbank ineen. 'Kom met ons mee,' zei Lucas tegen haar. Maar ze bleef waar ze was.

Hij voelde er weinig voor om de auto achter te laten. De menigte was volstrekt onbeheerst, en hoewel hij de sleutels meenam, wist hij dat de auto weg zou zijn of in brand zou staan als ze terugkwamen, met Linda erin.

'Bij elkaar blijven,' zei Nuala tegen haar troepen. 'We proberen bij hem te komen.'

En misschien zou hun dat ook lukken, dacht Lucas. Nuala was goed met mensenmassa's; per slot van rekening was ze communist. Hij keek om zich heen, vaag hopend op enige genade, redelijkheid, vergevingsgezindheid, begrip. Maar er was niets om hen heen, alleen al die krotten van cement en blik en vuil plastic, uren in de wind stinkend, van de woestijn tot de zee.

'*Itbah al-yahud!*' schreeuwde de massa.

Linda deed de auto achter hen op slot.

'Lenny?' schreeuwde Lucas. Hij probeerde zich te herinneren wie Lenny was. Maar dat deed er nu eigenlijk niet meer toe. Lenny was hier de Andere, de prooi, de vervolgde. Een man als hijzelf, in ieder belangrijk opzicht als hijzelf.

Een groep jongeren kwam dichterbij om hun de doorgang te beletten. Lucas dacht aan de Deen die hij weken geleden had gezien, die officier die opkwam voor de levens van in het nauw gedreven Arabische jongeren. Hij probeerde naar voren te komen, maar de menigte drukte tegen hem aan. Verderop in het straatje waren de geluiden van vechten en achtervolgen te horen.

Sonia begon in het Arabisch te spreken. De jongeren die tegenover hen stonden, schudden grimmig met hun hoofd en wilden haar niet in de ogen kijken.

'Alsjeblieft, laat ons door!' zei Lucas. 'We hebben hier werk te doen.'

Ze keken strak voor zich uit, zodat Lucas niets anders kon doen dan over zijn eigen woorden nadenken. Hij nam aan dat ze weinig betekenis hadden, gesteld al dat de menigte ze had kunnen verstaan. Alsof ze daar waren om de weg te bestraten.

Intussen duwden Nuala en de Roos zich met hun schouders de mensenmassa in. Ze schreeuwden, duwden, negeerden handen die hun borsten betastten, sloegen onverschillig naar de handen die hun dijen en de zoom van hun shorts vastgrepen, alsof ze insecten wegmepten. Het was Eros en Thanatos op de ergste manier. De mannen toonden hun viriliteit door voor de gezichten van de vrouwen met hun tanden te knarsen, door maskers van bezwete, grijnzende woede te presenteren, de ene hand tot vuist gebald of zwaaiend met een steen, de andere hand graaiend naar de geslachtsdelen van de vrouwen. Lucas en Sonia vormden een tweede linie die zich naar voren vocht. Lucas draaide zich om en wierp een laatste blik op Linda, die hysterisch op de achterbank van de auto zat. Het was Nuala gelukt het eind van het volgende straatje te bereiken, en het was duidelijk dat ze kon zien wat daar gebeurde. Ze fronste haar wenkbrauwen en perste haar lippen op elkaar. Ze begon te schreeuwen en probeerde naar voren te gaan.

'*Itbah al-yahud!*' schreeuwde de menigte. Net op het moment dat het ernaar uitzag dat Nuala om het laatste kraampje heen zou komen en zich een weg door de menigte naar het middelpunt van de actie zou kunnen banen, deinsde ze terug, met haar hand op haar oog. Intussen delfde Lucas het onderspit in een duw- en trekwedstrijd met drie jongemannen die groen geruite kaffiya's over hun gezicht hadden. Iemand greep hem van achteren vast. Hij zag Nuala door de menigte terugkomen. Ditmaal gingen ze voor haar opzij.

Toen zag Lucas de dingen die ze in hun handen hadden: troffels en hamers en zeisen, waarvan sommige dropen van het bloed. Iedereen schreeuwde, iedereen riep God aan. God, dacht Lucas. Hij was doodsbang dat hij zou vallen, dat hij verpletterd zou worden door de woedende zwerm die om hem heen krioelde. Hij wilde bidden. 'O Heer,' hoorde hij zichzelf zeggen. Die woorden vervulden hem met walging: dat hij God aanriep, dat Grote Verrekte Ding, de Heer der Offers, de bedenker van raadsels. Uit de eter komt het vlees voort. De bedenker van parabels en sjibbolets. De voorhuidverzamelaar, kenner van vernederingen, slachter bij volmacht van duizenden, tienduizenden. Geen vrede maar een zwaard. De Krankzinnige Geest van het Nabije Oosten, de gekruisigde en kruisiger, de vijand van heel Zijn eigen schepping. Hun Godvergeten God.

Een oude man kwam uit de menigte. Hij droeg de witte muts

van de hadji en leunde op een stok met houtsnijwerk. Hij had een bedoeïenengezicht, lang en ernstig. Toen hij dichterbij kwam, lieten de jongeren Lucas los. Was hij de aardse vertegenwoordiger van de Almachtige, Bebaarde, Hemelse Presse-Papier?

De oude man sprak zacht en knikte beleefd. En toen Nuala haar beklag bij hem deed, stak hij zijn kin naar voren, het minst dubbelzinnige gebaar van die plaats. Geen hoop.

'Hij zegt dat we in gevaar verkeren,' zei Nuala tegen hem. 'Hij zegt dat de jood een dode man is. Als we blijven, brengen we de troepen hierheen, en de troepen zullen iedereen doden vanwege hem.'

'De jood is een spion,' schreeuwde een van de jongeren in het Engels. De oude man knikte instemmend.

'Sorry,' zei Nuala tegen haar vrienden. 'Dat is het.'

Ze had een grote striem over haar oog en een bloedneus, en ze spraken haar niet tegen. Tot Lucas' enorme dankbaarheid waren de auto en Linda nog waar ze ze hadden achtergelaten.

'Was het Lenny?' vroeg Sonia toen ze instapten.

Nuala wierp een voorzichtige blik op Linda en knikte. De Roos huilde. Grote tranen liepen over haar gezonde, gebruinde wangen. Er zat bloed op haar shirt.

'Leefde hij?'

Nuala keek haar alleen maar grimmig aan.

Toen ze reden, boog Linda zich in de ruimte tussen de stoelen voorover en huilde en kokhalsde.

'Doe het uit het raam, schat,' zei Nuala. 'We kunnen beter niet stoppen, weet je.'

Ten slotte zei Linda: 'We hadden hem kunnen redden. Als we een geweer hadden gehad.'

Een ogenblik was Lucas bang dat Nuala iets onvriendelijks over Amerikanen zou zeggen.

'Wie was hij?' vroeg hij haar.

'Jezus,' zei Nuala, terwijl ze over haar gewonde voorhoofd streek. 'Ze hebben mijn been ook nog zowat gebroken, die verrekte rotzakken. Lenny? Ik weet niet wie hij was. Wie was hij?' vroeg ze aan Linda. 'Heb jij hier vrienden? Werk je voor de Shabak? Voor de CIA?'

Linda bleef alleen maar snikken.

'Je bloedt,' zei Sonia tegen Nuala.

'Nou,' zei Nuala. 'Ik bloed gauw. Dunne huid.'

'Als een blanke strijder,' zei Sonia.

De ruwe humor van de revolutie, nam Lucas aan. Intussen kon hij het nog half horen.

'Itbah al-yahud!'

Na een paar kilometer zagen ze een zwaar versterkte controlepost van het leger in de verte. Halftracks en gewone trucks kwamen in beweging en soldaten verspreidden zich vanaf de weg.

'We moeten ze over Lenny vertellen,' zei Linda.

'Stop!' zei Nuala. 'Stoppen.'

Lucas deed wat hem gezegd werd. Nuala en de Roos, die blijkbaar hersteld waren, stapten uit.

'Sonia,' zei Nuala. 'Vertel het haar.'

'Maak het haar duidelijk,' zei de Roos.

Sonia draaide zich om en sprak tegen Linda.

'Linda, Lenny is inmiddels dood. Mensen die in de Gazastrook werken, kunnen het zich niet veroorloven om als informanten van het Israëlische leger te worden gezien. Ze mogen geen informatie aan de soldaten geven. Dat mag zelfs niet van hen worden gedacht.'

'Dat kunnen jullie niet doen!' riep Linda uit. 'Jullie kunnen niet toestaan dat die beesten een jood doden!'

'Dit is hard,' zei Sonia. Ze keek op naar Lucas.

'Ja,' zei hij.

'We hebben geprobeerd Lenny te redden,' zei Sonia. 'Dat is ons niet gelukt. Hij is nu dood. Als we die soldaten kenden of vertrouwden, zouden we misschien... Ik weet het niet. Maar die kerels...' Ze knikte in de richting van de controlepost, waar de grenspolitie en para's van het Golani-regiment bij elkaar stonden. 'Die Golani's zijn keiharde soldaten. Speciale soldaten. Als we ze vertelden wat er gebeurd is, zouden ze het ons kwalijk nemen. Misschien zouden ze zelfs, vanwege die rellen, expres of per ongeluk een van ons doden.' Ze keek op naar Lucas, voor het geval hij niet inzag wie dat waarschijnlijk zou zijn. 'Zulke dingen gebeuren.'

'Maar daar gaat het niet om,' zei Lucas.

'Daar gaat het niet om,' zei Nuala. Ze knielde bij de auto neer. 'Als we het ze vertellen, gaan ze naar dat dorp en doden ze er tien voor de dood van één jood. Ze folteren tieners om namen uit ze los te krijgen, en die namen zullen niet altijd de juiste zijn. Ze zullen doden, en sommigen van de mensen die ze doden zullen onschuldig zijn. Dat doen ze. Dat zien ze als gerechtigheid.'

'Maar wij vinden dat geen gerechtigheid,' zei Sonia rustig. 'Want wij geloven in...' Ze keek naar het vaalbruine zand en schudde haar hoofd.

'Mensenrechten?' opperde Lucas.

'Dat is het,' zei Sonia. 'Mensenrechten.'

'Precies,' zei Nuala. 'Daarom zijn we hier, weet je. Dus we gaan door die controlepost, met Gods wil, en we zeggen geen woord.'

'Jullie zijn klootzakken,' zei Linda. 'Ik ga jullie aangeven.'

'Nee,' zei de Roos ernstig. 'Je begrijpt het niet.'

'Linda,' zei Nuala. Ze wees Linda naar een punt in de verte, waardoor ze haar hoofd uit het autoraam moest steken. 'Kijk daar eens.'

Toen Linda haar hoofd naar buiten stak om te kijken – zei hoopte waarschijnlijk dat het hulp, troost, een oplossing was – diende Nuala haar een stevige, welgemikte uppercut toe. Linda's ogen traanden en werden glazig.

'Achterover leunen,' zei Nuala vriendelijk tegen haar. 'Achterover leunen, schat.'

Ze stapte naast Linda in, en Lucas startte de auto.

'Doe het vlug,' zei Nuala. 'Ze is niet bewusteloos.'

'Het is dat je het zegt,' zei Lucas.

Bij de controlepost duwde een kapitein van de para's de jonge reservesoldaten die hun papieren controleerden met zijn elleboog opzij.

'Wat deden jullie daar? Waar komen jullie vandaan?'

'We hadden een geval van mishandeling in kamp Argentina,' zei Sonia. 'Bureij gaat in vlammen op. We hebben hier twee gewonden en onze radio doet het niet meer.'

'En waar denken jullie dat jullie heen gaan?'

'Terug naar het hoofdkwartier,' zei Sonia. 'Als we Gaza kunnen bereiken.'

De officier schudde vol walging zijn hoofd. Er was nog een Golani-officier bij. Lucas zag dat hij constateerde dat Sonia Amerikaans en zwart was, en dat wekte een zekere sympathie bij hem.

'Als ze jullie niet door Gaza laten,' zei de andere officier, 'kunnen jullie misschien de kustweg naar de lijn nemen. Vooral wanneer jullie mensen gewond zijn.' Hij keek op de achterbank. 'Is het ernstig?'

De kapitein blafte een bevel naar hem en hij ging weg. Zonder dat iemand nog acht op hen sloeg reden ze weg. Ze hadden ruim een kilometer afgelegd toen Linda, die een gezwollen kaak had, begon te schreeuwen. Ze schreeuwde en schreeuwde.

'Hou haar vast,' zei de Roos.

'Jezus!' riep Nuala, want Linda had kans gezien zich uit Nuala's ruwe omhelzing te bevrijden en de auto uit te springen. Ze reden zo'n dertig kilometer per uur over een ruw stuk weg. Toen ze waren uitgestapt, was Linda al overeind gekrabbeld.

'Linda, alsjeblieft,' zei Sonia.

Maar ze keek hen aan met de felle flikkerende ogen van een kind, streek over haar geschaafde knieën en zette het op een lopen. Ze rende naar de Israëlische legerpost alsof de duivel haar op de hielen zat – en zo zag ze het ook ongeveer, dacht Lucas – terwijl de vier ongelovigen alleen maar konden toekijken.

'Ze is niet veilig op de weg,' zei Sonia.

'Nou, we kunnen haar niet gevangen houden,' zei Nuala. 'Maar we zitten nu diep in de moeilijkheden.'

'Ken je soefi-gebeden?' vroeg Lucas aan Sonia.

'Dit is er een,' zei ze. Maar dat was alles wat ze zei, en hij leidde daaruit af dat hun situatie zelf een soort soefi-gebed vormde. Blijkbaar was het een veeleisende religie.

Ze reden tussen vuren door. Naast de weg verschenen weer jongemannen in groen geruite kaffiya's. Plotseling doemde er een jeep van het Israëlische leger achter hen op, midden tussen de rennende demonstranten. De jeep dwong hen bijna van de weg af. Naast de bestuurder zat de vriendelijke Golani-officier die bezorgd naar de gewonden had geïnformeerd. De officier sprong eruit.

'Stelletje lamzakken,' schreeuwde hij. 'Nazi-zwijnen! Jullie waren erbij toen een jood vermoord werd!'

'Nou...' zei Lucas.

'Hou je bek!' zei de officier, bevend van woede. 'Jullie gooiden dat meisje uit de auto. Jullie lieten...'

Toen riep iemand naar hem en kon hij niet verder gaan. Sommige Palestijnen uit de menigte hadden de legerjeep opgemerkt. Straks, dacht Lucas, zouden ze zien dat die jeep alleen was en niet beschermd werd. De officier en zijn chauffeur waren zich daar ondanks hun woede van bewust.

Voordat hij wegrende om te doen wat hem te doen stond, wierp de officier hun een laatste blik toe, een blik met zoveel haat en woede dat Lucas' hart in zijn borst verschrompelde. Iemand zou hiervoor sterven, dat was duidelijk. Misschien hij.

'We hebben jullie namen,' schreeuwde de officier terwijl de jeep wegreed. 'We vergeten dit niet.' De rest van wat hij zei, ging verloren. Had hij het woord *momzer* gebruikt? Misschien. Misschien had Lucas het zich verbeeld. Er reden nog meer legervoertuigen met grote snelheid voorbij. De soldaten die erin zaten, keken nors en vijandig naar hun VN-wagen.

Ze reden over wanordelijke wegen door nog meer plaatsen waar banden brandden en waar de moskeeën galmden van de jihad.

'God, wat was hij woest,' zei de Roos. Ze bedoelde de officier die hen had aangehouden.

'Ja, dat was hij,' zei Lucas. 'Ik bedoel...' Hij had willen zeggen, 'verplaats je eens in hem.' Toen dacht hij, ach wat kan het mij ook verdommen. Hij had er genoeg van om zich steeds weer in iedereen te verplaatsen.

'Soms haat ik ze allemaal,' zei de Roos. 'Beide kanten.'

'Ik weet wat je bedoelt,' zei Lucas.

41

Ongeveer toen de oliezwarte nacht over hen neer begon te dalen, hield de weg voor hen op. Sonia had radiocontact opgenomen met het hoofdkwartier in Gaza-stad, en de Nederlandse officier daar had voorgesteld dat ze naar het distributiecentrum van de VN in Eshaikh Ijleen zouden gaan, aan de kust. Maar toen ze een paar kilometer hadden afgelegd, ontdekten ze dat de weg was afgesloten met een barricade van verbrande auto's, vier auto's breed. Er was ook geen berm waar ze overheen konden. De autokarkassen stonden van prikkeldraad tot prikkeldraad.

Ze stapten uit en schuifelden voorzichtig langs het prikkeldraad tot ze de berg verschroeid metaal voorbij waren. Toen begonnen ze naar Eshaikh Ijleen te lopen. De laatste warmte van de dag, gevoed door de vuren, legde de luchtspiegelingen van de schemering op hun weg. Lucas dacht steeds weer dat hij de zee kon zien. Ze kwamen in een soort dorp.

'Vroeger stond hier een orthodoxe kerk,' zei Nuala. 'Daar kwamen we weleens. De priester was een Griek die met ons sympathiseerde.'

Lucas wist niet of ze de Palestijnen of de communisten bedoelde.

'Wat is er met die kerk gebeurd?'

'De Hamas heeft hem platgebrand,' zei ze.

Het verlaten dorp was een christelijk kamp geweest. Het kerkgebouw en het huis van de priester ernaast waren vernield. De muurschilderingen van droefgeestige Byzantijnse heiligen waren beklad met graffiti, en alle meubelen en leidingen waren uit de gebouwen gehaald. Op de vloer, die met rood stof was bedekt, lag een oude foto van een vrouw met een parasol; ze droeg de mode uit het begin van de twintigste eeuw. Nuala raapte hem op.

Toen ze doorliepen naar de kust, zagen ze tientallen branden tegen de achtergrond van de vlekkerige zonsondergang. Opnieuw las Nuala de namen van steden op. Nuseirat. Deir el-Balah.

Van achter de omheining van Netzarim vlogen lichtkogels van automatisch vuur omhoog. Iemand had een seinpistool te pakken gekregen en vermaakte zich door parachutevuurpijlen af te schieten. Elke explosie ontketende een gejuich. Kinderen renden onder de baldakijnen van sprookjesachtig licht.

'Het lijkt verdomme wel een kermis,' zei Nuala.

Terwijl de duisternis viel, bleven ze even naast de weg staan om uit te rusten. Inmiddels konden ze niet meer zien wat de lichten betekenden. Ze konden ook de legerposities in de oproerige dorpen niet meer onderscheiden.

'We zijn op onszelf aangewezen,' zei Nuala. 'We moeten de nacht zien door te komen. Waarschijnlijk sluit het vredeskorps alle plaatsen af.' Ze had de kaart uit de Laredo van de Roos gepakt en probeerde hem met haar *penlight* te lezen. 'Verderop is nog een kamp,' zei ze. 'Rashid heeft daar een paar neven. Misschien kent iemand me nog.'

Lucas boog zich over de kaart en zag dat ze in de buurt van het kustkamp waren waar hij heen was geweest toen hij voor het eerst in de Gazastrook kwam. Het was een van de armste en achterlijkste delen van de regio.

Bij de ingang van het kleine kamp lag een stapel autobanden met daarnaast benzineblikken, een barricade die van het ene op het andere moment kon ontbranden. Ongeveer dertig meter daarachter stond een groep jongeren bij een stel brandende vuilnisbakken. In het licht van de vlammen kon hij gestalten naast elkaar onder blauw doek zien liggen. Zo te zien waren het lijken.

Ze liepen met hun vieren naar de barricade van banden. Lucas nam de kaart van Nuala over. Hij zou hem als souvenir moeten houden, dacht hij, in het geval dat ze levend door deze nacht heen kwamen. Het was een kaart van een regio waar zevenhonderdduizend mensen elke avond biddend bij het licht van afvalbranden doorbrachten en wraak en bescherming eisten van alle andere mensen. Een grote energiebron: Gaza, veertig bij zes kilometer, met meer dan genoeg angst en woede dan de mensheid in het komende millennium nodig zou hebben. Er waren daar ook stranden.

Toen hij naar de dorpelingen toe liep, zag Lucas dat alle mannen rond het vuur naar hen begonnen te schreeuwen en naar Lucas wezen.

'Wat hebben ze toch?' vroeg hij de anderen.

'Verdomd als ik het weet,' zei Nuala. 'Je kunt beter hier blijven wachten.'

En dus bleef Lucas aan het eind van de autobandenbarricade wachten, terwijl Sonia, Nuala en de Roos met de bewoners van het kamp probeerden te praten. De bewoners schreeuwden. Ze trokken het blauwe doek terug om te laten zien hoeveel doden er onder hen waren gevallen. Elke paar minuten wees een van hen op Lucas. Blijkbaar wilden ze niet horen wat Sonia en Nuala tegen hen te zeggen hadden. Uiteindelijk kwamen de drie vrouwen achter de barricade vandaan. Toen ze naar binnen gingen, hadden enkelen van de Palestijnse mannen autobanden en vaten opzij getrokken om hen erdoor te helpen. Toen ze naar buiten gingen, hielp niemand hen.

'Nou?' vroeg Lucas.

'Nou,' zei Sonia, 'laten we maken dat we hier wegkomen.'

In de verte waren sirenes te horen. En nu waren er opnieuw de stemmen van muezzins.

'Ze hebben iets tegen mij?' vroeg Lucas.

Hij draaide zich om en ving een glimp op van iemand uit het kamp die achter hen aan sloop. In het licht van de vuren kon hij zien dat de jongen een slecht oog had – van venijn of waanzin of misschien was hij gewoon scheel. De jongen voelde zich betrapt en rende giechelend weg. Er ging een kreet op onder de mannen rond het vuur.

'Ze mogen je niet,' zei Nuala. 'Doorlopen. Niet rennen.'

'O, shit,' zei de Roos.

Ze liepen rustig door, hun hoofd omhoog.

'Zal ik iets zingen?' vroeg Sonia.

'Nee,' zei Nuala. 'Dan denken ze dat je een Israëliër bent. Die zingen altijd.'

Lucas had de indruk dat zelfs Israëliërs die een neo-Hegeliaanse rondgang maakten onder deze omstandigheden niet zouden zingen. Er vloog nu een helikopter over hen heen, een gebulder dat uit de duisternis losbarstte. Zijn felle zoeklicht danste theatraal over de grond.

'Die mensen daar achter ons,' legde Nuala aan Lucas uit, 'denken dat jij het boze oog hebt. En dat je een spion bent. En een jood. En dat wij je beschermen.'

'O,' zei Lucas. 'Waarom denken ze dat?'

'Ik weet het niet,' zei Nuala. 'Ze lijken gek. De mullah lijkt gek.'

Dat was blijkbaar alles wat ze hem kon vertellen. Toen hij opzij keek, zag hij enkele tientallen mensen langs het prikkeldraad rennen. Zo te zien waren ze een opgewekt gezelschap, en hun aandacht ging naar hem uit. Ze lachten en schreeuwden, wezen, verheerlijkten hem.

'Waarom ik?' vroeg Lucas met een droge mond.

'O, er zijn geruchten,' zei Sonia. 'Een paar mensen van hen zijn gedood, waarschijnlijk door sluipschutters uit de nederzetting aan de andere kant van de weg. Er zijn provocateurs in de kampen.'

'De mullah zegt dat jij geen mens bent,' zei Nuala rustig tegen hem. 'Hij zegt dat je iets anders bent.'

'Wat dan?'

'Ik weet het niet. Geen mens. Een geest, een djinn of zoiets.'

'Maar evengoed joods, hè?'

'Ja,' zei Sonia. 'Daar is geen middel tegen.' Ze zuchtte. 'Misschien is het een kamp voor majnoon. Hoe dan ook, we blijven hier niet.'

'Goed,' zei Lucas.

Toen de helikopter weer overvloog, zei Lucas: 'Denk je dat er een kans is dat het leger ons helpt?' Zo langzamerhand begon hij het nut van het Israëlische leger in te zien.

'Ons?' zei Nuala. 'Jóú, bedoel je? Reken daar maar niet op. Als je zegt dat je van de pers bent, denken ze dat je hierheen bent gekomen om hen in een kwaad daglicht te stellen. En een van hen is zojuist gedood. Misschien denken ze dat het jouw schuld is.'

Misschien was het inderdaad onze schuld, dacht Lucas. Als

we die soldaten in kennis hadden gesteld, zou Lenny misschien gered zijn. Maar buitenlandse vrijwilligers gingen in de Gazastrook niet met informatie naar de soldaten.

'Je moet het zo bekijken, Chris,' zei Sonia. 'Ze zijn hier niet om je te helpen.'

'Je weet hoe hij het bekijkt,' zei Nuala. 'Hij is Amerikaan. Met zijn geld kopen ze hun wapens. Zijn spionnen werken met die van hen samen. Hij denkt dat ze bij hem in het krijt staan.'

'Dat bedoelt hij niet,' zei Sonia.

'Nee,' zei Lucas. 'Ik denk dat ik bedoel dat ze uiteindelijk meer mensen als ik zijn. Ze mogen dan geen Ridders van de Ronde Tafel zijn, maar ze zullen me niet doden omdat ik een jood ben. Of een djinn.'

Aan de andere kant van een donker veld brandden nog meer vuren.

'Je kunt ze niet vertrouwen,' zei Sonia. 'Sterker nog, je kunt niemand vertrouwen. Sommige Israëliërs zouden je helpen. Andere niet.'

'Ik was ook niet van plan om naar het leger te vluchten en jullie drieën hier achter te laten,' zei Lucas geërgerd. 'Ik vroeg me alleen af of het de moeite waard was om te proberen hulp van hen te krijgen.'

'Het is nu eenmaal zo,' zei Nuala, 'dat we ons in verschillende situaties bevinden. Voor elk van ons is het anders.'

Ze bleven weer staan om naar de vuren in de verte te kijken.

'Waarom denk je dat Linda ons hierheen bracht?' vroeg Lucas. 'Wat was ze van plan?'

'Daar komen we nog wel achter,' zei Sonia. 'Binnenkort.'

'Misschien stuurt de vredesmacht een patrouille,' zei Sonia. 'Dat zou mooi zijn.'

'Amen,' zei Lucas. Iemand, dacht hij, zou te midden van al die religie een gebed moeten zeggen voor alle arme stumpers op de wereld die langs de vervallen, hobbelige wegen van de wereld op de diensten van kleine witte VN-wagentjes wachtten, en voor de onfortuinlijken die in die wagentjes zaten.

Verderop kwam uit de richting van het dorp van de majnoon het geluid van een scanderende menigte. De toon was niet bepaald opwekkend.

Lucas draaide zich om en zag een menigte Palestijnen door de duisternis in hun richting komen. Ze hadden allerlei lichten bij zich – zaklantaarns, petroleumlampen, open vlammen op fakkels. Het leek wel of ze allemaal tegelijk schreeuwden. Op zo'n woestijnavond, dacht Lucas, zou je je hen gemakkelijk als Gods leger kunnen voorstellen, of dat van Gideon, de uitverkorenen van de Heer, Zijn legerschaar. Zo zagen ze zichzelf ongetwijfeld ook – oprukkend tegen de vijand van God en van hen. Hem.

'Ze denken dat we vluchten,' zei Lucas. Ze begonnen vlugger te lopen.

Ze draafden door de duisternis, over de vaag oplichtende weg. Lucas dacht aan halsbandmoorden en de dingen die een vijandige geest met tuinscharen en stoksnoeimessen kon doen, alle bestraffingen die in aanmerking kwamen voor schepsels als hij, die deden alsof ze mensen waren. Hij vond Sonia's hand en ze draafden samen naar de top van een kleine heuvel. Een tijdje was de rook minder dicht. Er stonden een miljoen sterren aan de hemel, als boosaardige engelen.

Op de top van de heuvel stonden ze blijkbaar afgetekend tegen de hemel, want in de achtervolgende menigte barstte een uitbundig gejuich los. Het was gemakkelijker om de helling af te draven. De Roos had de penlight en probeerde al lopend op haar kaart te kijken.

'Twee kilometer voor ons,' zei ze hijgend, 'ligt een kamp dat Beit Ajani heet. Dat schijnt onder PLO-controle te staan.'

'Wat dat ook mag betekenen,' zei Sonia.

'Nou, we weten niet wat het betekent,' zei Nuala. 'Maar we kunnen er beter heen gaan, en zo snel mogelijk.'

En dus renden ze in de richting van Beit Ajani, op enkele honderden meters afstand gevolgd door de hele bevolking van wat blijkbaar een kamp voor krankzinnigen was, mensen die vrolijk achter hen aan bleven rennen, zwaaiend met hun fakkels en benzineblikken. Ze waren nu zo dichtbij dat Lucas kon horen wat ze scandeerden.

'*Itbah al-yahud!*'

Hij meende een kettingzaag te horen.

In het kamp Beit Ajani was niemand te zien. Het kamp had een open poort aan de weg, en met hun vieren probeerden ze het hek achter zich dicht te duwen. Hoewel het alleen van hout en draad was, konden ze het ook met vereende krachten niet in beweging krijgen. Iets onzichtbaars in de duisternis hield het onbeweeglijk open.

Ze begonnen langs de rij krotten te rennen. Beit Ajani was een kamp van de armoedigste soort. Ook hier bestond de kern van ieder huis uit een van de cementen bouwsels die de VN in 1948 hadden neergezet, toen dit gebied onder Egyptisch bestuur stond.

'Waar is iedereen nou?' vroeg Lucas. In het hele kamp was nog niet één licht te zien. Intussen waren de mensen uit majnoon-stad voor het open hek blijven staan. Ze zwaaiden nog met hun fakkels en verschrikkelijke wapens en scandeerden hun slogans.

'Er zijn hier mensen,' zei Nuala. 'Ze houden zich verborgen.'

'Bakolie,' fluisterde Sonia. 'Je kunt het ruiken.'

Ze stonden ineengedoken tegen de rij krotten. Nuala richtte zich op.

'*Salaam*,' zei ze met luide stem. '*Masar il kher. Kayfa bialik?*'

'Tegen wie praat ze?' vroeg Lucas.

Toen zag hij dat ze tegen een oude vrouw praatte die van achter een gewatteerd gordijn naar hen gluurde. De oude vrouw antwoordde iets. Ze probeerde Lucas in de duisternis te zien. Het geluid van de menigte kwam dichterbij. Zo te horen waren ze door het hek naar binnen gekomen.

'*Itbah al-yahud!*'

De oude vrouw ging opzij en liet de vrouwen – Nuala, Sonia en de Roos – gebukt haar hut binnengaan. Toen Lucas hen probeerde te volgen, versperde ze hem de weg met haar arm.

'Het is de kamer van een *daya*,' zei Nuala. 'De praktijk van een vroedvrouw. Hij mag hier niet binnenkomen.'

Lucas bleef staan en keek om naar het hek van het kamp. Hij zag de mensen niet meer die achter hen aan waren gekomen, alleen de lichten die ze droegen, en hij hoorde hun strijdkreten. Ze waren een ander straatje ingegaan.

'Nou, hij kan daar niet buiten blijven,' zei Sonia. 'Moet je ze horen!'

Lucas keek in de schemerige kamer van de daya. De bepleisterde muren waren met eenvoudige druivenbladpatronen en blauwe vijfvingerige handafdrukken beschilderd, zoals je ook in Noord-Afrika zag. De daya zelf leek Afrikaans. Het enige licht in het vertrek kwam van haar kookfornuis. Ze stond resoluut in de deuropening, haar handen op zijn borst om hem weg te duwen.

'*La*,' zei ze met schelle stem. '*La, la*.' Verboden toegang.

Maar blijkbaar wilde ze de buitenlandse vrouwen wel opnemen zonder vragen te stellen, ondanks het tumult buiten, de staat van beleg, de menigte op straat. Op de een of andere manier gaf het gedrag van de vrouw Lucas het gevoel dat Nuala, Sonia en de Roos bij haar in veiligheid zouden zijn.

'Ik denk dat jullie het hier wel redden,' zei hij tegen Nuala.

'En jij?'

Nuala sprak de oude vrouw in het Arabisch aan. Ze schudde weigerend met haar hoofd.

'Ik weet het niet,' zei Lucas. 'Ik laat ze mijn perskaart wel zien of zoiets.'

Met nadrukkelijke voorzichtigheid deed de oude vrouw de deur voor hem dicht.

'*Itbah al-yahud!*' scandeerde de menigte in de verte.

Lopen of rennen? vroeg Lucas zich af. Hij kon doen alsof hij een wandelingetje maakte. Op een T-kruispunt aan het eind van het straatje ging hij in de richting die voor zijn gevoel van de menigte vandaan leidde. Een oude man, die water uit een gemeenschappelijke kraan tapte, kwam in de duisternis op hem af en gaf een schreeuw.

'*Masar il kher*,' zei Lucas beleefd.

Plotseling had hij grote dorst. Hij herinnerde zich de versregel op de Ottomaanse fontein in het dal van Hinnom – 'Al wat is geschapen komt van water' – een van de tientallen verzen uit de koran die hij kende, een van zijn kleine voorraad weetjes uit dit deel van de wereld, waar hij zich als expert wilde voordoen. Ze waren in de woestijn en hij had de hele dag niets gedronken en ze hadden een thermosfles in de Land Rover achtergelaten. Hij liep vlug terug en dronk uit de kraan, terwijl de oude man tegen hem jengelde.

Toen de menigte weer dichtbij klonk, zette hij het op een lopen; hij dacht dat zijn ademhaling vreselijk veel lawaai moest maken. Als ze je verbranden, vroeg hij zich af, was het dan beter om te schreeuwen? Om meteen te gaan krijsen, om moord en brand te schreeuwen al voordat het pijn deed? Misschien kon je op die manier energie verbruiken, zodat er een beetje minder overbleef dat in pijn kon worden omgezet. Misschien zou zo'n ongepast vertoon hen beschamen. Nee, ze zouden alleen maar lachen om zijn lafheid.

En als hij probeerde zich hard op te stellen? Moed was zo bewonderenswaardig, zo transcendent. Hij had er bij anderen altijd veel bewondering voor gehad. Kon hij proberen zich onverschillig voor te doen? Rot op met jullie halsband, rot op met jullie brandende benzine. Ik zal jullie eens laten zien hoe een halve jood sterft. In stijl. Misschien ook met een beetje vervreemding, maar in stijl. Als Cary Grant in de tempel van Thuggees in *Gunga Din*.

'*Itbah al-yahud!*'

Aan het eind van het volgende straatje kwam hij bij prikkeldraad uit. Aan de andere kant, voorbij een aantal velden met iets wat op spinazie leek, brandden de lichten van een nederzetting. Het prikkeldraad van het kamp leek hem niet onoverkomelijk, maar hij voelde er weinig voor om zich in het heetst van een opstand op de moeizaam opgebouwde plantage van de kolonisten te begeven. Waarschijnlijk zouden ze hun territorium agressief verdedigen.

Maar uiteindelijk kwam hij echt aan het eind van kamp Beit Ajani. Het laatste straatje liep dood, en het leek wel of de onregelmatige stenen terugkeerden naar de plaats waar de gewapende majnoon liepen. Er zat niets anders voor hem op dan met een bebloede onderarm onder het prikkeldraad door te kruipen, uit Beit Ajani weg en de spinazie in. De grimmige discipline van de lichten in de verte deed hem aan mijnenvelden denken. Zouden mensen mijnen leggen in hun spinazie? In Gaza misschien wel.

In ieder geval zette hij het op een lopen. Van het kamp vandaan, van de weg vandaan en ook van de nederzetting vandaan. Toen er weer een helikopter overkwam, dook hij weg en begroef zijn hoofd in de planten. Insecten kropen weg in het felle schijnsel voor zijn dichte ogen.

Nu en dan bleef hij staan om op adem te komen. Had hij er

maar aan gedacht om meer water mee te nemen. Een aantal keren dacht hij dat de menigte het had opgegeven; hij spitste zijn oren en luisterde hoopvol of hij een soort stilte hoorde, een weldadige stilte onder het geweervuur, onder de roep van de muezzin, onder het roffelen van de helikopter. Een persoonlijke stilte waarin niemand hem achtervolgde. Maar het scanderen was er nog steeds; hoe ver hij ook rende, het leek wel of ze altijd achter hem waren, vastbesloten hem te pakken te krijgen. Zo langzamerhand geloofde hij niet meer in zichzelf als mens. Wie zou een mens willen zijn? dacht hij.

Toen de helikopter die in het spinazieveld over hem heen was gevlogen de majnoon-menigte die hem achtervolgde had ontdekt, rende hij lachend door. Laat de vliegenden de lopenden vernietigen! Laat de lopenden de anderen naar beneden trekken!

Misschien, dacht hij, had hij zich dat scanderen al urenlang verbeeld; de frase had al zo lang door zijn hoofd gegalmd. Maar nee, toen hij bleef staan, was het er weer.

'*Itbah al-yahud!*'

Hij had zo'n dorst. Hoe ging het ook weer? 'En laat de melkige bronnen die uw dorst lessen u niet ophouden.' Melk altijd en overal. De American Dream. Lestrade zou de humor waarderen.

Aan het andere eind van het veld zag hij een minaret. De toren stak af tegen de lichten van de nederzetting en het schijnsel van de opkomende maan. Er waren zwakke lichten aan de voet van de toren te zien, en daarachter nog meer lichten – aluminium lampen met regelmatige tussenruimten, misschien de kustweg, dacht hij. Als hij alleen maar door de nacht kon komen zonder in de handen van de menigte te vallen, zou hij waarschijnlijk wel een lift kunnen krijgen van een VN-voertuig.

Toen barstte het veld waarin Lucas stond spectaculair in licht uit. De helikopter hing weer boven hem. Hij hoorde de radio knetteren: coördinaten en instructies. Toen begon iemand door een luidspreker te schreeuwen. Het was geschreeuw in het Engels, besefte Lucas, en het was tot hem gericht. Hij bleef staan en stak zijn beide armen zo hoog als hij ze kon uitrekken, van schoudergewrichten tot vingertoppen.

'Pers!' schreeuwde hij naar de helikopter. Het opwaaiend zand raakte in zijn ogen. Takjes en steentjes wervelden in de schroefwind van de rotoren. '*Periodista! Journaliste!*'

Toen hij daar met gestrekte armen in de wervelwind stond, ging er een harde kreet op in de menigte Palestijnen op de weg van Beit Ajani. Ze waren hem in de duisternis van het veld kwijtgeraakt, dacht hij. Nu zagen ze hem in het zoeklicht van de helikopter terug.

Gedurende enkele seconden draaide de helikopter razend in het rond. Hij kon de opgewonden menigte zien, maar als ze geluid maakten, kwam dat niet boven het geroffel van de helikopter uit.

'Journalist?' zei de man door de luidspreker. 'U bent de journalist?'

Het klonk als een reddingsactie.

'Ja!' schreeuwde hij naar zijn nieuwe vriend in de hemel. 'Ik ben Lucas.' Hij wilde uitleggen dat ze hem achtervolgden en '*Itbah al-yahud*' schreeuwden. Hij wilde alles uitleggen. De helikopter was nu aan het dalen. Zand en takjes en steentjes sloegen nog harder tegen hem aan.

'Niet bewegen, journalist. Daar blijven!'

'Goed,' zei Lucas gesmoord. Hoewel hij bijna stikte, wilde hij maar al te graag meewerken. Hij kon de menigte niet meer boven het lawaai van de helikopter uit horen, maar hij had de indruk dat hun opwinding alleen maar groter werd.

'Daar blijven wachten!' zei de luidspreker. De man klonk een beetje te serieus en te behulpzaam. 'We pikken je morgenvroeg op. Begrepen? Nergens heen gaan, begrepen?'

'Ja!' schreeuwde Lucas zo hard als hij kon. Toen was het weer donker, en hij hoorde de menigte op de weg. De helikopter verdween over de nederzetting. Binnen enkele seconden was hij een kilometer ver weg, en Lucas begreep dat hij het slachtoffer van ruwe soldatenhumor was geweest. De menigte was nu bij het prikkeldraad. Ze klommen eroverheen, werkten zich eronderdoor, probeerden zich erdoorheen te hakken. Lucas aarzelde maar even en begon toen door de spinazie te rennen. Iemand begon vanaf de rij lichten bij de nederzetting te schieten. Van de kant van de Arabieren kwamen kreten van pijn en woede.

Hij rende tot hij geen adem meer had, vallend, omrollend, overeind krabbelend. Het spinazieveld eindigde bij een hoge bakstenen muur die om een aantal gebouwen met een koepeldak heen stond. De minaret die hij had gezien, bevond zich daar ook binnen. Leunend tegen de muur nam Lucas wat rust, zijn ogen dicht. Hij probeerde vast te stellen of hij werkelijk het scanderen van dezelfde menigte hoorde. Toen hij een paar keer diep adem had gehaald, sloop hij langs de muur en keek achterom naar het veld waar hij doorheen was gerend. Jazeker, de menigte stond er nog. De mensen zwaaiden met hun fakkels en zaklantaarns en sloegen op iets, blijkbaar op deksels van vuilnisbakken. Kennelijk stonden ze nu met hun gezicht naar de nederzetting en richtten ze hun slogans daarop. Nu en dan knalde er een schot aan de verlichte rand aan de andere kant van het veld. Dan gingen er kreten en geweeklaag op in de menigte en werd er nog verwoeder met lantaarns en fakkels gezwaaid.

Nu hoefde hij zich tenminste niet meer af te vragen wat hij van het leger kon verwachten. Maar met een beetje geluk, dacht hij, kon hij blijven waar hij was en zouden de kolonisten en de krankzinnige dorpelingen elkaar bezighouden. De kustweg was verleidelijk dichtbij, maar er was niet veel kans dat hij daar vrienden zou vinden. Hij had het vreemde gevoel dat hij al eerder op deze zelfde plaats was geweest, tijdens een van zijn eerdere expedities naar de Gazastrook. Hij had een interview gedaan, geloofde hij; dat was op de dag van de woedende Fransman geweest.

Hij volgde de muur met zijn handen en probeerde zorgvuldig over het puin en de rommel heen te stappen. In het diffuse licht zag hij dat de minaret die boven hem uit torende met de metalen resten van een kruis was bekroond, verborgen en half los hangend tegen de witte muur. Een christelijke enclave, maar niet dezelfde waar ze eerder waren gestopt. En deze was blijkbaar niet verlaten; hij had zwakke lichten gezien.

Het jaar daarvoor, herinnerde Lucas zich, toen hij zijn uitstapje met de militante Fransman maakte, hadden ze de ruïnes van een christelijk getto bekeken, en die hadden er ongeveer zo uitgezien als deze nederzetting hier. Dat was net buiten een dorp geweest dat Zawaydah heette. Hij leunde tegen de muur om uit te rusten en probeerde zich de details van die andere plaats te herinneren. Hij wou dat hij water had meegebracht. Op de weg naast het spinazieveld werd nog geschreeuwd en lawaai gemaakt; de menigte was blijkbaar nog op volle sterkte. Het was duidelijk dat hij de gebeurtenis van het jaar was. Toen hij goed luisterde, besefte hij dat er dicht bij hem ook mensen waren, aan de andere kant van de muur.

Hij stond op, klom op wat gevallen bakstenen en probeerde de mensen achter de muur te horen. Ze spraken zacht, bijna heimelijk, alsof ook zij zich verborgen. De taal die ze spraken, klonk niet Arabisch en ook niet Hebreeuws, al kon hij daar niet zeker van zijn.

Wie waren ze en wat betekende het? In de Gazastrook kon je op bijna alles stuiten. Het meeste kon beter ongezien blijven, in elk geval volgens degenen die ermee bezig waren. Aan de andere kant van het spinazieveld was de legerhelikopter teruggekomen. Hij cirkelde nu boven de lichten op de omheining van de nederzetting.

Lucas klom op een berg bakstenen en hees zich naar de bovenrand van de muur. Aan de andere kant zag hij de resten van een kerktuin waar allemaal wrakken van auto's uit de tijd van Laurel en Hardy stonden. Er waren vaten met reserveonderdelen en motoren die in een berg op elkaar lagen, en er stonden een stuk of tien auto's en bussen in diverse stadia van ontmanteling. Een International Harvester-vrachtwagen stond midden in de ruimte; de voorkant was tussen twee ziekelijke palmen omhoog getakeld. Aan het ene eind van de tuin stond een schuur met rijen werkbanken vol gereedschap. De schuur werd verlicht door petroleumlampen.

In de tuin waren allemaal mensen die daar blijkbaar kampeerden. Gezinnen lagen in slaapzakken bij elkaar. Mannen sliepen in fauteuils waar de veren doorheen gesprongen waren, met kartonnen dozen als voetensteun. Vrouwen gaven baby's de borst. Er hing daar een sfeer van waakzame terneergeslagenheid.

Zo geruisloos mogelijk liet Lucas zich weer zakken. Hij vroeg zich af wat hij aan deze plaats zou kunnen hebben. De vorige keer dat hij hier was, herinnerde hij zich, had een oude man geprobeerd hem een interview te verkopen. De oude man beweerde een *mukhtar* van het Nawar-volk te zijn, de plaatselijke zigeunerstam. Iemand die zichzelf tot zigeuner uitriep. Lucas had gedacht dat de man een bedrieger was.

Nu die menigte krankzinnigen daar nog was en er een helikopter vol grappenmakers in de lucht hing, schoot het Lucas te binnen dat hij misschien toch maar eens op zoek moest gaan naar een zigeuner die hem een interview wilde verkopen.

42

Terwijl de menigte over de weg in de verte heen en weer rende en riep dat hij te voorschijn moest komen om zich over te geven en zijn ingewanden te laten verwijderen, dronk Lucas sterke thee en arak met de *mukhtar* van het Nawar-volk, die het Bektashi-soefisme beoefende. Een van zijn nuttige activiteiten was de waarzeggerij. Lucas was meteen bereid zich de toekomst te laten voorspellen.

'U moet betalen,' zei de mukhtar. Lucas schrok daar even van. Hij bedacht dat vergelding de som was van wat het leven voor hem in petto had. Hij had altijd verwacht dat hij nog eens ter verantwoording zou worden geroepen. Maar de mukthar wilde alleen maar vertellen dat zijn diensten als helderziende een marktwaarde bezaten en dat er dus voor betaald moest worden.

'Jazeker,' beaamde Lucas.

'Hoeveel betaalt u?' vroeg de mukhtar. Hij heette Khalif.

Lucas keek nogal indiscreet in zijn portefeuille. Hij had iets meer dan tweehonderd dollar in Amerikaans geld en shekels.

'Vijftig dollar,' stelde hij voor.

'U betaalt honderd dollar,' zei de mukhtar met het gezag van iemand die in de toekomst kon kijken.

'Goed,' zei Lucas.

Hij stak zijn hand uit en de mukhtar streek met zijn vingers langs zijn levenslijn en lotslijn. Toen legde hij zijn handen op Lucas' slapen.

'U zult lang leven,' zei de oude man.

'Goed,' zei Lucas, al leek het lawaai in de buurt niet af te nemen.

'U zult nog vijf jaar ongelukkig zijn. U zult door de wereld dwalen tussen mensen die niet van u houden. Maar Allah, gezegend zij Hij, zal u beschermen zoals hij anderen als u heeft beschermd. Over vijf jaar zult u de islam aanvaarden. U zult derwisj van de Bektashi zijn.'

'Dat zou misschien kunnen.'

'Ja. U zult een vrouw hebben. Ze is derwisj. Ze zal u onderrichten. Een wijze vrouw met een groot geloof.'

'Hoe zal ze eruitzien?'

'Beeldschoon. Als een vrouw van de Howitat. Haar huid is donker. Ze verlengt haar ogen met kohl.'

Een gloeilamp ging boven hen heen en weer in de bries. De kaffiya van de mukhtar was smetteloos en zijn snor was bijgeknipt en in de was gezet als die van een Hongaarse huzaar.

Lucas zei dat hij zich over de bovennatuurlijke inzichten van de mukhtar verbaasde. Hij gaf toe dat hij zo'n vrouw kende.

'Geloof,' zei de mukhtar. 'Eer wat heilig is. Dan zult u niet meer ongelukkig zijn.'

De mukhtar bood aan om voor een extra beloning zijn speciale, informatieve, uitgebreide lezing over de Nawar, de derwisj van de Bektashi, te geven. Het was een dienst die hij vaak aan de bezoekende pers verleende, en het zou nog eens honderd dollar kosten. Lucas maakte geen aantekeningen, want hij werd steeds weer afgeleid door de onlusten dichtbij. Hij verzekerde de mukhtar dat hij een uitstekend geheugen had.

'Nawar,' vertelde Khalif hem, 'is geen goede naam. Het is een vuile naam. Wij zijn niet echt Nawar. Wij zijn al-Firuli.'

Volgens de mukhtar waren de al-Firuli en hun neven, de Zhillo, in de negentiende eeuw met de kediven uit Albanië gekomen. Ze hadden het in Egypte en Gaza erg goed gehad, tot de val van koning Farouk, die als afstammeling van de kediven hun beschermer was geweest. De al-Firuli waren al voor de vluchtelingenkampen in Gaza geweest, zei de mukhtar. De Palestijnse vluchtelingen onderdrukten hen soms, zoals ze zelf door de Israëliërs werden onderdrukt. In het verleden hadden de al-Firuli als muzikanten en dansers in hun onderhoud voorzien. Hun mannen en vrouwen dansten met elkaar en voorspelden de toekomst. Sinds de islamitische wederopleving waren de waarzeggerij en het gemengde zingen en dansen in verval geraakt. En sinds de intifada was begonnen, heerste er een staat van oorlog.

Noch huwelijken noch *bihram* werden met muziek gevierd, uit respect voor de martelaren. Er waren alleen begrafenissen, en die deden de al-Firuli niet.

Als je de mukhtar zo hoorde, hadden de Nawar een aantrekkelijke, onbevooroordeelde levensbeschouwing. Ze verheerlijkten het leven en dronken wijn en arak wanneer ze daarover konden beschikken. Ze vereerden Mohammed, Mozes en Issa, alle profeten van God.

In Tel Aviv, legde Khalif uit, waren mensen die een taal spraken die de al-Firuli verstonden. Die mensen in Tel Aviv spraken Romani. De Nawar-taal heette Dumir. Veel jongere Nawar spraken die taal niet meer.

Lucas vroeg Khalif of hij in Tel Aviv was geweest. Khalif wilde niet veel over zijn eigen reizen vertellen. Maar veel al-Firuli waren over de lijn geweest, gaf hij toe. Ze gingen naar Tel Aviv en naar Jeruzalem. In Jeruzalem gingen ze naar kerken en moskeeën en andere openbare plaatsen om de mensen over zichzelf te vertellen. Daarmee bedoelde hij, nam Lucas aan, dat ze daarheen gingen om te bedelen.

Khalif bleek ook van Yad Vashem gehoord te hebben. De al-Firuli gingen daar ook heen. Lucas waagde het erop hem te vragen of hij de betekenis van die plaats kende.

'De joden zijn vermoord,' zei Khalif. 'Er zijn veel joden vermoord, totdat ze hier kwamen.'

Hij zei dat hij had gehoord dat het een schitterende plaats was, gebouwd van kostbare metalen, zo groot als een moskee.

'Maar het is niet precies een bedevaartsoord,' zei Lucas. 'Het is een monument. Voor joodse martelaren. Ter nagedachtenis.' Het schrijn daar was van onbewerkte steen, vertelde hij de mukhtar. Niet van kostbare metalen.

Khalif zei dat hij dacht dat hij de boodschap daar had begrepen. 'Hoe groter het verdriet,' zei hij, 'des te groter zal de wraak zijn. Als een man verdriet heeft, wil hij het verdriet van zijn vijanden zien. Hij denkt: waarom zou ik huilen en een ander niet?'

Khalif zag dat Lucas van die woorden schrok.

'U bent bedroefd? U bent een jood?'

'Ik ben bedroefd,' zei Lucas. Het waren een bedroefde dag en avond voor hem geweest, legde hij uit. Over Yad Vashem, joden,

Romani en al-Firuli zei hij niets. Het was een hopeloos lang verhaal. Wat ben ik, dacht hij, een zendeling? Op de weg was het rustiger geworden.

Lucas betaalde opnieuw en merkte op dat het jachtige Westen veel van de eeuwenoude wijsheid van nederige volkeren te leren had. De mukhtar complimenteerde Lucas met zijn nederigheid en bereidheid om te leren. De mukhtar had veel ervaring met westerse mensen. Lucas, geloofde hij, was een uitzondering, anders dan de anderen.

Kort voor de dageraad hoorde Lucas de oproep tot het ochtendgebed in het grote dal van de as weerklinken. Ditmaal was er geen woedend muezzinlied, geen oproep tot wraak, geen *Itbah al-yahud*. Alleen de schoonheid van de oproep tot devotie, de vermaning en de belofte aan de gelovigen dat het gebed beter was dan de slaap. Natuurlijk was het maar een bandopname. Maar toen die woorden te horen waren, kwamen de eerste zonnestralen over de rand van de woestijn en bleek het op de weg stil en rustig te zijn.

Khalif kwam langs de plaats waar Lucas was ingedommeld. 'De dag zal beter zijn,' zei hij.

'Goed,' zei Lucas.

Een jonge Nawar reed hem in het eerste licht van de dag over de weg, dezelfde weg waarop de razende dorpelingen hem de vorige avond hadden achtervolgd. Een militaire helikopter vloog over hen heen en bleef een ogenblik in de lucht hangen. Ieder moment konden ze bevel krijgen om van de weg af te gaan.

Na een tijdje herkende Lucas de contouren van Eshaikh Ijleen. Hij had gehoord dat daar het distributiecentrum van de VN was. De Nawar zette hem daar af en hij begon over de weg te lopen. Er hing nog veel rook in de lucht. Lucas meende een vage jodiumgeur te ruiken. Dat kon de zee zijn, het zeewier, de kust.

Een uur na zonsopgang was het extreem warm. Lucas, die geen hoofddeksel bij zich had, voelde hoe de zon op zijn kale plek brandde. Luchtspiegelingen zinderden over de weg. Een wolk bij daglicht zou handig zijn, dacht Lucas. Een zuil van vuur bij nacht.

Het leek hem niet zinvol om te proberen in Beit Ajani terug te komen, waar de vrouwen hun toevlucht hadden genomen in het huis van de oude *daya*. Hij kon beter proberen in de schaduw van een VN- of NGO-organisatie weg te duiken en van daaruit contact te leggen. Hij nam aan dat ze niet in onmiddellijk gevaar verkeerden.

Toen hij over de weg liep, doken er vier luciferfiguurtjes uit een luchtspiegeling in de weg voor hem op. Toen ze dichterbij kwamen, zag hij dat het vier jonge Palestijnen waren. Hun kleren waren vuil en zwart uitgeslagen, alsof ze te dicht bij een vuur waren geweest. Een van hen had een kaffiya met een zwarte band en droeg een benzineblik. Dat blik verontrustte Lucas.

De jongemannen kwamen naar hem toe en staarden hem onbeleefd aan. Hij kon weinig aan hen zien. Misschien waren het Palestijnen uit de stad, of bedoeïenen, of zelfs Nawar van de al-Firuli.

'Jij bent jood,' zei een van hen tegen hem toen ze voorbijkwamen.

'Jij bent spion,' zei een ander.

'Jij bent shit,' zei de jongeman met het benzineblik.

'Shit,' zei de vierde, die vermoedelijk het minste Engels sprak.

Waarom zou ik ze tegenspreken? dacht Lucas. Eenieder ging zijn weg en ze keken niet om, in ieder geval Lucas niet. Het was niet erger dan soortgelijke ontmoetingen die hij in het Caribisch gebied had gehad.

Het volgende visioen dat vaste gedaante aannam in de schittering van de zon, was een militair voertuig dat langs de kant van de weg stond, met een blauw-met-witte Ster van David-vlag erop. Het was stoffig en zag er troosteloos uit, maar het bleek een patrouillewagen van het Israëlische leger te zijn. Een luik ging open en een gehelmde jongeman stak zijn hoofd naar buiten. Hij zette de helm af, pakte zijn zonnebril uit de zak van zijn sweatshirt en tuurde naar Lucas.

Na een moment van verbazing zei hij: 'Papieren.'

Lucas liet hem zijn paspoort en zijn perskaart zien.

'U had een beetje moeilijkheden?' vroeg de soldaat droogjes.

'Nou, ik stuitte gisteravond op een barricade. Ik moest mijn auto achterlaten.'

'Die is waarschijnlijk al verbrand,' zei de soldaat. 'Nog een geluk dat u er niet in zat.'

Lucas glimlachte om de grap. 'Daar hebt u gelijk in.'

'U denkt dat ik een grap maak?' vroeg de soldaat geërgerd. 'Er is gisteravond een burger vermoord. Er waren aanslagen in de hele Gazastrook. Ook op de Westoever. Zelfs in onze eigen steden. In Lod. In Nazareth. In Holon. Er is een jong meisje vermoord, de *skezzin*.'

'In de Strook?' vroeg Lucas.

'In Tel Aviv zelf,' antwoordde de soldaat.

'Nou,' zei Lucas, 'zoals u kunt zien, ben ik de weg kwijt en ben ik een buitenlander. Ik zou graag naar mijn kantoor in Jeruzalem willen bellen. Zou u me een lift naar een VN-post kunnen geven?'

De soldaat keek zorgelijk. Er verscheen nog een jonge soldaat in het luik. Hij wuifde zich koelte toe met zijn baret. Het open luik was desastreus voor de airconditioning in de wagen.

'Ik zou u graag helpen,' zei de eerste soldaat. 'Maar als er iets gebeurt en u bent bij ons, dan zitten wij in Libanon.' Hij tuurde naar de horizon. 'Kijk,' zei hij, en hij wees over het spinazieveld naar de dichtstbijzijnde nederzetting. 'Dat is Kfar Gottlieb. Daar hebben ze een telefoon. Ze zullen u helpen.'

De tweede soldaat zei iets nonchalants in het Hebreeuws. Zijn kameraad vond het grappig, maar Lucas kon het niet verstaan.

'We dénken dat ze een telefoon hebben,' vertaalde de eerste soldaat. 'We weten niet altijd wat hun wordt toegestaan.'

Ze spreidden een legerdeken, die koel was van de luchtstromen in de tank, op het gloeiend hete metaal van hun wagen uit en Lucas reed bovenop mee tot aan Kfar Gottlieb. Bij de ingang van de nederzetting vertelde de soldaat die het bevel over het militaire voertuig voerde wat Lucas was overkomen. De gewapende schildwachten maakten het hek open om Lucas binnen te laten. Afgezien van hun keppeltjes droegen de schildwachten hetzelfde kaki uniform als de soldaten. Ze waren grimmig en zwijgzaam.

Lucas schudde de twee soldaten die hem een lift hadden gegeven de hand en liep door het hek.

'Ik dacht niet dat ik het zou redden,' zei hij tegen de schildwachten. Het waren er drie. Twee waren midden twintig en de derde was midden vijftig. Ze reageerden niet op Lucas' poging om een gesprek te beginnen. Even later kwam er een jeep van het hoofdkwartier van de nederzetting, opgeroepen per walkie-talkie. De jeep werd bestuurd door een knappe donkerharige vrouw met een kaki hoofddoek. De oudere schildwacht gaf Lucas een teken dat hij in de jeep moest stappen en ging naast hem zitten. Ze reden zwijgend door de spinazievelden. Voorbij de spinazievelden lagen tomatenvelden, en daar weer achter stonden rijen grapefruitbomen en daar weer achter bananenbomen.

'Dus dit is Kfar Gottlieb,' zei Lucas om te proberen een gesprek met de twee mensen in de jeep te beginnen.

De oudere schildwacht keek hem neutraal aan. 'Ja,' zei hij. Hij sprak met een stem zonder accent of intonatie.

Ze reden bijna een halfuur en kwamen toen bij keurige rijen witte huizen, waartussen het hoofdkwartier van de nederzetting stond. De schildwacht stapte uit en gaf Lucas met hetzelfde gebaar als bij het instappen te kennen dat hij uit de jeep moest komen. Hoewel de man zijn machinegeweer aan zijn schouder hield, voelde Lucas zich een gevangene. De vrouw met de kaki hoofddoek reed weg zonder achterom te kijken.

'Ik zou graag in contact willen komen met mijn reisgenoten,' zei Lucas vriendelijk toen ze de stacaravan met airconditioning binnengingen die blijkbaar het hoofdkantoor van de nederzetting was. 'Een aantal mensen van de International Children's Foundation.'

De man met het machinegeweer bleef abrupt staan en keek hem met diezelfde neutrale blik aan, al schemerde daar nu ook een zekere woede doorheen.

'Kinderen?'

'Ja, ik...'

'U bent verslaggever? Wij hebben hier kinderen. U wilt een verhaal over onze kinderen schrijven?'

'Ik heb in de kampen gewerkt.'

'O, de kampen,' zei de man. 'Ik begrijp het. Ja. Die kinderen.'

'Het was een rotdag,' zei Lucas, die nog hoopte dat ze vrienden konden worden. 'Gevaarlijk voor iedereen.'

'Dat is zo,' zei de man. 'Een van onze eigen broeders is gedood. Een van onze kinderen.'

'Ik vind het erg om dat te horen,' zei Lucas.

‘Hij was geen kind,’ legde de man uit. ‘Hij was een mooie jongeman. Ik hoop dat u me niet voor een mietje aanziet.’

Het leek Lucas verstandig om niet te antwoorden. Hij verkeerde blijkbaar weer in moeilijkheden.

‘Natuurlijk wil ik u niet beledigen als u homo bent,’ zei de man. ‘Ik wil dat u gunstig over ons denkt. Dat is erg belangrijk voor ons: wat de wereld denkt.’

‘In ieder geval...’ Lucas keek om zich heen naar de groene velden, op zoek naar iets waarover hij iets kon zeggen. Sprinklers op verrijdbare irrigatiebuizen vormden rijen van mistige regenbogen die zich tot aan het waas boven de horizon uitstrekten. ‘In ieder geval verbouwt u hier veel spinazie.’ Hij was bang en erg moe.

De man lachte waarderend, een luide, valse lach. ‘Veel spinazie. Dat is goed. Ja,’ zei hij, ‘we hebben de woestijn tot bloei gebracht.’ Hij wachtte even. ‘De jongeman die stierf, die door dat uitschot is vermoord – hij was nieuw hier. Tegelijk was hij een van onze kinderen. Misschien kunt u dat moeilijk begrijpen?’

‘Natuurlijk begrijp ik dat,’ zei Lucas. Misschien, dacht hij, had hij het niet kunnen laten om enige ergernis in zijn stem te laten doorklinken. ‘Waarom zou ik het niet begrijpen?’

‘U moet het begrijpen,’ zei de man. ‘En dat zult u.’

‘Hoe,’ vroeg hij de man met het machinegeweer, zonder op de voorspelling in te gaan, ‘is het gebeurd?’

‘Meneer,’ zei de man, ‘daar wilden we u juist naar vragen.’

43

Toen hij op de tegels van de koele lichte kamer lag, bedacht Lucas dat tot voor enkele ogenblikken niemand die iets met dit alles te maken had hem pijn had gedaan. De stompen die hij zojuist van de roodharige man met het vrolijke gezicht te verduren had gekregen, waren de hardste die hem ooit hadden getroffen – dit was veel erger dan die keer dat hij in Morningside Park in dronkenschap was beroofd. Hij was niet van plan om terug te slaan, maar de man hield toch een kleine preek voor hem.

'Je slaat nooit een jood,' zei de roodharige man. 'Want als je je vuist verheft, als je probeert een joods persoon te verwonden, probeer je de Almachtige Zelf letsel toe te brengen.'

'Dat heb ik nog nooit gehoord,' zei Lucas, terwijl hij overeind kwam.

De roodharige man had een collega bij zich in de kamer.

'Nu heb je het gehoord,' zei de collega. Hij was een veel kleinere man en hij had niet zo'n vriendelijk voorkomen als zijn collega. Hij was klein en gedrongen en had felle oogjes, donker haar en een buikje. Hij scheen zich goed bewust te zijn van het effect dat hij op mensen had.

Lucas hees zich op de kruk die voor hem was neergezet. Het was een driepotige kruk, zo'n ding waarop een bokser tussen twee ronden kon uitrusten of de domoor van de klas te kijk kon worden gezet. Lucas kon zich voorstellen dat de kruk in Kfar Gottlieb voor beide doeleinden werd gebruikt. Toen hij in het felle licht keek, zag hij dat de roodharige man die hem had geslagen knalrode bokshandschoenen droeg. De collega van de man zag Lucas' verbazing.

'Hij is atleet,' legde de collega uit, die blijkbaar de leiding had. 'Dus hij moet zijn handen beschermen.'

'Ik dacht dat hij misschien viool speelde,' zei Lucas. Dat bleek absoluut het verkeerde antwoord te zijn. Pats, en hij lag weer op de vloer. Hij had een verdoofde neus, proefde kraakbeen en keek neer op zijn eigen bloed.

'Dat doe ik ook,' zei de roodharige man. 'Ik ben nog op zoek naar een viool. Wil jij er een zijn?'

Lucas hielp zich weer op de kruk en vroeg zich af wanneer hij weer normaal zou kunnen ademhalen. Hij moest denken aan die keer dat hij 's avonds aan het duiken was in Sharm al-Sheikh en opeens geen lucht meer had. Hij was geen moment te vroeg boven water gekomen en had toen de zwarte hemel en de kolossale woestijnsterren gezien. Toen had hij het zuurstofapparaat van zijn gezicht getrokken en in de rubberen omhelzing van zijn duikuitrusting achterover geleund om van de heerlijke lucht te genieten. Toch was die lucht om een of andere mysterieuze, metabolische reden niet beschikbaar geweest. Hij had hijgend op het zwarte wateroppervlak gedreven en het leek wel of hij de lucht van Uranus inademde, zo weinig voeding kregen zijn arme longen.

De kamer waarin ze zich bevonden, was pikzwart en muf geweest toen ze binnenkwamen. In het licht van de tl-buis aan het plafond was te zien dat de wanden bedekt waren met tegels. Het was een soort schuilplaats, een bunker. Hoe hij zijn best ook deed, het leek wel twintig seconden te duren voordat hij weer op adem was.

'Nou,' vroeg de donkerharige man, 'waarom ben je geslagen?'

Het antwoord, geloofde hij, was 'vanwege Lenny', al sprak hij het niet uit. Discretie was geen gemakkelijke zaak voor Lucas, die geneigd was langzaam en hardop te denken, maar het werd tijd dat hij een beetje meer zijn best deed.

'U hebt mijn leven gered,' zei hij tegen de mannen in de kamer. 'Als u me niet had opgenomen, zou ik zijn gedood. Daarom weet ik eigenlijk niet waarom u me slaat. Ik ben een Amerikaanse journalist, precies zoals het in mijn papieren staat.'

'Joods?' vroeg de roodharige man.

Lucas moest moeite doen om niet in lachen uit te barsten. In de loop van zijn weinige jaren in dit land was diezelfde vraag hem op alle mogelijke manieren en vanuit zo ongeveer iedere invalshoek gesteld. Net toen hij had gedacht dat er geen variaties meer op waren, geen nieuwe formuleringen, geen nieuwe stembuigingen, stuitte hij op een nieuwe.

De versie van de roodharige man was niet erg vijandig geweest. Eerder enigszins verwelkomend.

'Voor een deel,' zei Lucas. 'Mijn vader was een jood, al was hij niet godsdienstig. Hij beoefende de Ethische Cultuur. Mijn moeder was niet joods.'

Waarom vertel ik die klootzakken het verhaal van mijn leven? vroeg hij zich af. Het was nog tot daaraan toe om bang te zijn, maar het was vernederend om je moreel gezag op te geven. Toch kon hij zijn eigen logica wel doorgronden. Zolang hij in hun relatieve goedheid kon geloven, kon hij ook redelijkerwijs verwachten dat ze hem niet zouden doden. Die verwachting was het enig mogelijke uitgangspunt. Hij was zich er overigens wel van bewust dat de revisionistische verzetsgroepen in de tijd van het Brits mandaat veel betere joden hadden gedood dan hij. Echte joden.

'Waarom werk je niet voor de overheid?' vroeg de roodharige man. Dat was een grap tussen de man en zijn collega, en Lucas dacht dat het indiscreet zou zijn om te glimlachen. Bovendien wilde hij niet opnieuw geslagen worden.

Ik zou goed genoeg zijn om onder de Neurenberger wetten te vallen, dacht hij. Als ik goed genoeg ben om vergast te worden, zou ik ook goed genoeg voor jullie moeten zijn. Maar hij zei niets. Als hij in leven bleef, zou hij die tekst op een dag misschien nog kunnen gebruiken. Nu had hij zoveel stompen gehad als hij aankon.

De twee mannen in de gesloten kamer spraken in het Hebreeuws met elkaar, en Lucas verloor even het bewustzijn. Toen hij weer wat helderheid in zijn hoofd had, keek hij naar de bokshandschoenen. Hij herinnerde zich de bokswedstrijden, de 'smokers', die hij als kind op de verkeerde school had moeten uitvechten. Hij was gedwongen geweest om op de vuist te gaan met elke leerling van de school die zich antisemiet noemde, te beginnen met die jongen die Kevin English heette. Het waren er een stuk of tien geweest.

Wat vreemd, dacht hij, wat eigenaardig dat hij hier aan dat alles terugdacht. Dat hij hier, in een plaats als Kfar Gottlieb, die jungle uit zijn kinderjaren weer opriep, met zijn vettige stank en zijn vrome jansenistische somberheid. Maar hadden ze niet bepaalde dingen met elkaar gemeen? Godsdienst. Het hart van een harteloze wereld. Wat sentimenteel van Marx om het zo te noemen. En hier in Kfar Gottlieb hadden ze godsdienst-plus. Nationalisme. Automatische wapens. Spinazie. Lucas wilde dat het allemaal een betekenis had. Het idee dat het geen betekenis had, maakte hem kwaad.

'Dus wat denk je dat je doet, Lucas,' vroeg de donkere man hem, 'in dit land van ons?'

'Ik ben journalist,' zei Lucas. 'U hebt mijn papieren gezien.'

'Ja, en je bent net als de rest,' zei de roodharige man. 'Je bent hier om de religieuze gemeenschap in diskrediet te brengen. Misschien kunnen we je daar niet van weerhouden. Maar als je de dood van een jood veroorzaakt, loop je een bloedschuld op. Daar kunnen we iets aan doen.'

'We hebben al het mogelijke gedaan om het leven van die man te redden,' zei Lucas. 'Hij liep van ons vandaan. De menigte kreeg hem te pakken en we konden hem niet terughalen.'

'Linda Ericksen zegt iets anders. Ze zegt dat jullie door een controlepost van het leger gingen en niets zeiden. Dat jullie haar sloegen, dat jullie wilden verhinderen dat ze het leger in kennis stelde.'

'Dat is niet precies wat gebeurd is,' zei Lucas.

En dus haalden ze Linda erbij. Ze had gezwollen ogen en je kon zien dat ze hysterisch was geweest.

'Ze sloegen me toen ik het aan de soldaten probeerde te vertellen,' zei ze verbitterd. 'Ze zijn verantwoordelijk voor zijn dood.'

'Linda,' begon Lucas, 'je weet wel beter.' Maar hij begreep dat ze niet te overtuigen was. Hij wist zelf ook niet precies wat er gebeurd was. Waarschijnlijk zou niemands rechtvaardigheidsgevoel worden bevredigd.

'Luister,' zei Lucas tegen zijn twee ondervragers toen Linda buiten de kamer was. 'Ik weet niet wie Lenny was of wat hij in zijn schild voerde, maar ik heb mijn best voor hem gedaan en dat geldt ook voor alle anderen in mijn gezelschap. Hij liep zelf dat kamp in.'

'Wat bedoel je, je weet niet wat hij in zijn schild voerde?' vroeg de donkere man. 'Wat deed je bij hem?'

'Voorzover ik wist, stelde hij mevrouw Ericksen en Sonia Barnes in de gelegenheid om in kamp Argentina met een aantal Palestijnen te praten. Mevrouw Ericksen is vrijwilligster bij de Coalitie voor Mensenrechten. Sonia Barnes reed haar daar in een auto van de VN naartoe.'

'Ja?' zei de roodharige man.

'Toen de dingen uit de hand begonnen te lopen – toen de onlusten begonnen – ging ik er met een taxi heen om Sonia te zoeken. Voor we er erg in hadden, zaten we in de problemen.'

'Waarom jij?'

'Omdat ik Sonia's vriend ben. Ik schrijf over haar.'

'Wat schrijf je?'

'Ik doe een stuk over religieuze groeperingen in Jeruzalem. Sonia heeft vrienden die tot zo'n groepering behoren.'

'Een sekte,' zei de roodharige man.

Lucas haalde zijn schouders op. 'Dat is een relatieve term.' Dat zou jij moeten weten, dacht hij.

'Schrijf je daarover?' vroeg de donkerharige man. 'Sekten in ons land? Bijvoorbeeld over Ethische Cultuur?'

'Ik heb over religieuze obsessie geschreven,' zei hij.

'Wie zou hier dan geobsedeerd zijn?' vroeg de kleine, donkere man. 'Wij niet, hoop ik.'

'Nee, u niet,' zei Lucas. Hij voelde zich weer zwak. 'Zou ik wat water kunnen krijgen?'

Ze brachten een kop zwaar gechloreerd water. Op de muur achter hen, zag hij, hing een spandoek met daarop een kroon boven een palmboom en de letters *bet*, *daled*, *gimmel*.

'Nou, waarom interesseer je je zo voor Linda?' vroeg de roodharige man. 'Zij komt hierheen en dan ben jij er ook ineens.'

'Ik heb Linda en haar man maandenlang geïnterviewd,' zei Lucas. 'Ik ben hier gisteren heen gekomen omdat Sonia Barnes me belde.'

'En waarom is Sonia geïnteresseerd?'

'Nu gaan we in een kringetje rond,' zei Lucas. 'Sonia kreeg de NGO-auto. Linda vroeg haar daarom. Want ze zei dat ze onderzoek deed naar de mishandeling van jongeren door die kerel die zich Abu Baraka noemt.'

Lucas probeerde zo snel en onopvallend mogelijk vast te stellen wat die twee jonge leeuwen tegenover hem wilden. Eerst dacht hij dat hij was geslagen vanwege Lenny's dood, maar blijkbaar wilden ze iets van hem weten.

'Wie heb je gisteren nog meer gesproken?' vroeg de donkere man hem. 'Afgezien van Arabieren.'

Lucas dacht daarover na. Hij mocht redelijkerwijs aannemen dat ze wisten met wie hij had gesproken.

'Nuala Rice van de International Children's Foundation. Helen Henderson van UNRWA. Lenny. Linda en Sonia.'

'Je zat achter Linda aan,' zei de donkerharige man. 'Je hebt haar ex-man geïnterviewd. Je hebt haar via Pinchas Obermann ontmoet.'

'Het is een klein land,' zei Lucas.

'Je denkt dat je een bron in de Shabak hebt?' vroeg de roodharige man. 'Ik kan je vertellen dat er niets in de Shabak of Mossad of waar dan ook – waar dan ook – gebeurt zonder dat wij ervan weten. O ja, waarom heb je je baan bij de krant opgegeven?'

'O, dat,' zei Lucas. 'Dat was iets persoonlijks. En ik heb geen bron in de Shabak.'

'Je wordt gemanipuleerd,' zei de roodharige man. 'We kunnen je een beter verhaal geven, en ook een kans om het land te helpen. Of we kunnen je afsluiten.'

Lucas kon zich wel voorstellen dat ze dat verhaal over Abu Baraka niet in de openbaarheid wilden hebben. Want Abu Baraka was natuurlijk een van hen. Of wat nog waarschijnlijker was, hij was enkelen van hen – hun team van vechtersbazen. Maar wat was het betere verhaal?

'Die man,' zei de roodharige man grinnikend, 'die man is een Mossad-type. Een *petzle* met een *shaygetzy*-uiterlijk. Nietwaar?'

De andere man schonk geen aandacht aan zijn vriend.

'Je beweert dat je een eerlijke journalist bent. Nou, laten we eens kijken hoe eerlijk je bent. We kunnen je het verhaal van een complot tegen de staat Israël geven,' zei de roodharige man. 'En een plan om de actieve religieuze gemeenschap te belasteren.'

Lucas gaf geen antwoord.

'Wat is er, meneer Lucas? Geen interesse?' Hij vloekte in het Arabisch. 'Het is toch wat met die schoften van de glorieuze vrije pers! Als de joden terugvechten tegen terreur, als ze zich tegen moordenaars verdedigen, zijn ze niet beter dan nazi's. De joden moeten altijd het slachtoffer zijn; dat is hun plaats. Anders is de wereld uit het lood. Nietwaar, meneer Lucas?'

'Dat is niet mijn standpunt,' zei Lucas.

'Je vrienden in die sekte, Lucas, die buitenlandse vrouwen en de mannen die de leiding over hen hebben, zijn een stelletje drugssmokkelaars en terroristen.'

'Daar zou ik bewijzen voor moeten zien,' zei Lucas ernstig. Tegelijk had hij het onaangename gevoel dat hij die bewijzen straks te zien zou krijgen. Dit leek hem net iets voor Nuala. Misschien was ze eindelijk te ver gegaan.

'Die bewijzen, meneer Lucas,' zei de donkerharige man, 'zul je te zien krijgen. En als je ze ziet, verlangen we een beetje gerechtigheid van je, begrepen? Je zegt dat je onschuldig bent aan de dood van onze kameraad. Misschien geven we je het voordeel van de twijfel. Maar dan moet je er wel voor zorgen dat de waarheid van dit verhaal in de openbaarheid komt. Je bent geprogrammeerd voor een leugencampagne. In plaats daarvan zul je de waarheid schrijven.'

'Want,' zei de roodharige man, 'de waarheid is geweldig. Toch ben je ons nog meer verschuldigd dan de waarheid. Je bent ons een leven om een leven verschuldigd.'

'Dat is niet zo,' zei Lucas. 'Ik heb niemand gedood.'

'Sorry, vriend. Er is een man gestorven. Jij was verantwoordelijk. Die ene dood kan tot meer sterfgevallen leiden. Wat jij op je handen hebt, is bloed.' De roodharige man maakte een gebaar met zijn hoofd dat de droge vlakten voorbij de muur van Kfar Gottlieb leek te omvatten, de wereld voorbij de velden met fruit en spinazie. 'Er is hier niemand die niet zou sterven om ervoor te zorgen dat wat ons toebehoort heilig blijft.'

'Dus we geven je een verhaal en de kans om het te publiceren,' zei zijn collega. 'Vanaf dit moment, tot het moment waarop de zaak tot een goed einde is gekomen, is het belangrijk dat je met ons samenwerkt. Wat zeg je daarvan?'

'Ik weet het niet,' zei Lucas. En dus lieten ze Linda weer komen, die hem over de hasjiesj vertelde. Nuala en Sonia brachten die elke week, legde ze uit. Ze brachten wapens terug voor Palestijnse milities die soms met Shin Bet samenwerkten, zoals de Zwarte Valken of de communistische factie. Ze brachten soms ook Colombiaanse cocaïne van Mister Stanley voor de elite van de milities mee. Kort geleden hadden ze explosieven uit Iran aan De Kuffs bende syncretisten geleverd, die een of ander krankzinnig plan met de Haram hadden. Linda beweerde dat ze daar bij toeval op was gestuit en dat Sonia het haar allemaal had bekend.

Maar, dacht Lucas terwijl hij over zijn kin wreef, als iemand verwoestende plannen met de Haram had, zou dat de militie van Kfar Gottlieb zijn, de superpatriottische scheppers van Abu Baraka – eerder dan De Kuff en Raziels groepje kabbalistische estheten. Daar was hij tamelijk zeker van.

Lucas verkeerde niet in de stemming om discussies aan te gaan en besloot dat later uit te zoeken. Intussen huilde Linda veel en ging Lucas akkoord met alles wat ze tegen hem zeiden.

In de loop van de avond verscheen Ernest van de Coalitie voor Mensenrechten voor de poort van de nederzetting. Hij was met een nerveuze Palestijnse chauffeur van de grens komen rijden om Linda op te halen. De *chaverim* lieten Lucas meegaan.

'Hoe ben je dáár terechtgekomen?' vroeg Ernest aan Lucas.

'Dat is een lang verhaal,' zei Lucas. 'Ik dacht dat je weg was.'

'Ik was op een congres in Praag. Maar toen ik gisteren terugkwam, hoorde ik dat Linda hier was.'

'Wie vertelde je dat?'

'We hebben hier contacten,' zei Ernest. 'Niet iedereen die in Kfar Gottlieb leeft, deelt de overheersende ideologie. Maar ik moest zelf komen.'

Hij draaide zich even om naar Linda op de achterbank. Ze deed alsof ze sliep. Ernest had zelf moeten komen, omdat hij een van de weinige mensen was die nog enigszins veilig van Gazastad naar de nederzettingen kon komen.

Hij en Lucas wisselden een blik.

'Heeft iemand de vrouwen eruit gekregen?' vroeg Lucas. 'Sonia?'

'Nuala en mevrouw Henderson zijn in het complex van de Children's Foundation. Sonia is op het strand.'

'Het strand,' herhaalde Lucas dof.

'Je zult het zien,' zei Ernest. 'Nou, wat zeiden ze in de nederzettingen? Zo te zien hebben ze je geslagen. Je kunt wat eerste hulp krijgen op het strand.'

'We kunnen ophouden met zoeken naar Abu Baraka. Zij zijn Abu Baraka. Welk strand?'

'Dat zat erin,' zei Ernest. Linda schoof heen en weer alsof ze bewoog in haar slaap. 'Wat zeggen ze nog meer?'

'Ze zeggen dat God aan hun kant staat. En ze proberen mij een verhaal aan te smeren.'

'Ze zijn Gods linkerhand,' zei Ernest. 'En ook zijn rechterhand.'

'Weet je wat ik denk?' zei Lucas. 'Het overkomt God nog eens dat zijn hand wordt afgehakt.' Hij schrok van een kreet van Linda. Hij draaide zich om en zag dat ze haar handen over haar oren had gedaan.

'Er zal wel een proces moeten komen,' ging Lucas verder. Hij sliep zelf ook half. 'Na de gnostische revolutie, als *tikkun* hersteld is, zetten we de Oude Man in een kooi in Pisa en stellen we Zijn verstand op de proef. Ik voor mij denk dat Hij niet erg goed zal scoren.'

'Vraag Hem waar hij is geweest,' stelde Ernest voor.

'Een kooi in Pisa,' herhaalde Lucas. 'We vragen Hem waar hij is geweest en wat Hij verdomme denkt dat Hij doet met zijn bommen en ontploffingen en donderslagen, en waarom Hij ons wezenloos in het rond laat rennen terwijl Hij ons klappen op ons hoofd geeft. We vragen Hem om een staaltje poëzie. Hij heeft Leviathan gemaakt, maar kan Hij scannen? Ik bedoel, sorry, maar zonsondergangen in de woestijn en dat soort onzin zijn geen poëzie.'

'Maar Hij is poëzie, Chris,' zei Ernest. 'En de bommen zijn van ons, niet van Hem. Trouwens, Hij is gauw beter dan Ezra Pound.'

'Twee ouwe kerels met een baard,' vond Lucas. 'En ze horen allebei in een kooi thuis.'

'En de kolonisten in Kfar Gottlieb?' vroeg Ernest. 'Denken zij dat God vrede of oorlog wil?'

'Voorzover ik kan nagaan,' zei Lucas, 'wil Hij soms beide.

Meestal op verschillende tijdstippen.'

'Hoe kunnen jullie daarom lachen?' vroeg Linda woedend, al hadden ze dat niet echt gedaan. 'Het is historisch juist.'

44

Lucas, amper bekomen van de toorn der profeten, stond aan de nevelige rand van de koude Filistijnse Zee tussen gehelleniseerde jongeren in kleine, strakke zwembroeken. Hij had net zijn huurauto opgehaald, een douche genomen en een schoon overhemd en een wijde kaki korte broek uit zijn weekendtas aangetrokken. Hij keek uit naar Sonia, die ergens op het strand was.

De gehelleniseerde jongeren waren voor het merendeel leden van de Israëlische marine. Hun basis stond dwars op de Groene Lijn en lag dus voor een deel in de Gazastrook en voor een deel in het eigenlijke Israël. Ten slotte vond hij Sonia, die aan een van hun partijtjes volleybal deelnam. Ze droeg een lichtblauw badpak. Toen hij haar riep, stond een ander meisje al klaar om haar plaats in het spel over te nemen.

'Noemen ze dat niet aanpappen met de vijand?' vroeg Lucas haar.

'Wie? Die jongens? Dat zijn geen vijanden van me. Als ik op weg naar de Strook ben, ga ik hier vaak heen. Ze hebben altijd wel een pasje over.'

'Een van de vele bizarre aspecten van de oorlog, denk ik.'

'Chris, ik ben met niemand in oorlog. Wat is er met je gezicht gebeurd? Het is helemaal gezwollen.'

'Ik geloof niet dat er iets gebroken is, behalve mijn brug. Ik moet proberen hem weer in model te buigen. Ik heb een losse tand.'

'Ben je geraakt?'

'Ik ben geslagen in Kfar Gottlieb. Ernest zegt dat ik niet de eerste journalist ben die daar in elkaar is geslagen.'

'We moeten wat desinfecterende crème of zoiets halen.'

'Het is niet erg.'

Hij pakte haar bij haar arm vast en liep met haar langs de waterlijn. De langzame golven spoelden tegen hun enkels.

'Ik heb me net laten vertellen dat je hasj smokkelt tussen Tel Aviv en de Gazastrook.'

'Wie heeft je dat verteld?'

'Verdorie,' zei Lucas, 'ik hoopte dat je het zou ontkennen. Het klonk niet als de waarheid.'

'Ik ontken het,' zei ze. 'Natuurlijk ontken ik het. Dacht je nou echt dat ik een gekke drugskoerier ben?'

'Nee,' zei Lucas. 'Maar de kolonisten zeggen het. Waar hebben ze het over?'

'Over Nuala,' zei ze.

'Shit,' zei Lucas. 'Ik wist het! En jij gaat met haar mee.'

'Ik wist het pas toen ik de laatste keer meeging. Ze doet het niet voor geld, weet je. Het is een of andere regeling tussen Rashid en de Partijfractie en de Shabak. Wat kan het de kolonisten schelen? Die moeten weten dat zulke dingen gebeuren.'

'Nou, als je achter Abu Baraka aan zat,' zei Lucas, 'zou je erdoor in moeilijkheden kunnen komen. Want zij zijn Abu Baraka. Het zijn de kolonisten van Kfar Gottlieb. En hetzelfde geldt voor Nuala. Ze kan niet tegelijk aan vuile zaakjes meewerken en ten strijde trekken tegen de kolonisten. Het bevestigt gewoon al hun verdenkingen.'

'Wie heeft het ze trouwens verteld?' vroeg Sonia.

'Linda. Ze is een van hen. Ik bedoel, ze was erbij toen ze mij sloegen. Ze zegt dat ze grote hoeveelheden hasj heeft zien smokkelen en dat Nuala het doet.'

'Dat verrotte melkwitte kreng,' zei Sonia zonder veel vuur. 'Wie had dat gedacht? Maar ze heeft niets gezien. Dat geloof ik niet. Iemand heeft het haar verteld.'

'Nou, er is nog meer. Ze geven ons de schuld van Lenny's dood. Ze zeggen ook dat Nuala explosieven smokkelde. En ze schijnen te denken dat jij er ook bij betrokken was. Dat de explosieven naar Raziel en De Kuff gingen. Jouw jongens.'

Sonia lachte. 'Explosieven? Dat geloven ze toch niet echt?'

'Ik weet niet wat ze geloven. Maar ze willen me een verhaal opdringen. Een nieuwsverhaal. Over een plan om de Haram te beschadigen. Een soort actie als die van Willie Ludlum.'

Ze waren bij de rollen prikkeldraad aan het eind van het strand gekomen. Ze keken er enkele ogenblikken naar, maakten toen rechtsomkeert en begonnen terug te lopen. Plotseling rende Sonia van hem vandaan de golven in. Ze verloor haar evenwicht, hervond het en stortte zich toen halsoverkop in een golf die tot haar borst kwam. Nadat ze even was verdwenen, dook ze aan de andere kant van de golf op. Ze zwom een paar minuten evenwijdig met de kust en liet zich toen door een golf naar het strand brengen, waar ze ter hoogte van Lucas uit de branding kwam wankelen.

'Hoe vaak ben je met Nuala meegereden?'

'Dat weet ik niet meer.'

'Hoe vaak?'

'In de loop van de tijd een keer of zes. Niet meer.'

'Genoeg om herkend te worden. En waarschijnlijk ook gefotografeerd. Waarom vertelde je me niet dat ze drugs smokkelde?'

'Hoe kon ik je dat vertellen?'

'Ik weet het niet. Maar ik reed ook met haar mee. Je had me kunnen inlichten.'

'Ik dacht dat je erg dik met Nuala was.'

'Niet echt.'

'Nou, als ze mij te pakken hebben,' zei ze, 'hebben ze jou ook te pakken. Zeker na gisteren.'

Ze liepen door. 'Je had me in vertrouwen moeten nemen,' zei hij.

'Wat willen ze dat je doet?'

'Het komt erop neer dat ik iets moet schrijven. Een versie van iets.'

'Een ware versie van iets?'

'Hun versie van de waarheid. Als ik hun versie breng, kom ik met de schrik vrij, denk ik. Als ik dat doe.'

Ze liepen van het water vandaan en Sonia ging via de beveiliging naar de vrouwenkleedkamer.

Toen ze halverwege naar Jeruzalem waren gereden en de kustweg achter zich hadden gelaten, zei Lucas: 'Het moet iets met die Abu Baraka te maken hebben. Jij en ik en Nuala zijn er allemaal bij betrokken. We zijn een zwakke schakel.'

Ze reden een tijdje in stilte.

‘Ik had een droom,’ zei Lucas. ‘Tenminste, ik denk dat het een droom was. Misschien was het een hallucinatie. Ik praatte met Rudolph Steiners kleine dochter Diphtheria.’

‘Er is een hoop slechte Ex in omloop,’ zei Sonia. ‘Echt waar. In Tel Aviv. Overal. Iemand stopt het in de falafels. Of misschien in hasj. Wat had die kleine Diphtheria te zeggen?’

‘Ze scheen net zo te denken als Linda Ericksen. Maar ze zei ook iets bijzonders. Ze zei: “Wat mensen denken, zal zijn.”’

‘Goh,’ zei Sonia. ‘Weet je nog dat we dachten dat zoiets goed was? Waar had je die slechte Ex vandaan?’

‘Ik weet het niet. Ik had die droom in de Heilig Grafkerk.’

‘Dat is een griezelige plaats,’ zei Sonia. ‘Je zou daar niet heen moeten gaan.’

Ze zwegen enkele kilometers.

‘Een tijdje geleden had ik een vreemd gesprek met Janusz Zimmer,’ zei ze. ‘Alsof hij me hiervoor waarschuwde. Voor een soort ondergrondse.’

‘Ik zal hem bellen,’ zei Lucas.

‘Wees voorzichtig,’ zei ze. ‘Hij is niet helemaal zichzelf. En hij gaat de laatste tijd met Linda om.’

‘Jezus,’ zei Lucas. ‘Wie is wie? Wat willen mensen?’

Het was moeilijk te zeggen wie ze allemaal waren en wat ze wilden, want omdat het land voortdurend in een noodsituatie verkeerde, moest er steeds worden geïmproviseerd en moesten mensen zich steeds anders voordoen dan ze waren. Organen die niet echt tot de staat behoorden, deden zich wel als zodanig voor. Staatsorganen deden alsof ze niet van de staat waren, of antistaat, of de organen van andere staten, waaronder vijandelijke. Veel mensen die uit de eerste hand op de hoogte waren van officiële veiligheids- en legerprocedures hadden zich uit de relevante organisaties losgemaakt, of zich daar voor een deel uit losgemaakt, of deden alsof ze zich hadden losgemaakt, of hadden zich militant tegen de relevante organen gekeerd waarvoor ze zeiden te werken – of ze werkten voor de relevante organen terwijl ze deden alsof ze zich daar militant tegen hadden gekeerd, of ze wisten zelf niet meer aan welke kant ze stonden. Sommige mensen werkten alleen voor hun plezier of voor het geld. En dan waren er nog de vromen en de patriotten.

'Denk je nou echt dat het ze iets kan schelen,' vroeg Sonia, 'of iemand weet dat ze Palestijnse jongeren in elkaar slaan? Mensen als de kolonisten in Kfar Gottlieb trekken zich niet zoveel van de wereldopinie aan.'

'Ik denk dat iemand je iets wil flikken, Sonia. Ik vind dat we met Ernest moeten praten. Het bevalt me helemaal niet wat we over die plannen met de Haram horen. Als iemand de boel daar wil opblazen, zouden zij het zijn. Om de Tempel te bouwen, nietwaar?'

'Er is een demonstratie op de negende Av,' zei ze. 'In de zomer, op de dag dat beide Tempels werden verwoest. Die is er altijd. De gelovigen demonstreren. De Palestijnen demonstreren. Mensen worden gedood, meestal Palestijnen. Weet je,' zei ze, 'ik moest maar eens met Nuala gaan praten.'

'Als je dat toch doet,' zei Lucas, 'praat dan ook met Raziel.'

45

Toen ze in Jeruzalem terug waren, reed Lucas met Sonia naar de bungalow in Ein Kerem. Het was daar stil. De tuin was verlaten.

'Ik kom terug,' zei hij tegen haar. 'Neem wat rust.'

Hij reed de huurauto naar de garage van zijn appartement in de binnenstad en ging naar boven om te douchen en schone kleren aan te trekken, pleisters op zijn wonden te doen en een aspirientje te nemen. Hij realiseerde zich dat ze misschien uit hun politieke moeilijkheden konden komen door een beroep te doen op hun nationaliteit.

Ondanks de overtuiging van veel mensen in de regio, en ondanks Amerika's vaderlijke relatie met de staat Israël, was het vaak moeilijk om het supermachtige gewicht van de Verenigde Staten voor iets in te zetten. Het hielp wanneer je gezien werd als iemand van bijzondere waarde, maar omdat Israël tjokvol mensen zat van wie de namen en organisaties thuis enorm werden opgehemeld, was de concurrentie fel. Invloed telde; kritische journalisten en gekleurde ex-Fidelistas konden wel inpakken.

In deze situatie zag Lucas zich gedwongen om terug te vallen op de goodwill van zijn vriendin Sylvia Chin. Hoewel ze maar een klein, individueel radertje in de gigantische machinerie van de Amerikaanse diplomatieke research en informatie was, had hij gemerkt dat ze erg intelligent, discreet en vindingrijk was. Toen hij haar op haar kantoor belde, was ze bereid hem in een café aan de rand van de Machaneh Yehuda-markt te ontmoeten.

Sylvia kwam in een zedige zijden jurk, met een snoer van amber om haar slanke hals. Een bekwaam aangebracht laagje crème verborg een minuscuul litteken dat was achtergelaten door de neusring die ze in Palo Alto had gedragen en die ze had laten verwijderen op de dag dat ze haar examen voor de buitenlandse dienst ging afleggen. De marktkooplieden zongen haar liederen uit hun eigen landstreken toe.

'Christopher,' zei ze meteen tegen hem. 'Ik denk dat je in moeilijkheden verkeert.' Ze keek met gefronste wenkbrauwen naar zijn gezwollen gezicht.

'Ik ben laatst naar de Gazastrook geweest. Ik heb wat rottigheid gezien.'

Sylvia keek rustig in het café om zich heen.

'Heb ik je al over onze grote operatie tegen de drugshandel hier verteld? Niet alleen in Tel Aviv maar ook hier.'

'Ik geloof dat je daar al iets over hebt gezegd.'

'Nou, ik zal je dit vertellen, Chris. Als de grote versierders van de DEA hun grote platvoeten binnen de deur krijgen, krijgt niets ze meer weg. De laatste tijd worden ze gepaaid door de Shabak en de Mossad, en als je er goed over nadenkt, is dat erg ironisch.'

'Waarom dan?'

'Nou, de laatste keer dat de Mossad de DEA hielp, was in Thailand, toen de Mossad ten behoeve van de Amerikanen in een grote heroïneorganisatie infiltreerde. De Mossad nam de organisatie over en ging er zelf mee verder om een centje bij te verdienen. Je zou toch denken dat de DEA daar iets van heeft geleerd.'

'Als de DEA ooit iets leerde,' zei Lucas, 'zou de hele internationale narcoticahandel instorten.'

'Precies,' zei Sylvia. 'Nou, laat me je iets vertellen. Een van je NGO-maatjes, dat Ierse meisje, en haar slapie de dokter, kwamen gisteren voor een visum naar ons toe. Ze scheen te denken dat we haar iets verschuldigd waren. Misschien had haar contactpersoon bij de Shabak tegen haar gezegd dat wij haar zouden matsen. Ze gebruikt jouw naam nogal veel. Pas maar op. Je hebt je een paar grote vijanden op de hals gehaald.'

'Fantastisch,' zei Lucas.

Sylvia boog zich enigszins naar voren en dempte haar stem. 'Toen ik met Nuala praatte, schoot me iets te binnen. Ons gesprekje over een visum. Weet je wat daar achter zat?'

Lucas dacht even over die vraag na. 'Als iemand daar haar echt wilde helpen,' zei hij, 'zouden ze haar...'

Sylvia bracht haar vinger naar haar lippen en maakte zachtjes zijn zin voor hem af. 'Een vals paspoort. Valse papieren. Ze zouden haar niet laten *schnorren* voor een visum.'

'Ze laten haar vallen,' zei Lucas.

'Vroeger hadden de Sovjets misschien iets voor haar geregeld. Maar nu niet meer.' Ze glimlachte, blijkbaar vooral ten behoeve van iemand die toevallig naar hen zou kijken. 'Ze verwacht dat ze je vanavond in Tel Aviv ontmoet. Misschien kun je beter niet gaan.'

'En Sonia Barnes?'

Sylvia plukte een toefje munt van haar bovenlip.

'Het helpt ook al niet dat Nuala Rice en haar vriendje lid van de Communistische Partij zijn. Of van wat daarvan over is. En het helpt ook niet dat Sonia een communistische achtergrond heeft en al die jaren in Cuba is geweest.

'Misschien kun jij het rechtzetten,' zei Lucas tegen Sylvia. 'Als je denkt dat ze werden gebruikt.'

'Misschien,' zei ze. 'Maar weet je, Chris, soms raken de dingen zo verwrongen dat ze niet meer recht te krijgen zijn. Het lijkt wel of niemand nog over informatie wil nadenken. Er is meer informatie beschikbaar dan er dingen zijn om iets van te weten, als je begrijpt wat ik bedoel.'

'Natuurlijk,' zei Lucas. Hij had het gevoel dat hij dat beter wist dan wie ook.

'Machines zijn dom,' zei Sylvia, 'maar ze vergeten nooit iets. Net olifanten. Wie de *jalapeños* in hun kofferbak deed. Wie wanneer communist was. Wie in Cuba woonde.'

'Dus ze willen Sonia voor de wolven gooien?'

'Laat me je dit vertellen,' zei Sylvia, 'en je mag het doorgeven. Nuala en die Palestijnse dokter kunnen het wel schudden. Ik wil niet gevoelloos zijn, maar ze zijn echt niet mijn pakkie-an. Als wij voor ze opkomen, zullen mensen denken dat ze voor ons werkten.'

'Is er ook goed nieuws?' vroeg Lucas.

'Misschien. Sonia redt het misschien nog door middel van Raziel, want zijn vader wil hem heelhuids thuis hebben en wij moeten daarvoor zorgen.'

'Hoe?'

'Nou, het wordt lastig, want die kerels van de DEA zagen al

op honderd meter afstand dat hij een junkie is. Maar we proberen de zaak bij te houden. Zijn vader betaalt een particuliere beveiligingsdienst, Ayin, om hem in het oog te houden. Toevallig is dat ook de firma die de borgtochtstellers in New York gebruikten om de Marshalls, senior en junior, op het spoor te komen.'

'De wereld is klein,' zei Lucas. Hij dacht aan de betegelde kamer waar hij was ondervraagd, en het leek opeens of zijn nieuwe universum helemaal uit zulke kamers was opgebouwd, een eindeloze structuur, eeuwigheden onder leiding van wereldbouwers.

'Die lui van Ayin willen ons best vertellen dat ze goede connecties hebben,' ging Sylvia verder. 'Ze bedoelen dat ze dicht bij de Shabak staan en politieke invloed hebben. Dat is het product dat ze verkopen. Nu weet ik niet wat Raziel in zijn schild voert of wat de Israëliërs tegen hem hebben, maar ik denk niet dat ze hem iets ergs zullen aandoen, niet met die vader van hem. Sonia maakt de meeste kans als ze dicht bij Raziel blijft. En jij misschien ook. Zorg dat je een gewone Amerikaanse journalist bent. Een niet al te goed geïnformeerde journalist.'

'Ik begrijp wat je bedoelt,' zei Lucas. 'Maar aan het begin van dit alles, dus ook van de moeilijkheden waarin Sonia en ik nu verkeren, stonden voorzover ik weet een stel kolonisten die jongeren in de Gazastrook in elkaar sloegen. Een verhaal waar ik niet eens achteraan ging. Maakt iemand zich echt zo druk om slechte publiciteit,' vroeg hij haar, 'dat een kolonist, een soldaat, een kind mishandelt of zelfs doodt opdat de wereld het te horen krijgt? Is dat echt zo belangrijk voor iemand die er iets toe doet?'

Sylvia haalde vaag haar schouders op, trok toen haar wenkbrauwen op en bracht haar vingers van het tafelblad omhoog. 'Dat zou ik niet hebben gedacht. Maar Sonia zit dicht op die drugsconnectie. En verder hebben we gehoord dat er weer eens een complot is om de Tempelberg op te blazen. Als Raziel of Sonia daar iets mee te maken heeft, weet ik niet of iemand hen kan helpen. Want je weet wat er zou kunnen gebeuren?'

'Dat is belachelijk,' zei Lucas. 'Ze zijn een soort soefi's. Ze geloven dat alle godsdiensten één zijn. Ze zijn geweldloos.'

'Goed,' zei Sylvia. 'Ik hoop dat je gelijk hebt. Maar kom niet naar het Amerikaanse consulaat rennen als de Tempelberg in de lucht vliegt, want dan is het er niet meer.'

'Waar vind ik je dan?'

'Het is niet grappig. Ik heb een vroegere medestudente – een flatgenote – verloren in de explosie in Riad. Ze ging in gedeelten naar Iowa terug. Als ik de heilige klap hoor, ben ik de menigte martelaren één stap voor. Dan spreek ik geen Engels meer. Ik weet precies de afstand tot het dichtstbijzijnde koosjere Chinese restaurant, en hoe lang ik erover doe om daar op hoge hakken te komen, en daar zul je me vinden. Dan sta ik daar bami te verkopen.'

'Ze zouden zich nooit inlaten met zoiets als een bomaanslag,' zei Lucas. 'Dat is helemaal niets voor hen. Ze volgen die oude goeroe.'

Ze keek hem aan op een manier die je gerust ondoorgrondelijk zou kunnen noemen en zei: 'Goed, Christopher. Als jij het zegt.'

Hij reed meteen weer naar Ein Kerem. Er was niemand in de bungalow, behalve Sonia, die een tas aan het pakken was.

'Ga je ergens heen?' vroeg hij.

'Ik heb Stanley gebeld over een paar optredens. Ik heb wat geld van mezelf nodig.'

'Geloof je nog steeds dat de wereld op het punt staat om bevrijd te worden? Misschien zal niemand dan geld nodig hebben. Misschien is de hele economie dan opgeheven.'

'Lach me niet uit,' zei ze tegen hem. 'Als ik mezelf de hele tijd iets wijs heb gemaakt – nou, dan heb ik me de hele tijd vergist. Ik heb me wel vaker vergist. Maar als ik nu eens gelijk heb?' Ze haalde diep adem, van vermoeidheid of stress of om niet te gaan huilen, dat kon Lucas niet nagaan. 'Elke dag is anders. Op sommige ochtenden ben ik bij het wakker worden net zo zeker van de dingen als van mijn rechterhand. Op andere ochtenden denk ik dat ik gek geworden moet zijn. Jij weet hoe dat is, nietwaar, Chris?'

'Ja,' zei hij. 'Maar als het niet echt nodig is, denk ik dat je beter niet naar Tel Aviv kunt gaan. Sterker nog, misschien zou je het land helemaal moeten verlaten.'

'Nee,' zei ze. 'Dat doe ik niet. Ik heb Stanley beloofd dat ik morgen zal optreden. Nuala is er dan ook. Ze wacht op wat papieren en ze wil me ontmoeten. En dan wil de Rev in Galilea gaan mediteren. Ergens in de bergen.'

'Ik denk dat we aan het laatste mysterie toe zijn. Dat alles zal veranderen.'

Ze kon alleen maar vermoeid knikken.

'En jij gaat ook?'

'Ik ben al zo ver gekomen,' zei ze. 'Ik denk dat ik nu ook maar tot het eind ga. Je zou met ons mee moeten gaan. Voor je boek.'

'Is dat een persoonlijke uitnodiging?'

'Ja,' zei ze. 'Ik zou graag willen dat je komt. Ik zou je graag bij me willen hebben. Maar er is hier niemand, dus ik weet niet wanneer dat gaat gebeuren.'

'Ik ga morgen naar Tel Aviv om te zien wat ik van Ernest te weten kan komen. Dan ga ik ook even naar Stanley.'

'Goed,' zei ze.

Ze liep met hem de tuin in.

'Vertel me eens,' zei Lucas. 'Heeft iemand in jouw groep – Raziel of zelfs een van de mensen die tijdelijk bij jullie zijn – je ooit iets verteld over verwoesting van de moskeeën op de Tempelberg? Bijvoorbeeld om de Tempel te herbouwen? Zoiets?'

'Nooit. Hoe kom je daarbij?'

'Sylvia Chin van het Amerikaanse consulaat vroeg me daarnaar. Er gaat een gerucht. Sommigen brengen het in verband met jouw groep.'

'Met ons? Raziel? Raziel kan nog geen rotje aansteken. Hij heeft in zijn hele leven nog nooit iets gewelddadigs gedaan. Kijk,' zei ze. 'We hebben hier heel wat idioten gehad, maar zoiets heb ik nog nooit gehoord.'

'Dat dacht ik al,' zei Lucas. 'Dat heb ik ook tegen haar gezegd.'

46

De volgende dag gooide Lucas wat spullen in zijn Ford Taurus en bereidde hij zich voor op een rit door de heuvels naar Tel Aviv. Voordat hij vertrok, probeerde hij dokter Obermann te bellen om hem te vragen of Raziel volgens hem betrokken zou kunnen zijn bij een bomaanslag. Hij wilde door de telefoon niet veel zeggen en vooral een afspraak voor een persoonlijk gesprek maken.

Tot zijn teleurstelling kreeg hij een bandje te horen. De dokter was de hele week weg, hij was in Turkije, waar hij alleen voor grote noodgevallen te bereiken was op een nummer in Bodrum, en dan nog alleen tussen 12.00 en 13.00 uur en na 19.00 uur. Op het bandje werden vervolgens de naam en het telefoonnummer genoemd van de psychiater die hem verving.

Lucas wilde absoluut proberen de man zelf te spreken te krijgen. En dus belde hij naar Bodrum.

'Wat doe je in Turkije?'

'Ah,' zei Obermann, 'ik val in voor een collega die antropoloog is. Ik ben hier als reisleider, ik gids een stel Duitsers door de ruïnes van Efese.' De dokter werd lyrisch. 'Efese, de thuisplaats van Diana. Niet de gezonde jachtgodin van de Attische Grieken maar de oosterse gruwel...'

'Luister,' onderbrak Lucas hem. 'Ik moet je een paar dingen over vrienden van ons vragen.' Hij probeerde relevante vragen te formuleren waarmee hij niet te veel informatie prijsgaf. In de praktijk, had Lucas ontdekt, was het voor iemand die er niet in getraind was erg moeilijk om echt discreet te werk te gaan in een telefoongesprek. Vaak ontaardden zulke gesprekken in kinderlijke, doorzichtige omslachtigheden.

'O ja?'

'Je vroegere vriendin, de *Frau Pastorin* – die is toch niet de messianistische beginselen toegedaan? Op explosieve wijze?'

'Als je Linda bedoelt,' zei Obermann, 'die heeft inderdaad een apocalyptische kant. Maar ze is eerder geneigd tot implosie.'

'Aha,' zei Lucas. 'En Raziel?'

'Raziel,' zei Obermann, 'is tot alles in staat.'

'Shit,' zei Lucas.

'Heb je moeilijkheden daar?' vroeg Obermann.

'Dat zou je wel kunnen zeggen.'

'Hier zie je alles in het juiste perspectief. De Tempels van She, de leeftijdloze aartsgoddeloze zuster van Cybele, wier priesters zichzelf verminkten.'

'Ik voel me een beetje verwaarloosd,' zei Lucas. 'Zou het kunnen dat jij iets weet wat ik niet weet? Heb je een reden om de stad uit te gaan?'

'Hou vast aan je rol van waarnemer,' zei Obermann. 'Vergeet de romantiek.'

'Dank je,' zei Lucas.

'Je hoeft niet zo sarcastisch te zijn,' zei Obermann. 'Doe wat ik zeg en het komt wel goed met je. Denk erover na en je zult begrijpen wat ik bedoel. Ooit in Efese geweest?'

'Nooit.'

'De heilige Paulus preekte hier tot de joden,' zei Obermann. 'Hij vertelde hun dat het beter was om te trouwen dan te branden. Er is een synagoge – misschien is hij daar ook geweest.'

'Ik maak me zorgen om Raziel,' zei Lucas. 'Misschien zit hij in een diepe religieuze crisis.'

'Loop niet met pakjes rond. Spreek geen boodschappen in. Ga niet alleen naar eenzame plaatsen. Beperk je verantwoordelijkheden tot je je beter voelt.'

Dat laatste klonk wel goed, vond Lucas. Maar voordat hij zijn appartement uit en de straat op was, ging de zoemer van zijn buitendeur. Het was Linda Ericksen, de *Frau Pastorin*. Tot zijn ergernis kwam ze binnen met hetzelfde Amerikaanse stel dat in Bergers appartement in de Oude stad bij hem en Sonia was komen binnenstormen. De vrouw had haar stralende, onvriendelijke glimlach en de man had zijn automatische geweer.

'Chris,' zei Linda, 'ik wil dat je luistert naar wat Gerri en Tom je te zeggen hebben. Kun je je hen herinneren?'

'Min of meer. Ik lag in bed.'

'Lucas?' vroeg de man vriendelijk. 'Voel je iets voor een primeur?' Hij draaide zich glimlachend om naar de vrouw die misschien zijn echtgenote was. 'Noemen ze het nog "primeurs"?' vroeg hij haar.

'Ik denk van wel,' zei ze. 'Ik ben er een beetje uit.'

'Je zult een telefoontje krijgen met het verzoek een man die je kent te ontmoeten. Hij zal je iets over enkele ontwikkelingen vertellen. Daarna zal er een fax uitgaan. Maar alleen jij zult over bepaalde bevestigende details beschikken.'

'Is dat niet opwindend?' zei de glimlachende vrouw.

'Ja,' zei Lucas. 'Erg opwindend.' Hij vroeg zich af wie 'de man die u kent' zou blijken te zijn.

'Als je geen moeilijkheden wilt,' zei de Amerikaan, 'werk je mee en bevestig je alles. Verander niets aan de tekst van de documenten die je krijgt.'

'Weet je,' zei Lucas, 'ik werk aan een boek. Ik doe geen reportages. Aan wie moet ik die gegevens verkopen?'

'Geloof me,' zei de man, 'als het zover is, zal het je geen moeite kosten om je verhaal te slijten. De wereld zal naar je toe komen.'

Lucas meende dat de vrouw haar metgezel een waarschuwende blik toewierp.

'Weet je,' probeerde Lucas, 'als ik enig inzicht in de achtergronden had, zou ik de wereld misschien een beetje meer kunnen helpen. Is er niet iets wat ik over dit alles moet weten?'

'Eerlijk gezegd niet,' zei het blijmoedige kreng van een dame. 'Want je bent al zwaar in diskrediet geraakt. Ik hoef niet uit te leggen waarom.'

'Met andere woorden,' zei haar vriend, 'als je doet wat je wordt gezegd, blijf je uit de moeilijkheden. En blijf ook bij de verkeerde mensen vandaan.'

'Je weet nooit wie wie is,' zei Lucas.

'Vraag het ons,' zei de man. 'We houden je op de hoogte.'

'Zeg,' zei de vrouw, 'wie denk je dat je bent?'

Gelukkig werd blijkbaar niet van Lucas verwacht dat hij daar antwoord op gaf. Linda keek hem met een mengeling van triomf en deugdzaamheid aan en ze gingen met zijn drieën weg.

47

Aan de kust was het een warme, nevelige dag. De stranden waren ongewoon druk voor een werkdag en het verkeer was nog net niet in een chaos ontaard. Lucas zat met Ernest Gross in een imitatie-Engelse pub bij de Britse ambassade. Afgezien van de genadeloze airconditioning was de ambiance van de pub tamelijk overtuigend, en de bierlucht en het lauwe bitter stonden in vreemd contrast met de temperatuur in de ruimte, namelijk die van een koelcel. Op de meeste werkdagen kwamen Engelssprekende Israëlische jongens flirten met jonge vrouwelijke personeelsleden van de ambassade, maar die middag waren er vooral toeristenechtparen die aan de hitte wilden ontkomen.

'Nou,' zei Ernest, 'er gaat iemand voor de bijl vanwege Hal Morris.'

'Hal Morris? Ik dacht dat hij Lenny en nog wat heette.'

'Nee. Hal Morris. "Lenny" was blijkbaar een schuilnaam.'

Lucas besloot Ernest over de gebeurtenissen in Gaza te vertellen, en ook over zijn gesprekken met Sylvia Chin en met Linda's vrienden Gerri en Tom. Het was noodzakelijk om iemand te vertrouwen. Tenminste, dat was het voor Lucas.

'Weet je,' zei Lucas, 'hij liep erin. Letterlijk. En God mag weten wat hij in zijn schild voerde.'

'Wat denk je dat had moeten gebeuren?'

'Ik heb geen idee. Nuala beweert dat haar vrienden een of andere regeling met de Shabak hadden. Ze spelen de ene Palestijnse factie tegen de andere uit. Het was, geloof ik, niet de bedoeling dat er iemand om het leven zou komen.'

'Dit moet tot een vergelding leiden,' legde Ernest uit. 'Meestal nemen ze daarvoor een Palestijn uit de plaats waar het incident heeft plaatsgevonden. Iemand met PLO-connecties.'

'Het is niet meer na te gaan wie uit die menigte Lenny heeft gedood – of Hal.'

'Ze vinden het niet zo erg als ze de verkeerde te pakken krijgen,' zei Ernest. 'Ze gaan ervan uit dat die Palestijnen allemaal wel iets op hun kerfstok hebben. Of uiteindelijk iets op hun kerfstok zullen krijgen. En al had hij niets gedaan, hij wilde het waarschijnlijk wel.'

'Dat is een vreselijk beleid,' zei Lucas.

'Het is kortzichtig. Dat zeggen we altijd tegen hen.'

Lucas dronk zijn bier en luisterde naar Elton John, die met de airconditioning concurreerde.

'Ik wil niet voor Hal opdraaien,' zei Lucas. 'En ik wil ook niet dat Sonia dat doet. Het was niet onze schuld.'

'Je denkt dat ik het voor je kan regelen?' vroeg Ernest.

'Ik denk dat je een paar connecties hebt. Ik hoopte dat je onze zaak bij invloedrijke personen kon bepleiten.'

Ernest zei niets.

'Het was ook niet Nuala's schuld,' zei Lucas. 'Ze deed wat ze kon voor die jongen.'

'Ik kan niet over Nuala met hen praten,' zei Ernest. 'Als haar mensen een afspraak met de Shabak hadden, zal degene die haar daarheen stuurde haar uit de moeilijkheden moeten halen.'

'Er staat iets te gebeuren, weet je,' zei Lucas.

'Ja,' zei Ernest. 'Binnenkort. Misschien rivaliserende demonstraties. Een provocatie. Iets.'

'Denk je dat Sonia's mensen erbij betrokken zijn?'

'Heb je het haar gevraagd?'

'Ja.'

'Misschien weet ze echt nergens van,' zei Ernest.

'En Pinchas Obermann was de stad uit voor ik hem te pakken had.'

'Hij was je gids, hè? Door de mysteries?'

'We schrijven een boek,' zei Lucas.

Na een paar minuten keek Ernest vol walging in de ijskoude pub om zich heen.

'Kom op, jongen. Laat me je naar een authentiekere plaats brengen.'

Ze gingen naar buiten, stapten in Lucas' huurauto en reden

langs het strand in de richting van Jaffa.

'Stop hier,' zei Ernest tegen hem.

Het heette het Café Vercors, aan Trumpeldor. Hoewel het nog maar net zonsondergang was, was het druk in het café. Alle tafels vanwaar je een glimp op de Middellandse Zee kon werpen, waren vol. Ze gingen achterin zitten.

'Mijn favoriete plaats in Tel Aviv,' zei Ernest. 'Ik kom hier vaak.'

Lucas keek om zich heen en zag dat hij en Ernest verreweg de jongste mensen in het etablissement waren.

'Ik hou zelf van deze stad,' zei Ernest. 'Het is misschien niet een van de mooiste plekken aan de Middellandse Zee, maar het is echt. Het is echt Israël.'

'Ik ken Tel Aviv niet zo goed,' zei Lucas.

'Nee, jij bent een estheet. Godsdienstfanaten en estheten wonen in Jeruzalem.'

'Jij woont daar ook,' merkte Lucas op. 'Wat is jouw excuus?'

'Je bent daar dichter bij de actie.'

'Laten we er maar van genieten zolang het nog kan,' zei Lucas. 'Voordat ze alles platwalsen en opnieuw bestraten.'

Op de dansvloer dansten mensen op polkamuziek. Ze waren geweldig lenig. Veel vrouwen droegen grote sieraden en laag uitgesneden blouses en zigeunerinnenrokken. Bijna alle mannen hadden een effen wit overhemd aan. Geen van hen droeg een keppeltje, al waren er wel een paar Griekse visserspetten. Ze dansten op de Midden-Europese manier, zwierig en deinend, en de mannen lieten zich van tijd tot tijd stijfjes door één knie zakken. Iedereen scheen zich enorm te amuseren. Het rook hier naar Gitanes en Gauloises.

Toen de polka voorbij was, stapte een sexy vrouw van achter in de zestig de dansvloer op en begon te zingen: '*Non, je ne regrette rien...*'

'Nou,' vroeg Lucas, 'wie zijn die mensen?'

'Je bent hier nog nooit geweest? Sonia heeft je nooit hierheen gebracht?'

Lucas schudde zijn hoofd.

'Ooit van het Rode Orkest gehoord?'

'Ja. Het spionagenetwerk van het Russisch verzet in de Tweede Wereldoorlog?'

'Dat klopt. Nou, veel van wat daarvan over is, is hier,' zei Ernest. 'Mensen die de Gestapo niet te pakken kreeg, mensen die na de oorlog niet door Stalin zijn doodgeschoten – die komen hier de meeste avonden. De mannen die in de Wit-Russische wouden vochten. Degenen die in 1946 de kleefmijnen op de Britse patrouilleboten aanbrachten. Die zijn hier.'

Lucas lachte. '*Non, je ne regrette rien*,' zei hij de zangeres na. 'Maar ik neem aan dat ze dat toch weleens doen. Spijt hebben van iets, bedoel ik.'

'Zo heb ik me Israël altijd voorgesteld voordat ik hier kwam,' zei Ernest. 'Dit en de kibboetsen. Ik dacht dat iedereen na een dag in de sinaasappelbossen zou samenkomen om de "Internationale" of "Bandiere Rosse" of "The Song of the Hammer" te zingen. Ik zat in Zuid-Afrika en werd in elkaar geslagen door schurkachtige Afrikaners, van de gevangenis naar huisarrest. Wat wist ik ervan?'

'Nou,' zei Lucas. 'Het was hier. Het wachtte op je.'

'Ik dacht dat het hele land als de Vercors zou zijn, met hetzelfde soort mensen. Soms denk ik dat er eén tijd was wanneer dat zo was.'

'Het kan niet gemakkelijk zijn om een land te maken,' zei Lucas. 'Het is al moeilijk genoeg om een café te maken. Of om er een te maken zoals jij je het had voorgesteld. Tenzij je alleen bepaalde mensen binnenlaat en de rest buiten houdt.'

'Ja,' zei Ernest. 'En wat heeft zo'n café voor zin?' Hij keek tevreden om zich heen. 'Ze zeggen dat James Angleton hier is geweest toen hij in het land was. Hij hoorde ervan en wilde het zien.'

Lucas keek in het café om zich heen en zag Janusz Zimmer aan een hoektafel bij het raam zitten en naar de zee kijken. Op zijn tafel stond een halve fles Israëlische wodka, en hij had ook een bord met brood en schijfjes citroen. 'Kijk,' zei hij tegen Ernest. 'Zimmer. Zullen we hem op iets te drinken trakteren?'

Hij had er niet aan gedacht om met Janusz Zimmer te overleggen. Plotseling leek dat hem verstandig, mits hij tot enkele strategische verkenningen kon overgaan en tegelijk een paar geheimen kon bewaren. Toen herinnerde hij tot zijn schrik dat Zimmer met Linda Ericksen omging.

'We kunnen hem beter met rust laten,' zei Ernest. 'Jan en ik – soms liggen we met elkaar overhoop.'

'O ja? Heeft hij kritiek op je werk?'

'Ik geloof niet dat hij echt tegen ons is. Ik heb hem altijd als links beschouwd. De laatste tijd voeren we vaak discussies over wat er aan de hand is met dit land.'

'Dat is toch het nationale tijdverdrijf?'

'Ja, dat is het,' zei Ernest, en verder niets.

'En Linda Ericksen?' vroeg Lucas. 'Ze werkt als vrijwilligster voor je. Ze gaat met Zimmer om. En ze heeft erg... vreemde vrienden.'

'Wat voor vreemde vrienden?'

'Nou,' ging Lucas verder, 'wat is het woord? Militant? Reactionair? Fascistoïde?'

'Ik wist dat ze ons voor iemand bespioneerde,' zei Ernest. 'O ja, ze vertelde me over Sonia en jou en die vermoedelijke drugssmokkel.'

'Ze was met Lenny in de Gazastrook. Ze beweerde dat ze daar namens jouw organisatie was.'

'Als ze dat doet,' zei Ernest, 'moet ik haar aan de kant zetten. Dat gedoe onder valse vlag kan ik niet hebben. Maar in zekere zin voel ik daar ook niets voor. Een doorgeefluik minder – als je begrijpt wat ik bedoel.'

'Denk je dat Zimmer achter haar zit?'

'Of hij nu achter haar zit of niet, eerlijk gezegd denk ik dat hij haar gewoon neukt. Maar wie weet? Het is een verschuivend politiek landschap. Janusz is ambitieus. En erg politiek.'

'Vertel me eens,' zei Lucas. 'Als jij en Janusz discussiëren over het land – wie zegt dan wat?'

Ernest haalde alleen maar zijn schouders op. Het was duidelijk dat hij er liever niet over praatte, in elk geval niet op dat moment.

'Laat me je het volgende vragen. Als ik zeg, "bomaanslag op de Tempelberg" – wat zeg je dan?'

'Dan zeg ik dat het een doorlopende fantasie is. Een doorlopend complot. Mensen zweren samen om het te doen. De regering – tenminste, elke regering tot nu toe – werkt eraan om die mensen tegen te houden.'

'Janusz zou zich toch nooit met zoiets inlaten?'

'Janusz,' zei Ernest, 'is absoluut niet godsdienstig.'

'En daarmee is de vraag beantwoord?'

'Ja, dat zou ik wel denken,' zei Ernest.

Ze keken allebei naar Janusz Zimmer, die aan de andere kant van het café zijn wodka dronk en naar de zee keek.

'En jij?' vroeg Ernest aan Lucas. 'Waarom ben jij hierheen gekomen?'

'Ik weet het niet,' zei Lucas. 'Misschien omdat ik colleges theologie heb gevolgd.'

'Bevalt het land je?'

'Of het me bevalt?' Hij had nooit in zulke termen gedacht. 'Ik weet het niet. Het is uitputtend.'

'Misschien zou het je moeite kosten om ergens anders te wonen,' zei Ernest. 'Wacht maar af.'

Buiten, waar de schemering krioelde van de raadsels, was de zon onder de Filistijnse Zee verdwenen. Een vrouw in het midden van het café, dezelfde tijdloos verleidelijke vrouw die Piaf had gezongen, zong nu een Spaans lied over een Moor met een granaat.

'Uit de eter komt het vlees voort,' zei Lucas zachtjes, 'en uit de kracht komt de heerlijkheid.'

'Ik ken een paar mensen met connecties bij inlichtingendiensten,' zei Ernest. 'We proberen iets voor elkaar te betekenen. Voor het goede doel. Ik zal een woordje voor jou en Sonia bij hen doen. Intussen zou je kunnen overwegen de stad uit te gaan, want het is altijd mogelijk dat er plannen zijn gesmeed waar we niets van weten. Ga duiken. Maak een wandeling in de woestijn.'

'Gek is dat,' zei Lucas. 'Dat laatste heb ik net gedaan.'

Toen ze weggingen, zong de *chanteuse* 'Golden Earrings' in het jiddisch. Elke man in Café Vercors was op slag dertig jaar jonger.

48

Sonia liep door Allenby Street naar de zee, toen een glanzende zwarte Saab die haar tegemoet kwam opeens keerde en naast haar stopte. Achter het stuur zat Janusz Zimmer.

'Wil je een lift?'

'Goed,' zei ze. 'Ik ga naar Stanley.'

'Mister Stanley,' zei Zimmer een beetje spottend. 'Stap in.' Toen ze naast hem ging zitten, vroeg hij: 'Zing je vanavond?'

'Nou, officieel wel,' zei ze, 'maar ik kan het niet. Ik ga het nieuws aan de baas vertellen en lever me dan over aan zijn genade.'

In Ein Kerem had ze een telefoontje van Raziel gekregen. De Kuff zou zich onmiddellijk in de bergen van Galilea terugtrekken. De discipelen zouden bijeenkomen in het hotel in Herzliya waar Fotheringill kookte. De volgende dag zouden ze naar een gastenkibboets bij het Meer van Kinneret gaan, en vandaar naar het noorden.

'Hoe komt het toch,' vroeg Janusz Zimmer haar toen ze door Hayarkon naast de zee reden, 'dat je mijn raad nooit opvolgt? Ik heb je gezegd dat je uit de Gazastrook vandaan moet blijven.'

'En toch ging ik erheen,' zei ze. 'En nu verkeer ik in moeilijkheden. Is daar verband tussen?'

'Het geeft niet,' zei Janusz. 'Je zou je geen zorgen moeten maken. Je bent evengoed van nut geweest.'

'Van nut voor wie?'

'Van nut voor het land. Voor de hogere belangen daarvan.'

'Ik weet niet hoe je dat ziet, Jan.'

'Waarom kun je vanavond niet zingen? Ik hoopte dat ik je te horen zou krijgen.'

'We gaan naar Galilea. Om naar de bergen te kijken.'

‘Het zal koud zijn in die bergen. Gaat De Kuff daarheen?’

‘Een tijdje.’

‘Ik zal je nog wat goede raad geven. Eens kijken of je slimmer bent geworden. Blijf daar in Galilea. Als De Kuff terug wil komen, laat hem dan zelf terugkomen. Blijf daar en ga bloemen plukken.’

‘Hoor eens, Jan. Nu moet je me eens iets vertellen. Ik moet steeds weer denken aan dat nogal vreemde gesprek dat we hadden. Toen je me vertelde dat ik uit de Gazastrook vandaan moest blijven. En over een... orkest.’

‘Wat is daarmee?’

‘Jij weet toch niets van een plan om de Tempelberg op te blazen, hè? Opdat de religieuze types de Tempel kunnen bouwen?’

‘Weet jij daarvan?’ vroeg Zimmer.

‘Nee,’ zei ze. ‘Daarom vraag ik het jou.’

Ze stopten bij het straatje dat naar de tweede straat vanaf het water leidde, waar Mister Stanley was.

‘Veel plezier in Galilea,’ zei Jan Zimmer tegen haar. ‘Neem een lange, welverdiende vakantie.’

Toen reed zijn auto weg. Hij reed de hoek van Hayarkon om en was verdwenen.

49

Toen Lucas bij Stanley aankwam, speelde een man wiens haar in golven van peper-en-zoutkleurige krullen over zijn schouders viel, 'Bolivar Blues' van Monk. De zaal was halfvol. Stanley stond met een ontevreden gezicht aan de bar. Hij had een wodka-tonic voor zich staan en at pistachenoten.

'Hé, boekenschrijver,' zei hij tegen Lucas. 'Wat heb je met mijn Sonia gedaan? Ze wil niet voor me zingen.'

'Ze heeft haar geloof, Stanley. Heeft ze je dat niet verteld?'

'Ik moet haar terug hebben,' zei hij. 'Maria Clara komt over uit Colombia. Ze heeft een cadeau voor haar. En iedere keer dat Sonia weggaat, worden de klanten gek. Sonia! Sonia!'

'Dat kan ik me voorstellen.'

'Weet je wat?' vertrouwde hij Lucas toe. 'De Amerikanen kopen mensen. Ze sturen een detective, ze willen Razz Melker vinden, die jongen die vroeger klarinet voor me speelde. En dan willen ze ook die oude man uit New York, Marshall. Ze kunnen daar een beloning voor krijgen.'

'Een grote beloning?'

'Een grote beloning voor Razz. Voor de oude man...' Hij haalde zijn schouders op. 'Kleingeld.'

'Er is zeker niemand die mij wil kopen?' zei Lucas.

Stanley keek hem met nieuwe belangstelling aan.

'Dat was maar een grapje,' zei Lucas.

'De wereld zit vol dingen en mensen waar de Amerikanen voor betalen,' merkte Stanley op. 'Op een dag zijn ze door hun geld heen.'

'En er komt een eind aan alles,' zei Lucas. 'Het einde van de geschiedenis.'

Nuala Rice zat bij de deur van Stanleys kantoor. Lucas ging aan dezelfde tafel zitten.

'Christopher!' riep ze uit toen ze hem zag. 'Ik probeer je al een hele tijd te bereiken. We moeten hier weg, wij allemaal.'

'Waar is Sonia?'

'Ze komt vanavond niet. Ze is naar haar vrienden in Herzliya. Ze heeft een briefje voor je achtergelaten.'

Op het stukje papier dat Nuala hem gaf stonden alleen de naam van een kibboets en twee data, de volgende dag en de dag daarna. De kibboets heette Nikolayevich Alef. Dat was aan de Yarmouk Road, stond in het briefje, ten zuiden van Tiberias.

'Dank je,' zei Lucas, en hij stopte het in zijn zak. De kibboets Nikolayevich – daar waren Tsililla en Gigi Prinzer opgegroeid.

'En jij?' vroeg hij Nuala. 'Is Rashid bij jou?'

'Hij slaapt,' zei ze. 'Weet je,' ging ze verder, 'we zijn gisteren naar het Amerikaanse consulaat geweest. Ze wilden niets met ons te maken hebben.'

'Is dat verrassend?'

'Ik weet het niet,' zei Nuala, een beetje hulpeloos voor haar doen. 'Onze contactpersoon had min of meer gesuggereerd dat de Amerikanen ons een visum zouden geven.' Ze dempte haar stem. 'We kregen de tip van hem dat we het land uit moesten. Hij zei dat hij ons zou helpen.'

'Goed,' zei Lucas. 'Maar waar is hij nu?'

'Hij helpt ons aan de juiste documenten. Ze krijgen ons er wel uit.'

'Wat zeiden ze op het Amerikaanse consulaat?'

'Ze zeiden dat we moesten wachten tot we een visum kregen. Net als ieder ander.'

'Het Amerikaanse ministerie van Buitenlandse Zaken houdt er niet van om visa aan PLO-mensen te geven,' legde Lucas uit. 'Dat is politiek incorrect.'

'De Shabak krijgt het wel voor elkaar,' zei ze.

Voor een revolutionair, vond hij, had ze een ontroerend vertrouwen in de welwillendheid en capaciteiten van de geheime politie.

'Gewoon uit nieuwsgierigheid,' vroeg hij haar. 'Hoe rechtvaardig je dat je voor hen werkt?'

'Hoe kunnen zij rechtvaardigen dat ze met ons samenwerken? Soms vallen belangen samen.'

Samenvallende belangen in dat deel van de wereld, dacht hij, waren touwen van zand. Maar natuurlijk wist zij dat net zo goed als hij.

50

Ze stopten bij het viersterrenhotel in Herzliya waar Fotheringill als kok werkte. Raziel leidde hen door de hal, onder de starende blikken van de bejaarde diamanthandelaren.

Eerst Raziel zelf, met zijn donkere broek, zwarte overhemd en *wraparound*-zonnebril en met zijn hand onder de arm van de Rev. Dan mevrouw Van Witte, de voormalige non, in zedig seersucker. De twee gebroeders Walsing met kromme schouders. De Marshalls, vader en zoon, in hun steeds rafeliger pakken van tweeduizend dollar. Sonia, in spijkerbroek en met sandalen. Helen Henderson, de Roos van Saskatoon, in kaki shorts, een bijpassend shirt met korte mouwen en met wandelschoenen. Ze droeg een rugzak met metalen frame. Het was duidelijk dat ze vastbesloten was Sonia's lot te delen, wat er ook zou gebeuren. En Gigi Prinzer was ook hierheen gekomen. Ze had onderdak gevonden bij vrienden in Ein Hod, verderop aan de kust.

'Een circus,' mompelde een gast in de hal van het hotel.

Ze kregen een vervallen maar grote suite aan de achterkant. Zoals gewoonlijk had De Kuff een kleine slaapkamer voor zich alleen. Ze keken niet uit op de oceaan maar op een sapverwerkingsfabriek en de nevelige velden met grapefruitbomen daaromheen.

Kort nadat ze waren aangekomen, begonnen de twee Marshalls ruzie te maken over een stel grootboeken, vermoedelijk met de boekhouding van een verhuisbedrijf of een bodega in New York. Ten slotte won Marshall junior het met bruut geweld door de boeken uit de greep van de oudere man te trekken.

De Walsings trokken hun zwembroeken aan en gingen naar het zwembad, waar ze de achteroverleunende diamanthandelaren vast en zeker nog meer zouden verbazen. Ze leken net twee kolossale, bleke Teutoonse geesten die uit het walhalla waren gekomen om een missie van boetedoening of wraak te ondernemen.

Helen Henderson bestreed een verkoudheid met vitaminepillen en probeerde te mediteren.

Later, toen zijn zoon lag te slapen, sloop Marshall senior over de vloerbedekking van hun suite en redde een van zijn grootboeken. De religieuze obsessies van Marshall senior richtten zich onder andere op het getal zesendertig, met zijn varianten en veelvouden. Terwijl hij met het grootboek op zijn schoot zat, zijn ogen melkachtig wit, probeerde hij de naam De Kuff met het jaar in verband te brengen, en de datum van het jaar met de negende dag van Av, opdat duidelijk kon worden dat de negende zich buiten het seizoen voordeed. Zijn grootboek was de abstractie van een liefdevol betoog over zesendertig, met gecodeerde aantekeningen die de kern weergaven van zijn bespiegelingen over de mystieke eigenschappen van het Hebreeuwse zesendertig, *lamed-vav*, en ook van drie, negen en achttien.

Op andere bladzijden had hij andere dingen gekopieerd of samengevat: bezweringen, de namen van de firmamenten, kampementen, tronen en leidende engelen, wier macht kon worden ingezet tegen zijn vijanden en vervolgers. Een van de bezweringen, die hij vaak had kunnen gebruiken tegen allerlei functionarissen en accountants van het Southern District van New York, was een verwensing aan het adres van crediteuren:

'Dat gij zijn mond zult dichtstoppen,' vroeg de spreuk aan de dodelijke engelen, 'en zijn plannen ijdel zult maken, en hij zal niet aan mij denken noch over mij spreken, en als ik voor hem langs ga, zal hij me niet zien.'

Marshall senior kon – evenals zijn zoon trouwens – ingewikkelde berekeningen in zijn hoofd uitvoeren. Ze konden ook kaarten tellen bij het blackjackspel en waren al uit een aantal casino's verbannen. Marshall junior had een aantal computerprogramma's gecreëerd.

In het kleine keukengedeelte was de voormalige zuster Maria Johan Nepomuk van Witte kruidenthee aan het zetten, met haar exemplaar van Elaine Pagels' *Gnostische evangeliën* omgekeerd opengeslagen op een kruk. Voor haar lag een brief van haar voormalige metgezellin bij de Zusters van het Gewone Leven, die nu openlijk lesbisch en lid van het Nederlandse parlement was.

'In dat woud dragen ze vreemde schoenen,' stond er in de brief – een gezegde uit haar geboortestreek dat op hen beiden van toepassing zou zijn.

Sonia leunde tegen het raamkozijn. Ze zong in zichzelf en keek uit over de nevelige citrusvelden. Was die nevel grondmist of een verdelgingsmiddel? Maakte dat iets uit, gezien de staat waarin de wereld was komen te verkeren?

Raziel had die dag iets te zeggen tegen elk van de volgelingen van de Rev. Hij las Helen Henderson voor uit de *Zohar* en leerde haar om op de letters van het Tetragrammaton te mediteren. *Yod-hei-vav-hei.* En om zich zwart vuur tegen de achtergrond van een witte hemel voor te stellen en de heilige letters in haar geheugen te prenten, en geluidloos de *yod* in te ademen, de *hei* uit te ademen, de *vav* in zich op te nemen, de laatste *hei* uit zich te laten, om de diepste stilte te creëren, een ruimte waarin niets voorviel tussen de aanbiddende persoon en het onuitsprekelijke voorwerp van de aanbidding. Hij sprak met Maria van Witte over de werken van Hildegard von Bingen.

'Yo, Sonia,' zei hij, toen hij haar triest bij het raam zag zitten. 'Wat is er?'

'Ben je moe, Razz?' zei ze.

'We zijn er bijna.'

'Ik hoop het,' zei ze. Ze keek hem aan. 'Ik geloof nog steeds. Kan ik wel helder denken?'

'Sonia,' zei Raziel. 'Maak je geen zorgen. Binnenkort zal de wereld onherkenbaar zijn. De wereld zoals wij hem kennen, zal uit de geschiedenis verdwijnen.'

Ze deed haar ogen dicht en weer open.

'Dat moet het kind in mij zijn,' zei ze. 'Ik moet je geloven.'

Toen liet hij haar alleen om naar de oude man te gaan. De Kuff lag op een slaapbank, zijn schoenen uit, zijn jas over zich heen. Onder die jas had hij zijn armen over elkaar geslagen.

'Hoe gaat het, Adam?' vroeg Raziel.

'Ik verlies mijn kracht,' zei De Kuff. 'Misschien ben ik aan het doodgaan. Misschien zou ik dat ook wel willen.'

'Dat begrijp ik,' zei Raziel. 'Beter dan je denkt. Maar we hebben nog een lange weg te gaan. We moeten nog een laatste mysterie verkondigen.'

'Geloof je echt?' vroeg De Kuff hem. 'Zouden we ons niet hebben vergist?'

Raziel glimlachte. 'We hebben onze levens eraan gewijd, Adam. We hebben niets anders.'

'Dat wil nog niet zeggen dat we gelijk hebben,' zei De Kuff. 'Alleen dat wijzelf verloren zijn.'

'Geef het niet op, Rev. Wacht op de tijd voor het laatste mysterie. Vergeet dat niet: wacht op de *tav*.'

'Waren we maar gespaard gebleven,' zei de oude man.

Raziel ging naar hem toe en pakte zijn hand vast.

'Wens je dat ook voor mij? Jij bent een goed mens, Adam. Maar we zijn niet gespaard, en jij bent echt die je bent. Wacht nog even.'

De Kuff deed zijn ogen dicht en knikte.

De deurbel ging en de mensen die zich her en der in de suite bevonden verstijfden meteen en keken elkaar aan. Raziel ging opendoen. Ian Fotheringill stond in de hal, in zijn witte kokstenue met muts. Raziel liet de deur op een kier staan en ging de hal in, naar hem toe.

'Je hebt het?' vroeg hij de Schot.

Fotheringill gaf hem een pakje in slagerspapier en Raziel stopte het in zijn zak. Toen gingen ze met zijn tweeën de suite in.

'We blijven maar een paar uur,' zei Raziel. 'Iemand die hier wil wachten terwijl we de berg opgaan?'

Niemand wilde dat. Ze wilden allemaal zo ver omhoog als ze konden.

Raziel liep naar Sonia toe. 'Hij heeft iemand nodig. Niet altijd mij, maar bijvoorbeeld ook jou. Vertel hem wat hij moet horen.'

'Ik wou dat ik wist wat dat was.'

'Dat weet je, Sonia. Dat heb je altijd geweten.'

Sonia stond op en ging de kamer in waar De Kuff rustte. Hij lag op zijn zij en huilde.

'Heb je het moeilijk?' vroeg ze, en ze pakte zijn oude koude hand vast, zoals Raziel ook had gedaan.

'Erg moeilijk,' zei hij.

'Dit is de strijd zonder wapens,' zei ze tegen hem.

'Misschien zal ik falen. Als ik faal, zal ik sterven. Maar dat geeft niet.' Hij ging op zijn rug liggen en keek zorgelijk naar haar op. 'Jij moet je over al die kinderen ontfermen.' Het leek er echt op, dacht ze, dat hij niet veel leven meer in zich had.

'Ja,' zei ze. Ze ging naast hem op het bed zitten.

'Onder soefi's,' zei Sonia, 'wordt de strijd zonder wapens jihad genoemd. Dat is niet de jihad van Hamas of wat de shebab een jihad noemen. Maar toch is het jihad.'

Ze zag zijn ogen oplichten.

'Kunnen we iets voor je doen?'

'We moeten gaan,' zei hij met plotseling ongeduld. 'Naar Galilea, naar de berg. En dan naar Jeruzalem. Weet je, ik zal alles doen wat nodig is. Als het niet gebeurt...'

'Als het niet gebeurt, gebeurt het niet,' zei ze. 'Op een dag zal het gebeuren.'

In zijn eigen kamer deed Raziel zijn deur op slot, kookte de heroïne die Fotheringhill hem had gebracht, bond zijn arm af en vond een ader. Er ging een kinderlijke golf van dankbaarheid door hem heen. Op dat moment werd de schepping weer een aangename plaats. Hij had een liefhebbende, behaaglijke wereld teruggevonden.

De verplichtingen die aan zijn taak verbonden waren, hadden hem weer aan de drugs gebracht. Elke dag leefde hij in de angst dat De Kuff voor hem verloren zou gaan, dat hij geen plaats zou hebben in het proces waarin hij zichzelf had gedwongen te geloven. Het proces en zijn perfectionisme hadden ertoe geleid dat hij weer zijn toevlucht tot drugs nam, zoals hij vroeger troost had gezocht in de muziek.

Hij was niet bestand gebleken tegen de tegenstellingen, de kruispunten die hij moest oversteken om de vrome gewoonten van de orthodoxie te combineren met de praktijken van zwendelaars en gewelddadige mannen. Zonder extra hulp ontbrak het hem aan de kracht.

Elke dag had hij gebeden als formules in de leegte van het onkenbare geworpen. Elke minuut van elke dag werd overschaduwd door paradoxen. Hij had naar verboden sabattaiaanse teksten gezocht die de betekenissen van de thora omkeerden. Hij had geprobeerd de thora los te maken uit de traditionele interpretaties. Hij had de herinneringspaleizen van de oude *min* opgezocht en gemediteerd op de siderische tafels en astrale metaforen van Elisha ben Abouya, de vervloekte gnostische farizeeër. Op zoek naar kabbalistische parallellen had hij de tarot en de *I Tjing* geraadpleegd. Zijn motto, alibi, richtsnoer, waren de woorden geweest die op een van de Dode-Zeerollen stonden geschreven, de woorden van de Rechtvaardige Leraar: Verdorvenheid is het mysterie van de schepping. Om de ultieme goedheid van God en mens in de wereld te laten komen was het nodig om diep het labyrint in te lopen.

Soms, dacht hij – en dan had hij medelijden met de oude man, hemzelf en hun troepje gelovigen – was het verschrikkelijk moeilijk om te geloven dat er ooit zoiets als verlossing of verzoening onder de hemel van Jeruzalem was geweest of zou zijn, dat er iets anders was geweest dan dat diepe, onverschillige blauw, de eerste en heiligste van de nietszeggende hemelen. Maar daarachter hadden de ouden de *ayin* ontdekt, de substantie waarin heiligheid zelf verborgen was en waarin Raziel, ondanks al zijn verwarring, absoluut en uitbundig geloofde.

Maar uiteindelijk had hij weer drugs nodig gehad om dat te beseffen en om te kunnen geloven – om tegelijk jood en christen, moslim en zoroastrist, gnosticus en manicheeër te zijn. Het credo dat hij had uitgewerkt, was antinomisch. Hijzelf was in zijn hart niet antinomisch genoeg om de priester van zo'n tegenstrijdig offer te zijn, niet verdorven genoeg of magisch genoeg om het proces tot rijping te brengen. En hij moest het gewelddadige aspect van het plan voortdurend verborgen houden voor De Kuff, voor Sonia, en in de middernachtelijke uren ook voor hemzelf.

Net als de strijdende zionisten had hij in de nadering van de uiteindelijke verlossing geloofd. De tekenen waren gekomen. Zelfs de charlatans van het Huis van de Galileeër geloofden daarin, of deden alsof. Raziel dacht niet echt dat het tot geweld zou komen. Hij had geloofd dat er tussenkomst zou zijn, hoewel de vormen van geweld moesten worden ingezet. Nu voelde hij dat het allemaal wegzakte in illusie.

Ten slotte nam hij aan dat hij in werkelijkheid de vlinder aanbad, de heerlijke bloedvlinder die zijn moederlijke vleugels tegen het venster van zijn injectiespuit spreidde. Dat was het enige dat zijn zieke, verarmde, afgebonden hart kon verheffen. Het was mislukt, maar hij had niet de moed om hun dat te vertellen. Bovenal kon hij De Kuff niet onder ogen komen. Hij keek naar zijn eigen bloed in het glas.

Wat mooi, wat symmetrisch, de heerlijke taal, de thora, de dromen van de Nazareners. Hij was een atleet van de perceptie geweest. Nu was het misschien allemaal voorbij.

51

Uitgeput, rijdend in de gehuurde Ford Taurus, vond Lucas hen terug op een kampeerterrein dat onder leiding stond van de kibboets Nikolayevich Alef. Dat was een van de oudste kibboetsen in het land, daterend uit Ottomaanse tijden. Tot 1967 had de kibboets praktisch tegen de Jordaanse grens aan gelegen en waren er regelmatig aanvallen op gedaan. Ooit had de kibboets in vuur en vlam gestaan van tegenstrijdige ideologieën, maar hij had het overleefd en was een soort provinciestad geworden. Voor een deel functioneerde die stad als het oude kibboetscollectief, en voor een deel ook als een mosjav.

Nikolayevich Alef werd omringd door boomgaarden en suikerrietvelden en riviertjes waarnaast papyrus groeide. Lucas was blij dat hij de Dode Zeeweg verliet en in de schaduw met vogelgezang kwam. Hij trof De Kuff en zijn volgelingen in de eetzaal aan, waar ze aan een tafel zaten te eten. Tienermeisjes aan een andere tafel keken met moeizaam onderdrukt plezier naar hen en fluisterden elkaar grappen toe over het uiterlijk van de pelgrims. De meisjes beten op hun lippen en drukten hun gezicht tegen het formica tafelblad om niet op lachen betrapt te worden.

De Kuff en zijn volgelingen waren duidelijk een aparte groepering, maar weinig anderen in de kolossale zaal, die in cafetariastijl was ingericht, schonken enige aandacht aan hen. De meeste gasten waren forensen die in Tiberias of Jeruzalem werkten, academici en ambtenaren, mannen die in hun eentje aten of getrouwde stellen, allemaal met een aktetas naast zich.

De kibboets had geen koosjere eetzaal, en de specialiteit van de dag was garnalen. Lucas vond dat ze te gaar waren, zoals in institutionele keukens gebruikelijk was. Waarschijnlijk kwamen ze uit de diepvries. De Kuff en Raziel aten die van hen met enthousiasme. Sonia had salade. De Marshalls aten ook garnalen. Ze hadden hun hoed op en keken grimmig. Ze aten de gebakken staarten met de rest op.

Je zou nu kunnen zeggen dat er in die groep mensen geen joden en niet-joden waren, geen mannen en vrouwen, geen vrijen en onvrijen. Een circus. Maar in kibboets Nikolayevich Alef was hun circus eerder komisch dan scandaleus. Aan het ene eind van hun tafel zaten zuster Van Witte, die langzaam at, haar handen krom van de artritis, Helen Henderson, de Roos, die haar neus snoot in een papieren zakdoekje, de afschuwelijke gebroeders Walsing en de onwaarschijnlijke Fotheringill, die wat brood en kaas had meegebracht om te delen. Aan het andere eind zaten Sonia, Raziel, de oude De Kuff en Gigi Prinzer, die kleine slokjes van haar kibboets-sinaasappeldrank nam.

Lucas, die in de deuropening van de eetzaal stond, vond dat ze een ontroerende aanblik vormden. Hij probeerde zich te herinneren hoe lang hij hen allen kende. Een paar maanden, niet langer.

Raziel keek op en zag hem. Hij zei iets tegen Sonia. Ze schoof haar bord opzij en kwam naar hem toe.

'Je hebt mijn briefje gekregen,' zei ze. 'Je bent bij Stanley geweest.'

'Ja. We moeten praten.'

Ze keek hem met enige bezorgdheid aan. 'Je ziet er belabberd uit, weet je dat? Beroerd en doodmoe.'

'Bang,' zei Lucas.

'Kom binnen en eet wat,' zei ze.

'Ik hou niet van cafetariavoedsel,' zei Lucas. 'Niet sinds het Belmont is gesloten.'

'Waar was dat?'

'Twenty-eighth Street, geloof ik. Het is een tijdje geleden.'

Ze gingen de heerlijk ruikende tuin in. Azalea's bloeiden.

'We zitten in moeilijkheden. Ik ben bij Ernest geweest en ik heb met Sylvia gepraat.'

'Ik was er al bang voor,' zei ze. Op Lucas kwam ze kalmer en beheerster over dan te verwachten was. 'Gaat het over Gaza? Of het Haram-verhaal?'

'Dat weet ik nog steeds niet.'

'Wat zeggen ze?'

'Dat Nuala en Rashid in heel grote moeilijkheden verkeren. En dat wij beter af zijn omdat we bij Raziel horen. O ja,' vroeg hij haar, 'heb je toevallig aan onze jonge leider gevraagd of in zijn openbaring ook sprake is van een... van een ongelukje op de Tempelberg?'

Ze lachte onzeker.

'Nou, nee. Maar dat zal toch niet zo zijn? Ik bedoel, Raziel is een ex-junkie en zo, maar hij is een goedaardige jongen. En je denkt toch niet dat de Rev bommen gaat leggen of zoiets?'

'Nee,' zei Lucas. 'Maar het leek me de moeite waard om het te vragen. In theorie is het altijd mogelijk.'

'Wil je dat ik het hem vraag?'

'Ja,' zei Lucas. 'Want ik heb de indruk dat... Als de geschiedenis zijn loop moet hebben, zou de Tempel herbouwd moeten worden.'

'Zo denken wij niet, Chris. Zo zien we de dingen niet.'

'Vraag het hem toch maar,' zei Lucas. Hij ging op de trap van de eetzaal zitten. 'Kan ik daar ergens slapen?'

'Ik deel een bungalow met zuster Van Witte,' zei ze. 'Je kunt bij ons slapen, denk ik.'

'Goed,' zei Lucas. Toen ze weer naar binnen wilde gaan, riep hij haar. 'Sonia? Wat zei hij tegen je toen ik binnenkwam?'

'Wie, Raziel? Wanneer?'

'Toen ik binnenkwam, toen jullie allemaal zaten te eten. Hij zei iets tegen je toen hij me zag.'

'O,' zei ze. 'Nou, je weet hoe hij is. Altijd plannen aan het maken. Hij zei dat ik je moest overhalen om met ons mee te komen. De berg op.'

'Ja,' zei Lucas. 'Intrigeren.'

Toen Lucas was weggegaan om zijn spullen naar de bungalow te brengen, ging Sonia, toen ze de eetzaal uit waren, naar Raziel toe.

'Razz?'

'Yo,' zei broeder Raziel.

'Zeg, je hebt toch niets gehoord van, eh, van een plan om de moskeeën op de Tempelberg te verwoesten?'

Raziel keek niet verrast. 'Vroeg Chris je me dat te vragen?'

'Ja, dat deed hij. Er schijnt een gerucht te zijn over zo'n aanslag die op komst zou zijn.'

'Zulke geruchten zijn er altijd al geweest,' zei Raziel. 'Al heel lang. In Jeruzalem zijn mensen altijd iets aan het slopen om er iets anders voor in de plaats te bouwen. Al in de tijd van de Babyloniërs, nietwaar? De negende Av. Je haalt een tempel neer en bouwt een andere. Je haalt een man neer en zet er een andere voor in de plaats. Je sloopt de tempel, bouwt de kerk. Je sloopt de kerk, bouwt de moskee. Je profaneert het heilige. Je heiligt het wereldse. Dat gaat altijd door.'

'Maar wij hebben toch niets met zoiets te maken? Wij staan toch buiten die complotten?'

'Sonia,' zei Raziel. 'We zijn hier niet om dingen fysiek te vernietigen. De verandering waaraan wij werken, is spiritueel van aard. Het is een soort transformatie. Een wonder. Ongeacht alles wat mensen misschien hebben gehoord. Of wat ze denken.'

'Dus je bedoelt,' zei ze, 'dat ik daar gelijk in had? Wij hebben niets met een eventuele verwoesting van de moskeeën te maken?'

'Ik geef je mijn woord, Sonia. Niemand van ons heeft het op een medemens voorzien. Niemand van ons heeft het op het bezit van een ander voorzien. Ik zweer het. Is dat goed genoeg?'

Het begon donker te worden. De tieners lachten in de buurt van het gemeenschappelijke zwembad.

'Ja,' zei ze. 'Natuurlijk is dat goed genoeg.'

52

Op het vliegveld van Cyprus werden Nuala en Rashid opgepikt door de man van wie hun was gezegd dat hij hen zou afhalen. Hij heette Dmitri, en omdat dit alles door de Russische vrienden van Stanley was geregeld, hadden ze een Rus verwacht. Maar Dmitri was een Grieks-Cyprioot, een kleine, gerimpelde man met een lange, komisch spitse neus. Hij zag er ook niet zo kosmopolitisch uit als ze hadden verwacht. Hij was gekleed als een geschoolde arbeider uit een dorp, met een gevlekte ouderwetse Engelse tweed pet.

Dmitri nam Rashids tas van stof over; Nuala droeg haar rugzak. In het begin konden ze geen Engels uit hem krijgen, wat voor een Grieks-Cyprioot ronduit absurd was.

Toen de auto de kustweg verliet en door de straatjes van de stad koers naar het noorden zette, om vervolgens weer af te slaan, klaagde ze.

'Een ogenblik, Dmitri,' zei ze. 'Mag ik vragen waar we onze vrienden ontmoeten? Ik dacht dat we naar Larnaca gingen.'

Als haar kennis van de Cypriotische geografie haar niet bedroog, waren ze op weg naar de bergen en de grens met het Turkse deel van het eiland.

'De weg naar Troulli, mevrouw,' zei Dmitri. 'Maar u gaat daar niet helemaal heen. Uw vrienden zijn in het klooster.'

Nuala keek de duisternis in. De koplampen schenen op rijen bloeiende cactusplanten langs de weg.

'Een weg naar het niets, zeggen ze in Ierland,' zei ze tegen Rashid.

'Ze zijn discreet en ze weten wat ze doen. Dat is goed.' Misschien klonk hij niet volstrekt zelfverzekerd, maar hij klonk ook niet bang. Nuala besloot Dmitri goed in de gaten te houden.

Ze verlieten de grote weg om linksaf te slaan, en algauw kon je nauwelijks nog van een weg spreken. Dmitri stopte bij een veepaadje. Als een chauffeur stapte hij uit, liep naar haar kant en maakte de deur open. Na een korte aarzeling stapten ze alle twee op de modderige weg, die onzichtbaar onder hun voeten lag.

'Dit is *ekklesia. Temenos.* Dit is *Ayios Yeorios.*'

Toen ze zo'n honderd meter over het hellende pad hadden afgelegd, zagen ze een lamp die verdween en weer te voorschijn kwam. Nuala draaide zich om en zag Dmitri naast zijn auto staan. De motor draaide nog; de koplampen wierpen twee geruststellende zuilen van licht. De stralen verwijdden zich onbeschroomd in de duisternis, totdat het licht in de verte verstrooid raakte tussen de kleine nachtvlinders die tegen haar wang fladderden. Er waren cicaden en er was de geur van koeienmest, een boerengeur die haar aan thuis deed denken, al rook ze hier ook de bitterheid van salie en dwergeik.

'Ze wachten,' riep Dmitri naar haar omhoog. '*Russki.*'

'Het is goed,' zei Rashid. 'Ja! Ik zie dat het goed is.'

Ze keek in het donker naar zijn gezicht en zag dat hij zijn kin naar voren had gestoken en zijn armen omhoog had gebracht. Toen hij haar hand vastpakte, voelde ze in zijn aanraking een vertoon van mannelijkheid, een spannen van spieren om moed te verzamelen. Toen ze doorliepen, wist ze plotseling dat ze in de duisternis die voor hen lag zouden sterven. Een ogenblik wilde ze het op een lopen zetten – ze kon hard rennen, ze had geleerd om met haar stoffige hoge schoenen over de droge grond van het Midden-Oosten te rennen. Je streed voor de revolutie en hield je in leven om de strijd voort te zetten. Maar ze ging niet rennen.

'Nou,' zei ze, 'we zijn samen.'

'Ja,' zei hij. 'Zie je wel? Het is goed.'

Ze naderden de donkere gebouwen, en de straal van de zaklantaarn kwam weer te voorschijn en trok zich toen terug tot een rode gloed op een plaats waar mannen stonden.

'*Salaam aleikum,*' zei een stem.

Opgelucht antwoordde Rashid: '*Wa aleikum salaam.*' Hij verstrengelde zijn vingers met de hare. 'Ja. Dat zijn Russen.'

Hij was daar blijkbaar zeker van. Toch vond ze het vreemd dat die oude vertrouwde groet van Russen kwam, van mannen die relaties van Stanley of partijkameraden waren.

'Mevrouw,' zei dezelfde Russische stem, 'wilt u ons volgen?'

Wilt u ons volgen, maar er was helemaal geen kerk, geen *temenos*. Het was maar een stal. Half gehypnotiseerd hield ze Rashids hand vast en volgde het doorschijnende schild van licht rond de zaklantaarn in de hand van de man, het licht dat heen en weer deinde terwijl hij voor hen uit liep. Toen kwamen ze onder een stenen dak, en een ogenblik zag ze de sterren door een lancetvenster en rook ze, naast de andere geuren, een lucht van oude steen en vaag ook van wierook. Misschien was dit gebouw toch ooit een kerk geweest, lang geleden.

Toen trok Rashid zijn hand weg en stond ze daar alleen, zonder het te begrijpen. Er waren plotseling geluiden van een worsteling. Toch bleef ze daar gewoon staan. En toen schreeuwde hij en ze dacht, het gaat vanavond regenen. Laat het maar komen.

En toen de knie tegen het onderste van haar rug kwam en de hand zich over haar mond sloot, hoorde ze nog steeds zijn jongensachtige, arrogante vloeken en bedreigingen, zijn bravoure. Ze wist dat hij het ook voor haar deed. Hij was een arts, een communist, een leider van zijn volk, haar grote liefde – en toch was hij, zoals het een Arabier betaamde, een favoriete zoon, een jongen die ook onder extreme omstandigheden niet kon ophouden zijn mannelijkheid te bewijzen.

Het waren verschillende mannen en ze schenen met de zaklantaarn op haar. Haar armen werden strak achter haar rug getrokken en ze haalden een soort tuig van canvas over haar hoofd. Toen ze zich verzette, draaiden ze genadeloos aan haar armen tot ze bij de ellebogen gekromd waren en ze geen beweging meer kon maken.

'Nuala!' schreeuwde Rashid. Hij had nooit geleerd haar naam goed uit te spreken.

'Ja,' zei ze. 'Hier, lieveling.' En ze legde haar hoofd in de nek en schreeuwde: 'Rashid!'

Terwijl ze elkaars naam riepen, werd ze met verrassend veel behoedzaamheid bij haar ellebogen opgetild. Er waren twee mannen, een bij elke arm. Ze droegen haar een stenen trap op, en door het lancetvenster kon ze weer even een blik op de sterren werpen. Toen draaiden de mannen die haar vasthielden haar van het raam weg en zag ze dat ze op een verdieping stond. Blijkbaar lag er hooi op de harde stenen vloer. Maar misschien was het een kerk geweest, de koorgalerij.

'Rashid!' schreeuwde ze. Hij riep naar haar terug. Een ogenblik – misschien werd ze aangemoedigd door de voorzichtigheid waarmee ze haar hadden opgetild – wilde ze het woord richten tot de onzichtbare mannen die haar gevangen hadden genomen. Maar toen de strop om haar hals zat, wist ze dat het de voorzichtigheid van beulen was geweest, de discretie van het executieteam. Ze bonden haar enkels aan elkaar vast.

Het was een vuile, angstaanjagende plaats om te sterven. Een van de mannen zei iets tegen haar, maar ze was zo bang dat ze hem niet verstond. Ze hoorde Rashid haar naam weer roepen, en hij klonk nu ook bang.

'Rashid!' riep ze, nauwelijks in staat om te spreken. Ze had een droge keel en het touw trok zich strak om haar hals. Ze verzette zich tegen haar angst en verzette zich tegelijk tegen het tuig dat ze om zich heen had. Daar zijn we dan, mijn liefste, dacht ze. Ze kon hem niet vertellen dat het voorbij was. Meer dan wat ook wilde ze dat hij bij haar was, dat zijn moed hem in deze afschuwelijke plaats niet in de steek liet. Want ze waren allebei mensen uit een veroverd land, en de galg die hen uiteindelijk te wachten stond had de hele geschiedenis van hun volkeren overschaduwd. 'Wees moedig, mijn liefste!'

Hij riep tot God.

'Macht aan het volk,' zei ze, hoewel ze wist dat de frase die ze bij haar dood gebruikte een aanfluiting was geworden. 'Gij zijt niets geweest,' probeerde ze te zeggen, probeerde ze te denken. 'Gij zult alles zijn.'

Wat een vuile, ellendige plaats. En toen hing ze in de lucht en dacht ze alleen nog aan adem, het enige, zo leek het wel, waarom ze ooit iets had gegeven, de lucht van die stinkende plaats, maar ze kon geen lucht meer krijgen. En zo werden tegelijk met haar adem alle gedachten aan haar toewijding verdreven, terwijl de woedende mannen in de lichtbundel van hun lantaarn naar haar keken en ze zich afvroeg of ze ooit zou sterven. En toen kwam er een diepere, genadige duisternis.

Deel 3

53

Zijn bed had een gewatteerde deken, en toen hij wakker werd, scheen de zon door de kanten gordijnen en ging er buiten in het eucalyptusbosje een koor van nachtegalen op.

De bungalow was leeg; de andere bedden waren opgemaakt. Hij vond Sonia op een kinderschommel in het eucalyptusbosje. Ze schermde haar ogen af om hem tegen de ochtendzon in te kunnen zien.

'Wil je ontbijt?' vroeg ze hem.

Hij schudde zijn hoofd. 'Waar is iedereen?'

'Raziel en de Rev zijn met de Roos naar de Golan. Ze is jong en sterk en ze helpt, en misschien houdt het haar uit de moeilijkheden. De rest van het stel is hier. We hebben een paar bungalows voor ze gehuurd. Ik wacht op jou.'

'Waarom wacht je op mij, Sonia?'

'We gaan de berg op.'

'O ja? En wat doen we als we boven zijn?'

'Ik zing. Jij luistert. Je bent toch journalist? Jij beschermt me. En als alles goed verloopt, gaan we naar Jeruzalem.'

Hij wendde zich van haar af en zag Fotheringill, die onder de motorkap van een Volvo uit de jaren zestig aan het werk was en in zichzelf praatte.

'Je maakt een aarzelende indruk,' zei Sonia, en ze pakte Lucas bij de hand. 'Heb je andere ideeën?'

'Eigenlijk niet,' zei hij.

Toen ze in zijn huurauto op weg waren, vroeg Lucas: 'Wat denkt hij dat hij in de bergen gaat doen?'

'Hij moet mediteren voordat hij de laatste...'

'De laatste uitspraak doet?' zei Lucas. 'De openbaring?'

'Ja, dat klopt. En dan gaat hij terug naar Jeruzalem, want het staat geschreven dat hij van Dan vertrekt.'

Hij keek van achter het stuur naar haar. Er zat geen ironie in wat ze zei; ze geloofde nog steeds. Vroeg of laat zou daar een eind aan moeten komen, dacht hij. En wat zou er van haar overblijven als de lichten aangingen? Zelf wilde hij op dat moment niet dat er een eind aan kwam. Hij wilde dat ze allebei opgingen in het mysterie.

'Perceptie is functioneel,' zei hij. 'Dat is toch zo? Dingen worden niet gedefinieerd door wat we elke dag zien, hè? Wat we elke dag zien, is misschien een vals bewustzijn.'

'Zo mag ik het horen,' zei Sonia. 'Je begint erin te komen. Hoe dan ook, de Rev heeft me nodig. Dat zei hij. En ik wil dat je meekomt.'

Algauw reden ze langs de winkels en hotels van Tiberias. Langs het meer van Kinneret lag een klein pretpark. Verlegen Arabische families wandelden onzeker tussen de attracties door. Lucas zag dat de vrouwen hoofddoeken en kanten sluiers in plaats van *chadors* droegen.

'Christenen,' zei Sonia.

'Dat is het Zuid-Libanese leger met verlof. Ze komen hier naartoe.'

Toen ze langs Migdal kwamen, waar Maria Magdalena een dorpsmeisje was geweest voordat het in de grote stad verkeerd met haar ging, klonk dicht bij het meer een enkel zwak klokje.

Onverharde wegen liepen door ruwe velden naar het water, omzoomd met tamarisken en eucalyptusbomen. Een paar kilometer verder zag Lucas de bogen van een kerk aan de oever van het meer.

'Wat is dat?' vroeg Lucas.

'Iemands kerk. Ik ben vergeten van wie.'

De kerk en het aangrenzende klooster hadden de rozige kleur van Jeruzalemsteen maar leken niet erg oud. Ze waren neoromaans met rode pannendaken, een smetteloze binnenplaats en een fontein aan de voorkant. Hij verliet de grote weg en manoeuvreerde de auto over een onverharde weg naar het meer. Toen ze het water bereikten, zag hij dat ze het verkeerde weggetje hadden genomen; de kerk en het klooster stonden achter een hobbelig weiland met draad eromheen.

Er klonken klokken in alle registers, van begrafenisprofundis tot eucharistisch getinkel. Het geluid zweefde op de wind die over het meer ging, zong in de heldere hemel, maakte de komst van langzaam bewegende zware wolkenformaties aan de andere kant van het water bekend.

Een lange monnik in het wit sloot de houten kerkdeur.

'Benedictijnen. Ik wil erheen,' zei hij. 'Ik wil naar de mis.'

'Als je dat wilt,' zei ze, 'ga ik met je mee.'

Lucas worstelde met het draad om het veld. Hij sneed zich in zijn polsen en armen.

'Hé,' zei Sonia. 'Kijk uit.'

Hij vocht tegen het draad alsof hij het tegen slangen had opgenomen, totdat hij het in bedwang had en de onderste lijn omhoog hield zodat ze eronderdoor kon kruipen.

'Rustig maar,' zei ze. Ze wriemelde zich er op haar rug onderdoor, met amper een paar centimeter speling. 'Hé, misschien kunnen we beter in de auto stappen en omrijden.'

'Nee,' zei Lucas. 'Dan halen we het nooit.' Hij werd steeds opgewondener. 'We moeten dwars door het veld.'

Sonia klopte zich af. Ze had haar knie aan het draad gesneden. 'Vind je echt dat het nodig is, Chris?'

'Jij hoeft niet te gaan,' zei hij tegen haar. 'Je kunt blijven. Je rijdt om en ik zie je bij de kerk terug.'

'Nee,' zei ze. 'Ik ga met je mee.'

En dus dribbelden ze over het veld van hoog taai gras, braamstruiken en klonterige rode aarde dat tussen hen en het klooster lag. Ze kwamen moeilijk vooruit en ze sneden zich nog een paar keer. Lucas begon buiten adem te raken.

'Chris,' zei ze bezorgd, 'wat is er toch met je?'

'Dit is de plaats van de broden en vissen,' zei hij. 'Waar de menigte werd gevoed.'

'O,' zei ze. 'Die ken ik.'

'Ik moet op tijd zijn voor de mis,' zei Lucas. 'Ik moet daar absoluut heen.'

'Je lijkt... Je lijkt buiten jezelf,' zei ze, hijgend om hem bij te houden.

'Misschien ben ik dat ook wel.'

Maar toen ze bij het gebouw aankwamen, zat de zware houten deur dicht. Lucas trok aan de grote houten ring om hem open te krijgen. Op slot. Hij trok harder, en duwde. Er zat een bord op de deur: RUHIG, en daaronder GESCHLOSSEN FÜR GOTTESDIENST.

Hij ging naar de andere deur. Daar zat hetzelfde bord op.

'Ze moeten me binnenlaten,' zei Lucas.

'Nee, dat hoeven ze niet, Chris.'

'Natuurlijk wel,' schreeuwde hij. Van binnen waren nog net gregoriaanse gezangen te horen. De deuren, dacht hij, moesten erg dik zijn. Hij begon er met de zijkant van zijn vuisten op te bonken.

'Laat me erin, Duitse klootzakken!'

Zijn blik viel op een jaartal op de hoeksteen van de kerk: 1936.

'Jezus christus,' krijste hij. '1936! Vuile schoften, laat me erin! Laat me erin! Kijk,' zei hij tegen Sonia, 'ze sluiten me buiten. Ze willen me niet binnenlaten.' Hij bonkte tot zijn polsen pijn deden en zijn handen verdoofd waren.

'Jullie hebben het recht niet!' schreeuwde hij. 'Jullie hebben niet het recht om me buiten te sluiten! Kijk,' zei hij tegen Sonia, '1936!' Hij bonkte nog meer, tot het niet meer voor te stellen was dat niemand hem hoorde. Binnen ging het gregoriaanse gezang door. Hij begon tegen de deur te schoppen.

'Chris,' zei ze. 'Alsjeblieft, hou op.'

'Die verrekte hufters!' Zijn kreten galmden over het roerloze meer van Galilea.

'Moffen!' riep hij. 'Ze zouden in dit land iedere minuut op hun knieën moeten zitten. Ze zouden hier op hun knieën moeten leven. Stel je voor, ze laten me er niet in!'

Hij liet zich op zijn knieën zakken.

'Want ik verkeer in moeilijkheden. Ik ben in nood.'

'Ja,' zei ze, terwijl ze hem overeind hielp. 'Dat zie ik.'

Ze strompelden over het ruige veld naar de auto terug. 'Je kunt huilen, als je wilt,' zei ze. Maar hij beet alleen op zijn lip en stapte met een wilde blik in zijn ogen voort.

Ze reden naar de franciscaner kapel bij Kapernaüm. Een frater veegde de trap daarnaast die naar de ruïne leidde, en ze knikten elkaar toe. Lucas en Sonia liepen langs de oever en gingen bij de resten van de oude synagoge zitten.

'Wat was dat nou?' vroeg ze toen hij tot rust was gekomen.

'Al sla je me dood.'

'Jij zegt dat ík moet geloven. Maar jij?'

'Ik weet het niet. Ik heb te veel gedronken. Ik ben door mijn Prozac heen. Ik ben verkouden.'

'We knappen je wel op, arme kerel.'

'Het is allemaal een onverteerd stuk vlees,' zei Lucas.

'Wat?'

'Een onverteerd stuk vlees,' zei hij. 'Als de geest van Jacob Marley.'

'Jacob Marley?'

'Je hebt nooit van Jacob Marley gehoord? *A Christmas Carol*?'

'O,' zei ze. 'Die.'

Hij nam een lege veldfles die ze hadden meegenomen en vulde hem in het meer.

'Wat is dat?' vroeg ze.

'Water,' zei hij. 'Over dit meer liepen die gezegende voeten die tweeduizend jaar geleden tot ons voordeel aan het bittere kruis zijn geslagen.'

'Drink het maar niet,' zei ze. 'Wie er ook over heeft gelopen.'

Ze reden de heuvels ten noorden van het meer in.

'Je moet je erop voorbereiden dat dit je kan teleurstellen,' raadde Lucas haar aan. 'Als het op niets uitloopt, moet je blijven leven.'

'Het zal ons niet teleurstellen,' zei ze. 'Maar het kan wel andersom. Wíj kunnen teleurstellen. Het is moeilijk om alles tot muziek te maken. Maar er zal altijd muziek zijn.'

'Is het zoiets? Alles tot muziek maken?'

'Alles wéér tot muziek maken,' zei ze. 'Zoals het in het begin was.'

'Weet je,' zei Lucas, 'al het verdriet van de twintigste eeuw is voortgekomen uit het feit dat we het leven tot kunst probeerden te maken. Denk daar eens over na.'

'Als we het proberen,' zei Sonia, 'kunnen we de dingen maken zoals ze vroeger waren. Daarom hebben we kunst. Om ons daaraan te herinneren.'

Hij kon het niet laten om een klein beetje zinloze hoop te laten opflakkeren. Hoop waarop? Op niets wat hij zelfs maar in de verste verte kon uitdenken. Deed het er dan niet toe dat Raziel een vlokje in de wind was, en De Kuff een geknakt riet, en Sonia zo goed en intelligent dat ze idiote dingen ging doen? Dat ze zich in de kern van een Midden-Oosten-complot bevonden, uitgedacht door misleide meesters? Jazeker, dat deed er iets toe. Maar hij kon geen weerstand bieden aan die kleine opflakkering van hoop.

Die middag troffen ze De Kuff, Raziel, de Roos en hun Dodge-busje op een kampeerterrein in het Hula-dal aan. Je kon daar tenten huren, en de Roos hielp hen ze op te zetten. Ze was goed met tenten, een echte vrouw van het buitenleven – dat was, nam Lucas aan, ook de reden waarom Raziel had goedgevonden dat ze meeging.

'Ik wou dat hij niet zo ongelukkig was,' zei de Roos. Ze bedoelde De Kuff.

'Het is chemisch,' zei Lucas tegen haar. Hij zag dat ze over die informatie nadacht. 'Waarom ben je gekomen?' vroeg hij haar.

'Om Sonia te helpen. En nu misschien ook om bij hem te zijn. Ik denk dat hier een les voor mij te vinden is. En ik wil kunnen zeggen dat ik hier geweest ben.'

Met het vallen van de duisternis was een lichte kilte opgekomen. Hij had een fles The Macallan meegebracht en putte daar nu en dan troost uit. Hun canvas tent was van een ouderwets model en enorm groot, met ruimschoots voldoende plaats voor kampeertafels en veldbedden. Sonia richtte hem in met een gehuurd luchtbed en wat bedoeïense dierenvelkleedjes en kussens, afkomstig uit Bergers appartement.

Hij trof haar steunend op één elleboog aan. Zo te zien was ze ontspannen. In de wirwar van haar krullen waren droge eikenbladeren blijven steken.

'Daar zijn we dan weer,' zei hij.

'Daar zijn we dan weer. *A love supreme.*'

'Nou,' vroeg hij haar over de gloed van de Coleman-lamp die tussen hen in hing. Die lamp was ook gehuurd. 'Wat is dit? Wat doen we hier?' Het leger van Peter de Kluizenaar, dacht hij. Een lange stoet van leeghoofden was hen voorgegaan.

'Jij bent aan het werk,' zei ze. 'Als journalist. Je brengt verslag uit van godsdienstwaanzin.'

'Ja,' zei hij. 'En ik zit er hier bovenop. Uit de eerste hand.'

'Zou je willen dat ik "Michael, Row the Boat Ashore" zong?'

'Dus je gelooft het allemaal echt? Op dit moment? In deze minuut?'

'Ja. En jij – jij bent verbijsterd. Je loopt verbijsterd rond. Wat is echt? Wat niet? Ben jij echt?'

'Ik word elke avond dronken,' zei Lucas. 'Ik hallucineer Rudolph Steiners dochter Diphtheria, die zegt...'

'Wat we denken, zal zijn,' zei Sonia behulpzaam. 'Diphtheria heeft gelijk. Ze is gewoon een kleine djinn, een kleine demon. Maar weet je, Theodor Herzl zei: "Als je het wilt, is het geen droom." Ze heeft wel een beetje gelijk. Dus zeg me na: de kracht van de menselijke wil. Toe dan, zeg me dat na.'

'Nee,' zei Lucas.

'Waar zal wijsheid te vinden zijn?' vroeg ze hem. 'Waar is het inzicht?' Ze stak haar hand uit.

'Jij weet het, hè, Sonia?'

De tent rook naar appels. De lantaarn flakkerde tussen hen in.

Ze droeg een djellaba die met sterren was versierd. Haar gewaad, mocht hij het graag noemen. Toen ze hem uittrok, zag hij de slang aan haar halsketting op haar borsten bungelen. Ze ging onder een van de dierenvellen liggen en stak haar armen naar hem uit. Hij kwam naast haar zitten.

'Kom, Chris. Jij bent echt. Ik zal je helpen te geloven.'

'Dat denk ik niet,' zei hij. Maar hij boog zich naar haar toe, tot ze samen op het matras lagen, tegen het dierenvel – zij naakt, hij met zijn kleren aan boven op haar.

'Ja, dat zal ik,' zei ze. 'Het is goed. Het is juist.'

En toen hij zijn jasje uittrok en somber de knopen van zijn overhemd losmaakte, had hij het gevoel dat hij een verliezende kaart uitspeelde. Maar de geitenvellen deken van de bedoeïenen, waarvan hij had gedacht dat hij vuil was, was zacht en rook heerlijk, en toen hij haar lichaam daaronder voelde, werd zijn mond droog. En dus ging hij verder met zich uit te kleden, in een golf van wanhoop, en lag toen naakt naast haar. Wijsheid. Begrip. *De diepte zegt, Het is niet in mij; en de zee zegt, Het is niet bij mij.*

Ze droeg nog steeds haar slipje en de ketting. Liggend op haar zij, haar gezicht naar hem toe, haalde ze de hanger van haar hals en legde hem naast hen neer. Onder het dierenvel pakte ze zijn handen en leidde ze naar de warme, zijdezachte curven van haar billen. Elke hand vond zijn weg naar haar middel en vanaf haar navel over haar buik omlaag. Hij ging naar beneden, verwijderde het witte slipje en drukte zijn mond tegen haar dijen en kruis en schaamdelen.

Hij trok zich even terug en zei: 'Je moet geduld met me hebben.' De vorige keer had hij hetzelfde gezegd. Het had hem zo'n verdriet gedaan dat hij zich beroerd voelde toen hij het zichzelf opnieuw hoorde zeggen. 'Ik ben langzaam.'

Langzaam en soms zo langzaam dat je helemaal niet wist dat hij er was.

'*A love supreme*,' zong ze. Toen hij haar met zijn mond nat had gemaakt, boog hij zijn knieën en verhief zich tegen haar aan, in vuur en vlam, steigerend, als de jongen met de Shulamitische, ziek van liefde. *Keer weder, keer weder, dat wij u mogen aanzien.*

En ze zong en schreeuwde en na afloop huilde Lucas de tranen van een geluk dat hij niet kon meten of analyseren of anderszins kon aantasten door het te onderzoeken. Het was werkelijk alsof zij de diepten beheerste waar wijsheid te vinden was.

'Zie je wat ik bedoel?' zei ze.

Toen ze sliep, ging hij naar buiten om naar de sterrenhemel en de bergen in de verte te kijken. De lamp brandde zacht. De wolken boven de Golan waren uiteengegaan en lieten Andromeda zien, die haar melkwegstelsel in de smetteloze hemel wiegde, en haar sterren Alheratz, Mirach en Almach. De Arabische namen deden denken aan de *Zohar*, juwelen van de sluier onder de Troon van Glorie.

Waarom ook niet? dacht hij. En onder de sterren bevindt zich haar astrale correspondent, de ster van mijn minnares, mijn zuster, mijn echtgenote, in wier diepten de wijsheid te vinden is.

Degene die in niets gelooft, gelooft uiteindelijk in alles. Dat zei Chesterton, de katholieke mentor die hij had opgegeven. Laat het gaan zoals zij zegt, dacht hij. Zij was de ziel van de waarheid; zij verdiende het. Hij voelde zich alsof hij dicht bij de dood was geweest en er levend uit was gekomen. Ja, laat het gaan zoals zij zegt. Laat me geloven. In de spiegel van het waslokaal zag hij voor het eerst de hanger met de slang om zijn hals.

De volgende morgen gingen ze op weg zodra de Roos de tent voor Raziel en De Kuff had afgebroken. Ze reden snel over de weg naar het noorden, langs de bovenkant van het Hula-dal. Ze zagen wilde zwijnen bij het meer rennen, en een opstijgende visarend. De bergen van de Golan kwamen dichterbij. Naast het water groeide papyrus. Pelikanen maakten hun geometrische pterodactylische duikvluchten, als een kaarttruc.

'De pelikaan van de woestijn,' zei Lucas.

Ze bereikten de rand van de wegenkaart van Paz-benzine die Lucas had gebruikt. De hoekgedeelten waren afgesleten en ontbraken.

'Hebben we een fatsoenlijke kaart?' vroeg Lucas.

'Alleen deze,' zei Sonia. Ze gaf hem de wegenkaart van het autoverhuurbedrijf. Die was niet erg gedetailleerd.

'Zo'n soort kaart werd de dood van bisschop Pike,' zei Lucas.

'Precies de kaart voor ons,' zei Sonia.

54

Raziel en De Kuff stonden aan de rand van een Druzendorp. Een weg met mestvlekken leidde van de stenen huizen van het dorp naar de velden vol zwarte rotsen waar geiten en schapen met een dikke vacht graasden. Ver beneden, bijna recht omlaag, hadden de Druzen hun boomgaarden.

De hoofdman van het dorp en zijn zoon waren naar hen toe gekomen om met hen te spreken. Het gewelf van de berghemel bracht een kille grauwe dageraad.

De oudere Druus sprak een beetje Frans. Zijn zoon werkte op een concessie in het Hula-dal en kende een paar woorden Hebreeuws. Raziel probeerde hen over te halen de groep pelgrims niet weg te sturen. De Druzen in Golan zaten klem tussen hun aangeboren gastvrijheid, hun afkeer van Israël en hun angst voor leger- en politiespionnen van Israël, Syrië of beide.

'Zeg tegen hem dat we wetenschappers zijn,' zei Raziel tegen De Kuff, die Frans sprak met de oudere man. 'Zeg tegen hem dat we door het ministerie zijn gestuurd. Om de bronnen van de Jordaan te bestuderen.'

'In de Heilige Stad,' zei De Kuff tegen de oude hoofdman, 'hebben we gehoord dat er stemmen uit de berg spreken.' Hij gebruikte de Arabische naam voor Jeruzalem, Al-Kuds.

De hoofdman keek hem onbewogen aan. '*Privé*,' zei hij na een ogenblik.

'Alleen naar de rivier,' zei De Kuff. 'Alleen om hem over te steken.'

De oudere Druus keek naar het Dodge-busje. De Roos zat op de achterbank te slapen.

'Vrienden zullen onze auto over de berg brengen,' zei De Kuff. Hij haalde zijn portefeuille te voorschijn. 'We zullen betalen.'

Vader en zoon keken naar de portefeuille in zijn hand. De oudere man zei iets tegen zijn zoon, en de jongeman draaide zich om en begon naar het dorp te lopen. Raziel leunde tegen het busje, met zijn hand boven zijn *wraparound*-zonnebril om zich tegen de schittering van de hemel te beschermen. De Kuff stond in de houding van het moslimgebed met zijn gezicht naar de berg Hermon. Na een paar minuten kwam de zoon van de hoofdman terug met drie mannen die ongeveer zo oud waren als zijn vader.

'We kunnen ze zoveel aanbieden als we hebben,' zei De Kuff ademloos. 'Wat maakt het uit?'

'Rustig maar, Rev. Als je ze te veel geeft, worden ze bang en bellen ze de grenspolitie.'

'Het zijn eerlijke mensen,' zei De Kuff, en hij keek met welbehagen naar de dorpelingen.

'Zorg dan dat ze eerlijk blijven,' zei Raziel. 'Als je met geld gaat zwaaien, worden ze gek.'

Maar De Kuff gaf iedereen een biljet van vijftig dollar. Raziel had geen idee waar hij het geld vandaan had. De Druus keek met hoop, angst en argwaan naar de bankbiljetten. Er waren veel valse Amerikaanse vijftigjes in het Midden-Oosten in omloop, en zelfs op de berg Hermon wisten mensen dat.

Toen de hoofdman had gezegd dat ze door de velden mochten gaan, gaf De Kuff een teken aan Raziel dat hij de slapende Roos wakker moest maken. Zijn gebaar was vorstelijk; het was er een uit zijn enthousiaste dagen. Ze stapte uit, knipperde bevallig met haar ogen en snoof de berglucht op.

Ze stonden naast het busje toen Fotheringill met de Volvo kwam aanrijden. Hij wenkte Raziel naar zich toe. Hij had een pakje papieren in een bruine hersluitbare envelop bij zich.

'Tunnelkaarten van Lestrade,' vertelde de Schot hem.

'Goed,' zei Raziel. 'Heb je nog iets anders voor me?'

Fotheringill gaf hem nog een pakje, ditmaal met slagerspapier eromheen. In ruil daarvoor gaf Raziel zijn autosleutels aan Fotheringill.

'Goed,' zei Fotheringill. 'Er is een gebouw van het natuurreservaat aan de andere kant van de vallei. Het reservaat is sinds de Golfoorlog gesloten, maar ik kan jullie auto daar achterlaten met een aantal van de kaarten in het handschoenenvak. De rest laat ik in de Volvo achter, dan kan de politie het vinden.' Hij stapte in Raziels busje en keek hem met een humorloze grijns aan. 'Kijk uit voor mijnen, hè? De meeste zijn aangegeven.'

'Goed,' zei Raziel.

Toen Fotheringill de weg opreed, liep Raziel met De Kuff het veld van de Druzen in. Ze zetten koers naar de rij valonea-eiken en oleanders langs een stroompje. Hoger op de hellingen stonden olijfboompjes en twee machtige terebinten, waarvan er een door de bliksem was getroffen.

Hoog op de berg Hermon lag sneeuw. De toppen van Golan omringden het smalle dal waar ze doorheen liepen. In het noorden doemden de bergen Zion en Habetarim op, onder de flanken van Hermon, en naar de Syrische grens en Tel Hamina toe verhieven zich de bergen Shezif en Alon.

De Kuff haalde diep adem. Zijn gezicht straalde en zijn ogen zaten vol tranen.

'"Naphtali is een losgelaten hinde,"' zei hij tegen Raziel. 'Dit is zijn koninkrijk.'

'Ik zei toch, Rev, dat de tijd nabij was? Je moet me vertrouwen.'

Ze zouden nu naar elke stam gaan, van de hooglanden van Naphtali tot Dan en zo ver als Gilead, en wat geschreven stond, zou gebeuren.

Raziel dacht dat zijn volgende naam Naphtali zou kunnen zijn. Het was allemaal hetzelfde, dacht hij. Het sluiten van de cirkel, de slang die zichzelf vond, de opheffing van de Noösfeer. Dingen zelf kwamen tot bewustzijn. In de bergen was het gemakkelijk om te geloven. Daar had je een gelijkgestemd landschap voor nodig. Maar op dit moment had Raziel ook een innerlijk landschap nodig om te geloven.

'Hier is het,' zei De Kuff. 'Dit is de bron van de rivier.'

Ze gingen zitten en namen wat water in hun rechterhand om het te drinken. Ook Raziel, hoewel hij linkshandig was.

'Ja,' zei Raziel lachend. 'De wateren van Merom.'

Om hen heen groeiden munt van een meter hoog en bloeiende netels, en een rijkdom van varens als het vloertapijt van een regenwoud, en wilde vijgen.

'We gaan naar boven,' zei De Kuff, kijkend naar de sneeuwvelden hoog boven hen. 'We gaan naar boven, naar ze toe.'

Vanaf het volgende plateau konden ze een Syrische waarnemerspost aan de voet van de volgende berg zien. Ze kwamen op een pad dat in het Hebreeuws, Arabisch en Engels als een militaire weg stond aangegeven. Een eindje verder lag in de struiken een bord dat voor mijnen waarschuwde. De letters op dat omgewaaide bord waren zo verweerd dat ze bijna niet meer te lezen waren.

Raziel keek uit naar een plaats waar ze de nacht konden doorbrengen zonder dat ze hun hele uitrusting nodig hadden, een plaats waar ze de nacht door konden komen met een deel van de rivier voor henzelf en met alleen een vuur.

Algauw vond hij een geschikte plek. Het was dicht bij de Syrische linies, maar in ieder geval hadden ze de passieve toestemming van de Druus. Het nabijgelegen natuurreservaat was inderdaad gesloten. Bijna elke vlakke plaats waar droge takken voor een vuur waren, een plaats binnen geluidsafstand van snelstromend water, zou goed genoeg zijn. Bovendien zou hij zich daar in alle rust een spuit kunnen geven.

55

Ze waren van de kaart af gereden en Lucas deed zijn best om de Ford Taurus als een terreinwagen te gebruiken.

'Als ik had geweten dat we een expeditie door de bergen gingen maken,' zei hij tegen Sonia, 'had ik een wagen met vierwielaandrijving gehuurd.'

Bijna de hele nacht reden ze door de bedauwde wadi's, beducht voor ondergelopen beddingen en afgronden van zandsteen. Tegen de ochtend gaf Lucas het stuur aan Sonia over, en toen hij wakker werd, reden ze over een verharde weg die naar het noorden leidde, onder de massa van de berg Hermon.

'Ik ben altijd gek op die militaire wegen,' zei ze tegen hem.

'Waarschijnlijk zijn we in Syrië,' zei Lucas.

Na anderhalf uur kwamen ze bij een aantal vreemde gebouwtjes. Het leken net kleine alpenchalets. In het grootste bevonden zich een snackbar en een kleine dichtgetimmerde souvenirwinkel. Een paar souvenirs waren op de versplinterende toonbank buiten achtergebleven: een goedkope plaat van Jezus die op water liep, een foto van de rebbe van een chassidische sekte.

Een koude, genadeloze wind kwam van de bergtop aangewaaid en bracht de kwetsbare gebouwen aan het rammelen. Sonia had wat brood en de ingrediënten voor falafels uit de kibboets meegebracht en ze aten iets.

Ze waren net klaar met eten, toen de onvermijdelijke Fotheringill met het Dodge-busje het troosteloze parkeerterrein kwam oprijden. Sonia zag hem als eerste, over Lucas' schouder. Met haar mond vol droge falafel wees ze naar de auto.

Fotheringill droeg commandokleren en zijn haar was blijkbaar nog korter geknipt dan anders. Hij parkeerde het busje en slenterde naar hen toe.

'Waar is de Rev?' vroeg Sonia hem.

'Een kilometer of drie stroomafwaarts. Volg het pad en je ziet hem op deze oever.'

Lucas liep naar de gehavende houten reling en keek uit over het dal. Hij zag witte rook opstijgen, een paar kilometer verder.

'Je verrast me,' zei Lucas tegen Fotheringill. 'Ik had niet gedacht dat jij godsdienstig was.'

'Het gaat me alleen om hem,' zei Fotheringill. 'Hoe hij is. Een geweldige kerel.'

Dat was niet zo'n erg geïnspireerde steunbetuiging. Maar wie wist?

'Ik bescherm hem,' zei Fotheringill. 'Hij is zo'n klein teer mannetje, hij heeft iemand nodig die zorgt dat ze hem niets doen. De boosdoeners, hè? Die verrekte boosdoeners. Dus daar ben ik voor. Op die manier maak ik goed wat ik in mijn leven verkeerd heb gedaan.'

'Zoals je ingezakte soufflés,' merkte Lucas op.

'Ja. En Angola,' zei Fotheringill. 'O ja, heb je je dat gedicht nog herinnerd? Over *rillettes de tours*?'

'Nee,' zei Lucas.

Zich vasthoudend aan riet en winde, daalden ze het modderige pad af. Op de andere oever, rechts beneden, was de helling bedekt met wijnranken waarvan Lucas dacht dat ze aan een van de kibboetsen op de Golan toebehoorden. Langs de rivier hing de geur van munt. De stenen waren glad van het mos en witte krodde. De wind die van de berg kwam, ging geen moment liggen.

Ze volgden de rivier een hele tijd, en geleidelijk werd het gebulder van stroomversnellingen beneden hen luider. Ten slotte kwamen ze bij een waterval, waar de rivier zich zo'n twee meter omlaag stortte in een heldere plas die meer dan diep genoeg was om erin te zwemmen. Er lag een veldje naast, en in dat veldje zat De Kuff, zonder zich iets van wind en modder aan te trekken, in zijn eentje, zijn hoofd schuin opzij.

Raziel kwam drie meter verder de struiken uit.

'Houden jullie van winterkamperen?' vroeg hij.

'Het is geen winter,' zei Sonia.

'Nou, bijna. Maar het wordt nooit meer winter.'

Ze volgden hem naar de volgende plek waar je bij de rivier

kon komen. Naast een tweede, kleinere waterval was de Roos thee aan het zetten in een zwart uitgeslagen pannetje boven een vuur.

'Op deze hoogte duurt het een hele tijd voor het kookt,' zei ze.

Toen het water lang genoeg had gekookt, goot ze er iets van in allerlei dingen die als drinkgerei te gebruiken waren: soldatenkroezen, kapotte souvenirmokken en jampotjes. Zo te zien was het een soort kruidenthee.

Ze liepen met hun thee stroomopwaarts en Raziel ging op eerbiedige afstand van de oude man zitten, die met zijn hoofd tussen zijn knieën zat. De anderen volgden Raziels voorbeeld. Lucas kon alleen maar naar de rivier kijken en zich afvragen wat hij daar deed. Om een antwoord te krijgen keek hij Sonia aan. Ze ging naast hem zitten.

'Wat moet ik doen, Chris? Wil je dat ik voor je zing?'

Raziel sprak zonder zijn hoofd omhoog te brengen. 'Zing,' zei hij tegen Sonia. 'Zing voor hem.'

Sonia zong een Converso-lied over de ziel die als muziek ten hemel steeg, de muziek die opsteeg door de zeven sferen van de onderste *sefirot* tot zijn onuitsprekelijke verre oorsprong:

'Traspasa el aire todo
Hasta llegar a la más alta esfera,
Y oye allí otro modo
De no perecedera
Música, que es de la fuente y la primera.'

Boven hen zeilden de wolken net buiten bereik. De dag werd vochtig en koud.

'Ik had mijn gitaar mee moeten brengen,' zei ze, en ze huiverde.

'Jij hebt geen gitaar nodig,' zei Raziel, nog steeds zonder zijn hoofd omhoog te brengen.

Ze ging op haar zij liggen en liet haar wang op het gras rusten. Toen stak ze haar hand uit en pakte die van Lucas vast. Ze zong nu niet, maar reciteerde zacht, bijna fluisterend:

'Cuando contemplo el cielo
De innumerables luces adornado,
Y miro hacia el suelo
De noche rodeado,
En sueño y en olvido sepultado...'

'Als ik jou hoor, kan ik het bijna begrijpen,' zei Lucas. 'Maar natuurlijk niet echt. Het is een illusie.'

'Ja, schat. Ik ben een dwaas en jij bent er ook een,' zei ze.

'El amor y la pena,
Despiertan en mi pecho un ansia ardiente;
Despiden larga vena
Los ojos hechos fuente.'

'Wat betekent het?'

'O, vooruit dan maar,' zei ze. 'Het gaat erover dat liefde en verdriet en verlangen je laten huilen. Dat is toch zo?'

'Ja. Ik huil zelf ook veel,' zei Lucas. 'Meer dan ik zou moeten doen.'

'Hoe kan iemand ooit te veel huilen?'

'Heb jij in Somalië gehuild?' vroeg Lucas haar. 'Vast niet.'

'Dat is geen plaats waar je huilt. Maar later wel. Ik had verdriet om al die mensen. En het waren er zo veel.'

'Maar jij bent geen huilebalk, zoals ik, Sonia. Alles kan de tranen in mijn ogen brengen. *Our Town. Madame Butterfly.* Een goede single malt.'

'Ik dacht dat je zou gaan huilen toen die Duitsers je niet tot hun mis toelieten,' zei ze. 'Toen zag je ernaar uit dat je iemand zou kunnen vermoorden.'

'Angst en woede,' zei Lucas. 'Dat is alles wat ik ken.'

'Je bent een goede minnaar.'

'God zegene je. Dat heeft nog nooit iemand tegen me gezegd.'

'Gek is dat,' zei Sonia. 'Mijn vader leefde zijn hele leven in angst en woede. Echte angst en echte woede.'

'Die van mij zijn ook echt,' zei Lucas. 'Minder verdiend, misschien, maar echt. Ik ben echt. Min of meer.'

'Ik geloof je,' zei ze. 'Je bent woedend en je bent bang. En echt.'

Lucas haalde zijn fles te voorschijn.

'Je vader heeft vast een veel moeilijker leven gehad dan ik,' zei Lucas. 'Ik zou dat vast niet lang hebben uitgehouden.'

'Hij huilde ook gauw,' zei ze. 'Het was voor hem niet anders. Ik bedoel, het was op de een of andere manier niet anders voor hem omdat hij zwart was.'

'Dat weet ik,' zei Lucas. 'Denk ik.'

'Mijn vader had niet veel aan mij,' zei Sonia. 'Ik was te dom en te ijdel en te verlegen als ik bij hem was.' Zonder Lucas' hand los te laten rolde ze zich op haar rug. De wolken waren uiteengeweken. 'Er is een gezegde uit de kabbala: "Niets is een grotere gave dan over de waarheid te kunnen nadenken zonder verdriet te krijgen."'

Raziel had naar hen geluisterd. 'Dat wilde ik aan jullie geven,' zei hij tegen hen. 'Wat er ook gebeurt, ik wilde dat mogelijk maken voor jullie allemaal.'

Lucas keek naar hem en besefte twee dingen. Ten eerste was er geen schijn van kans dat die hippe muzikant in staat was om ook maar iemand over iets te laten nadenken dat bij de waarheid in de buurt kwam, behalve in de vorm van muziek. Ten tweede zat er iets krachtigs, iets psychotroops, in zijn thee.

De oude De Kuff kwam wankelend overeind.

'Een gevangenis,' schreeuwde hij. 'Ja, een gevangenis!' Hij knielde neer en rukte handenvol munt en klaver, asters en paddestoelen weg van de plaats waar hij had gezeten. 'Prachtig!' zei hij tegen hen. 'Maar het is niets.'

Hij stond op. 'Het is niet heilig,' schreeuwde hij zijn kleine gevolg toe. 'Geen land is heilig. De hele aarde is een ballingsoord. De verlossing zit in de geest. *Tikkun* zit in de geest.' Hij liep naar hen toe. 'Wat is er?' Hij nam Raziels gezicht in zijn handen en keek in zijn ogen.

'Wat is er in je ogen?' Toen ging hij naar Sonia toe, legde zijn vingers op haar kin en keek haar aan. 'Niet je ogen afwenden,' zei hij streng. 'En jij,' zei hij tegen Lucas. Lucas liet de oude man zijn handen om zijn oren leggen en keek in zijn vermoeide ogen. 'Vonken,' zei hij, en lachte. 'Vonken. De vonken zijn mooi. In elk van jullie. Wie kan het ontkennen? Wie, die in jullie mooie ogen kijkt, kan het ontkennen?'

'Of in de jouwe,' zei Sonia.

'Het komt van de Almachtige,' zei De Kuff. 'Macht, wijsheid. De vonken, in de nederigsten van jullie. Het schittert.' Uitgeput liet hij zich weer in het gras zakken.

'Waar heeft hij het over?' vroeg Lucas aan Sonia.

'Ik denk dat hij het over het jood-zijn heeft,' zei ze.

'O.'

En toen hij die oude man in zijn vervoering zag, en zag hoe hij het gras van de Jordaan in de lucht wierp, kon Lucas een ogenblik geloven. Er was iets. Er was een manier waarop bepaalde mensen, desnoods tegen hun wil, deel hadden aan het licht bij de bron van de schepping.

Daar bij de rivier wist hij niet meer wat hij geloofde of ontkende. Toen herinnerde hij zich de thee. Hij probeerde zich de Shema te herinneren. Die was erg kort, kort en krachtig als het Jezusgebed. Hij was er nooit in onderricht, had het alleen maar gehoord: Hoort, Israël! De Heer, onze God, is een enig Heer!

De Kuff lachte. Een innemende, wijze, zuidelijke lach. 'Niets gaat verloren,' zei hij. 'De verlossing is ongewapend. Het is een strijd met het zelf. Het land is in het hart.'

'Is het tijd?' vroeg Raziel. 'Hier zijn de bergen.' Hij wuifde met zijn hand naar de top van de Hermon. 'De bergen van Naphtali. Zijn jullie er klaar voor?'

Met een energie waarin Lucas niet zou hebben geloofd kwam De Kuff overeind en richtte zich in volle lengte op. De rivier aan zijn voeten leek aan kracht en snelheid te winnen. Het water fonkelde met regenbogen.

'Laat hen de Tempel gereedmaken voor het offer,' schreeuwde hij. 'Aan mij is het gegeven. Gezegend zij de Oude Heilige.'

De Roos van Saskatoon, Sonia en Raziel keken blij naar hem op. Lucas zag tot zijn verbazing dat de rivier van vorm veranderde.

Raziel kwam overeind om naast zijn meester te gaan staan.

'Hij die zaligheid aan koningen en macht aan vorsten geeft, wiens koninkrijk een eeuwig koninkrijk is, die zijn dienaar David voor het verwoestende zwaard behoedde, die een weg in de zee maakt en een pad in de machtige wateren, moge hij Hem voor altijd zegenen, behouden, behoeden en verheffen, Hem, onze Heer en onze Messias, de Gezalfde van de God van Jacob, het Hemels Hert, de Messias van de Rechtvaardigheid, de Koning der Koningen. Aanschouwt hem!'

'Hij verhief mij om het wedergekeerde Lam Gods te zijn,' ging De Kuff verder. 'Zoals is voorzegd van Yeshu. En hij benoemde mij tot de Mahdi van de genadigen en de mededogenden, opdat de waarheid één wordt gemaakt! Zoals de Almachtige Eén is, zo zijn de gelovigen dat ook! De koningen zijn weder opgestaan! De vaten zijn hersteld! De tikkun is hersteld!'

'Hallelujah,' riep de Roos van Saskatoon.

Lucas dacht dat hij er alles voor over zou hebben om het allemaal te geloven.

'We gaan nu naar de stad,' zei Raziel. Zijn stem beefde. 'We hebben geen keus. Laat hen allen het begrijpen. Deze man is de Poort, de Bab. Hij is Moshiach. Hij is de wederkomst van de Heer, de Mahdi van de gelovigen.'

'In dat geval ben ik erg blij dat ik ben meegekomen,' zei Lucas. 'Maar je zou hem niet zo'n last op zijn schouder moeten leggen. Ik denk niet dat hij daartegen opgewassen is.'

'Nee?' zei Raziel. 'Maakt niet uit.'

'En jij?' vroeg Lucas. 'Wat doet dit met jou?'

'Dat wilde ik net vragen,' zei Sonia.

Raziel lachte en wees naar haar, alsof hij haar op een rekenfout had betrapt.

'Ik? We gaan naar de rivier en we gaan praten. Wij drieën.'

Lucas moest plotseling denken aan iets wat hij nog niet had opgemerkt.

'Je hebt iets in de thee gedaan,' zei hij tegen Raziel. 'Dat is toch zo?'

'O mijn God,' zei Sonia. 'Moet je de rivier eens zien!'

Ze keken naar de rivier. Die keerde om, dwong zich om met dezelfde onnatuurlijke snelheid waarmee hij naar beneden was gegaan, nu omhoog te gaan, naar het hooggelegen meer aan de bron. Hoe meer ze ernaar keken, hoe onmiskenbaarder het werd. De rivier joeg vanaf de oevers tegen zichzelf op, tot zijn eigen hoofdstroom met groot geweld terugkeerde, tegen de watervallen op, tegen de berg op.

'Hij is machtig,' zei De Kuff met stemverheffing. 'Hij is de

Meester van het Universum. Hij is Eén. Hij is de drie grote *sefirot*. Hij spreekt voortdurend in de duisternis.' Toen was hij blijkbaar even de weg kwijt.

'De betekenis van Job,' zei Raziel, als een souffleur.

Ergens blaatte een eenzaam schaap.

'De betekenis van Job,' schreeuwde De Kuff, 'is dat de Meester van het Universum Job aan Satans koninkrijk overliet. En Satans koninkrijk is de wereld van de vorm, de wereld van de dingen. Want alle vlees is gras,' riep De Kuff naar de berg, 'en alle schoonheid van de lelies is een begoocheling. De enige schoonheid is onzichtbaar. De enige echte wereld is de onzichtbare wereld. Dit was de wereld van de eerste Adam. En de ommekeer van de Jordaan betekent het eind van de illusies.'

'Raziel,' vroeg Sonia zachtjes, 'heb je iets in de thee gedaan?'

'Bederf het niet,' zei Raziel. 'Hij heeft de voeding nodig.'

'Raziel?' vroeg ze. 'Ralph, wat heb je in de thee gedaan?'

'Kruiden,' zei Raziel. 'De kruiden van de berg. Van de Jordaan.'

'Stop,' schreeuwde de oude De Kuff. Hij had aardkluiten en plukken gras in beide handen. 'Wacht. Ben je bang voor mij, mijn jongen?' vroeg De Kuff aan Lucas. Zijn stem was op zijn mildst. Hij maakte een geamuseerde, ontspannen indruk, een charmante, tevreden oude man.

Lucas dacht dat hij niets meer wilde dan dat deze oude man de oplossing van het leven was, de heler van zijn wonden, degene die alle onzekerheden wegnam. Maar het kwam alleen door de thee.

'Wat doe je?' vroeg Sonia aan Raziel. 'Wie denk je dat je bent?'

'Kom,' zei Raziel. Hij gaf hun een teken dat ze hem stroomopwaarts moesten volgen. Hij legde zijn hand onder de arm van de oude man. Ze glimlachten allebei.

In het volgende veld wendde hij zich tot Lucas en Sonia.

'Wil je weten wie ik denk dat ik ben, Sonia?'

'Wat gaat hij doen?' vroeg Lucas aan Sonia. 'Ons dopen? Want in mijn geval...'

'Ik ga,' zei de Roos. Ze begon de knoopjes van haar shirt los te maken. 'Ik ben er klaar voor. Er is niets mis met de thee,' zei ze tegen Sonia. 'Ik heb hem gezet.'

Sonia keek Melker aan. 'Waarom heb je spul in de thee gedaan, Raziel?' vroeg ze. 'Ben je nou helemaal gek geworden?'

'Je moet me zien als Din. De Linkerhand. De Bederver.'

'Jij?' vroeg Sonia. 'Jij?'

'O, kom nou,' zei Raziel. 'Ik heb een beetje Ex in de thee gedaan om de kracht te stimuleren. Voor diegenen van ons die onbekend zijn met Olam Hademur. Onze niet-soefi's die de Alam al-Mithal nooit hebben aanschouwd. Degenen die niet op de hoogte zijn, die niet weten van *mundus tertius, mundus marginalis*.'

'Je gaf de Rev die thee. Je zult hem nog vermoorden.'

'Dat zal nooit gebeuren,' zei Raziel. 'Ik heb het niet gedaan.'

'Kom nou,' zei ze. 'Jij gaf die thee aan hem, jezus nog aan toe. En aan Chris.'

'Ach,' zei Raziel. 'Een opkikkertje.'

'Ik geloof je niet. En ik dan?'

'Abulafia heeft gezegd,' antwoordde Raziel haar, '"Het vrouwvolk is een wereld op zich." Maar er zit ook niets in jouw thee.'

'Ik wil deze leuke gebedsbijeenkomst niet bederven,' zei Lucas, 'maar het is koud en we zijn stoned en dat is meestal het moment om adieu te zeggen. Dus zullen we maar eens verder gaan? Want over het geheel genomen...'

'Het was een drug,' zei Sonia met een doffe stem. 'Hoe kon je me dit aandoen?' schreeuwde ze Raziel toe. 'Je hebt me gedrogeerd, lul.'

'Sonia, liefje, er zat niets in je thee, alleen een beetje munt. Sommige mensen hebben er moeite mee om de middenwereld te zien. Daarmee,' legde hij Lucas rustig uit, 'bedoel ik datgene wat tussen het materiële en het spirituele bestaat.'

'De laatste tijd,' zei Lucas, 'heb ik er moeite mee om die wereld níet te zien.'

'Het is onvergeeflijk,' zei Sonia tegen Raziel. 'Het vernietigt alles.'

'Alleen,' zei Raziel, 'omdat alles vernietigd moet worden.'

Lucas had de indruk dat iedereen higher en higher werd, maar hij kon niet goed nagaan of Raziel de drug had genomen of niet. De rivier leek sneller en sneller te stromen. Was er geen theorie dat Jezus een psychedelische paddestoel was? Of was dat alleen maar een grap? Of was er een theorie én een grap?

'Sonia,' zei Raziel, 'wie ben jij dat je dat zegt? Vorig jaar, het jaar daarvoor? Was je niet met mij aan het blowen? Zeg niet dat het niet in de muziek te horen was. De synergie. Je gebruikte dope. Je bracht opiaten naar de vijf werelddelen. Je soefi-dingen en je pillen.'

'Ik ben gestopt. De omstandigheden lieten dat toe.'

'*A love supreme*,' zong Raziel spottend tegen Sonia. Het lied dat ze de vorige avond voor Lucas had gezongen. Het vertelde hem iets wat hij al een hele tijd vermoedde. '*A love supreme*.'

'Wat wil je van ons, Raziel?' vroeg Sonia.

Ze zwegen allemaal.

'Ik bedoel, als dit steeds verder gaat,' zei ze, 'waar gaat het dan heen?'

'We moeten naar de stad gaan,' zei Raziel. 'Dat is de volgende stap. Jullie zullen me moeten vertrouwen.'

'Sorry,' zei Sonia.

'Weet je,' zei Lucas toen ze de helling opgingen, 'de laatste keer dat ik op deze manier high werd, luisterde ik naar Miles Davis. *In a Silent Way*. Ik wou dat ik hem nu kon horen.'

Net beneden hen liet Helen Henderson zich op haar knieën zakken.

'Alsjeblieft,' zei ze. 'Laat iemand me helpen! Ik ben bang.'

'Voor de Verlossing,' zei Raziel tegen hen, 'is er de boetedoening. Hoe verwachtte je dat de Verlossing eruitzag?' Hij verhief zijn stem. 'Willen jullie de strijdwagen zien? Jullie zullen hem zien. Willen jullie de tempel zien verrijzen? Dat zullen jullie ook zien.'

'Geloof je hem?' vroeg Lucas, die zich tegen een amandelboompje in evenwicht hield.

'Ze gelooft me,' zei Raziel, en hij keek strak naar Sonia. 'Ze weet dat alles de opheffing van tegengestelden vereist. Ze is opgegroeid met dialectiek. De Wet verandert niet maar zijn oppervlak verandert, zijn kleding verandert.'

'Geloof je hem?' vroeg Lucas haar opnieuw. Sonia bleef naar de rivier kijken.

'Vanuit deze omhulsels zullen we bouwen,' zei Raziel. 'Vertrouw op degenen die weten. Uit deze verwarring, uit deze lelijkheid, komt een *love supreme*, Sonia.'

'Ik wilde het,' zei ze tegen Lucas. 'Ik wilde het zo graag geloven. Maar het is onzin. Het is *trayf*.'

'Vergeet het,' zei Lucas tegen haar.

'Dus je ziet de engel Sandalfon,' zei Raziel. 'We hebben dit bestudeerd. De wereld van omhulsels, niet-joodse vrouwen, verafgoding, de man die naar Rome is geweest. De dood van de hoer. Geweld.'

'De dood van...? Welk geweld?' vroeg Lucas. 'Je praat als die kerels in Kfar Gottlieb. Dat is toch zo?'

'Die?' Raziel lachte. 'Die hebben geen deel aan wat zal komen. Net zomin als die idioten van het Huis van de Galileeër. De pre-chiliasten. De post-chiliasten. Maar ze zijn noodzakelijk en ze zullen doen wat noodzakelijk is.'

'En wat nu?' vroeg Sonia.

'Onze koning gaat naar de stad, en wij volgen hem.'

'Bijna op tijd voor Kerstmis,' zei Lucas. Sonia klampte zich aan hem vast.

De rivier die naast hen stroomde, leek nog op het punt te staan om uiting te geven aan een grote heiligheid. Lucas had het gevoel dat hij onwaardig was om het te zien. Het was iets afschuwelijks, maar hij had er behoefte aan. Het kostte hem moeite het allemaal los te laten. Hij wilde zo graag geloven.

'Wees niet bang,' zei Raziel tegen hen.

'O, die rivier,' zei Sonia. 'O jezus! Ik wou dat die ons terug kon voeren.'

'Het is de Jordaan,' zei Lucas. Ik zie de god zich uit de aarde verheffen, dacht hij. Alsof Raziel de profeet Samuel had opgeroepen. Als hij dat had gedaan, zou hij ervoor gestraft worden. Maar Lucas kon zijn eigen angst niet van zich afzetten. De angst voor de heiligheid.

Toen hij de helling opkeek, meende hij een yeshiva-jongen met peies te zien, een jongen die spuwend een kleine, bleke vuist naar hem verhief. Een joodse djinn?

'Hoe durven jullie naar dit slagveld te komen?' schreeuwde de jongen naar hen omlaag.

'Ik hoor woorden in de rivier,' zei Sonia.

De Kuff had nu moeite met klimmen. Hij gleed telkens uit over de natte aarde en scherpe rotsen. En Helen Henderson raakte achterop. Ze huilde en was doodsbang.

'Was het zo erg?' vroeg De Kuff aan Raziel. 'Was het ook zo toen ik hier de vorige keer kwam?'

'Ja, mijn koning,' zei Raziel tegen de Rev. 'We moeten nu naar boven gaan.'

'Eens,' zei de oude man met plotselinge terughoudendheid, 'ben ik ingestort.'

'Het komt door je thee,' zei Lucas. 'Ga liggen.'

De Kuff liet zich door Raziel voorthelpen over de helling. De wind begon harder te waaien en het begon ook laat te worden. Korte tijd regende het. Lucas en Sonia hielden elkaar nog vast.

'We wachten. Tot in de nacht. Misschien tot de morgen,' zei Raziel tegen hen. 'En dan gaan we naar de stad.'

'Als we de auto dichterbij konden brengen,' zei Lucas, 'konden we die oude baas hier weg krijgen.' In het licht van de grauwe hemel probeerde hij iets op de kleine Avis-kaart te onderscheiden. Misschien, dacht hij, waren ze weer op de kaart gekomen. 'Deze weg,' zei hij, wijzend, 'gaat het volgende dal in. Als het een weg is. Als het geen rivier of droge wadi is. Misschien kunnen we de auto dichterbij krijgen.'

'Ik heb je nodig,' zei Raziel tegen Sonia. 'Je moet me helpen de Rev naar de auto te krijgen. Hoe je nu ook over me denkt, ik heb je nodig.'

'Doe het maar,' zei Lucas tegen haar. 'Ga met hem mee. Ik blijf bij de Roos.'

'Het werkt niet,' zei Raziel. 'Ik weet dat al een tijdje. Het zal weer worden bedorven.'

'Als we over het volgende plateau komen,' zei Lucas, die nog steeds probeerde te voorkomen dat de lijnen op zijn kaart begonnen te trillen, 'komen we bij de weg. En dan halen we de auto en pikken we iedereen op. Het lijkt dichterbij. Natuurlijk is dat op een van deze kaarten moeilijk te zien.'

'Ik wil niet dat iedereen ons verlaat,' zei Raziel.

'Goed, goed,' zei Sonia tegen hem. 'Ik zal je helpen hem naar de stad terug te brengen. Chris kan de Roos helpen hier weg te komen.'

‘Ik zie jullie bij de auto,’ zei Lucas tegen Sonia. ‘Wacht op me.’

‘Nee, nee, ik zie je in de stad terug,’ zei ze. ‘Ik wil dit regelen.’

De Kuff mompelde in zichzelf. Lucas ging naar de Roos toe, die ineengedoken en inmiddels naakt bij de rivier zat. ‘Wees voorzichtig,’ zei hij tegen Sonia. ‘Ik heb jou ook nodig.’

56

De Roos had haar kleren uitgetrokken, misschien om zich op de doop voor te bereiden, misschien in een extatische impuls. Ze was een lang, gespierd meisje met engelachtige ogen en een markante kin. Lucas gaf haar kleren een voor een aan haar terug en ze trok ze weer aan.

'Ik geloof niet dat ik helemaal terug wil gaan in de richting vanwaar we gekomen zijn,' zei ze tegen Lucas. 'Ik ga liever die kant op. Waar het terrein open is.'

Lucas keek weer op de Avis-kaart. Hij wist niet of de omgeving die hij daarop had gevonden in enig opzicht overeenkwam met de wildernis om hen heen.

'Goed,' zei hij. 'Misschien is daar een weg. Die gaat dan vast wel naar de ingang van het reservaat.'

Ze zagen een aantal halfdroge rotsen die ze konden gebruiken om de rivier over te steken en gingen voorzichtig naar de overkant. De Roos was nog onder invloed van Raziels thee, maar ze was van nature lenig en vast ter been. Eenmaal aan de overkant, sprongen ze van graspol naar graspol over een drassig stuk grond tot ze op droog terrein kwamen. Toen was het gemakkelijk om naar de top van een helling te gaan – gemakkelijker voor de Roos dan voor Lucas.

Beneden hen lag een dal van botten – eigenlijk rotsen, in bemoste granieten massa's die op dolmens in magische kringen leken. In de verte zagen ze een rij schrale bomen, olijven en tamarisken, onder een rotswand die tot een uitloper van de bergen behoorde.

'Er zijn altaren in de rots,' zei de Roos tegen Lucas. 'En er is een waterval.'

Eerst dacht hij dat ze hallucineerde. Maar toen hij naar de rotsen keek, meende hij daar nissen in te zien, stukken marmer tussen het donkerder gesteente.

'Ze zeggen dat het de geboorteplaats van Pan is,' zei hij tegen haar. 'En de bron van de Jordaan.'

'O nee!' zei Helen Henderson. 'Helemaal te gek!'

Hij was blij dat hij nieuws had dat haar in een beter humeur bracht. De Banyas-bron stond op zijn kaart en dat was geruststellend – het betekende dat ze nog in Israël waren, en dus niet in Libanon of Syrië.

'Bedoel je,' vroeg de Roos, 'dat dit de altaren van Pan zijn? Dé Pan?'

'Ja,' zei Lucas. 'Afgoderij en plotselinge angst. Zo dicht bij de rivier de Jordaan.'

Er liepen daar erg veel geiten rond.

'Lang geleden,' zei Lucas om het gedrogeerde gesprek op gang te houden, 'vertelt een laat-Latijnse dichter ons, was er een krachtige stem op de wereld te horen: "De grote Pan is dood!" zei die stem. Of woorden van die strekking.'

'O nee!' zei de Roos. Ze vatte het nieuws blijkbaar niet goed op. En dus zei Lucas: 'Natuurlijk gaan de goden nooit dood. En dit hoeft ook niet de grote Pan te zijn. Dit is Banyas-Pan.' Banyas, zo dacht hij, was dicht bij een weg. Zijn Avis-kaart was het daarmee eens.

Terwijl Helen over de dood van Pan nadacht, liepen ze door het dal naar de lijn op de kaart. Het deel van de route dat er als woestijn had uitgezien, bleek drassig terrein te zijn – kraterachtige moerassen vol biezen, verdwijngaten die ontstaan waren door het smeltwater van de winterse sneeuw dat de hellingen van de Hermon afkwam. Andere delen waren begroeid met aloë en cactus, zo stoffig droog dat het leek of ze nooit zelfs maar het kleinste regenbuitje hadden gevoeld.

Op de gedeelten met gras liepen schapen. Hun langgerekte, uitgehongerde antilopengezichten tuurden vanuit overvloedige massa's donkere, vuile wol de wereld in. De schapen hadden allemaal hoorns, en de hoorns van zowel de rammen als de ooien wrongen zich asymmetrisch van hun smalle schedels vandaan. Ongelijk en onevenwichtig als ze waren, maakten die hoorns dat de schapen er nog onverzorgder, verwaarloosder uitzagen. Rudimentaire hoorns, broos en nutteloos, alleen goed om ermee in doornstruiken te blijven haken.

Vermoeid zochten ze zich een weg door de moerassen, langs de verdwijngaten en over de rotsige gedeelten.

'Waar heb je Raziel ontmoet?' vroeg de Roos aan Lucas.

'Ik was een boek aan het schrijven. Ik interviewde hem.'

'En geloof je de dingen die hij zegt?'

'Nee. Jij?'

'Ik mocht graag naar de Rev luisteren,' zei ze. 'Hij leek zo wijs en aardig. Ik begreep nooit wat hij vertelde. Maar ik ben niet intelligent.'

'Alles zal je worden vergeven, Helen,' zei Lucas. 'Gewoon doorgaan.'

'Ik heb geen spijt,' zei ze.

'Ken je het verhaal van Uzza en de ark? Leerden ze je dat op de zondagsschool?'

'De soldaat die werd doodgeslagen omdat hij de Ark van het Verbond aanraakte? Daar heb ik niet veel over gehoord.'

'Denk je,' vroeg Lucas toen ze door een moeras liepen waarin stukjes aarde begroeid waren met bruine katoenachige planten, 'dat God tegen Uzza zei dat hij moest proberen de Ark te redden? Denk je dat hij hem apart nam, dat hij in een kring van vuur aan hem verscheen en zei: "Uzza, vandaag zal de Ark op weg naar Jeruzalem beginnen te vallen. En jij, mijn dierbare Uzza, mijn speciale lam, moet voorkomen dat hij valt. Anders komt er een vreselijke rottigheid over de hele wereld?"'

'Grote goden,' zei Roos. 'Ik heb geen idee. Daar heb ik nooit over nagedacht.'

Na ongeveer anderhalf uur naderden ze de rij bomen op de grens van het Hula-dal, binnen geluidsafstand van het snelstromende water. Toen ze daar door het zachte zand met zwarte lijnen klommen, stuitte Lucas op een geit die door een slang was gebeten en op zijn zij op de top van een heuvel lag. Zijn tong hing wanhopig uit zijn bek, zijn ogen waren glazig en erg bloeddoorlopen, en hij keek onverschillig naar hen. Lucas kwam dichterbij en zag dat een grote kameelspin zich te goed deed aan een met haar aangekoekte wond in de flank van de geit. Een zwerm bijen kroop eroverheen, hun vleugels ingevouwen tegen de regen.

Het deed Lucas aan *The Scapegoat* van Holman Hunt denken. Zelfs het landschap leek er wel wat op.

Er waren hier geen metaforen, dacht hij. Hier was het allemaal vandaan gekomen, hier waren de dingen zelf en de enige symbolen waren de heilige letters van een boek. Hij dacht dat dit alles een groot probleem moest vormen. Hij zou daar met Sonia over willen praten.

Toen ze over de volgende helling heen waren, keken ze neer op een andere rivier, bruin en gezwollen. Het pad ernaast leek veel gebruikt – een duidelijk, grotendeels droog pad van aangedrukte aarde op een rotsige bodem en met veel voetsporen. Op Lucas' wegenkaart was de rivier niet van een nabijgelegen weg te onderscheiden.

Na een minuut of zo zagen ze koplampen en een vervallen busje, misschien een *sherut* van de Druzen, de haarspeldbochten van de berg opkomen. De motor kreeg het zwaarder te verduren bij elke keer schakelen. De rotswanden aan de andere kant waren meer dan een kilometer van hen vandaan. Op de kaart stond tussen de contourlijnen, die ruwweg met de bergmassa's overeenkwamen, in kleine trillende oude lettertjes het woord *Banyas*.

De zon, die laag aan de horizon tegenover hen stond, brak door de natte wolken heen en zette de rotswand tegenover hen in een polychrome schittering.

Lucas en de Roos keken vol verwondering naar de prachtige berg. Er zaten inderdaad altaren in de rotswand. Hun contouren waren scherp afgetekend in het kortstondige zonlicht.

Plotseling zette de Roos het op een lopen.

'Hé!' riep Lucas. 'Hé, het wordt laat. Het regent.'

'O, alsjeblieft,' riep de Roos zonder haar indrukwekkende tempo te laten verslappen. 'Ik ben hier nog nooit geweest. Ik moet het zien.'

'Shit,' zei Lucas, en hij ging achter haar aan, hijgend en zigzaggend langs rotsen en afgronden. Nu en dan kon hij haar met haar vlasblonde hoofd in de verte zien, dravend in de regen. Ze ging naar de god. Lucas zag haar in het halfduister van een bosje verwrongen cipressen en tamarisken verdwijnen. Weg. In een boom veranderd. Maar een minuut later hoorde hij haar weer.

'O!'

Ze had een plaats gevonden waar ze kon staan, een met mos begroeide wortel die haar een goed zicht op de altaren van Pan in de rotswand bood.

'O!' zei ze. 'Ik hoor het.' Ze keek dodelijk verschrikt.

'Jij bent echt bang,' zei Lucas. 'Het komt waarschijnlijk alleen maar door de thee.' Hijzelf voelde zich steeds minder op zijn gemak.

'Bang?' riep ze uit, en lachte. 'Bang! Voor Hém!' En wat was dat in haar ogen? vroeg hij zich af. Ze maakte een volslagen krankzinnige indruk. '"O, nooit, nooit! En toch – en toch – o, Mol, ik ben bang!"'

Lucas begreep het meteen. Ze waren in *De wind in de wilgen*. Ze dacht dat ze Rat was die Pan tegenkwam, de Fluitspeler bij de Poort van de Dageraad. Waarom niet? dacht hij. Wat daar in haar stralende korenblauwe ogen schitterde, was een onuitsprekelijke liefde. Als hij zijn best deed, dacht Lucas, zou hij misschien elfenmuziek kunnen horen.

Helen Henderson vouwde haar handen onder haar kin en reciteerde: '"Opdat het ontzag je niet verlaat – En je vrolijkheid in vrees verandert – Aanschouw je mijn macht in het uur van hulp – Maar dan zul je vergeten!"'

Ze keek Lucas aan. '"Vergeten, vergeten."'

'Wat dan ook,' zei Lucas.

'Dat zongen we op kamp,' legde ze uit. 'We zeiden het op bij de padvinders.'

'Fantastisch,' zei Lucas. 'En nu ben je hier.'

Israël had iets voor iedereen.

Toen ze weer de beboste helling op strompelden, stond hij versteld van het ruige terrein waar ze doorheen waren getrokken. Het was een wonder dat ze geen van beiden een been hadden gebroken.

Een Egged-toeristenbus kwam over de weg aangereden. Toen hij naast hen stopte en de deur opengi ng, kon Lucas zien dat hij maar halfvol was.

'Kunt u ons meenemen?' vroeg Lucas aan de chauffeur. 'Tot aan de ingang van het reservaat?'

'Maar het reservaat is dicht,' zei de chauffeur. 'Zolang als de oorlog duurt.'

Uiteindelijk overwon de chauffeur zijn bureaucratisch instinct om zo min mogelijk te doen en liet hij hen instappen. De toeristen waren voor het merendeel bejaarde niet-joden. Helen Henderson ging naast een van hen zitten, een Engelstalige man.

'Buiten in de regen?' vroeg hij. 'De kastelen bekijken?'

'We vergeten,' zei ze tegen hem.

Toen ze bij de ingang van het natuurreservaat uit de bus stapten, was er niemand te zien. Naast de verlaten kiosk stond een rij auto's, waaronder Lucas' Taurus en het Dodge-busje van Raziel. Tot zijn verbazing zag Lucas ook de gele Volvo waarin Fotheringill die ochtend had gereden.

Toen ze de Dodge openmaakten om Helen Hendersons tweede rugzak te pakken, zag Lucas een paar vellen papier onder de zitting aan de passagierskant liggen. Bij het licht van het plafondlampje zag hij dat de papieren bedrukt waren met een plattegrond van een of ander gebouw. Tunnels en kamers, met afmetingen en opmerkingen in een aantal talen. Het leek wel de werkgids van een archeologische graafplaats. Aan beide kanten stond één enkel Hebreeuws woord.

Kaddosh. Heilig.

'Weet je wat dit is?' vroeg hij de Roos.

'Nee,' zei ze. 'Die Fotheringill heeft ze meegebracht.'

Het was donker geworden. Er waren lichten op de weg die de hellingen af naar Katzrin leidde.

Er naderde een auto, een jeep van de grenspolitie. De officier die erin zat, las hun de les omdat ze daar zonder begeleiding waren. Het natuurreservaat was gesloten vanwege de noodtoestand, zei hij, en alleen enkele toeristengroepen met speciale toestemming werden toegelaten.

'Ik weet niet hoe u hier bent gekomen,' zei de officier. 'Er zijn sensoren en mitrailleurs die automatisch vuren. Er zijn mijnenvelden. We pikten u met onze detectors op toen u halverwege de Litani was.'

Een van de politieagenten liet zijn rood afgeplakte zaklantaarn op hun paspoorten en toen op hun gezichten schijnen. Zijn lichtstraal bleef op Helens ogen rusten, die wijd open waren, met duidelijk vergrote pupillen. Ze stak haar hand op om ze te beschermen.

Ze reden met de gehuurde Taurus regelrecht van de pikzwarte top van de berg Hermon vandaan. Lucas merkte dat hij nog steeds min of meer stoned was. Hij nam aan dat Helen dat ook was.

'Het leven is een beetje als een kinderverhaal,' zei hij, wijze oudere man, tegen de jonge Roos.

'O,' zei ze, 'maar het leven is zo hard voor kinderen.'

En daar wist zij waarschijnlijk meer vanaf dan hij.

'Nou,' zei Lucas, 'als het niet *De wind in de wilgen* is, is het misschien *Alice in Wonderland*.'

'Maar waarom *Alice in Wonderland*?'

'Nou, omdat *Alice in Wonderland* grappig is. Het is grappig, maar het is een boek zonder rechtvaardigheid. Of betekenis, of genade.'

'Ja,' zei de Roos. 'Maar het heeft wel logica. Er zit een schaakspel achter.'

Daar had hij niet van terug.

57

Ze stopten in de kibboets Nikolayevich Alef om koffie te drinken. Er wachtte daar niemand op hen. Gigi Prinzer was blijkbaar met de rest van het gezelschap naar Ein Kerem gegaan. De Roos besloot met Lucas mee terug te rijden.

'Wees voorzichtig in de buurt van Jericho,' zei de vrouw die de leiding had van de gastenverblijven in de kibboets. 'Het is donker en jullie hebben nummerborden in de verkeerde kleur.'

Kilometers achter hen, op de Jordaanse weg, reed Sonia met het Dodge-busje naar het zuiden. Raziel zat naast haar. De oude De Kuff lag achterin te slapen. Sonia had hem in de kibboets in bed willen stoppen, maar De Kuff had met alle geweld onmiddellijk naar de stad gewild. En nu ebde de kracht uit hem weg.

'Het is bijna uit onze handen,' zei Raziel tegen haar.

'Wat bedoel je? Dat dit allemaal een fantasie is waar jij ons bij hebt betrokken?'

'Het is geen fantasie.'

'Laat me je iets afschuwelijks vragen,' zei Sonia. 'Ben je weer aan de spuit?'

'Goed geraden,' zei hij.

'O, Razz,' zei ze. 'Hoe lang al?'

'Wat ik wil dat jij doet, schatje, is dat je niet gaat huilen. Want dan doe je me aan mijn moeder denken.'

'Weet je wat zo grappig is?' zei ze. 'Ik heb alles opgegeven. De hasj. De martini's. Omdat hij er was. Omdat de dingen zouden veranderen.'

'Ik ook, Sonia. Een week geleden was ik nog zo clean als toen ik je in Tel Aviv ontmoette.'

'Weet je wat ik dacht toen je iets in die thee had gedaan, Razz?'

'Je dacht dat ik een zwendelende *schmeck* was?'

'Opeens zag ik het allemaal voor me. Jij beschikte over de Rev, over onbeperkte middelen. Ik had ook ontdekt dat Nuala drugs smokkelde voor Stanley. En opeens stuurt Linda Ericksen de godsdienst op ons af.'

'En nog onze eigen godsdienst ook,' zei Raziel.

'Onze eigen godsdienst, want ze neukt met godsdienst zoals Nuala met de geest van Che Guevara neukt. En toen hoorde ik over die bom, en ik dacht, wie zit er in het midden van al die dingen? Mijn vriend Razz, en hij schopte de hele tijd tegen de gong en wij waren alleen maar pionnen.'

'Maar dat dacht je verkeerd, Sonia. Ik had een wonder in mijn hand. Ik ben er ook mee gestopt. Want de dingen zouden veranderen.'

'En wat gebeurde er?'

'Er gebeurden geweldige dingen, ontzagwekkende dingen. Het was waar, schat. Alles was waar. Laten ze dat nooit uit je hoofd praten.'

'Dus het was niet alleen maar zwendel?'

'Alleen maar zwendel? Misschien is het universum zwendel. Wat is liefde nu eigenlijk – begrijp je wat ik bedoel? Ik zeg je dat de deuren geopend zouden worden. Ik heb het over de verlossing.'

'Je zei dat hij vijf mysteries te verkondigen had. Is dat nog steeds zo?'

'Hij heeft ze alle vijf verkondigd. Nu moet hij zijn identiteit in de stad aanvaarden. Maar we hebben niet veel tijd meer.'

'Wat bedoel je?'

'Ik bedoel dat ik bepaalde gebeurtenissen in gang heb gezet. Ik dacht dat we niet konden falen. Maar nu zie ik in dat we net als alle anderen zijn. We zijn in de val van de geschiedenis gelopen. Verliezers verliezen, meid. Dat is het verhaal van mijn leven. Ik had de macht maar niet de kracht. Weet je het verschil?'

'De macht,' herhaalde ze. Ze probeerde het te begrijpen. Alsof dat zou helpen. 'De macht maar niet de kracht?'

Ze pakte een van de plattegronden op die overal in het busje lagen – op de zitting, aan de mat vastgeplakt, achter het zonnescherm. 'Dit is de plattegrond die je vrienden van de Tempelberg hebben gemaakt, nietwaar?'

'Ja.'

'Dus er is een bom. Je hebt tegen me gelogen.'

'Alles staat geschreven, Sonia. Dit is een spirituele strijd. Een strijd zonder wapens. Maar een strijd is een conflict, en een conflict is gevaarlijk. Daarom gebruikte ik die thee voor hem. Ik was bang dat hij ons zou teleurstellen. Hij moest er klaar voor zijn om te zeggen waar hij voor stond.'

'Hoor nou eens. Je moet me alles vertellen. Alles wat je weet over de plaats waar ze die bom gaan leggen.'

'Sonia, Sonia,' zei hij ongeduldig. 'Als we slagen, zijn er geen wapens. Die types denken dat ze een bom leggen. Maar in de wereld die zal komen, zijn geen bommen.'

'Ja,' zei ze. 'Alleen bloemen, neem ik aan.'

'Ik zei dat er geen slachtoffers zullen vallen. Dat meende ik. Ik ben daar zeker van.'

'Waarom ben je weer aan de spuit gegaan?'

'Ik verloor de moed. Op het laatste moment. Ik dacht dat als we in spiritueel opzicht falen er alleen historische dingen zouden gebeuren. Nog meer van die rottige geschiedenis van de wereld. In plaats van alles waarvan we droomden.'

'Wat gaat er gebeuren, Razz? Wat heb je gedaan?'

'Ik weet het niet. Nog meer verdriet, nog meer geschiedenis. Het proces is niet moreel, alleen het resultaat.'

'Je had hier nooit moeten blijven, Razz. Waarom bleef je?'

'Omdat ik de enige was die wist wat er aan de hand was. Omdat ik de oude man vond. Waarom ik? Vraag me dat niet. Maar hij werd me geopenbaard.'

'Het moet door je muziek zijn gekomen,' zei ze.

'Misschien,' zei Raziel. 'En jij was bij me. Ik ben zwak,' zei hij tegen haar, 'maar ik had de macht. En ik had jou. Jij geloofde me. En je hield een beetje van me, nietwaar?'

'Ik hield van je,' zei ze. 'Ooit hield iedereen van jou, Raziel. Jij was onze prins.'

En op dat moment kon ze haar tranen niet bedwingen, want het geloof, de hoop en de liefde trokken uit haar weg. En niemand zou haar ziel redden, maar ze zou zich weer over alle anderen moeten ontfermen, zoals altijd. En het was allemaal niets geweest. Niets dan sentiment. Een kleine droom en welterusten.

'Rare wereld,' zei ze. 'Een wereld waarin dingen zich blijven herhalen. En hoe kunnen we iets weten?'

'Rare wereld,' zei hij.

Toen kon – wilde – ze het er plotseling niet bij laten.

'Razz?'

'Ja, schat.'

'Razz, misschien kunnen we het nog doen. Als je alles goed deed. Het proces.'

'Ik heb je verteld wat het proces was, meid, en je lachte me uit.'

'Ik lach niet. Misschien kunnen we het laten gebeuren. Misschien! Als je alles goed deed.'

Nu lachte Raziel zelf. 'Sonia, je bent geweldig. Als je de hele tijd aan mijn kant had gestaan, zouden we het voor elkaar hebben gekregen.'

'Ik stond aan jouw kant,' zei ze.

'Jij gaat de wereld redden, Sonia.' Hij lachte weer. 'Je zegt tegen het meisje dat je het hebt verknald. Zij zegt, misschien toch niet. Je bent helemaal in de war, schatje. Als je aan mijn kant zou hebben gestaan, zweer ik je dat we erdoorheen waren gekomen. Finaal de geschiedenis uit.'

'Ik ga nergens heen, Razz. Ik ben er nog.'

'Sonia,' zei Raziel, 'je maakt toch geen grapje?'

'Ik ben bang van niet,' zei ze tegen hem.

'Het is als volgt, Sonia. We zitten gevangen tussen werelden. Ik weet niet of ik ons eruit kan krijgen.'

'Weet je wat,' zei ze. 'Zorg jij dat je ons tussen die werelden uit krijgt. Dan zal ik rijden.'

'Tot nu toe heeft iedereen gefaald,' zei Raziel na een paar kilometer. 'Maar op een dag komt er iemand die niet faalt. Het proces...'

'Ja,' zei ze. 'Het proces.'

'Ik kon het niet geloven,' zei hij tegen haar. 'In de ogen van de oude man – de uitweg. De wereld waarop we hebben gewacht.'

'Vrijheid?' vroeg ze.

'Muziek,' zei Raziel tegen haar. 'Het was allemaal muziek.'

'Goed dan,' zei ze. 'Muziek.'

'Sneller rijden, naar huis,' smeekte hij haar. 'Ik wil niet dat je me ziet spuiten.'

58

’s Nachts was het dorp Ein Kerem omringd door de lichten van de flatgebouwen van de Nieuwe Stad, die steeds dichterbij waren gekomen. De bewoners van de flats die over het dal uitkeken, namen vaak niet de moeite hun gordijnen dicht te trekken als het donker werd. Iemand die naar die verlichte ramen opkeek, kreeg een indruk van de goede levens die daarachter werden geleid, levens die beschaafd en comfortabel waren. Je kon boekenplanken en platen en schilderijen aan de muren zien.

De flats zelf waren niet aantrekkelijk, en daarom zagen ze er in het donker het beste uit, verlicht door de zeer burgerlijke smaak en respectabiliteit van de bewoners. Er waren nog nachtegalen in het nabijgelegen bos van Jeruzalem. Hun gefluit en steeds herhaalde, ingewikkelde riedels konden je hart verzachten en beroeren. Het bos was een rustgevende plaats vol weldadige mogelijkheden.

Toen Lucas met de Roos in de bungalow aankwam, brandden er maar een paar lichten in de flatgebouwen. De oostelijke horizon was getint met een gloed die de kleur van Jeruzalem-steen had, en uit een luidspreker in het dorp klonk de oproep tot het gebed.

Hij ging geruisloos van kamer naar kamer, maar De Kuff, Raziel en Sonia waren nergens te bekennen. De andere bewoners lagen allemaal nog in bed. Alleen zuster Johan Nepomuk van Witte was wakker. Ze las in een platenboek over Celebes, waar ze vele jaren had gewoond.

Toen Lucas naar Sonia’s appartement in Rehavia belde, werd daar niet opgenomen.

‘Ik geef jou de leiding,’ zei hij tegen Helen Henderson. ‘Ik stel voor dat iedereen zich gedeisd houdt tot er duidelijkheid over de dingen komt.’

De Roos was weer zichzelf. Ze was zwijgend en peinzend naar het zuiden gereden.

'Welke dingen?'

'Dingen,' zei Lucas. Nadat Helen een bad had genomen en naar bed was gegaan, probeerde hij nog een paar keer vergeefs Sonia te bellen. Toen ging hij op de vloer van de huiskamer liggen en sliep bij vlagen tot aan de ochtend. Om acht uur belde hij, nog steeds niet uitgerust, naar Obermann, die uit Turkije terug was, om te vragen of hij kon komen. Obermann sputterde tegen; hij had zijn ronde te doen in het Shaul Petak. Bij wijze van compromis spraken ze af elkaar in het ziekenhuis te ontmoeten. Toen hij naar buiten ging, nam Lucas een van de plattegronden mee die hij in het busje had gevonden.

'Je ziet er beroerd uit,' zei de dokter toen Lucas in zijn spreekkamer in het ziekenhuis was.

Lucas legde uit dat hij ecstasy had genomen bij de bron van de Jordaan, dat hij getuige was geweest van de eerste komst en de wederkomst van de messias en dat hij met Rat en Mol bij Pan was geweest.

'Ecstasy? Hoe ben je teruggereden?'

'Bij stukjes en beetjes. Maar ik heb het gered.' Hij gaf Obermann een van de plattegronden. 'Zegt dit je iets?'

Ze vouwden het versleten papier op een bureaublad uit, nadat Obermann daar eerst een stapel dossiermappen van had verwijderd. Lucas had absoluut geen verstand van zulke dingen, maar het leek hem nog steeds een soort blauwdruk, de indeling van een gebouw van drie verdiepingen, waarbij de afmetingen in meters stonden aangegeven.

Met één uitzondering waren de bijschriften op het papier in het Engels of getranscribeerd Arabisch. Er was een rechthoek om de Bab al-Ghawanima aan te geven, waarvan Obermann wist dat het een oude poort in de muur van de Haram was. Het enige Hebreeuwse woord op het papier was het woord dat Lucas als *kaddosh* had ontcijferd en als 'heilig' had vertaald. Daar op dat papier had dat woord, in de taal die God tegen Adam had gesproken, met zijn expressieve letters vol vurige tongen een ontzagwekkend effect. *Mysterium terribile et fascinans.*

Ergens anders op de kaart stond een woord in het Grieks: *Sabazios.*

'Het is een kaart van de Haram-muur,' zei Obermann. 'Waarschijnlijk geeft deze kaart de nieuwste opgravingen weer.'

'En de kaddosh?'

'Een heilige plaats. Misschien iemands idee van waar het Allerheiligste was.'

'En Sabazios?'

'Sabazios is een Phrygische god. Ik kan me geen bijzonderheden van hem herinneren.'

'Denk je dat deze kaart iets met een bomaanslag te maken heeft?' vroeg Lucas.

'Dat,' zei Obermann, 'zou een denkbare hypothese zijn. Op grond van ons telefoongesprek neem ik aan dat je een paar aanvaringen met onze Linda hebt gehad.'

'Zeg dat wel. Ik denk dat ze erbij betrokken is.'

'Eerlijk gezegd denk ik dat je gelijk hebt. Ze laat zich gemakkelijk bekeren en draaft dan door. Als ze voor iets gaat, gaat ze ook helemaal.'

'Ik heb me een tijdje afgevraagd wat er echt met haar man is gebeurd,' zei Lucas. 'Als ik jou was, zou ik me dat ook afvragen.'

Obermann zuchtte. 'Ze is zoekende, en ik dacht dat Janusz Zimmer haar bezig zou houden. Maar misschien heeft ze met hem gebroken. Of misschien is er iets aan Janusz wat wij niet weten. Hoe dan ook, ze weet van ons boek.'

'Ze weet ervan? Ach, ze wil het voor ons schrijven, verdomme.' Hij vertelde Obermann over een aantal van zijn avonturen in de Gazastrook en in Kfar Gottlieb.

Obermann pakte een van de plattegronden op die Lucas had meegebracht en bestudeerde hem nog eens.

'Ja,' zei hij. 'Dit zou een blauwdruk voor een bomaanslag kunnen zijn. Waar heb je dit gevonden?'

'In de Golan. In een van onze auto's.'

'Dit is het soort onderzoek dat ze bij het Huis van de Galileeër deden,' zei Obermann. 'Het moet van Linda afkomstig zijn.'

'Ik denk dat ze De Kuff en zijn volgelingen voor hun plannen gebruiken,' zei Lucas. 'En ze willen dat ook met ons doen. We moeten het hele pakket kopen. En dan verkopen.'

'De wederkomst van Willie Ludlum.'

'Precies. Nou, ik ga naar het Huis van de Galileeër. Misschien wil jij de politie inlichten? Ervan uitgaand dat ze van niets weten?'

'Ik heb een paar vrienden,' zei Obermann. 'Ik zal met ze praten.'

'En wil je blijven proberen Sonia te bellen? Ik denk dat ze Raziel en de oude man bij zich in huis heeft en dat ze misschien niet opnemen. Ze houden zich gedeisd. Maar ze moet zich gauw weer melden.'

'Ja,' zei Obermann.

Voordat Lucas naar het Huis van de Galileeër belde, ging hij vlug naar zijn appartement om andere kleren aan te trekken. Hij belde weer naar Sonia maar kreeg alleen het antwoordapparaat. Toen draaide hij de kraan van het bad open en belde Sylvia Chin.

'Ik wil over zaken spreken via je privé-lijn,' zei hij tegen Sylvia toen ze opnam. 'Maar ik vertel jou – en degenen die je telefoon aftappen – nu alvast dat iemand van plan is een Willie Ludlum-aanslag op de Haram te plegen. Heel gauw. Heb je daar iets meer over gehoord?'

'Ik kan niet vertellen wat we hebben gehoord, Chris. Maar ik kan je dit wel vertellen. Je vriendin Nuala is dood. En haar minnaar, Rashid, ook. Ze zijn opgehangen in een kloosterruïne op Cyprus. Volgens de Cyprioten hebben de daders gebruikgemaakt van touw uit de tijd van het Brits bestuur. Officieel touw van het Brits imperium. Een executie. Wat ga je doen?'

'Een bad nemen,' zei hij tegen haar.

Toen hij in de badkamer kwam, voelden zijn benen opeens zwak aan. Hij bleef geschrokken staan en hield zijn hand onder de kraan, maar hij was niet in staat om de temperatuur te beoordelen, want zelfs die geestelijke inspanning was hem op dat moment al te veel.

Nuala had behoefte gehad aan verterende hartstochten. In Jeruzalem had ze er een gevonden, en inderdaad, die had haar verteerd. Hij herinnerde zich dat Rashid over djinn had gesproken. En Ericksen was achtervolgd door de kracht die hem, zo beweerde hij, zou doden. Wat hij onderging, dacht hij, zou je de vrees voor de Heer kunnen noemen. Die emotie, zo stond geschreven, was het begin van wijsheid. Natuurlijk was het onbezonnen van hem geweest om de Almachtige een onzichtbare gevleugelde presse-papier te noemen. Hij vroeg zich af of de wijsheid zich nu eindelijk aan hem presenteerde.

59

Lucas ging nu naar het Huis van de Galileeër. Dat was voor zijn gevoel niet meer verbonden met het streven of de persoonlijkheid van een specifieke Galileeër; bovendien was het gesloten. De plaquettes en borden waren weg. Palestijnse werklieden brachten een beschermende witte laag op de muren aan.

'Het Huis van de Galileeër?' vroeg Lucas aan een van hen.

De Arabieren staarden hem alleen maar aan, nieuwsgierig maar bang. Hij reed naar zijn appartement in de binnenstad terug en luisterde naar zijn antwoordapparaat. Wat zou hij daar anders op horen dan de joviale, autoritaire stem van zijn oude vriend Basil Thomas, de leverancier van 'geclassificeerde informatie'. Thomas had al de moeite genomen om een keer naar Fink te gaan, maar dat was tevergeefs geweest. Hij ging daar vanavond weer heen, zei hij. Lucas besloot hem te ontmoeten.

Toen de rozerode Jeruzalem-avond begon, ging Lucas naar Fink voor het cocktailuur. Daar was inderdaad Basil Thomas, en in zijn leren jas zag hij er op en top uit als de genius van de vorige eeuw. Toen hij Lucas zag, nam zijn gezicht een zelfgenoegzame uitdrukking aan. Hij zat daar als iemand die wist dat hij iets te bieden had.

'Dit is heel bijzonder,' zei Thomas. 'Classificatie A. Zeer geheim.'

Lucas bestelde een biertje voor hen beiden.

'Er komen onlusten in de hele stad.'

'Waarom?'

'O,' zei Thomas. 'Een of andere herdenkingsdag. Maar houd er wel rekening mee. En wees erop voorbereid.'

'Iets in verband met de Haram?'

'We ontmoeten elkaar morgen,' zei Thomas. 'Jij en ik. We

ontmoeten elkaar hier en dan heb ik iets voor je wat je op prijs zult stellen. Dan zullen weinigen in de stad beter geïnformeerd zijn dan jij.'

Lucas besefte meteen dat hij door de stad terug zou moeten gaan om met zijn bronnen daar te praten. Niet dat hij over zoveel bronnen beschikte. Er was Lestrade, als die christelijke ziel nog in de stad was. Met een mengeling van frustratie en afgrijzen moest hij zichzelf eraan herinneren dat dominee Ericksen dood was, evenals Nuala en Rashid. Waarschijnlijk blufte Thomas niet. Hij was uitgekozen om als doorgeefluik te fungeren.

'Dit heeft toch niets te maken met een aanslag op de Haram?'

'Lucas,' zei Thomas, 'ik weet nog niet eens wat ik je ga vertellen. En als ik dat wist, zou ik het niet vertellen, als je begrijpt wat ik bedoel. Dat zou onbezonnen zijn en het zou me niets opleveren.'

'Wat bedoel je dan met onlusten?'

'Een gratis voorspelling,' zei Thomas. 'In ruil voor de drank.'

'Goed,' zei Lucas. 'Ik zal hier zijn.'

Bij de Damascuspoort viel de avond. De hemel werd vager en uit allerlei bronnen kwam een rommelig licht dat de nissen en kramen van de stad verlichtte. Hij had het gevoel dat hij nauwlettend werd gadegeslagen. Naast de kramen van de geldwisselaars verkeerde de man die *Al-Jihar* verkocht in een zekere staat van opwinding; hij moest een kop scanderen, een extra editie. Blijkbaar voelde hij er niet veel voor om Lucas de krant te verkopen. Eerst zei hij dat hij geen Engelse versie had. Uiteindelijk bleek hij er toch een te hebben. De editie leek een vod, met nieuws dat dagen oud was. Maar de voorpagina was bedekt met zestigpuntsletters, groen op wit, en er stond: 'Verdediging van de Heilige Plaatsen in de Naam van God'.

Die woorden bezorgden Lucas nog meer theologische spanningen, maar dan wel van het soort dat je deugdzaam kon noemen. Vrees voor de Heer. Toevallig was het ook tijd voor het gebed. De versterkte stemmen van de muezzins galmden oprecht woedend door de schemerige straten.

Aan de Tariq al-Wad was Charles Habib zijn café aan het sluiten. Het was al maanden geleden dat de Caravan Bar zijn laatste

Heineken aan een verdwaalde toerist had verkocht. Charles keek verbaasd toen hij Lucas zag, maar een ogenblik dacht Lucas dat zijn oude kennis zou doen alsof hij hem niet kende. In plaats daarvan wenkte Charles hem naar binnen en deed hij de luiken dicht. Ze gingen naar het achtergedeelte, dat Charles als pied-à-terre in de stad gebruikte.

Charles bezat een aantal appartementen in Jeruzalem en in Nazareth. Ze werden constant bewoond door groepen familieleden van hem, die een gemoderniseerd, geürbaniseerd en intercontinentaal nomadenleven schenen te leiden en op gezette tijden uit Austin, Edinburgh en Guadalajara kwamen overvliegen. In de kamer die het verst van de straat verwijderd was zat een groep oude Palestijnse vrouwen in gebloemde dusters voor een televisietoestel. Een grote, niet aangesloten badkuip stond voor hen op de vloer, en terwijl ze naar de televisie keken, legden ze dekens in het water te weken. Lucas zag dat de luiken allemaal voor de ramen zaten en versterkt waren met stapels houten kisten.

Tussen de vrouwen die de dekens in het water legden, zat een aantrekkelijk tienermeisje in een denim jasje en met een pet van de Boston Red Sox, die ze achterstevoren had gezet. Toen ze Lucas zag binnenkomen, ging ze van de oudere vrouwen vandaan en kwam ze, ondanks hun protesten, bij Charles en Lucas zitten. Charles ontmoedigde haar niet.

'Ik dacht dat je naar huis was gegaan,' zei Charles tegen Lucas. 'Weet jij wat er aan de hand is?'

'Dat wilde ik juist aan jou vragen,' zei Lucas.

Gedachteloos stelde Charles het tienermeisje voor. 'Dit is mijn nichtje, Bernadette Habib,' zei hij. 'De dochter van mijn broer Mike. Ze studeert aan de Beir Zeit-universiteit. Ze komt uit Amerika.'

'Watertown in Massachusetts,' zei Bernadette. Ze schudde Lucas' hand zoals ze dat in Watertown deden.

'Wat denk je, Bernadette?' vroeg Lucas haar. 'Wat zeggen ze aan de Beir Zeit?'

Kort daarvoor had de wereldse PLO-groepering de moslimfundamentalisten in de studentenverkiezingen van de universiteit verslagen. Dat was als een gunstige ontwikkeling beschouwd.

'De islamitische studenten zeggen dat de Israëliërs de Haram gaan verwoesten,' zei Bernadette. Ze droeg kleine oorringetjes en een kruis aan haar hals, zoals Madonna, maar natuurlijk hadden die dingen in Jeruzalem een heel andere betekenis dan in South Beach. 'Hebt u de preken gehoord, de hele dag?'

'Meneer Lucas kent geen Arabisch,' legde Charles uit.

'O,' merkte de jonge vrouw met weinig sympathie op. 'Niet veel Amerikanen kennen die taal.'

'Is dit alles door de preken in gang gezet?' vroeg Lucas.

'Vanmorgen kwamen er *haredim* naar de Damascuspoort. Ze gooiden kramen om. Ze sloegen mensen, zelfs Europeanen. Ze zeiden dat ze de heilige plaatsen van de moslims zouden verwoesten.'

'Dat klinkt als provocatie,' zei Lucas, die dacht dat de militanten misschien Palestijnse onlusten wilden veroorzaken om hun actie te camoufleren. Intussen hoorde hij steeds meer rumoer van buiten komen.

'Wat gaat Amerika doen?' vroeg Charles aan Lucas. 'De Haram zal worden overgenomen. Dat zegt iedereen. Het wordt oorlog.'

'Ik weet het niet,' zei Lucas. 'Op het Amerikaanse consultaat weten ze niet meer dan wij.'

'Niemand gelooft dat,' zei Bernadette.

'Niemand,' voegde Charles daaraan toe.

'En jij?' vroeg Lucas aan Bernadette.

Ze haalde haar schouders op. 'Misschien denkt de regering het een en denkt de CIA het ander.'

De wonderen van een studiejaar in het buitenland. Een wereldwijs meisje, dacht hij. 'We hebben onze ambassade nog steeds in Tel Aviv,' zei hij. 'Dat zegt iets.'

Bernadette keek hem met beleefde toegeeflijkheid aan. Ze studeerde eigenlijk aan het Holy Cross in Worcester en bracht nu een jaar aan de Beir Zeit door, in de perioden waarin de universiteit geopend was. Lucas had ontdekt dat er honderden Arabisch-Amerikaanse studenten in het land waren, een spiegelbeeld van de vele jonge joodse studenten die naar Israël kwamen.

'Op de universiteit – hier, bedoel ik – lezen we bijvoorbeeld Noam Chomsky,' zei Bernadette tegen Lucas. 'Ooit van hem gehoord?'

'Natuurlijk,' zei Lucas.

'O ja? Want de meeste Amerikanen kennen hem niet. We lezen zijn boek *Over macht en ideologie*. Dat zijn allemaal dingen die je nooit te horen krijgt.'

'Lezen ze Chomsky niet op Holy Cross?'

'Misschien bij politicologie. Als het over Latijns-Amerika gaat. Ik wist niet eens dat hij over het Midden-Oosten schreef.'

'Heb je ooit met joodse studenten hier gepraat?' vroeg Lucas haar. Hij maakte, zoals mensen deden, een gebaar naar de andere kant van de stad.

'Soms. Maar het is hier heel anders,' zei ze. 'Iedereen is erg bang. Veel van hun jongeren lopen met wapens. Ze denken dat wij terroristen zijn. Thuis zijn wij Amerikanen en zijn zij Amerikanen – maar hier is niemand Amerikaan.'

Lucas realiseerde zich dat, als het uitvoerbaar was, het een waardevolle aanvulling op de opvoeding van elke jonge Amerikaan zou zijn om een jaar als niet-Amerikaan in de Derde Wereld door te brengen. Dat zou, als absurd contrapunt, gecombineerd kunnen worden met het verplicht lezen van Bourguignons geweldige boek *L'Amérique*, een werk met veel informatie over reizen en sociologie en veel scherpe observaties.

'Je zou naar een ander deel van de stad moeten gaan,' zei Charles. Tegenover Lucas sprak Charles de term 'een ander deel van de stad' altijd vol walging uit. Hij bedoelde er het joodse deel mee. 'Anders kan ik je wel op de bovenverdieping onderbrengen.'

'Denk je echt dat er rellen komen?' vroeg Lucas.

Charles wees naar het bad vol dekens.

'Sommige mensen denken,' zei Bernadette tegen Lucas, 'dat ze hierheen komen om ons allemaal te doden.'

'Slaap met je paspoort bij je,' zei Charles tegen zijn nichtje. 'Iedereen slaapt met zijn paspoort.'

'Slapen?' vroeg Bernadette. 'Dat meen je niet.'

Charles leidde Lucas naar de straat en liet hem langs de metalen luiken naar buiten.

Op dat moment dacht Lucas dat de belangrijkste man in de stad, de enige bij wie hij voor geclassificeerde informatie moest zijn, de grote graver zelf was: Gordon Lestrade.

Toen hij dieper in de Moslimwijk kwam, hoorde hij mensen scanderen. Hij kwam langs groepen jongemannen die zich aan de einden van de straten naar de poorten en muren van de Haram hadden verzameld. Er waren een paar Palestijnse vlaggen te zien, maar de meeste jongemannen hadden zich bij grote groene spandoeken verzameld. Op sommige van die spandoeken stonden de kreten van de Shahada: Er is geen god dan God, en Mohammed is de boodschapper van God.

Het scanderen nam geleidelijk toe. Lachende kinderen botsten tegen hem op, waarschijnlijk met opzet. Blijkbaar ging niemand naar huis om te slapen; het was druk op straat, maar de winkels waren dicht. Er waren overal lichten, maar niet van het soort dat een aangename sfeer verspreidde. De lichtbundels van goedkope zaklantaarns dansten nerveus door de lucht; er waren kampeerlantaarns, losse autokoplampen, gekleurde spotlights, snoeren van licht die aan de moskeeën hingen.

Er was nergens een Israëlische patrouille te zien. Lucas zag dat met norse, dreigende blikken naar hem werd gekeken. Kleine projectielen kwamen tegen hem aan toen hij daar liep, vooral van achteren maar ook een paar uit de duisternis voor hem. Er was niets pijnlijks of scherps bij, maar het was een onregelmatige regen van kleine, vuile dingen, onzichtbare beledigingen. Het was weer als in Gaza, alleen was dit Jeruzalem.

Al die tijd bleven de versterkte oproepen – wanhopig, smekend, woedend – van de heilige plaatsen weerklinken. Lucas begon het gevoel te krijgen dat het moment dat hij zich zo lang had voorgesteld nu nabij was, het moment van de harde waarheid waarop hij moest beslissen of hij zou vluchten, en welke kant op. In zijn hart wist hij dat niet, net zomin als Herodes het had geweten.

Toen hij bij het Oostenrijks hospitium aankwam, waar de Via Dolorosa in de Moslimwijk kwam, hoorde hij, onwillekeurig aangenaam verrast, de klanken van Richard Strauss uit Gordon Lestrades dakappartement de straat inkomen.

De hoofdingang van het hospitium was gebarricadeerd en voor de ramen op de begane grond en eerste verdieping zaten luiken. Maar de houten deur van het steegje dat naar doctor Lestrades appartement leidde zat weliswaar op slot maar was nog niet van luiken voorzien. Lucas begon erop te bonken en zocht daarbij naar een ritme dat tegelijk nadrukkelijk en discreet was. Op straat liep alles uit de hand. Bendes martelaren op zoek naar een doel renden voorbij, schreeuwend zo hard ze konden.

Na een ogenblik – omdat het vooraf zo was geregeld of uit nieuwsgierigheid of uit onbesuisdheid – maakte een Palestijnse portier de deur open.

'U komt voor meneer Lestrade?'

'Ja,' zei Lucas.

'U moet opschieten,' zei de portier, en hij ging een stap opzij.

In het appartement was Lestrade druk in de weer. Zijn stemming deed meer aan *Till Eulenspiegel* denken dan aan *Der Rosenkavalier*, dat werd gedraaid.

'Mijn planten, verdomme!' riep hij uit. 'Kan ik erop rekenen dat het hospitium mijn planten water geeft?'

'Ja,' zei Lucas. 'Het zijn Oostenrijkers.'

Lestrade draaide zich geschrokken om. Wie hij ook had verwacht, niet Lucas.

'Wat doe jij hier?'

'Nou, ik werk aan het verhaal.'

'Ben je nou helemaal gek geworden? En ga mijn huis uit.'

Lestrades bezittingen, die niet erg talrijk waren, stonden in de huiskamer klaar om te worden weggehaald. Hij had tassen en oeroude hutkoffers die eruitzagen alsof ze het opschrift 'Heen Bakboord, Terug Stuurboord' behoorden te dragen, het label dat de Cunard Line vroeger aan de koffers van begunstigde passagiers bevestigde, opdat ze zowel heen als terug een hut in de schaduw hadden. Er waren ook veel boeken, vooral in kisten maar ook in dozen.

'Ik kan niet geloven dat je uit Jeruzalem weggaat,' zei Lucas. 'Ik dacht dat je hier thuishoorde.'

'Dat was ook zo,' zei Lestrade. Hij keek Lucas kwaad aan. 'Zeg, kerel, zou je nu weg willen gaan? Ik heb vreselijke haast en ik ben niet in de stemming voor het beantwoorden van vragen.'

'Sorry,' zei Lucas. 'Maar wat is er met het Huis van de Galileeër gebeurd?'

'Gesloten, weg, *kaput*. Toen ik vanmorgen op mijn werk kwam, kreeg ik van zo'n verrekte inboorling te horen dat ik was ontslagen. Ze hebben mijn dossiers, mijn werk. Ik mocht niet eens kopieën maken.'

'Je hebt geen kopieën?'

'O, ik heb er wel een paar. En ik ben niet de enige. Maar het Huis van de Galileeër heeft het auteursrecht. Ik bedoel, dat was mijn uitgever.'

'Waarom heb je die rechten afgestaan?'

'Jezus, man! Ze hebben een enorme uitgeverij! Een televisiekanaal! Ze gingen er een bestseller van maken in Amerika. En wereldwijd! Zoiets als *Geheimen van de tempel.* Miljoenen video's.'

'Nou, je kunt in Amerika tegen ze procederen.'

'Dat betekent dat ik daarheen moet gaan,' zei Lestrade verbitterd.

'Zo erg is het nu ook weer niet,' verzekerde Lucas. 'Er wonen duizenden Engelsen in New York en die krijgen nooit een Amerikaan te zien.'

'Hoe dan ook,' zei Lestrade, wiens ergernis weer toenam, 'dat gaat jou allemaal niks aan. Ik ga weg.'

'Waarheen?'

'Hé, Lucas,' zei Lestrade. 'Wil je nou even ophouden?'

De commotie in de straten leek in volume toe te nemen. Lestrade ging naar zijn daktuin en keek over de zijkant van het gebouw.

'Shit,' zei hij. Zijn rancune en ergernis gaven dat woord een lelijke, bijna letterlijke betekenis. 'Hallo, vaarwel, het ga je goed en sodemieter op. Dat kreeg ik van die schoften te horen.'

'Het is beter met je afgelopen dan met Ericksen.'

'Waar heb je het over?' zei Lestrade venijnig. 'Die verrekte Ericksen is dood.'

Er werd op de deur van Lestrades appartement geklopt en de Palestijnse portier verscheen. Hij zag er ongelukkig en angstig uit en hij sprak Lestrade in het Arabisch toe, waarop de hoogleraar opzij ging om twee mannen in zijn appartement te laten. Lucas zag dat een van hen Ian Fotheringill was, de man met het haviksgezicht.

'Hallo,' zei Fotheringill tegen Lucas.

'Hallo,' zei Lucas. Die bondige begroeting gaf goed weer dat ze geen van beiden blij waren met deze ontmoeting. Lestrade scheen het niet prettig te vinden dat ze elkaar kenden. Hij begon zich steeds meer te ergeren aan alles wat er gebeurde, en dat was ook wel begrijpelijk, want er kwamen steeds verontrustender geluiden van de straat beneden.

Fotheringills metgezel had een snor en een brede borst. Het was iemand uit het Midden-Oosten, maar zijn nationaliteit was niet duidelijk. Niets aan zijn gezicht of kleding vertelde waartoe hij behoorde. Toen Lucas naar hem keek, vroeg hij zich af of hij hem niet eerder had gezien, in de Gazastrook.

'Wat een boel troep,' zei Fotheringill met een onverschillige blik op Lestrades bagage. 'Dat krijgen we nooit allemaal naar beneden.'

'Nooit allemaal naar beneden?' riep Lestrade verontwaardigd uit. 'Nooit naar beneden? Nooit mijn bagage naar beneden? Ik zou toch verdomme denken van wel.'

Maar Fotheringill keek Lucas aan.

'Ik moet dit vragen,' zei hij. 'Het houdt me de hele tijd bezig. Kun je je dat gedicht over *rillons* en *rillettes* weer herinneren?'

'O,' zei Lucas. 'Ja.' Hij krabde over zijn kin. '"Rillettes, rillons,"' citeerde hij. '"Rillons, rillettes... Hetzelfde eten, of ze nu..."'

Maar het was weg. Hij was het vergeten.

60

Enkele uren nadat Pinchas Obermann zijn ronde in het Shaul Petak had gedaan, lukte het hem Sonia in haar appartement in Rehavia te bereiken. Ze klonk alsof hij haar uit haar slaap had gebeld.

'Blijf daar,' zei hij tegen haar. 'Ik kom naar je toe.' Hij nam de merkwaardige plattegrond mee die Lucas in de Golan had opgepikt. Toen Sonia die plattegrond zag, zag ze dat hij overeenkwam met een van de papieren die ze in het busje had gevonden.

'Het is een plattegrond van de vertrekken in de Tempelberg,' zei Obermann tegen haar. 'Daar ligt nu waarschijnlijk een bom.'

Raziel lag languit op haar bank. Hij probeerde op te staan, maar kon zich alleen maar ophijsen aan de armleuning.

'Waar is Chris?' vroeg Sonia aan Obermann.

'Die ging op zoek naar Lestrade in het Huis van de Galileeër. Hij probeert erachter te komen waar de bom is.'

'Linda!' riep Sonia uit.

'Ja,' zei Obermann. 'Dat denken we.'

'Wie is Sabazios?' vroeg ze hem.

'Sabazios Sabaoth. Een van die syncretische goden. Zoals de god die jij en De Kuff en je vrienden aan het creëren waren. Een gouden kalf, als je het zo wilt noemen.'

'Zou iemand een bomaanslag op hem willen plegen?'

'Misschien. Waar is je perfecte meester?'

Sonia wees naar een slaapkamer. Obermann ging naar binnen om bij de oude man te kijken.

'Bent u Moshiach, meneer De Kuff?' vroeg hij.

'Dat heb ik nooit gedacht,' zei De Kuff. 'Raziel zag mijn *tikkun*. Ik dacht: wat moet zijn, moet zijn.'

'Ja of nee, alstublieft. Moshiach? Niet Moshiach?'

‘Als ik het niet ben,’ zei De Kuff, ‘als ik er niet in kan slagen om aan mijn verantwoordelijkheden te voldoen, zal ik sterven.’

‘Denkt u dat u ziek bent?’

‘De zielen in mij lijden. Ze forceren zich een weg door mijn lichaam. Ze schreeuwen en krijsen. Ze eisen dat ik mijn plaats onder hen inneem.’

‘Wie zijn die zielen?’

‘Yeshu, die de Christus was. Sabbatai uit Smyrna. Elisha ben Abouya. En er zijn er nog meer.’

‘Ziet u ze?’

‘Ik hoor ze. Bovenal voel ik ze.’

‘En wanneer ze zich een weg door uw lichaam forceren, doet dat dan pijn?’

‘Ja,’ zei De Kuff. ‘Veel pijn.’

Hij herinnerde zich wanneer De Kuff voor het laatst lithium had genomen: dat was zes maanden geleden.

‘Denkt u niet dat Ralph Melker – Raziel – misbruik van uw vertrouwen heeft gemaakt?’

‘Hij is nogal jong voor de verantwoordelijkheden die op zijn schouders rusten.’

‘U maakt zich erg druk om verantwoordelijkheden,’ merkte Obermann op.

‘Meer is er niet in het leven,’ zei De Kuff.

Obermann besloot de oude man in het ziekenhuis te laten opnemen, totdat er een meer permanente regeling voor hem kon worden getroffen.

‘Ik ga u iets geven om u te helpen langer te slapen. U bent nog erg moe. Ik zal iets te drinken voor u halen en dan geef ik u een slaaptablet.’

Toen hij wat sap uit de koelkast ging halen, zag hij dat Sonia zat te telefoneren. Haar Deense vriendin Inge Rikker, de NGO-functionaris, belde vanuit Tel Aviv om haar over de dood van Nuala en Rashid te vertellen. Terwijl Sonia hem over de executies vertelde, schonk Obermann wat tomatensap uit blik in een glas.

‘Ze gaven hun zeker de schuld van een sterfgeval,’ zei Obermann.

‘Dan kunnen ze net zo goed mij de schuld geven,’ zei Sonia.

'Ze zullen genoeg schuld voor jou overhouden,' zei hij tegen haar.

In de slaapkamer nam De Kuff de tablet met het sap in en algauw viel hij in slaap.

Dokter Obermann ging de huiskamer in en keek naar Raziel.

'Zijn pupillen zijn verwijd. Hij is aan de heroïne.'

'Daar is hij alweer een week of zo aan,' zei Sonia.

'Misschien nog langer, hè?'

'Nee,' zei ze. 'Alleen de afgelopen week.'

'Je wist het?'

'Nee. Niet voor gisteren.'

'Neem me niet kwalijk dat ik het vraag, maar,' zei Obermann, 'je luisterde naar alles wat hij zei. Hij bracht jou boodschappen uit de tuinen van de *cherubim*. Jij bent een artieste uit New York – en je merkte niet dat hij aan de *schmeck* was?'

'Ik keek er niet naar uit, dokter,' zei ze.

'Nee,' zei Obermann. 'Je keek uit naar magie.'

'Daar komt het op neer.'

'De nieuwe maan waar jullie naar uitkeken.'

'De nieuwe maan,' zei Sonia. 'Dat was het.'

Obermann belde naar het Shaul Petak om De Kuffs opname te regelen en maakte daarna aanstalten om weg te gaan.

'Als er een bom is en hij gaat af, dan kun je beter binnen blijven.' Toen Sonia geen antwoord gaf, keek hij haar aan en schudde zijn hoofd. 'Maar natuurlijk doe je dat niet, hè? Jij gaat natuurlijk de straat op. Ik praat tegen de verkeerde.'

'Gaat het wel goed met de Rev?' vroeg ze.

'De Kuff? Ik denk dat hij lichamelijk niets mankeert. Ik wil hem in het ziekenhuis hebben. Als jullie helemaal klaar met hem zijn.'

'Val nou niet in slaap,' zei Sonia tegen Raziel, toen Obermann weg was. 'Ik dacht dat dit een strijd zonder wapens was.'

Hij had zijn geschriften teruggevonden en zich er weer in verdiept. Hij vertelde haar dat in Galilea een rood kalf zonder smet geboren was – het Tempeloffer dat nodig was voor het louteringsritueel.

'Ik weet niets van die bom,' zei hij. 'Ik weet niet waar hij is. Het kan me niet schelen.'

'Waarom niet, Raziel? Waarom kan het je niet schelen?'

Omdat, zo bleek, hij niet had geloofd dat de bom zou afgaan, niet echt. Niet letterlijk. Een macht zou het voorkomen.

Tegelijk moest er chaos heersen om te scheppen. Alleen in chaos kon het evenwicht worden hersteld. Een explosie die niet onderdeed voor wat er aan het begin der tijden was gebeurd.

Daarom had hij het op zich genomen om de stad aan de krachten van vernietiging uit te leveren, aan de macht van Din, de Linkerhand. Hij had vertrouwd op de transsubstantiatie van alle vorm, op de terugkeer van alle dingen tot de substantie van de eerste Adam.

Er zou geen dood zijn, alleen verandering, een verlossing van de uiterlijkheden door de kracht van liefde. Elke indeling in categorieën zou verdwijnen. De menselijke natuur en de wereld die zich daaromheen had gevormd, zouden alleen nog hun goddelijk aspect behouden. Zonder het te weten zouden de vernietigers van materie de materie in licht veranderen en alle dingen uit de onvolmaaktheid van de zondeval verlossen. Alle ongehoorde muziek zou gehoord worden, al het heilige, en iedereen zou verlossing vinden. Het zou eindigen zoals het begonnen was, in lofprijzingen en vervoering.

'Vervoering,' zei Sonia. 'Dat klinkt als die fundamentalistische zendelingen.'

'Een catastrofe,' antwoordde hij. 'Een catastrofe zonder slachtoffers.'

Een strijd zonder wapens, een offer zonder bloed, een onweer zonder regen. Dat visioen had eeuwenlang standgehouden. Het was beloofd. Het was voorspeld.

'Hij zal elke traan uit hun ogen vegen,' zei Raziel. 'Er zal een einde aan de dood komen, en aan het verdriet en het huilen en de pijn, want de oude orde zal zijn weggegaan. Ziet, ik maak alle dingen nieuw. Alle dingen nieuw,' zei hij. 'Zeg eens dat je dat nooit eerder hebt gehoord. Zeg eens dat het hart dat dit geloofde geen joods hart was!'

'Ik zou het niet weten, Razz. Daar lijkt het wel op.'

'Ik kon niet wachten,' zei Raziel. 'Ik herkende hem, en toen stelde ik hem teleur. Ik zocht het in de tarot. In de goochelarij. Ten slotte had ik de drugs nodig. Ik kon hem er niet doorheen trekken. En dus liet ik hem in de steek. Maar ik vergiste me niet in hem, Sonia. Alleen in mezelf.'

'Ik zou je de tarot en de goochelarij kunnen vergeven,' zei ze. 'Zelfs de drugs. Maar waarom die mensen met die bom?'

'Ik besloot me door hen te laten gebruiken. Ik dacht dat ze de negatieve kracht zouden leveren. En ik zou de rest leveren. Een plan om tot een vrije val te komen.'

'Het oude verhaal,' zei ze.

'Het verhaal van de eeuw,' zei Raziel. 'Het verhaal van ons leven. Van leven tot kunst. Van kunst tot iets meer.'

'Zal het opnieuw gebeuren?' vroeg ze.

'Totdat het goed is.'

'Het geweld is het moeilijke aspect,' zei ze.

'Je kunt niet zonder,' zei Raziel. 'Maar het is de stap die het moeilijkst te verfijnen is.'

Het bleek dat hij eigenlijk niets van de details wist. Hij wist bijna niets over de kneedbom, de assemblage van de bom. Hij vertelde haar zoveel als hij wist of zich kon herinneren. De twijfel had hem naar de opiaten teruggejaagd. Ze hadden allemaal elkaar gebruikt. Zimmer. Die jongen, Lenny. Linda.

'En Nuala,' zei Sonia. 'En ik. We wisten geen moment wat we deden. We zijn gezien toen we daarheen gingen. Hoe kon je ons dat aandoen?'

'Ik ging ermee akkoord dat wij de schuld konden krijgen. Zoals de vorige keer Willie Ludlum de schuld kreeg.'

'Je bedoelt dat Willie Ludlum die moskeeën niet in brand heeft gestoken?'

'Natuurlijk deed hij dat wel,' zei Raziel. 'Geen twijfel mogelijk. Maar er zijn daarna nog meer bomaanslagen gepleegd. Niet iedereen die verdween, was daar noodzakelijkerwijs bij betrokken. Niet iedereen die erbij betrokken was, verdween. Ik dacht dat ik wist wat er deze keer zou gebeuren. Ik liet degenen die de bom neerlegden denken dat wij ervoor zouden opdraaien. Het was onze laatste kans.'

Hij lag op zijn rug, met zijn geschriften naast zich, en sloeg zich letterlijk op de borst. De berouwvolle junkie, dacht ze toen ze hem daar zo zag liggen. Iets uit een gebrandschilderd raam, in de grote oecumenische tempel die nog zou komen, een figuur uit de martyrologie van de twintigste eeuw.

Ze keek weer naar de plattegrond die Obermann had meegebracht en de plattegrond die zijzelf onderweg had gevonden. Ze was er bijna zeker van dat ze wist wat de Bab al-Ghawanima was; het was een oude naam voor een van de poorten van de Haram, dicht bij de madrasa waarin zich Bergers appartement bevond, naast het gedeelte van het gebouw dat was gesloopt om het plein bij de Klaagmuur te vergroten.

De militante vrienden van Linda Ericksen hadden dat gebouw erg graag willen overnemen, en misschien niet alleen omdat het felbegeerd onroerend goed was. Het was heel goed mogelijk dat er tunnels van het gebouw naar de fundering van de Haram liepen. Misschien via een van de ondergrondse niveaus van het gebouw.

Ze dacht dat Raziel het bewustzijn had verloren. Maar toen ze opstond, riep hij haar.

'Sonia, laat me niet alleen.'

Ze ging naar hem toe, nam zijn opzichtige zonnebril af en deed de lamp naast hem uit.

'Arme Razz,' zei ze. 'Je had bij de muziek moeten blijven. Dan had je de wereld een beetje kunnen redden. Dan had je goed geleefd. Genade verdiend. Jezelf ook gered, en misschien mij.'

'Ik geloofde,' zei hij. 'Er was me beloofd. Meer.'

61

'Sorry,' zei Lucas tegen Fotheringill. Het gedicht wilde hem gewoon niet te binnen schieten.

'Geen probleem. Je komt toch met ons mee?'

'Ik niet,' zei Lucas. 'Ik heb net professor Lestrade geïnterviewd.'

Fotheringill keek de professor verwijtend aan.

'O ja?' zei hij. 'Nou, misschien kun je toch beter met ons meerijden.'

'Waarheen?'

'Caïro,' zei Fotheringill. 'Geweldige stad. Ken je het? We hebben onze eigen sherut. Nietwaar, Omar?'

De man die hij Omar had genoemd, knikte. Hij was niet zo'n geweldige acteur, en hoewel hij misschien nog wel de indruk kon wekken dat hij een eind met iemand ging rijden, was moeilijk te geloven dat het een erg lange rit zou zijn. Welke bestemming Fotheringill ook aan Lestrade had beloofd, er ging niemand naar Caïro – daar was Lucas zeker van. Al was het alleen maar omdat de Gazastrook niet open zou blijven.

'Denk je niet dat ze de Gazastrook afsluiten?' vroeg hij Fotheringill.

'Waarom zouden ze dat doen?'

'Is het je niet opgevallen? Er zijn rellen aan de gang.'

'Dan gaan we door de Negev,' zei Omar. 'En steken de grens over in Nitzana. Of Taba.'

'Taba,' zei Fotheringill. 'Dat zal een leuk ritje zijn.' Hij keek Lucas aan. 'Professor Lestrade kan zijn onderzoek in Caïro voortzetten. Hij heeft daar regelingen getroffen.'

'Ik voor mij,' zei Lucas, 'was niet van plan om naar Caïro te gaan.'

'O nee?' vroeg Fotheringill. 'Nou, je kunt een eind met ons meerijden. Tot je uit de moeilijkheden bent. Misschien herinner je je dan de woorden van dat gedicht.'

'Misschien,' zei Lucas.

Hij zocht naar een uitweg. In de straten om hem heen kwam een ware jihad op gang. Dat betekende dat iemand al de woorden had verspreid die de oorlog moesten ontketenen – de heilige oorlog, de oorlog aan het eind van de wereld.

Hij had ook de indruk dat Fotheringill en Omar van plan waren zich van Lestrade te ontdoen. Waarschijnlijk wist hij meer dan wie ook van de bomaanslag. Ze zouden gewapend zijn. En hij was in de val gelopen.

'Ik ga maar eens telefoneren,' zei hij opgewekt.

'Vergeet het maar,' zei Fotheringill. 'Ik bedoel,' voegde hij er beleefder aan toe, 'dat zou onverstandig zijn.'

'Ik hoop dat we niet door dat verrekte Taba hoeven,' zei Lestrade. 'Als er één plaats is waar ik de pest aan heb, dan is het Eilat.'

'Heb je niet iets in het hospitium liggen?' vroeg Lucas. 'Apparatuur? Moeten we dat niet aan de portier vragen?' Fotheringill en Omar keken naar hem terwijl hij opstond.

Lestrade hielp hem niet erg. 'Ik geloof van niet, Lucas. Alles is hier.'

Toen Lucas op het dak was gekomen, riep hij over de smalle ruimte die de twee gebouwen van elkaar scheidde. Lucas was er vrij zeker van dat hij Lestrade de portier Boutros had horen noemen.

'Boutros!' riep hij zo hard als hij kon. Het lawaai in de straat was niet afgenomen. 'Boutros, kun je ons even helpen?'

Tot zijn opluchting drong er boven de kreten op straat uit een nors antwoord tot hem door. Fotheringill en Omar keken elkaar aan.

'Het kan hier ook,' zei Fotheringill erg langzaam, waarschijnlijk omdat Omar niet zo goed Engels sprak. 'Hier, begrijp je?'

Maar tegen de tijd dat Omar het allemaal in zijn hoofd had vertaald, stond Boutros, de Palestijnse portier van de Oostenrijkers, voor de deur.

'Als je ons eens hielp om deze spullen naar beneden te brengen, Boutros? Het is zoveel. Dan haal ik de auto.'

Boutros, aan wie te zien was dat hij had geslapen, keek verschrikt. Toen ging zijn gezicht van verbazing op verontwaardiging over.

'Zeg,' zei Lestrade, die opnieuw weinig behulpzaam was, 'dat is niet zijn werk.'

'Natuurlijk wel,' zei Lucas. Hij nam een koloniale houding aan. 'Omar, jij en Boutros nemen de tassen. De professor en ik halen de auto.' Hij tilde Lestrade bijna van de vloer.

'Maar ik weet niet waar de auto staat,' protesteerde Lestrade. Toen Omar en Fotheringill opstonden, duwde Lucas de archeoloog zijn dak op. Een gebroken fles kwam een meter of zo van hen vandaan terecht. In de straten voorbij de muren loeiden politieclaxons.

'Ze brengen je niet naar Caïro, Lestrade,' zei Lucas tegen hem. 'Ze gaan je vermoorden. In Kfar Gottlieb of in de woestijn.'

Fotheringill stond enigszins geamuseerd toe te kijken.

'Wat?' vroeg Lestrade. 'Mij vermoorden? Mij vermoorden? Wat?'

Omar en Boutros maakten ruzie om iets, misschien over de vraag wie welke bagage zou dragen.

'Ja, jou vermoorden,' zei Lucas. 'En mij. Zoals ze Ericksen hebben vermoord. Ericksen en ik zijn Amerikanen, Lestrade. Jij bent maar een Brit. Britten gaan de hele tijd dood, als gewone buitenlanders. Het doden van een Amerikaan is niet niks. Nou, ze hebben Ericksen al te pakken gekregen en ze gaan mij ook om zeep helpen – dus jij kunt het wel schudden.'

Natuurlijk blufte Lucas. Tegenwoordig werden er ook steeds weer Amerikanen gedood, net als alle andere gewone buitenlanders.

'Wat?' vroeg professor Lestrade steeds maar weer. 'Wat?'

Lucas zag dat Fotheringill, die nu naast hen stond, steeds meer glimlachte. Ofwel hij was gek op vermakelijke situaties, ofwel hij was oerstom. Misschien, dacht Lucas, was hij gek. Of misschien vond hij het een grappig idee dat hij, een ex-SAS-man, hen allemaal uit de weg kon ruimen. Er was geen tijd te verliezen.

In de allereerste plaats wilde Lucas zichzelf redden. Maar het zou een goed idee zijn, vond hij, als hij Lestrade er ook uit kon krijgen, al was het alleen maar omdat Lestrade zou weten waar de bom was neergelegd en misschien kon helpen hem onschadelijk te maken. Bovendien was Lestrade weliswaar een lul, een fascist en een antisemiet, maar zou het niet meer dan christelijk zijn om hem te redden. Of joods. Joods-christelijk.

Vanaf de plaats waar hij op Lestrades dak stond kon Lucas de vaste post van de grenspolitie boven de Damascuspoort niet zien. Die post was waarschijnlijk bemand, dacht hij, maar verduisterd. Als de dingen erg genoeg waren geworden, had het Israëlische leger zich misschien al tijdelijk uit de Palestijnse delen van de stad teruggetrokken om de joodse woonwijken te beschermen.

Maar de doctrine van het leger was zelfs op korte termijn niet defensief. Waarschijnlijk zou het leger ondanks de omvang van de rellen in korte tijd posities binnen de muren innemen, dus in Palestijnse gedeelten. Er waren ook nog wat verspreide joodse enclaves in de Moslimwijk, yeshiva's en blikvangers als het appartement van generaal Sharon. Die zouden straks onder beleg komen te staan, en het leger zou het leger niet zijn als het geen grote risico's nam om te voorkomen dat bij een eventuele Palestijnse aanval joodse levens verloren gingen.

'Hoe wou je bij je auto komen?' vroeg Lucas aan Fotheringill. Nog steeds hielden ze de schijn op dat Fotheringill hen naar een veilige plaats zou brengen. Lucas besloot het spelletje te blijven meespelen.

'Laat dat mijn probleem zijn, jongen.'

Omar had zich van Boutros ontdaan door hem naar het Oostenrijks hospitium terug te sturen. Maar waar, vroeg Lucas zich af, kon Fotheringills auto staan? Het was onmogelijk om door de straten van de Oude Stad tot aan het hospitium te rijden. Ze zouden zich door de mensenmenigte moeten banen. En zelfs dan zou het niet gemakkelijk zijn om te rijden.

Allereerst moest hij nu voorkomen dat Fotheringill en Omar hen daar in Lestrades appartement doodden. Want dat konden ze doen, als ze het nodig achtten. Ze konden het doen onder dekking van de rellen.

'Nou,' zei Lestrade, 'er zal wel geen hoop meer zijn voor mijn arme planten. Dus nu ben ik klaar.'

De muren van de Oude Stad, dacht Lucas. Het Israëlische leger zou ze vast wel hebben beveiligd. Er zouden overal onzichtbare waarnemers staan. In de verte hoorde hij het scanderen van het Golani-regiment.

In de richting waar het geluid te horen was, kwamen Golanitroepen door de Herodespoort. Ze zouden een strategisch punt bezetten of iemand eruit halen. Het was ook mogelijk dat ze het speerpunt waren van een grootscheepse aanval op de relschoppers. Als er die avond soldaten waren die rubberkogels gebruikten, zouden het de reservisten in de achterhoede zijn. De Golani gaven de voorkeur aan gewone, metalen kogels.

'Golani,' zei Omar tegen Fotheringill. Fotheringill keek op zijn horloge.

Wat zou er gebeuren, vroeg Lucas zich af, als de commando's binnen gehoorsafstand kwamen en hij om hulp riep? Dan kwamen ze er misschien uit, weg van Fotheringill. Aan de andere kant zou het de relschoppers op hun aanwezigheid attent maken. Maar de relschoppers waren een kleiner kwaad. Toen dacht hij aan wat Hal Morris in Nuseirat was overkomen.

Plotseling hoorde hij beneden het lawaai van brekend hout en glas, en een ogenblik dacht Lucas dat de menigte christelijke hospitia aan het bestormen was, inclusief het Oostenrijkse. Maar de kreten van de mannen die de trappen van het hospitium op kwamen rennen en over de overloop naar Lestrades appartement draafden, waren in het Hebreeuws. En de mannen die het appartement binnenstormden, waren in uniform.

Golani, dacht Lucas. Hij zou nooit meer iets slechts over hen schrijven. In elk geval niet voor publicatie.

De soldaten verspreidden zich door het appartement en namen snel posities in op het dak. Noch Fotheringill noch Omar stoorde zich aan de komst van de soldaten of was zelfs maar verrast.

'Hé,' zei Lestrade, 'dit is christelijk eigendom.'

Hij gaat het doen, dacht Lucas. Hij gaat formeel protesteren tegen zijn eigen redding. Lucas hoorde nog steeds de geluiden van troepen op een paar blokken afstand. Er werd geschoten.

Toen zag hij dat er iets vreemds was aan het gedrag van de soldaten in de flat.

Hoewel minstens een van de mannen een Golani-insigne droeg, hadden ze niet de norse, zelfverzekerde houding van para's. Blijkbaar, dacht hij, zijn ze een eenheid die erbij is gehaald om het algehele offensief te steunen, een soort reddingsteam. Sommige mannen droegen *tzitzit*. Anderen leken ongeneeslijk civiel, zelfs voor begrippen van het Israëlische leger. Het leek wel of ze grote moeite hadden met hun eigen uitrusting, de gespen en sluitingen, en ze hielden hun wapen lukraak vast. Misschien waren het vrijwilligers, dacht Lucas, intellectuelen en Jeruzalemse kolonisten van buiten de Joodse Wijk, uitgestuurd op een missie om hun broeders en collega's te redden. Maar wat deden ze dan hier? vroeg Lucas zich af. Hij telde er tien.

'Dus de auto is veilig?' vroeg Fotheringill aan een van de soldaten.

'Volg ons,' antwoordde een van de mannen in Noord-Amerikaans Engels.

Dus het waren geen gewone soldaten maar reservisten en guerrillero's, dacht Lucas.

'Let op deze twee,' zei Fotheringill. Hij bedoelde Lucas en Lestrade, die verward om zich heen keek. 'Dit zijn de passagiers.'

Een van de militairen pakte Lucas bij zijn mouw vast.

'En deze schoft,' zei Fotheringill, wijzend naar Lestrade.

Er schoot Lucas iets te binnen. 'Zeg,' vroeg hij Lestrade, 'jij wist van de bom?'

'Bom?' vroeg Lestrade, met dat summum van ergernis en verontwaardiging dat zijn handelsmerk als Engelsman was. 'Bóm? Een bom? Welnee.'

Het was moeilijk om hem niet te geloven.

62

Terwijl Raziel bewusteloos op haar bank lag, keek Sonia nog eens naar de plattegrond die ze had gevonden. Ze volgde de gangen die erop aangegeven stonden.

'Kaddosh!' zei ze hardop. Toen dacht ze aan de trap die omlaag leidde vanuit de madrasa waarin Berger had gewoond. Het leek haar heel goed mogelijk dat de gangen een verbinding vormden tussen de kelder onder Bergers huis en die onder de Haram. Per slot van rekening hadden de appartementen ooit aan de grootmoefti toebehoord.

En ze meende zich te herinneren dat Berger iets over verbindingsgangen had gezegd. En dan waren er natuurlijk de twee opdringerige jonge militanten, vermoedelijk de mensen met wie Raziel hen in contact had gebracht. Ze hadden veel belangstelling voor dat gebouw gehad, een belangstelling die misschien ook een technisch aspect had.

Ze zou, dacht ze, haar intuïtie kunnen toevoegen aan wat de politie over de voorgenomen bomaanslag wist. Maar als ze gewoon de telefoon pakte en een dienstdoende agent begon te vertellen wat ze vermoedde, bereikte ze daar misschien niets meer mee dan dat ze werd gearresteerd. En hoewel ze echt geloofde dat de Shin Bet bij de bomaanslag betrokken was, was nooit duidelijk geworden wie met wie in contact stond. Ze besloot naar de madrasa te gaan en daar te kijken wat ze kon doen.

Op Sonia's televisietoestel meldde het avondjournaal onlusten in de Oude Stad. Het kondigde ook uitgaansverboden in bepaalde delen van de stad af en riep de leden van bepaalde veiligheidseenheden op. Sonia wist dat als ze zou gaan, ze beter in beweging kon komen voordat de politie de straten helemaal afsloot.

Ze trok de kleren aan waarmee ze zich in de oostelijke stad kon vertonen en reed met het Dodge-busje naar het centrum. Ze parkeerde illegaal bij een bouwterrein aan de Oude Stad-kant van Jaffa Road en ging op weg naar de Jaffapoort. Het busje zou ze niet terugzien, wist ze; dit soort onlusten verslond automobielen zoals Moloch in zijn tijd kinderen verslond. Ze schoof de zijdeur open, pakte een zaklantaarn, een moersleutel en een hamer uit de gereedschapsbak van het busje en stopte ze onder haar djellaba. Ze liep vlug, kwam de politiepost bij de muur ongehinderd voorbij en sloeg rechtsaf naar de Armeense Wijk.

De poorten van de wijk waren dicht toen Sonia daar aankwam – de Armeniërs sloten de moeilijkheden buiten. Vanaf alle moskeeën in de stad verkondigden luidsprekers een heilige razernij. Opeens waren er geweerschoten, kreten van verdriet en woede, het schelle gejengel van vrouwen.

Op de hoek bij de Zionspoort bevond zich een controlepost van het Israëlische leger. Sonia had een Palestijnse identiteitskaart die ze van een geldwisselaar bij de Damascuspoort had gekocht, maar haar kennis van Hebreeuws en Arabisch was beperkt. Volgens de kaart woonde ze in de Oude Stad.

De soldaat die haar tas doorzocht, was een blonde Ashkenazi die er al bij voorbaat van uitging dat ze slecht Hebreeuws sprak. Ze vertelde hem dat ze als kamermeisje in een hotel in de westelijke stad werkte en nu naar huis ging, en hij liet haar doorlopen. Op de pleinen en smetteloze binnenplaatsen van de Joodse Wijk hadden zich echtparen verzameld om naar het aanzwellend gebulder van de rellen te luisteren. Hier en daar zongen groepen patriottische liederen, zoals 'Never Again'. Het was een tableau vivant – stille, gewapende vastbeslotenheid. Iedereen stond min of meer met zijn gezicht naar de Westelijke Muur en de Haram daarachter, het schrijn en de tempel van de vijand, vanwaar hij met zijn hart vol moord op hen af zou komen.

Er waren niet veel kinderen te zien. Een van hen, een jongen van een jaar of tien met gemillimeterd haar en zijlokken, spuwde naar Sonia's rok toen ze hem haastig voorbijliep.

De volgende controlepost die ze moest passeren, bevond zich in de tunnel die van het plein bij de Westelijke Muur naar de bazaar van El-Wad leidde. Die post was versterkt met busladingen soldaten; een rij gepantserde troepentransportwagens stond langs de ene muur van de tunnel.

Een bebaarde reservist van middelbare leeftijd die eruitzag als een rabbijn, keek vlug naar haar identiteitskaart en stuurde haar toen het verlaten labyrint in. De tunnel zat vol galmende, dreigende geluiden, en toen ze eruit kwam, zag ze vlammen. Om geen enkele reden die ze zich kon voorstellen gooide iemand die in de schaduw van het brandende gebouw verscholen stond een stuk metaal ter grootte van een vuist naar haar; het ding raakte een muur, stuiterde terug en rolde over de keistenen. Misschien omdat ze een vrouw alleen was, komend uit de Joodse Wijk.

In El-Wad in de Moslimwijk was het druk. De straten werden verlicht door zaklantaarns en kampeerlampen. Ze hoorde akelig gelach en de angstige bravoure van jongemannen. Er verscheen een helikopter boven de straat. Zijn lichtbundel scheen op de bleke, verwrongen gezichten van de jeugdige relschoppers en verraste hen volkomen. Een werveling van vloeken, als een zwerm gevleugelde insecten, steeg op naar de plaats waar de helikopter was overgekomen, alsof die vloeken door de rotoren werden meegetrokken.

De houten buitendeur van het gebouw waar ze met Berger had gewoond, was vergrendeld. Een tijdje geleden was het gebouw in handen gekomen van Israëlische militanten, die een aantal looppaden hadden aangelegd om het te verbinden met een zijstraat van Jewish Quarter Lane, en voorzover ze wist, hielden de militanten het nog steeds bezet. Op een van de besloten balkons had een Ster van David gehangen, zichtbaar vanaf de straat. Nu was hij weg.

Het gebouw zag er verlaten uit. Ze vroeg zich af of iemand er wel iets mee deed. Eerst probeerde ze de sierlijke klopper in Ottomaanse stijl op de poort naar de binnenplaats. Toen ze een minuut of zo had geklopt, hoorde ze dat de grendel werd verschoven.

De deur ging open en een lange, magere jongeman met een Christusachtig uiterlijk stond tegenover haar. Het was niet waarschijnlijk dat de jongeman binnenkort tot glorie zou komen om over alles en iedereen te oordelen. Zijn slappe glimlach en purperen mantel wezen eerder op hedendaagse, vulgaire ideeën over Christus als Heiland. Die mantel was blijkbaar afkomstig van het raam van een nulsterrenhotel, met de gordijnringen er nog aan. Zijn glimlach was oprecht verwelkomend maar liet haar toch zien dat het met zijn mondhygiëne pover gesteld was.

'Jezus zij geprezen,' zei hij tegen Sonia.

'Ja,' zei ze, en ging naar binnen. De Soedanese kinderen die in de madrasa hadden gewoond, waren nergens te bekennen. Blijkbaar was het gebouw een toevluchtsoord voor daklozen geworden; overal op de binnenplaats zag ze veldbedden en pakken kleren, soms met hun eigenaren erbij, die huilden, baden of sliepen. Ze vond het vreemd dat de militanten hun bezit in de Moslimwijk op deze manier gebruikten.

'Wat is er gebeurd met de jonge Israëliërs die het gebouw overnamen?' vroeg ze hem.

Ze waren weg, zei de jongeman. Wetenschappers die de oude funderingen van de gebouwen aan de overkant van de straat uitgroeven, waren voor hen in de plaats gekomen. En nu waren die geleerden ook weg.

'Wat doen jullie hier?'

De jonge transcendentalist legde uit dat zijn vrienden betaald werden om de tunnelingangen te bewaken totdat de wetenschappers er weer gebruik van wilden maken.

'Tunnelingangen?' vroeg Sonia.

De jongeman leidde haar naar de hal waar ze wel honderd keer doorheen was gelopen toen Berger hier woonde. Drie smalle treden volgden de onderkant van een van de zuilen van het gebouw en vormden een kleine nis waarin de kinderen altijd verstoppertje hadden gespeeld. Maar nu lag er een vreemde rechthoek van jute over de opening. Toen Sonia de jute wegtrok, zag ze dat de traptreden boven de grond alleen maar de bovenkant waren van een trap die gebogen afdaalde in de vochtige duisternis beneden de straten van de wijk.

Tien stappen naar beneden was er weer een houten deur, en die zat stevig op slot. Ze probeerde hem in beweging te krijgen, geholpen door de jonge pseudo-Christus, maar dat haalde aanvankelijk niets uit. Ten slotte slaagde ze er met nog meer hulp van de jongeman en zijn vriendin in om hem open te krijgen. Een bedwelmende geur van eeuwenoude steen kwam uit de diepten omhoog.

De straat die naar de Bab al-Ghawanima leidde, was ongeveer vijftig meter van haar vandaan. Ze scheen met haar zaklantaarn op de plattegrond en zag dat tunnels vanuit de oude madrasa heel goed naar de fundering van een van de gebouwen aan de rand van de Haram konden leiden.

In de tijd van het Brits mandaat was dit alles eigendom van al-Husseini geweest. Er was alle reden om aan te nemen dat hij het in die onrustige tijden nuttig had gevonden om een netwerk van tunnels aan te leggen. En als de militanten die de madrasa in bezit hadden genomen hun werk hadden afgemaakt, was het een goed idee van ze geweest dat ze hun toegang tot de Haram verborgen hielden achter een gebouw dat op het eerste gezicht een vervallen verzamelplaats voor religieuze gestoorden was, achter deuren die op slot zaten.

Ze scheen met de zaklantaarn voor zich uit en ging op weg. Na een stap of tien besefte ze dat de krakers van de madrasa van plan waren haar te volgen.

'Rot op,' zei ze tegen hen. 'Wegwezen. Jij niet,' zei ze tegen de Jezus-*look alike* toen hij, bedremmeld, met de rest terug begon te gaan. 'Jij gaat met me mee.'

De trap omlaag werd smaller en ging een meter of dertig naar beneden, zo diep dat Sonia de druk op haar oren voelde. Er brandde een lampje aan het begin van een gang die vanaf de voet van de trap geleidelijk naar beneden ging. Van ergens niet ver weg kwam, vervormd door de holten en gewelven, een geluid als de kreten van een menigte en misschien ook geweervuur.

Onder het neuriën van 'Making Whoopie' ging Sonia de gang in. Ze had nog geen tien meter afgelegd toen de gang zich weer in tweeën splitste. Ze richtte haar zaklantaarn naar links en rechts, maar daar schoot ze niet veel mee op. Ze had het gevoel dat ze rechts moest aanhouden om in de richting van de Bab al-Ghawanima te blijven gaan.

'Hoe heet je?' vroeg ze aan de imitatie van Christus achter haar.

Hij bleek George te heten.

'Wil je hier blijven, George? Kijk, je staat hier precies in het licht van die lamp, dus als ik jou terugvind, heb ik ook de uitweg gevonden. Is dat goed?'

George ging haastig akkoord.

Algauw splitste de gang zich weer op, en opnieuw ging ze naar rechts. Toen kwam ze op drie gangen uit, en even later weer op twee. Ditmaal leidde de rechtergang naar wat op het eerste gezicht een valse kamer was. Maar laag in de muur zag ze een opening die terug scheen te leiden naar de ruimte waar ze vandaan kwam. Ze scheen er met haar zaklantaarn in en zag dat ze onder de aangrenzende kamer zou uitkomen. Het hele oppervlak helde enigszins omlaag, zodat iemand die zich door het systeem van gangen bewoog geleidelijk dieper onder de straat kwam.

Sonia ging op de vloer liggen en werkte zich met haar ellebogen in de doorgang die ze had gevonden. Algauw merkte ze dat die doorgang steeds nauwer werd. Er was iets organisch aan dit alles, alsof een levend wezen was nagebouwd.

Na een tijdje werd de doorgang zo nauw dat ze last van claustrofobie begon te krijgen. Ze begon terug te kruipen, drukte haar knieën tegen de grond, bewoog haar achterste heen en weer, zette zich af met haar handpalmen. Toen ze in de kamer terug was vanwaar ze was begonnen te kruipen, ademde ze stof in dat eeuwenoud rook. Maar toen ze met haar zaklantaarn op de vloer scheen, zag ze daar verse voetstappen, de sporen van zware wandelschoenen of soldatenlaarzen, maar ook die van gewone schoenen.

Ze vond niemand op het schemerig verlichte kruispunt waar ze dacht dat ze haar assistent had achtergelaten. De gangen waren een opzettelijk labyrint. Ze aarzelde even voordat ze naar hem riep; ze vond het niet prettig om haar eigen stem daar diep onder de grond te horen.

'George?'

Toen zijn antwoord kwam, klonk dat zo ver weg en galmend van echo's dat er een huivering door haar hart ging. Dat was een akoestische truc van dit labyrint.

'Kun je het licht hoger zetten?' riep ze.

Ze kon zijn antwoord niet verstaan, maar het licht ging niet feller branden. Haar zaklantaarn begon zwakker te worden, de lichtbundel vervaagde en vergeelde voor haar ogen. En in de gangen, de gangen waardoor ze meende te zijn gekomen – al was ze daar niet zeker meer van – kon ze helemaal niet meer de weg vinden.

63

Twee guerrillero's pakten Lestrade vast en duwden hem naar de deur.

'Hé,' zei Lestrade, 'hoe zit het met mijn bagage?'

'Zijn bagage,' zei de Noord-Amerikaan die de leiding van de eenheid had hem toonloos na. 'En hoe zit het met de bagage van mijn opa, lul?' zei hij. 'Maak je niet druk om je koffers. Die worden voor je bewaard. Wij zijn net als je Duitse vrienden. Erg eerlijk.'

'Neem een tandenborstel mee,' zei een van de andere Engelssprekende mannen. 'En warme kleding. En we zullen je een briefkaart geven. Dan kun je naar huis schrijven.'

'Zeg, ik ben journalist,' zei Lucas. Hij zei bijna, ik ben joods. Het had niet veel gescheeld of hij had het gezegd, of hij had geprobeerd zich de Shema te herinneren.

De leider keek Fotheringill aan.

'Neem ze allebei mee,' zei Fotheringill tegen de man die de leiding had. 'Laten we maken dat we hier wegkomen.'

Toen hij de houten trap in de eeuwenoude stenen toren af werd geduwd, zag Lucas zichzelf voor zich zoals hij omstreeks 1942 ergens in Europa zou zijn geweest, terwijl hij een oude trap af werd geduwd door soldaten.

Ik ben niet joods, zou hij dan zeggen. Maar ze zouden niet naar hem luisteren.

Lestrade had ook een formule om te proberen zich vrij te pleiten.

'Luister eens,' zei hij tegen iedereen. Er klonk nu humor in zijn stem door, alsof hij iedereen uitnodigde om vrolijk met hem mee te lachen om de absurditeit van dit alles. 'Ik weet niets van een bom, zeg.'

De straat, waar het daarstraks nog had gewemeld van de jonge strijders die om het martelaarschap schreeuwden, was nu verlaten. Maar dichtbij werd nog meer geschoten en was het lawaai van sirenes, scanderende soldaten en scanderende relschoppers te horen. Een heilige oorlog, dacht Lucas. En hij was er zelf in verzeild geraakt.

Plotseling begon professor Lestrade in het Arabisch te schreeuwen. Aan het begin van een steegje verschenen twee jongemannen met lantaarns. En plotseling kwam Boutros, die daarstraks nog zo onwillig en slaperig had geleken, uit het hospitium naar hen toe gestormd, met wilde ogen, buiten zichzelf.

'*Itbah al-yahud!*' schreeuwde hij zo hard als hij kon.

Een van de Israëliërs schoot op hem. Het salvo ging te hoog omdat Fotheringill de loop van het geweer met zijn onderarm naar boven had geslagen. De verbruikte patroonhulzen kletterden op de keistenen. Toen sloeg Fotheringill met de kolf van zijn Galil tegen de kin van de portier. Boutros kreunde en zakte op het wegdek van de Via Dolorosa in elkaar. Een andere Israëliër begon het steegje in te schieten waar twee andere Palestijnen waren verschenen. Ze trokken zich terug, blijkbaar niet geraakt.

De werveling van licht waarin de straat enkele ogenblikken had gebaad, verdween en alles was in diepe duisternis gehuld. Lucas zag Fotheringill een geweer van een van de minder alerte mannen van het team overnemen.

'Ik vuur een salvo af, en dan gaan jullie naar de poort.' Hij zweeg even. 'Ik hoop dat jullie de weg weten.'

'We weten de weg,' zei de Noord-Amerikaan. 'Het is niet ver.'

Fotheringill opende het vuur met de Galil. Hij zond een regen van kogels door de smalle straat. Ruiten vielen aan scherven, bloempotten en latwerken werden verbrijzeld, straatkatten renden alle kanten op.

'Lopen,' beval hij.

Lestrade, die geen zin had om het op een lopen te zetten, kreeg een geweerkolf in de nieren, en vloog meteen weg. Lucas rende uit puur instinct.

Op het eerste kruispunt werd duidelijk dat er iets mis was gegaan. De twee straten kwamen bij elkaar in het soort waanzinnige lappendeken van licht die de relschoppers had vergezeld. Er had zich daar een woedende menigte verzameld, en Fotheringill schoot over de hoofden heen. Sommige lichten verdwenen, andere trokken zich terug. Er werd geschreeuwd en gevloekt in allerlei talen, waaronder een aantal Europese, ook Engels. Een aantal van de andere Israëliërs schoot ook, sommigen over de hoofden heen, anderen niet.

Lucas drukte zich in de verwarring van de geweerschoten tegen de muur.

'Waar zijn ze?' schreeuwde Fotheringill. Hij bedoelde Lestrade en Lucas. Hij had de situatie blijkbaar tijdelijk niet onder controle. Die goeie ouwe kruitdamp van het strijdgewoel. Lucas keek of hij Lestrade ergens zag. Het team, op zoek naar de gevangenen, was blijven staan. Maar het was schokkend om te zien dat ze er helemaal klaar voor waren om te gaan schieten.

'Stop!' schreeuwde een vrouw. Een Engelse stem. 'Wij zijn van de pers.' Ze kreeg antwoord van een paar wilde geweersalvo's.

Er was zoveel licht dat Lucas kon zien wat er gebeurd was. Een groep journalisten was achter het leger aan geglipt en had zich bij een groep relschoppers aangesloten. In de onwezenlijke schittering van een cameralamp herkende Lucas een Palestijn van een jaar of zeventig die als gids voor buitenlanders werkte en zich in de Haram had gespecialiseerd. Hij heette Ibrahim. Hij was geleerd, veeltalig en schaamteloos hebzuchtig. Hij had het op zich genomen om de buitenlandse pers door de eerste uren van de heilige oorlog heen te helpen.

'O, shit,' schreeuwde de Engelse vrouw. 'Doe die lichten uit voordat ze ons allemaal doodschieten.'

'Hallo!' schreeuwde Lestrade ergens uit de vallende duisternis. 'Zijn jullie Engelsen? Ik ben een Engelsman.'

Geheiligde identiteiten werden daar in die eeuwenoude duisternis als junkbonds aan de man gebracht. Ze schenen niet veel waard te zijn.

'Ja,' zei het moedige meisje op het kruispunt. 'Kom hier. Bij ons ben je veilig.'

Toen het laatste licht was verdwenen, stond Lucas op en rende naar de hoek. Hij rende recht tegen Lestrade op, die triomfantelijk over het midden van de straat liep, terwijl Fotheringill en zijn Israëliërs blijkbaar nog steeds probeerden hem in het donker te doden. Kogels ratelden en floten in alle richtingen.

Zodra Lucas tegen hem opbotste, sloeg hij zijn beide armen om de professor heen en trok hem omlaag. Net als Jack Kerouac had Lucas korte tijd *football* gespeeld voor de Columbia University, hoewel hij niet erg getalenteerd was geweest. Hij kroop over de onzichtbare vuile keien, de professor met zich meesleurend.

'Hallo!' bleef Lestrade roepen. 'Ik ben Brits!'

'Hou je bek,' zei Lucas tegen hem.

Handen kwamen uit de duisternis en trokken hen naar voren, en in een ommezien waren ze de hoek om. Aan het eind van de straat waren meer lichten. Hij kon Palestijnse vlaggen onder die lichten zien, maar het leger was nergens te bekennen.

'Nou,' zei de journaliste, die Lucas niet kon zien. 'Wie is er hier Brits?'

'Ik,' zei Lestrade. 'Ik ben een hoogleraar met een geldig visum en we worden mishandeld en vermoord.'

Lucas kon zien, of beter gezegd aanvoelen, dat de andere journalisten dichterbij kwamen. Als varkens die op een trog afkomen, om met George Bush te spreken.

'Luister,' zei hij. 'We moeten hier weg. Die mannen zijn geen Israëlische soldaten. Het zijn moordenaars.'

Zodra ze dat interessante nieuwtje vernamen, bewogen de schimmige journalisten zich in de richting van de straat die door Fotheringill aan stukken werd geschoten.

Lucas stond op en greep Lestrade vast.

'Ze zitten achter ons aan,' zei hij tegen de Engelse journaliste, die was achtergebleven. 'We hebben informatie die ze niet in de openbaarheid willen hebben. Ze gaan ons vermoorden.'

'Pardon?' zei ze.

'Kom,' zei hij tegen Lestrade. 'Als je wilt blijven leven. Ze weten over jou en de bom.' Hij pakte de man bij zijn arm vast en begon met hem naar de Damascuspoort te rennen, waar de volgende serie lichten te zien was.

'Wat?' vroeg Lestrade. 'Een bom? Wat?' Hij klonk echt verbaasd maar rende toch met Lucas mee.

'Een ogenblik,' riep de Engelse journaliste achter hem. 'Een ogenblik.' Heel even leek het of ze achter hen aan zou rennen. Op dat moment besefte Lucas hoe nuttig het was om haar bij zich te hebben. Misschien was het fataal voor haar, maar het was nuttig.

Toen ze bij de volgende verlichte hoek kwamen, bleek de vrouw hen niet te zijn gevolgd. Er waren geen journalisten op deze hoek, en de jongemannen die dit punt hadden bezet, keken Lucas met een onaangename intensiteit aan. Hij begon zich af te vragen of hij zijn omgekeerde credo zou moeten uitspreken: ik ben geen jood. Zelfs voor Lucas was het moeilijk om in één nacht twee keer een echte identiteit te ontkennen. Aan de andere kant: in heilige oorlogen deden mensen zulke dingen. Om dit soort laaghartigheid tegen te gaan waren wachtwoorden uitgevonden. Ergens boven deze chaos uit kraaide een waakzame haan.

Daarentegen was het gunstig dat Lestrade de Arabische taal sprak en dat nu ook druk begon te doen. Jammer genoeg voor Lucas was het onvoorstelbaar wat voor fatale, beledigende absurditeiten zo'n man eruit kon gooien.

Terwijl hij op de praktische gevolgen van Lestrades betoog wachtte, zag hij de jonge vrouw uit de straat komen waar Fotheringill en zijn gezelschap in het donker een vuurgevecht met zichzelf leverden. Ze was lang, donkerharig en nogal aantrekkelijk.

Ze werd vergezeld door Ibrahim, de Palestijnse gids, die ze blijkbaar had opgeëist. Hij zwaaide met zijn stok. Het eerste dat Lucas dacht, was dat die oude man haar werkgever een fortuin zou kosten. Achteraf – als er een achteraf was – zou hij minstens twee keer zoveel vragen als wat aanvankelijk was afgesproken.

De vrouw keek over haar schouder. Er was nog meer aan de hand, daar op de hoek, en er waren weer lichten, een militair soort lichten.

'Golani,' zei ze. 'Ze nemen die straat in bezit.'

En dus zouden Fotheringill en zijn namaaktroepen zich moeten terugtrekken. Voorlopig waren hij en Lestrade gered. Hij zou graag eens iets leuks voor de Golani doen. Een vriendelijk artikel.

'Goddank,' zei Lucas. *Baruch hashem.*

De journaliste stak afkeurend haar neus omhoog. 'O, goddank dat de Golani er zijn? Dan moet jij een kant van ze kennen die ik niet ken. Maar natuurlijk ben je een Amerikaan, nietwaar?'

Nee, dat ben ik niet, dacht Lucas. Hij probeerde iets te bedenken dat hij beter kon zijn.

'Er zijn daar Israëlische terroristen die mensen doden,' zei hij. 'Ze probeerden ons te vermoorden. De Golani zijn tenminste gedisciplineerd.'

De jonge vrouw was zo te zien niet overtuigd.

'Als je me niet gelooft, vraag het dan aan je landgenoot.'

Maar Lestrade was druk bezig een verhaal te vertellen waar de jonge Palestijnen op de hoek gefascineerd naar luisterden. Lestrade, besefte hij, was hetzij een idioot van transcendente proporties hetzij een uiterst gladde, zij het enigszins excentrieke, intrigant. Beide typen kwamen soms van pas, besefte hij, en het was ook mogelijk beide tegelijk te zijn.

'Ik zou erg graag met hem willen praten,' zei de jonge vrouw. 'Waar was jij toen dit allemaal begon?'

'Ik was professor Lestrade aan het interviewen,' zei Lucas. 'Ik ben ook journalist. Ik heet Chris Lucas.'

'Sally Conners,' zei de jonge vrouw. Ze schudden elkaar niet de hand.

Hij zag dat ze een vraag over Lestrade wilde stellen maar daarvan afzag. Blijkbaar voelde ze er weinig voor om een buitenlander – en dan ook nog een Amerikaanse bewonderaar van het Golani-regiment – vragen over een landgenoot van haar te stellen. Erg eerzaam, vond Lucas, maar ook erg onprofessioneel.

Intussen verkeerde de Palestijnse gids zichtbaar in tweestrijd tussen zijn angst voor Lucas als mogelijke rivaal en zijn verlangen om zijn honorarium op te schroeven. Toch zou het, dacht Lucas, erg nuttig zijn om een Palestijn bij je te hebben, zeker een die zo bekend was als Maître Ibrahim. Een van de dingen die de oude man te bieden had, was de veiligheid van degenen die bij hem waren. Voor Lucas was het ergerlijk dat hij het ooggetuigenaspect van het verhaal moest delen, zeker als het om een Engelse ging. Aan de andere kant leverden zijn 'primeurs' hem meer moeilijkheden op dan ze waard waren, en trouwens, ze deden er niet meer toe. Een beetje samenwerking en ondersteuning hoefde helemaal geen slechte zaak te zijn. Hoe meer hij erover nadacht, des te meer kreeg hij het gevoel dat hij zonder de Palestijn nooit bij de Haram zou kunnen komen, al zou iemand het hem ruimschoots moeten vergoeden.

Toen professor Lestrade klaar was met het verhaal dat hij de verzamelde Palestijnen over zijn recente avonturen vertelde, liet hij zich door Sally Conners interviewen.

'Nou, ik moest in allerijl mijn spullen pakken,' zei hij tegen haar. 'Toen verscheen deze man.' Hij wees naar Lucas. 'En de man die had gezegd dat hij me de stad uit zou rijden, bleek een... Nu, ik weet het niet.'

'Professor Lestrade weet alles van de indeling van de Haram en de heilige plaatsen daaronder,' zei Lucas tegen haar. 'Omdat zoveel mensen het gevoel hebben dat de Haram op het punt staat opgeblazen te worden, ging hij waarschijnlijk weg om niet in een controversiële positie te komen. Zo was het toch, Lestrade?'

'Eh, nee,' zei Lestrade. Hij dacht er even over na. 'Eh, ja. Ik bedoel, niemand gaat de Haram opblazen. Dat is sensationele onzin. Geruchten van inboorlingen. Het gaat om een onderzoek voor Amerikaanse christenen.'

'Opblazen?' vroeg Sally Conners.

Lucas liet het aan haar over om aandrang uit te oefenen op Lestrade, die nogal stuntelig een verhaal verzon waarin hij een marginale rol speelde, iemand die er half bij betrokken was. Hij zag dat de oude gids ongeduldig stond te wachten, bang dat een cliënt in de chaos zou verdwijnen. Er werd nog meer geschoten en boven de Armeense Wijk vloog een vuurpijl als een hemels teken de lucht in. Iemand had blijkbaar een seinpistool afgevuurd omdat hij zo'n ding in bezit had en de tijd er geschikt voor leek. De mensen op Lucas' hoek doken behoedzaam ineen.

Lucas sprak Ibrahim vertrouwelijk toe. 'Alle journalisten zijn op zoek naar Salman Rushdie. Iedereen weet dat hij hierheen is gebracht. Maar niemand weet waar hij is.'

Ibrahim keek Lucas met een onbewogen gezicht aan; je kon hem niet verrassen met informatie, hoe onwaarschijnlijk die ook was. Hij eigende zich meteen alle informatie toe, en keek daarbij niet zozeer naar de juistheid als wel naar de verkoopwaarde.

'Hij is op het vliegveld gezien,' ging Lucas vlug en vertrouwelijk verder. 'Hij had Israëlische en Amerikaanse lijfwachten bij zich. Zou hij gekomen zijn om getuige te zijn van de verwoesting van de heilige plaatsen?'

Het leed geen enkele twijfel dat de gids dit graag hoorde. Zijn ogen, met de kleur van verbleekt blauw flanel, schitterden in het vreemde licht. Toen hij weer sprak, deed hij dat als een orakel.

'Hij is hier,' zei Ibrahim. 'Ik heb hem gezien.'

'Ik neem aan,' opperde Lucas, 'dat de Israëliërs en de Amerikanen hem moefti of zoiets willen maken. Hij zal akkoord gaan met herbouw van de Koepel en de Aksa in Mekka.'

'Dat is zo,' zei de wijze oude man. 'Maar er komt nog meer bij kijken.' Hij verhief zijn stem. 'Salman Rushdie!' schreeuwde hij. 'Rushdie is gekomen!'

Er volgde een moment van verbijstering, en toen begonnen de jongemannen te schreeuwen en scheuren in hun kleren te trekken.

'Salman Rushdie?' vroeg de jonge Sally Conners. Het ergerde haar dat ze haar kijk op de gebeurtenissen steeds moest veranderen. 'Dat is onzin.'

Haar opmerking viel niet goed. Haar eigen gids maakte zich kwaad op haar.

'Hij is hier!' schreeuwde Ibrahim. 'Hij is gekomen!'

64

Sonia probeerde haar eigen sandaalafdrukken in het stof te vinden. De afdrukken bleken vluchtig te zijn; er waren nog andere sporen en het gesteente was hier en daar nat. Ze kon zich niet meer herinneren of de bodem waarover ze had gelopen uit metselwerk of rotsige aarde bestond. Ze deed een langzame, zorgvuldige poging om op haar schreden terug te keren en liet zich toen door een aantal intuïtieve beslissingen leiden. Ze schoot er niets mee op. Integendeel: na haar twee pogingen had ze het gevoel dat ze verder van die gekke George en zijn lamp verwijderd was dan toen ze begon.

'George!'

Hoorde ze gelach? Geluiden ondergingen vreemde vervormingen als ze zich een weg zochten door de muren en gangen en grotten van deze onderaardse wereld. 'George?'

In sommige ruimten was nauwelijks een echo. In andere ruimten werd alles wat ze riep onnatuurlijk vaak herhaald. Soms hielden de echo's enkele seconden op en werden dan in de verte herhaald, afnemend in volume naarmate het geluid verder en verder weg werd gedragen.

Niet een van de ruimten waar ze doorheen kwam, was zo groot dat ze haar armen voor zich uit kon strekken. Ze voelde een golf van paniek in haar keel. Haar benen werden zwak; ze dacht dat het angst moest zijn. Ze huilde.

Haar geest raakte al uit zijn evenwicht. Ze had steeds het gevoel dat de duisternis om haar heen haar zou verteren en in het niets zou doen opgaan, alsof ze bij een eeuwenoude orde van dingen was gekomen waar chaos van tijd en gebeurtenissen werd gescheiden. Chaos was koud.

Zolang haar zaklantaarn het nog deed, dacht ze, zou ze het

waarschijnlijk wel redden. Als ze geen licht meer had, zou ze waarschijnlijk instorten. Deze gangen hadden het soort duisternis dat in je kon komen en je voor jezelf kon verbergen.

Doorlopen of blijven staan? Ze besloot door te lopen en probeerde zich te oriënteren op de geluiden waarvan ze dacht dat ze van buiten kwamen. Er waren onherkenbare, lelijke geluiden en het was onmogelijk na te gaan of hun bron zelfs wel menselijk was. Maar, dacht ze, in deze duisternis waren die geluiden beter dan stilte.

'George!'

Het antwoord dat ze kreeg, kwam niet van de op Christus lijkende jongen. Iets aan de vorm van de wanden en plafonds gaf het de klank van een stem op een seance of die van een goochelaar. Het was een stem die ze vaag herkende.

'Wat doe je hier beneden, Sonia?' wilde de stem weten. 'Je bent niet op zoek naar ons, hoop ik.'

'Ik ben verdwaald,' zei ze tegen de stem. De echo's maakten het onmogelijk een stem te herkennen.

'Wie heeft je hierheen gestuurd, Sonia? Was het Lucas?'

'Nee,' zei Sonia. 'Waar ben je?'

'Een bijdehandje,' zei de mannenstem. Hij sprak tegen iemand anders. Het klonk of het niet de bedoeling was dat ze hem hoorde.

Plotseling hoorde ze een gesis, dat meteen als een vreemde serie echo's door de ruimte ging waar ze zich bevond.

'Sonia!' Nu hoorde ze een stem die op die van Fotheringill leek. Hij sprak zacht en afgemeten, alsof hij een manier van spreken gebruikte waarin hij getraind was. 'Blijf bij me. Terug naar de muur.'

Het was Fotheringill. Ze bleef verstijfd staan, wist niet wat ze moest antwoorden.

'Ik ben verdwaald,' zei ze. De onzichtbare Fotheringill siste naar haar om haar tot stilte te manen. Ze begon naar de dichtstbijzijnde muur te schuifelen.

Nu ze aan Fotheringills genade was overgeleverd, voelde ze zich net het prooidier dat zich voor zijn bescherming tot een roofdier wendt. Maar in haar paniek, haar angstige eenzaamheid, haar irrationele hoop, kon ze het niet laten om dat te doen.

‘Je bent niet verdwaald,’ zei de andere stem, die van boven. ‘Je bent in de tempel van Sabazios.’

Op dezelfde afstand, zij het door hetzelfde stenen filter, hoorde ze gelach en bevestigend gemompel. Er waren mannen bij hem. Het klonk alsof het er meer dan tien waren, maar alle indrukken waren onbetrouwbaar.

‘Waarom ben je hier?’ fluisterde ze naar Fotheringill. ‘Weet je dat er een...?’

Opnieuw legde een snel gesis, als van een slang, haar het zwijgen op.

‘Sonia?’ vroeg de stem boven haar. ‘Is er iemand bij je?’

Ze gaf geen antwoord, maar bleef achteruit lopen naar de muur.

‘Je koning is een moslim geworden, Sonia,’ zei de stem dichtbij. ‘Wist je dat?’

‘Nou,’ zei ze tegen de stem. ‘Het is hem allemaal om het even.’

Fotheringill, nog steeds onzichtbaar, maande haar weer tot zwijgen.

‘Is dat zo?’ zei de andere onzichtbare man. ‘Dat zul je moeten uitleggen.’

Toen ze de stoffige wand achter zich voelde, schuifelde ze daarlangs. Ze probeerde een deur te vinden die naar de volgende ruimte leidde, doodsbang dat ze Fotheringill tegen het lijf zou lopen. Ze probeerde de posities van beide mannen te volgen en tegelijk een of ander plan uit te denken. Dat was meer dan ze aankon.

Ten slotte voelde ze een hoek in de muur. Het leek een opening en ze dook ineen en ging er vlug door.

‘Maar je weet hoe hij denkt,’ riep ze naar de geheime spreker. ‘Dat het allemaal om het even is.’

Ze besloot haar techniek te herhalen en schuifelde opnieuw langs de muren. Omdat ze haar zaklantaarn uit had, moest ze elke stap in volslagen duisternis zetten. Er waren alleen sinistere, onduidelijke stemmen die op de een of andere manier beloofden dat daar op die plaats, zo ver van alles vandaan, gewone mensen waren.

‘Wie zijn jullie?’ riep ze. Opnieuw maande Fotheringill haar sissend tot stilte. Waar hij ook was, hij volgde haar als een kat in het duister.

Er moest een patroon in het labyrint van kamers zitten, en iemand die hier lang genoeg was, dacht ze, kwam daar misschien achter. Ze had geen idee of Fotheringill hier de weg wist of niet. Ze wist erg weinig van hem af. Ze had ook het gevoel dat hij nu veel dichter bij haar was dan tevoren.

Toen hoorde ze, opnieuw van boven, een geroezemoes van zachte vloeken en opmerkingen dat blijkbaar bij de tweede stem hoorde.

'Ik ben hier om te leren,' schreeuwde ze. Misschien, dacht ze, ontdekte ze iets over zichzelf – dat ze zichzelf voor geen prijs aan duisternis en stilte kon overgeven. Ditmaal onderbrak Fotheringill haar niet.

'Jij bent alleen maar een zwarte drugsverslaafde,' zei de stem boven haar. Die was nu een beetje duidelijker. Europees, met een accent. 'Het land zit vol met mensen als jij. In de Negev, met jullie verrekte *soul food*. Jullie zijn geen joden.'

Boven haar was een gedempt gemompel van woede te horen. Het was of er een soort gerechtigheid over haar neerdaalde. In die duisternis, vol onzichtbare mannen, kwam ze in de verleiding om Fotheringill aan te roepen. Een van de jongens.

'Ik heb net zoveel recht om hier te zijn als jij,' riep Sonia. Op die specifieke plaats was dat een nogal twijfelachtige stelling. Ditmaal siste Fotheringill weer naar haar.

Iemand ging haar pijn doen, redeneerde Sonia. Ze wist absoluut niet meer waar iedereen stond, wat het voor complot was geweest. Ze had de politie of de Shin Bet of de Mossad verwacht. Iemand.

'Is de politie niet hier?' schreeuwde ze. Schreeuwde ze zo hard als ze kon.

'Sonia!' hoorde ze Fotheringill van dichtbij fluisteren. 'Niet doen.'

Het klonk alsof hij haar zijn steun aanbood. Maar hij maakte natuurlijk deel uit van Raziels rampzalige complot, dacht ze. Hij was niet alleen; hij deed iets illegaals, iets desperaats. Waarschijnlijk, dacht ze, was hij degene die de bom op zijn plaats legde.

Van ergens buiten kwamen geluiden die ze niet kon interpreteren. Een menigte. Machinerie. De geluiden waren onmogelijk thuis te brengen; nu eens leken ze van boven te komen, dan weer van beneden. Soms leek het of ze dichterbij kwamen, maar dan weer of ze zich eindeloos ver terugtrokken.

Ze gaan me pijn doen, dacht ze.

Plotseling hoorde ze een geritsel en geschuifel, ergens in de duisternis, het ratelen van metalen voorwerpen, wapens, zwak maar hoorbaar.

'Sonia,' riep Fotheringill, 'blijf waar je bent. We zullen je vinden.' Tegelijk met de dreiging klonk er zorgelijke geruststelling in zijn woorden door.

Moest ze zich verstoppen of proberen te vluchten? Ze durfde haar zaklantaarn niet aan te doen; ze had geen idee hoe ver weg Fotheringill en de anderen waren. Aan de andere kant kon ze absoluut niets zien en kon ze alleen maar in een andere ruimte komen door tastend langs de muur te schuifelen.

De geluiden waren nu erg verwarrend, en ze wist niet of ze in die richting moest gaan of juist ervandaan. George en zijn licht, als hij niet op een of andere manier deel uitmaakte van het complot, zouden net zo goed kilometers van haar vandaan kunnen zijn.

Ze besloot te proberen zich te verwijderen van de plaats waar ze dacht dat de mannen waren. Waarschijnlijk wisten ze de weg in het labyrint. Als ze zich probeerde te verbergen, zouden ze haar vinden.

Met haar gezicht naar de muur schuifelde ze langs het vochtige, onregelmatige oppervlak, tot haar hand een leegte of een hoek vond. Vervolgens stapte ze in de opening die zich voordeed. Soms was dat alleen maar een nis, soms een lage deuropening die in een aangrenzende ruimte uitkwam. Het geschuifel van laarzen en rugzakken en wapens klonk nu verder van haar vandaan. Er was nog een vaag gebulder te horen dat van buiten kwam. Het enige waaraan ze dacht, was ontsnappen.

Toen ze zich een weg door ongeveer vier afzonderlijke ruimten had gevonden, kwam ze in een ruimte die haar bijzonder leek. Zo verwekte het kleinste geluid een buitensporig lange echo, waardoor ze het gevoel kreeg dat deze ruimte erg groot en hoog was. Verder hing er een bijzondere geur, anders dan de geur van het eeuwenoude steenstof die ze het afgelopen uur had ingeademd, of een halfuur of hoe lang ze ook in de tunnel was. Ze had ieder besef van de tijd verloren.

De geur in deze grote kamer was een mengeling van metaal, chemicaliën en zweet. Haar plotselinge besef daarvan deed haar opeens verstijven. Ze aarzelde even met het aftasten van de muur, maar ze ging daar wel mee door, tot ze weer een nis vond en haar hand uitstak voordat ze erin stapte. Haar hand streek over iets glads. In tegenstelling tot de muren was het niet bedekt met stof of zand. Het voelde aan als een sculptuur van metaal en het had een vorm die haar op een of andere manier bekend voorkwam. Ze had haar beide handen nodig om het te omvatten.

Toen ze achter het voorwerp greep, voelde ze een aardewerken vorm die duidelijk een menselijke gedaante had. Blijkbaar was het voor een deel samengesteld uit de plooien van een kledingstuk, en er zaten vreemde uitgroeisels omheen, maar wat het ook was, het moest iets menselijks voorstellen. Ze deed de zaklantaarn aan.

Ze bevond zich in een ruimte met een plafond van ongeveer vier bij vijf meter. De wanden waren versierd met fresco's die ze niet kon onderscheiden maar die onmetelijk oud leken. De voorste vorm die ze in de duisternis had gevoeld was een metalen hand. De laatste twee vingers van de hand lagen tegen de palm; de eerste drie waren opgestoken alsof ze iets zegenden.

Het beeld achter de hand was een gestalte als Hermes. In zijn linkerhand had hij een staf waar twee slangen omheen kronkelden. Het gezicht, zorgvuldig uitgewerkt, had een gelukzalige glimlach die haar aan die van een bodhisattva deed denken. Het beeld droeg een muts, als de figuur van de Vrijheid op het schilderij van Delacroix dat de Revolutie van 1830 uitbeeldde. Zijn rechterhand was ongeveer op dezelfde manier uitgestoken als de afzonderlijke hand die ervoor stond. In de muur achter het beeld was in het Grieks een inscriptie aangebracht.

'Dit,' zei de stem boven haar, de zachte, beschaafde Europese stem, 'is waar je thuishoort.'

65

'Salman Rushdie!' verkondigde de oude gids Ibrahim als een muezzin. 'Rushdie is gekomen!'

'Maar dat is volslagen onzin,' herhaalde Sally Conners.

'Het is klinkklare nonsens,' zei Lestrade. Nu hij zich veilig voelde, kon hij zich ook weer van zijn grappige kant laten horen. 'Het is lariekoek.'

'Ik denk dat jij Salman Rushdie bent,' zei Lucas tegen Lestrade. 'Ik denk dat de CIA je heeft vermomd. Ze hebben een bakenzendertje in je sokken gedaan. Ik denk dat je doodgaat. Kijk maar naar die halfdichte ogen,' zei hij tegen Sally Conners, en hij trok aan de alcoholische zakjes onder Lestrades ogen. 'Kijk naar zijn wijkende haarlijn. Zijn onrustige ogen. Aanschouwt,' schreeuwde hij naar de menigte. 'Aanschouwt...' Hij had geen idee hoe hij 'aanschouwt' in het Arabisch moest zeggen, maar het klonk passend.

'Goed, goed,' zei de doodsbange Lestrade.

'Als ik hier word gedood,' zei Lucas tegen hem, 'ga jij eerst. Je vindt het grappig dat ik joods ben? Heb je zin om zelf een christelijke martelaar te worden?'

'Kalm aan,' zei Sally Conners. 'Laat hem met rust.'

Iedereen vroeg aan Ibrahim waar Salman Rushdie was. Het leek wel of hij in een soort trance was geraakt, als een helderziende, om de vervloekte schrijver te kunnen vinden.

'Misschien kunnen we hem verrassen,' zei Lucas tegen de begaafde oude man, 'in de Bab al-Hadid. Misschien hebben zijn bewakers hem daarheen gebracht.'

'Nee!' zei de gids. 'Hij is op de top van de Olijfberg. Hij komt per helikopter.'

'Zeg,' zei Sally Conners, 'de rest van de pers volgt het leger door de straten. Dat zouden wij ook moeten doen. Er komen schietpartijen. Wreedheden.'

'Hij is niet op de Olijfberg,' zei Lucas tegen de gids. 'Hij is in de Bab al-Hadid. Als je betaald wilt worden, moet je hem daar gaan zoeken.'

Ibrahim keek of iemand binnen gehoorsafstand was. 'Maar de bom...?'

'We hebben professoren die bommen onschadelijk kunnen maken.'

Ibrahim keek ernstig.

'Wil je vanavond geld verdienen of gewoon aan flarden worden gereten?' vroeg Lucas hem. 'Als je ons niet helpt daar te komen, zul je er spijt van hebben.'

'Ik ben niet bang voor bedreigingen,' zei Ibrahim. 'Ik ben oud.'

'Goed,' zei Lucas. 'Doe het voor het geld. En om de heilige plaatsen te redden.'

Het was duidelijk dat de oude man hem niet vertrouwde. Niettemin maakte hij bekend dat Salman Rushdie zich in de Bab al-Hadid schuilhield.

De menigte schreeuwde om Rushdies bloed. Buiten de muren was er eerder meer dan minder commotie, en de intensiteit van het geweervuur binnen de Oude Stad leek te zijn toegenomen. Waren de Hamas of de PLO tot gewapend verzet overgegaan?

Ibrahim nam Sally Conners apart. 'Om naar de Bab al-Hadid te gaan moet u me meer betalen dan we hadden afgesproken.'

'Maar ik wil niet naar de Bab al-Hadid,' zei ze. 'En ook niet naar die verrekte Olijfberg. Ik wil het Golani-regiment vanuit het Palestijnse gezichtspunt volgen.'

Lucas keek om zich heen om zich ervan te vergewissen dat Lestrade niet in de verwarring was ontkomen. Maar de instincten van de professor hadden hem tussen zijn medewesterlingen gehouden.

'Lestrade,' zei Lucas, 'zeg tegen haar dat ze naar de Bab al-Hadid wil gaan.'

'Nou, weet je,' zei Lestrade, 'er is daar een tunnel. Een nieuwe opgraving.'

'Snap je het dan niet?' vroeg Lucas aan Sally Conners. 'Ze

hebben een westerse sukkel opgravingen laten doen, en toen plantten ze de bom. Het wordt net zoiets als dat van die gekke Australiër.'

De jonge vrouw nam die informatie in zich op.

'Vliegt hij niet in de lucht?' vroeg ze. 'Ik bedoel, met ons erbij?'

'Waarschijnlijk,' zei Lucas. 'Maar je krijgt de tunnel te zien. En we hebben al experts die daaraan werken. De professor hier bijvoorbeeld is een expert, en ik ook.'

'Wat ben jij,' vroeg ze, 'een CIA-agent of zoiets?'

'Ik heb colleges theologie gevolgd,' zei Lucas.

'Dood aan de blasfemist!' schreeuwde de gids. 'Dood aan Salman Rushdie!'

Hij kon dat zeggen zonder bang te zijn dat iemand hem tegensprak. En toen haastten ze zich allemaal door El-Wad naar de Bab al-Hadid, Lucas en Lestrade en de oude gids Ibrahim en de jonge Engelse journaliste – die geen seconde geloofde dat Salman Rushdie naar Jeruzalem was gebracht om de heilige plaatsen te zien ontploffen – gevolgd door een menigte van bijna honderd schreeuwende Palestijnse mannen en jongens.

Een van de straten die ze wilden oversteken, verkeerde in staat van oorlog. Inderhaast gemaakte molotovcocktails zeilden als *ravioli malfatto* van de daken, explodeerden in de lucht, in de straten of in de handen van hun makers. Er waren kreten en vlammende latwerken in de daktuinen, en er was de geur van brandende citroenen. Golani-schutters hielden de muren onder vuur, terwijl hun sluipschutters hun best deden om would-be Davids uit de vijandelijke massa op de korrel te nemen. Een jongeman viel schreeuwend op straat. Zijn kaffiya en Oakland Raiders-sweatshirt stonden in brand.

Lucas en zijn gezelschap probeerden een andere straat. Lucas trok Lestrade achter zich aan. De Engelse journaliste deed hetzelfde met Ibrahim, die niettemin probeerde de indruk te wekken dat hij de leiding had.

'De noordwestkant van de gezegende Haram,' schreeuwde hij, 'vormt het best bewaard gebleven middeleeuwse islamitische complex in deze wereld.'

Er volgde een salvo van wat sterk op het vuur van Thompsonmachinepistolen leek. Ibrahim drukte zijn gezicht tegen de straat en hield zijn handen over zijn hoofd.

'Jezus,' zei Sally Conners. 'Een Thompson. Zo klonk het in Belfast ook altijd.'

'Een Belfast zonder Guinness,' zei Lucas.

'O, alsjeblieft,' verzuchtte ze met meisjesachtig dédain.

De menigte Palestijnse jongeren achter hen rukte op, steeds enthousiaster. Een van hen zwaaide met een Palestijnse vlag. Opnieuw moest Lucas aan Gaza denken.

'Zeg,' zei hij tegen de gids, 'we moeten naar de Bab al-Hadid. Er moet een kortere route zijn dan door de straten.'

Zonder zijn hoofd omhoog te brengen zei de gids met een krakende stem: 'Over de daken,' zei hij. 'Vanaf Bab al-Nazir.'

'Maar het leger zal de daken bezetten,' zei de Engelse journaliste. 'Dat is het eerste dat ze doen.'

'Ze zullen eerst de Joodse Wijk verdedigen,' zei Lucas. 'En dan zullen ze de Israëlische gebouwen in de Moslimwijk bezetten. Misschien nemen ze ook posities in rond de opgravingen.'

'Over de daken,' hield Ibrahim vol.

'Ja, hij heeft gelijk,' zei Lestrade. 'We kunnen tot aan de muur van de Haram over de daken gaan. Maar het leger zal alle gebouwen bezetten die op het plein bij de muur uitkijken, de hele bovenkant daar.'

'Hoe komen we daarboven?' vroeg Sally Conners. 'Kloppen we op deuren?'

'We volgen de shebab,' zei Lucas. 'Denk je ook niet?' vroeg hij de gids.

Ibrahim keek in het halfduister voor hen, richtte zich toen helemaal op en schreeuwde naar de jongeren die aan weerskanten van de smalle straat stonden. Er brandde nergens licht. De straatjes en nissen van de Oude Stad werden alleen verlicht door de bundels van de helikopterschijnwerpers die over hen heen gleden.

'*Al-jihad!*' schreeuwde de oude gids. '*Al-Haram. Itbah al-yahud!*'

'*Itbah al-yahud?*' vroeg de journaliste. 'Wat is dat?'

'Spreek je geen Arabisch?' vroeg Lucas.

'Een beetje,' zei Sally Conners. 'Maar ik kan me die frase niet herinneren.'

'We zullen het er later over hebben,' zei Lucas tegen haar. 'Het is een patriottisch lied. Zoiets als "The March of the Men of Harlech" of "The Wearing of the Green".'

'Wat?'

'Sorry,' zei Lucas. 'Ik ben een beetje van slag na alle toestanden van vandaag. Het betekent "Dood de joden".'

'O,' zei Sally Conners.

Iemand, een vrouw, haar hoofd dik afgedekt, maakte een deur voor hen open en iedereen ging erdoor – enkele tientallen shebab, de gids, Lucas en zijn vrouwelijke collega, en ook Lestrade. Ze renden over overlopen die naar tahin en parfum roken, door iemands slaapkamer en het dak op. Ibrahim probeerde de leiding te nemen door theatraal met zijn stok te zwaaien, maar de shebab renden voor hem uit. Hij keek zorgelijk achterom naar de buitenlanders die hadden toegezegd hem te betalen.

'Het is deze kant op,' schreeuwde hij. Opeens was er de lichtbundel van een helikopter, en op een naburig dak explodeerden wolken traangas. Binnen enkele seconden veranderde een scherpe geur in een regelrechte aanslag op de holten in hun hoofd. Een gebouw verder kwam een regen van traangasgranaten naar beneden. De cilinders ratelden en explodeerden onder het monsterlijke staccato van de helikoptermotoren.

Lucas wierp een laatste blik op de sterren – het was een koele, heldere avond – en hield zijn onderarm voor zijn ogen. Er kwam een straffe wind uit het oosten en misschien zou het spul wegwaaien. Op een ander naburig dak, in de richting van de Haram, kregen de shebab weer de volle laag. De traangasgranaten vielen midden tussen hen. De hele menige kwam in een wolk van het spul terecht en sommigen liepen letsel aan hun hoofd en ellebogen op door de granaten zelf. De jongemannen kreunden en vloekten; de helikopter zwenkte opzij en kwam terug voor een volgende aanval. Lucas en zijn gezelschap op het dak bleven waar ze waren, totdat de helikopter een andere prooi vond tussen de kramen in de soek van al-Quattanin.

Ibrahim schreeuwde in klassiek Arabisch over de dag des oordeels en de boosaardige engel Eljib en dood aan de joden en de djinn.

'Alstublieft,' zei de Engelse verslaggeefster, 'kunnen we verder gaan?'

Een en al verwondering en galanterie, leunde Ibrahim op zijn stok en maakte een buiging, zijn hand op zijn hart. Een kogel, een echte, floot nog geen halve meter van hen vandaan over het dak.

'Mijn God,' zei Sally Conners. 'Geen wonder dat ze in de intifada zes mensen per dag doden.'

'Zes,' legde Lucas haar uit, 'is een veelzeggend aantal.'

66

Sonia hoorde een geluid boven zich en scheen met haar zaklantaarn op een paar legerschoenen die in een doorgang verschenen die recht omhoog leek te gaan. Het volgende moment liet de drager van de laarzen zich door het gat zakken en landde hij met gebogen knieën en met grote soepelheid vlak naast haar. Ze richtte haar zaklantaarn op hem, maar de man had er zelf ook een. Die richtte hij op haar.

Het had geen zin om te vluchten. Ze bleef waar ze was. In het licht van de zaklantaarn van de man zag ze dat aan de voet van het beeld een parachutistenrugzak lag, die er eerst als een ingepakte parachute uitzag. Maar de bovenste flap van de rugzak was voor een deel open, en daaronder kon ze een ingewikkeld ding met gekleurde draden en grote batterijen zien. Als kind van de revolutie zag Sonia meteen dat het een bom was.

Een groep gewapende mannen kwam uit de opening waardoor de eerste man was gekomen. Enkelen van hen landdden met dezelfde soepelheid als hun leider, maar de meesten waren geen professionals en kwamen niet op hun voeten terecht.

'Nou, je hebt het gevonden, hè?' zei de leider tegen Sonia, terwijl zijn mannen hun posities innamen. Het was Janusz Zimmer.

'Ja,' zei ze. 'Zeg dat wel, man. En ik heb de Shabak gebeld en ik heb de grenspolitie in kennis gesteld en je kunt ze ieder moment achter je aan krijgen.'

'O ja?' vroeg Zimmer. 'Dacht je dat je daar verstandig aan deed?'

'Ja,' zei ze. Ze keek in de ruimte om zich heen om te zien of Fotheringill nog bij hen was, of daar nog ergens een teken van hem was.

Binnen enkele seconden daverde er door de gangen een ontzaglijk gedreun van metaal en gebulder van stenen, als een golf die zich over een rotsige kust terugtrekt.

'Dat zijn ze,' zei Sonia. 'Zie nu maar wat je doet.'

Alleen geloofde ze niet echt dat het de Shin Bet of de grenspolitie was. Vreemd genoeg dacht ze op dat moment aan 'De val van het huis Usher', waarover ze eens had gelezen dat Poe het had gebaseerd op iets wat hij had gelezen over een Egyptisch tempelgraf op een eiland in een moeras.

'De tunnel stort in,' zei een van de mannen zonder veel belangstelling.

'Nee,' zei Zimmer tegen hem. 'Jij – jij stort in.'

Toen was er een daverende stem te horen, een stem met transcendente eigenschappen. Het was duidelijk een politiemegafoon en hij verkondigde twee boodschappen, een in het Hebreeuws en een in het Engels.

Sonia kon van verbazing geen woord uitbrengen.

'De Shabak,' zei iemand van Fotheringills groep. 'Ze heeft het gedaan.'

'Ze heeft het gedaan,' zei Zimmer rustig.

'Jood die tegen jood vecht,' zei een van de mannen. 'Jood die jood doodt. Daar waren we al bang voor.'

'Niemand doodt hier iemand,' schreeuwde Zimmer. 'Leg je wapens neer.' Hij scheen met de zaklantaarn om zich heen en riep acht of negen namen. 'Loop naar de tunnelingang.'

De mannen aarzelden.

Fotheringill dook achter een zaklantaarn op, alsof hij dwars door een muur heen was gezweefd.

'Doe het,' riep hij op militaire toon. 'Jullie hebben hem gehoord.'

'En Lestrade?' vroeg Zimmer hem.

De mannen die hij in deze ruimte had laten afdalen, liepen verward door elkaar heen.

'Voor Lestrade is gezorgd,' zei Fotheringill. 'We hebben hem niet weggereden. Maar de stad is door het dolle heen. Hij zal bij Lucas en de pers zijn.'

'Dus je besloot hier eens een kijkje te komen nemen?'

'Ja. Ik dacht dat ik hier misschien nuttig zou kunnen zijn.'

'Allemaal dekking zoeken,' zei Zimmer tegen de mannen die

met hem mee naar beneden waren gekomen. 'Het leger is er bijna door. Kijk uit voor ricocherende kogels. We willen geen ongelukken.'

De meeste mannen in zijn gezelschap deden wat hun gezegd werd.

'We zijn verraden,' zei een van de mannen. Het was de footballcoach uit New Engeland 'Jij bent een verrader,' zei hij tegen Zimmer. 'Een christen – christenen, jullie allemaal.'

'Niet echt,' zei Zimmer. 'Zij is een soefi. En deze meneer,' zei hij, wijzend naar Fotheringill, 'werkt voor mij.'

'De soldaten van Achab,' zei de footballcoach. 'De soldaten van Manasse.' Hij scheen met zijn zaklantaarn op Sonia. 'De soldaten van onze Izebel hier.'

'Jullie zijn de soldaten van Saul,' fluisterde Sonia. 'En ik ben de Heks van Endor – wat zeg je daarvan? Ik geloof dat die ook zwart was, net als ik. En ik kan de profeet Samuel oproepen, zoals zij deed, en de profeet Samuel zou jullie verraders van God en het joodse volk en het land van Israël noemen. Ik kom uit een familie van rabbijnen.'

Fotheringill lachte. 'Ze is knetter,' zei hij tegen zijn baas Zimmer. 'Maar ik mag haar wel.'

67

Uitwijkend voor zoeklichten, stenen en een enkele verdwaalde kogel zocht de menigte shebab, gevolgd door Lucas en Sally Conners en de gids Ibrahim, zich over de donkere daken van de Moslimwijk een weg naar de Bab al-Hadid. Op sommige daken waren geurige tuinen aangelegd, andere waren verwaarloosd. Er waren harmonicahekjes om kinderen te beschermen en soms waren er rijen kapotte flessen in cement gezet om boosdoeners te prikken. In de straten beneden krioelde het van een menigte die in een steeds grotere staat van opwinding kwam te verkeren.

Toen ze de Bab al-Hadid boven een smal straatje naderden, was er beneden een charge van bereden politie, die een menigte, die als in een wilde vlucht van stieren in Pamplona op weg naar de Haram was, probeerde tegen te houden. Aan het eind van de straat maakten de bereden agenten behendig rechtsomkeert om te voorkomen dat ze van hun eigen linies werden gescheiden en gingen door hetzelfde straatje terug. Ze deelden klappen met hun wapenstok uit aan jongeren die ze de eerste keer hadden gemist. Op een andere plaats had een eenheid soldaten een groep *shebab* in een straatje in het nauw gedreven en amuseerden de soldaten zich door traangasgranaten op hen af te vuren. Nu en dan kwam er een lege granaat teruggevlogen, maar de relschoppers zaten blijkbaar lelijk in het nauw.

Op dat moment konden de jongemannen met wie ze over de daken hadden gelopen het, al begon Lucas meteen te protesteren, niet laten om alles wat voor het grijpen lag naar de soldaten beneden hen te gooien. Dat leidde weer tot een woedende aanval van een eenheid die zich aan het andere eind van de straat bevond en die de deuren intrapte en naar de daken ging. Daar stoof de menigte uiteen, inclusief Lucas en Sally, die inmiddels als een ongecoördineerd bondgenootschap opereerden, Ibrahim die achter zijn geld aan zat, en professor Lestrade, die het natuurlijk niet aanlokkelijk vond om de enige vertegenwoordiger van het westers christendom te zijn in een razende menigte die bereid was de wijn van het paradijs te drinken.

Niet alle soldaten vonden onmiddellijk hun weg naar de daken, en het lukte hun vieren dan ook om zich over een aantal daken en over het gewelfde dak van de soek te manoeuvreren. Lucas keek over de rand van het eerste gebouw dat ze aan de oostkant van de soek bereikten en zag dat de straat daar vol soldaten en politie stond. Blijkbaar werden die eenheden achter de hand gehouden.

Of ze er nu iets aan hadden of niet, ze hadden het heetst van de rellen achter zich gelaten en bevonden zich achter de Israëlische linies. Leger en politie namen hier een kernpositie in, maar van alle kanten drong een gigantische menigte relschoppers op, deels zichtbaar in het schijnsel van de lampen en zaklantaarns die ze bij zich hadden en erg goed hoorbaar door de leuzen die ze scandeerden. Er kwam geen eind aan de schoten, het ratelen van stenen en het ploffen van traangasgranaten.

Toen Ibrahim ontdekte waar hij was, gaf hij blijk van zijn ongenoegen. Hij kon zich erg onaangenaam opstellen – zoals te verwachten was van een man die gewend was zijn prijs te verhogen nadat de transactie was gesloten – maar daar had hij op dit moment en op deze plaats niet veel aan.

'Ze verwoesten de Haram,' zei hij. 'U moet me betalen.'

Sally Conners huiverde om die onlogische redenering. Ze zat naast een bak met een granaatappelboom gehurkt, zocht in haar achterzak en haalde voor ongeveer honderd dollar aan shekels te voorschijn.

Ibrahim krijste verwensingen.

Lucas gaf hem drie Amerikaanse twintigjes. Als een klein vogeltje tsjilpte hij om meer.

'Ik weet niet of ik je dat mag laten doen,' zei Sally. 'Ik heb hem in dienst genomen.

'Goed,' zei Lucas. 'Ik ontsla hem, en dat is elke cent waard.' Hij wendde zich tot Lestrade. 'Wil jij hem ook iets geven?'

'Ik?' vroeg Lestrade. 'Wat? Wat? Ik hem iets geven?'

Ibrahim ging meteen op Lestrade af. Ze kibbelden in snel Arabisch, totdat Lucas de professor fysiek van het dak verwijderde. Ze duwden een deur open en kwamen in een kamer vol huilende kinderen terecht. Een stuk of tien, dacht Lucas, en niet één van hen ouder dan vier jaar. Ze zaten dicht opeen op kolossale matrassen die op de vloer lagen.

Een vrouw die in vele lagen kleren was gehuld, probeerde zich niet erg succesvol achter een gordijn aan het ene eind van de kamer te verbergen, als een struisvogel, haar gezicht afgewend. Lucas, Sally en Lestrade gingen naar de straat. Ze waren niet ver van de Bab al-Hadid vandaan. De eenheden van de grenspolitie renden hen voorbij zonder aandacht aan hen te schenken. Vanaf het dak siste Ibrahim als een tot leven gewekte, onwereldse gargouille naar hen.

'Salman Rushdie is hier niet!' krijste hij boosaardig, alsof hij hen daarmee wilde teleurstellen. Niet ver van hen vandaan bevond zich een grote Palestijnse menigte.

'Weet je waar je heen gaat?' vroeg Sally Conners aan Lucas.

'De professor hier weet het,' zei Lucas tegen haar.

Plotseling, ze wisten niet hoe, was de Palestijnse menigte doorgebroken en maakten ze er deel van uit. De menigte scheen van plan te zijn de afzettingen bij de Bab al-Hadid te doorbreken, een eindspurt langs de politielinies te maken en zich op de muur van de Haram te storten.

In een uitbarsting van jeugdige atletiek rende Sally Conners met de relschoppers mee. Lucas rende achter haar aan, gevolgd door Lestrade. Sally had een uiteenlopend effect op de menigte. Sommige jongemannen keken opgetogen naar haar, andere woedend, en vele vertoonden beide reacties, achtereenvolgens of tegelijk. In ieder geval werd de Palestijnse stormloop tegengehouden door soldaten die zich in de menigte begaven en met hun geweerkolven om zich heen sloegen.

Lestrade, Lucas en Sally werden opzij geduwd. Lucas dook ineen en beschermde zijn hoofd met zijn armen. Lestrade, ademloos, hijgde en bekruiste zich. Sally Conners bleef gewoon staan, als zuster Edith Cavell tegenover de Duitsers, klaar om haar medicijn in te nemen.

Een woedende officier kwam met twee soldaten op hen af.

Misschien kwam het door Sally dat ze niet begonnen te slaan.

'Wie bent u? Waar denkt u dat u heen gaat?'

Verderop in de straat werkten soldaten, beschermd door metalen barricades en in het schijnsel van grote witte lampen, onder leiding van grijsharige mannen in burgerkleding met een bulldozer. Blijkbaar groeven ze dicht bij de Haram-muur de keistenen uit de straat.

'Pers,' zei Lucas.

'Pers? U neemt deel aan onlusten. Ik heb u gezien. Rellen veroorzaken om erover te schrijven?'

Toen liep de officier weg. Ze bleven achter onder bewaking van de twee soldaten, die nonchalant dreigend naar hen stonden te kijken. Even later kwam de officier met een burger terug.

'Geen pers hier!' zei de burger. 'De omgeving is afgesloten. Hoe bent u hier eigenlijk gekomen?'

De officier sprak in het Hebreeuws tegen hem.

'U hebt die menigte hierheen gebracht. U zou verantwoordelijk kunnen zijn voor sterfgevallen. U staat onder arrest.'

'Wacht,' zei Lucas. 'Ligt er een bom onder de Tempelberg?'

De man van de Shabak keek hem strak aan. 'Wie heeft u dat verteld?'

'Wij denken dat er een bom ligt,' zei Lucas. 'Deze man,' zei hij, wijzend op Lestrade, 'is archeoloog. Hij denkt dat hij weet waar de bom ligt.'

De vertegenwoordiger van de Shin Bet keek Lestrade twijfelend aan.

'Nou ja,' zei Lestrade. 'Ik heb een idee.'

'Een idee,' herhaalde de man van de Shin Bet.

'Een goed idee,' zei Lestrade.

'Het komt erop neer,' vulde Lucas aan, 'dat hij weet waar het ding ligt. Hij kan jullie erheen brengen.'

'Eh, ja,' zei Lestrade. 'De kamer van Sabazios. Daar zou ik hem verwachten.'

De man van de Shabak ging weg zonder een woord te zeggen.

'Dat is allemaal onzin, hè?' vroeg Sally Conners. 'Over Salman Rushdie?'

'Ik moet je zeggen dat ik hem niet zie,' zei Lucas.

'Weet je echt waar een bom onder de Tempelberg ligt?' vroeg ze aan Lestrade.

'Ja, ik geloof van wel,' zei de professor.
'Goh,' zei Sally Conners. Zo discreet mogelijk omhelsde ze zichzelf van blijdschap.

68

De bom die aan de voeten van Sabazios lag, kwam Sonia vaag bekend voor. Ze had ooit een vriendje gehad, drop-out van de Long Beach State University en militant maoïst, die met zijn studie was gestopt om de arbeiders op de marinewerf in San Diego te organiseren. Indertijd was dat de radicaalste en meest maoistisch beïnvloede scheepswerf van het hele land geworden. Maar Bob Kellerman, het vriendje, had het allemaal opgegeven voor lachgas en verdronk in zijn eigen bad.

Bob Kellerman had haar laten zien hoe je bommen maakte, een kneedbom met zuurbatterijen en telefoondraad. Ze had met een aantal andere experts om de tafel gezeten om bij het maken van de bommen te helpen, of op zijn minst toe te kijken, en op een of andere manier hadden ze elkaar niet de eeuwigheid in geknald, zoals de kameraden in Greenwich Village enige jaren eerder was overkomen.

Dit was een soortgelijke bom. De timer was een wekker die niet de juiste tijd aangaf.

'Wie heeft hem gemaakt?' vroeg ze Fotheringill.

'Dat doet er niet toe,' zei Zimmer.

'En het beeld is van Sabazios?'

'Ja.'

'Dus dat leek je een goede plaats voor de bom,' zei ze. 'Heeft een van de Amerikaanse *chaverim* hem gemaakt? Een ex-politieman of zoiets?'

'Dat doet er nu niet meer toe, hè?' Zimmer keek naar de klok in de rugzak.

Het geluid van de grondverzetmachines klonk dichterbij. Er werden schoten gelost in de fundering en de echo's galmden eindeloos door de gangen. Iets, misschien een traangasgranaat, ratelde over de stenen bodem.

Zimmer pakte Sonia bij haar arm vast en leidde haar in de richting van het geluid. Fotheringill zat gehurkt met zijn Galil en dekte de mannen in de kamer.

'En het explosieventeam?' vroeg Sonia. 'Hoe zit het met de soldaten die hier binnenkomen?'

'Hoe zit het met de herbouw van de Tempel?' zei Zimmer. 'Maak je maar nergens zorgen over.'

Hij schreeuwde iets in het Hebreeuws door de tunnel. De geluiden hielden abrupt allemaal tegelijk op. Zimmer schreeuwde opnieuw.

In de volgende paar seconden was de kamer opeens vol licht en gehelmde politiemannen. De mannen die met Zimmer mee waren gekomen, deinsden van hun neergelegde wapens terug. Toen zag Sonia opeens Lestrade en Lucas in het felle licht van de schijnwerpers staan.

'Hier is het,' zei Lestrade. 'En zorg nou in godsnaam dat het beeld geen schade oploopt.'

'Terug!' bevalen de soldaten. Ze duwden Lucas en Lestrade opzij en begonnen tegen Sonia en Zimmers mannen te schreeuwen.

Lucas zag Fotheringill in een lichtbundel.

'Jezus,' zei hij. 'Ik weet het weer.

Rillons, Rillettes, hetzelfde eten,
Of ze nu 't een of 't ander heten,
En zijn dus evengoed alsnog
Zo eender als twee varkens aan de trog.'

'Waar heb je het nou weer over?' vroeg Sally Conners hem.

Lucas liet zich meeslepen:

'De gerechten zijn gelijk, maar
Komen uit Tours de beste Rillettes,
De beste Rillons vindt men in Blois.

Fotheringill!' riep hij. 'Hoorde je dat?'

Maar toen zagen hij en Sonia dat Zimmer en Fotheringill er niet meer waren. Ze waren uit de kamer verdwenen. Hoewel ze met haar zwakke zaklantaarn in alle hoeken scheen, waren ze nergens te bekennen. Wel zag ze, kort voordat ze de overbodig geworden zaklantaarn uitdeed, de footballcoach die bij de neergelegde wapens probeerde te komen.

Een van de soldaten probeerde hem te onderscheppen, maar voordat de soldaat hem kon tegenhouden, greep de coach een uzi, richtte hem op de voeten van Sabazios en vuurde, naar voren duikend, een salvo op de rugzak af.

Er volgde een oogverblindende uitbarsting van wit vuur, en de kamer vulde zich met chemische rook. Iedereen liet zich op de vloer vallen. Toen de flits kwam, vielen de schijnwerpers van de soldaten erbij in het niet en raakte iedereen verblind.

69

Na een hoeveelheid tijd die hij niet kon inschatten of meten, kwam Raziel bij bewustzijn op Sonia's bank. Hij stond op en wankelde tussen haar foto's en kelims door. Het was nog donker. Toen hij De Kuffs kamer binnenging, bleek die leeg te zijn.

Raziel stond niet stevig op zijn voeten. Soms leken er dingen in beweging te zijn aan de rand van zijn gezichtsveld, en hij was er niet altijd helemaal zeker van in welke kamer hij was. Maar uiteindelijk had hij genoeg helderheid in zijn hoofd om vast te stellen dat de oude man echt was vertrokken, dat hij gewoon een deken had omgeslagen en was weggegaan. Hij zou wel op weg zijn naar de Oude Stad, dacht Raziel. Naar de vijver van Bethesda, die voor hem de bron van de profetie was. Het was de nacht van de bom, de nacht waarin al hun plannen ongedaan werden gemaakt.

Raziel kreeg zichzelf voldoende onder controle om naar een munttelefoon in een bushokje bij het station te strompelen. Hij haalde een muntje uit zijn zak en belde een taxi. Hij vertelde de centrale niet waar hij heen wilde. Over de flank van de berg Zion kon hij vuren in de hemel weerspiegeld zien, en in de verte klonken sirenes en schoten. Hij stond naast het bushokje en keek naar de oplichtende hemel. Passerende automobilisten gingen langzamer rijden om argwanend en angstig naar hem te kijken.

De taxi die kwam, werd bestuurd door een norse man van in de twintig met een imitatiezijden overhemd, dat van boven openhing om zijn borsthaar en de verschillende goudkleurige kettingen om zijn hals te laten zien. Het uiterlijk van zijn vrachtje stond hem niet aan, en toen Raziel de deur openmaakte en naast hem ging zitten, deinsde hij terug alsof hij werd aangevallen.

Toen ze naar de binnenstad reden, keek de chauffeur angstig naar de opgewonden joodse menigten in de straten. Het leek wel of hij in zijn eigen stad verdwaalde. Overigens was dit ook niet zijn stad: hij was een christen uit Roemenië.

'Ik zou graag naar de Leeuwenpoort willen gaan,' zei Raziel tegen hem.

De Roemeen weigerde in alle toonaarden. Toen Raziel besefte dat hij de man niet op andere gedachten kon brengen, stapte hij uit de taxi en ging te voet op weg naar de Oude Stad.

Bij de Jaffapoort leek de situatie minder gespannen dan elders. De veiligheidstroepen hadden de straat daar onder controle, al kon je de schoten en kreten en ratelende traangasgranaten in andere delen van de Oude Stad goed horen.

Raziel manoeuvreerde zich langs de linies van het leger in David Street, op zoek naar een plaats waar hij het gevoel had dat hij er gemakkelijk kon oversteken. Hij vond een paar onzeker uitziende jonge soldaten bij de Muristan, liet hun zijn Amerikaanse paspoort zien en liet hen hem fouilleren. De soldaten stonden hem toe om de verlaten wijk van de marktcafés binnen te gaan.

Terwijl hij haastig in de richting van de vijver van Bethesda liep, kwamen van tijd tot tijd legerpatrouilles en jeeps voorbij. De soldaten schreeuwden tegen hem dat hij opzij moest gaan, dat hij van de straat af moest gaan, maar ze werden helemaal in beslag genomen door verwoede gevechten daar ergens in de buurt, gevechten die hij niet kon zien.

Hij voelde dat de bewoners van de Christelijke Wijk achter hun zware deuren en donkere tralieramen zaten. Er waren ook mensen op de daken. Sommigen van hen schreeuwden naar hem. Bedreigingen, waarschuwingen.

Toen hij het eind van de Via Dolorosa naderde, bijna bij de Leeuwenpoort, zag hij een luidruchtige, krioelende menigte Palestijnen. Tussen hen en de poort bevond zich een linie van politieagenten en soldaten. Raziel merkte dat hij aan de binnenkant terecht was gekomen: de menigte stond tussen hem en de poort en de joodse troepen die de poort bezet hielden.

Boven het schreeuwen uit hoorde hij een stem die hij kende. Het was de stem van Adam De Kuff, sprekend vanuit het bovenste kwadrant van zijn innerlijk universum, krachtig, onbevreesd, vreugdevol, volkomen in de ban van zijn waanideeën. Raziel baande zich een weg door de menigte verbaasde Palestijnen tot hij de man zelf kon zien.

De poorten naar de vijver en de binnenplaats voor de kerk van Sint-Anna waren opengebroken. De Kuff en de menigte die zich om hem heen had verzameld, stonden binnen die poorten. Ongeveer halverwege tussen de Kruisvaarderskerk en de verwoeste tempel van Serapis sprak De Kuff, staande op een betonnen zitbank, tot de razende Palestijnen.

Hij had een soort legerjasje aan dat hem zo slecht paste dat de manchetten nauwelijks voorbij zijn ellebogen kwamen. Verder droeg hij een veel te wijde legerbroek en modderige laarzen waarvan de losse veters zich om zijn enkels slingerden en onder zijn voeten terechtkwamen wanneer hij, als een dansende beer, hartstochtelijk van het ene eind van de zitbank naar de andere schuifelde. Hij had een keppeltje op zijn hoofd en om zijn voorhoofd had hij een witte doek gebonden, als een tulband, en hij sprak zo hard als hij kon.

De Palestijnen keken alsof De Kuff een onvoorstelbaar schouwspel vormde. Het waren allemaal mannen, en het waren er meer dan honderd. Sommigen lachten. Anderen schreeuwden nu en dan woedend naar hem. Enkelen waren verstijfd van koude razernij.

In de legerlinie zei een politieman met een megafoon iets in het Arabisch. In de lucht liet een helikopter de felle lichtbundel van zijn schijnwerper rondgaan. Vanwege de hoek die de muren van de aangrenzende madrasa met de opengebroken poorten van de binnenplaats van de kerk maakten, bevond De Kuff zich nog net in het gezichtsveld van de soldaten en politieagenten die zich dichter bij de stadspoort hadden verzameld.

Raziel probeerde dichter bij de oude man te komen. Hij wilde hem daar weghalen voordat alles volslagen mislukte, voordat alle spreuken en genades nietig werden, voordat het beetje gratie dat op hun pelgrimstocht had gerust verdwenen was en iedereen in de ban raakte van het geweld en van de rauwe heiligheid van deze plaats.

Die heiligheid laaide al hoog op. Een man met de witte tulband van de hadj, een tulband waarop de hoofddoek van De Kuff een parodie zou kunnen zijn, kwam woedend naar voren.

'Vervloekt de handen van de Vader van Vlammen,' riep de hadj in een taal die De Kuff en Raziel niet verstonden. 'Vervloekt hij!'

De Kuff zelf begreep alleen dat hij op de plaats was die hij het best kende en waar hij het meest van hield, de plaats van zijn successen, de eeuwenoude Serapion en vijver van Israël. De hele dag had hij geprobeerd de zielen in hemzelf te bereiken, de zielen die telkens even in zijn bewustzijn bovenkwamen. Hij had het gevoel gekregen dat alles wat hij ooit over ziel en geest had geloofd verkeerd was. Het was onmogelijk ze onder controle te krijgen.

Maar daar bij de fontein waren zijn zielen duidelijk aanwezig en was zijn hart vol, en in de volledigheid van zijn vreugde kon hij niets anders doen dan erover te vertellen. Hij moest het iedereen vertellen, alle mensen, hoezeer ze misschien ook werden afgeleid door politiek of door de illusies van eenzaamheid en ballingschap waaronder iedereen gebukt ging. Hij voelde zich uitverkoren en beschermd door God, klaar om de Ark op de allerheiligste plaats te steunen. Hij bediende zich van de metaforen die in deze stad gebruikelijk waren, al had hij, in zekere zin, overal kunnen zijn.

'Roep me als jullie willen,' vertelde hij de woedende menigte. 'Ik ben de twaalfde imam. Ik ben de Bab al-Ulema. Ik ben Jezus, Yeshu, Issa. Ik ben de Mahdi. Ik ben Moshiach. Ik ben gekomen om de wereld te herstellen. Ik ben jullie allen. Ik ben niemand.'

Er gingen verschrikkelijke kreten op. 'Vervloekt hij! Dood! *Itbah al-yahud!*'

Een aantal soldaten had hem gezien, en een eenheid van de politie ging erop af. Ze gebruikten wapenstokken en geweerkolven om hem te ontzetten. De eenheid rukte op tot aan de poort van het plein, maar werd daar door de menigte tegengehouden en moest zich terugtrekken. Een paar omstanders bleven op de grond liggen. Er gingen kreten van verontwaardiging op en de mannen die het dichtst bij De Kuff stonden gaven hem blijkbaar de schuld. Mensen begonnen met stenen te gooien.

'Dood aan de blasfemist!'

De Kuff spreidde zijn armen voor hen. Een ogenblik lieten degenen die naar hem oprukten zich daardoor weerhouden. Raziel probeerde schreeuwend en duwend door de menigte heen te komen.

'Jullie moeten niet luisteren,' zei Raziel tegen de menigte. 'Het is allemaal voorbij. Rev,' schreeuwde hij naar De Kuff. 'Het is allemaal voorbij! Een andere keer, man. Een andere ziel. Een andere straat.'

De mannen die De Kuff vastgrepen en hem van de zitbank omlaag begonnen te trekken, keerden zich nu ook tegen Raziel.

'Een andere keer!' zei Raziel tegen hen. 'Een andere berg!'

De soldaten bij de poort probeerden een tweede charge te ondernemen. Hoe hard ze ook optraden en om zich heen sloegen, ze konden niet door de menigte heen komen om De Kuff en Raziel in veiligheid te brengen.

Toen vuurden een paar reservisten echte kogels af. Omdat de omgeving van de fontein christelijk eigendom was, waren de veiligheidstroepen er aanvankelijk vandaan gebleven. Voorlopig was de menigte hier heer en meester.

'Ik zeg u,' vertelde De Kuff hun met zijn ingehouden Louisiana-accent. 'Alles was ooit Eén en zal dat zijn en is het altijd gebleven. God is Eén. En het geloof in Hem is Eén. En alle geloof is Eén. En allen die in Hem geloven, ongeacht hun sekte, zijn Eén. Alleen het menselijke hart maakt onderscheid. Zo is het geschreven. Ziet u? Ziet u het?' vroeg De Kuff aan de mannen die hem omlaag trokken. 'Iedereen wacht. En de afzonderlijkheid van dingen is vals.'

Hij bleef declameren, gebruikte de beelden, de omkeringen, de metaforen die iedereen kende, vertelde over de zielen en sprak met de stemmen van die zielen, totdat de grote heiligheid in vuur veranderde en hij het bewustzijn verloor.

70

Zimmer ging voor zijn debriefing naar een voormalige kibboets in de woestijn, een verzameling zandkleurige betonnen rechthoeken bij de kernbasis Dimona. Onderweg daarheen had Fotheringill hem gevraagd: 'Wie gaat wie nu debriefen?'

'Goede vraag,' zei Zimmer.

De kibboets was tot een verzameling wooneenheden voor luchtmachtpersoneel verbouwd. De helft was bestemd voor civiele technici met hun gezinnen en de andere helft voor officieren. De militaire schildwachten bij de ingang hadden de instructie gekregen hen op te wachten.

Fotheringill zette Zimmer bij het grootste gebouw af en reed zelf door naar Dimona om een fatsoenlijk glas lager te drinken. Zimmer trotseerde de felle middagzon in hetzelfde vormloze pak van seersucker dat hij ook als verslaggever in Centraal-Afrika had gedragen, samen met een wit katoenen overhemd, een strohoed en een zonnebril. Hij ging het gebouw in en kwam in de hal, die met airconditioning tegen de woestijnhitte werd beschermd, een soort semi-civiel zaaltje dat de bewoners van het gebouw voor speciale gelegenheden, zoals een verjaardag of een promotiefeest, konden gebruiken.

Een bewaker in de gang daarbuiten vroeg Zimmer zijn zonnebril af te zetten, waarna hij hem nors bekeek en hem toen liet doorlopen. Op een verbleekte bank in het stoffige, vreugdeloze zaaltje zaten twee mannen. Toen Zimmer binnenkwam, stonden ze op en schudden hem de hand.

'Iets drinken?' vroeg een van hen. Het was een kale, gedrongen man met een hard, pokdalig gezicht. Hij droeg kaki shorts, een dito shirt met korte mouwen, sandalen en beige sokken.

'Water,' zei Zimmer.

De man die het had gevraagd, pakte een dienblad van de kleine koelkast in het zaaltje. Daarop stonden twee literflessen met water en een plastic schaaltje met kikkererwtenpasta en een met pepers en komkommer en Arabisch brood.

'Je moet hier in de woestijn de hele tijd water drinken,' merkte de man op. 'Vijftien liter per dag, volgens Shaviv.'

'Achttien,' zei Shaviv, de tweede man. 'Ook als je een zittend leven leidt, zoals ik.'

Naphtali Shaviv was lang en mager en had licht haar en hoge jukbeenderen en een markante neus, die eruitzag alsof hij hem bij het boksen had gebroken. De man die Zimmer iets te drinken had aangeboden, was Avram Lind, de voormalige minister.

Janusz Zimmer nam zijn glas water aan en ging zitten.

'Nou,' vroeg hij. 'Succes?'

Lind begon antwoord te geven, maar Shaviv onderbrak hem. 'We overleven. Yossi heeft ontslag genomen. We zullen het in het avondjournaal te horen krijgen.'

'Daar ben ik blij om,' zei Zimmer. 'Betekent dit dat jij in het openbare leven terugkeert?'

'De premier,' zei Lind, 'is zo goed geweest me te vragen mijn vroegere positie in het kabinet weer in te nemen. Hij was erg sportief, zoals de Engelsen zouden zeggen. Een *jolly good sport*.'

Ze lachten allemaal zachtjes.

'De oude man zat te zweten, laat ik je dat vertellen,' zei Naphtali Shaviv. Hij droeg een overhemd met een smalle blauwe das die hij in het begin van de jaren zestig in Stockholm had gekocht. Zimmer, die ernaar keek, kon zich voorstellen dat Shaviv zes identieke dassen kocht om ze de rest van zijn leven te dragen. 'Je kon hem door de telefoon horen zweten.'

'Je kunt mensen inderdaad horen zweten,' zei Zimmer. 'Soms zie je geen zweet maar kun je het wel horen.'

'Ik vind het prettig om de premier te horen zweten,' zei Lind. 'Ik ben niet zo sportief.'

'Ik vind het verontrustend,' zei Shaviv.

'Ja, nou, jij bent een bureaucraat,' zei Lind. 'En laat me je dit vertellen: Yossi Zhidov is ook niet sportief! Hij is buiten zichzelf, die *paskudnyak*. Hij slaat zijn arme Zwitserse vrouw. Schreeuwt tegen zijn kleine arische kinderen. Woedend is hij, de *schmuck*.'

‘Ik ben niet beleefd als ik zeg dat ik daar blij om ben,’ zei Shaviv.

Zimmer knikte. ‘Het moest gebeuren; dat staat vast. Maar het was roekeloos.’

‘Nou,’ zei Shaviv. ‘Leve de roekeloosheid! Je hebt het goed gedaan, Pan Zimmer. Petje af.’

‘Zeg dat wel!’ zei Avram Lind.

Avram Lind en Naphtali Shaviv waren allebei gevechtsvlieger geweest voordat ze aan hun carrière bij de Mossad begonnen. Linds vijanden in het kabinet en in zijn eigen ministerie hadden hem het afgelopen voorjaar gedwongen ontslag te nemen, maar ze hadden zich niet kunnen ontdoen van Shaviv, onderminister en Avram Linds medestrijder in de Yom Kippur-oorlog. En dus had Lind de inlichtingenmensen op zijn voormalige ministerie kunnen gebruiken om de operatie uit te voeren.

Zo hadden ze zich verzekerd van de diensten van Janusz Zimmer. Yossi Zhidov, die Lind voor zo’n verrassend korte tijd had vervangen, was door zijn medestanders gewaarschuwd voor een maffia van Mossad en luchtmacht in het ministerie, maar hij had er niets aan kunnen doen.

‘De premier zal proberen de schade beperkt te houden,’ zei Shaviv. ‘We weten dus hoe dit alles aan de pers zal worden gepresenteerd.’

Shaviv, bescheiden als altijd, vertelde er niet bij dat hij zelf de public relations voor de premier verzorgde. Daardoor zou hij kunnen bepalen wat wel en niet publiekelijk werd gezegd over bijvoorbeeld Linds list van het bomcomplot en de rol die Zimmer daarin had gespeeld.

‘Er is toch niemand die ons gelooft,’ zei Lind. ‘Het zijn allemaal cynische schoften.’

‘Ja,’ zei Shaviv, ‘en dus verdienen ze niet te veel informatie. Informatie corrumpeert.’

‘Over informatie gesproken,’ zei Zimmer, ‘ik heb een Amerikaanse vriend die een boek schrijft. Dat boek gaat over godsdienstwaan in dit land, over sekten en zo, maar hij zat erg dicht bij sommigen van de mensen die we...’ Hij zweeg en zocht naar een juiste termen voor de personen die ze hadden gemanipuleerd.

'...hebben gebruikt,' opperde Shaviv.

'Hij zat dicht bij sommigen van de mensen die we hebben gebruikt. En natuurlijk gaat zijn boek over deze gebeurtenissen. We kunnen hem gebruiken om enkele waarheden op de markt te brengen. In de toekomst.'

'Je wilt hem er niet van afbrengen om zijn boek te schrijven.'

'Ik wil met alle respect naar voren brengen,' zei Zimmer, 'dat we via dat boek discreet naar onze prestaties kunnen verwijzen. Ten behoeve van onze vrienden. Jullie kunnen me vertellen welke prestaties dat zijn, en dan fluister ik ze in zijn oor.'

'Onze prestaties,' zei Lind peinzend. '*Chaver* Shaviv, wat zou jij zeggen dat onze prestaties waren?'

'Ah,' zei Shaviv, 'eens kijken.' Hij stond op, liep naar het raam en begon ze op zijn vingers af te tellen. Zijn fletse ogen weerspiegelden het koperkleurige landschap achter het getinte glas.

'Prestatie één: jij, *Chaver* Lind, bent weer in het kabinet opgenomen.'

Lind boog en onderbrak hem. 'Niet zo belangrijk,' zei hij quasi-bescheiden.

'Prestatie twee: we hebben de joodse ondergrondse, de Tempelterroristen, vijf jaar in de tijd teruggezet.' Hij dacht daar even over na. 'Nou ja, drie jaar.'

'Twee,' zei Zimmer.

Shaviv ging verder met het opsommen van de prestaties.

'We hebben de gewelddadigste elementen uit de Moslimbroederschap en Hamas uitgerookt door hen te dwingen voortijdig in actie te komen. We hebben een reden gecreëerd om wetten uit te vaardigen tegen de sekten en de christelijke zendelingen. Dat zal bepaalde rabbijnen goed doen, wier steun we op een dag nodig zullen hebben. We hebben schade toegebracht aan de elementen in dit land die met religieus rechts in Amerika samenwerken. We hebben laten zien, denk ik, dat zo'n beleid een keerzijde heeft. We zijn in de Colombiaanse connectie binnengedrongen en we weten nu veel beter hoe Yossi de drugssmokkelaars gebruikte. Dat zijn allemaal gunstige dingen.'

'En de keerzijde van dat alles?' vroeg Lind. 'De verliezen?'

'Acceptabel,' zei Zimmer. 'Wij zijn niet verantwoordelijk voor de dood van die jongen in de Gazastrook. Hij was geen slachtoffer van deze operatie. De terroristen kregen hun verdiende loon.

En de communisten – ach, die zullen het begrijpen. We hebben ze een boodschap gestuurd die eigenlijk overbodig is, namelijk dat hun tijd voorbij is en dat de levens van onze mensen uiterst belangrijk voor ons zijn. Terwijl ze vast wel zullen beseffen dat... hoe zeiden ze dat in die film ook alweer? De problemen van twee kleine mensen zijn in deze krankzinnige wereld nog geen berg bonen waard. Ze opereerden op eigen kracht. Stierven met hun laarzen aan. In de uitoefening van hun taak. Enzovoort. En die vrouw had hier niets te zoeken.'

'Zoals altijd ligt het Amerikaanse aspect gevoelig,' zei Shaviv.

'Ik hoop in ieder geval dat niemand mij verantwoordelijk stelt voor de dood van Amerikanen,' zei Zimmer. 'De politie heeft meermalen geprobeerd die De Kuff te ontzetten. We weten nog steeds niet hoe hij daar is opgedoken. We probeerden hem te redden.'

'Hoe is het met de jonge Melker?' vroeg Shaviv.

'Nog in coma,' zei Zimmer. 'Maar hij gebruikte die dag heroïne. Daarom zijn we tot de conclusie gekomen dat zijn coma...' Hij haalde zijn schouders op.

'...het gevolg is van een overdosis?' zei Shaviv.

'Precies,' zei Zimmer. 'We staan in contact met de Amerikaanse ambassade. De ouders komen misschien over.'

'Triest,' zei Lind.

'Hoe ziet hij eruit?' vroeg Shaviv.

'Alsof hij geslagen is,' zei Zimmer tegen hem. 'Zoals gebruikers er op het eind vaak uitzien.'

Shaviv zuchtte. 'Het is inderdaad triest. Een leven.'

Zimmer zei niets meer. Hij had niet veel van Raziel moeten hebben.

'Ik neem aan,' zei Lind na een tijdje, 'dat je naar de stad terug wilt.'

'Ja,' zei Janusz Zimmer.

Ze lieten de bewaker naar het café in Dimona bellen waar Fotheringill heen was gegaan om voor hem te regelen dat hij werd toegelaten. Uiteindelijk zagen ze de Schot in zijn jeep buiten staan.

‘Waar ter wereld,’ vroeg Shaviv, turend door het raam, ‘ben je aan dat idiote type gekomen?’

‘Fotheringill?’ Zimmer glimlachte vaag. ‘Fotheringill en ik hebben elkaar in Afrika ontmoet. We werken altijd samen. Vooral wanneer de operatie... onofficieel is. Die Engelsman – je weet wel, Lestrade, de *momzer* – was er zeker van dat Fotheringill hem zou vermoorden.’

‘Dat kan ik hem niet kwalijk nemen,’ zei Shaviv.

De terugweg door de woestijn lag tussen twee grimmige ketens van bergen met grauwe toppen. Onder het rijden keek Zimmer van de ene keten naar de andere, van het granietmassief in het westen naar de zandstenen heuvels in het oosten. Het onafzienbare, onheilspellende landschap, dat hij maar een of twee keer eerder had gezien, riep herinneringen in hem wakker.

Op zijn zestiende – of misschien was hij nog maar vijftien – had hij in de chaos die op de oorlog volgde deel uitgemaakt van de Poolse communistische ongeregelde troepen. Hij herinnerde zich dat hij kort na de pogroms van 1947 in Zielce aankwam, waar hij met de ex-verzetsleden van de Bricah samenwerkte, de zionistische groepering die vluchtelingen verzamelde om ze naar Palestina te sturen. In die tijd onderhielden het Joint Distribution Committee, de Bricah-mannen en de communistische strijders nauwe banden met elkaar. Ben Gurions socialisten hadden de joodse inlichtingendiensten nog niet van communisten gezuiverd.

In de winter van 1947 had hij op wacht gestaan bij de brug die de Bricah over de Oder had gebouwd om vluchtelingen naar Tsjechoslowakije en vandaar naar Oostenrijk te brengen, met als uiteindelijk doel het gebied dat uiteindelijk Israël zou worden. Maar hij was zelf nooit meegegaan. Hij had daar met zijn roodwitte guerrilla-armband gestaan en naar de rijen vermoeide overlevenden gekeken die aan hem voorbijtrokken. Ze hadden even naar hem gekeken, in hem een willekeurige Pool gezien, en hadden haast gemaakt om het stof van Midden-Europa van hun schoenen te vegen.

Hij was achtergebleven en had geprobeerd de wereld beter te maken, waarbij hij had moeten toezien hoe zijn medestanders hun afvalligheid in wodka verdronken. Op het eind was hij bijna voortdurend op reis geweest. Hij knapte het soort klusjes op dat de communisten voor hun wrede, corrupte creaturen in de Derde Wereld deden, en probeerde hen te helpen de overhand te behalen op de corrupte, wrede creaturen van de Amerikanen.

Als hij toen naar Israël was gegaan, zou zijn leven natuurlijk anders zijn verlopen. Dan zou hij zijn ideologie eerder hebben afgeworpen. Misschien zou hij de positie hebben ingenomen waarop Lind en Shaviv nu gedijden. In plaats van te zijn wat hij altijd was geweest, een geheim agent, een intrigant achter de coulissen, een vertegenwoordiger van het Israël waarvan het land wilde dat de wereld er weinig van wist – net genoeg om de antisemieten een klein beetje angst in te boezemen.

Binnenkort, dacht hij, zou de ondergrondse er ondanks al zijn inspanningen in slagen de moskeeën te vernietigen en zo een oorlog te beginnen om de Arabieren weg te krijgen. Uit die oorlog zou een ander Israël te voorschijn komen. Het zou minder Amerikaans zijn. Misschien zou het weer een land met een zuiver streven worden, zoals het in het begin was geweest.

En hoewel het zijn taak was om die gang van zaken te voorkomen, vroeg hij zich onwillekeurig af wat de toekomstbeloften zouden zijn als er zo'n zuiverende wind door het land ging – hoe zoiets het Land tot de plaats zou kunnen maken die het zou moeten zijn. En zoals hij het niet kon laten om op een bepaalde manier met de communisten te sympathiseren, had hij onwillekeurig ongeveer dezelfde gevoelens voor rabbijn Miller en de footballcoach en de anderen die klaarstonden om hun leven ondergeschikt te maken aan het doel dat ze zich voor ogen hadden gesteld.

Lind en Shaviv en de andere politici die elke dag in de kranten stonden – de premier, Sharon, Netanyahu – zovelen van hen waren als de mannen die het in Oost- en Midden-Europa in de tijd tussen de wereldoorlogen voor het zeggen hadden gehad. De mannen rond kolonel Beck en koning Carol en admiraal Horthy – middelmatige opportunisten, levend voor hun deel van de koek. Wat was het moeilijk om niet iets meer te willen hebben. Maar, dacht hij, ik word oud.

'Alles kits?' vroeg Fotheringill. 'Stellen ze ons op prijs, denk je?'

‘Ik denk niet dat ze ons op prijs stellen, Ian. Maar we krijgen vast wel betaald.’

Ze zouden betaald krijgen. Fotheringill in Zwitserse franken, hijzelf op allerlei ingewikkelde manieren die hijzelf had uitgedacht, manieren waarbij geld niet altijd een rol speelde. Hij had genoeg, vond hij.

Hij had de hand van Sabazios formeel onder de hoede gesteld van enkele museumdirecteuren die van hem afhankelijk waren. In feite kon hij met het ding doen wat hij wilde.

De hand maakte deel uit van het nationale erfgoed, dacht Zimmer, en kon zowel voor zijn eigen belang als voor het belang van de staat worden ingezet. Voor Zimmer was dat geen ernstige tegenstrijdigheid van belangen.

Om veiligheidsredenen, redeneerde hij, zou hij het origineel met een laag gips en verf moeten bedekken, zodat het op een gipsafgietsel leek. En verder zou hij een aantal echte afgietsels kunnen maken. Als die het juiste gewicht hadden, zouden ze bijna niet van het origineel te onderscheiden zijn. Als handelsartikelen en gewilde voorwerpen zouden zulke dingen oneindig veel nut kunnen hebben. De hand en zijn imitaties zouden tot een ware rage onder collectioneurs van Caïro tot Californië kunnen leiden.

De woestijnzon begon zijn stralen schuin over de bergen in de verte te werpen. De ergste hitte van de dag trok met tegenzin weg; de schittering nam af. Zoals de ondergrondse op een dag de Haram zou verwoesten, dacht Zimmer, zo zouden op een dag de moslims een kernbom in Amerika samenstellen. Dat kon niet uitblijven. En wie wist wat er dan zou gebeuren? Ongetwijfeld zouden op de lange termijn ook de moslims het gevoel krijgen dat hun zekerheid, hun doelbewustheid zwakker werd.

Binnenkort zou dat er niet meer toe doen. Hij zou in Afrika gaan wonen. In de Ethiopische hooglanden kon je nog een voormalige villa van een Italiaanse fascist kopen. Wandelingen maken in de koelte van de ochtend. Rusten onder doornbomen om je voor de hitte van de dag te verbergen, naar de zonsondergang kijken, luisteren of je leeuwen hoorde.

‘Naar het vliegveld?’ vroeg Fotheringill.

De enige tas die Zimmer bij zich had, lag achter in de jeep. Hij pakte een plastic zak onder zijn stoel vandaan, keek in de twaalf paspoorten die hij daarin had en koos een Canadees paspoort uit, met Vilnius als geboorteplaats en met vermelding van de datum van zijn naturalisatie. Een aantal mannen wachtte bij de grens op hem om zich over de jeep en zijn identiteitspapieren te ontfermen.

'De Allenby Bridge,' zei Zimmer. 'Over de Jordaan.'

71

Het restaurant, eigendom van wereldse joden uit Roemenië, keek uit over het Dal van Hinnom en de muren van de Oude Stad. Lucas was er vaak met Tsililla geweest als ze naar de bioscoop daar in de straat gingen. Vooral Tsililla hield ervan om op vrijdagavond naar de bioscoop te gaan, want dan kon ze haar middelvinger opsteken naar de *haredim* die hysterisch voor het bioscoopgebouw stonden te protesteren, schreeuwend over de schending van de sabbat.

Meer dan eens had het niet veel gescheeld of gigantische bebaarde woestelingen hadden hen beiden aan stukken gescheurd. Als ze erin geslaagd waren om ongedeerd door de menigte demonstranten heen te komen, leidde ze hem altijd naar een tafel in het Roemeense restaurant, waar de luidruchtige vrome straatvechters hen konden zien. Ze koos dan een tafel zo dicht mogelijk bij het trottoir, opdat ze haar middelvinger weer naar de *haredim* kon opsteken.

Omdat dit restaurant op doordeweekse dagen meestal rustig was en je een mooi uitzicht op de stad had, koos Lucas het uit voor de ontmoeting van die middag met Faith Melker, Raziels moeder.

Mevrouw Melker was een aantrekkelijke vrouw met vriendelijke bruine ogen die haar verdriet erg mooi tot uiting brachten. Ze had ravenzwart en zilvergrijs haar dat subliem gekapt was. Ze droeg een kaki pakje van goede snit en eenvoudige gouden sieraden. Van haar en haar outfit ging een strengheid uit die ze zichzelf oplegde, alsof ze uit rouw haar opvallend knappe uiterlijk had ingetoomd. Toen hij naar haar keek, zag Lucas de bron van Raziels hartstocht en aantrekkelijkheid. Ze deed hem ook een beetje aan de vrouw van zijn vader denken.

'Een erg aardige jongedame op het consultaat raadde me aan om met u te gaan praten, meneer Lucas. Ik ben bang dat ik haar naam vergeten ben. Is het mevrouw Chin?'

'Ja,' zei Lucas. 'Sylvia Chin.'

'Het was aardig van u om tijd uit te trekken voor een ontmoeting met mij. Gezien de huidige situatie moet u het wel erg druk hebben.'

'Ik doe dit met alle genoegen, mevrouw Melker. En ik vind het heel erg van Raziel.' Ze keek hem vragend aan. 'Van Ralph, bedoel ik.' Hij stond op het punt om dat van die namen uit te leggen, maar zag daarvan af.

'Soms denk ik dat hij me kan horen,' zei ze tegen Lucas. 'Soms denk ik dat hij reageert. Hij beweegt zijn vingers.'

Hij was bijna niet bestand tegen haar verdriet, zeker niet in combinatie met die zelfverzekerde moed. Haar briljante, geestige, veelzijdige zoon was voor haar verloren gegaan, ommuurd door zijn eigen verduisterde hersenen.

'Zoveel gezinnen,' zei Lucas, 'zijn diep getroffen door drugs.' Hij had meteen spijt van die banaliteit.

'Ik probeer me in te prenten,' zei ze in dezelfde trant, 'dat we hierin niet alleen staan. Dat onder de minder fortuinlijken in ons land zoveel anderen hetzelfde hebben doorgemaakt.'

Nou, dacht Lucas, ze was de vrouw van een politicus. Maar hij twijfelde niet aan haar oprechtheid, aan de echtheid van haar verdriet. Hij mocht haar erg graag. Nu hij haar ontmoette, wilde hij dat hij meer medelijden met Raziel had.

'Als het om iemand gaat die zo getalenteerd en intelligent is,' zei Lucas, 'ik bedoel, hoe getalenteerder en intelligenter iemand is, des te groter is het verlies.'

Alsof ze dat zelf nog niet wist. Hij kon het Sylvia moeilijk kwalijk nemen dat ze haar naar hem had doorgestuurd, maar Faith Melker was niemands *freier*, zoals ze in Israël zeiden: ze liet zich door niemand in de maling nemen. Een meisje uit Detroit, zelfs een meisje van zo'n goede komaf, zou waarschijnlijk meteen merken dat iemand haar in de luren probeerde te leggen.

De Amerikaanse aanwezigheid in het land, de Israëlische regering en de onbekende samenzweerders achter de gebeurtenissen van de afgelopen dagen hadden er allemaal belang bij dat

Faith Melker niet van de appel proefde, dat ze in een staat van zaligheid bleef verkeren. Ergens stond met letters van vuur een verhaal over goed en kwaad geschreven waarvan het voor hen allen belangrijk was dat mevrouw Melker er niets van te weten kwam.

Niemand wilde dat meneer Melker – voormalig ambassadeur, lid van het Huis van Afgevaardigden – verontwaardigd en nieuwsgierig op het vliegveld Lod zou landen. Bovendien, dacht Lucas, was het maar goed ook dat ze zomin mogelijk wisten. Voor iedereen, ook voor henzelf. In ieder geval zouden veel van de betrokkenen het zo zien.

Zijn eigen contact met haar zou een beetje anders zijn, in elk geval wanneer hij nog steeds zijn boek wilde schrijven. Ze zouden elkaar opnieuw ontmoeten en dan was het onvermijdelijk dat ze informatie uitwisselden. Op een gegeven moment zou hij, om haar medewerking te verkrijgen, bepaalde informatie moeten aanbieden. Hij had reden om aan te nemen dat hem in de toekomst meer over de gebeurtenissen zou worden geopenbaard. Hij zou in het bezit komen van informatie die met de grootst mogelijke discretie moest worden behandeld.

Discretie was niet zijn sterkste punt, niet een van zijn aangeboren deugden. Daardoor had hij het Grenada-verhaal verknoeid.

'We wisten dat Ralph problemen met drugs had,' zei mevrouw Melker.

'Hij was' – Lucas corrigeerde zichzelf meteen – 'hij is zoekende. Hij zoekt naar absolute waarden. Soms komt het daardoor.'

'U hebt hem goed gekend, nietwaar?' vroeg ze.

Een moeilijke vraag. Moeilijk te beantwoorden. En een antwoord zou problematische gevolgen kunnen hebben.

'Ik heb hem maar korte tijd gekend,' zei Lucas. 'Maar ik was onder de indruk van zijn verlangen naar het geloof. Ik denk dat de drugs iets veel groters op een zijspoor zetten. Een veel groter verlangen.'

'Bent u joods, meneer Lucas?'

Lucas begon te stamelen. 'D-door mijn afkomst,' kon hij uitbrengen. 'Voor een deel. Maar ik ben niet joods opgevoed.'

'O,' zei ze, en ze keek hem met een geruststellend glimlachje aan. Toen betrok haar gezicht van verdriet. Ze leek opeens jaren ouder.

'We dachten dat, nu hij hier was... hij misschien minder in de verleiding zou komen. Dat hij niet zo gauw tot extreem gedrag zou overgaan.'

Mis, dacht Lucas. Hier in Israël geen verleiding om tot extreem gedrag over te gaan? Hier, op het middelpunt van de wereld, waar de aarde de hemel raakte? Waar het lot van de mens geschreven stond, waar woorden van vuur tot vlees werden gemaakt, waar profetieën die in lang vervlogen millennia waren uitgesproken de gebeurtenissen van de volgende ochtend bepaalden? De plaats vanwaar alles wat we over God weten afkomstig was, de beloofde wederkomst, de geveinsde wederkomst, beloofde boodschappers, gefluisterde boodschappen? Waar de onzichtbaren het lot op steen schreven? Boodschappen, beloften die eeuwig waren? Volgend jaar. In den beginne.

Waar wat boven was, overging in wat beneden was, waar wat vroeger was, overging in wat zou komen. De hof van marmeren fonteinen, waar de dood, de waanzin, de ketterij en de verlossing allemaal te vinden waren. Zou iemand hier minder in de verleiding komen om tot extreem gedrag over te gaan?

'Natuurlijk,' zei hij.

72

Op een avond kort na zijn gesprek met mevrouw Melker had Lucas zijn beloofde ontmoeting met Basil Thomas. Ditmaal spraken ze niet af bij Fink, hun favoriete stek in Jeruzalem. In plaats daarvan ontmoetten ze elkaar in een klein café aan Hebron Road, tussen het Egged-busstation en de Ramat Rahel-kibboets. Het was zelfs te warm voor Thomas om zijn leren jas aan te houden, en hij maakte een erg nerveuze indruk.

'Er is me gevraagd om tegen je te zeggen,' zei Thomas, alsof hij dit uit zijn geheugen opzei, 'dat als je discreet weet te handelen er in de loop van de tijd interessante informatie kan vrijkomen. Er is me gevraagd om te zeggen dat het informatie zal zijn die je voor een project ter grootte van een boek kunt gebruiken. Er is me ook gevraagd te zeggen dat je wordt aangeraden het land voor een aanzienlijke tijd te verlaten. Je zult op de hoogte worden gesteld wanneer een nieuw bezoek aanbevelenswaardig is, in het geval dat je research zo'n bezoek noodzakelijk maakt.'

'Mag ik hieruit afleiden,' vroeg Lucas, 'dat de bron van je informatie niet meer de organisatie is waarvan je me laatst een voorstel deed?'

Thomas keek hem dof aan. Hoewel hij alleen maar een wit sportshirt droeg, zweette de grote man overdadig. Toen knikte hij. Misschien, dacht Lucas, droeg hij een zendertje op zijn lichaam. Zo'n ingewikkelde, technische voorzorgsmaatregel leek Lucas onwaarschijnlijk, maar het was een schokkend idee. Bovendien was Thomas vochtig genoeg om zichzelf te elektrocuteren.

'Zie ik het ook goed,' vroeg Lucas, 'als ik denk dat de leden van die organisatie...'

Thomas begon hevig met zijn hoofd te schudden om te kennen te geven dat zo'n vraag volstrekt ongepast was.

'Dat die organisatie niet meer bestaat?'

Maar Thomas had een houding van extreme frustratie aangenomen, de frustratie van een handelaar in informatie, een handelaar-connaisseur die probeerde zijn onthullingen binnen de grenzen van zijn instructies te houden. Hij maakte een enigszins dubbelzinnig gebaar met zijn handen en zei toen: 'Ja.'

'Zijn er arrestaties verricht?'

Basil Thomas knikte langzaam.

'Zullen de arrestaties worden bekendgemaakt?'

Thomas ontspande, veegde over zijn voorhoofd en keek op zijn horloge.

'Zo laat al,' zei hij. 'Neem me niet kwalijk.' Hij stond op en liep het café uit. Hij zei ook niets over betaling voor zijn informatie en liet het alleen aan Lucas over om de rekening te betalen.

Nadat Lucas de volgende middag in de bungalow in Ein Kerem ieders bezittingen had ingepakt, ontving hij Ernest Gross en dokter Obermann. Hij serveerde wodka, mineraalwater en limonade, samen met crackers en kleine schijfjes verpakte Franse kaas.

'Heb je je ontmoeting met Thomas gehad?' vroeg Ernest hem.

'Ja,' zei Lucas. 'Hij schijnt niet meer namens de ondergrondse te spreken. Hij spreekt nu namens elementen binnen de regering.'

Ernest keek zorgelijk.

'En doen we nog zaken?' vroeg Obermann.

'Blijkbaar doen we nog zaken,' antwoordde Lucas hem. 'Wie ze ook zijn, ze schijnen ons als doorgeefluik te willen gebruiken.'

'Waarbij ze zelf de leiding houden,' zei Ernest Gross. 'Zoals wanneer je water uit een bassin in een wadi laat lopen. Ze willen de vorm van het verhaal bepalen.'

'Ik geef toe dat het een beetje vernederend is,' zei Lucas. 'Maar het is alles wat we hebben. En verder willen ze mij voorlopig het land uit hebben.'

'Je zult wel genoeg hebben om je bezig te houden,' zei Obermann. Hij klaarde meteen weer op. 'Hé, kijk eens wat ik hier heb. Foto's van de opgravingen.' Hij dook in zijn aktetas en haalde er een doos dia's en een viewer uit. 'Kijk maar eens.'

‘Hoe ben je daaraan gekomen?’ vroeg Ernest.

‘Aha!’ zei dokter Obermann, stralend van zelfgenoegzaamheid. ‘Aha!’

‘Laat dat aha maar,’ zei Lucas. ‘Nou, hoe?’

‘Mijn kameraad bij de reserves werkt bij het Israël Museum,’ zei Obermann. ‘Mijn kameraad en patiënt. Terwijl ze de boel aan het uitzoeken zijn, laten ze een stel archeologen een kijkje nemen in de kamer van Sabazios. Iedereen is in uniform, en overal staan Golani, dus het lijkt gewoon of het bij het onderzoek hoort. Ik heb deze kopieën van hem gekregen.’

Lucas hield de viewer zo dat hij en Ernest de dia’s allebei konden bekijken. Ze vertoonden een aantal fresco’s op de muren van de kamer waar Lucas, omdat hij die avond andere dingen aan zijn hoofd had, niet op had gelet. Er waren ook dia’s van het beeld van Sabazios en van een losse hand waarvan de vingers in een zegenend gebaar omhoog gestoken waren. Obermann stond achter zijn vrienden en gaf commentaar.

‘Die hand is van de heer Sabazios, en de joodse syncretisten kenden hem als Theos Hypostasis, of de Almachtige, of Sabazios Sabaoth. In zijn mysteriecultus werd hij verenigd met Zeus en Persephone, of met Hermes Trismegistus en Isis. Op zichzelf was hij de Heer der Heerscharen.’

Gefascineerd stak Lucas de dia’s in de viewer.

‘Op de ceremonies ter ere van hem werden brood en wijn genuttigd. De zegening symboliseerde de Drie-eenheid en werd de *Benedicta Latina*. Zijn cultus werd in het gnosticisme of in het christendom opgenomen. Essenen, Therapeutae, Sabazianen – in het begin waren ze daar allemaal. Hij droeg trouwens een Phrygische muts, want hij was ooit een Phrygische god, en waarschijnlijk brachten joden uit Phrygië en Armenië hem naar Jeruzalem.’

Op een van de fresco’s was een wagenmenner te zien die met een quadriga door de hemel reed. Een tweede strijdwagen volgde, vol symbolen van de *merkabah* van Ezechiël.

‘Kan dit een deel van de Tempel zijn geweest?’ vroeg Lucas.

‘Dan zou het een erg geheim, onofficieel deel zijn geweest,’ zei Obermann. ‘Maar net als in de bijbel entten mensen hun eigen favoriete cultussen altijd op de nationale religie. *Bammot*, werden de dubieuze schrijnen genoemd. De hele serie kamers die naar die ruimte leidde, was een klassiek labyrint. Je kon er hopeloos in verdwalen.'

'Wat passend,' zei Lucas, terwijl hij de volgende dia nam.

'Het lijkt op iets uit de begintijd van het christendom,' zei Obermann. 'Dus het is waarschijnlijk vóór 70 na Christus door gnostische *minim* gebouwd.'

'Interessant,' zei Lucas, 'dat van dat brood en die wijn.'

'Dat wijst op iets, hè?' vroeg Obermann. 'Natuurlijk is het mogelijk dat het ten tijde van de bezetting door de Sassaniden in de ruïne is ingebouwd, maar dat is minder waarschijnlijk.'

Op de volgende groep dia's waren astronomische dingen te zien.

Obermann wees met zijn vinger om Lucas' hoofd heen. 'De zon,' zei hij, 'het grotere licht. Daaromheen de constellaties van de dierenriem met hun Hebreeuwse namen. Daar weer omheen *tekuphot*, menselijke figuren die de seizoenen van het jaar verbeelden. En ook de Dioscuri. In Chorazin staat een synagoge met dezelfde figuren.'

De volgende afbeelding leek Lucas een Avondmaal.

'Is dit...?'

'Het is een Avondmaal,' zei Obermann. 'Hermes Trismegistus is er. En Alcestis en de aartsengel Gabriël.'

'Ongelooflijk,' zei Lucas.

'Iets voor iedereen,' zei Obermann.

'En wie waren de mensen die hier hun godsdienst uitoefenden?' vroeg Lucas. 'Waren het joden?'

'Sommigen wel, anderen niet. Niet-joden op zoek naar monotheïsme, joden die de strengheid van de *mitzvot* probeerden te verlichten. Of, als je wilt, die de Wet universeel probeerden te maken.'

'De droom,' zei Lucas.

'De New Age-dromers van hun tijd,' zei Obermann. 'Mensen die hun vertrouwen hadden verloren, die gered moesten worden. En in hun labyrinten,' zei hij met enig effectbejag, 'werd het christendom geboren.'

Lucas had het gevoel dat hij voor een televisiedocumentaire aan het oefenen was.

'De gelovigen,' ging hij verder, 'werden waarschijnlijk christenen of gnostici of beide.'

'Wiens idee was het om daar die nepbom te plaatsen?' vroeg Ernest.

'Het is de ideale plaats,' zei Obermann. 'Als protest tegen *bammot*, afgoderij. Tegen religieus toerisme, zou je kunnen zeggen. En de structuur van het labyrint was ook gunstig. De vraag is: wie heeft die plaats gevonden? De Tempelbouwers en hun ondergrondse? Of degenen die hen voor waren?'

'Heb je de krant gelezen?' vroeg Ernest Gross. 'De vervanging van die minister? Zhidov eruit, Lind er weer in?'

'Ja,' zei Lucas. 'Denk je dat het daar iets mee te maken heeft? Die hele operatie? Compleet met namaakexplosie?'

'Niet helemaal,' zei Ernest. 'Ik denk dat er waarschijnlijk een echt bomcomplot was – misschien zelfs een paar bomcomplotten – maar dat de Shabak en een speciale eenheid daarin geïnfiltreerd zijn. Misschien konden ze het plotseling niet meer bijhouden, zoals ze Hamas op een gegeven moment ook niet meer onder controle hadden. Ze moeten hebben gedacht dat er echt een bom zou afgaan, tenzij ze er een stokje voor staken en de grote jongens erbij haalden. En dus moesten ze doen wat ze met de Arabieren doen. Vuur met vuur bestrijden. En Lind, die een erg slimme intrigant is, heeft dat alles misschien in zijn voordeel gebruikt. Waarschijnlijk zullen we het nooit weten. Maar misschien,' zei Ernest tegen Lucas, 'zul jij op een dag Avram Lind ontmoeten.'

'Ik kan bijna niet wachten,' zei Lucas.

'Het probleem is,' zei Ernest, 'dat de Palestijnen er absoluut van overtuigd zullen zijn dat er echt een bom was. Zoals zij het interpreteren, léék het een echte bom. Binnenkort zullen mensen zich een explosie herinneren die ze nooit hebben gehoord.'

'Ik herinner me een explosie,' zei Lucas.

'Is die er geweest?' vroeg Ernest.

'Nee,' zei Lucas. 'Ik geloof van niet.'

'Precies,' zei Ernest. 'Binnenkort zullen de Europeanen er allemaal zeker van zijn dat wij het hebben gedaan. Met hulp van de CIA. De Fransen. De Scandinaviërs.'

'Maar jullie hebben het niet gedaan,' zei Lucas. 'Dat zullen Obermann en ik zeggen.'

'Veel succes,' zei Ernest. 'Een paar joden.'

Dokter Obermann borg zijn dia's weer op.

'Weet je,' zei hij tegen Lucas, 'ik heb laatst mevrouw Melker ontmoet.'

'Ik dacht wel dat ze jou zou opzoeken. Nog verandering in Raziels conditie?'

Obermann schudde zijn hoofd. 'Maar wat een mooie vrouw,' zei hij. 'Ik zou haar graag wat vaker willen ontmoeten. Misschien gebeurt dat ook nog wel.'

Lucas en Ernest keken elkaar aan.

'Ja, Obermann,' zei Lucas. 'Probeer haar maar te versieren. Je bent een Israëliër – je moet geen kans voorbij laten gaan. Vergeet maar dat haar enige zoon in coma ligt. Dat haar man een voormalige Amerikaanse ambassadeur en lid van het Huis van Afgevaardigden is. Maak haar reis naar het Heilige Land tot iets gedenkwaardigs. Klootzak!'

Ernest maakte aanstalten om te vertrekken. 'Weet je,' zei hij. 'Ik begrijp ze. Echt. Ik kan met ze sympathiseren.'

Nu was het Lucas' en Obermanns beurt om elkaar aan te kijken.

'Met wie, Ernest?' vroeg Lucas.

'Met de mensen die de Tempel willen bouwen. Want ze willen dat het Land voor meer staat dan alleen maar dag en nacht geopende falafeltentjes in Tel Aviv. Daarvoor ben ik niet helemaal uit Durban hierheen gekomen. Ik wil dat het ook iets betekent.'

'Maar dat doet het ook,' zei Obermann. 'Dat zal het.'

Hij keek Lucas weer aan en begon te spreken. Maar toen ging hij, alsof hij opeens aan iets moest denken, verder met het inpakken van zijn dia's.

73

Sonia had op haar bank naar een tenniswedstrijd op de televisie liggen kijken, toen Lucas haar in haar appartement in Rehavia kwam opzoeken. Naast de bank stond een schaal met fruit. Haar handen waren verbonden en ze had ook een verband over een van haar oren. Ze droeg een hoofddoek om de plaatsen te verbergen waar haar haar was verdwenen.

‘Het zijn allemaal eerstegraads brandwonden,’ zei ze. ‘Dus het komt wel goed.’

‘Eerstegraads?’ zei Lucas. ‘Dat klinkt erg.’

‘Het is juist goed. Oppervlakkig. Van de flits. Derdegraads is erg.’ Ze keek naar zichzelf in een wandspiegel. ‘Al lijk ik een raar oud mens.’ Ze keek hem aan met de glimlach die zijn hart altijd een beetje sneller deed slaan. ‘Bedankt dat je met me meeging naar het ziekenhuis. En dat je hebt gewacht.’

‘Hé,’ zei Lucas. ‘Dat was het minste dat ik kon doen.’

‘Hoe is het met Razz?’

‘Niet beter.’

‘Is er nog hoop, zeggen ze daar iets over?’

‘Ik denk dat ze het niet weten. Ik geloof niet dat hij hersendood is. Alleen maar comateus. Dus dan is er altijd hoop, denk ik. Weet je, ik heb laatst zijn moeder gesproken. Misschien belt ze je zolang ze nog in Israël is.’

‘Wat is ze voor iemand?’

‘Ze is erg mooi,’ zei Lucas. ‘Beeldschoon. Diep geschokt. Het treft je.’

‘Ja, dat zal wel,’ zei Sonia. ‘Weet je nog iets meer over wat er gebeurd is?’

‘Een heleboel zullen we waarschijnlijk nooit weten,’ zei Lucas. Hij vertelde haar wat hij wist over de dingen die ze hadden gezien en waarbij ze betrokken waren geweest. De Roos was met verlof naar huis in Canada gegaan. Zuster Johan was in Nederland.

'Ik denk veel aan Nuala,' zei Sonia. 'Nuala en Rashid. Het had mij ook kunnen overkomen, weet je.'

'Misschien,' zei Lucas. 'Twee van de laatste slachtoffers van de Koude Oorlog.'

'Maar ze zullen nooit een straat naar hen noemen,' zei Sonia. 'Of een studentenhuis op de Lumumba-universiteit. Ik geloof trouwens dat die niet eens meer de Lumumba-universiteit heet.'

'Wij zullen het onthouden,' zei Lucas. 'Natuurlijk kon ze ook verrekte lastig zijn.'

'Dat was haar taak, Chris. Gezapige bourgeoistypes als jij tot last zijn.'

'Ze was er goed in.'

Ze zaten een tijdje in stilte, met op de televisie de tenniswedstrijd zonder geluid.

'Ik moet een tijdje het land uit,' zei hij. 'Als je nu eens met me meeging?'

'Tjee,' zei ze. De moed zonk hem in de schoenen, want hij kon zien dat ze het luchtig wilde houden en hij zag hoe het met hen zou aflopen. Maar niets kon hem ervan weerhouden toch te proberen haar te krijgen. Hij zou smeken, als dat zou helpen. Maar hij wist dat niets zou helpen. 'Waar zouden we heen gaan?'

'Ik dacht dat we in de Upper West Side konden gaan wonen. Misschien bij de Columbia University. Ik ben daar opgegroeid.'

'Ja, dat weet ik,' zei ze. 'Zou dat niet leuk zijn?'

Omdat hij niets te verliezen had, vertelde hij haar alles waarop hij had gehoopt, waarvan hij had gedroomd.

'Ik dacht dat we zelfs konden trouwen, als we dat wilden. En ik dacht... We zouden een paar van die geweldige bruine kinderen kunnen nemen zoals ze in die buurt hebben. En ik hoorde dat ze het Thalia weer gaan openen. Wie weet, misschien draaien ze dan weer *Les enfants du paradis*, zoals ze vroeger deden. En daar kunnen we dan heen gaan.' Hij haalde zijn schouders op en zweeg.

'Nee, Chris.' Ze stak haar verbonden hand uit en pakte zijn hand vast. 'Nee, schat. Ik blijf hier. Ik ben thuis.'

'Nou,' zei hij, 'het zou niet zo zijn dat we nooit terugkwamen. Ik heb hier werk. We zouden vaak terugkomen.'

'Ik wil het tot *aliyah* brengen,' zei ze. 'Ik ga oefenen.'

'Je bedoelt oefenen...'

'Ik bedoel oefenen in mijn geloof. Hier. En overal waar de dingen me heen voeren. En dan zal ik hier terugkomen. Hier ben ik thuis.'

'Dat zou kunnen,' zei Lucas. 'Ik kan me bekeren. Ik ben al halverwege, nietwaar?'

Ze lachte weemoedig. 'Neem me niet in de maling, schat. Jij zult tot de dag van je dood katholiek blijven. Wat je ook zegt dat je gelooft. Of denkt dat je gelooft.'

'We hebben samen zoveel meegemaakt,' zei hij. 'We kennen elkaar zo goed. En ik houd zoveel van je. Ik hoopte zo dat je bij me zou blijven.'

'Ik houd ook van jou, Christopher. Echt waar. Maar laat me je iets vertellen. Als ik niet hier ben en de beste jood probeer te zijn die ik kan zijn, zal ik in Liberia zijn. En in Rwanda. Tanzania. Soedan. Cambodja. Weet ik veel, Tsjetsjenië. Alle *townships* en *barrios* en krottenwijken. Dat wil jij niet. Je wilt je boek schrijven, en dan schrijf je er nog een, en je wilt een gezin. Ik kan geen gezinsleven leiden als ik tussen de cholera en het bedorven water en de razernij leef. En dat is mijn leven, schat. Jij houdt van reizen, maar je houdt ook van het Colony Hotel. Je houdt van Fink. Ik ga niet naar die plaatsen. Ze laten me er niet in.'

'Je houdt van muziek.'

'Chris, heb jij ooit gezien dat mensen graankorrels uit de uitwerpselen van andere mensen haalden?'

'Ik ken de NGO-wereld, Sonia. Ik ging altijd naar de feesten.'

'Lieveling, jij wilt dat niet. Denk je dat ik hier niet over heb nagedacht? Denk je dat ik je niet wil? Maak het niet moeilijk voor me.'

'Moet ik het dan gemakkelijk maken? Denk je dat het voor mij gemakkelijk is?'

Ze stond op en ging naast zijn stoel op de vloer zitten.

'Ik houd ook van jou. Ik zal altijd van je houden. Maar in de belangrijke opzichten gaan onze wegen hier uit elkaar. We zullen altijd vrienden zijn.'

'Ik was al bang dat je dat zou zeggen,' zei Lucas. "*She's gonna smile and say,*"' zong hij, '"*Can't we be friends?*"' Een oud nummer. Het zat in haar repertoire, met *he* in plaats van *she*.

'Nou, dat zullen we. We zullen elkaar terugzien. Maar als je me moet vragen of ik je vrouw wil worden? Dan moet ik zeggen: nee. Ik wil dat niet. Ik wil vrij zijn en ik wil hier zijn, en joods zijn, en ik wil mijn kleine bijdrage leveren aan *tikkun olam*. Zelfs als ik op die manier levensjaren verbruik. Het spijt me, mijn lief. Ik heb geen enkele twijfel.'

'Dan moet ik je maar geloven,' zei Lucas.

'Ja,' zei ze. 'Je moet me geloven.'

Hij stond op en hielp haar naar de bank terug.

'Ga zitten,' zei hij. 'Kom van de vloer.' Hij ging naar zijn stoel terug en keek naar het geluidloze televisietoestel. 'Misschien wil je de wedstrijd zien. Ik kan maar beter weggaan.'

'O, doe niet zo mal,' zei ze. 'Ik zal je wat vertellen – over een jaar of drie zie ik je misschien in het Floridita in Havana, als ze ons binnenlaten. Laat me je dan niet met een hoertje betrappen.'

'Ik zal jóú wat vertellen,' zei Lucas. 'Als ik niet in het Floridita ben, ben ik in Phnom Penh. Je kunt me vinden in Café No Problem. Om het Café No Problem te vinden sla je linksaf bij het genocidenmuseum.'

'Christopher!'

'Ik meen het. Daar is het echt! Zou ik grappen maken over zoiets?'

'Serieus,' zei ze. 'Wat ga je nu doen?'

'Ik weet het niet. Ik moet hier weg. Maar ik blijf met Obermann aan het boek werken. Blijkbaar hebben de machthebbers niet tegen jou gezegd dat je moet opkrassen.'

'Nee,' zei ze. 'Ze hebben tegen me gezegd dat ik in het openbaar mijn mond moet houden. En dat zal ik doen. Tenminste, deze keer. En dan staan ze bij mij in het krijt, vind ik.'

'Straks ga je nog voor de Mossad werken.'

'O ja? Nou, ik denk van niet. Ik denk niet dat ze me vragen. Ik ga het ze zo moeilijk maken dat ze zullen wensen dat ze mijn snuit nooit hadden gezien.'

'Weet je,' zei Lucas, 'ik heb net met Ernest gepraat. Hij zei dat hij in zekere zin sympathiseerde met de kerels die de bomaanslag wilden plegen om de Tempel te herbouwen. Omdat ze wilden dat het land iets betekende, en dat wil hij ook.'

Hij had het gevoel dat hij tegen haar moest blijven praten. Hij wilde haar niet verlaten en hij wilde haar ook niet zien wegglippen.

'De Tempel zit in je,' zei ze. 'De Tempel is de Wet.'

'Veel mensen denken dat het al te lang zo is,' zei Lucas. 'Ze willen de echte Tempel.'

'Ja,' zei ze. 'En ze willen dat de profetie uitkomt. Ik voor mij denk dat ze zich vergissen. Veel plaatsen hebben tempels. Utah heeft een tempel. Amritsar. Kyoto. Je moet de Tempel in je hart hebben. Wanneer iedereen daar een Tempel bouwt, kunnen ze misschien aan Wonderschone Poorten en het Allerheiligste denken.'

'Daar zul je het moeilijk mee krijgen.'

'Ja. Nou, ik ben hier om moeilijkheden te veroorzaken. Ik ben een Derde Wereld-mens. En ik ben hier en ik heb er recht op om hier te zijn.'

'Ga je naar de Gazastrook terug?'

'Waarschijnlijk wel. Iemand moet Nuala vervangen. Op die kinderen passen.'

'Mensen zullen je een verrader noemen.'

'Nou, dat ben ik niet. Ik ben niet de verrader.' Ze lachte om hem. 'Vergeet niet, ik houd echt van je. Ik houd van je sinds je me dat gedicht liet horen.'

'Welk gedicht was dat?'

'Dat over die kinderen. De kinderen die zouden leren zingen voordat ze leerden praten. De dorstige kinderen.'

In de verte, vanuit Silwan, klonk de oproep tot het gebed.

'O,' zei Lucas. 'Die kinderen.'

'Ja,' zei ze. 'Melk altijd en overal.'

74

Lucas maakte geen haast met verhuizen. Hij bezat weinig meer dan boeken, en veel daarvan schonk hij aan de hospitia in de Oude Stad. Droefheid en spanning achtervolgden hem.

Het grootste deel van de dag zocht hij naar lekken en nuttige informatie in de Engelstalige pers. Hij pleegde bijna dagelijks overleg met Obermann, die in de Hebreeuwse pers naar hetzelfde materiaal zocht. De interessantste speculatie stond in het linkse tijdschrift *Ha'olam Hazeh*, dat in Tel Aviv verscheen, maar als de krachten binnen de regering iets wilden laten uitlekken, gebruikten ze meestal *Ma'ariv* of de *Jerusalem Post*.

Alsof hij wilde bevestigen wat Ernest Gross had geopperd, begon Avram Lind op te komen als een politieke figuur van betekenis, vaak beschreven en geciteerd. Lind was duidelijk een bekwame politicus. Hij slaagde er op een subtiele manier in om extremistische joodse krachten met de recente onlusten in verband te brengen, terwijl hij tegelijk zijn aanvallen op de invloed van christelijke fundamentalistische chiliasten in de stad concentreerde. De elementen binnen het establishment die de fundamentalisten bij hun complotten hadden betrokken, konden zich alleen maar in stilte kwaad maken. De publieke opinie stond aan de kant van Lind.

Er werd een beroep gedaan op oude wetten uit de tijd van het Brits mandaat, wetten die de veiligheid van officiële geheimen en strafvervolgingen beschermden, en er was niet veel harde informatie over arrestaties te krijgen.

Professor Lestrade was verhoord en het land uit geschopt. Het publiek kwam op de hoogte van sommige van zijn antisemitische uitlatingen en zijn voorkeur voor de muziek van Orff en Wagner. Er werd een Palestijnse jongen gevonden aan wie Lestrade vol genegenheid *Mythe van de twintigste eeuw* van Alfred Rosenberg cadeau had gedaan.

Van tijd tot tijd maakte Lucas wandelingen in de Oude Stad. Soms leek het of het daar nog naar brandend rubber en traangas rook. Het leger was versterkt aanwezig, al werd het discreet ingezet. Hij wandelde in de Bab al-Hadid en nam een kop granaatappelsap in de winkel waar de gehandicapte zoon van de eigenaar de vloer veegde. Hij moest een hele tijd op zijn sap wachten en werd grimmig bediend. Maar de achterlijke jongen glimlachte en schudde Lucas de hand, waarna hij streng werd toegesproken door zijn vader en broers.

Lucas kwam vaak langs de voormalige madrasa, waar de Palestijnen van Afrikaanse afkomst hadden gewoond en waar Berger zijn appartement had gehad. Wat kon hij zich nog goed die eerste keer herinneren dat hij Sonia zag, met haar hennatatoeages en haar mysterieuze Eritrese boernoes. De zwarte kinderen waren teruggekomen en voetbalden in de lange schaduwen van de binnenplaats.

Sally Conners had iemand die de Arabische kranten voor haar in het Engels omzette, en ze gaf kopieën van de samenvattingen aan Lucas door. Hij ging een paar keer met haar uit en hoorde het verhaal van haar leven, dat gezien haar jeugdige leeftijd kort was, zij het niet onbewogen. Ze had aan de York University gestudeerd en als redactieassistente in Toronto en Boston gewerkt. Ze mocht graag rotswanden beklimmen in het Lake District en in Noord-Wales.

Een week of twee voordat hij het land verliet, ging hij met Sally naar de Sinaï en doken ze in de Rode Zee. Om de muurduik te kunnen maken moesten ze in hun wetsuits over een veld van gebleekt koraal kruipen, dat ondermijnd was met stekelige zeeegels. Aan het eind van het gebleekte veld begon de grote muur; ze gleden van het koraal af, de bodemloze turquoise diepten in, door wolken van lipvissen en wieren in zuilen van afkoelend zonlicht.

Toen ze langs de muur naar beneden gingen, fonkelde het felle woestijnlicht op de wezens die daar leefden. Ze zagen zeewaaiers en elandshoorn en zeeveren, tandbaars die hoorbaar over het koraal knerpte en gigantische gouden zeeanemonen. Lucas stelde zich dit water plotseling voor als een tegenhanger van de Klaagmuur, de muur van een tempel voor de Heer der Schepping. Soms brachten de diepgaande lichtbundels de geelbruine kleuren tot leven van de hamerhaaien die ver, ver beneden op zoek naar prooi waren. Al die schepsels herinnerden je eraan dat achter die blauwe oneindigheid de Indische en Stille Oceaan lagen.

Na hun duik bedreven ze, uit puur dierlijk instinct, in elk geval wat Sally betrof, de liefde en werden vrienden. De stad Sinaï zat vol Italianen en omdat er overal restaurants voor hen waren, dronken ze sangiovese.

'Umm,' zei ze, 'spaghetti bolognese!'

Ze gingen naar het klooster van Sint-Catharina en beklommen de Jebel Musa, waarvan werd aangenomen dat het de berg Sinaï was. Lucas raapte een handvol rode steentjes op en deed ze in zijn zak.

Sally was een leuk, onverschrokken kind, belezen en met een enorm, onwankelbaar vertrouwen in haar eigen opvoeding. Ze had zwart haar en ogen zo blauw als de Indische Oceaan. Hij probeerde verliefd op haar te worden, maar eigenlijk wilde hij Sonia. Toch was hij, toen Obermann in de laatste dagen voor zijn vertrek haar in het Bixx probeerde te versieren, heimelijk blij dat ze hem liet vallen.

Op een dag kwam Lucas net buiten de Russische wijk Majoub tegen, de advocaat uit Gaza.

'Mag ik je op een kop koffie trakteren?' vroeg Lucas.

'Waarom niet?' zei Majoub. Ze gingen naar het Atara.

Lucas vroeg of hij bij het schrijven van zijn boek Majoub regelmatig mocht raadplegen. Hij had het gevoel, zei hij, dat het Palestijnse perspectief ook aan bod moest komen. Majoub ging akkoord.

'Je zult wel hebben gehoord,' zei Majoub, 'dat ten tijde van de onlusten het gerucht ging dat Salman Rushdie in de stad was?'

Lucas kreeg een kleur. 'Ja,' zei hij. 'Ik hoorde zoiets.'

Majoub glimlachte vaag.

'De buitenlandse pers vond het wel grappig,' zei hij. 'En de veiligheidsdiensten vast ook wel.'

'Nou,' zei Lucas, 'niemand die ter plaatse was, kon erom lachen. En ook niet om iets anders.'

'Je was erbij? Bij de onlusten?'

'Ja.'

'Natuurlijk was dat gerucht over Rushdie absurd. Rushdie wordt hier niet zo erg gehaat. Hij is niet de vijand.'

'Dat begrijp ik,' zei Lucas. 'Ik heb eens gehoord dat Woody Allen naar Jeruzalem was gekomen. Dat was geen vijandig verhaal,' legde Lucas uit.

Majoub lachte. 'Ik heb dat ook gehoord. Dat was een tijdje geleden, nietwaar?'

'Ja, een tijdje geleden.'

'Als mensen machteloos zijn,' zei Majoub, 'als ze erg ver van de macht af staan en woedend zijn omdat hun leven door anderen wordt beheerst – dan klampen ze zich vast aan geruchten. De machtelozen hechten geloof aan de onwaarschijnlijkste verhalen. Dat maken we elke dag mee. Onze mensen zijn in hun ellende van de hele wereld afgesneden. In de meeste gevallen hebben ze geen toegang tot onderwijs of informatie. En dus geloven ze alles.'

'Dat begrijp ik,' zei Lucas. Inmiddels had hij begrip getoond voor zo ongeveer alles wat mensen zeiden.

In de nacht voordat hij het land verliet had Lucas een droom. Het begon in de Heilig Grafkerk, maar de plaats van handeling veranderde steeds. Pinchas Obermann kwam er ook in voor.

'Sonia was alleen maar een zangeres in Tel Aviv,' legde Obermann uit. 'Jij hebt haar nooit gekend. Je verbeeldde je alleen maar dat die dingen gebeurden, en dat deed je uit schuldgevoel.'

Hij zei ook: 'Je moeder was nooit je moeder.'

'En mijn vader dan?' vroeg Lucas. Hij en Obermann waren nu opeens op de top van de berg Sinaï, waar ze in drie richtingen de fonkelende oceaan konden zien.

Obermann zei: 'Je vader had niets met je te maken. Jij bent het individu. Het is een ernstige wond. Je moeder beloofde God dat je zou sterven.'

Toen hij wakker was, dacht hij: Lilith. Lilith baarde duizenden. Hij was doodsbang. Zijn eerste samenhangende, bewuste gedachte had te maken met zijn leeftijd. Hij werd ouder en hij was nog alleen. Het individu. De mus van twee-voor-een-schelling op het dak van het huis.

Het vliegtuig vertrok in de ochtend, en de *sherut* die hem naar Lod bracht, kruiste de spoorlijn naar Tel Aviv. Hij zag het veld waar de oude man met Pasen zijn kool had besproeid. Die aanblik riep herinneringen bij hem op, herinnering aan de droom, en daar bleef hij aan denken tot hij bij het vliegveld aankwam. De droom en Sonia.

Op het vliegveld waren er weer de gebruikelijke eindeloze, kennelijk zinloze vragen van een jonge veiligheidsbeambte. Lucas' ondervraging nam extra tijd in beslag en duurde zo lang dat hij uit de rij werd gehaald om de mensen achter hem niet op te houden.

Hij vroeg zich af of hij naar een kamer zou worden gebracht om rechtstreeks door de Shabak te worden verhoord, en of ze zouden vragen of ze zijn aantekeningen mochten zien. Maar niemand vroeg dat. De jonge vrouw die hem ondervroeg, bleef telkens lange tijd weg, blijkbaar om met haar superieuren te overleggen, maar er kwam niemand anders.

Hij was al op weg naar de gate toen de jonge vrouw met wie hij had gesproken hem nariep.

'Een ogenblik, meneer!'

Opeens doken er van alle kanten bewakers op, in uniform en in burger.

'Mag ik vragen wat u in uw zak heeft?'

Binnen de kortste keren werd hij gefouilleerd door een persoon of personen die hij niet kon zien. Hij greep in zijn zak en haalde de handvol rode steentjes te voorschijn die hij op de berg Sinaï had opgeraapt.

De beveiligingsvrouw keek hem vragend aan.

'Uit Sinaï,' zei hij tegen haar. 'Om te bewaren.'

'Steentjes?'

'Omdat ze van hier zijn,' zei hij.

Ze staarde hem een ogenblik aan en toen verscheen er zo'n stralende glimlach op haar gezicht dat al haar argwaan op slag verdwenen was. Hij moest meteen weer aan de *Zohar* denken: 'Het licht is het licht van het oog.'

Later liep ze hem weer voorbij. Hij stak zijn duimen even voor haar omhoog.

Hij vloog business class; vanwege de vele kilometers die hij al had gevlogen, hadden ze hem een klasse hoger gezet. Hij ging op zijn stoel aan het gangpad zitten en bestelde champagne. Kort na het opstijgen vlogen ze over de wazige blauwe zee. Het bruine land viel achter hen weg.

Hij had de steentjes nog in zijn hand, en toen zijn champagne kwam, strooide hij ze op het tafeltje. De stewardess die hem de drank kwam brengen, vroeg ernaar.

'Gewoon steentjes,' zei hij. 'Uit de Sinaï. Of wat waarschijnlijk de Sinaï is.'

'O,' zei ze, 'bent u daar geweest?'

Hij begon te stamelen. Misschien kwam het door het vooruitzicht van champagne in de ochtend. Had hij op de Sinaï gestaan?

'Ja,' zei hij. 'Ik geloof van wel.'

Toen ze Frankfurt naderden, waar hij op een ander vliegtuig zou overstappen, raakte hij even in paniek. New York? Maar hij had geen leven in New York. Er was daar niemand. Toch was dat een belachelijk idee. Je had altijd een leven. Hoe je ook leefde, waar je ook leefde, het was een leven.

Toch dacht hij steeds weer aan leven dat verloren ging. Een vrouw verloren, een geloof, een vader verloren, alles verloren. Hij moest denken aan iets wat een Amerikaanse schilder, wiens werk hij in het Whitney Museum had gezien, als credo had, een credo dat naast zijn werk op de muur was aangebracht en dat Lucas nooit was vergeten:

'Iets verliezen is zo goed als iets hebben.'

Het was een harde tekst met een grote subtiliteit. Je had de *pilpul*, de analytische vaardigheden, van een Raziel nodig om hem te interpreteren.

Het betekende, dacht hij, dat je iets pas echt waarnam, waardeerde of definieerde als je ernaar verlangde. Een land in ballingschap, een God die zich had teruggetrokken, een verloren liefde. En dat uiteindelijk iedereen alles verliest. Maar dat bepaalde dingen niet weggenomen kunnen worden zolang het leven duurt. Sommige dingen, waarvan we op een bepaalde manier hebben gehouden, kunnen nooit helemaal verloren gaan.

Op het vliegveld Frankfurt, waar hij moest overstappen, was het een andere wereld.

DE OUDE STAD
Herodespoort
Vijver
van Bethesda
Damascuspoort
Tariq el-Wad
Oostenrijks
hospitium
Kerk van
Sint-Anna
Leeuwenpoo
Via Dolorosa
Nieuwe
Poort
Bab al-Ghawanima
Bab al-Nazir
Tempelberg
(Haram al-Sharif)
Gouden
Poort
Bab al-Hadid
Heilig Grafkerk
Rotskoepel
Jaffa-
poort
David Street
Klaagmuur
Al-Aksa-
moskee
plein bij Klaagmuur
Armenian
Patriarchate Road
Mestpoort
Zionspoort
Ga
JERUZALEM
0
1000 m

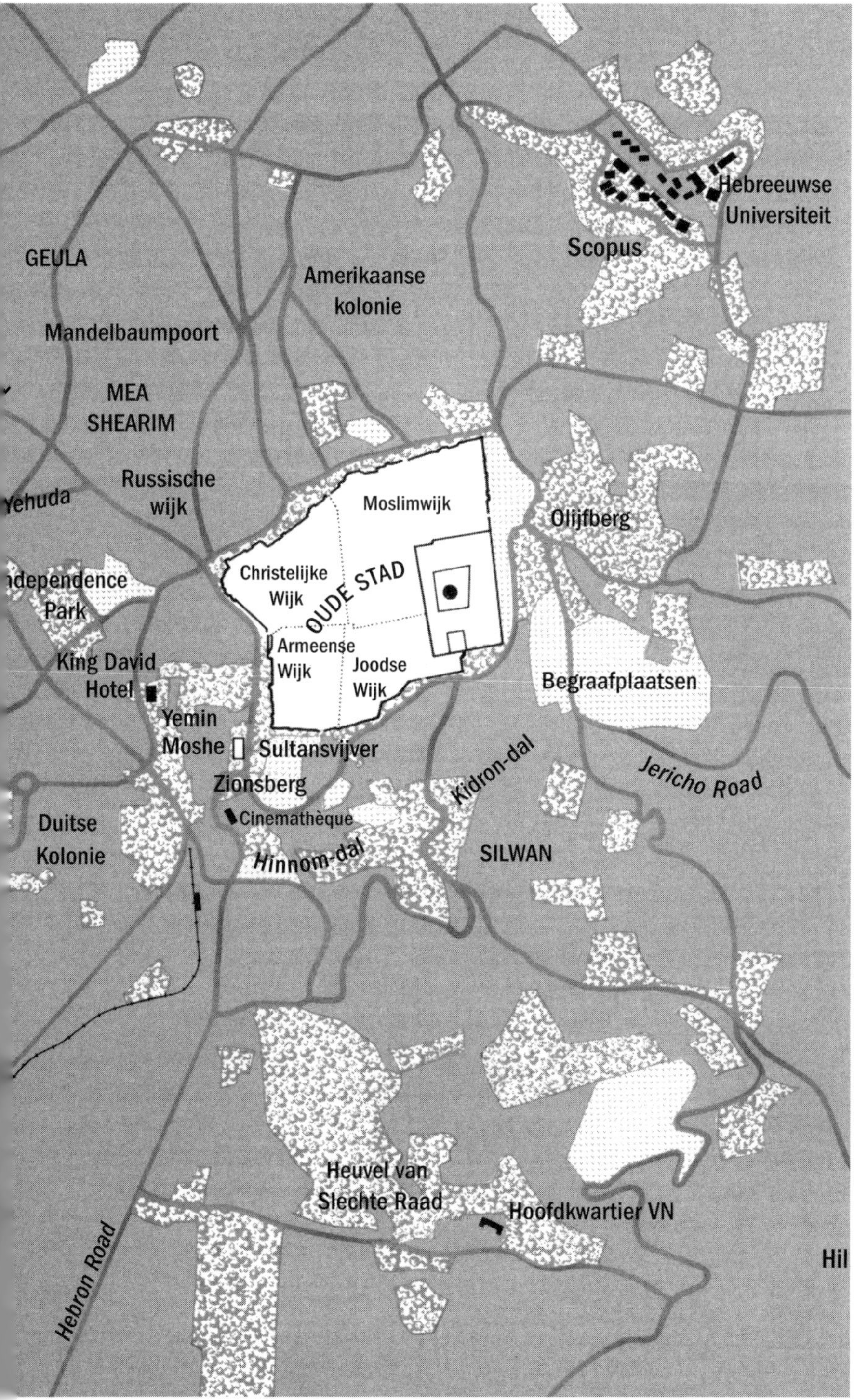
Hebreeuwse
Universiteit
Scopus
GEULA
Amerikaanse
kolonie
Mandelbaumpoort
MEA
SHEARIM
Russische
wijk
Yehuda
Moslimwijk
Olijfberg
Christelijke
Wijk
OUDE STAD
ndependence
Park
Armeense
Wijk
Joodse
Wijk
King David
Hotel
Begraafplaatsen
Yemin
Moshe
Sultansvijver
Kidron-dal
Jericho Road
Zionsberg
Cinemathèque
Duitse
Kolonie
Hinnom-dal
SILWAN
Heuvel van
Slechte Raad
Hoofdkwartier VN
Hebron Road
Hil

Noord- en
Midden-Israël
Libanon
Hermon
Syrië
GOLANHOOGTE
Katzrin
Meron
Galilea
Safed
Capernaum
Haifa
Meer van Galilea
Tiberias
Carmel
Nazareth
Yarmuk
Megiddo
JEZREELDAL
Caesarea
Beth Shean
Middellandse Zee
Samaria
Jordanië
Gerezim
Herzliya
Jordaan
Tel Aviv
Jaffa
West-
oever
Amman
Ramallah
Jericho
Jeruzalem
Ein Kerem
Nebo
Ashkelon
Bethlehem
Woestijn van Judea
Judea
Gazastrook
Jabalia
Gaza-stad
Hebron
Dode Zee
Nuseirat
Bureij
Ein Gedi
Deir el-Balah
Maghazi
Khan Yunis
Masada
Rafah
Beersheba
Egypte
Dimona
NEGEV-WOESTIJN
30
60 km

Verklarende woordenlijst

Aliyah: hemelvaart; ook de aankomst in Israël van de joden uit de diaspora
alter kocker: nurkse, bemoeizieke nietsnut (scheldwoord)
amoraim: geleerden op het gebied van de Mishna en de Talmoed, fungeren ook als rechters en onderwijzers
Baruch hashem: geprezen zij de heer
bubkes: onzin
buchers: rabbijn-in-opleiding
chaverim: vrienden, kameraden (mv. van chaver)
fedayeen: guerrillastrijders, vrijheidsstrijders
Gemara: leeroefening, vormt samen met Mishna de talmoed
getch: computerprogramma (Unix)
hamsin: warme wind die zand verspreidt, kan 50 (*hamsin*) dagen duren
haredim: ultraorthodoxe joden
hasidim: aanhangers van het chassidisme, een mystieke beweging in het jodendom; de vromen
jebel: berg (Ar.)
madrasa: islamitische juridisch-theologische hogeschool
merkabah: goddelijk voertuig
Midrash: interpretatie van commentaar op een gedeelte van de thora
minim: ketters

minnut:	ketterij
mischling:	iemand van gemengd bloed; *mies* (Jidd.) is ook: minderwaardigheid
Mishna:	naam van een verzameling joodse godsdienstige wetten die in de 3e eeuw bijeen is gebracht; grondslag van de talmoed
mitnag:	tegenstander; tegenhanger van het chassidisme, die de talmoed en *yeshiva* (school) volgen
mitzvot:	geboden, heilige opdrachten (mv. van mitswa)
momzer:	bastaard, kind uit een niet-erkend joods huwelijk
moshiach:	messias
muhktar:	dorpshoofd, stamhoofd; belangrijk persoon
paskudnyak:	slecht persoon (scheldwoord)
petzel:	penis, lul
rosh hodesh:	nieuwe maan, dag waarop volgens de joodse kalender de nieuwe maand begint
schmeck:	dope, junk
schmuck:	idioot, uiskuiken
schnorren:	schooieren, bedelen (sjnorren, snorren)
seder:	rituele maaltijd van de Israëlieten aan huis op de eerste twee paasavonden, bij liberale joden en in Israël alleen op de eerste paasavond
shaygetzy:	*shaygetz* betekent letterlijk onrein, hiermee wordt soms ook een ondeugend kind aangeduid
sherut:	taxibusje
shmattes:	vodden, lorren
shtarker:	schurk, vandaal (scheldwoord)
spatha:	zwaard
tallith:	het vierhoekige, wollen of zijden gebedskleed voor mannen, voorzien van *tzitzit* aan de vier hoeken, vooral tijdens het ochtendgebed gedragen en door de leider van de dienst in de synagoge

tefillin:	gebedsriem bij de israëlieten
theravada:	leer van de wijzen (boeddhistisch)
tikkun:	het bevijdingsproces dat wordt aangegeven in de kabbalistische spiritualiteit, waarbij gebeden, rituelen en toegewijde trouw aan de wet een einde zullen maken aan de ballingschap van de shekhina (goddelijke aanwezigheid op aarde) en de eenheid van alle dingen met de godheid zullen herstellen
tzaddik:	(een rechtvaardige) in het chassidisme is een tzaddik iemand die de *dvekut* heeft verworven en zijn volgelingen in contact met de goddelijke kan brengen
tzitzit:	draden, franjes aan de vier hoeken van de tallith (het joods gebedskleed)
yarmulke:	keppeltje
yeshiva:	school
zawiya:	islamitische juridisch-theologische hogeschool; ook belangrijk gebouw
Zohar:	belangrijkste boek binnen het kabbalistische geloof; commentaar op de thora